Die Staatsgewalt geht vom Volke aus.
– Aber wo geht sie hin?
Ja, wo geht sie wohl hin?
Irgendwo geht sie doch hin!
Der Polizist geht aus dem Haus.
– Aber wo geht er hin?
usw.

Bertolt Brecht

Der Skandal beginnt, wenn die Polizei ihm ein Ende macht.

Karl Kraus

1

Eine Woche nach Pfingsten, am Montag, dem 22. Mai 1989, wurde Hauptmann Christian Wendt zu seinem Vorgesetzten bestellt, dem Leiter des Dezernats II (Untersuchungen) der Kriminalpolizei des Bezirkes Rostock. Oberstleutnant Fink eröffnete ihm, er müsse gleich mal für Major Grote einspringen, das Haupt der Pressestelle, und einen Romanautor namens Richard Nebel empfangen. Der sei mit Grote um elf verabredet, und leider habe Grotes Sekretärin übersehen, daß heute dessen Lehrgang begann, die Schulung in puncto Öffentlichkeitsarbeit. Verschieben lasse sich der Termin nicht mehr. Man habe versucht, Nebel noch zu stoppen, doch der hebe nicht ab, sei also schon unterwegs. Und wegschicken könne man ihn schlecht, er komme aus Cumin im Landkreis N., drei Stunden Fahrt für den Mann.

»Worum geht es ihm denn?« fragte Wendt lustlos. Bei ihm häufte sich die Arbeit, Finks Tisch hingegen war wie üblich spiegelblank, bis auf das Telefon und den Halter für seinen Tagesplan so aufreizend leer, als würde dort ab und zu ein Flugzeug landen... Leute mit leerem Schreibtisch waren Wendt verdächtig. Entweder stopften sie alles in die Schubladen, um souverän zu wirken, oder auch die waren leer, und wozu brauchten sie dann einen Schreibtisch?

»Na, worum schon«, sagte Fink. »Um ein bißchen Fachkram. Damit sie die gröbsten Fehler vermeiden, mit etwas Wissen glänzen und dazu noch erzählen können, wir billigten ihr Zeug. Es legitimiert sie vor ihrem Verlag und den Lesern, glaube ich. Sie kennen doch die Brüder.«

»Ich hab' vor Jahren mal einen Drehstab beraten.«

»Ganz abgesehen davon, was so ein Künstler von uns will,

wir haben auch ein Ziel dabei. Und zwar ein ernsthafteres als jemand, der darauf aus ist, seinem Affen Zucker zu geben.«

»Nämlich?« fragte Wendt, obgleich er wußte, was kam.

Ein Lächeln glitt über Finks rundes, straffes Gesicht. Dann sah er wieder gequält drein, als hätte ihm der Chefarzt des Polizeikrankenhauses gerade einen schlimmen Befund mitgeteilt – chronische Fettsucht zum Beispiel. »Der Mann sucht Nervenkitzel, damit verdient er sein Geld. Wir aber informieren ihn über die Wirksamkeit unserer Arbeit, damit das, was er daraus macht, den Eindruck vermittelt: Verbrechen lohnt sich nicht, die Polizei kommt stets dahinter! Genosse Wendt, heutzutage sollten wir jede Chance nutzen, darauf Einfluß zu nehmen, wie man uns in der Öffentlichkeit darstellt. Das ist unser Ziel bei jedem derartigen Gespräch. Ich bin sicher, Sie sind dafür bestens motiviert.«

Wendt sagte nichts. Es gab Aussprüche, die ließen keine Antwort zu. Der Oberstleutnant plusterte sich wieder einmal auf. Er nannte Motivation, was sonst Überzeugung hieß. Verkündete Bekanntes und folgte seiner Gewohnheit, dies durch Klopfzeichen zu unterstreichen, als seien es Worte von hohem Erkenntniswert. Er hatte kurze, kräftige Finger, an den Kuppen stempelartig verdickt. Ihr Pochen gab seinen Mitteilungen stets etwas Endgültiges, die Weihen psychologischer Führungskunst. Mit einiger Menschenkenntnis hätte ihm aber klar sein müssen, daß solches Getue seinem Vortrag die Wirkung nahm. Neben dem Mangel an Denkvermögen und Originalität. Nicht nur Finks Schreibtisch, auch sein Kopf war aufgeräumt – die Prinzipien hübsch darin verteilt, ansonsten eher leer.

»Also, ich verlasse mich auf Sie.«

Das klang abschließend, der Hauptmann stand auf. Öffentlichkeitsarbeit gehörte nicht zu den Aufgaben eines Leiters der Morduntersuchungskommission, doch war Widerspruch zwecklos.

»Wie steht es mit den Schmierereien?« fragte Fink. »Kommen die Ermittlungen voran?«

Wendt blieb stehen. Auch etwas, was man ihm aufgehalst hatte. Drei Wochen nach den Kommunalwahlen tauchten vereinzelt Parolen auf, nachts an irgendwelche Wände gesprüht (das Kurhaus von Cumin fiel ihm ein), Sprüche wie *Gorbi, hilf,* die Perestroika forderten oder auf ungelenke Art das Wahlergebnis in Zweifel zogen. Und obwohl sich schon die Genossen der Staatssicherheit darum kümmerten, drängte Fink darauf, denen zuzuarbeiten und einen sichtbaren Beitrag zu leisten durch eigenes Nachforschen, Spurensicherung seitens der Kreisämter, den Einsatz von Fährtenhunden, Festnahmen mit all dem Papierkram, der sich bei ihm staute, als gäbe es nichts anderes zu tun. – »Nichts Neues«, meldete er. »Sämtliche Inschriften sind entfernt und zwei der Schmierer gefaßt worden.«

»Das reicht mir nicht. Kein befriedigendes Resultat! Das schreckt keinen ab. Bei dieser Dunkelziffer darf es uns nicht wundern, wenn die Sache eskaliert. Ich sage Ihnen, wir müssen die Aufklärung intensivieren.«

»Die K-Leiter in den Kreisämtern tun ihr Bestes.« Wendt nahm wieder Platz und ging, wie gewünscht, ins Detail. Knapp ein Dutzend Fälle, die hatte er parat. Und während er dies vortrug, war ihm, als höre er Jenny, seine Ehefrau, wieder sagen: Ihr denkt, da steckt wer weiß was dahinter, dabei geschieht es spontan, ohne zentrale Weisung, meiner Ansicht nach... Mir ist allerdings klar, warum das nicht in euren Kopf geht. Ihr seid Geschöpfe einer straffen Organisation, der Polizeibürokratie. Da denkt ihr euch den Gegner halt als Mitglied eines ähnlichen Vereins, das macht es irgendwie erträglicher, ja? Es gibt euch die Hoffnung, den Kampf zu gewinnen, wenn ihr das kriminelle Haupt aufspürt, das nach eurer Vorstellung die Befehle erteilt und das Geschehen in der oppositionellen Szene lenkt.

»Sind Sie fertig?«

Wendt merkte auf. Der Ton verriet ihm, er hatte etwas davon einfließen lassen – die Spur eines Zweifels an der Organisiertheit, an der hierarchischen Ordnung beim Feind. »Nein, Genosse Oberstleutnant. Aber ich mache gern Pause, wenn Sie etwas sagen wollen.«

»Nur ein persönliches Wort zum Schluß.« Fink senkte die Stimme. »Zufällig sah ich neulich Ihre Gattin draußen auf Sie warten.« (Unheimlich – als könne er Gedanken lesen.) »Mit einer Plakette am Revers, Sie wissen schon, diesem Gorbatschow-Kopf, und zwar extra groß. Erscheint Ihnen das als passend bei der Frau eines Offiziers in verantwortlicher Position?«

»Ich hab's ihr nicht ausreden können. Es ist unser bester Freund, hat sie mir gesagt.«

Fink nickte düster, als habe sich ihm ein Verdacht bestätigt. Der Verdacht, man habe die eigene Frau nicht im Griff und sei machtlos gegen solch eine Provokation. Aus seiner Sicht erübrigte sich da jeder Kommentar. »Danke«, sagte er, »das war alles.«

Bis zur Tür spürte Wendt den Blick in seinem Rücken, die Mißbilligung. Finks Fischaugen, wäßrig grau – nun, die hatte er nie gemocht. Und der Kopf über dem stumpfbraunen Anzug mit Schlips und weißem Hemd – blaß, in gesundes festes Fett verpackt; weiß Gott kein angenehmes Gesicht. Ein schwieriger Vorgesetzter, der ihn wenig schätzte. Die Leistung wohl noch, kaum die Person. Eigentlich schon immer, und besonders seit der Heirat mit Jenny im April.

Tatsächlich, Fink hatte seine Wahl mißfallen. Er ließ ihn merken, was er von der Ehe eines Offiziers der K mit einer Vorbestraften hielt. Jennys Verurteilung wegen der zwei Einbrüche, von ihm selbst aufgedeckt, lag fünfeinhalb Jahre zurück. Für den Oberstleutnant offenbar so etwas wie eine Bombe mit Zeitzünder, der noch tickt. Als könnte sie jederzeit rückfällig werden und den Ruf der Behörde beschmutzen.

Und in diesem Moment, hier im Korridor auf dem Weg in sein Dienstzimmer, dämmerte Wendt, die zwanzig Monate Haft, restlos von ihr verbüßt, führten offenbar gegen jede Vernunft zu einem Karriereknick bei ihm. Seit 15 Jahren war er Hauptmann der K und würde es auch bleiben. Obwohl niemand das zugab, Jennys Delikt wirkte sich auf seine Laufbahn aus. Unter Fink und seinesgleichen stieg er in der Behörde nicht mehr auf... Zwar lag er mit seinen Ergebnissen als Leiter der Morduntersuchungskommission ziemlich vorn, im Urteil vieler Genossen. Um aber befördert zu werden, so wurde ihm angedeutet, hätte er sich in einem Lehrgang qualifizieren müssen. Wie der stramme Major Grote, den er jetzt vertreten durfte.

Mit anderen Worten, man ließ ihn nicht hochkommen. Das

folgte allein schon aus den Regeln der formalen Logik. Da er nämlich, Spitzenmann seines Fachs, den Lehrgang selbst hätte abhalten müssen, schien für ihn das Ende der Fahnenstange erreicht. Kein Mensch konnte Vorträge halten und zugleich lernend daran teilnehmen. Alles sprach gegen sein Fortkommen – die formale Logik, das dialektische Wechselspiel von Ursache und Wirkung sowie auch »das Räderwerk der Bürokratie«, wie es in Jennys Sprache hieß.

Aber er würde es überstehen. Nicht aus jedem Hauptmann wurde ein Major. Je höher man stieg im Apparat, desto intensiver der Papierkrieg, der einen von den wirklichen Dingen fernhielt. Von der operativen Arbeit, die ihm Befriedigung bot, sooft sich ein Erfolg einstellte. Er liebte seinen Beruf, seine Frau und diese Stadt; würde also auch nicht, wie damals nach der Scheidung von Helga, um Versetzung bitten. Kein Mensch war allzeit auf Rosen gebettet.

2

Wenn es stimmt, daß Richard Nebel bereits über 60 ist, dachte Wendt, dann wirkt er für sein Alter noch recht frisch. Mit dem Vollbart, grau durchsetzt, mochte er zwar einer von denen sein, die da etwas verbargen, unschöne Zähne etwa oder die Neigung, spöttisch zu grinsen. Aber er war drahtig, er trug Jeans und eine blaue Jacke, die Jugend vortäuschte und gleichsam *hier komme ich* pfiff. (Ringsum erging man sich ja von Amts wegen in mutlosen Grautönen oder stieg gar, wie der K-Leiter, in seriöses Kakaobraun mit Nadelstreifen.) Nebel roch nach Kiefernholz, er hatte ungeputzte Schuhe und den Teint eines Menschen, der viel Zeit im Freien verbringt. Hinter seiner runden Nickelbrille, auch sie eine Abweichung vom Erscheinungsbild seiner Generation, glänzten graugrüne Augen. Die Lider hingen schräg, was ihm etwas Verschmitztes gab.

Der Mann wirkte ganz locker und spontan. Unfeierlich sprach er drauflos, ohne erkennbare Taktik. Von ihm ging wenig Würde oder Ehrgeiz aus. Nebel tat, als kenne er kein Tabu, als gelte für ihn allein das Lustprinzip, beruflich wie privat. Alles machte ihm Spaß, er war kein aggressiver Mensch, und seine Eitelkeit war schwach entwickelt oder gut versteckt. Es störte ihn offenbar kaum, daß Wendt von seinem Werk außer einem Mafia-Roman fast gar nichts kannte. Er schien mehr darauf stolz zu sein, daß er noch so fit war, so vital. Er gestikulierte lebhaft, als habe ihn beim Schreiben des Romans die Mentalität der Sizilianer angesteckt. Sprach er von Problemen beim Recherchieren, bei der Materialbeschaffung – andere Schwierigkeiten gab es für ihn nicht –, verdrehte er zum Beispiel die Hände wie beim Öffnen einer Thermosflasche. Fakten, an die er schwer herankam, schienen für ihn Leckerbissen, die wahren Freuden des Lebens zu sein.

Wendt studierte ihn mit Sympathie, nicht ohne Sinn für die Komik der Szene. Der Autor versuchte, klarzumachen, wie wichtig Unterstützung für ihn sei, wenn er nun von Palermo nach Rostock ging mit den Kindern seiner Phantasie. Das unterstrich er durch Gebärden, dabei glitt sein Ärmel zurück, es blinkte am Handgelenk ein Goldkettchen, nicht recht passend zur Erscheinung (zu seinem *look* oder *outfit,* hätte Jenny gesagt). Es amüsierte Wendt, am Rande doch das aufleuchten zu sehen, was Nebel sorgsam heraushielt aus seinem Auftritt. Das Dandyhafte des Künstlers lugte da hervor! Dieser alleinstehende Mann vom Jahrgang 1927 wollte durchaus noch gefallen, wem wohl, wenn nicht Frauen? Vielleicht war's auch bloß ein Strohhalm, nach dem er griff. Das Kettchen zeugte von Widerstand: gegen sein Altern, die Müdigkeit, das Vergessenwerden; letzten Endes gegen den Tod. Jeder brauchte eine Illusion.

»Ich kann Ihnen natürlich zu Akteneinsicht verhelfen«, sagte Wendt, belustigt durch die Gier des Mannes, nach Schwerkriminalität zu fischen und zugleich den Aufbau des Polizeiapparats zu begreifen, dessen Wirkungsweise in solchen Fällen.

»Das ist sehr freundlich von Ihnen.«

»So viele Morde wie auf Sizilien passieren hier nicht, das werden Sie uns verzeihen«, fuhr der Hauptmann fort. »Aber was wir geklärt haben von den Tötungsverbrechen der letzten zehn Jahre, nämlich fast alle, das kann Ihnen der Bezirksstaatsanwalt zugänglich machen. Er sitzt gleich nebenan, praktisch im selben Haus. Sie müßten nur bereit sein, die Namen und Details so zu verändern, daß man später keinen der Beteiligten erkennt, und über all das zu schweigen. Dies wäre Bedingung. Ich nehme doch an, das ist nicht zuviel verlangt?«

»Nein, keineswegs«, erwiderte Nebel. »Aber vielen Dank ... Nach dem, was Sie da sagen, liegen Affekthandlungen vorn: Tötung im Streit, aus Eifersucht, in betrunkenem Zustand, durch Rowdytum, nicht wahr? Oft als Gewalt innerhalb der Familie. Vorbedachter Mord scheint selten zu sein. Und auch der passiert stets vor einem rein persönlichen Hintergrund.«

»So ist es. Uns reicht das durchaus. Ihnen nicht?«

»Nein. Der Täter hat immer ein Motiv, das ausschließlich in seiner Person liegt. Es sind ganz isolierte Delikte, wie es mir erscheint. Sie gehen nie auf Straftaten anderer zurück.«

»Jede Straftat ist ein individueller Vorgang«, bemerkte Wendt, wie er selber fand, eher vage und töricht. Er hörte seinen Chef sagen: Der Mann sucht Nervenkitzel, damit verdient er sein Geld, wir aber zeigen ihm die Qualität unserer Arbeit ... Diesmal hatte Fink vermutlich recht.

»Nicht Ihrer Meinung. Sehen Sie, ich bin jemand, der politisch denkt, Mord und Totschlag an sich reizen mich nicht. Solange ein Bezug aufs große Ganze fehlt, die gesellschaftliche Dimension.«

»Es tut mir leid, mit organisiertem Verbrechen kann ich Ihnen noch nicht dienen. Vielleicht im nächsten Jahrtausend, Herr Nebel.« Wendt sagte dies teils als Scherz, den er gern herausließ; teils aber auch, weil sein Instinkt ihm riet, den Mann nicht zu unterschätzen, ihm also nicht das Märchen aufzutischen, man sei hier gegen die schlimmsten Spielarten des Verbrechens grundsätzlich gefeit, da schwappe allenfalls etwas vom Klassenfeind herein, zumal über die elektronischen Medien. Er hatte das einst so gelernt, es viele Jahre lang auch geglaubt, die fromme Legende, Banditentum sei dem Sozialismus wesensfremd. Im Kern hielt Major Grote daran fest, die These galt noch offiziell, nach außen hin wurde sie beharrlich vertreten – obwohl seit einiger Zeit widerlegt durch das, was die sowjetische Presse fortlaufend enthüllte von der Bandenkriminalität in Gegenden, die weder ein fremdes Fernsehbild noch ausländische Gangster kannten. – »Uns schützt da die Mauer«, fügte er entschuldigend hinzu. »In deren Schatten gedeiht ja wenig, die Kriminalität kommt nicht so recht voran. Schlechte Nachrichten für Sie, ich verstehe... Bisher haben wir kein Weltniveau.«

»Manche Bruderländer sind da weiter.«

»Sie meinen das Bandenwesen, die Drogenkriminalität bei den sowjetischen Freunden? Na ja, das ist ein Riesenreich, ein Vielvölkerstaat, ganz unvergleichbar. Je größer das Land, desto größer die Probleme – auf jedem Feld.« Dabei beließ es Wendt, er führte den Gedanken nicht fort. Nach seiner Meinung gab es auch für die Größe und Bevölkerungszahl der Staaten ein Optimum, und von jenem Bestwert hatte die Sowjetunion sich weit entfernt; doch das war nicht das Thema des Gesprächs.

»Und das kleine Bulgarien mit seinem Rauschgift-Transfer? Die Tschechoslowakei mit ihrem Export von Waffen?«

»Pardon, da geht Ihnen wohl etwas durcheinander. Was hat denn staatlicher Waffenhandel, falls es den dort geben sollte, mit Kriminalität zu tun?«

»Das ist eine gute Frage, wirklich! Ich würde sagen, die Nähe zum Verbrechen. Sie gucken skeptisch, Herr Wendt? Nein, ich rede doch nicht von moralischen Kategorien. Nur von der Tatsache, daß im Waffengeschäft, egal ob privat oder staatlich, die Lebenserwartung der Beteiligten deutlich unter dem statistischen Durchschnitt liegt. Wer mit Sprengstoff hantiert, der fliegt leicht selber in die Luft. Nach meiner Beobachtung geschieht das auffallend häufig.«

»Ist mir neu. Weshalb sollte das so sein, auch im staatlichen Handelssektor?«

»Keiner weiß es«, sagte Nebel, und es war, als krieche ihm ein Lächeln aus dem Bart. »Es muß sich um eine Berufskrankheit handeln. Sie hat wohl ganz entfernt auch was mit Gerechtigkeit zu tun. Wie es schon bei Shakespeare heißt: ›Der Spaß ist, wenn mit seinem eigenen Pulver der Feuerwerker auffliegt.‹ Hamlet, dritter Aufzug, vierte Szene. Bemerken Sie die Schadenfreude?«

»Um die zu erkennen, muß man kein Experte sein. Ich habe den Eindruck, Sie träumen von einem Utopia, einer waffenfreien Welt.«

»Es gibt da bestimmte Vorstellungen, wenn auch erst in Ansätzen. Wissen Sie, mir schwebt ein Sozialismus vor, der völlig gewaltfrei ist, nach außen wie nach innen, und in dem der Wunsch, Güter zu erwerben, nicht mehr die treibende Kraft darstellt. Wir sollten unseren Wert weniger darin suchen, was wir besitzen und uns geschaffen haben, wie es so schön heißt. Wer und wie wir sind und was wir können, das gibt doch Selbstbestätigung genug! Und es wäre gut, uns auf die Lebensgrundlagen zu besinnen, also die nötige Energie lieber dem Wind und der Sonne zu entnehmen, anstatt fortzufahren, die Umwelt zu zerstören, durch das Abbaggern von Braunkohle, ihr Verfeuern und das Verbrennen von Benzin.«

»Sind Sie nicht im Auto hergekommen?«

»Nein, mit der Bahn. Ich hab kein Auto, bloß ein Segelboot und ein Fahrrad. Mir scheint, auf lange Sicht wird unser Haupttransportmittel das Fahrrad sein. Wie in China, wo sich jetzt soviel bewegt.«

»Das Fahrrad?«

»Das Fahrrad. Zwei Räder und ein Sattel. Das Fahrrad.«

Wendt faßte den Mann scharf ins Auge. Machte der sich lustig über ihn? Offenkundig nicht. Er hatte in diesem Haus noch nie einen Grünen gesehen. Auch keinen Pazifisten. Jenny, die Kontakt zu Kirchenkreisen hielt, hätte mit ihm harmoniert. »Sind Sie religiös?« fragte er.

»Was verstehen Sie darunter?«

»Na, an Gott glauben. An irgendeinen.«

»Vielleicht sollte ich das«, sagte Nebel. »Aber um nicht Ihre Zeit zu stehlen, zurück zum Zweck meines Besuchs. Sie sind also überzeugt, in Ihrem Bereich bleibt es bei isolierten Straftaten, nach dem Motto: Jeder stiehlt für sich allein. Ein derart saftiger Romanstoff wie momentan auf Kuba ist hier nicht in Sicht?«

»Keine Ahnung, wovon Sie reden.«

»Von dem Drogenkrimi, der seit vier Wochen in Havanna läuft. Dort hat Fidel Castro am 24. April eine Sonderkommission gebildet, die gegen Teile der Armeeführung ermittelt, wegen Rauschgift- und Waffenhandels in großem Stil. Das Ausmaß von Verkommenheit eines Dutzends hoher Militärs schreit zum Himmel. Auch das Innenministerium soll verstrickt sein, der Geheimdienst. Bis zu zehn Luxuskarossen für die Chefs, goldene Telefone, Villen und Hochseeyachten, Diamanten, Elfenbein, Edelhölzer, Flugbenzin, Weiber und natürlich Kokain, geschmuggelt für tausend Dollar das Kilo. Alles in einer Zeit, da ganze Staaten wie Kolumbien und Panama dabei sind, den Drogenkönigen in die Hand zu fallen, und Havanna so stolz auf seine weiße Weste war.«

»Woher haben Sie das? Im *Neuen Deutschland* stand davon kein Wort.«

»Ja, ich weiß. Das mutet man uns ungern zu. Ich hab da meine Quellen, das gehört zum Job. Und ich werde das Gefühl nicht los, es könnte bei uns mal was Ähnliches geschehen, wenn auch nicht in solch bizarrer Form. Meine Sorge ist, würde das hier passieren, es käme nie ans Licht. Da bliebe hübsch der Deckel drauf.«

»Wie kommen Sie denn zu der Befürchtung?«

»Nach vierzig Jahren kenne ich mein Land. Als bei uns in Cumin ein Bürgermeister tausend Mark unterschlug, stand selbst das nicht in der Zeitung. Man erzählt sich, Herr Wendt, Sie haben den Kerl überführt. Wie war Ihnen zumute, als es zu keiner öffentlichen Verhandlung kam? Jede Kassiererin, jeden Arbeiter hätte man gnadenlos verdonnert, wenn die so hingelangt hätten, der Heini war tabu, ein Funktionär immerhin, wenn auch am unteren Rand der Skala unserer Würdenträger. Bequem, es unter den Teppich zu kehren, aber festigt das wirklich die Ordnung, stärkt es das Rechtsgefühl? Der Bürger stumpft ab, die Strolche grinsen und bedienen sich weiter aus dem großen Topf.«

Wendt schwieg. Im stillen gab er Nebel recht, zugleich fiel der ihm lästig. Natürlich wurde beschönigt, immer schon, das Bild retuschiert, manch ein Sachverhalt verschleiert. Der Zwang, möglichst positiv zu sein, und der Mangel an Transparenz störten selbst die Polizeiarbeit. Nach dem letzten Tötungsdelikt, einem Doppelmord, hatte es eines Schrittes des Ersten

Bezirkssekretärs in Berlin bedurft, damit die Lokalpresse überhaupt darüber schreiben durfte. Aber das war banal – etwas, was jeder wußte und keiner ändern konnte. Seit Jahrzehnten lebte man damit, hatte sich daran gewöhnt, wozu rieb der Mann es einem unter die Nase? »Was kann ich noch für Sie tun?« fragte er.

»Na, mich ins Bild setzen über Ihre Methoden, die Mittel bei der Mordaufklärung, die polizeilichen Befehlswege, Unterstellungsverhältnisse und Strukturen. Wie das funktioniert, wenn Sie Ihr größtes Rad drehen.«

»Ihr Wissensdurst ist ja beachtlich.«

»Bei mir entwickeln sich Einfälle nur aus den Fakten. Es klingt paradox, Herr Wendt, aber der Sicherheitsapparat in Bogotá, wo ich nie gewesen bin, ist mir besser bekannt als der in Rostock. Die Stärke, Gliederung und Ausrüstung jeder westlichen Polizei erfährt man aus offenen Quellen – Presse, Lexika, Monographien. Und hier? Versuchen Sie mal als Buchautor, den Aufbau der K zu erfragen.«

»Da kann ich Ihnen leider wenig sagen. Das Organisationsschema ist vertraulich, nicht zur Veröffentlichung frei.«

»Nur für den Dienstgebrauch. Genau das hab ich mir gedacht. Es hat sich nichts geändert... Sehen Sie, in den fünfziger Jahren gehörte der Kripochef von Magdeburg zu meinem Bekanntenkreis. Er ist inzwischen tot, es schadet ihm nichts mehr, wenn ich das erwähne. Damals nahm er mich mit zum Pistolenschießen, ja auch auf die Jagd...«

»Sie sind Jäger?«

»Nein. Er auch nicht. Wir haben regelrecht gewildert dort im Harz. Zum Beispiel ein Reh geblendet und es abgeknallt, heute schäme ich mich dafür.«

»Fahren Sie ruhig fort, diese Dinge sind verjährt.«

»Wir sind halt Freunde gewesen, zu meinem ersten Krimi schrieb er das Nachwort, mit Erlaubnis seiner Hauptverwaltung in der Glinkastraße, Berlin. Die Akten abgeschlossener Fälle kriegte ich frei Haus von ihm: Leichenfund im Grenzgebiet, Förstermord, Totschlag eines Liebespaares im Wald... Aber kein Sterbenswort über, sagen wir mal, den Ablauf des 17. Juni in unserer Heimatstadt. Wo ja auch Blut geflossen ist!

So was war einfach tabu. Nun wissen Sie, weshalb es mich westwärts zog, rein stofflich. Hier wären mir aus Unkenntnis bloß Fehler passiert.«

»Wir helfen Ihnen gern, die zu vermeiden. Reichen Sie uns Ihr Manuskript ein, wir schlagen Ihnen dann vor, wie es vielleicht verbessert werden kann.«

Der Autor zog die Schultern hoch, es schüttelte ihn kaum merklich. »Gutachten? Die sind ein Frosthauch, der jede Kreativität erstarren läßt. So wird das Pferd vom Schwanz her aufgezäumt. Mir geht's nicht um Korrekturen hinterher, sondern um Startschub, Herr Hauptmann.«

»Sie sind schwer zu befriedigen. An was für einen Stoff denken Sie überhaupt?«

Nebel atmete hörbar, er zögerte, sich zu offenbaren. Ein komplizierter Mensch. 17. Juni, dachte Wendt. Da war er gerade zwölf gewesen, es gab kein Bild in seinem Gedächtnis von diesem peinlichen Tag. Ihm saß da ein Fossil gegenüber, ein Greis mit jugendlichem Touch, ein Mann mit zuviel Erinnerungen, die ihn bedrängten, sich ständig in seine Überlegungen mischten und verhinderten, daß er frisch ans Werk ging, unbefangen. Sein Handicap war, zu allem und jedem fiel ihm etwas ein, was er früher einmal gehört, geschrieben, erlebt oder getan hatte. Dies lenkte ihn ab, ließ ihn weitschweifig werden und belastete das Gespräch.

»Was mir vorschwebt, ist ein Knüller«, sagte Nebel endlich. Er sprach ein bißchen heiser, wie geschlagen, als weiche er innerem Druck – dem Strom seiner Phantasie, die ihn vermutlich überschwemmte. »Sitzen Sie gut? Sonst haut es Sie womöglich noch vom Stuhl. Ich stelle mir nämlich vor, irgendwo bei Wismar, ländlich abgeschieden, vielleicht auf der Insel Poel, befindet sich ein getarntes Warenlager. Hinter einer harmlosen Fassade, ein paar Schuppen zur Altstofferfassung, Kartons voller Medikamente, *wertintensiv* in Ihrer Sprache, abgezweigt bei unserer Pharma-Industrie.«

»Und das wird nun verschoben? Todsicher über See.«

»Gewiß.« Nebel nickte freundlich. »Sie denken mit. So läuft das all die Jahre, bis ein Unfall geschieht.«

»Die Zollverwaltung merkt nichts. Das Hafenamt ist blind.

Die Volkspolizei ist instinktlos, der Gemeinderat dem Trunk verfallen. Die Grenzbrigade Küste schläft. Die Volksmarine dreht Däumchen. Die Staatssicherheit ist umnachtet...«

»Nein, die drückt ein Auge zu.«

»Wie bitte?«

»Nun ja«, sagte Nebel etwas kleinlaut, »ich hab's halt so erfunden. Man wird doch wohl noch spinnen dürfen? Fiktion kann, auf der Basis von Fakten, treffender sein als Reportage. Ich will fiktiv eine Realität hinblättern, etwas beschreiben, was dem Leser unter die Haut geht.«

»Da sind keine Fakten. Es ist nicht real, glaube ich.«

»So, Sie glauben.« Nebel nahm die Brille ab, er behauchte und putzte sie, wie um ein Lächeln zu kaschieren, das sein Bart nicht ganz verbarg. »Der Glaube versetzt Berge oder erweist sich als Aberglaube.«

»Was deuten Sie mir damit an?«

»Nichts, Herr Wendt. Es gibt da übrigens noch ein Mißverständnis. Sie denken offenbar – und nach meiner Erfahrung glaubt das beinah jeder Kriminalist –, organisiertes Verbrechen sei unbedingt an ganz schwere und abstoßende Delikte geknüpft. Es habe immer mit Gewalt und letztlich eben Mord zu tun. Das war zu keiner Zeit und nirgends so. Selbst nicht in Chicago oder auf Sizilien.«

»Ich höre Ihnen zu. Bitte, klären Sie mich auf.«

»Die Regel drüben ist eine Vielzahl kleinerer Delikte, Dinge wie Glücksspiel, Einbruch in leerstehende Wohnungen, Autodiebstahl, Schutzgelderpressung oder Prostitution. Al Capone hing jahrelang vor Bordellen herum und zischte den Passanten zu: *Girls, girls, beautiful girls.* Ein kleiner Zuhälter, bis es ihm gelang, seine Geschäftsbasis zu verbreitern und im Alkoholhandel Fuß zu fassen. Dann freilich hat er morden lassen. Die heroische Zeit der Bandenkriege... Heute wird das große Geld eher unblutig gemacht, auf dem weiten Feld der Wirtschaftskriminalität.«

»Und die findet bei Ihnen in Wismar statt. Ein kühner Plan! Ehrlich gesagt, mir sträuben sich die Haare. Was macht denn unsere Medikamente für den internationalen Arzneimittel-Schwarzmarkt dermaßen interessant?«

»Das muß man tatsächlich bedenken. Sie treffen wieder den Punkt, Herr Wendt. Es wäre schön, mit Ihrer Hilfe das Buch zu schreiben. Aber zur Sache. Es könnten Amphetamin-Kombinationen oder auch Grundstoffe zur Drogenherstellung sein.«

»Synthetisches Rauschgift?«

»Ja. Meine Partnerin hat mich da beraten, sie kommt aus dem Gesundheitswesen. *Speed* heißt das Zeug in den USA, es wird auch *Angeldust* genannt, Engelsstaub. Ist dasselbe wie *PCP,* davon kostet im New-Yorker Großhandel das Kilo 40000 Dollar. Ziemlich preiswert also. Noch billiger scheint *LSD* zu sein. Die CIA hat vor ein paar Jahren zehn Kilo *LSD-25* für knapp eine Viertelmillion gekauft. Es lohnt sich trotzdem, zu dealen, die Profitraten sind phantastisch. Diese zehn Kilo übrigens reichen hin, hundert Millionen Menschen auf einen Trip zu schicken.«

»Herr Nebel, wenn das in Wismar spielt, glaubt es Ihnen kein Schwein.«

»Schlimmer noch, derzeit würde es mir erst gar nicht gedruckt. Aber da bin ich optimistisch. Wissen Sie, die Kulturpolitik lockert sich allmählich. Ist das Manuskript dann fertig, naht das Ende der Zensur. Von der die Verfassung ja sagt, daß sie ohnehin nicht stattfindet. Mit der Mehrheit meiner Berufskollegen hoffe ich auf diesen Tag.«

Wendt vermied es, sich zu dieser Mitteilung zu äußern. Auch ohne Finks Hinweise kannte er den offiziellen Standpunkt, den die Pressestelle der BDVP zu verbreiten hatte. Langsam ging ihm auf, wofür Major Grote sein Geld bekam und weiterer Schulung bedurfte. Obschon Grotes Gesprächspartner gewöhnlich Journalisten waren, Leute mit Sinn für das Machbare, die sich kaum so weit verstiegen wie dieser seltsame Kauz. – »Wenn Ihr Manuskript vorliegt, stehen Sie vielleicht mit etwas da, was weder eine zeitlose Utopie ist noch ein realistischer Roman. Ich fürchte, Sie setzen sich zwischen zwei Stühle. Was bleibt von Ihrer Arbeit dann eigentlich noch übrig?«

»Eine lehrreiche Geschichte, hoffentlich.«

»Nur leider nicht sehr plausibel.«

»Dann helfen Sie mir doch, glaubhaft zu sein, durch Ihren Rat – bis in die Einzelheiten Ihrer Arbeitsweise.«

»Aber solche Details sind doch bloß die Oberfläche! Was nützt Ihnen das Äußerliche des Ablaufs, wenn die ganze Richtung nicht stimmt, in der sich Ihr Entwurf bewegt? Das ist gerade so, als lackierten Sie ein Boot, und das Holz darunter ist morsch... Ich glaube kaum, daß es uns leichtfallen wird, Ihr Projekt zu unterstützen. Wir haben da nämlich einen Ruf zu verlieren.«

»Ich auch«, sagte Nebel. »Meine Leser wollen Geschichten, hart und handfest, nicht unbedingt verfaßt zum Lob der Polizei. Gebe ich ihnen die, dann schätzen sie mich. Und ich will, daß sie mich schätzen. Der Mensch lebt nicht von Brot allein, er braucht auch Reputation.«

Wendt spürte in sich einen Groll aufsteigen, dessen Druck ihn verblüffte. Es war, als trete ihm Galle in den Magen. Er hatte nur noch den Wunsch, diesen Mann halbwegs höflich loszuwerden. – »Schön, ich sage Ihnen, was geschieht, falls wir Wind kriegen von Ihrem erdachten Drogenlager. Ich gehe mit dem Sachverhalt zum K-Leiter, und der meldet das vorläufige Ermittlungsresultat dem Chef der BDVP, Generalmajor Siegfried Hadler. Dieser unterrichtet seinerseits Ernst Timm, den Ersten Sekretär der Bezirksleitung der Partei, sowie Generalleutnant Rudolf Mittag, den Chef der Bezirksverwaltung des Ministeriums für Staatssicherheit. Es folgt eine Besprechung bei Timm im Parteihaus An der Reiferbahn oder bei Mittag in der August-Bebel-Straße 15. Beides nur ein paar Minuten, ein paar hundert Schritte von hier.«

Nebel schrieb das auf. Die ganze Zeit über hatte er sich Notizen gemacht, und zwar so, daß es kaum auffiel. »Rostocks eisernes Dreieck«, murmelte er.

»Dann wird Berlin informiert«, sagte Wendt beherrscht, trotz des Eindrucks, daß der Mann ihn mit dieser Bemerkung ärgern wollte. »Unsere Hauptverwaltung, der Innenminister, die Sicherheitsabteilung im ZK, die Stasi-Zentrale in der Normannenstraße. Oben an der Spitze wird über das weitere Vorgehen entschieden. Aber was hilft es Ihnen, das zu wissen? Es rettet nicht Ihre Story.«

»Herr Hauptmann, ich bedanke mich.« Nebel lachte freundlich, er stand auf, recht behende für sein Alter. »Sie haben mir bereits geholfen, sehr sogar, vielen Dank! Wenn mein Text vorliegt, melde ich mich wieder; Sie bekommen ihn als erster.«

Wohl kaum, dachte Wendt beim Händedruck, der fest wirkte, fair wie ein Marinegruß. Das ist dann Grotes Bier... Bei all seinem Verständnis für Exzentriker, Nebels rascher Aufbruch freute ihn. Dessen Haltung gab ihm das Gefühl, der Mann nehme ihm nichts krumm, er bleibe in Fühlung zur K, obschon die seinen Einfall, einen Pharma-Schmuggel zu inszenieren, als absurd verwarf. Verliebt in seine Schnapsidee, mochte es ihm schwer sein, zu sehen, was Sache war, und das Endgültige des Urteils zu begreifen. Oder er tat nur so – war bloß ein guter Verlierer. Unter seinesgleichen, den reizbaren, egozentrischen Kulturschaffenden, wäre das ja auch schon was gewesen.

Doch der Autor rief nicht wieder an; auch nicht bei Major Grote, als der den Lehrgang beendet hatte. Entweder kam Nebel mit der Sache nicht weiter, weil er einsah, daß dies ein Fehlstart war, ein Projekt, das jeder Grundlage entbehrte. Oder er wich einer Beratung aus, die mit den Füßen am Boden blieb und ihn daran hinderte, sich literarisch zu entfalten und emporzuschwingen ins Reich seiner kriminellen Träume... Es sollten fünf Monate vergehen – ein ganzer Sommer, der letzte der 80er Jahre –, bis Christian Wendt noch einmal von Richard Nebel hörte.

3

Zwei Wochen darauf, am 5. Juni, war Jennys Geburtstag. Sie wurde 31 und hatte so, aus Wendts Sicht, das ideale Alter erreicht. Die Frau sollte halb so alt sein wie der Mann, plus sieben Jahre; eben das war jetzt der Fall. Anlaß für ihn, sein Sparbuch zu plündern, alte Beziehungen zu beleben und ihr eine exotische Reise zu schenken: drei Wochen Kuba im September, nachdem ihm im Amt erklärt worden war, Jugoslawien oder Zypern komme für sie beide nicht in Frage. Mehr als 13000 Mark, er war ruiniert und freute sich riesig, als sie ihm um den

Hals fiel. Legte er ihr doch, einmal im Leben, etwas Großartiges zu Füßen, das ferne Tropenreich! (Von dem Nebel Häßliches behauptet hatte – nach wie vor kein Wort davon in den Medien, sicherlich ersponnen von dem Mann.)

Man feierte in kleinster Runde, zum Teil, er wußte es wohl, mit Rücksicht auf ihn. Von den Jugendfreunden vor ihrer Haft hatte Jenny sich so klar getrennt wie von der Näherei und den Modenschauen; einst ihre große Leidenschaft. Vergessen das Partyvolk von Cumin, der Berliner Kreis und die Mischpoke des Städtchens N.; ihre Ehe mit Jack Franke, dem Komplizen, und all den fidelen Bekannten. Kaum daß Jenny dort noch ihre Eltern sah. Und ihrer neuen Clique zu begegnen, das ersparte sie Wendt, so schien es stumm vereinbart zwischen ihnen. Der Klüngel, zu dem sie seit der Übersiedlung nach Rostock gestoßen war, was zum Teufel gab ihr der? Wenigstens brachte sie niemand davon mit ins Haus, junge, staatsverdrossene Leute, meist sogar jünger als sie. Menschen, die religiös gebunden waren oder sich doch – dies leuchtete mehr ein und zog den Graben tiefer – unter dem Dach der Kirche zum stillen Protest gegen die Ordnung versammelten, für die er täglich eintrat und geradestand.

Wer blieb übrig? Das Ehepaar Zelter, unterhaltsam, kultiviert und erstaunlich tolerant. Uta Zelter war in Jennys Klasse gegangen, ihre beste Freundin von der Erweiterten Oberschule in N., nun die einzige in Rostock, die restlos akzeptabel war. Ihr Spitzname war Juno, nach der römischen Himmelsgöttin. Eine üppige, schwarzhaarige Schönheit – dichtes, seidiges, natürliches Schwarz. Sie hatte dunkle Augen, dramatisch geschminkt, volle Lippen und einen tiefen Schwerpunkt, wie Wendt fand, ohne dies je zu äußern. Mit ihrer langen Taille und den vergleichsweise kurzen Beinen eigentlich nicht sein Typ. Aber ihr Mienenspiel, die Kurven, das Gesicht! Es strahlte eine Sinnlichkeit aus, die ihn gelegentlich versengte. Er war ja nie ein Frauenheld gewesen. Utas Nähe machte ihn befangen.

»Was glotzt du die Lady so an?« hatte Jenny zu Beginn der Bekanntschaft spät nachts im Bett einmal gefaucht. »Eine Augenweide, he?«

»Aus gutem Grund ist Juno rund«, gab er zurück. Der Spruch

einer Zigarettenreklame aus der Vorkriegszeit. Aber sein Scherz erhielt nicht den verdienten Applaus, da er zufällig ins Schwarze traf.

»Mag sein, mein Lieber«, sagte Jenny mit einer Stimme, der man anhörte, daß sie in dem Punkt nicht mit sich spaßen ließ. »Aber falls du mit ihr ins Heu gehst, kratze ich euch die Augen aus! Erst dir, dann ihr.«

Er verkniff sich die Frage, weshalb in dieser Reihenfolge. Sie war zu ärgerlich gewesen. So schlug, war in ihr ein Nerv berührt, Jennys arglose, manchmal verträumte Art, mit ihm zu reden, abrupt in knallharte Sprache um. Wahrhaftig ein strenges Wort. Aber solche Ermahnungen führten, wie es schien, nur zu unerwünschten Gedankenspielen. Sie machten ihn empfänglich für Utas junonischen Reiz, befruchteten dauerhaft seine Phantasie.

Während Wendt ihr zuhörte am Kaffeetisch – Uta gab den Ton an, sie sprach wie ein Wasserfall von Theater und Literatur, über Leute, die er nicht kannte, geschweige denn gelesen hatte, Hein und Scherzer und Lambrecht, Männerbekanntschaften, freimütige Protokolle –, während das an ihm vorbeirann, rief er sich unwillkürlich ihr erotisches Vorleben ins Gedächtnis. Nein, er kam davon nicht los. Juno hatte zu den armen Kindern gehört, die unter ihrem Namen leiden. Als junges Mädchen hieß sie Huschebett, was unvermeidlich Gespött nach sich zog und in ihr den Wunsch weckte, durch Heirat einen Makel abzustreifen, der anders nicht zu tilgen war in einem Land, das sich mit Namensänderungen derart schwertat.

Aber die Namen der frühen Liebhaber Junos (laut Jenny hießen die ersten drei: Notdurft, Bauchrucker und Krokoschinski) waren so unerfreulich, daß die erweiterte Oberschülerin den Hilmar Zelter festhielt, als der in ihr Leben trat. Ein gut gebauter und strebsamer Mann, Elektroingenieur ursprünglich, nur zwei Jahre älter als sie. Dabei sei ihr ganz entgangen, hatte Jenny vermerkt, was ein Zelter wirklich war. Kein Campingfreund, wie man meinen könne, sondern ein speziell auf Paßgang abgerichtetes Reitpferd für Damen. Die Wortbedeutung, sagte sie, sei dank der Motorisierung etwas in Vergessenheit geraten.

Eine klügere Frau, dachte Wendt, hätte dergleichen verschluckt. Man sprach nicht alles aus, was einem durch den Kopf ging, auch nicht zwischen Mann und Frau. Alle zwei Wochen nämlich, wenn die Zelters zu Besuch kamen oder man selbst zu ihnen ging, stellte er sich nunmehr, wenn auch nur manchmal, schwelgerisch vor, wie die Göttin auf ihrem Zelter ritt. Und malte sich ein bißchen aus, wie es mit Juno sein würde. Oft kam bei frechen Bemerkungen ja so etwas heraus.

Übrigens galt Jennys Spitze weniger ihrer Freundin als deren Mann, der das Plaudern der Frauen da gelassen ertrug, selber mehr an Fußball interessiert. Hilmar hatte babyhelle Augen und flachsfarbenes Haar, er war ein geduldiger Zuhörer. Manchmal wölbte er die Hand und fuhr sich über den wohlgeformten Kopf, wie um sicherzustellen, daß die flotte Frisur und seine professionelle Tarnung noch am rechten Fleck saßen... Doch, auch Jenny fand ihn nett, sie hatte nur etwas gegen seinen Beruf. Er war Offizier der Staatssicherheit, und das reichte ihr, ihn madig zu machen.

So ungerecht konnte sie sein! Hilmar war ein feiner Kerl, eher zufällig dabei wie viele, bloß aufgrund seiner Kaderakte, der proletarischen Herkunft. Weiß Gott kein Fanatiker, ein ganz normaler Mann. Sein Vater war Volkspolizist gewesen, da hatte es sich so ergeben. Als Uta Hilmar kennenlernte, hatte es ihm noch genügt, ein Motorrad, eine Stereoanlage und ein tolles Weib zu haben und dieses Glück durch Feierabendarbeit ein wenig zu mehren. Doch während seiner Wehrdienstzeit, drei Jahre im Wachregiment des MfS, war man an ihn herangetreten und hatte seinen Ehrgeiz geweckt. Mit der Aussicht auf Karriere durch ein Fernstudium in Kriminalistik an der Humboldt-Universität und ein Direktstudium an der Juristischen Hochschule in Potsdam-Eiche (auf dem Gelände der früheren General-Weber-Kaserne, in keinem Hochschulverzeichnis auffindbar).

Ein saftiger Köder für jeden gescheiten jungen Mann. Das Studium hatte Hilmar hinter sich, eines Tages würde er sogar noch promovieren und dann Stabsoffizier sein – ein Lokalmatador an der unsichtbaren Front in Jennys Sprache. Und schon als Oberleutnant kam er in Besoldungsstufe elf auf ein Nettogehalt von gut 2000 Mark. Rund 500 Mark mehr als Wendt, der wesentlich älter und fast dreimal so lange im Dienst war. Uta war dort, in der August-Bebel-Straße 15, als Sekretärin angestellt, für 850 Mark plus Kleidergeld. Die zwei verdienten zusammen soviel wie ein Professor an der Universität.

Schlich sich da bei ihm Mißgunst ein? Vielleicht, wer war schon frei von Neid. Die bessere Besoldung lag an der Zuweisung wesentlich höherer Planstellen in allen Bereichen, vom Sachbearbeiter bis zum Leiter. Das führte leicht zu Arroganz. Für das MfS waren VP-Angehörige die *Bürgermeisterschutztruppe;* manchmal auch nur *die Grünen* genannt. Wenn er, Wendt, der Stasi etwas neidete, dann deren technischen Standard, den Wagenpark, das eigene Telefonnetz und das viele Personal; auch die 24 bis 42 Tage Urlaub im Jahr und die zahlreichen Ferienheime. Knapp 4000 Mann arbeiteten im Bezirk Rostock, hatte Hilmar ihm geflüstert, mit den neun Kreisdienststellen ein hübscher Apparat. Die treuen Söhne der Arbeiterklasse waren bei der VP und die treuesten beim MfS. Die Polizei ergriff Straftäter, grob gesagt, das MfS schlug den Klassenfeind. Manch einem schwoll da der Kamm vor elitärem Selbstverständnis, Hilmar nicht, der blieb ein Kumpel, frei von Überheblichkeit... Bis auf seltene Momente, etwa wenn er einem steckte, er schätze den Jahresetat der August-Bebel-Straße auf hundert Millionen Mark; was seine eigene Bedeutung ja dick unterstrich.

Es war gegen halb neun und das Abendbrot schon abgeräumt – launisches Juniwetter, anheimelnd klopfte Regen ans Fenster –, als der Streit begann. Nachdem Jenny an den Kommunalwahlen herumgenörgelt hatte, ohne Zustimmung zu finden, sprang sie jäh in den Fernen Osten.

»Habt ihr gelesen, was das *Neue Deutschland* zu der Tragödie in Peking schreibt?« fragte sie stirnrunzelnd. »Das Blutbad auf dem Platz des Himmlischen Friedens sei die Antwort gewesen auf den Putschversuch einer konterrevolutionären Minderheit. Mit Extremisten und Verbrechern werde kein Dialog geführt.«

»Hm, ja, stimmt...« Uta lächelte so verkrampft, als erzähle

man ihr einen peinlichen Witz. »Laß uns von was anderem reden, bitte. Das paßt nicht zum Geburtstag, geht uns aufs Gemüt.«

Aber Jenny sprach schon weiter. Sie setzte eine enttäuschte, ungläubige Miene auf und fuhr fort, die Tagespresse zu zitieren – aus dem Kopf. Dadurch wirkte es abgekartet, als habe sie sich das nur Hilmars wegen eingeprägt. Seit kurzem war es ihre Art, ihn herauszufordern.

Langsam versteinerte sein Gesicht. »Regt dich das wirklich so auf?« fragte er, rutschte im Sessel herum und spreizte die Oberschenkel, als kneife es ihn im Schritt.

»Nein«, sagte sie, »nicht ernstlich. Denn ich meine mit Stalin: Ein Tod ist Tragödie, tausend Tode sind Statistik.«

»Das Riesenland, eine Milliarde, schwer regierbar«, brummte er. »Da fließt schon mal Blut, was willst du machen?« Es klang, als hätte er gesagt: Halt 's Maul.

»Ach, weil's so viele sind, kommt's auf ein paar tausend nicht an, dort hinter der großen Mauer?«

»In China war das immer so. Bei den Massen ufert jeder Impuls aus wie die Riesenflüsse dort. Entweder Diktatur oder Anarchie.«

Stille. Man wartete auf Jennys Antwort, doch sie schwieg. Wendt wußte, es fiel ihr leicht, Hilmar zu reizen. Sie genoß bei ihm Narrenfreiheit, er mochte sie – nicht ihre Zunge, aber die Erscheinung. Außerdem hatte er Stil, nie würde es ihm einfallen, Privatgespräche ins Amt zu tragen. Das wäre in seinen Augen ekelhaft gewesen. Doch man sah, daß er schluckte und vor Ärger beinah das Glas umwarf. Jenny ging zu weit. Ihr Verhalten wurde peinlich, selbst in diesem vertrauten Kreis. Und nun wandte sie sich achselzuckend, die Brauen hochgezogen, von ihm ab. »Du hast recht, Juno«, sagte sie. »Angesichts der geheimen Mächte, die über uns herrschen, sollten wir schleunigst das Thema wechseln.«

»Was für geheime Mächte denn?« fragte Uta.

»Na, die der Männer. Ihre Machtlust, ihr Sexismus. Diese Machos zeigen uns ganz offen ihre Freude an der Ordnung, erzielt durch nackte Gewalt. Sie haben's nicht nötig, Ergebenheit zu heucheln wie wir armen Weiber.«

»Beruhige dich doch...« Uta sah hilfeflehend zu ihrem Mann.

»Die Partei dort«, sagte der, »wird das Problem schon lösen.« Seine Stimme klang, als könne sie allein durch ihren Nachdruck den Lauf der Dinge ändern, unabhängig vom gesprochenen Text.

»Die Partei löst kein Problem, sie ist das Problem.«

Hilmar zündete sich, was nur noch selten geschah, eine Zigarette an. Und er vergaß zu fragen, ob es erlaubt sei. Der Lack blätterte ab.

Wendt musterte ihn beklommen, er sah die abweisenden Falten um Hilmars Mund und dachte mit einem Ausdruck Finks: es eskaliert. Jetzt blickte sein Gast auf, sie nickten sich leidgeprüft zu, wie nur gestandene Männer es können, fast ranggleiche Offiziere – Kriminalisten, die auch dann, wenn ihre Frauen stänkern, genug Besonnenheit und Solidarität aufbringen, um sich gegenseitig anzuerkennen und zu stützen.

»Genug, Kinder«, sagte Wendt in jenem Ton, bei dem die Mitarbeiter der Mordkommission regelmäßig verstummten. »Hört euch lieber mal an, was mir neulich im Präsidium passiert ist...« Er improvisierte. Es war nicht seine Absicht gewesen, den Besuch Richard Nebels zu erwähnen. Die Grenze zur Vertraulichkeit ließ sich schwer ziehen, alles Dienstliche blieb sonst bei ihm im Amt zurück. Aber nun, um den dummen Clinch zu beenden, erzählte er die Sache doch.

»Wieso kam der Mann zu dir?« fragte Uta.

»Christian«, sagte Jenny, »war im Mai kommissarischer Leiter der Beschwichtigungsabteilung.«

»Sie meint die Pressestelle«, seufzte Wendt.

»Dieser Nebel traut sich was«, sagte Uta. »Schwer vorstellbar, die Sache mit den Drogen.«

»Schwer vorstellbar?« fragte ihr Mann. »Absurd ist das... Saugt sich da was aus den Fingern und donnert es zur Gruselstory hoch.«

»Unter Rauschgift tut er's nicht«, sagte Wendt. »Sonst kann ihn wenig reizen, es muß schon organisiertes Verbrechen sein.«

»Irgendwie ist mir der Name im Ohr«, brummte Hilmar.

»Hat er nicht *Amok* geschrieben? Die Abschlachtung der indonesischen Kommunisten. Und *Gaukler* doch auch. Sehr wichtig, das Buch! Rechnet glasklar mit Solschenizyn ab, dem Verräter.«

Uta sagte: »Du verwechselst ihn mit Harry Thürk.«

Hilmar lachte großmütig, es genierte ihn nicht. Man sah ja ein, daß er – außer dem Schriftverkehr im Amt – nie etwas anderes als Sportberichte, zwei Seiten im *Neuen Deutschland* und Gebrauchsanweisungen las. Mehr zu verlangen wäre unbillig gewesen. Nur ein Fünftel der lesefähigen Bevölkerung (Wendt wußte es von Jenny) griff zweimal die Woche oder gar noch öfter zu einem literarischen Werk; das Ministerium für Kultur hatte dies ermittelt. Hilmar war Teil der absoluten Mehrheit, kein Grund für ihn, zerknirscht zu sein.

»Zwei Mafia-Geschichten sind von ihm«, sagte Wendt. »Eine spielt in Kolumbien. Daher seine Idee mit dem Drogenexport hier.«

»Kolumbien, da fällt bei mir der Groschen. Jetzt hat's geklingelt, ich ahne, wer das ist. Hauptmann Helmholz sagt, der Mann schreibt fast so gut wie Thürk, ihm fehlt nur dessen ...« Er suchte nach dem rechten Wort.

»Spannung?« fragte Wendt. »Faktentreue?«

Hilmar schüttelte den Kopf.

»Kampfszenen?« schlug ihm Jenny vor. »Sex und flotte Miezen? Tötungsakte? Oder das Bordellmilieu?«

»Bringt ihn doch nicht in Verlegenheit«, bat Uta. »Woher soll Hilmar das wissen? Er gibt doch nur Helmholzens Meinung wieder.«

»Bordellszenen«, beschwichtigte Wendt, »stehen massenhaft bei Graham Greene. Hier verlegt, durchaus keine Pornographie.«

»Was hat dein Hauptmann an Nebel nun vermißt?« bohrte Jenny. »Die Parteilichkeit? Den festen Klassenstandpunkt?«

»Das ist es«, sagte Hilmar erlöst. »Seine Haltung soll unklar sein. Objektivismus ist das Wort, das mir auf der Zunge lag. Und noch etwas, jetzt weiß ich es wieder – der kolumbianische Geheimdienst heißt bei ihm immer ›Staatssicherheit‹. Hat die Genossen sehr befremdet. Die Originalbezeichnung ist *Seguri-*

dad Nacional. Das hätte sich weniger anzüglich übersetzen lassen, finden wir.«

»Das klingt ja«, warf Jenny ein, »als seht ihr darin ein Zeichen für versteckte Feindschaft? Kein Patriot demnach? Steht nicht zum Sozialismus in den Farben der DDR?«

Sie legte sich schon wieder mit ihm an, Hilmar aber wich ihr pfiffig aus, vielleicht um den Kampf dort zu vermeiden, wo er das Feld nicht übersah. »Dafür ist er Dichter«, sagte er verschmitzt. »Der erste sogar.«

»Des Landes?« fragte seine Frau, hörbar in Furcht vor der nächsten Blamage. »Hilmar, du irrst dich.«

»Der Welt natürlich. Denn es steht geschrieben: ›Dichter Nebel lag auf dem Wasser.‹ Damit geht sein Ursprung auf den ersten Schöpfungstag zurück. Auch Nebels Neigung zum Wassersport ist in dem Satz erfaßt.«

Der Witz zündete nur schwach. Wendt sah Hilmar mit beiden Füßen dort gelandet, wo keiner ihn hinhaben wollte – in Lauerstellung gegenüber der Kirche, bereit zum Schlag auf die Religion. Die Fettnäpfchen vermehrten sich derzeit rapide... Eilig goß er Sekt nach und hob sein Glas: »Auf unsere Frauen, auf alle zwischen dreißig und fünfzig, was ihre schönste Zeit sein soll. Amüsieren wir uns, tun wir was Gutes!«

Aber zu spät, Jenny griff bereits nach einem Buch in der Schrankwand, gewiß um Hilmar zu ärgern. »›Am Anfang schuf Gott Himmel und Erde, die ganze Welt‹«, las sie vor. »›Auf der Erde war es noch wüst und unheimlich; es war finster, und Wasserfluten bedeckten alles. Über dem Wasser schwebte der Geist Gottes.‹ Also du warst schon witziger, Hilmar. Von Nebel keine Spur.«

»Das ist doch die Ausgabe in heutigem Deutsch«, sagte Uta.

»Als zweite mögliche Übersetzung steht in der Fußnote: ›Ein gewaltiger Sturm brauste über das Wasser.‹ Wieder kein Nebel, tut mir leid.«

»Ihr lest die Bibel?« Hilmar war perplex. »Ich wußte gar nicht, daß ich unter Bibelforschern bin.«

»Schau ruhig mal rein«, riet ihm Jenny. »Und nicht erst, wenn sie dich zu dem Trupp versetzen, der damit befaßt ist, die Kirche zu unterwandern. In deinem Fach muß man vielseitig sein.«

»Da lese ich noch eher den Kram von Richard Nebel.«

»Warum nicht? Im Knast ist er sehr beliebt gewesen. Ihr wißt doch, das letzte halbe Jahr durfte ich dort in der Bibliothek arbeiten. Nebels Mafia-Schmöker waren dauernd ausgeliehen.«

In der plötzlichen Stille hüstelte Uta, als habe sie sich an dem Sekt verschluckt, und Hilmars Blick schien auf einen Punkt außerhalb des Zimmers gerichtet. Es war zum Verzweifeln, mutwillig hatte Jenny ein Tabu verletzt. Ihre Haftzeit wurde vor anderen nie erwähnt, schon gar nicht gegenüber den Zelters. Natürlich wußten die Bescheid, es hatte sich trotz ihres Umzugs nach Rostock herumgesprochen; aber es war ihnen peinlich, daran erinnert zu werden. In ihren Augen eine Schande, die man tunlichst verbarg... Wieder lief das Schiff bedrohlich aus dem Ruder, mit einem Ruck riß Wendt es herum.

»Als dieser Nebel vor mir saß«, sagte er, »da wußte ich nicht, ob ich über ihn lachen oder weinen sollte. Für den war das ja kein Ulk, der hat's ganz ernst gemeint.«

»Die Grenze vom Komischen zum Ernsthaften ist durchlässig«, sagte Jenny. »Wir passieren sie heute dauernd.«

»Komm, komm«, sagte Hilmar. »Du vielleicht. Du bist ja der ideologische Grenzgänger hier.«

»Besser als ein Blindgänger.«

»Damit bin wohl ich gemeint?«

»Nur in Sachen Kunst. Ansonsten steckst du uns glatt in den Sack, mit all deiner Schulung. Du nimmst nämlich instinktiv an, die Kunst hat der Partei und dem Staat zu dienen. Nicht wahr, das glaubst du doch? Bei euch dient alles der Partei.«

»Wem sonst, Mädchen?«

»Na, der Gesellschaft. Schlag doch mal in der Verfassung nach.«

»Entschuldige, Jenny, das ist ein verträumtes Politikverständnis.« Hilmar sprach rauh wie ein Mann, der es satt hat, sich kränken zu lassen und dabei noch nett zu sein. »Christian und ich, wir gucken doch nicht morgens in die Verfassung und kümmern uns dann um die große Zielsetzung. In Wirklichkeit ist das ein Feuerwehrjob. Da hetzt du atemlos vom Deichbruch zum Brand, vom Leck zum Unfall und wieder zurück zur Panne im Amt. Zuerst kommt der Staat, das merke dir!« Er schnipste mit den Fingern, als wollte er sagen: Das ist geklärt und abgehakt, das hat sie kapiert.

Aber Jenny gab keinen Zoll nach. »Statt dem Volk zu dienen«, sagte sie, »kontrolliert und beherrscht ihr es.«

»Du, sei bitte fair«, rief Uta. »Stell uns nicht ins Abseits! Du brauchst Sicherheit genauso wie Brot oder Kunstgenuß.«

»Ja, aber mehr Rechtssicherheit als Staatssicherheit.«

An diesem Punkt überkam Wendt das Gefühl, so habe er seine Frau noch nie erlebt. Das war nicht mehr der Film, der zu ihrem Geburtstag lief. Jemand putscht sie auf, hat daran gedreht. Einer, den es wegtreibt, dessen Bindung an unser Land sich gelockert hat. Irgend so ein Typ vom Schlage Richard Nebels.

Als die Gäste weg waren, sagte er: »Die zwei sehen wir so schnell nicht wieder. Jenny, mußte das sein? Uta war deine beste Freundin, und Hilmar ist ein patenter Kerl, nie strapaziös, lammfromm, fast unpolitisch, wenn man ihn nicht piesackt.«

»Ja, bewundernswert. So seriös und konservativ. Seine Stimme hat mich gleich begeistert. Kompetent und gebieterisch. Die Stimme des Profis, des satten Beamten. Merkst du nicht, wie er Juno damit dirigiert? Und das ist mal ein netter Junge gewesen, als er noch Elektriker war. Macht korrumpiert, das siehst du an ihm. Aber ich, ich denke nicht daran, vor ihm zu kuschen. Ich hab' keine Lust mehr, mich zu verstellen! Ich bin einunddreißig und für solche Feigheit längst zu alt.«

Sie standen, die Hände voll Seifenschaum, nebeneinander am Abwaschbecken. »Das sind nun die letzten, mit denen wir verkehren«, sagte Wendt zu seiner eigenen Überraschung. »Ein Paar wie wir, das kaum noch gemeinsame Freunde hat, was ist das denn noch für ein Paar?«

»Ziemlich gute Frage, Christian.«

»Und deine Antwort?«

»Laß uns die Zelters vergessen. Demnächst schleppe ich dir mal ein paar Leute von mir an, wenn du's nur erlaubst.«

»Ach, Jenny«, seufzte er, »kann das funktionieren?«

»Doch«, sagte sie und gab ihm einen Kuß aufs Ohr. »Paß auf, das sind prima Kumpel, du. Alles wird gut.«

4

Neue Freunde für die Wendts, das klang einfach und erwies sich doch als schwer. Jenny schaffte es halt nicht, die *prima Kumpel* für ein Gespräch mit Christian zu begeistern. Die jungen Oppositionellen aus dem Umfeld der Petrikirche, der Universität und des Antiquariats, in dem sie tätig war, brannten nicht gerade darauf, einen Hauptmann der Kripo kennenzulernen. Auch wenn sie hervorhob, ihr Mann kläre Tötungsverbrechen auf, mit politischen Straftaten habe er überhaupt nichts zu tun. Und Akademiker sei er auch, Diplomkriminalist nach seinem Fernstudium an der Humboldt-Uni! Schließlich hatte er nicht bloß die Polizeischule Aschersleben absolviert.

Peinlich, solche Beteuerungen. Selbst Andy und dessen Freundin Birgit gaben ihr einen Korb, mit Ausflüchten verziert. Es schien, als meine man im Kreis der stillen Protestanten, ein Händedruck Christians könne sie beflecken. Oder – da stelle die Staatsmacht ihnen eine Falle; das Mißtrauen war groß. Der Riß zwischen Staat und Gesellschaft, der durch das Land lief, schon immer *oben* von *unten* trennte, wurde zum Graben. Auf beiden Seiten Hochmut und Berührungsangst, wie sollte ihr der Brückenschlag gelingen?

Eines Tages kam Uta ins Antiquariat, das sie noch nie betreten hatte. Der Kladde nach, die Jenny dort führte, geschah das am 14. Juni, einem Mittwoch. Gebrauchte Bücher mochte Uta nicht, die fand sie »unästhetisch«, sie suchte auch gar keins, sondern brachte selbst eins an, aus eigenem Besitz. *Das Phantom* von Richard Nebel, neuwertig, augenscheinlich ungelesen. Unter solch abgeschmacktem Titel hatte dieser Mann der kolumbianischen Drogenmafia ein Denkmal gesetzt. Ediert vom Verlag Das Neue Berlin in einem gelben Schutzumschlag, auf dem ein Soldat am Fallschirm hing. Wohl weil das einem breiten Publikum eine Portion Nervenkitzel versprach. Oder auch, weil im Drogengeschäft massenhaft Militärpersonen, Waffen aller Art und Kriegshandlungen vorkamen.

Das Buch war Uta, so sagte sie, in ihrer Potsdamer Zeit vom

Rektor der Pädagogischen Hochschule, dem sie Briefe und Listen tippte, als Auszeichnung überreicht worden. Sie hatte es aber kaum angerührt. Abenteuerschwarten gaben ihr nichts, darin kam die Liebe stets zu kurz. Zum Sex verknappt, diente sie dem Verfasser bloß dazu, die knallharte Handlung zu kontrapunktieren, also wie ein Weichmacher das Geschehen duftig aufzulockern, durch Szenen, denen Leben einzuhauchen ihnen nicht gegeben sei. Ja, der Liebesakt, die schwerste Übung des Schreibers! Über das Buch hinweg strahlte sie Jenny an und zeigte ihre schönen Zähne, das Lächeln der Eingeweihten, einer Frau, die weiß, worauf es ankommt letzten Endes... Ohne die Reibungen vom Geburtstag zu streifen, sprach sie die nächste Einladung aus, kassierte sechs Mark für den Schmöker und schritt mit schwingenden Hüften hinaus in den Sonnenschein.

Jenny schrieb den Verkaufspreis auf den Innendeckel, sie legte *Das Phantom* gleich aus. Aber Andy, der in der Kunstabteilung wenig zu tun hatte, blätterte darin; er fand ein paar Bleistiftstriche, die man wegradieren mußte. Sie sah ihm über die Schulter, in dem Gefühl, die Striche stammten von Hilmar. Sollte das Gespräch ihn so neugierig gemacht haben, daß er seine Scheu vor Romanen überwand? Sehr merkwürdig. Und weshalb hatte Juno sie beschwindelt? Laut Impressum war das Buch erst letztes Jahr erschienen, da konnte es ihr schwerlich von der Hochschule geschenkt worden sein, die sie 1986 verlassen hatte.

Jedenfalls war das Gekritzel nicht von ihr. Denn alles Markierte hing mit Hilmars Hobby zusammen, dem Fußball. Glaubte man Nebel, wurden Kolumbiens Kicker von der Unterwelt regiert. Die steckte ihr schmutziges Geld, sogenannte Narco-Dollar, nämlich in Clubaktien oder in den Ankauf ausländischer Spieler und wusch es so recht elegant. Dick unterstrichen der Satz: »Dank teurer Profis aus Uruguay und Argentinien stießen zweitklassige Vereine in die Oberliga vor.«

Am Rande Ausrufungszeichen der Empörung. Angekreuzt auch dies: »Als die Schiedsrichter nicht gehorchten, entführte die Mafia deren Spitzenmann und setzte ihn nach Tagen mit der Botschaft *Wer schlecht pfeift, wird ausgelöscht* wieder auf freien Fuß. Und es blieb nicht bei der Drohung, drei Pistoleros fingen

Alvaro Ortega vor seinem Hotel ab und erschossen ihn, weil der Linienrichter ...« Ein fetter Strich am Rand, schief wie in Rage, dann folgte nichts mehr. Offenbar hatte Hilmar das Buch verärgert zugeklappt und sein Weib beauftragt, es aus dem Haus zu schaffen.

Eine weitere Seltsamkeit war die eingedruckte Zueignung des Autors. Andy wies verdutzt darauf hin. Nebel hatte sein Buch einem berühmten Kollegen gewidmet, dessen Name sich mit oppositionellen Regungen verband. *Für Stefan Heym.* Durch häufiges Erscheinen des Heymschen Charakterkopfes im Westfernsehen und das, was er dort äußerte, klang der Name wie ein alternatives Programm. Es hieß soviel wie: Für demokratischen Sozialismus. Das hätte man dem Nebel freilich nicht gedruckt. Jenny fand es schon erstaunlich, daß der Spruch in dieser Hülle durch die Zensur gerutscht war.

»Sehr hübsch«, nuschelte Andy dicht an ihrem Ohr, und wieder einmal glaubte sie zu spüren, daß er bei all der zur Schau gestellten Schnoddrigkeit im Grunde ein schüchterner Mensch war. »Der liest demnächst in der Kirche, wir holen ihn ab. Hast du Lust mitzukommen, Jenny?«

»Von wo holt ihr ihn ab?«

»Er macht Urlaub in Cumin.«

»Mein Gott, das ist mir zu weit.«

»Aber es ist doch am Samstag ...«

»Keine Zeit. Da sind wir selber eingeladen.«

»Bei der Lady von vorhin?« fragte er enttäuscht. Es hörte sich an, als habe er etwas aufgeschnappt.

»Siehst du, Andy, so kommt das. Weil ihr euch so schwer damit tut, uns mal zu besuchen, müssen wir halt woanders hin. Mein Mann will auch nicht immer dieselben Gesichter sehen. Er arbeitet hart und hat daher ein bißchen Abwechslung nötig.«

»Bring ihn doch mit zum Heym-Abend in die Kirche.« Andy grinste so zaghaft zu seiner Frechheit, daß es schwer war, ihn nicht ein wenig sympathisch zu finden, skeptisch und einsam, wie er da stand, in seine Ideen versponnen. »Das wär schon mal 'ne Abwechslung für ihn. Oder verbietet es ihm sein Rang in der Hierarchie, mit unerwünschten Elementen öffentlich gesehen und vielleicht sogar von seinen Genossen fotografiert zu werden?«

»So ist es«, sagte sie. »Das hätte ihm gerade noch gefehlt. Du, er ist schon mit mir hinreichend gestraft. Aber was anderes wäre es, mal privat mit Christian zu sprechen. Ich an eurer Stelle täte es.«

»Aus humanitären Gründen?«

»Nein, aus politischen. Es wäre überhaupt nicht verkehrt, mit Polizisten zu reden und sich vielleicht sogar anzufreunden, wo das möglich ist.«

»Solange das Sein das Bewußtsein bestimmt, dürfte das unmöglich sein. Nur du hast es geschafft, Jenny. Das ist ja eben das Bewundernswerte an dir, das dunkle Geheimnis.«

»Das dir keine Ruhe läßt, weil du es ergründen willst?« fragte sie mit sicherem Instinkt und genoß es, ihre Macht an ihm zu erproben, wenn auch nur für einen Augenblick.

»Na ja, das weißt du doch ...« Die Stimme sackte ihm weg, er wandte sich um und wich in seine Kunstabteilung zurück, wo gar kein Kunde war.

Warum, überlegte sie, macht es solchen Spaß, ab und zu ein Biest zu sein? Manchmal sprang ein Funke über, es knackte richtig auf der Haut, und die Luft blieb ihr weg.

Drei Tage darauf saß sie in dem lärmenden Trabant, der Andys Vater gehörte. Christian war nach kurzem Zank allein zu den Zelters gegangen, nur geringfügig verstimmt. Er hatte eingelenkt, ihr aber – und das war sein gutes Recht – das Auto verweigert.

»Mir ist klar, weshalb du's mir nicht gibst«, hatte sie beim Abschied gesagt, froh, daß er sie ziehen ließ. »Falls der Dichter das Kirchenvolk aufwiegelt, die Christenheit anstiftet zu Handlungen gegen den Geist und Buchstaben des Marxismus-Leninismus, dann wäre dein Lada ein Tatwerkzeug, das polizeilich beschlagnahmt werden müßte, ja?«

»So könnte man's sehen«, erwiderte er leicht verkniffen.

»Nun verrat mir auch noch, falls der Mann mit dem Zug kommt, und es hätte schlimme Folgen – Zusammenrottung, Verächtlichmachung, Ehrabschneidung, Herabminderung und

Rowdytum, du weißt schon –, legt ihr dann den Waggon still, in dem er gesessen hat?«

Mit Hinweisen auf den Gesetzestext bewies er ihr, daß sie Unsinn redete, und beschwor sie etwas nervös, sich zurückzuhalten und in nichts hineinziehen zu lassen; sonst falle ihre Vorstrafe erschwerend ins Gewicht.

»Na schön, du hast mich überzeugt«, sagte sie schließlich. »Ich werde nur beten und singen. Und sämtliche Stoppschilder beachten, die du vorsorglich errichtet hast.«

»Ich hab' dir nur die Rechtslage erläutert.«

»Okay. Es haut einen immer wieder um, zu sehen, was ein Polizist bewirken kann, wenn sonst niemand die Paragraphen kennt.«

»Vergiß sie ruhig; das ist zu abstrakt für dich. Denk lieber an unsere Kubareise. Die wär nämlich zuerst im Eimer.«

»Beim Militär heißt das abgestufte Vergeltung. Hut ab vor deinem Staat! Was für ein Drohpotential er doch hat.«

»Es ist auch deiner, immer noch! Und er ist gar nicht so robust und brutal, wie du glaubst. Freiheit und Verantwortung sind im labilen Gleichgewicht, überall auf der Welt. Drückst du die eine Seite der Waage runter, hebelst du die andere aus, und wir haben Anarchie.«

»Wie schlimm«, hatte sie darauf gesagt, einigermaßen freundschaftlich, wie ihr schien, auf der Kippe zwischen Angriffslust und Leisetreterei. »Staatskunst als Nummer auf dem Hochseil. Die Balance zwischen Ordnung und Chaos, nur von Artisten zu meistern, den Weisen im Oberbüro. Stimmt bloß nicht bei uns, Christian. Hier bewegt sich doch nichts mehr! Ihr habt die rechte Waagschale so mit Sicherheit befrachtet, daß sie ganz unten ist und von der linken alles runterrutscht, was man draufpacken will. Freiheit findet bloß noch im Saal statt, unter dem Dach der Kirche, das ziemlich löchrig ist...«

Und war gegangen in dem Gefühl, Flagge gezeigt zu haben, die Würde gewahrt, ihre Identität, das neue Selbstverständnis, ohne provokant zu sein. Christian hatte es selber schwer, das sah sie ja ein. Er hatte es nicht verdient, daß man ihn verletzte. Er war ihr Mann, sie liebte ihn trotz allem; und so sollte es bleiben.

Die Fernverkehrsstraße 105 war so voll wie an jedem sonnigen Tag in der Saison, obschon am Wochenende kaum Lastwagen fuhren. Erst in Vorpommern, wo sie dreispurig wurde, glückte es Andy, einen Konvoi von Anfängern schneidig zu überholen. Von da an warb er um ihre Aufmerksamkeit, indem er verhalten über Frauen sprach; die schwierige Doppelrolle der Frau als erotische Partnerin und als menschliches Wesen, das sie, wie er gern einräumte, ja außerdem war. Freigebig verstreute er die Schätze seiner Erfahrung, 24 Jahre, höchstens ein Drittel davon aktiv. Keineswegs grub er die Episoden mühsam aus, sie drängten vielmehr von selbst ans Licht... Eine neue Seite an ihm. Wie leicht ihm dies von der Zunge ging! Es war, als befreie ihr Dabeisein all das aus einem rätselhaften Archiv, wo nichts von dem, was ihm jemals widerfuhr, verlorenging.

Sooft der Verkehr es zuließ, hingen seine Augen an ihr, um zu sehen, wie sie es aufnahm. Sie hatte den Eindruck, er wolle ihr auf möglichst dezente Art das Gefühl vermitteln, ein guter Liebhaber zu sein, zärtlich, erfahren, geduldig und voller Respekt... Zwischendurch schwieg er, entweder um das nachwirken zu lassen, was er ihr da aufgetischt hatte, oder um einen Sonntagsfahrer auf den zweiten Platz zu verweisen, ihn mit der Kraft seiner 27 PS (waren es soviel?) zu deklassieren und – in der Sprache seiner Birgit, die er nicht mitgenommen hatte – Gummi riechen oder am Auspuff schnüffeln zu lassen.

»Und mit all diesen Mädchen«, fragte sie scheinheilig, »bist du intim gewesen, Andy?«

»Ich war mit den meisten im Bett, das ja«, brummte er und schlug, ein Chauvi der Landstraße, noch vorm Bahnübergang einen lästigen Mitbewerber um den Grand Prix der F 105. »Intim möchte ich nicht sagen.«

Andy verstummte, und wieder streifte sie sein Blick. Seine Pausen waren einzigartig. Er schien dann nur schwach mit der Realität verknüpft zu sein, mit dem, was hinter den Eierschalen der Plastwände auf ihn lauerte und sie beide riskant umgab. »Ist das nicht dasselbe?« fragte sie.

»Nein... Intim würde ich mit dir gern sein.« Er starrte geradeaus, sein Adamsapfel glitt hoch und runter, und die Knöchel seiner Fäuste, die das Lenkrad hielten, wurden weiß.

Jenny war baff. Soviel Direktheit hatte sie ihm nicht zugetraut. »Ich mag dich ja auch, wirklich«, sagte sie zu ihrer eigenen Verblüffung. »Aber mehr ist ausgeschlossen. Weißt du, ich bin ein treues Weib. Wir haben reiflich überlegt und nicht etwa geheiratet, weil ein Kind unterwegs war; ich will nämlich gar keins. Meine Ehe ist also kein notwendiges Übel.«

»Im Prinzip sind Ehen mehr übel als notwendig«, sagte er und grinste frech.

Solch ein Absturz war typisch für seine Gespräche. Von der Höhe des Gedankens, oder auch der Leidenschaft, kippten sie schnell mal ins Geistlose. Doch sie verzieh ihm auch das. Man konnte ihm einfach nicht böse sein. »Laß uns aufhören. Wenn du über so was reden willst, solltest du dich an jüngere Damen wenden.«

»Du bist die beste Adresse dafür.«

»Nein, wir lassen's besser. Wir wissen beide, wie das meistens endet. Und wie willst du mit deinem fotografischen Gedächtnis, geschult an den Kunstwerken bei uns im Laden, eine Frau wie mich dann jemals vergessen?«

Bis hinter Stralsund schwieg er, betroffen, aber nicht gekränkt. Sie hatte es ins Komische gezogen und so den Stachel entfernt. Andy tat ihr leid, nicht nur wegen seiner Verliebtheit. Gehörte er doch zu den Nachdenklichen und Empfindsamen, die rasch an den Rand geraten, vermutlich in jeder Gesellschaft, da es ihnen so elend schwerfällt, sich anzupassen. Der geborene Nonkonformist. An der Uni hatte dieser Druck ihn wundgerieben, bis er im letzten Winter das Handtuch schmiß. Er stand bereits kurz vorm Examen, als der Sektionschef seine Diplomarbeit zurückwies. Und zwar, weil der Dozent, der sie betreut hatte, im Westen geblieben war; worauf man das ganze Thema pauschal verwarf.

Jenny wußte nicht genau, wie der Titel seiner Arbeit hieß, erinnerte sich aber, sie handelte von der Eigentumsstruktur aller Neubauten an der Ostseeküste in den 70er und 80er Jahren. In ihr haftete der Eindruck, dieser Stoff sei brisant wie Dynamit, ganz gleich, wie man ihn aufbereitete. Denn fast alles, was Andy da ermittelt hatte, war vertraulich, nur für den Dienstgebrauch, und das Ergebnis der Recherche galt als absolut geheim. Es lag im Panzerschrank seiner ehemaligen Sektion, ihm war verboten worden, davon zu reden. »Ich bin Geheimnisträger«, pflegte er stolz zu verkünden. »Aber das seid ihr auch, beruhigt euch. Alles, was du siehst, ist ein Mysterium, vom Wetter bis zu den Rätseln der weiblichen Natur. Und was du nicht siehst, sowieso – die Scheidungsquote, die Selbstmordrate, der Dreck in der Luft, alles geheim. Und selbst das wenige, was kein Staatsgeheimnis ist, darf weder veröffentlicht noch einem Westmenschen erzählt werden, weil das Wasser auf die Mühlen des Imperialismus ist.«

»Und wenn es von hinten bis vorne erlogen ist«, hatte Birgit, Studentin der Journalistik, wütend hinzugefügt, »dann ist es das größte Staatsgeheimnis. Nicht der Text natürlich, sondern die Tatsache, daß er nicht stimmt. Was stimmt, bleibt geheim, auf Beschluß des Politbüros, hurra. So wird der Klassenfeind getäuscht. Uns wiederum täuscht man vor, es gäbe diesen Feind. Roßtäuscher führen uns, und von Feinden sind wir umringt, das hat in Deutschland Tradition. Und falls es daran mangeln sollte, erfindet man sie. Der Job, auf den ich mich vorbereite! Viel Feind, viel Ehr, und was wäre denn ein preußischer Staat ohne inneren und äußeren Feind? Ein Lokus ohne Papier. Das Volk würde ja merken, wieviel beschissene Kerle es da miternährt – all die Narren, Nichtstuer, Bonzen und Staatsschützer...«

Ein unglaublicher Wortschwall. Der Mund, das Ventil eines Hochdruckkessels. Birgits Zunge modulierte den Dampf, sie ersetzte ihren Freunden offenbar das, was ihr an Fleisch auf den Rippen fehlte. »In der Wissenschaft«, hatte sie letzthin erklärt, »stimmen Theorie und Wirklichkeit ja oft noch halbwegs überein. Aber in der Politik ist, übrigens genau wie in der Liebe, die Einbildung Trumpf. Die Phantasie schafft sich ihre Realität. Man erfindet Feinde, Erfolge, ja sogar das Volk exakt nach Maß, nach dem Bedarf der Führung.«

Und so weiter. Jenny döste vor sich hin. Hilmar Zelter fiel ihr ein, bei dem Christian jetzt saß. Was trieb Hilmar eigentlich in der Bebelstraße, was war dort sein Ressort? Keine Ahnung. Konnte man ihn sich als Agentenführer denken, als Ausbilder und Respektsperson? Nun, man kam nicht dahinter. Und im Grunde verabscheute sie es auch, sich das Innenleben der Firma vorzustellen. Dazu mußte man vielleicht pervers sein, paranoid, versehen mit grotesker Inspiration.

Die Quellen flossen äußerst spärlich. Noch in Junos Potsdamer Zeit hatte ihr die Freundin, zu strengstem Stillschweigen vergattert, nur zweierlei mehr angedeutet, als erzählt. Nämlich, daß Hilmar dort oft nächtelang wegblieb, da er auf der Transitautobahn Menschenhändlern das schmutzige Handwerk legte. (Bei erfolgreichem Zugriff winkten ihm Fangprämien.) Und daß er abends, wenn sie bereits schlief, manchmal das verbotene Westprogramm drückte. Freilich bloß, um ein Fußballspiel zu erleben, das im Osten nicht lief. Dies verbarg er selbst vor ihr, seiner Frau. Sie merkte es stets daran, daß am nächsten Morgen sein Fernsehsessel zu dicht am Bildschirm stand. Da der Verein ja im ganzen Wohnblock saß (und in den Blocks ringsum auch, aus Sicherheitsgründen gluckte man zusammen, das Prinzip der Wagenburg), hätten die Genossen darüber, darunter und nebenan durch den Beton hören können, was Hilmar unerlaubt empfing. Also dämpfte er den Ton und rückte nah heran... Wie schwer, den Ruf zu wahren, ein treuer Genosse zu sein! Die Götter in den Gästeheimen der Partei auf Rügen und auf der Insel Vilm, das war längst durchgesickert, zogen sich die Westprogramme in prima Qualität durch ein Postkabel herein. Ihr Wachhund aber, der kleine Oberleutnant, mußte schummeln, um seinem harmlosen Hobby nachzugehen.

Irgendwann nickte sie ein, von dem Gurt festgehalten, und verpaßte das heimatliche N., wo ihre Eltern wohnten, der Tischlermeister Harald Blom und Christel, seine Frau... Aber nein, Andy hatte die Kreisstadt umfahren, es ging nicht mehr nur durch N. nach Cumin, die Bäderstraße zweigte jetzt fünf Kilometer vorher ab. In der Kurve blinzelte Jenny gegen das Licht, der Motor trommelte, die Sonne wärmte ihre Knie. Die Häuser duckten sich, bekamen Schilfdächer, und die Bäume wuchsen schief, verformt vom Wind, Hauptrichtung Südwest; das war ihr vom Segeln mit Vaters Boot noch geläufig.

Wieder dämmerte sie weg, Fetzen eines Wachtraums folgten

ihr in den Halbschlaf, lösten sich dort zu wirren Bildern auf. Ein grünweißer Lada der Volkspolizei stoppte sie, Hilmar Zelter stieg aus, um die Fangprämie zu kassieren. »Kuba kannst du dir abschminken«, sagte er zu ihr ganz trocken und sachlich. »Du bist für Stefan Heym? Den knöpfen wir uns auch noch vor. Wer schlecht pfeift, wird ausradiert.«

Hier mischte sich Andy ein, er sagte zu Hilmar, obwohl der legeres Zivil trug, Turnschuhe sogar: »Oberleutnant, du hast da was falsch gemacht. Wenn du wen observierst, darfst du ihn nicht überholen, sonst biegt er unversehens hinter dir ab. Und gib dich ihm nie zu erkennen. Immer tarnen, tarnen, tarnen!«

Die Szene zerfloß, sie merkte, das hatte Andy wirklich gesagt; er unterhielt sie mit Späßen aus dem Umkreis des MfS. Prüfungsfrage: Wie lautet der Spitzname von Margaret Thatcher? Antwort: Eiserner Vorhang. Was ist Comecon? Das Gespinst der Seidenraupe. Und EWG? So ein Gas, das die Ozonschicht angreift. Wer war Marx? Der Erfinder des Kapitals, die Zinsen heißen Lenin. Was ist das Kapital? Der Sitz des amerikanischen Senats. Und der Libanon? Ein anderes Wort für Zeder und Mordio. Wie heißt die konservative Fraktion in Moskau? Njet Set – und so weiter; die Kalauer schläferten sie ein.

Da quietschte etwas, Jenny wurde gegen den Gurt gepreßt, sie schlug die Augen auf. Der Wagen stand vor einem reetgedeckten, kobaltblauen Haus. Ihr Blick fiel auf das Türschild am Jägerzaun – er war so morsch, als hielte ihn der zerzauste Taxus aufrecht, der dahinter wuchs. In das hölzerne Namensschild waren fünf Buchstaben geritzt, NEBEL, und sie dachte, wenn man's rückwärts liest, heißt es *Leben*. Etwas an der Gegend war ihr vertraut. Sie sah sich um und fand ihren Eindruck bestätigt. Dieser unbefestigte Weg, der vom Cuminer Feuerwehrschuppen zum Strand lief, vorbei an Nauschütz' Eigenheim, dem Abschnittsbevollmächtigten der VP, und an dessen Nachbarn Blödhorn, der Altstoffe erfaßte... Die Welt ihrer Kindheit. Der Weg, an dem auch die Finnhütte der Eltern stand.

»Wir sind da.« In der Stille klang Andys Stimme, als sei er ein bißchen nervös. »Heym wohnt bei Nebel, hab' ich dir das nicht gesagt? Hoffentlich macht es ihm nichts aus, in mein Pappauto zu steigen. Schriftsteller sind Besseres gewohnt, fürchte ich.«

5

Sie hatten geschellt – respektvoll die kleine Glocke bedient, die neben der Haustür hing, grünspanbedeckt, ein Produkt des Kunstgewerbes – und standen stumm vor der knallblauen Wand. Die Schockfarbe sagte ihnen, der Katen hatte einst einem jener Künstler gehört, die um die Jahrhundertwende nach Cumin gezogen waren, um ähnlich den Worpsweder Malern eine Kolonie zu gründen. Wobei das Kobaltblau sowohl die Sonnenwärme angenehm aufsog als auch ein Signal war, das für den Aufbruchgeist der Elite stand. Im stillen wartete Jenny auf eine Greisenstimme, die hexenhaft rief: Kommt rein, liebe Kinder! Ihre Vorstellung von Nebel war nebulös, Christian hatte ihn kaum beschrieben, und wie oft, wenn sie gespannt war, fiel es ihr schwer, Albernheiten abzuwehren, die sich unweigerlich einstellten, lästig haftend in ihrem Kopf.

Doch was für ein Mensch er auch sein mochte, weit mehr galt ihr Stefan Heym; dem fieberte sie regelrecht entgegen. Sein letztes Werk, der *Nachruf,* kürzlich im Westen erschienen, hatte sie tief berührt. Und sie kannte von ihm weitere Bücher unterschiedlichen Ranges und literarischer Dichte, die stets von Bedeutsamem handelten. Nicht nur sein Werk, der Autor selbst war bedeutend; und dem entsprach die Auswahl ihrer Kleidung. Zu dem weiten, wadenlangen, schwarzweiß gepunkteten Sommerrock trug sie eine weiße sportliche Seidenbluse und einen breiten roten Gürtel, passend zur Farbe des Blazers, der ihr von den Schultern hing.

Ein Rückfall in die Ära der Textilgestaltung? Wo blieb da das Lässig-Emanzipatorische bei ihr? Die Weigerung, sich herauszuputzen für die Männer? All das ging unter an solch einem Tag. Sie wollte schick sein und ein Fluidum verströmen, das ihrem Schmuck entstieg, dem schmalen Brillantring und der zierlichen Goldkette, ererbt von ihrer Großmutter, der feschen Anna Blom. (Die hatte nach dem Tod ihres Mannes das Sarglager in N. verwaltet, mit Geschäftssinn und Vertrauen auf Gott, der immer wieder Menschen zu sich nahm und für Kundschaft sorgte; bis anstelle ihres ältesten Sohnes, der in Rußland gefallen war, Jennys Vater Harald den Betrieb übernahm.) Der Pfad zwischen Leichtigkeit, Lebenslust und Eleganz, das war die Linie, ihr privater Parteibeschluß.

Und die Rechnung ging auf, das sagte ihr schon der Empfang. Die zwei alten Herren schienen von ihr ziemlich angetan. Richard Nebel, so blau gewandet wie das Haus und wohl nur halb so schwer wie sein Gast, suchte jugendlich zu sein, im Handumdrehen trug er Kaffee und Kuchen auf in dem verwilderten Garten. Während der große Heym dies kaum bemerkte und so entzückt tat, daß er ihren Begleiter total übersah. Ein halbes Jahr lang hatte Andy sich darum bemüht, ihn nach Rostock einzuladen, und nun, dem Ziel ganz nahe, sah er sich an den Rand gedrängt; ungewollt stahl Jenny ihm die Show. Umweht von dichten Büscheln schlohweißen Haares, das ihm sogar aus den Ohren wuchs, machte der 76jährige ihr derart den Hof, daß es nicht leicht war, ihm Andy vorzustellen, den er für ihren Fahrer hielt. Es sei aber der Initiator, teilte sie ihm mit.

Nun faßte der Dichter Andy scharf ins Auge und wünschte zu erfahren, was da für Leute kämen und wie viele voraussichtlich. Sein Charme verflog, fast wirkte es wie ein Verhör.

»Wir rechnen mit tausend Besuchern«, sagte Andy, bemüht, sich zu behaupten und möglichst salopp zu sein. »Die Studentengemeinde hat viele angesprochen...« Das sei eine kirchliche Gruppierung, mit der Universität habe sie nichts zu tun. »Was möchten Sie noch von mir wissen? Zum Beispiel das Honorar... Tja, wir nehmen keinen Eintritt, daher fehlen uns die Mittel, Sie für Ihre Mühe so zu entschädigen, wie sich's eigentlich gehört.«

Der Autor winkte ab; Geld sei nicht der Punkt.

»Können wir Ihnen sonst eine Freude bereiten?«

»O ja, ich hab' schon lange keinen Aal mehr gesehen. Der läßt sich doch hier oben eher auftreiben als bei mir in Grünau.«

Andy war baff – und im Zweifel, ob dies ein Scherz sein sollte. Auch an der Küste herrsche daran Mangel, gab er zu verstehen.

»Wo ist das Problem?« fragte Heym. »Gehen denn keine Fischer in die Kirche?«

»Ich will sehen, was ich tun kann. Haben Sie noch weitere Fragen?«

»Haben Sie noch mehr Antworten, die Sie loswerden wollen?«

Andy verzog das Gesicht, als habe er auf ein Pfefferkorn gebissen, Nebel und Jenny lachten. Ihr war etwas unbehaglich. Das Gespräch nahm duellhafte Züge an. Eine starke Persönlichkeit, die, schlagfertig und autoritär, womöglich Gefahr lief, Partner zu erdrücken.

Im Hintergrund des Gartens stand übrigens ein Auto, elfenbeinfarben, ein flacher Lancia mit Ostberliner Nummer. Jenny überlegte, weshalb Heym, fraglos der Eigentümer, nicht damit nach Rostock kam, sondern sich abholen ließ... Später raunte ihr Nebel die Erklärung zu, langes Fahren strenge in vorgerücktem Alter an, die Lesung selber erschöpfe seinen Gast schon hinreichend. Das Auto sei vom Sekretär des Kollegen hergebracht worden, der ihn auch darin wieder heimfahren werde, heute aber nicht verfügbar sei. Ein, wie ihr schien, etwas undurchsichtiges Arrangement.

Zu viert stieg man ein, Nebel und Jenny hinten, Heym vorn, wo am meisten Platz für ihn war. Dennoch beklagte er unterwegs die Enge und den gräßlichen Radau. Auch Andys Fahrstil unterlag seiner Kontrolle und Kritik, mehrfach tadelte er dessen fehlenden Mut zum Überholen – und vergaß dabei, daß ein vollbesetzter Kleinwagen nicht so durchzog wie sein Lancia. Dabei hatte er – Nebel tuschelte ihr das ins Ohr – Ende der 60er Jahre, tief in behördliche Ungnade gefallen, lange Zeit auch bloß einen Trabant gehabt, als einziger Nationalpreisträger der Republik, und hätte sich eigentlich erinnern müssen, wie schwach der Motor war.

Richard Nebel genoß es spürbar, neben ihr zu sitzen. Er lebte allein und schien in dem Alter, wo es ihm an weiblicher Zuwendung zu mangeln begann. Um ihn war ein Hauch von Harz und Holz; Jenny fand nicht heraus, ob sein Duft einer Herrenkosmetik entsprang oder auf Streifzüge durch den Wald zurückging, verstärkt durch gelegentliche Stürze mit dem Fahrrad, die er ihr nicht verschwieg. Er wirkte viel jünger, physisch vitaler und sympathischer, aber auch weitaus harmloser als sein berühmter Gast, der ihn klar in den Schatten stellte – und nun, hinter Stralsund, auch noch in ein Wortgefecht zog. Die Fortsetzung eines Streites, so schien es ihr, der die zwei in Cumin beschäftigt haben mußte, bevor man zu ihnen kam.

Ein typischer Literatenzank. Ihm lag zugrunde, daß Heym in seinen Memoiren den Freund zwar als hilfreichen Kollegen genannt hatte, aber nur in einem einzigen, aus Nebels Sicht eher abwertenden Satz. Die Textstelle handelte von einem Schiedsgericht, das sich Anno 1966 mit dem (bisher noch ungedruckten) Roman über den 17. Juni befaßte. Womöglich hatten die beiden sich daran erinnert, weil heute zufällig wieder 17. Juni war; 36 Jahre nach dem Volksaufstand von damals. Soviel Jenny verstand, lautete der Satz ungefähr: Links neben dem Vorsitzenden des Spruchkörpers, dessen Hände sich fahrig bewegen, freudig erregt der von S. H. benannte Beisitzer, der *Romancier Richard Nebel, dessen Abenteuerbücher zumeist in fernen Landen spielen und so Gunst finden in den Augen der Zensur.*

»Es kommt doch heraus«, rief Heym gegen den Motorlärm, »was für ein famoser Kerl du bist! Dank deines Dabeiseins kam der Genosse Vorsitzende nicht recht zum Zuge, und der Sieg in dem Verfahren ging mehr oder minder an mich.«

»So steht das aber nicht da«, protestierte Nebel. »In dem Satz schrumpft mein Beitrag zur Bagatelle. Dabei war's weiß Gott nicht leicht, damals auf deiner Seite zu sein! Ob in dem lausigen Spruchkörper oder in meinem elenden Bezirksverband, wo man mich deswegen restlos isoliert hat.«

Es berührte den großen Mann unangenehm, wie Nebel sich echauffierte und daß er ihm Flüchtigkeit oder gar Undank vorwarf. Mancher Kollege, klagte er, fühle sich im *Nachruf* unter Wert gehandelt und habe sich bei ihm schon ähnlich beschwert; zumal ein sorbischer Dichter, dessen antifaschistische Verdienste er nicht gewürdigt habe, einfach weil sie ihm nicht bekannt gewesen seien. Es scheine das Los des Memoirenschreibers zu sein, allen, die er erwähne, Unrecht zu tun, und denen, die er nicht nenne, erst recht. »Dir wollte ich eher ein Denkmal setzen, Richard, glaub mir! Immerhin, ich hab dich *Romancier* genannt.«

»Aber mußtest du schreiben *in fernen Landen?* Das klingt spöttisch – die höhere Stilschicht als Mittel der Ironie. Und *Gunst finden in den Augen der Zensur,* das schmeckt verdammt nach Anpassung.«

»Sind deine Bücher nun durchgerutscht oder nicht?«

»Die meisten wurden mir gedruckt, weil die Botschaft gut verpackt war. Andere lagen jahrelang auf Eis. Bei den Opportunisten war das nie der Fall.«

»Du siehst dich doch nicht als Märtyrer, Richard?«

»Nein«, rief Nebel. »Opfer sind schon schlimm genug in der Literatur, und Märtyrer sind unerträglich. Der wahrhaft Leidtragende ist doch das Volk, der kleine Mann, selbst wenn er gar nicht merkt, wie man ihn täuscht und niederhält! Mich stört bloß die Nonchalance, mit der du mich den Leuten vorstellst, als eine Art Bauer in dem Schachspiel um dein Werk ... Weshalb wohl bin ich für dich eingetreten? Nicht nur aus Freundschaft oder Bewunderung, sondern halt davon überzeugt, daß es grundsätzlich stimmt, was du tust, und daß wir heute weiter wären, gäbe es mehr Schriftsteller von deiner Sorte.« Sein Ellbogen an Jennys Taille zuckte vor Erregung. »Überzeugt, daß dein Weg der richtige ist für unser Land, egal, ob du ihn als Journalist gehst oder als Literat und ob jedes einzelne Buch nun auch was taugt. Sie sind von ungleicher Qualität, manches hängt durch wie *Fünf Tage im Juni* oder gar *Schwarzenberg,* das hat mich nie daran gehindert, in dir das Vorbild zu sehen in puncto Demokratieverständnis und Kämpfertum.«

Für Jenny ein seltsames Gerangel, bald esoterisch, bald aufschlußreich und, ungeniert vor ihr ausgetragen, auch ein bißchen peinlich. Wie die zwei den Satz zerpflückten, was sie da hineinlegten und herauslasen, das war grotesk. Der große und der kleine Stern am Bücherhimmel, beide schrumpften sie auf natürliches Maß, nicht mehr fähig, zu imponieren. Ja, ihr ging auf, Schriftsteller waren keine Helden, auch wo sie welche schufen, sondern Menschen, nicht besser als der Rest. Die Weisheit ihrer Werke fand sich kaum bei ihnen selbst, im Blick auf die eigene Person. Sie pflegten ihre Rivalitäten wie Schauspieler, Kaninchenzüchter oder Kriminalbeamte, empfindsamer noch als Mimosen. Und insgeheim glaubte wohl jeder von ihnen, besser als der andere zu sein, zumindest auf seinem Feld. Diese Illusion gab ihnen Kraft, das war ihr Ansporn bei der Arbeit. Weil jeder für sich allein schrieb, in der Stille seines Elfenbeinturms, fehlte die Rückkopplung, mangelte es ihnen an Anerkennung, an freundlicher Korrektur im Kreise Gleichgesinnter. Deshalb waren sie so erpicht auf Lob, auf alles, was ihre Einbildung stützte, bedeutend zu sein, wenn nicht überragend. Aus Anbetung, aus Selbsttäuschung und allerlei Legenden entstand ihre subjektive Wirklichkeit. Das Bild, das sie von sich hatten, verschwamm ihnen beim kleinsten Stoß. Im Käfig ihrer Egozentrik hatten sie offenbar nur die Wahl, entweder genial oder Nullen zu sein.

»Ungleiche Qualität«, konterte der Meister, »gibt's doch überall. Bei jedem! In deinem Fall hat sie mich nicht daran gehindert, dich für den PEN zu nominieren. Seit fünfzehn Jahren bist du Mitglied in dem Club, nicht wahr?«

Doch Nebel schien bereits woanders, er hatte gar nicht hingehört. »Im Grunde wirfst du mir vor, ich hätte mich stets nur so zaghaft hinausgelehnt, daß mir kein Dachziegel auf den Kopf gefallen ist«, sagte er dumpf und verfiel in Seglerjargon. »Genau, ich hab' immer bloß so viel angeluvt, wie's eben noch ging, ohne rückwärts zu driften... In jeder Bö noch mehr an den Wind, so hart an die Zensurgrenze, daß sie ein paarmal ein Stückchen weggeschubst worden ist. Und all das ohne deine Eloquenz und Nervenstärke, ohne Westverlag im Rücken, ohne den Bonus einer Kriegsvergangenheit auf seiten der Sieger und ohne die Sicherheit einer Rente als Kämpfer gegen den Faschismus, die dein Buch vornehm ausklammert.«

Heym fiel ihm ins Wort, er riet ihm, »einen Punkt« zu machen. Sie wirkten beide ziemlich aufgebracht. Dann ging ihnen die Puste aus, es war, als senkten Kampfhähne die Schnäbel. In die Pause hinein fragte Jenny: »Weshalb lesen Sie nicht aus dem *Nachruf* heute? Das Interesse daran ist riesengroß, weil das Buch voraussichtlich nie bei uns erscheinen wird.«

»Eben das ist der Grund, weshalb ich lieber den *Ahasver* nehme«, sagte er besänftigt, in ganz normalem Ton, als ginge ihm jäh auf, hier nicht mit Nebel allein zu sein. »Das Publikum muß ja mitreden können.«

Der rechte Moment, ihm ihr Leseerlebnis zu gestehen. Sie sei regelrecht dankbar, sagte Jenny, daß er den *Nachruf* überhaupt verfaßt habe – ein derart umfangreiches Werk, sicherlich anstrengend zu schreiben, so erinnerungssatt und gespickt mit Fakten und dennoch bewegend, hochdramatisch, schlechthin umwerfend zu lesen. Ein modernes Geschichtsbuch für sie! Was wisse denn ihre Generation, sie sei Jahrgang 58, von den Vorgängen der 30er bis in die 70er Jahre? Jedem Bürger des Landes sollten seine Memoiren zur Verfügung stehen... Der Dichter grunzte. Sie sah ihm an, das war Balsam auf die Wunde, die Nebels Nörgeln gehackt hatte.

»Ich bewundere Ihren Rückblick«, fuhr sie fort, »und mehr noch das Leben selbst, das Sie da geführt und durchgestanden haben. Ihre Flucht vor den Nazis bis zur Rückkehr als US-Soldat, eine einzige Odyssee! Und dann Anfang der 50er Jahre im Osten die Irrfahrt von Land zu Land, im Schatten der schrecklichen Schauprozesse, bis zur wirklichen Heimkehr... Faszinierend.«

Fast blieben ihr die Worte weg. Er hatte sich umgedreht und hing an ihren Lippen, schweigend. Es schien, als wollte er in der sarkastischen Art, die ihr an Männern gefiel, jetzt sagen: Wenn dieses Leben Sie dermaßen bezaubert, Frau Wendt, dann hat sich's schon deshalb gelohnt.

»Damals, als Sie sich endlich geborgen fühlten und glauben durften, auch politisch in der Heimat angelangt zu sein, dem Land, in dem Ihr Traum von Freiheit und Gerechtigkeit zu verwirklichen sei, war es da nicht ein Schock für Sie, den 17. Juni zu erleben? Ein Guß aus heiterem Himmel? Wie haben Sie's danach denn geschafft, den Mut nicht zu verlieren?«

»Ich bin in die Schlacht gezogen«, sagte er augenzwinkernd, mit leicht sächsischem Akzent, den zwei Jahrzehnte Emigration nicht getilgt hatten. »Natürlich ohne zu durchschauen, es höchstens schwach zu wittern, was Stalinismus ist. Hab' blind drauflos geballert, aus der Hüfte. Das lernt man in Amerika als Journalist und Straßenredner.«

»Wer im Dunkeln schießt«, sagte Nebel, »der trifft stets ins Schwarze.«

»Wissen Sie, für unsereins ist Einmischung lebenswichtig«,

fuhr Heym fort. »Anders findet man die Stoffe nicht... Und was ist Ihr Beruf?«

Er hatte ein Gespür dafür, daß, wer ankommen will, nicht nur von sich sprechen darf. Jenny sagte ihm, sie sei Buchhändlerin und Mitglied der Studentengemeinde. Sie schilderte deren Schritte gegen die Fälschung der Kommunalwahlen vom Mai. Das heutige Friedensgebet in der Kirche gelte der Solidarität mit den Studenten in China, die man geduckt und erniedrigt, mit zerschlagenen Gesichtern, so schamlos im Fernsehen gezeigt habe. Gegen ihre Diffamierung in der Presse hätten Andy und sie Protestbriefe verfaßt, auch an die Chinesische Botschaft in Berlin.

Heym wiegte sein Haupt wie ein Guru, ein weiser Lehrer. Er schien beeindruckt, doch es entging ihr nicht, daß seine Anteilnahme nachließ. Sollte die nur eine Höflichkeit gewesen sein, die er ihr zu schulden glaubte, nach dem Loblied auf sein Buch? Oder war das die Zeit seines Nachmittagsschläfchens, der unerläßlichen Siesta? Was wußte sie von den Gewohnheiten älterer Herren? Ihr wurde klar, daß sie nicht nur zu einem der interessantesten Männer sprach, die ihr je begegnet waren, sondern auch zu einem Symbol des Widerstands, einer überlasteten Institution, die vielleicht nur dann noch befriedigend arbeitete, wenn man sich an die Öffnungszeiten hielt.

Unter der sinkenden Sonne entbot ihnen Rostocks Scherenschnitt einen romantischen Gruß. So mochte die Hansestadt den Schweden erschienen sein, als sie Anno 1712 von Osten her anrückten. Und am Horizont den Dänen, bei der Blockade von 1848... Die neue Warnowbrücke sog das kleine Auto in den Strom bunter Karossen, die dreispurig in die Altstadt rollten. Die Petrikirche links auf dem Hügel, einst der höchste Turm Mecklenburgs, empfing sie wie ein Heerlager. An die zweitausend Menschen in Seewind und ziehendem Staub und Jahrmarktsdüften, umrahmt von Efeu, Ziergittern, uraltem Gemäuer. Verstohlen wies Jenny den illustren Gast auf junge Männer hin – in Sportschuhen, Jeans und Windjacken –, meist zu zweit, nicht in Rudeln wie der Rest, hübsch über den Vorplatz verteilt. »Unsere Beschützer«, erläuterte sie. »Die leeren

Einkaufsbeutel sind der modische Pfiff, der letzte Schrei ihrer Tarnung.«

»Am Samstag?« fragte Nebel. »Was kann man da kaufen?«

»Uns«, sagte Andy. »Uns wollen sie sich kaufen.«

»Ansonsten bloß Schnaps im Getränkestützpunkt.«

»Getränkestützpunkt«, höhnte Nebel, »wie zackig das klingt. Als müßte man auf Kommando saufen! Alles militärisch fest im Griff.«

»Kinder, seid nicht ungerecht«, sagte Heym, von dem Anblick der Menge mild gestimmt. »Wenn denen Tarnung befohlen worden ist, gehört der Beutel zum Dienstanzug. Loyalität geht allemal vor Intelligenz.«

»Diese Loyalität wird ihnen noch zum Fluch«, sagte Nebel. »Eines schönen Tages wird es für sie nichts mehr zu dienen geben.«

»Stefan Heym ante portas«, bemerkte Andy in ganz persönlichem und, wie es Jenny schien, höchst naivem Triumph.

Unter solchen Scherzen zwängten sie sich durch zum Portal, den Guru an der Spitze, das Schlachtroß, klar zum Streit, auf die Trompete lauernd. Alle Mattheit fiel von ihm ab, mit geblähten Nüstern sog er den Hauch der Menschentraube ein. Ringsum perlende Stimmen, innehaltend, ein Mädchenlachen, das abriß, frische Gesichter, ihm zugewandt. Respektvoll tat sich eine Gasse auf.

»Sein Bad in der Menge«, raunte Nebel. »Soviel Leute, das tut Stefan gut, das baut ihn wieder auf. Ach, wie mich das freut!« Er sah richtig glücklich aus, wie jemand, den der Erfolg eines anderen hinreißen kann. Und Jenny fand, in dieser Begeisterung zeige sich ihr der wahre Mensch, den die Wolken unterwegs, der Pulverdampf des Duells verborgen hatten.

»Wir haben erst noch das Friedensgebet«, sagte der Pfarrer beim Händedruck. »Daran müssen Sie nicht teilnehmen, Herr Heym. Darf ich Ihnen einen Imbiß reichen? Die Rast nach der langen Fahrt wird Sie stärken.«

Heyms Auge trübte sich. »Wir sind also zu früh«, sagte er enttäuscht, in seinem Schwung gehemmt. Er stopfte zwei belegte Brötchen in sich hinein, ohne zu sehen, was er aß, und trank leicht angewidert von dem Saft, der vor ihm stand. Er wirkte entrückt, und es schüttelte ihn. Sein Blick war verschleiert, nach innen gerichtet, als stelle er sich, gebeutelt vom Lampenfieber, auf eine ernste Prüfung ein.

Andy, der Planer und Leiter, umsorgte ihn, füllte sein Glas, ohne daß es leer gewesen wäre, mehrfach bis zum Rand und benahm sich wie ein Trainer im Ring, der dem verzagenden Boxer Luft zufächelt, ihn bespritzt und auf jede nur denkbare Art erfrischt. »Dreitausend sind's bereits«, sagte er. »Der Gemeindesaal oben im Seitenschiff ist total überfüllt. Wir rüsten das Hauptschiff mit Mikrofonen aus, damit die Mehrheit wenigstens zuhören kann, wenn es ihr schon verwehrt ist, Sie zu sehen.«

»Go ahead«, sagte Nebel suggestiv. »Fünf Tage warst du bei mir unterfordert. *Fünf Tage im Juni.* Jetzt ist die Stunde da, zu glänzen.«

Heym erhob sich, er verharrte gebeugt, wie ein Verurteilter auf dem Weg zum Galgen. »Meistens, wenn ich glänzen will, gehen die Lichter aus.«

»Hier nicht«, beteuerte Andy. »Alles brennt darauf, Ihre Stimme zu hören.«

»Ah so? Die Pfeife des Rattenfängers täte es wohl auch.«

Unter derlei Wortspielen und Kostproben jüdischer Ironie stieg man treppauf. Die Gabe der Selbstverspottung, dachte Jenny, sie gibt dem Geschoß erst den Drall, jenen Unterhaltungswert, den die Jugend braucht. Mit dem Instinkt eines bissigen Hundes nahm der Autor jeden an, der vor ihm zurückwich und es sich gefallen ließ wie Andy. Am Ende aber stand er doch als King, als Visionär und Meinungsführer auf dem Podest, mit all der Autorität, die aus tausend Siegen und Niederlagen, aus einem durchlittenen, erkämpften und durchdachten – aus einem wirklich gelebten Schicksal kam.

Andy leitete den Abend, Jenny saß in der ersten Reihe zwischen dem Pfarrer und Richard Nebel. Es war eng und stickig, trotzdem still in dem Raum; anfangs jedenfalls. Heym, nun ganz locker und liebenswürdig, las aus dem *Ahasver,* und ein Tonband der Studentengemeinde nahm es auf. Sein Text glich einem Faden, den man in eine gesättigte Lösung hält, worauf das Gelöste im Nu dort kristallisiert. Man sah die Kristalle förmlich wachsen!

Er begann mit Jesus Weg nach Golgatha, der Schädelstätte, und Ahasver weist ihn von seiner Tür. Darauf die Begegnung des Superintendenten mit dem Ewigen Juden. Zuletzt der Briefwechsel des DDR-Philosophen mit einem Professor in Jerusalem, ihr Streit um die Existenz Ahasvers... Murmelnde Zustimmung, verhaltenes Lachen. Das Auditorium, mehr auf Anspielungen als auf Weisheit erpicht, zieht Parallelen, gibt sich dem Erzähler in die Hand, der es von einer Klippe zur nächsten trägt.

In der Diskussion dann die Frage: Wann endlich erscheinen die übrigen Bücher hier? Wann der *Nachruf* als Paperback drüben, das Buch ist sonst unerschwinglich. Wie sieht Heym die weitere Entwicklung? Was kann ein Autor tun, was rät er der Jugend? Nun, er empfiehlt ihr, sich nicht nur in der Kirche zu äußern, sondern auch am Arbeitsplatz und in der Universität, trotz der Lauscher. Sind es erst genug, die da Reformen fordern, kann man sie nicht mehr sämtlich kaltstellen – es gibt da eine kritische Masse. Freie Rede ist der Schlüssel zum Fortschritt im Lande.

Nach zwei Stunden bricht Heym die Debatte ab, er wirkt erschöpft. Beifall, minutenlang. Blumen werden ihm hochgereicht, Bücher zum Signieren. Die hiesigen Germanisten wollen ihn im Sommerseminar. Er lehnt das ab, er müsse arbeiten. Solche Einladungen wären früher hilfreich gewesen, aber da habe sich auf zentrale Weisung hin für ihn keine Hand gerührt. Jetzt erst lockere sich der Bann. Manchen Leuten diene dies als Alibi für das, was sie der Gesellschaft schuldig bleiben; für ihn komme es ein bißchen spät.

Jemand sagt, man führe da ein Doppelleben: in den Begriffen des Marxismus reden, während im Kopf der Verdacht reift, daß es sich bei der ganzen Sache um einen riesigen Irrtum handeln könnte.

»Wissen Sie, der Sozialismus ist die Medizin für die Übel des Kapitalismus gewesen.« Heym bleibt auf der Hut, er legt den Kopf schief und gleicht nun einem Specht, dessen krummer Schnabel einen Wurm aus dem Astloch pickt. »Die Medizin war vielleicht falsch oder überdosiert, der Patient beginnt hier und da zu kollabieren, ja? Aber das heißt keineswegs, lieber Freund, er sei vorher nicht krank gewesen.«

6

Mitte Juli war es drückend schwül, und Wendt fragte sich, ob dies wieder ein Jahrhundertsommer werde wie der von 1983, als er seiner Jenny begegnet war; und ob es wohl schon die Folge des Ozonlochs sei, das über der Antarktis bedrohlich wuchs. Vorboten einer Klimakatastrophe? Sonnabends und sonntags fuhr er, wenn sein Dienst es zuließ, mit Jenny zur Erfrischung an die See, nach Graal-Müritz oder bis aufs Fischland, wo man dem Gewimmel von Warnemünde und Markgrafenheide entging. Sie parkten den Lada und stapften an den Strand, damit sie jung und knusprig wurden und im Frühherbst die nötige Lederhaut hatten, um der Tropensonne gewachsen zu sein.

Sie freuten sich riesig auf Kuba; nur hier daheim blieb der rechte Genuß aus. Winzige Algen trübten das Meer, dämpften die Wellen und schwappten bräunlich an den Strand, zu stinkender Zersetzung. Und am Monatsende fand Jenny die abstruse Filmidee Alfred Hitchcocks grell übertroffen. Nicht schwarze Vögel, sondern Marienkäfer plagten einen, Myriaden schwirrender Insekten fielen, zumal bei ablandigem Wind, kneifend und zwickend über die Urlauber her. Und floh man vor ihnen in die erfrischend kalte See, erwarteten einen dort, neben Teppichen toter Käfer, Tausende von Quallen! In rasender Vermehrung – durch Artensterben, das kippende biologische Gleichgewicht? – bildeten sie weißlich-glasige Unterwassersperren, Treibminenfelder »zur Verstärkung der Volksmarine und der Grenzbrigade Küste«, aus Jennys gereizter Sicht. Nun werde dem Aggressor auch im Norden eine vernichtende Abfuhr zuteil.

Für Christian Wendt ein böses Omen. Nein, abergläubisch

war er nicht; wie denn auch als Mann der Logik. Und doch erschien ihm das Ungemach an den Wochenenden, dieser Aufschrei der Natur wie ein Teil der Misere, in die er sein Land verwickelt sah. Denn es war, als treibe man unaufhaltsam immer tiefer da hinein. Zu Hunderten liefen einem die Menschen weg, in die westdeutschen Missionen in Budapest, Warschau, Berlin und Prag. Die Ständige Vertretung in Ostberlin schloß, völlig überfüllt, am 8. August ihre Pforten. Fünf Tage später forderten die evangelischen Kirchen in der DDR in einer Erklärung offiziell Reiseerleichterungen und mehr Rechtssicherheit für die Bürger, »um den Aderlaß zu stoppen«.

Tags darauf, bei der Montagssitzung der BDVP, kündigte deren Chef energische Schritte zur Festigung der Ordnung an. Der sozialistische Staat der Arbeiter und Bauern werde derzeit unerträglich diffamiert. Die Genossen in den Staatsorganen sähen sich tagtäglich durch die Westmedien geschleift, mit Kübeln von Schmutz übergossen und in ihrer Würde verletzt. Der unermüdlichen, aufopferungsvollen Tätigkeit der Rechtspflegeorgane sei es ganz entscheidend mitzuverdanken, daß die Kriminalität in der Republik, bezogen auf 100000 Einwohner, gegenüber der BRD nur zehn Prozent betrage. Damit zähle die DDR weltweit zu den Ländern mit der niedrigsten Verbrechensrate.

Das lasse man sich auch nicht nehmen, fuhr Oberstleutnant Fink fort, der nach dem Chef sprach und dessen Ausführungen in gewohntem Stil unterstrich. »Sicherheit und Geborgenheit«, tönte er, »sind zu Markenzeichen unseres Lebensgefühls, des Sozialismus in den Farben der DDR geworden.« Und so weiter. Neben Fink ragte die Kolossalstatue des Leiters der Schutzpolizei auf, bat ums Wort und äußerte gleichfalls einen Schwall von Banalitäten. Seine einzige Stärke war die Lautstärke. Die Fenster zur Blücherstraße erbebten, wenn er vom Klassenfeind sprach, wie unter einer Serie weit entfernter, jedoch näher rückender Detonationen.

Heiße Luft, dachte Wendt. Welches sind denn nun die Schritte? Wo bleibt die beherzte Debatte des Problems? Die fand wiederum nicht statt, alles war vorgestanzt, kam auf dem Dienstweg über ihn. So freilich zündete keine Idee! Seltsam auch, Finks Lieblingswort fiel gar nicht mehr: *Es eskaliert.* Nun, da es erstmals zu passen schien, nämlich die Realität beschrieb (Massenflucht und diffuse Umtriebe in den Städten steigerten sprunghaft die Gefahren für das Land), jetzt also ließ man's einfach weg. Oh, gewiß – so glitt es aus einem unkontrollierten Winkel seiner Gedankenwelt, dem Sitz des verqueren Humors –, im Hause des Gehenkten spricht man nicht vom Strick.

Anders als die Genossen neben ihm schrieb Wendt kein Wort mit. Es lohnte nicht. Was da gesagt wurde, das diente der Pflege des Feindbilds und der eigenen Moral. Allenfalls hob es das Selbstwertgefühl, wenn auch nicht bei ihm. Im stillen hoffte er gegen alle Wahrscheinlichkeit noch immer auf Erleuchtung der Oberen im Politbüro und im Ministerium des Inneren. Da aber kein Wunder geschah, horchte er erst auf, als der Generalmajor die Möglichkeit einer Urlaubssperre erwähnte... Das hatte ihm gerade noch gefehlt. Welch ein Gespenst am Horizont! Wieder in seinem Büro, sah Wendt neben dem üblichen Gekritzel, das ihm auf Konferenzen die Zeit vertrieb, auf dem Notizblock ein Zitat von Bismarck stehen. *In Mecklenburg passiert alles 100 Jahre später.* An diesem Strohhalm hielt er sich fest. Bis zur Rückkehr aus Kuba würde es hier ruhig sein.

Zu Hause regte sich neuerdings sein Argwohn, Jenny verheimliche ihm etwas, was mit gewissen sozialismusfremden Bestrebungen zusammenhing. Dies sagte ihm sein sechster Sinn. Nicht, daß sie jemals weg gewesen wäre oder ihn vernachlässigt hätte, nein, keineswegs; sie freute sich vielmehr auf ihn. Er aber wurde den Verdacht nicht los, obschon sie liebevoll war und zutraulich wirkte, gesprächsbereit, bisweilen darauf aus, sich ihm mitzuteilen, wenn er abgespannt heimkam vom Dienst und von den ratlosen Aussprachen im Kreis seiner Genossen. Ratlos, denn kein Zweifel, die politische Führung ließ sie alle im Stich. Kein Echo kam von oben, ein großes Schweigen herrschte dort. Es war, als sei die Spitze in den Urlaub gereist, als läse man keine Berichte mehr in Berlin und wisse nicht oder wolle es nicht wahrhaben, was im Lande vorging – unter dem Lack, mit dem die Medien den Jammer schmückten.

Doch eines Abends begriff Wendt, es verhielt sich eher umgekehrt. Nicht Jenny entzog sich ihm, er selber wich ihr aus. So wie sich die Führung vor ihm verschloß, so verschloß er sich vor seiner Frau, in dialektischem Wechselspiel. Aber konnte er denn anders? Nein, er wollte nichts hören von dem, was da unter Mißbrauch kirchlicher Einrichtungen quer durch die Republik verbreitet wurde. Von Dingen gar, die vielleicht so belastend waren, daß er sie hätte melden müssen. Mit Blick auf Jenny kam das für ihn niemals, unter keinen Umständen mehr in Frage. Er hatte sie einmal ins Gefängnis gebracht, pflichtgemäß, ihre Partnerschaft war fast daran zerbrochen; das reichte wohl, mehr durfte in dem Punkt kein Mensch von ihm erwarten.

Ja, da blieb etwas, was sie ihm verbarg. Unausgesprochen stand es zwischen ihnen. Er spürte, es bedurfte nur eines Anstoßes, um es von ihr zu erfahren. Das freilich hätte ihn in quälenden Gegensatz zu ihr gebracht, womöglich auch zu sich selbst, ihn in einen unlösbaren Konflikt gestürzt und den Frieden des Hauses zerstört, den er so nötig hatte. Die Klärung, die er wünschte im Amt, hier wollte er sie nicht. Ruhebedürftig wie ein Spießer oder ein Diplomat, suchte er bei Jenny Geborgenheit – sie verstand ihn und spielte mit. Nach ein paar scheuen Versuchen gab sie es auf, ihm den ketzerischen Standpunkt ihrer Studentengemeinde nahezubringen. Mitunter war ihm, als tue er ihr leid, wenn er lange nach ihr von der Arbeit kam, und sie wolle ihn mit etwas verschonen, was er – aus ihrer Sicht – nicht bewältigen konnte.

In diesem Zwiespalt kam ihm eine vergessene Übung aus den Anfängen ihrer Partnerschaft in den Sinn. Statt in das trostlose Fernsehen zu starren, auf den Jubel drüben oder die Schminke der eigenen Sender, nahmen sie die Gewohnheit wieder auf, abends Schach zu spielen. Man saß lieb beisammen und mußte sich dennoch nichts sagen. Am Schachbrett war Jenny eine beachtliche Gegnerin, intuitiv, draufgängerisch, häufig glänzend. Gefühlsmäßig erfaßte sie verzwickte Konstellationen und verblüffte ihn oft durch einen schnellen, schlauen Zug. Aber ihr fehlte seine Besonnenheit, sein geduldiges Planen und die Gabe, mehr als zwei, drei Züge vorauszuschauen. Er konnte sich besser auf sie einstellen, als es ihr gelang, sein Zögern zu nutzen – die Schwächen seiner hinhaltenden, oft defensiven Spielweise. Schließlich, er war der Psychologe und hatte ihr Wesen studiert.

Die Spiele verliefen recht spannend. Manchmal überkam ihn dabei das Empfinden, sie hätten einen tieferen Sinn. So als sei es mit dem Ringen ihrer unterschiedlichen Naturen zugleich ein Duell der Systeme, ihrer beider Weltanschauung. Trat da nicht mit chaotischem Schwung das Prinzip des Aufbruchs, der schrankenlosen Freiheit an gegen die guten Grundsätze von Planung, Ordnung und Sicherheit? Stets versuchte Jenny, das Regelwerk seines kühl kalkulierten Vormarsches impulsiv außer Kraft zu setzen, durch irgendeinen spontanen Coup. Sie spielte, wie es ihr gerade einfiel. Und es befriedigte ihn tief, daß es ihm meist gelang, ihr Fallen zu stellen, sie zu schlagen – und mit ihr das dämonische Prinzip, das sie vertrat. Wobei er seinen Triumph taktvoll bemäntelte, jedwede Freude vor ihr verbarg. Schon um ihr nicht die Lust zu nehmen, den Drang nach Revanche, nach Erfolg bei der nächsten Partie. Hatte sie verloren, wirkte sie ohnehin ganz enttäuscht, ja deprimiert. Ihre Miene war dann so leer wie ein offenes Grab, und sie zweifelte an ihrem guten Stern – dem unverschämten Glück, das ihr stets treu geblieben war, bis sie im Herbst vor sechs Jahren auf ihn, Wendt, gestoßen war und in ihm ihren Meister gefunden hatte.

Glückte es ihr aber, zu siegen, so frohlockte sie offen und lachte ihm keck ins Gesicht. »Aus ist's, Herr Kriminalist, Genosse Ehemann«, rief sie zum Beispiel dann entzückt. »Gib zu, daß du erledigt bist. Wo bleibt die Selbstkritik? Komm, streu dir Asche aufs Haupt und reiche den Rücktritt ein, vielleicht nimmt man dich noch bei der Feuerwehr! Deine Hundertschaft hat versagt, samt Kampfgruppen, Hunden und Wasserwerfern...«

Das klang ihm schrill im Ohr, entlarvend, verräterisch. In solchen Momenten fröstelte es ihn. Ja, übte sie denn die Konfrontation? Das fragte er sich in dumpf quellendem Zorn, in schwelender Wut. Sie spielte heimlich Bürgerkrieg! Und nicht etwa abstrakt, auf geistigem Felde wie er, als ideeller Wettstreit der Systeme – friedlicher Wettbewerb ohne ideologische Koexistenz, so lautete die Formel –, sondern anzüglich, naturalistisch flach, mit gewaltsamer Komponente und böser Phantasie! Solche Ausbrüche erregten und erschreckten ihn. Am Schachbrett geschlagen und verhöhnt, blieb ihm nur, sie möglichst rasch in die Arme zu nehmen und, ihr Hochgefühl nutzend, nebenan ihren Übermut zu brechen, sie lustvoll zu bändigen – wenigstens symbolisch, wenn er zum Schluß auf ihr lag und sie so wild ritt wie die Juno vermutlich ihren Zelter.

Auch dabei mußte man nicht reden. Man schürte schwelgerisch die Glut, in Kenntnis der Punkte, um die es ging, versetzte einander perfekt in wunderbaren Zauber, den Rausch der Raserei... Erfahrung war alles. Das Schönste auf Erden! Und dabei störte jedes Wort, nur Gestammel gab es, anfeuerndes Stöhnen – sonst stürzte einem der Himmel ein. Schweigen war Gold, man gab es für den Aufenthalt im Paradies, das köstliche Verweilen. Und so war's immer schon gewesen. Die Sprachlosigkeit unserer Vorfahren, der Neandertaler, wo wären wir ohne die?

Es fiel Wendt schwer, das zuzugeben, doch gerade Jennys Siege machten ihn an (in ihrer Sprache) und weckten sein unstillbares Verlangen nach ihrer Liebe – ihrem Körper, der so biegsam und blutvoll war wie in der ersten Nacht, da sie ihn treppan geführt und im Wirrwarr ihres schrägen Stübchens unterm Dach der Finnhütte empfangen und, als er die Kerzen ausblies, gesagt hatte: »Ja, Christian, wenn du dich und mich unbedingt um einen schönen Anblick bringen willst? Bei deiner Zurückhaltung werde wohl ich es sein, die dich verführt.« Und katzenhaft geschmeidig ins Bett geschlüpft war.

Sie hatte sich nicht verändert seit damals, das Bild riß ihn noch heute hin. Es genügte, wenn sie ihr Haar ausbürstete; die raschen Bewegungen waren von einer sinnlichen, ganz unbeabsichtigten Eleganz. Es zusammendrehte und hochsteckte, damit es geschäftsmäßig kühl aussah für ihren Laden, dieses Antiquariat, das ein Magnet, ein Anlaufpunkt oppositioneller Kräfte war; mit ihr als dem leuchtenden Mittelpunkt. Das aschblonde Haar, schulterlang, die schmalen Hüften und schlanken Beine, der Bauch so flach und die Brüste straff wie eh und je. Nur, weil wir kein Baby haben, betonte sie.

Flucht ins Reich der Sinne, dachte er manchmal, verstohlen seufzend; der sich stets erneuernde Genuß... Das Bett, Fortsetzung des Ehekriegs mit anderen Mitteln? Jedenfalls ein Feld, auf dem er im Kampf der Geschlechter regelmäßig Sieger blieb. Zumindest voll auf seine Kosten kam, weil auch Jenny dort restlos glücklich war. Er hob sie stets in den siebten Himmel, kein Liebhaber vor ihm hatte das vermocht; sie wurde nicht müde, ihm dies zu beteuern. Es baute ihn auf, das von ihr zu hören. Da fehlte bloß noch die Vollendung: das Baby. Stefan, sein Sohn aus erster Ehe, hatte selbst Familie, war mit 28 Jahren im Süden des Landes ihm aus dem Blick gerückt. Ach, er wünschte sich das Kind! Ihr Kind erst hätte, das fühlte er, den Bund besiegelt, für alle Zeit.

Sie aber lachte bloß, ließ nicht mit sich reden. »Du kannst noch mit fünfzig Vater werden, ganz bequem, wenn ich dreiunddreißig bin«, hieß es dann bei ihr. »Mir dämmert nämlich, was du im Schilde führst, mein Lieber. Ich soll ruckzuck entbinden und ein Weib sein, das sich um nichts anderes mehr schert. Ein süßes Heimchen am Herd, von *Mutterglück umsonnt,* wie meine Oma zu sagen pflegte.«

»Nur für das Babyjahr«, beschwor er sie und setzte aus dem Stegreif ein Gespräch fort, das nie abzubrechen er entschlossen war.

»Wer aber sagt dir, Genosse Hauptmann, daß nicht gerade dieses Jahr turbulent wird? Zu schade, um es der Brutpflege zu opfern? Umwerfend neu und aufregend, nicht bloß vom Polizeistandpunkt aus?«

Er schien jedesmal vom Rand der Welt zu stürzen, wenn sie so mit ihm sprach. »Ehe ohne Kind, Jenny, das läuft nicht auf die Dauer.«

»Komm mit nach nebenan, ich beweise dir das Gegenteil. Sieh mal, die Turnerei im Bett, das ist doch schon die halbe Miete.«

»Und der fehlende Teil?«

»Das wäre – Aufrichtigkeit«, sagte sie zögernd. »Völliges Vertrauen...« Und ihre Augen starrten an ihm vorbei ins Leere, als blicke sie auf einen Gipfel, der fern im Sonnenglanz schimmerte, aber nur ihr allein sichtbar war.

Warte ab, redete er sich zu, habe Geduld mit ihr. Der Urlaub wird es bringen; in Kuba kriegst du sie herum.

7

Hinter den grünen Vorhängen dämmerte der Morgen. Dienstag, der 5. September. Nach dem Erwachen und dem Blick zur Uhr rekelte Jenny sich noch ein wenig. Das Bett neben ihr war unberührt – Christian war wieder mal nachts weggeblieben, zu einem der Sondereinsätze, über die er nie sprach... Sie kippte das Fenster an, ließ mit der Herbstkühle den Verkehrslärm herein, glitt zurück unter die Decke und durchstreifte ihre Gedankenwelt, bemüht, Düsteres zu vermeiden und sich auf Kuba zu freuen. Jeder von ihnen hatte seine Geheimnisse, aber in neun Tagen begann der Flug, diese phantastische Reise, die längste und wunderbarste ihres Lebens.

Der Vorgeschmack des Abenteuers, vermischt mit dem, was sich ringsum zutrug. Die Zeichen standen auf Sturm. Vor zwei Wochen hatten 500 Menschen ein Volksfest am Schlagbaum zwischen Österreich und Ungarn zur Massenflucht genutzt. Bonn, Wien und Budapest waren eingeweiht; ungarische Grenzsoldaten – dabei, den Zaun zu zerschneiden – halfen den Ausreißern, die sie bis dahin noch gejagt hatten. Wenig später wurde ein riesiger Schub aus der Bonner Botschaft in Budapest nach Wien geschafft, was Ungarns Außenminister Horn als *einmalige humanitäre Aktion* beschrieb.

Und abends im Ostfernsehen adrett gefönt der Landesfürst, hübsch konserviert und rosig, mit den ihm beigeordneten Höflingen, um zu den Klängen pompöser Nationalhymnen exotische Botschafter zu empfangen, wie die drei Könige aus dem Morgenland. Wie am Schnürchen, in Erfüllung des Protokolls, um allem Volke kundzutun, wer die Nummer eins im Staate war, unverändert, ewig. Seine eigene Botschaft, Erfurter Arbeitern mitgeteilt, *den Sozialismus in seinem Lauf hält weder Ochs noch Esel auf,* sprach auch für die Inkompetenz der gesamten Spitze, die ihn da gewähren ließ. Es schien ja, als setze der Greis – und mit ihm die Führung – auf ein Scheitern Gorbatschows, wenn er dieser Mißgeburt, der Berliner Mauer, noch 50 bis 100 Jahre gab. Seine Majestät der Ignorant! Trotz flächendeckender Spitzelei und perfekter Berichterstattung der Zelter & Co – welch ein enger Horizont in solcher Höhe!

Allmählich formierte sich Widerstand. Vorletzten Montag hatten vier Pfarrer und ein Mitglied der Initiative »Frieden und Menschenrechte« in der Ostberliner Golgatha-Gemeinde ein Papier unterzeichnet, das parlamentarische Demokratie und Marktwirtschaft wünschte und den Treibsatz einer neuen SPD ins Leben rief. Und gestern abend verlangten tausend Menschen vor der Leipziger Nikolaikirche die Ausreise, während Pfarrer Schorlemmer mit Bleibewilligen über Belebungschancen des Sozialismus sprach. War der reformierbar? Niemand wußte das. Christian schien es zu glauben. Lieber allerdings wurde er gar nicht danach gefragt, das ersparte es ihm zu antworten. Zu Golgatha äußerte er den üblen Verdacht: »Wer alles fordert, der will nichts, Jenny. Nichts, bloß das ruinieren, was in vierzig Jahren gewachsen ist.«

Einiges davon ging ihr durch den Kopf, als sie nun unter die Dusche trat. Es ließ sich nicht so wegspülen wie der Schlaf von der Haut. Was sie aber wirklich im Griff hielt, war Andys Bericht aus dem Kernkraftwerk bei Lubmin. Das nackte Grauen saß ihm im Genick; es war das erste Mal, daß er vor ihr weder stammelte, grinste und zwinkerte noch sonst etwas von seiner scheuen, frechen Verehrung oder Verwirrung spüren ließ. Keine Zeit zum Flirt, zur drolligen Anmache. Denn der Mann, der ihm da im Backstein-Hallenbau der Greifswalder Marienkirche gebeichtet hatte, ein Ingenieur namens Mußgnug (was ihr wie ein Pseudonym vorkam), er hatte in einer frühgotischen Nische Schlimmes offenbart, eine Serie von Pannen und Schlampereien, die reinste Horrorchronik.

Und niemand, an den Andy danach noch geriet, keine seiner riskanten Nachforschungen hatten ihn von der Fährte abgebracht. Von der üblen Tatsache, daß seit 1973 Dutzende von Störfällen, von *unplanmäßigen Ereignissen* passiert und 15 Schnellabschaltungen nötig geworden waren. Eine Bilanz, die Fachleuten derart das Gruseln lehrte, daß dieses Atomkraftwerk bei ihnen anstelle der korrekten Bezeichnung – VE Kombinat Kernkraftwerke »Bruno Leuschner« – nunmehr *Tschernobyl Nord* hieß... Andy hätte nach Wismar fahren können oder nach Stralsund und sicher auch dort etwas gefunden, was nicht in Ordnung war. Aber zufällig war er auf Greifswald verfallen, in der Nähe des Künstlerdorfs Cumin, und für sein empfindsames Gemüt hatte er zuviel gehört. So viel, daß sein mageres Gesicht von Angst und Wut ganz fahl geworden war und es ihn richtig schüttelte, als er dies wiedergab.

Laut Mußgnug verlief das Ritual in Lubmin seit Jahren immer gleich. Wenn der Erste Bezirkssekretär von Rostock, Ernst Timm, in seinem Volvo auf das Kraftwerksgelände fuhr, um hirtenhaft nach dem Rechten zu sehen, lief dienernd der Erste Kreissekretär von Greifswald auf ihn zu und rief: »Genosse Timm, ich melde Ihnen – keine besonderen Vorkommnisse!« Über die technische Sicherheit sagte der schneidige Satz gar nichts aus. Keine Vorkommnisse, das hieß bloß: Klassenfeind unter Kontrolle, weder Agententätigkeit noch kirchliche Subversion, noch Unruhe in der Arbeiterschaft. Ruhe und Ordnung, mehr – so Andy – hieß es nicht! Mochten derweil auch Kraftwerker poröses Metall von den Reaktordruckbehältern klopfen oder radioaktive Lecks abdichten... Unplanmäßige Ereignisse und besondere Vorkommnisse, das war im Jargon von Partei und Regierung durchaus zweierlei. In dieser unsäglichen Behördensprache, die voller semantischer Feinheiten war, lauter Hülsen zum Verkapseln der großen, alltäglichen, der allgegenwärtigen Lüge.

Mit Vertuschung, Nachrichtensperre und dem Einschüchtern von Betriebsangehörigen hielten die Staatspartei und ihr Geheimdienst das Unheil in Schach. Noch blieb der Deckel auf dem Topf. Anfragen fremder Institute wurden immer gleich beantwortet, monoton besänftigend, als sei die Pressestelle des Kombinats eine tibetanische Gebetsmühle. Es habe, ließ der Abt des Klosters regelmäßig wissen, nie ein Problem gegeben. Und doch war man schon vor 13 Jahren, Anfang 1976, einem GAU fatal nahe gewesen, dem größten annehmbaren Unfall. Und letztes Jahr war der Reaktorblock 3 ausgefallen, das Notstromsystem hatte versagt, sämtliche Signalgeber und Sensoren blieben stehen; minutenlang steuerten die Techniker ihren Feuerball wie im Blindflug.

Das aber schien nur die Spitze des Eisbergs zu sein. Die vier Lubminer Reaktoren deckten zehn Prozent des Strombedarfs der Republik. Als erste Etappe einer Planung, die vorsah, ein Drittel des Energieverbrauchs atomar zu bestreiten, um wegzukommen von dem elenden Braunkohlendreck. Hinter einer Mauer des Schweigens zog man weitere Blöcke hoch. Streng abgeschirmt arbeiteten 3500 Menschen, ein Drittel davon Frauen, neben Tausenden von Bauleuten in dem brisanten Komplex. Doch wie der Turmbau von Babel verzögerte sich das Ding, am Greifswalder Bodden genau wie bei Stendal, wo noch größere Reaktoren emporwuchsen. Seit 15 Jahren baute man daran, hatte angeblich 18 Milliarden Mark verplempert für etwas, was nach Mußgnugs Meinung kaum mehr war als ein Haufen Schrott; gefährlich strahlender dazu.

Unfaßbare Zahlen. Sie sagten Jenny wenig. Doch als sie nun beim Frühstück die *Ostsee-Zeitung* aufschlug und Ernst Timm mehrfach abgebildet fand (nicht aus persönlicher Eitelkeit dieses Genossen, sie wußte es wohl, die Bezirkspresse zeigte die Ersten Sekretäre der Partei nahezu so oft wie das *Neue Deutschland* den Chef, ein Beitrag zur Beständigkeit des Machterhalts) – als sie Timm jetzt dreifach sah, meist leutselig wie ein Gutsherr und Patriarch, da drängte sich ihr die Frage auf: Wie ging das zusammen? Neulich hatte er dem *Stern* gesagt, neben harter Arbeit genieße er nur das Privileg, allmorgendlich im Hallenbad zu schwimmen, um fit zu sein für die Bürde seines Amtes. Was war sein menschlicher Kern?

Sie müsse es eigentlich wissen, meinte Jenny, war sie ihm doch selber schon begegnet. Anfang Juli, als er den Buchbasar in der Kröpeliner Straße besucht und den Schriftstellern, die da unter bunten Sonnenschirmen ihre Werke signierten, die Hand gedrückt und sie eingeladen hatte abends zum Schmaus in das Parteihaus An der Reiferbahn. Der bedeutende Autor nämlich, dem sie die Bücher verkaufte, war ohne Gattin angereist und von ihr so entzückt gewesen, daß er sie mitnahm zum Bankett. Man empfing sie mit Sekt, und Ernst Timm hatte das kleine Fest launig eröffnet, aus dem Stegreif redend, ehe man vorrückte auf die Aalsuppe grün, die Schinkenröllchen und Filetspitzen des kalten Büfetts, belegt mit Spargel, Ananas, Champignons, Krebsfleisch, Räucherplatten und Obstsalat, allem, was das Herz begehrt. Später hatte Timm sich zu dem namhaften Autor und zu ihr gesellt. Man nahm sie höflich in die Mitte. Dabei erfuhr sie, daß der Erste auch Romane las, anders als all die Funktionäre, die sich nur für Spitzensport oder das eigene Skatspiel erwärmten.

Sie sah sich wieder neben ihm sitzen – ein schmächtiger Mensch mit zerfurchtem, ein wenig breitem Gesicht. Er wirkte bescheiden, fast sympathisch. Zu ihr verhielt er sich ganz normal, wie ein Mann seines Alters, er schien angenehm berührt. (Das Rätsel weiblicher Anziehung. Nur weil man anders geformt war als die Männer, so daß sich ihnen abstrakt die Chance bot, einen zu beschlafen, waren sie galant, behandelten einen über Rang und Wert, wohl wissend, wie gering die Wahrscheinlichkeit war, daß es je dazu kam. Im Zeitalter des Kosten-Nutzen-Denkens ein Phänomen.) Fast wohl gefühlt hatte sie sich neben ihm, im Schutz der Macht, umquirlt von den Schranzen. Verstohlen gaben die ihrem Herrn Zeichen, auch andere noch suchten seine Huld, Gäste mit mehr Anspruch darauf als sie.

Bei dieser Erinnerung tat ihr der Magen weh, als habe sie sich gerade an Timms Tafel übernommen. Kitzlige Fragen hatte sie ihm gestellt, nach Glasnost und Perestroika, nach Fortschritt in seiner Grafschaft. Bis er abgewinkt und ihr gestanden hatte, er kämpfe nur noch da, wo ein Minimum an Erfolg winke. Er sei nicht mehr der Jugendfunktionär von einst, der mit dem Kopf durch die Wand gewollt habe, bisweilen... Da entschlüpften ihr Zeilen aus einem Libretto: »Glücklich ist, wer vergißt, was doch nicht zu ändern ist.«

Ein Fauxpas. Es war ihm nicht recht gewesen, das zu hören, auf sich gemünzt. Doch er hatte ihr kaum widersprochen, sondern war verstummt, ein müdes Lächeln um den kleinen Mund... Was war das für ein System, das die eigenen Führer derart resignieren ließ und aus Tätern Opfer machte? Ein bißchen tat er ihr leid, damals und sogar noch jetzt. Denn inzwischen, kein Zweifel, standen sie einander gegenüber; in den

Berichten, die das MfS ihm gab, wurde sie vermutlich den feindlich-negativen Kräften zugeordnet. Und was da anfing zu schmerzen, war das Furcht oder Scham über den Wandel ihrer Sicht? Timm im Kraftwerk und an jenem Abend, sein Januskopf. Welches war der wahre Mensch?

Beide natürlich. Jeder war gut und böse, auch sie selbst. Ja, sie hatte zwei Gesichter, je nachdem, ob sie mit Christian sprach oder zu Andy, wenn er nachher aus der Kunstabteilung hereinschlenderte. Die Hände in den Taschen und neuerdings unrasiert, was er für ein Zeichen von Männlichkeit und intellektueller Tiefe hielt.

8

Jenny spürt den Druck der Beschleunigung im Rücken, sie sieht den Beton, das Gras, die Bauten von Schönefeld wegflitzen, schon hebt das Flugzeug ab – geschafft! Ihr weitet sich die Brust. Man ist dem Wirrwarr entronnen. Bis zuletzt hat sie befürchtet, ein Anruf, ein Bote, ein Blitztelegramm aus Rostock hält Christian noch zurück, als einen der dort Unentbehrlichen. Nun kann nichts mehr passieren, ihr Traum geht in Erfüllung, alles wird gut.

Der wunderbare Traum von der bunten, endlos weiten Welt! Obwohl man einstweilen, in diesem Aluminiumvogel, sehr beengt ist und sie gar nicht weiß, wohin mit den langen Beinen. Die Rücklehne des Vordermanns – das Klapptablett und das Netz mit den Prospekten der *Interflug* und der Kotztüte – drückt ihr gegen die Knie. »Kipp das Sonnenöl über uns«, sagt sie zu Christian, »und du hast den vollen Genuß, das Feeling einer Ölsardine.« Er hat ihr den Fensterplatz eingeräumt, nicht jeder Herr der Reisegruppe ist so tolerant. Wie schön, aus traumhafter Höhe Stralsund zu sehen, den Umriß Rügens, der Strandlinie zu folgen, an Backbord der Darß, das Fischland, dann all die dänischen Inseln! Kein Blick auf die Karte hat sie gelehrt, daß Dänemark ein Königreich in Trümmern ist.

Und hinter Jütland im Winseln der Klimaanlage Sonnenglanz über der Nordsee, die Schiffe ein winziger Kreidestrich, Englands schaumgesäumte Küste, das grüne Irland, bergig, zerlappt. Sie kennt es bloß von der Fernsehwerbung für Whiskey und Haarspray und aus der Prosa von Alfred Andersch und Heinrich Böll... Je weiter man wegkommt, desto lachhafter wird die Republik, scheinbar schrumpfen deren Widrigkeiten, die sich tatsächlich ja mehren. Vor drei Tagen haben an die 7000 Landsleute über Ungarn ausreisen dürfen, nachdem Budapest das Reiseabkommen mit Ostberlin partiell *suspendiert* hat. Andy kann Jennys Freude überhaupt nicht teilen. Er sieht nur den Aderlaß, den Druckverlust; er verkennt, wie sich das hochschaukelt. Der Exodus spornt doch den Widerstand an, peitscht ihn auf die Kanzeln, die modernen Barrikaden.

Am selben Montag sind über hundert Menschen bei einer Demo in Leipzig verhaftet worden, nach dem Friedensgebet in der Nikolaikirche. Mit Ordnungsstrafen zwischen 1000 und 4000 Mark kommen sie wieder frei, bis auf elf. Gegen die ist Haftbefehl ergangen nach § 215, Rowdytum oder Zusammenrottung. Der Staat, eher passiv, jetzt schlägt er zurück.

Vorgestern, am 12. September, haben die ersten Oppositionellen den Gründungsaufruf des Neuen Forum unterschrieben. »Aufbruch 89« heißt das Papier, man pocht auf den Artikel 29 der Verfassung und fordert eigentlich nur eins: die Gesprächsbereitschaft des vormundschaftlichen, von der Partei beherrschten Staates. Einer Obrigkeit, die sich seit 40 Jahren, ohne je gewählt zu sein, zum Herrn und Meister über das Volk erhoben hat. »Faulpelze und Maulhelden sollen ihre Druckposten verlieren«, steht im Text. »Wir wollen vor Gewalt geschützt sein und dabei nicht einen Staat von Bütteln und Spitzeln ertragen müssen.«

Jenny kann das auswendig. Es ist ihr aus dem Herzen gesprochen. Sie schmiegt sich bei Christian an. Sie streichelt seine Hand, bis man zu ihnen hinschielt. Die Mitreisenden, dem Rentenalter nahe, mißbilligen soviel Intimität... Mag's auch riskant sein, Jenny hat das Papier im Gepäck. Sie will mit Christian darüber sprechen, in einer schwachen Stunde, wenn es sich so ergibt. Es genügt nicht, den Büttel privat zu zähmen, mit ihm auf Berge zu steigen im Bett. Sie hat auf das subversive Blatt ein Zitat gekritzelt, von Honoré de Balzac. Es lautet: »Geliebt und verstanden werden ... ist das größte Glück.« Verstanden werden, das wär der echte Gipfel, würde einsame Spitze sein. Weshalb sich mit weniger begnügen, als vielleicht zu kriegen ist?

Nach Stunden, beim Zwischenlanden auf Neufundland, wird der Büttel munter. Gander Airport heißt der stille Flugplatz, er gilt als Schwachpunkt dieser Route. Kanadischer Boden, Fluchtgefahr. Und Christian einer der Wachhunde! Die Treppe zum Souvenirladen ist sein Feldherrnhügel. Neben ihm die meteorologische Pracht (die Tafel mit sämtlichen Daten über extremes Wettergeschehen, der Airport gibt damit an wie mit dem Besuch von Queen Elizabeth). Der Hauptmann behält die Passagiere im Blick, verstärkt durch den Reiseleiter und zwei ältere Herren aus der Gruppe; die laufen manch einem sogar aufs WC nach, das gar keinen Hinterausgang hat.

»Jagdfieber«, sagt Jenny zu ihm; sie hat die Lage rasch erfaßt. »Den beiden gönne ich's ja, das sind Rentner, sie tun das, um ihre erschlaffende Libido zu beleben. Aber du, Christian, mein Gott, was gibt denn dir das?«

»Du, ich mach' das nur für dich«, antwortet er leise. »Anders hätten wir die Reise nicht gekriegt.«

»Das also soll uns retten? Ich kapiere ja, kein Landesfürst will als der Arsch in die Geschichte eingehen, dem die Untertanen alle weggelaufen sind. Nur, was willst du denn machen, wenn jemand sein Gepäck sausenläßt und dir tschüs sagt oder tschau?«

»Ihm ins Gewissen reden, was sonst?«

»Und du bist sicher, die haben eins?«

»Ja, ziemlich. Guck sie dir an, betuchte Bürger, die sagen niemals tschüs oder tschau. Mehr, als sie anflehen zu bleiben, ist sowieso nicht drin. Wir sind im Ausland; keine Gewalt.«

»Hübsche Losung. Sollte auch fürs Inland gelten ... Denk an das Loch in Ungarn und gib es auf.«

»Ungarn ist mir piepe, im Moment. Wenn aber hier wer wegtritt, passiert zweierlei. Erstens, sämtliche Koffer werden hereingekarrt und müssen von uns identifiziert werden. Ist Vorschrift, weil in dem des Flüchtlings eine Bombe sein kann. Das dauert dann ein paar Stunden.«

»Und zweitens, man reißt dir daheim den Kopf ab?«

»Viel einfacher.« Christian grinst schief. »Die lassen mich nie wieder raus, schon gar nicht mit dir. Die Kaderakte hätte 'nen Fleck. Der Genosse Fink würde aus sämtlichen Miedern platzen und mir Schuldgefühle verpassen. Mich fragen, ob ich meinen Kopf nur für den Frisör hätte und nicht wüßte, daß die ganze Identität eines Menschen bloß seine Tarnung ist, und weiter in der Litanei... Komm, sei lieb und drück mir die Daumen!«

Und Jenny, von Natur aus einsichtig, nickte ernsthaft, wie von einem Zauberstab berührt. Wie kam sie nur dazu, sich ihm, der all das für sie tat, dauernd in den Weg zu stellen? O Gott, es war nicht leicht, das Weib eines Polizisten zu sein... Als ihnen später zwischen dem St. Lawrence-Golf und Boston das Dinner serviert wurde, kaute sie noch immer an dieser Erfahrung.

Das Hotel hieß *Capri,* lag an der 21. Straße von Habana-Vedado nur zwei Blocks vom Meer und hatte das Schwimmbad hoch oben auf dem Dach. Jenny war hingerissen. Auf dem rosa Briefpapier stand: *Sparkling resort luxury with a Champagne flair.* Was auch immer das hieß, ein köstliches Versprechen mußte es schon sein, und sie schrieb darauf an Uta Zelter, mit der sie zwei Jahre lang Englisch gelernt hatte: Juno, unser Trip ist super! Schlag doch mal nach, *resort* muß »Zuflucht« bedeuten oder »letztes Mittel«, ja? Perlende Schwelgerei und Baden in Sekt als letzter Versuch, Christian total umzukrempeln in Richtung *neuer Mensch.* Mein Lebensgefühl explodiert, wie will er da hart bleiben? Die Betonköpfe, denen unsere Männer dienen, wissen genau, warum man sie ungern ziehen läßt *beyond the iron curtain,* den antifaschistischen Gartenzaun... In dem Gefühl des Leichtsinns, vermischt mit der diebischen Freude, den Brief durch die Postzensur der Firma zu schicken – trotz allem, was sich für Zelter und sie vielleicht daraus ergab –, klebte sie das rosa Kuvert zu und warf es, frankiert mit 31 Centavos, in die *letterbox,* den *buzón* der Halle.

Ab in die RDA – República Democrática Alemana, in ein Land, das weder demokratisch noch eine Republik war: *res publica,* die öffentliche Sache der mündigen Bürger. Beschwingt fuhr sie im Lift empor, lag neben Christian am Pool und aalte sich in der Glut.

Bald fielen ihr ein paar rassige Mädchen auf, Girls aller Hautfarben wie im Harem des Kalifen zu Bagdad, die nicht nur in das aufspritzende Wasser sprangen, sich keck zur Schau stellend in den knappen Bikinis, sondern auch ab und zu, in munterem Wechselspiel, mit einzelnen Gästen verschwanden. Aha, aha! Das schuf die erotisch gepfefferte Atmosphäre, in der – verstärkt durch das leckere Eis und die Rum-Cocktails von der Poolbar – ein scharfer Witz gedieh. Sie wies den Büttel hin auf das lockere Treiben, es ritzte ihm nicht mal die Haut. »Wer will etwas Böses dabei denken?« fragte er halb träge, halb verschmitzt und sonnte sich in der Gewißheit, daß es ihm erspart blieb, so riskante Kurven zu nehmen. Sein Fach war Mord, nicht Sittlichkeit, und die von Habana schon gar nicht. (Sein *Ressort,* hatte das Wort auch im Deutschen etwas zu tun mit »Zuflucht«? Dann war in erster Linie *sie* sein Ressort!) Und wirklich, ihr Büttel, der Gesetzeshüter, endlich schnallte er mal ab, klinkte sich aus all dem aus... Wie dumm, ihn dabei zu stören, ihren Liebsten, den beständigsten Freund eines Lebens, das so reich an jähem Wechsel war. Sogar in ihrer Knastzeit hatte er zu ihr gehalten, damals, nachdem sie das Opfer seines Spürsinns, der preußischen Geradheit und einer beträchtlichen Jagdlust geworden war.

Von ihrer Suite im 11. Stock war sie schlechthin entzückt. Der Reiseleiter, ein rühriger Sachse, katzbuckelnd und servil, witterte in Christian ein hohes Tier, die Hauptperson, den Garanten der Stabilität. Weil Sicherheit niemals billig war, hatte er ihm das Beste des Hauses zugeschanzt. Das kreisrunde Bett, resedagelb, zum Toben, die lautlos fächelnde Brise der Klimatisierung, das Marmorbad mit Bidet und elektrisch beheiztem Handtuchhalter und der Blick auf den Golf von México, wo hinter der Kimm Florida lag! Die hübschen Pagen, mimosengrün gewandet, wirkten auf sie wie Zierbuben beim Film, erwählt dank ihrer Glätte und Artigkeit. *Madam, can we clean,* wurde sie von den Boys gefragt, in einem Englisch, das noch ärmer war als ihres; dann erst surrte der Staubsauger. Ein Valuta-Hotel, es gab sie ähnlich auch in Leipzig oder in Berlin, dort aber unerschwinglich für die Frau eines kleinen Hauptmanns der K, den man hier für den Großneffen oder Stiefschwager eines Würdenträgers der RDA zu halten schien.

Und zu all dem der Atem dieser Stadt, schwer von Seeluft und Smog, vom Geruch des Röstkaffees, der Abgase auf heißem Asphalt, der klebrigen Feuchtigkeit und dem Hauch von Tropenblüten. Das vollkommene Glück der Fremde! Ja, sie war happy. Nach der Kreuzfahrt im gekühlten Scania-Bus – die spanischen Festungen, ihr Gemäuer, von Wellen umschwappt, die Kathedralen und Gemäldegalerien, das bizarre Revolutionsmuseum, die Mausoleen verblichener Größen, Hemingways *bodega* und das Haus für seine dritte Frau – endlich, am vierten Tag, der Strand! Playa Santa María del Mar, Hotel *MarAzul,* wieder das feinste Zimmer. Die Götter schütten ihr Füllhorn über sie, die Wendts lassen eine rosarote Kuh fliegen, sie sind erwählt.

»Ist das 'ne Hitze, der Planet prasselt wieder«, sagt Jenny. »Ich zieh mir noch 'nen Cocktail rein.« Jetzt dämmert ihr das Feeling der Elite. Das schwedische Büfett quillt über von Lekkereien und Früchten, die selbst Timms Tafel nicht bot; der Kommunismus scheint erreicht, jeder langt zu nach Gusto. Im gelben Sand dann Pilze aus Palmstroh, schattenspendend, umdrängt von der Reisegruppe, ein pensionierter General der Nationalen Volksarmee berät sie in puncto Abwehr von Diebsgesindel. Er hat den Tick, die Liftboys *Comandante* zu nennen, ihn erfreut jedwede Uniform.

Das Wasser ist smaragdgrün und so warm, daß man, ohne auszukühlen, endlos schwimmen kann. Kleine bunte Fische stupsen einen zutraulich an. Und in den langen, salzigen Wellentälern warten neue Empfindungen, ein herrliches Körpergefühl, wenn man zu zweit hinausschwimmt, sich treiben läßt, einander antaucht und küßt. Nicht mal Juno dürfte so zumute sein, wenn sie fast tausend Mark einstreicht als Sekretärin, nur weil sie bei der Firma ist.

Erpicht auf Unerhörtes, wünscht Jenny sich Christian als

Delphin, der es im Wasser mit ihr treibt. Doch er scheut jeden Schritt außerhalb von Dienstreglement und Normalität. Aber wer feig ist, den bestraft das Leben; am Schattenpilz sind seine Turnschuhe weg, geklaut von braunen Knirpsen!

Der kubanische Reiseleiter ist jung, er heißt Armando und gefällt Jenny. Die Tat seiner Landsleute entschuldigt er wortreich mit deren Armut. Christian erklärt den Verlust zur Bagatelle.

Abends führt sie Armando, weil sie nicht weiter klagen, zur Entschädigung umher. Er zeigt ihnen Bunker am Strand, gebaut in früheren Jahren gegen eine amerikanische Invasion, längst von der Flut gekippt und demoliert. Unterwegs wird klar, das *MarAzul* ist ein Ding für sich, blau uniformierte Hotelpolizei schirmt es gegen die Umwelt ab. Kein Mensch verläßt die Oase des Wohlstands anders als im Auto oder im Bus. Hinter Ödland, durchsetzt mit Bars, Diskotheken – Plastfäden vor der Tür – und den Bungalows des Mittelstands, fängt das einheimische Elend an. Hütten ohne Dielen, windschief manche, gestampfter Fußboden, auf dem Kinder tollen, vor dem flakkernden Fernsehbild. Immerhin, sie lernen lesen, es gibt Ärzte, Wasser, elektrischen Strom. Jenny ist das zu wenig, weshalb solche Buden, fragt sie, nach 30 Jahren Sozialismus? Armando erwähnt die Feindschaft der Yanquis, deren wirtschaftlichen Würgegriff.

Sie aber bezweifelt, daß dies die ganze Wahrheit ist.

9

Mittwoch, 20. September; die Halbinsel von Varadero, drei Busstunden ostwärts des *MarAzul,* Strände aus feinem weißem Sand. Das Beste, was Kuba zu bieten hat. Die Hotels heißen *Bellamar, Miramar, Marbella, Dos Mares* oder *Cabañas los Tainos,* um der Indios zu gedenken, die man vor 500 Jahren ausgerottet hat. Jenny sammelt Korallen, bunte Muscheln, abends formt sie daraus auf dem Nachttisch Figuren, verspielt wie ein Kind. Und Wendt sieht ihr lächelnd zu. Für ihn ist dies das Schönste von allem: ihr Unbeschwertsein. Das wunderbare Gefühl, diese Kindfrau um sich zu haben, eine Partnerin, mit der man gemeinsam frühstückt – heiter, ganz entspannt – und von früh bis spät beisammen ist, reibungslos, ohne Streit, fern der Politik. Wie hat ihm das gefehlt! Es tut unendlich gut.

Hand in Hand mit ihr steht er oben in der wahrhaft grandiosen Bar des Restaurants Las Américas, vormals die Villa der Duponts, einer Industriellen-Dynastie aus den USA. Antikes Mobiliar unter grün glasierten Schindeln, alles ist authentisch (bis auf das WC im Souterrain), wie für die Ewigkeit erbaut. Die Musicbox dröhnt, der Raum ist nach allen Seiten offen, lau bläst der Passat hindurch, wuchtige Balken tragen das Dach, es hat schon Orkanen getrotzt... Ringsum Park- und Sportanlagen, das Touristenzentrum in Lee der Nehrung, so schmal wie das Fischland südlich von Wustrow – der Yachthafen mit dem Delphinarium. Und tief unter ihnen rollen türkisblaue Atlantikwellen an den Strand, sie bilden hellgrüne Wölbungen, wenn sie sich brechen. Übrigens ist Hurrikan-Saison. Wendt ahnt das Grollen fern hinter dem Horizont.

Armando, mit dem er sich angefreundet hat, übersetzt ihm Meldungen von *Prensa Latina,* auch die *Stimme Amerikas* aus Guantánamo, der US-Basis auf Kuba. Es steht nicht gut um die Ruhe daheim. Vorgestern haben Rockmusiker, Liedermacher und sonstige Unterhaltungskünstler schrill den öffentlichen Dialog gefordert. Frech sprechen sie von »unerträglicher Ignoranz der Führung, die Widersprüche bagatellisiert und am starren Kurs festhält«. Es gehe nicht um Reformen, die den Sozialismus abschafften, sondern um solche, die ihn weiterhin ermöglichten... Mag sein, daß sie das glauben! Wer aber versucht, mitten im Fluß das Pferd zu wechseln, der fällt vermutlich hinein.

»Verdammt schwer«, sagt Wendt, »von heute auf morgen liberal zu sein.«

Armando wechselt das Thema. Doch was man nun von ihm hört, klingt auch nicht besser. Kuba hat selbst ein schlimmes Problem. Höchste Offiziere der Streitkräfte haben mit Waffen, Drogen und manch anderem geschoben. Dort hinten, auf dem

Militärsektor des Flugplatzes von Varadero, sind seit 1986 Maschinen der rätselhaften Abteilung MC des Innenministeriums gelandet, voller Kokain aus Kolumbien. Ein markerschütternder Skandal! Ursprünglich einmal beauftragt, das Handelsembargo der USA zu unterlaufen und heimlich knappe Güter auf dem Weltmarkt zu besorgen, sind die MC-Leute zu Schmugglern geworden. »Das Volk kann's nicht fassen, niemand begreift es, Christian – da haben sich Genossen, Revolutionäre, mutige Internationalisten, hochdekoriert, in gemeine Rauschgiftschieber verwandelt, millionenschwer! Wie ist das möglich, wie bringen Patrioten so was fertig?«

»Überall gibt's Menschen, die werden zu Verrätern«, sagt Wendt. »Die gehen jeden Weg, auf dem Macht und Luxus sie erwarten.«

Armando stimmt ihm trübe bei. »Wenigstens, wir geben es rückhaltlos bekannt«, meint er, als sei das noch ein Trost. »Im Juni ist Ochoa verhaftet worden, Held der Republik Kuba, unser fähigster General; vor ihm schon Oberst de la Guardia von der MC. Im Juli war der Prozeß, man hat sie mit zwei anderen Verbrechern erschossen und elf ihrer Mittäter eingesperrt, für zehn bis dreißig Jahre. Der Innenminister hat zwanzig Jahre gekriegt, der Vizepremier und Transportminister sowie die Chefs der Zollverwaltung und der Zivilluftfahrt sitzen auch im Knast. Und im August bereits erschien hier ein Buch, 480 Seiten dick, mit Dokumenten über den Prozeß.«

Wendt schweigt, er kann nicht sagen, welchen Verdacht das Verfahren in ihm weckt – daß dies seitens der Regierung eine Flucht nach vorn gewesen sei. Zu dicht unterhalb der Spitze die so ungeheuerliche Korruption! Außerdem, das Ganze klingt ihm bekannt. Hat nicht Richard Nebel all dies angetippt, bei seinem Besuch Ende Mai? Damals hat er dem Mann kein Wort geglaubt.

Armando zeigt ihm den Yachthafen. Drei Piers voller Rümpfe und Masten, träg dümpelnd in der Dünung der Lagune. Dorthin hat man vom Flugplatz, nach kurzer Zwischenlagerung und Neuverpackung, das Kokain transportiert und es mit einem Sportboot, das »Ali Baba« hieß, hinaus aufs Meer geschafft, um es nachts in Rennboote umzuladen – Flitzer, die hundert Seemeilen nordwärts stürmten, durch die Kontrollkette der US-Küstenwacht.

Im Bus erzählt Wendt das – es hat ja nichts mit der Heimat zu tun – flüsternd seiner Jenny. Sie rät ihm: »Kauf dem Nebel doch das Buch.«

»Meinst du, das sind wir ihm schuldig?«

»Du, der ist nett, halt dir den ruhig warm.«

»Na, ich glaube kaum, daß er Spanisch kann.«

»Vielleicht besorgt sein Verlag die Übersetzung. Das wär die Lösung für euch, Hauptmann.«

»Wie meinst du das, Jenny?«

»Dann hat er seinen Stoff, und ihr seid ihn los. Besser, er klagt über Koks in Varadero als über den eigenen Dreck.«

»Klingt genial. Das leuchtet sogar Major Grote ein.«

Sie lacht und legt ihm die Hand aufs Knie. »Sei nicht dumm, Christian! War doch bloß Spaß. So 'nen Roman über Kuba druckt man ihm bei uns nie. Spar lieber unser Taschengeld. Gib sie für mich aus, die paar Kröten.«

»Ach, was kannst du hier schon kaufen! Höchstens Rum. Was kein Ramsch ist, gibt's bloß gegen Westdevisen.«

»Irrtum«, sagt sie, während der Bus durch Matanzas schaukelt und Kurs auf die Südküste nimmt. »Du mußt den weichen Peso härten, mit 'nem Trick, den hat mir ein Berliner Schauspieler verraten. Wenn der in Habana umrubeln will, geht er einfach in die Botschaft und bezirzt eine der Angestellten. Die haben alle ein Kauflimit im Diplomatenladen und nutzen es selten aus. Da kriegst du alles, was das Herz begehrt.«

»Ich soll mit Botschaftsdamen flirten? Meinst du das?«

»Laß mich nur machen, am letzten Tag. Es soll dort einen Kulturattaché namens Doktor Heller geben, unser letzter roter Heller. Und der steht auf Blondinen. Falls er noch da ist, kriege ich ihn 'rum.«

Die Urlaubsmitte fiel auf den Samstag, an dem der Herbst begann. Die Reisegruppe feierte ihr »Bergfest«. Ein vollkommener Abend nach einem Tag, der alle Sünden vergeben ließ. Sie hatten piratenhaft ein Cayo heimgesucht, ein unbewohntes Inselchen zwei Stunden vor der Küste im Korallenmeer, frisch gefangenen Fisch gegrillt und riesige Muscheln gesammelt; man mußte sie auskochen, sonst stanken sie später.

Ansonsten roch Wendt das Land nicht mehr, die Nase hatte sich daran gewöhnt. Nur Büchern und Papieren entstieg noch ein seltsamer Duft, falls man daran schnupperte. Sie sogen ihn auf, dort haftete dieser Geruch nach Meer, Melasse und aromatischer Gärung; auch das Blatt verströmte ihn, das da auf dem Nachttisch lag. Werbung wohl, eine Hektographie im DIN-Format, bedeckt mit Zitaten von Balzac, in Jennys schwungvoller Schrift. *Geliebt und verstanden werden ... ist das größte Glück.*

Ah, dies galt ihm! Er war gerührt. Naiv hatte sie das notiert und überschwenglich dort hingelegt, damit die Schwärmerei auch ihn ergriff. *Aufbruch 89 – Neues Forum* stand im Titel. Verdutzt überflog er den vervielfältigten Text, befremdet von ihrer Art, Schönes mit Häßlichem zu verquicken. Ein subversives Flugblatt, wie kam das hierher? Welch ein Leichtsinn, es durch den Zoll zu schmuggeln bis nach Übersee.

Im Hauch des Klimageräts sträubte sich sein Nackenhaar. Ihm war, als schlucke er mit dem Köder bereits den Haken. *In unserem Lande ist die Kommunikation zwischen Staat und Gesellschaft gestört,* las er voller Unbehagen...

Es folgte ein Sack Wünsche, auf die man sich geeinigt hatte: Spielraum für Privatinitiative ohne Entartung zur Ellbogengesellschaft; Bewährtes erhalten und doch Platz für Erneuerung schaffen; geordnetes Leben frei von Bevormundung; unabhängige Menschen, die dennoch verantwortlich handeln – gemeinschaftsbewußt; Schutz vor Gewalt, ohne Büttel und Spitzel ertragen zu müssen; ein besseres Gesundheitswesen, doch keiner darf auf Kosten anderer krankfeiern; am Welthandel teilhaben, aber weder zum Diener der Reichen noch zum Ausbeuter der Armen werden.

Und so weiter. Fast wirkte das defensiv, beinahe vernünftig, es klang so schlimm ja nicht. Kein Aufruf zum Sturz der Führung. Bei allem Befremden über seinen Fund spürte Wendt einen dialektischen Touch, die Spur von Marxismus und den wohl ehrlichen Impuls, der dahinterstand. Die Sprache schien maßvoll, oder war's Heuchelei? Der Honig des Klassenfeinds, um den Bären zu erlegen und den Sozialismus zu zersetzen, der in den Augen reaktionärer Kreise im Westen »das Reich des Bösen« war? Wendt wußte es nicht. Aus seinem Zwiespalt, das fühlte er, kam nur schwer ein Urteil, das sich in Worte fassen ließ.

Das Papier bebte ihm in der Hand. Dreißig Leute mit Namen, Wohnort und Beruf. Sie forderten den Staat heraus, wagten ihre Verhaftung. In der Mehrzahl Intellektuelle; zehn der Unterzeichner waren Frauen... Wendt schob das Dokument zuunterst in den Koffer, er trat wieder in die Nacht hinaus, in den Schein flacher Lämpchen. Zuckrig betupften sie den Pfad, Kreise so rosa, orange und giftgrün wie Kubas Torten oder das süße Eis. Weshalb riskierte Jenny das, was gab es ihr bloß, wo sie doch alles hatte, zumal einen Mann, der sie auf Händen trug?

Und jetzt sah er sie am Pool, offen tanzend mit Armando unter dem Sternenhimmel. Sonst rührte sich niemand, Jenny aber schwang wie süchtig in der Musik, die Verkörperung des Frauentyps, der ihn am stärksten anzog. Was für ein Bild, im Blinken des Mondlichts draußen auf der See, die es aufgab zu murmeln. Jenny vor dem Geflacker des verchromten Automaten, der im Schwall seiner Bässe all die Rhythmen entließ, Ströme karibischer Heiterkeit und spanischer Wehmut. Hypnotische Gitarren, ihr Begleiter klatschte den Takt, wie damals in Cumin, ihr Körper wand sich schlangenhaft, sie tanzte nicht für ihn, sondern nur für sich – sinnlich, euphorisch. Nichts sprach daraus als Lebenslust pur, ihr Glaube an die Verheißungen der Welt.

Und plötzlich ging Wendt auf, was Jenny antrieb; die stärkste Verheißung hieß für sie *Freiheit.* Ging das zusammen in dieser Zeit, ihr wilder Drang, sein Ordnungssinn, hielten sie diese Spannung aus? Wohl nur, wenn er ihr ein Stück entgegenkam... Wendt wollte gleich damit anfangen. Er hatte bloß noch den Wunsch, den wundervollen Tag in ihren Armen zu beschließen. Und sicher zu sein, daß sie bei ihm blieb, komme, was wolle, für alle Zeit!

Voller Verlangen führte er Jenny aufs Zimmer. Über den Text der Opposition verlor er kein Wort; es hätte den Zauber zerstört. Sie hielten beide still, blieben duldsam, das war der Kompromiß. *Carezza,* die Ruhe nach dem Eindringen, die hat er sie gelehrt – fast regungslos verharren, in schmeichelnder Liebkosung. So ist es gut... Ja, man nahm Rücksicht, achtete den Partner. Er zwang ihr kein Kind auf, so schwer es ihm auch fiel, damit noch zu warten. Und sie hielt Dinge von ihm fern, die ihn in Teufels Küche brachten.

Bestürzend schnell verfliegt die Zeit. Die Orte heißen Balneario del Sol oder Guardalavaca, die Gipfel und Strände kann sich keiner merken, man hat sie auf Film, daheim wird man sich besinnen. Beim Nachtflug von Oriente in die Westprovinz schläft alles ein. Gegenüber an Backbord der General, er schnarcht, sein Mund klafft auf. Jenny will ihm ein Stück Banane hineinschieben, Wendt kann's verhindern. Wenn der alte Herr sich daran verschluckt, soll man noch mal gegen sie ermitteln? Ihr Leichtsinn gefährdet sie.

In Pinar del Rio gastiert eine Rockgruppe aus der Heimat. Jenny will das erleben, Armando stellt sich nach Karten an. Die zwei überreden Wendt, sie zu begleiten. Ein spanisches Theater der Jahrhundertwende, die Bühne finster, weißer Qualm und Sphärenklänge. Der Saal ist überfüllt, man steht in den Gängen, die Fluchtwege sind blockiert. Und schon der erste Titel reißt das Publikum hin zu pfeifendem, jubelndem Applaus.

Ein Tohuwabohu für Wendt, ihm ist mulmig, er wird durch buntes Licht geblendet, vom Lärm halb betäubt. Schon fangen die Stehenden an, mit der Musik zu schwingen, ein Chaos im Parkett! Vor der Bühne tanzt man heiter, wie in Trance – *high.* Alle sind *happy,* bis auf ihn, er sorgt sich um die Lage im Saal, wo bleibt die Sicherheit, was wird bei einer Panik?

Da, als teilten sie seine Befürchtung, dringen Beamte ein und beginnen die Tänzer abzuführen. Neben ihm Jenny, sie singt die Schlager mit, springt auf und wiegt sich in den Hüften; Armando tut es ihr nach. Sie stupst Wendt an, wie spontan Kubas Jugend sich bewegt, wo gibt's denn das daheim? Das sind keine Randalierer, die sind weder süchtig noch betrunken, sie geben sich bloß dem Sound hin, sagt Jenny, schau, wie phantastisch, diese Stimmung!

Aber die Polizei rückt vor, tut ihre Pflicht. Schon packt sie das Pärchen nebenan, es protestiert, Armando will schlichten, da trifft's auch ihn – ein Hieb ins Genick, grob wird er weggezerrt. Wendt zieht Jenny auf den Sitz zurück ... »Alles machen sie kaputt, deine Genossen«, sagt sie auf dem Heimweg zu ihm. Er antwortet nicht. Ist das der Dank für seinen Schutz – das Opfer, das er ihr gebracht hat? Ohne ihn hätte man sie mit Armando abgeführt.

Havanna, 5. Oktober, der vorletzte Tag. Im Marmorfoyer der Botschaft – Calle 13, Vedado – tritt ein Beamter auf Wendt zu. Er heißt Rudi Wimmer und hält Fühlung zu den Sicherheitskräften: ein Verbindungsmann zwischen dem MfS und der *Dirección General de Inteligencia,* dem Geheimdienst Kubas. Den Dr. Heller (mit der Luft im Kauflimit für den Diplomatenladen) nämlich gibt's nicht mehr. Und Wimmer hat Wendt nicht herbestellt, um ihn beim Erwerb von Mahagonifiguren oder Chinaseide zu unterstützen. Vielmehr legt er ihm die Lage dar, anhand meterlanger Fernschreiben, die sich auf seinem Tisch rollen, als wäre es ein Krisenvorrat an Klopapier.

Es sind offene Quellen, ganze Presseseiten per Telex, ADN-Meldungen, Kommentare. Der Innenminister hat den Antrag des Neuen Forum abgelehnt, es für staatsfeindlich erklärt. Das *Neue Deutschland* nennt den realen Pluralismus im Lande: Zu all den vorhandenen Parteien und Massenorganisationen kommen ja die Briefmarkensammler, Hundehalter, Bücherfreunde, Rosenzüchter, ein breites Spektrum an Meinungsvielfalt – für weitere Gruppierungen kein Bedarf!

Das ist jetzt vertraulich: Vorletzten Montag haben nach dem sogenannten Friedensgebet 5000 Leute in Leipzig demonstriert. Nur ein knappes Dutzend hat man belangt, Höchststrafe vier Monate, sehr maßvoll, doch es wird kritisch. Am letzten Sonntag sind 7000 Ausreiser in Sonderzügen westwärts gerollt, tags darauf ist die Prager Botschaft der BRD schon wieder voll gewesen. In Leipzig haben am 2. Oktober, also vor drei Tagen, wieder Tausende für Reformen demonstriert. Die Künstlerverbände wünschen, verdeckt formulierend, gleichfalls Erneuerung. Vorgestern durften all jene weg, die abermals in die Prager Botschaft gestürmt sind. Der visafreie Verkehr in die ČSSR ist gestoppt. Und gestern, als die *Botschaftsfestsetzer* in Sonderzügen durchs Land dampften, sind in Dresden die Gleise besetzt worden von 800 Personen, die man zuvor aus Zügen in Richtung ČSSR geholt hatte! Auf Geheiß des 1. Bezirkssekretärs, Hans Modrow, hat die Polizei dort nachts Schlagstöcke und Wasserwerfer eingesetzt – erstmals seit dem 17. Juni 1953 massive Gewalt.

Wendt ist schockiert. »Es spitzt sich zu.« Er schiebt die Fernschreiben von sich weg, als wären es Giftschlangen.

»Nur bis zum Jubiläum«, sagt Wimmer. »Um den Geburtstag zu retten, spielt die Führung Reisebüro und gibt immer wieder nach; was natürlich als Schwäche mißdeutet wird. Na, noch drei Tage, dann räumen wir auf!«

»Vermuten Sie das, oder wissen Sie es?«

»Sie werden's selbst erleben.« Wimmer weicht der Frage aus, weil seine Sekretärin gerade Kaffee bringt. »Ich sage Ihnen das ja nicht zum Spaß, Genosse Wendt. Sie fahren gleich nach der Landung ins Zentrum und melden sich beim Einsatzstab an der Keibelstraße hinter dem Alexanderplatz. Der Polizeipräsident erwartet mehr Arbeit für die K, als es mit den eigenen Kräften zu schaffen ist. Aber kein Grund zur Sorge, passen Sie mal auf, es geht ruckzuck, so wie hier in Kuba.«

»In Kuba?«

»Haben Sie nichts von dem Skandal gehört? Da ist blitzschnell operiert worden, gefährlich dicht am Hirn!«

»Bitte, was hat das mit uns zu tun? Wir haben Republikflucht, kein Korruptionsproblem.«

»Nein«, sagt Wimmer. »Das hätte uns gerade noch gefehlt, mein Lieber.«

10

Rücksturz nach Europa. Als das Flugzeug Samstag früh landete, war es zehn vor vier. Die Passagiere tauchten aus dem transozeanischen Dämmerzustand verdutzt ins Kabinenlicht. Man war gegen den Lauf der Sonne gereist, mußte die Uhr vorstellen oder zurück? Fünf Stunden oder sechs? Die Sommerzeit war passé und die Verwirrung allgemein. Noch ehe die Gangway andockte, drängte man zum Ausgang.

Wie eine Geisterbahn erwachte Schönefeld International zu neonfahlem Leben. Fast eine lethargische Stunde verstrich, bis man im Bus über den Beton geschrammt und gegen die Schlafsucht der Paßkontrolleure und Zöllner zum Gepäckband vorgerückt war. Nervöse Erlösung, wenn einer seinen Koffer sah. Man griff ihn, sprach Abschiedsfloskeln und verschwand – zum Kummer des Generals, dem der Ritus des Abmeldens näher war als solcher Zerfall. Ein heimlicher Wettlauf nach den Taxis begann.

Der Lada stand unter einer Staubschicht auf dem Platz für Langzeitparker. Nach ein paar matten Umdrehungen sprang er an, und Jenny trieb ihn stadtwärts in das Zwielicht einer Morgendämmerung, die herbstlich zögernd hinter dem Häusermeer hochkroch. Es war kühl, sie schaltete die Heizung ein. Leergefegt die Straßen, ohne Polizei, von Kontrollen keine Spur.

»Rase nicht so«, bat Wendt. In Berlin kannte Jenny sich besser aus, da ließ er sie gern fahren. »Ich komme früh genug zum Dienst.«

»Dann laß uns vorher bei Beate Kaffee trinken!«

Er schüttelte den Kopf, und sie wußte, da war nichts zu machen. Ihm mißfiel ihr Kontakt zu Beate, eine Freundschaft, die im Knast gewachsen war. Es schmeckte ihm nicht, daß sie zu einer Vorbestraften ging – als könne dies bei ihr zum Rückfall führen. Er war noch nie mit zu Bea gekommen, der sture Kerl.

»Halt dich da bitte nicht auf«, riet er ihr, als der Hauptbahnhof rechts wegglitt, die Potemkinsche Fassade. »Fahr nach

Haus, möglichst gleich! Ich hab' so das Gefühl, hier tut sich heute was.«

Jenny versteifte sich auf ihrem Sitz. »Ich hab' die Nacht kein Auge zugetan und schlafe glatt am Steuer ein. Soll ich einen Unfall bauen? Nein, ich warte auf dich bei Bea, und wir zwei, Christian, fahren zusammen heim.«

»Wer weiß, wie lange mein Einsatz dauert.«

»Ich hab' Zeit, muß erst übermorgen im Laden sein.« Sie spürte ihre Stimmung kippen. Er wies sie zurück, gleich krachte es zwischen ihnen, wie traurig, solch ein Zank! Plötzlich haßte sie wieder seinen Beruf, der ihn zwang, ihre wunderbaren Tage so kühl, so abrupt, so unwürdig zu beenden. Kaum betrat er den Boden dieses Landes, da ging der Dienst wieder vor. Fremd und kalt die Hauptstadt hinter Glas, ein doppelter Klimaschock... Jenny schluckte, sie war verletzt und gewillt, um keinen Preis das zu tun, was er ihr vorschrieb.

Aber Christian, der stets so gut begriff, wie ihr zumute war, wich dem Streit auf gewohnte Art aus. »Wir sind beide überreizt, müde und nervös«, sagte er besänftigend. Ohne noch auf rasche Abreise zu drängen, verlangte er nur, daß sie bei ihrer Freundin blieb, auf keinen Fall zu einer Demo ging. Das versprach sie ihm und stoppte unmittelbar vor dem Präsidium. Er gab ihr einen Kuß – recht lang für das Halteverbot, vom Polizeistandpunkt aus. Der sollte alles gutmachen, sie versöhnen. Dann griff er die Tasche vom Rücksitz und warf die Tür hinter sich zu. Der Posten prüfte seinen Ausweis, das Haus nahm ihn auf. Er blickte nicht noch mal zurück.

Jenny fand eine Lücke auf dem trapezförmigen Parkplatz zwischen Schönhauser Allee und Kastanienallee, sie quetschte das Auto hinein. Von hier waren es nur wenige Minuten zu Beate in ihrem Hinterhof oben unterm Dach. Ihre Wohnung, altväterlich möbliert und angefüllt mit Büchern, Bildern, edlen Gläsern und Geschirr, hatte trotz der mürben Mauern das gewisse Etwas. »Es ist so schön, altmodisch zu sein«, sagte sie manchmal. »Du brauchst einen Fixpunkt, da alles sich verändert...« Sie schien davon besessen, ihre Sehweise und Sprache ständig zu ändern, was im Kontrast zu ihrer konservativen Lebensart stand. Der Umgang mit Malern und Spinnern aus der alternativen Szene am Prenzlauer Berg hatte die kleine, brünette, introvertierte Person geprägt. Stets suchte sie nach neuen Perspektiven, mehr in der Kunst als im Leben. Denn schöner war es für sie, von Veränderungen nur zu träumen. Seit ihrer Verhaftung im Mai vor sechs Jahren erwies sich die Wirklichkeit eher als Enttäuschung.

Es war noch zu früh, bei ihr zu klingeln, samstags schlief Bea aus. Jenny entschloß sich zu einem Bummel. Bewegung würde ihr guttun nach dem Tag im Aluminiumkäfig. Beim ersten Bäkker, der öffnete, würde sie Brötchen und Kuchen für das Frühstück kaufen... Sie hoffte, daß ihre Stimmung sich an der frischen Luft wieder hob. Der aufheulende Verkehrslärm, die wenigen Bäume, das schmutzige Backsteingrau der Fassaden mit ihrem bröckelnden Putz konnten freilich kein Ansporn sein. Hundert Jahre war das Viertel alt, Regen, Sonne und Bomben hatten das Gesicht der Straßen gekerbt, vierzig Jahre Sozialismus ihnen den Rest gegeben. Jenny bog links in die Eberswalder ein, sie schlenderte auf die Mauer zu. Die Häuserfronten wirkten wie Pappmaché, es roch nach Verfall, doch ihr Eindruck war, daß sich darin etwas Kompaktes, bedrohlich Massives verbarg.

Es lauerte dahinter. Was konnte das sein? Plötzlich wußte sie es wieder. Auf einem Rundgang durch das Viertel hatte Bea ihr erzählt, man habe vor einem Vierteljahrhundert die Keller sämtlicher Häuser zugeschüttet, die weniger als 100 oder 200 Meter von Westberlin entfernt waren – um den Bau der Fluchttunnel, damals stark in Mode, zu unterbinden. Kies oder Schutt in den Kellern, fettes Erdreich gar, die Vorstellung war unheimlich. Wo lagerten die Mieter nun ihre Kohlen? Was schützte sie vor der Feuchtigkeit aus dem verstopften Souterrain? Wer so was erdachte und befahl, der mußte ein rechter Finsterling sein.

Beim Postamt auf der linken Straßenseite fiel ihr Andy ein. Womöglich lag bei Bea eine Nachricht von ihm. Bald nach ihrer Haftentlassung hatte sie die beiden miteinander bekannt gemacht, und wenn Andy mit seiner Flamme in Berlin war, wohnten sie meist bei Bea, die immer gastfreundlich war.

Hier in Grenznähe belebte sich die Gegend mit Vorsperren, hölzernen Spähpodesten und grünen Uniformen. Zweimal wurde Jenny angehalten, man prüfte ihren Personalausweis und fragte sie nach dem Ziel des Spaziergangs. Das war ihr früher nie geschehen. Die Polizei gab sich korrekt, doch kein Zweifel, da lag etwas in der Luft.

Vor ihr, beim Jahn-Sportpark, endeten die Straßenbahnlinien 4 und 13. An wartenden Waggons vorbei betrat sie den Park – sie hatte ihn als Ziel genannt – und setzte sich auf eine Bank. In kleinen Stößen trieb der Wind welkes, buntes Laub vorbei. Sie fröstelte; es war, als habe der kurze Weg sie schon erschöpft. Und sie merkte, es gelang ihr nicht, die Bedrückung loszuwerden, jene Mißstimmung, in die der unausgetragene Streit mit Christian sie versetzt hatte. Ein schier auswegloser, sich ständig erneuernder Konflikt.

Ihr Blick strich über den Metallzaun hoch zur Flanke des Dynamo-Stadions. Außerhalb jeglicher Bauplanung und kommunaler Legalität hatte die Staatssicherheit das Stadion in den letzten Jahren hingeklotzt, hart an der Grenze und entsprechend geschützt gegen Massenausbrüche in den Westen, die man immer zu fürchten schien. Erbaut zur Freude des Ministers, als pompösen Rahmen für dessen Fußball-Leidenschaft. Ein echter Fan! Er konnte sich über Fehlpässe seiner Schützlinge, der Kicker des Berliner Fußballclubs, aufs äußerste erregen und seinen Hut zertrampeln, wenn der Schiedsrichter dem gegnerischen Team einen Strafstoß zuerkannte. So war es günstig für den Genossen Mielke, in bequemem Zivil aufzukreuzen. Denn er würde, überlegte Jenny, wohl doch gezögert haben, als Armeegeneral in vollem Wichs seine goldbetreßte Dienstmütze – immerhin zugleich ein Staatssymbol – in den Staub des Stadions zu treten. Ein Vorgesetzter tat das nicht, der wahrte Haltung, zumindest in der Öffentlichkeit. Hitler hatte auch nur vor kleinstem Publikum in Teppiche gebissen. Wie schwang ein Mann, unfähig zur Selbstbeherrschung, sich zum Herrscher über all die auf, deren Namen er im zentralen Computer der Firma hatte speichern lassen? Eins der Rätsel dieses Landes und seines stalinistischen Systems.

Jennys Denken schweifte zurück zu ihrer Knastfreundschaft

mit Beate. Sperrte man zwei Mädchen ein, öffneten sie sich voreinander, selbst wenn sie grundverschieden waren. Die kleine Bea hatte sie gleich als Beschützerin akzeptiert, obschon sie, Jenny, ja nicht aus ähnlichen Gründen saß. Sie war, strenggenommen, keine Straftäterin aus weltanschaulicher Überzeugung. Ihre zwei Einbrüche hatten etwas mit verletztem Stolz, auch mit Rachlust, mit Aggressivität zu tun; gewiß auch mit der Macht und Prominenz der Bestohlenen, deren Privilegien; und insofern wiederum mit verkrusteten Strukturen. Die Verknüpfung aber war bei Bea sehr viel enger. Als Pastorenkind in der Ausbildung und Berufswahl eingeengt, war sie früh zu Leipziger Zirkeln der Friedensbewegung gestoßen und hatte schließlich mit fünf Kumpeln (Malern und Grafikern ohne Hochschulabschluß) eine eigene Demo inszeniert, die sich an den offiziellen Maiumzug anschloß und frech in dessen Heckwasser lief. Sie nähte weiße Fahnen mit dem Sinnbild *Schwerter zu Pflugscharen,* entwarf Sprüche, auf den ersten Blick unverfänglich, und textete FDJ-Lieder kritisch um.

Noch heute bestaunte Jenny ihren Mut, hatte aber auch damals der Zellengefährtin nicht verhehlt, daß sie dies für glatten Selbstmord hielt. Selber hätte sie sich nie so weit hinausgelehnt. Und es war ja dann auch schiefgegangen. Die Crew hatte sich von einem Polsterer aus der Nachbarschaft einen Leiterwagen besorgt, mit dem der Mann sonst Sofas karrte, darauf ein Klavier gehievt und das Ganze mit Losungen drapiert. Ein paar Dutzend Studenten folgten ihnen, als sie sich in den Schwanz des Festumzugs einklinkten. Mehrfach kontrollierte sie die Polizei, der ein gewisser karnevalistischer Akzent aufstieß. Sie schnupperte fremden Stallgeruch, astrein erschien ihr die Sache nicht, doch fiel sie wiederholt auf einen »Erlaubnisschein« herein, den einer der Mittäter gedruckt hatte, wie eine amtliche Genehmigung mit Stempel und Signum des Stadtrats für Kultur. Das Papier wies die Gruppe als »Volkskunstkollektiv des Centrum-Warenhauses« aus.

Ihr Schwindel platzte erst nach zwei Stunden weit hinter den Ehrenplätzen der Leipziger Obrigkeit. Jäh sahen sie sich von Polizei umringt, von Hunden bekläfft, durch Zivilisten ergriffen und ins Stasihaus verschleppt. Den Leiterwagen, das Tatwerkzeug, zog man ein, den sah der Polsterer nicht wieder. Es war inzwischen früher Nachmittag, die Crew wurde streng bewacht, mit Sprechverbot belegt und einzeln vorgeführt. Dann trennte man Bea, das einzige Mädchen, von den Jungs. Bis Mitternacht saß sie in einem leeren Flur, niemand gab ihr zu essen, auch Bitten um einen Anwalt, um Unterrichtung ihrer Eltern wurden abgelehnt.

Erst beim Verhör bekam sie Kaffee und ein belegtes Brötchen. Der Vernehmer blieb sachlich, fragte nach dem Anstifter. Sie gab nichts zu, denn es war vereinbart, keinen als Urheber zu benennen. Darauf wechselte die Szene, zwei junge Männer schüchterten sie ein, stellten sie als Hure hin, die es mit sämtlichen Komplizen treibe, wie die fünf übereinstimmend ausgesagt hätten – und dazu noch, daß sie die Inspiratorin gewesen sei. Bea stritt das weiter ab. Man glaube ihr kein Wort, hieß es, ihren Job als Röntgenassistentin könne sie vergessen, ihre Kaderakte habe jetzt ’nen dicken Fleck.

In eine fensterlose Zelle gesperrt, wurde sie dennoch ohne weiteres Verhör am 2. Mai entlassen, 24 Stunden nach dem Zugriff. Die Leipziger Stasi hielt sich an die Regeln. Sie nahm ihr nur das übliche Schweigegelöbnis ab. Drei Tage später traf Bea die Kumpel alle auf freiem Fuß. Dabei kam heraus, einer von ihnen war der Sohn eines Parteibonzen; der hatte erreicht, daß die Staatsanwaltschaft keine Anklage erhob, jedenfalls nicht pauschal. Dem Bonzensohn war überhaupt nichts passiert. Die übrigen vier Kommilitonen hatte man schon geext, sie waren von der Karl-Marx-Uni geflogen oder von der Hochschule für Buchkunst und Grafik. Gegen den Grafiker als Schöpfer der »Erlaubnis« wurde wegen Urkundenfälschung ermittelt. Da nun ging Bea, die treue Seele, aus eigenem Antrieb zum Staatsanwalt und gestand ihm ihre Schuld. In dem folgenden Prozeß bekam sie zwei Jahre ohne Bewährung. Der angehende Grafiker fing 18 Monate ein. (Sein Vater, ein Hochschullehrer, distanzierte sich von dem mißratenen Kind.) Bis auf sie und den Bonzensohn waren alle längst im Westen, vier von sechs, die einmal, hoch auf dem Polsterwagen, das Regime hatten leimen wollen.

Jenny erhob sich, die Rast hatte ihr nichts genützt. Der Kummer um Christian lag ihr weiter auf dem Gemüt. Auf Kuba war's so wunderschön gewesen, wie konnte solch ein Wechsel sein? In der Straße, durch die sie jetzt lief, hatte man die Bäume abgesägt. Das sei nötig gewesen, erklärte man ihr in der Bäckerei, weil durch eine poröse Gasleitung die Wurzeln vergiftet und die Kastanien abgestorben seien, eine nach der anderen.

Am Auto gingen ihr Zeilen eines Nachkriegsschlagers durch den Kopf: »Ach du liebe Zeit, kein Mensch hat mehr für die Liebe Zeit... Die Erde ist ein Jammertal, bewacht von Polizei.« Bloß auf Feten hatte man das singen dürfen, der dumme Text ließ sich einfach nicht vertreiben! Jenny nahm die Flasche Rum aus dem Kofferraum, sie zog auch das Blatt des Neuen Forum und die faustgroße Muschel hervor, nach der sie eigens getaucht war, als Mitbringsel für die Freundin: rosig, gezackt, ein skurril verdrehtes Horn – im Morgenlicht schimmernd wie ein Trümmerstück aus dem verlorenen Paradies.

11

Jenny fand bei Bea keine Post von Andy, sie traf ihn selber an. Er war im Nachtzug aus Rostock gekommen, mit ein paar Freunden, dem harten Kern der Studentengemeinde. Und zwar in der Absicht, die Jubelfeier zu *konterkarieren*. Er hing an dem Wort und erklärte ihr, es heiße soviel wie jemandem in die Quere kommen, ihm entgegenwirken. Bea schlug Andy vor, es anders zu sagen. Sein Ausdruck klinge militant, sei leicht mit *konterminieren* und *kontaminieren* zu verwechseln. Das lasse sich so verstehen, als solle eine Gegenmine gelegt oder gar etwas verseucht werden; die wichtigste Losung aber sei: keine Gewalt.

Jenny schwieg dazu, für sie war das Wortklauberei, der sprachliche Schnörkel, ohne den bei Andy halt nichts ging. Anstatt zu bedenken, wie das konkret zu machen sei, auf der Straße, ließen die zwei etwas von der überschüssigen Bildung ab, an der sie – einer Hochschule fern – offenbar erstickten. Außerdem fragte sich Jenny, wo seine Birgit steckte. Wieder daheim geblieben, wie im Juni auf der Fahrt nach Cumin? Allein war er zu Bea gekommen, dem zarten, brünetten Geschöpf? Ein recht sonderbarer Zufall. Was mochten die zwei getan haben, bevor sie bei ihnen schellte?

Liebe am Morgen war sehr bekömmlich. Aber Jenny fand kein Anzeichen dafür, bis auf den Hauch auf Beas Wangen – ein Indiz? Sie spürte einen Anflug von Eifersucht. Vor fünf Jahren, in der Einsamkeit der Haft, war Bea manchmal zu ihr ins Bett geschlüpft, wenn die Situation im Zellenbau es zuließ. Zu einem Austausch von Zärtlichkeiten, der sich als hilfreich erwies. Beide keine Lesben, hatten sie bloß Trost gesucht; aber ein Rest von Verlangen schwang noch in ihr nach. Sie liebte es, Bea um den Hals zu fallen und den Duft ihrer Haut zu schnuppern. Ja, dem Vergangenen hielt sie ein bißchen die Treue... Und Christian, was verlor der dadurch schon? Während Andy im gleichen Fall seine Birgit glatt betrog und hinterging! Mit Genuß, so einfühlsam, wie die zwei wohl waren im Bett.

Gott, sehr verzwickt, solch eine Dreierkiste. Zuviel Instabilität. Der Aufbau eines Ozon-Moleküls fiel ihr ein, die drei Sauerstoffatome, doppelarmig, hielten einander fest im Kreis, doch wie leicht ließen zwei von ihnen das dritte los, um triumphierend ein Paar zu bilden! So mußte das Ozonloch entstanden sein.

»Wie war's denn eigentlich in Kuba?« fragte Andy.

»Na, es hat sich schon gelohnt – all die Früchte und Blüten, die heiße Musik, das warme Meer. Aber abseits vom Tourismus noch viel echte Armut, wißt ihr, ziemlich traurig.« Jenny sprach gedämpft, sie nahm sich selbst zurück, damit kein Neid entstand. »Die Superhotels, beschützt von blauer Polizei, anders wär dein Zeug nicht sicher. Den Gästen gibt man alles, die Kubaner haben kaum Fleisch im Topf und wenig anzuziehen...« Ihre Gedanken sprangen zu Christian zurück, dem sie die Turnschuhe stibitzt hatten. Er war so entspannt, so aufmerksam gewesen, wie frisch verliebt; hätte er nur einen anderen Beruf.

Beas Knopfaugen waren starr auf sie gerichtet, ein dunkler

Blick. Jenny fühlte sich durchschaut. Fing sie nicht an, den beiden nach dem Mund zu reden? Unwillkürlich folgte sie den Erwartungen der zwei: Kuba ist sozialistisch, also im Unglück... Uta Zelter, ihrer Juno, hätte sie was vorgeschwärmt. Bea schien es auch zu spüren, sie runzelte die Stirn und sagte: »Das klingt so distanziert wie ein Bericht aus zweiter Hand, Jenny. Als seiest du gar nicht dagewesen.«

»Bin ich auch nicht wirklich. Es war ein Traum.«

Jetzt ging ihnen der Text aus. Bea kniff die Lippen ein und schien sie von innen zu befeuchten.

»Die Reisegruppe war reichlich affig«, sagte Jenny, um das Thema zu erweitern. »Privates Kleingewerbe, Funktionäre und Pensionäre. Dauernd protzten sie damit, wo sie überall schon waren – Finnland, Griechenland, Österreich –, was ihnen da geboten wurde und was es zu kaufen gab. In dem Punkt war's für sie ein Flop. Einmal hielt der Bus, und zufällig gab's Bananen – das ist das Stärkste gewesen. Manche konnten's partout nicht genießen, was Kuba tatsächlich zu bieten hat.«

»Bleib ruhig, wir können es!« Andy hob sein Glas mit dem Cocktail aus weißem Rum und Mangosaft. Sie stießen sacht auf die ferne, verlorene Insel an. Und mit dem Dreiklang kam Beas Lächeln zurück; es erhellte den ganzen Raum.

Jenny mußte eingenickt sein, trotz des Kaffees, denn als nächstes saß sie steif im Biedermeiersessel, und vor ihr lief das Fernsehbild *live* aus der Karl-Marx-Allee: Militärparade, Stechschritt, Spielmannszug, Pauken und Trompeten. Auf der Tribüne huldvoll winkend der Landesfürst, von Höflingen umringt, neben einem skeptischen Gorbatschow. Die stupende Vertrautheit des Rituals – alle Jahre wieder, ein Leben lang... Und wer dagegen anging, der störte den dressierten Heerwurm, das stampfende Ungeheuer, der brachte es gegen sich auf. Man konnte sich ebenso vor einen D-Zug schmeißen.

Bei aller Komik, die kriegerischen Aufmärschen anhaftete (das Funkeln der Waffen, die Jubelrufe, die lachhaften Losungen auf den Spruchbändern und das Gefuchtel des Tambourmajors), war es doch offenkundig, daß man hier etwas Solides, Unaufhaltsames, höchst Gefährliches vor Augen hatte.

»Und das«, fragte Bea, »wollt ihr stoppen?«

»Warte ab!« Andy ließ vor ihr die Muskeln spielen. »Wir treffen uns bei der Weltzeituhr. Am Spätnachmittag geht's los.«

Die TV-Kamera schwenkte zu irgendwelchen Verkaufsständen, die der Stärkung dienten, dem Ergötzen, dem heiteren Teil des Machtgepränges. In Beas Schwarzweißgerät waren es bloß matte Flecke, grau gestreift; sie verbreiteten die Trübseligkeit von Buden an einem verregneten Strand, der von Reisegruppen überlaufen ist.

»Ohne mich«, sagte Bea. »Ich weiß, wie so was endet.«

Jenny sagte: »Den Sozialismus in seinem Lauf hält weder Ochs noch Esel auf.«

»Was, ihr Mädchen, keinen Mumm? Heute muß man doch Flagge zeigen!« Andy knipste das Fernsehbild aus.

»In Dresden ist schrecklich geprügelt worden«, erinnerte Bea.

Unter ihrem furchtsamen Blick verwandelte sich Andy in den erprobten Taktiker und Straßenkämpfer, der er nie gewesen war. »Dresden, das war eine Falle. So was lernt die Stasi bei ihren Hauspsychologen. Man hätte die Züge aus Prag ja auch ganz anders leiten können. Aber es mußte der Hauptbahnhof sein, in der Absicht, Krawall zu provozieren und sich die Rädelsführer zu greifen!«

»Und das soll heute anders sein?«

»Es ist anders! Heute wollen die bloß die Fete retten, ihre Show abziehen – machen die Übergänge dicht und lassen keinen Westler rein: Tür zu, hier wird gefeiert! Mit Rücksicht auf Gorbi, Jaruselski, Jakes und Rakowski bleibt der Knüppel im Sack.«

Jenny war es unmöglich, vor ihm zuzugeben, daß sie Christian versprochen hatte, keinesfalls auf die Straße zu gehen. »Mir fallen andauernd die Augen zu«, sagte sie nur. »Habt ihr was dagegen, wenn ich mich hinhaue nebenan? Vielleicht ist ja das Nest noch warm.«

An Beas Gesicht erst merkte Jenny, sie hatte etwas Falsches, den Freunden Peinliches gesagt. Sie hatte beide gekränkt... Schuldbeladen schlief sie ein.

Später kam es ihr so vor, als habe dies sie dann veranlaßt, mit dem Paar, das sie beleidigt hatte, wenigstens ein paar Schritte vor die Tür zu tun. Während sie noch schlief, hatten Besucher erzählt, die Innenstadt sei weiträumig abgesperrt und zum *polizeilichen Handlungsraum* erklärt worden. Bis zum alten S-Bahn-Ring herrschte praktisch Ausnahmezustand, das Verbot, sich zusammenzurotten. Durch Westberlin geisterte das Gerücht, heute werde die Mauer gestürmt. All das, dazu die Weigerung der Frauen, hinderte Andy daran, die drei Stationen mit der U-Bahn bis Alexanderplatz zu fahren.

Beim Abendbrot klagt Andy, er fühle sich einfach mies. Jenny versteht das als Seelenzustand, sein Stolz ist lädiert, er hat sich von Bea und ihr beschwatzen lassen zu bleiben; nun glaubt er, nach all seinem Gerede vor ihnen als Feigling dazustehen. Ihm ist nur zu helfen, indem man hinuntergeht und sich draußen wenigstens noch etwas umsieht. Seit Stunden hat kein Freund mehr geklingelt, in diesem Hinterhaus ist man von dem, was in der Stadt geschieht, völlig abgeschnitten.

Das wird auch ihr unerträglich. Vor der Haustür wird aus Andys Wunsch, zu demonstrieren, ihrer Furcht und Beas Zagen ein ganz passabler Kompromiß. Man will über die Kreuzung Dimitroffstraße, also vom Zentrum weg, zur Gethsemanekirche gehen. Die steht, umgeben von ein bißchen Grün, nur vier Blocks weg von Beas Haus. Vor der Kirche wollen sie Kerzen anzünden, die Andy listig eingesteckt hat und nun an sie verteilt. Es geht ihm schon besser, er hat sich durchgesetzt, übernimmt die Führung.

Kurz nach zehn überschreiten sie die Kreuzung, der Verkehr ruht nicht, fließt aber auffallend dünn. Die Pappelallee ist gut beleuchtet, sie sehen an die 40 Leute, die haben anscheinend dasselbe Ziel, und biegen mit ihnen in die zweite Querstraße ein. Man geht auf dem Bürgersteig, ein stiller Zug, niemand hat eine Spruchtafel, keiner ruft etwas, nicht mal Kerzen sind zu sehen. Der Zufall hat sie zusammengeführt, wie nach einem Filmschluß im Kino. Doch an der nächsten Ecke versperrt man ihnen den Weg zur Kirche, Bewaffnete, Uniform der Kampfgruppen. Und zurück geht es auch nicht mehr! Zwei Einsatzwagen der Polizei sind ihnen gefolgt, die Besatzung des ersten springt aufs Pflaster, riegelt hinter ihnen ab.

Ein Kessel. Wortlos drängt die Postenkette sie auf die linke Straßenseite und kreist sie an den Häusern ein. Die Kampfgruppenleute schlagen keinen. Aber durch ihre Reihe dringen Zivilisten, stürzen sich zu dritt auf einzelne am Rand, greifen sich wen heraus, ein Mädchen wohl... Deren Trick, zischt Andy ihr zu, so reizen sie zum Widerstand und haben, was sie wollen, Schlägerei! Jenny kann nichts erkennen, sie hört das Mädchen quieken, es klingt, als würde vorn geschlagen und jemand übers Pflaster geschleift.

Nun steht sie an der Hausmauer, zitternd vor Empörung, in den Ohren das Geschrei. Bea hakt sich ängstlich bei ihr ein, auf der anderen Seite beschützt von Andy. Der ruft laut: »Wir sind friedlich! Keine Gewalt...« Umsonst. Sie haben uns, denkt Jenny, wir sind in der Falle. Abgase, dumpfer Motorlärm. Hinter der Polizei fährt ein Wasserwerfer auf, Modell 50er Jahre, Arbeiterwaschmaschine genannt. Elefantenhaft schwenkt er sein Rohr, nimmt die Gruppe aufs Korn, sinnlos, niemand wehrt sich... Da, der Strahl, fauchend trifft er Jenny, eisig, preßt sie kurz an die Wand und läßt sie los. Sie kriegt keine Luft, keucht, prustet, ist von Kopf bis Fuß naß. Aus den Fenstern über ihr Proteste. Der Strahl fegt hoch, peitscht die Fassade, bis man die Fenster schließt.

Sie hört den röhrenden Befehl: *Absitzen und aufladen!* Bereitschaftspolizei springt vom zweiten Lastwagen und treibt sie wie Schafe hinauf. Schon prasseln die Hiebe, Andy blutet am Hinterkopf, Bea stolpert, Jenny hilft ihr auf, hält sie fest, jemand reißt sie auseinander und brüllt: »Los, hoch da, ihr Säue!« Oben steht ein Polizist, atemlos fragt sie ihn: »Was haben wir denn getan?« – »Schnauze.« Er hebt den Knüppel nur ein wenig. »Hier herrscht Ruhe. Oder wollen Sie 'ne Sonderbehandlung?«

Sie schaffen es, sie bleiben zusammen. Die Ladefläche füllt sich mit Menschen, teils sind sie trocken, teils durchnäßt. Ein Punker wird an den Haaren hochgezerrt. Ein junger Mann, seine Hand ist gebrochen, jammert nach einem Arzt. Noch darf man klagen. Neben Jenny eine Frau, die sagt, sie habe bloß ihren Brief einwerfen wollen (sie hat ihn noch und zeigt ihn zum Beweis). Eine zweite, sie wohnt nebenan in der Stargarder Straße, hat man aus dem eigenen Auto geholt und gleich verladen. Als gelte es, den Plan zu erfüllen, der LKW muß voll sein! Nun ist er's, drei Grüne steigen auf, sperren das Heck, der Wagen rumpelt los, um drei, vier Ecken. Hinten klafft die Plane auf, doch Jenny findet sich nicht mehr zurecht. So gut kennt sie die Gegend nicht, den Prenzlauer Berg bei Nacht. Andy läuft Blut vom Ohr, er tupft es weg. Bea gibt ihm ihr Taschentuch, seines saugt nicht, ist pitschnaß. »Immanuelkirchstraße«, sagt sie, als der Wagen vor einem Polizeirevier stoppt. Ihr klappern die Zähne, jemand ruft: Endstation. Die große Aluminiumtür der Einfahrt steht weit offen.

Alles runter, Beeilung! Es wird gestoßen und geschubst. Ein langer Tisch, dort nimmt man ihnen den Ausweis ab, notiert die Namen. Der Verletzte bittet um einen Arzt. »Ham wir nicht«, ist die Antwort. »Hättet ihr euch das mal eher überlegt!« Antreten, eine Reihe, kein Mucks. Rechts um, Gänsemarsch durch den Hof, in eine leere Lastwagenhalle, das Gesicht zur Wand, Abstand halten, niemand rührt sich! Kommando zurück, die Männer weg, auf den Hof... Noch ist Bea neben ihr, wie ein nasses Kätzchen, von Andy sind sie getrennt. In ihrem Rücken wird ein Mann mißhandelt, der beteuert, unschuldig zu sein. Gräßlich, die dumpfen Hiebe, verstohlen schielt Jenny hin und wird angeherrscht.

Hinter ihnen hecheln Hunde. Die Nachbarin sagt zu ihr, sie habe Kinder, die auf sie warten, Juristin sei sie, all das ist ungesetzlich, man kann sich beschweren über die Festnahme, *Zuführung* genannt, das sei ja fast wie in Chile... Man hat ihr Tuscheln gehört, sie wird abgeführt, jemand schreit: »Du Nutte, sollen wir dich durchwichsen? Wenn nicht gleich Ruhe ist, lasse ich die Hunde los!«

Satzfetzen, rüdes Zeug, dazu das Gekläff der Köter. (»Verstehen Sie kein Deutsch?« – »Das habt ihr vorher gewußt.« – »Kommste, kommste, runter jetzt, in die Knie, los, mach Häschen hüpf!« – »Kopf hoch, Nase zur Wand!« – »Aufs Klo? Piß dir in die Hosen.«) Das Gefühl, rechtlos zu sein, nichts wert, der Willkür ausgeliefert. – »Die nächste!« Eine Frauenstimme hinter ihr. Man stupst Jenny ins Kreuz. Ein Mann sagt: »Nimm die daneben gleich mit.«

Ein Seitenraum der Garage, es stinkt nach Lösungsmitteln. An einer Art Werkbank, auf der ihre Kleidung liegt, zieht die Juristin sich wieder an, eine Frau um die 40, vor zwei jungen Dingern. »Leibesvisitation«, erklärt die dritte Beamtin, Silberpickel auf den Schultern, Hände in die Taille gestemmt. »Los, komm aus der Hüfte!« Erstmals seit sechs Jahren wird Jenny wieder geduzt. Sie leert ihre Taschen, die Kerze kommt zum Vorschein und – daran hat sie gar nicht mehr gedacht – das Blatt vom Neuen Forum. Die Kontrolleurin nickt, als habe sie so etwas geahnt. Sie tut dies zu den *Effekten* in eine Plasttüte, Privatkram vom Zündschlüssel bis zur Armbanduhr; der Personalausweis kommt dazu, Ordnung muß sein. »Runter die Klamotten«, sagt sie eher beiläufig; gehässig klingt es nicht.

Die tun auch bloß ihren Job, redet Jenny sich ein, wie damals bei der Einlieferung in Halle. Vor denen genieren, pah, ich steck das weg... Sie nimmt das Halstuch aus Kuba ab, es ist ziemlich trocken geblieben, nestelt mit klammen Fingern den Anorak auf, löst den Gürtel und zieht die Bluse aus, alles ohne Hast.

Bea, neben ihr an der schmierigen Werkbank, ängstlicher und flinker, ist schon fertig, ganz entkleidet. In den Mund wird ihr geguckt, das Haar durchwühlt, die Achselhöhlen, dann muß sie sich, die Beine gegrätscht, bücken... Widerlich. Zweimal zuckt sie, als der Gummifinger in sie eindringt. »Hab dich mal nicht so«, sagt das Mädchen in Uniform, während ihre Genossin Beas Sachen auf dem Tisch ebenso gründlich untersucht. »Draußen rumkrakeelen, was? Hier seid ihr ganz klein. Das geht flink wie's Eierlegen. Anziehen, Tempo, dalli, dalli!«

In Jenny kocht es; wie man die Freundin behandelt, kaltschnäuzig und routiniert! Barfuß steht Bea in einer Pfütze, in Tränen aufgelöst, kein Mensch hilft ihr... Und Jenny hält sich brav bereit. Es ist, als nehme der Gehorsam ihnen die Würde, mehr noch als die Entblößung. Man zwingt sie, einander schwach zu sehen, folgsam, demütig. Sie kennen beide die Prozedur von ihrem Haftantritt, nur war es da anders, erträglicher. Es war halt Vorschrift, irgendwie noch einsehbar, weniger verletzend. Aber jetzt? Die drei Weiber glauben doch nicht, man verberge Drogen am Körper, Westgeld oder Beweismaterial. Die wollen und sollen sie gefügig machen, kirre! Sie abstrafen, ihnen 'nen Denkzettel verpassen, das ist der ganze Zweck.

Sinnlos, sich zu wehren. Man tastet Jenny ab, greift auch ihr in den Mund, den Slip aber darf sie anbehalten. Dies bleibt ihr erspart, warum? Weil man bei ihr schon fündig wurde oder weil sie reifer wirkt als Bea? Und als Frau gilt, während man die Freundin oft noch wie ein Kind behandelt, wie eine, mit der man's machen kann. Doch wer behandelt so ein Kind!

Beim Ankleiden denkt sie: Eine Szene wie in Filmen aus dem KZ. Und nun, einander als hilflos vorgeführt, als Objekt der Staatsräson, reißt man sie auch noch auseinander. Beas Zuname ist Adam, wie viele Buchstaben sind es zwischen A und W? Da trennt sie fast das ganze Alphabet... Nationalfeiertag der Republik. Ein Datum, das sie nie vergessen wird; bis ans Ende ihrer Tage.

12

Wie schnell die Bilder wechseln; Jenny ist verwirrt, erschöpft. Die Kerze, mehr noch das Flugblatt haben ihre Lage erschwert. In den Augen der Polizei gehört sie zum Kern, hat vorsätzlich gehandelt und Strenge verdient. Sie wird ins Freie geführt, an die Hofwand, zu den grauen Figuren, die da schief an der Mauer stehen. Der erste Hof ist finster, der zweite – jetzt in Rummelsburg – schon dämmrig, sonst unterscheidet sie nichts.

Anfangs ist das Strafstehen halb so schlimm, wenn man jung und sportlich ist. Vorgeschrieben: ein Meter Abstand von der Mauer, die Füße genausoweit auseinander, bei ihren langen Beinen kein Problem; Arme in Kopfhöhe ausgebreitet und mit gespreizten Fingern aufgestützt. Man kennt die Haltung aus Filmen, so werden Gangster gefilzt. Bald wird es unbequem, du mußt da durch, alles hat seinen Preis. Länger als 24 Stunden hält keiner dich fest, das ist Gesetz, aber acht sind erst herum, ein Drittel der Zeit. Und schon schmerzen deine Muskeln, die Arme zittern, die Waden, das Blut staut sich, an den Beinen kriecht Kälte hoch. Zwar fällt der Rock dort, wo er feucht ist, nach vorn, klebt nicht mehr an den Schenkeln, und du hast dir das Halstuch um die Nieren gelegt. Trotzdem, du frierst wie ein Schneider, deine Blase ist verkühlt, du mußt Wasser lassen, keinen interessiert es.

Der Posten hat getrunken, du riechst seinen Atem, wenn er dich triezt, deine Haltung bemängelt, dir von innen gegen die Knöchel tritt, damit du die Füße noch weiter auseinandernimmst. Oder dir Gemeinheiten sagt wie: »Schönes Haar hast du, müßte bloß mal wieder zum Frisör. Ist das unten auch so blond? Na, man wird's ja sehen.« Ihre Zoten kennst du, wenig Auswahl, Sprüche zum Körperbau, zum Spreizen der Beine (»schön breit, zu Hause geht's doch auch«), das gibt ihnen was, da kommen sie gar nicht von los.

Es tut elend weh, kein Blut in den Händen, die immer schwerer werden. Versuche, die Finger zu bewegen! Gut, daß es hell wird. Fast alle anderen sind in Jeans, du bist die Ausnahme, das reizt den Kerl. Schon wieder sein Knüppel glatt poliert im Nakken, am Rückgrat abwärts, vor die Brust getippt und nun höhnisch unters Kinn. Das zeigt deutlicher als Worte, du mußt parieren, er genießt es, dir turmhoch überlegen zu sein. Ihn freut das erbärmliche Stück Macht, weil er selber sonst kuschen muß.

Und die Pöbelei der übrigen, wenn der Trupp sich nähert: »Pisser, Penner, Assis...« – »Stehen, bis sie weich sind.« – »Wer abrutscht, darf noch mal.« – »Meine steht gut im Schuh.« – »Die Fotze da ist auch hübsch zäh.« (Es klingt, als schließe man Wetten ab.) »Haben uns aufhängen wollen, ehj.« – »Dem stehen wohl die Zähne zu eng?« – »Wenn der Fisimatenten macht, schlag ihm die Scheiße aus dem Leib.« – »Der Arsch von der Firma macht wieder Terror.« – »Madam, woher das Pflaster? Was gehst du mit der Figur auch auf die Straße? Das kannst du bei uns leichter haben.« – »Wer nicht spurt, kriegt 'ne Abreibung.« – »Die machen wir fertig, gleich wird man sie sprinten sehen.« – »Das müßten die jedes Wochenende kriegen.« – »Und zwar einzeln, individuell.« – »Bis denen das Wasser im Arsch kocht.«

Landsknechte, denkt Jenny. Die Zeiten der Ketzerjagd. Unglaublich, daß diese Typen zur Schule gegangen sind. Das also hat der Sozialismus auch hervorgebracht! Plötzlich nichts mehr. Sie sind weggeschlurft; weiter. Ihr Ton ist ätzend, empörend das ganze Betragen, die Behandlung hier, selbst wenn man ihnen zugute hält, daß sie seit Tagen Bereitschaft haben und nach ihren Reden kaum aus der Uniform gekommen sind. So darf ein Mann nicht verludern, auch wenn er glaubt, im Bürgerkrieg zu sein. So benimmt sich kein Polizist, einerlei, was man ihm erzählt haben mag über die Opposition. Es sei denn, seine Oberen peilen die chinesische Lösung an und geben ihm grünes Licht, den Freibrief für Niederträchtigkeit im Vorfeld des Himmlischen Friedens.

Das Zerren im Unterleib nimmt zu, der Druck auf die Blase wächst. Als der Bewacher hinter ihr vorbeistreift, sagt sie: »Ich halt's nicht mehr aus...«

»Beleg mich nicht von der Seite.«

»Ich muß mal.« Es klingt wie im Kindergarten.

»Schon wieder? Hochziehen und ausspucken!«

»Verzeihung, aber es ist unerträglich.«

»Pißnelken seid ihr. Schwitz es durch die Rippen.«

»Bitte, es geht nicht mehr.« Nur Betteln kann ihn erweichen.

Endlich sagt er: »Na ja, ich bin kein Unmensch. Los, hock dich hin, mach pipi.«

Sie kauert nieder, fühlt erst Erleichterung, dann Scham. Es macht sie so wahnsinnig klein, ihr Kopf auf der Höhe seines Schritts, gebieterisch steht er vor ihr, dürfte zehn Jahre jünger sein.

»So human sind wir«, sagt er. »Verdient hast du's nicht, du Schnepfe. Ihr wolltet uns fertigmachen, ja? Nun aber Schluß, Hose hoch, in Fliegerstellung! Nutz meine gute Laune nicht aus zum Schummeln. Einen Meter weg von der Wand und Botten auseinander...« Die alte Litanei. Mit dem Stock korrigiert er ihre Haltung.

Jenny bebt vor Kälte, vor Wut, vor Angst, es nicht länger durchzustehen. Die Hände kribbeln, die Arme schlafen ihr ein, es zuckt in der Wade, ein Krampf kündigt sich an. Sie verringert den Abstand der Füße, rückt der Wand heimlich näher, legt die Handflächen auf, um den Muskelschmerz zu mindern. Sie muß es schaffen, wer schlappmacht, den prügeln sie hoch.

Das hat sie seit Mitternacht gelernt: Widerstand ist Warten, Schlottern, Quälerei in wechselnden Gängen und Höfen, ist Hundegebell, Hunger und Durst; nicht mal das Nötigste geben sie dir. Sich engagieren heißt hierzulande, kaum zu ahnen, wo du bist und was sich rings um dich tut. In Lastwagen durch die Stadt zu rumpeln, auf der Suche nach Zellen, nach Haftmöglichkeit und Vernehmungskapazität in überquellenden Revieren. Opponieren heißt, dich auf Kommando zu entkleiden, unter Aufsicht zur Toilette zu gehen, wenn überhaupt, und es bei offener Tür zu tun. Aufrechter Gang, das sind Spaliere prügelnder Bullen, Spießrutenlauf an jeder neuen Station, hechelnde Köter und die Furcht vor ihren Bissen. Menschliche Würde, das ist der Laufschritt treppauf, treppab, getrieben durch Knüppel, falls du zu langsam bist, Tritte in die Waden... Viehauftrieb, gehetzt von Rufen wie »kommste-kommste«, »Mensch-Mensch-Mensch« und »Tempo, du Gurke, oder ich mach' dir Beine! So was Lahmes wie du braucht wohl 'nen Tritt in den Arsch!«.

Ein Dressurakt, tierisch. Und dein Gehorsam wird perfekt, wenn du im Vorbeiflitzen mitkriegst, wie man junge Männer kujoniert. Die haben's noch schlimmer, da hast du den Terror total. Freiübungen sind angesagt, Bodenturnen, Häschen hüpf und Entengang, das volle Programm der Rekrutenschinderei. Wer hat sich das ausgedacht? Kein einzelner Offizier, oder ein sehr hoher, denn es geschieht ja überall! Hier in Rummelsburg hat der Kerl, der sie hereinstieß, den Kumpanen zugeschrien: »Wollt ihr sie haben, wollt ihr sie durchwichsen?« Das Gejohle klingt dir noch im Ohr. Du kennst dich selbst nicht mehr so recht am Ende dieser Nacht. Im Grunde weißt du, der Widerstand bröckelt. Wirst du nur angeschrien, dann würdest auch du die Knie beugen und in den Liegestütz fallen. Es macht dich bereits fügsam, wenn bloß der Knüppel in die Hände der Wächter klatscht. Deine Furcht vor Schlägen ist schändlich, du unterwirfst dich ihr. Sie ist der wahre Feind.

Jenny will Haltung zeigen, mutiger sein. Und das Glück bleibt ihr treu, man holt sie weg, bevor sie an der Wand umsackt. »He, du Schnalle, mach dich warm, setz die Gehruten in Trab!« Es geht zum Verhör, dem zweiten schon. Das vorige, in der Inspektion Immanuelkirchstraße, war wohl für die Katz. Dem Vernehmer hier wird sie die Meinung sagen. Aber erst, im zweiten Stock, kommt die *erkennungsdienstliche Behandlung*. Die hat man versäumt an ihr, endlich findet sie statt, es kommt ja niemand frei, bevor das durchlaufen ist.

Oben, im Kasernengeruch, heißt es wieder anstehen, bis das Fließband einen erfaßt. Sie ist in der Schlange die einzige Frau und fällt entsprechend auf. Ein Häftling ist nackt, er wird schikaniert – ein Milchgesicht, magerer Junge von 16 oder 17 Jahren, man nennt ihn Schlappschwanz, spottet über sein Glied. Hoffnungslos, heißt es, der kriegt keinen Steifen.

»Höchstens«, sagt der Kerl, der Jenny führt, »wenn die Tussi ihm die Stange hält. Darauf fährt er ab, garantiert.«

»Machst du das?« fragt ein Sommersprossiger, wohl der Witzbold hier. »Als humanitäre Maßnahme?«

Man ist begeistert. Toller Flachs, das heizt an. Die Käte ist doch rattenscharf, sagt man über sie. Ein urst steiler Zahn, spitzenmäßig, affentittenturbogeil.

Sie weiß, das sind bloß Sprüche, trotzdem wird ihr schlecht.

»Komm, Süße, tu ihm was Gutes. Keine Angst, wir passen auf, der knallt dich nicht an.«

»Du sprichst wohl nicht mit jedem, eh?«

»Die Bürste ist zu, total verklemmt.«

»Dreht bloß nicht durch«, sagt Jenny. »Flippt ihr immer gleich aus, wenn euch 'ne Frau begegnet?«

»Die Braut ist stur«, sagt der Sommersprossige. »Sie spielt mit ihrer Rente.«

»Wo kommst du her?« Jemand stupst sie an. »Aus Afrika?«

»Vom Südpol«, hört sie sich erwidern, gestört vom Schwanken ihrer Stimme. So bahnt sich eine Niederlage an.

»Zeig uns deinen Südpol! Sei nicht so stolz, komm aus der Hose, der Film fängt an.«

Ein Schwall alkoholischer Heiterkeit. Jenny schweigt, sie fühlt sich hilflos. Viele Hunde sind des Hasen Tod.

»Das ist 'ne Nixe, die hat gar kein Ding.«

»Der Grund liegt woanders«, sagt der Witzbold. »Sie ist was Besseres und zeigt das nicht jedem. In ihren Kreisen trägt man die Möse nämlich quer.«

Das Gelächter schwappt hinter ihr her. Es trifft sie nicht, perlt ab, hat überhaupt nicht mit ihr zu tun, ist nur Rüpelei. Sie wird das rasch vergessen.

Der Stuhl, auf dem man sie fotografiert – en face, en profil und schräg von vorn –, ist eine Wohltat. Nun die *Geruchskonserve* für die Spürhunde – ein Tuch, zwischen die Schenkel gepreßt. Dann ihre Fingerabdrücke, die Meßlatte, besondere Merkmale keine. Sie wischt ihre Fingerkuppen an dem Lappen ab, den man ihr reicht, und begreift auf einmal, das Gezote draußen hat sie tief verletzt.

Der Kriminalbeamte ist um die 50, ein ergrauter Herr mit Hornbrille, braunem Anzug, Schlips und Kragen; gewiß ein Offizier. Nur leider stellt er sich – anders als der Kriminalobermeister Hensel vom erstenmal – ihr nicht mit Namen und Dienstgrad vor, wie es eigentlich sein müßte. Er wirkt übernächtigt und nimmt sich viel Zeit, als befinde sich die K im Bummelstreik. »Überlegen Sie bitte gut, Frau Wendt, was Sie da aussagen«, rät er ihr emotionslos. »Nehme ich Ihre Vorwürfe zu Protokoll, kann das eine Verleumdungsklage geben, die Sie teuer zu stehen kommt – so, wie die Beweislage meist in solchen Fällen ist.«

»Sie sind seit gestern hier tätig und merken nicht, was sich ringsum abspielt?«

»Doch, ich höre schon Beschwerden. Aber meine Möglichkeiten, dem nachzugehen, sind sehr beschränkt, bei dieser Arbeitslast. Mir untersteht die UHA ja nicht. Übrigens, möchten Sie rauchen oder eine Tasse Kaffee?«

»Ja, bitte beides.«

»Kommt sofort.« Er gibt der Protokollantin ein Zeichen. »Also verstehen Sie doch, bei solchen Ereignissen sind Ausschreitungen beinah unvermeidlich...«

»Wo gehobelt wird, da fallen Späne?«

»Bitte unterbrechen Sie mich nicht. Ein Teil der Bereitschaftspolizei reagiert vielleicht zu schroff, genau wie andererseits ein Teil der Demonstranten. Es gab auf beiden Seiten Überspitzungen und vereinzelt auch Gewalt.«

»Darf ich Ihnen widersprechen? Wir waren friedlich, haben nicht mal demonstriert.«

»Eins nach dem anderen. Lassen Sie mich ausreden! Die Männer sind seit Tagen pausenlos im Dienst, sind völlig übermüdet, und es wurmt sie auch das verpatzte Wochenende. Ich empfehle Ihnen, das zu berücksichtigen. Gerade als Gattin eines Genossen, der auch nicht immer pünktlich daheim sein kann, sollten Sie mehr Verständnis haben. Wie steht denn übrigens Ihr Mann zu so etwas?« Er hebt das Flugblatt hoch und legt es wieder vor sich hin.

»Mein Mann hat damit nichts zu tun.«

»Sie wünschen ihm natürlich keine Schwierigkeiten.«

Der Kaffee kommt, dankbar trinkt Jenny, der erste Schluck nach elf Stunden. Der Vernehmer gibt ihr Feuer, und sie zündet sich eine Zigarette an, obgleich sie kaum raucht, allenfalls in fröhlicher Runde.

»Das Papier und den Gorbatschow-Kopf, hatten Sie beides auf Ihrer Kubareise mit?«

Jenny zögert, inhaliert den Rauch, bis ihr schwindlig wird. Sie hofft, daß dies den Hunger vertreibt. »Nein, das stammt erst aus Berlin.«

»Von der Freundin, die mit Ihnen zugeführt worden ist?«

»Nein...« Sie muß achtgeben, er stellt ihr dauernd Fallen. »Das gab man mir am Alex, ich hab's noch nicht mal gelesen.« Sie sieht in seinen samtbraunen Augen Argwohn glimmen und fügt hinzu: »Ich bin mir keiner strafbaren Handlung bewußt. Weshalb hält man mich fest, unter so scheußlichen Bedingungen?«

Hat sie das nur zu sich gesagt? Er gibt ihr nämlich keine Antwort. Dafür kommt von ihm der nebulöse Satz: »Wenn Sie glauben, Sie könnten so die Zahnpasta zurückdrücken in die Tube – na ja.«

»Bitte, wovon sprechen Sie?«

»Von Ihnen und Ihrem Neuen Forum«, sagt er mit blutleerer Stimme. »Ein illegaler Zusammenschluß. Der Versuch sozialismusfeindlicher Kräfte, in unserem Land oppositionelle Strukturen zu schaffen, unter Bruch des geltenden Rechts. Zur selben Zeit, da die imperialistischen Kräfte mit einer haßerfüllten Kampagne gegen die DDR den Sozialismus diffamieren und Zweifel an seiner Perspektive wecken. Glauben Sie, daß dies ein Zufall ist?«

Allmählich lernt sie seine Weitschweifigkeit schätzen. Er läßt ihr Zeit, sich zu fangen. Er schreit nicht, schwingt keinen Knüppel, als korrekter Bürokrat wird er ihr kaum gefährlich, da lebt sie regelrecht auf. Los, sagt sie zu sich, jetzt! »Ich glaube, man hält mich rechtswidrig fest, ohne Anwalt, ohne Kontakt zu meinem Mann und unter Umständen, die erbärmlich sind, einfach menschenunwürdig! Die Verfassung und das Helsinki-Abkommen geben mir das Recht auf freie Meinungsäußerung. Alles, was ich gewollt hab', ist, eine Kerze vor die Kirche zu stellen. Stiller kann man sein Recht gar nicht wahren.«

Diesmal hat er's immerhin gehört. Er hüstelt, rückt an der Brille, wiegt den grauen Kopf und wirft ihr hin: »Sie haben hier gar keine Rechte. Das haben Sie alles gewußt. Helsinki ist weit, und die Verfassung interessiert nicht. Wir halten uns klar ans Strafgesetz.«

»Die Verfassung kümmert Sie nicht, erstaunlich! Wie wollen Sie da als Polizist mit sich leben?«

»Ich will durchaus nicht mit mir leben«, sagt er. »Einen trokkeneren Partner kann ich mir kaum vorstellen.«

Jenny ist perplex. Ein Philosoph auch noch! Wie er ständig die Taktik wechselt.

»Die Frage ist« (er gibt ihr keine Zeit zur Antwort, nutzt das Staunen aus), »wollen Sie eine aktive oder passive Rolle spielen?«

»Und wobei?«

»In diesem Gespräch und beim Verteidigen Ihres Landes.«

»Die Landesverteidigung ist mir im Moment egal, dafür kriegen andere das Geld und die Orden. Was mich betrifft, ich will entlassen werden endlich, schlicht nach Haus.«

»Erst müssen Sie reden. Mir sagen, was Sache ist.«

»Sie wissen selbst Bescheid.«

»Nur, weil man hier spricht. Alle tun es, Frau Wendt. Jeder redet bei mir. Schauen Sie, es gibt keine Helden mehr. Die sind im antifaschistischen Kampf geblieben, gegen den Ihr Forum ein Gesangverein ist. Heute ist man gesprächig. Sie reden, ich rede, Ihre Freundin redet und Ihr Freund ebenfalls. Man pflegt den Dialog, weshalb nicht auch wir zwei?«

Jenny erschrickt, hat sie Andy überhaupt erwähnt? Der Hunger, das Strafstehen und die Zigarette, auf Lunge geraucht, haben sie verwirrt.

Der Graukopf bietet ihr eine neue an, die sie gierig nimmt, zu einer zweiten Tasse Kaffee. »Wir machen es so«, schlägt er vor, geschmeidig, mit der schlauen Freundlichkeit des Advokaten, »Sie antworten, und ich stelle die Fragen. Glauben Sie mir, das hat sich bewährt.«

So spielt die Katze mit der Maus. »Ich kann Ihnen weiter nichts sagen, über das hinaus, was schon zur Sprache kam.«

»Überlegen Sie sich's gut. Wir haben reichlich Zeit. Ich kann warten; für Sie wird jetzt die Weiche gestellt in Ihre Zukunft, beruflich wie privat. Bei mir, Frau Wendt, ist's bloß der Beruf. Bei Ihnen ist es das Leben. Tja, ein beträchtlicher Unterschied.«

»Sie drohen mir also.«

»Ich warne nur. Wir meinen es gut mit Ihnen, der Ehefrau eines Genossen. Ich möchte lediglich in der Lage sein, einen günstigen Bericht zu schreiben.«

»Was wollen Sie denn noch von mir hören?«

»Nicht sosehr das, was Sie und Ihre Freunde getan haben. Und schon gar nicht, was man mit Ihnen gemacht hat bei uns. Das wäre unproduktiv, an solch einem Tag passiert allerhand – am besten, Sie vergessen es.«

Vergessen ist das letzte, was Jenny vor hat, doch sie nickt und fragt: »Sondern? Worum geht es Ihnen?«

»Ums Warum. Um Ihr Motiv. Am Anfang steht immer das Warum. Das Neue Forum betreibt die Geschäfte der Gegner des Sozialismus, Sie schließen sich ihm an, trotz Ihrer familiären Bindung. Was treibt Sie dazu, geht Ihre Ehe nicht mehr gut?«

»Die ist intakt, noch kein halbes Jahr alt.«

Der Anonymus hebt die Hand ein wenig, als sei das kein Beweis für die Güte einer Partnerschaft. Tiefer dringt er in ihr Leben, stochert herum und fragt abrupt: »Wer hat Sie angestiftet?«

Jenny merkt, ihre Abwehr ist erlahmt. Die Zigarette belebt, sie fühlt sich leicht, wie in einem Kaffeeschwips. Sie hat ihm zuwenig widersprochen, ihn kaum daran gehindert, sie seinen Feinden zuzuordnen. »Angestiftet? Nachdenklich gemacht, würde ich sagen.«

»Drücken Sie's aus, wie immer Sie möchten, wir nehmen es so zu Protokoll.«

Man nennt das repressive Toleranz. »Angeregt hat mich zum Beispiel Stefan Heym...« Der ist immun, denkt sie, durch sein Werk und sein Leben geschützt. Sie schildert Heyms Juni-Auftritt in der Petrikirche und ihr Leseerlebnis mit seinen Memoiren.

»Wo hat er in Cumin gewohnt?«

»Bei Richard Nebel.« Zu dem äußert sie sich lieber nicht. Der habe im Auto geschwiegen, ihm sei der Kollege ein paar Nummern zu groß... Die Grenzen der Aufrichtigkeit! Man ist so schnell ein Denunziant. »Die Lesung war ein Denkanstoß für mich.«

»Ein zweiter Impuls kam von Andy? Der hat doch den Heym nach Rostock chauffiert. Ist Ihr Gatte dahintergekommen, weiß er von dem jungen Mann?«

»Natürlich. Wir spielen mit offenen Karten.«

»Spielen Sie Ehe zu dritt?«

»Wie bitte?« Das ist infam, die Stimme bebt ihr. »Mein Mann hat diesen Arbeitskollegen nie gesehen.« Die Fragen flitzen wie Pfeile auf sie zu, nie sieht man sie kommen, weil er dauernd die Haltung ändert. Ist das vielleicht ein Stasimann? Es gibt die auch in der Kripo, hat Christian einmal gesagt.

»Sind Sie glücklich mit ihm?«

»Mit meinem Mann – selbstverständlich.«

»Und mit Ihrem Andy?«

»Da ist nichts...« Sie erstickt an dem Satz, muß sie das ertragen? »Ein netter Kerl. Manchmal bringt er mich zum Lachen, wenn er aus seinem Antiquariat zu mir hereinschaut.«

»Wirklich keinerlei Intimität?«

Er reizt sie absichtlich, will ihr Schweigen vom Rand her aufbrechen. »Hören Sie, es ist genug. Ich hab's satt, Ihre Fragen sind absurd! Das muß ich mir nicht bieten lassen.«

Er wechselt das Thema, kehrt ungerührt zurück zur Politik. Die senkt sich wie eine Eiswolke auf sie. Ermattungsstrategie. Kaum gelingt es ihr noch, hinzuhören. Dabei sitzt es sich doch hier ganz angenehm im Vergleich zu dem, was vorher war. Sie antwortet ihm steif, hat den Wunsch, die Spannung zu lockern – und spürt, die Kluft wird immer tiefer, bis einer von ihnen darin versinkt. Vermutlich sie. Bestimmt zwei Stunden schon dauert das Verhör, er krallt sich an ihr fest. Und wenn sie bis gestern zurückblickt, sieht sie die Kette von Schlappen und Pausen, die ihr auch nicht erlaubt haben, sich aufzurichten.

»Helfen Sie uns, Frau Wendt, unser Wissen über den Feind zu erweitern. Dafür geben wir Ihnen jede Erleichterung. Sie dürfen duschen, sich sattessen, keiner drangsaliert Sie mehr, rasche Entlassung ist möglich. Wir sichern Ihnen Straffreiheit zu und suchen sogar nach Ihrem Mann.«

»Lassen Sie's sein. Was nützt mir das.«

»Eingangs baten Sie mich doch, ihn zu verständigen.«

»Nun nicht mehr. Ich schäme mich für ihn. Er macht das gleiche wie Sie, verhört Menschen und legt sie rein.«

»Ihr Mann tut nichts als seine Pflicht.«

»Das tun hier viel zu viele.«

»Im Gegenteil, wir brauchen Unterstützung. Und glauben Sie mir, es ist allemal besser, auf unserer Seite zu sein! Auf seiten von Recht und Ordnung, anstatt bei den Chaoten.«

Jenny schweigt, sie ist am Ende ihrer Nervenkraft, da ist es besser, man hält den Mund. Weshalb will sie ihren Mann nicht sehen? Um das Bild zu erhalten, das sie von ihm hat. Denn ein besseres kann er ihr kaum bieten; nicht in einer Untersuchungshaftanstalt.

Endlich ist Schluß, es reicht dem Genossen, er bricht das Gespräch ab – hat sie nicht kleingekriegt. »Sie müssen mit strafrechtlichen Folgen rechnen«, teilt er ihr mit. »Das geht im Schnellverfahren. Zusammenrottung und Rowdytum, Behinderung staatlicher Maßnahmen im polizeilichen Handlungsraum... Kann Sie vier Monate Haft und eine empfindliche Geldstrafe kosten.«

Jenny weigert sich, das Protokoll zu unterschreiben. Ein paar Formulierungen mißfallen ihr.

13

Unten gibt man Essen aus, Butterbrot, Bockwurst, kalten Tee; nach 16 Stunden Köstlichkeiten. Kaum ist das verzehrt, da fällt der Name Wendt, mit rund 30 Frauen geht sie »auf Transport«. Ihre dritte Irrfahrt durch Berlin. Die Bewacher erzwingen das Rauch- und Sprechverbot. Wo geht's hin, nordwärts nach Marzahn? Es kann alles mögliche sein, sogar die Entlassung, denn das Schlußwort hält Jenny für Bluff. Der Mann hat sich bloß Luft gemacht. Schon mit halbgefülltem Magen freut es einen, wenn man standhaft blieb. Sie hat die Obrigkeit geärgert; unter Umständen auch schon was.

»Blankenburg«, raunt man ihr zu, als der Lastwagen stoppt und das Heck aufklappt. Offenbar eine Kaserne der Bereitschaftspolizei. Der Hof hallt wider von Gebrüll. Tempo, Schläge, die Hunde, im Laufschritt treppauf, das Stehen in Stock drei, Hände im Genick und Rücken zur Wand. Den Beamtinnen, im blauen Tuch des Strafvollzugs, baumeln die Knüppel vom Gelenk. Vorgesetzte ist ein Leutnant, zwei Sterne auf dem Schultersilber. Sie erinnert Jenny an eine Sportlehrerin namens Ellgard; die straffe Haltung, das schmale Gesicht, der gleiche durchdringende Blick. Es könnte eine Tochter der Ellgard sein, die ihre Klasse gern bis zur Erschöpfung trieb. Jenny vermeidet es, ihr in die Augen zu sehen. Fall der bloß nicht auf.

Der Ritus beginnt von vorn, das Fotografieren, die ganze Figur auch diesmal, die Fingerabdrücke, die Durchsuchung. Wieder wird die Habe eingetütet – Lippenstift, Halskette, Ehering, Armbanduhr, Gürtel, Schnürsenkel, Zündschlüssel, Personalausweis und Portemonnaie –, einfach alles, was du in den Taschen hast. Sinnlos! Nur das »Beweismaterial« fehlt. Der Transportführer hat eine Liste überreicht, ist bei ihrem Namen ein Vermerk? Sie glaubt sich härter angefaßt. Die Ellgard, wie sie die Chefin nennt, bleibt vor ihr stehen, mustert sie scharf, drückt ihr den Mund auf und starrt hinein. So prüfen Pferdehändler ein Gebiß. Unter der Bluse ertastet sie das Halstuch, das Jennys Taille wärmt, und stopft es trotz ihres Flehens in die Tüte.

Da streikt Jenny, verweigert die Prozedur. Bleib fest, und man achtet dich! Sie hat ja Hafterfahrung, so springt man nicht mehr mit ihr um, weiter wird sie sich nicht entkleiden, sagt sie – das sei schon oft genug geschehen, die Nieren habe sie sich verkühlt und brauche das Tuch. Doch sie hört ein Schwanken in ihrer Stimme. Zum Glück wird die Chefin abberufen. Ihr Profil im Weggehen verheißt nichts Gutes. Dich krieg ich noch, meint ihr Blick.

Das Dienstzimmer ist vollgestopft mit Frauen. Von den drei Quadratmetern Fläche und sieben Kubikmetern Luft, die ein Häftling (laut Christian) haben muß, kann keine Rede sein. Hustend, niesend und jammernd sitzt man abwechselnd auf den acht, neun Stühlen; welch Elend. Draußen schlägt die Wache mit den Knüppeln gegen das Treppengeländer, an alles Metallische, eigens um Schrecken zu verbreiten. Das Knattern, zu dem Lärmpegel der Kaserne, und die Stickluft im Raum, dessen Fenster blockiert sind, lassen Jenny schier verzweifeln. Nimmt das gar kein Ende? Der Abend sinkt, ihr zweiter in Haft, sie ist wieder hungrig und mutlos. Ringsum erzählt man einander, wie man da hineingeriet. Keine hat demonstriert, wenn Jenny den Worten traut, alle hat es blind erwischt, kann das sein? Dreißig Opfer der Hysterie... Selber sagt sie nichts. Ist sie arrogant? Nein, nur schrecklich kaputt.

Später schiebt man eine Frau herein, die am Kopf blutet. Ihre Jacke ist ganz befleckt, sie stöhnt, man legt sie auf Stühle und trommelt gegen die Tür. Die Unruhe wächst, als eine Ärztin kommt und von einer Bagatellverletzung spricht. Bloß eine Platzwunde, hastig von ihr versorgt, mit Heftpflaster beklebt. »Keine Gehirnerschütterung?« fragt Jenny. »Wie wollen Sie das wissen bei dieser Art Untersuchung?«

»Weil ich Fachmann bin.«

»Ach, ein Mann sind Sie? So benehmen Sie sich auch.«

»Das ist ja unerhört! Halten Sie den Mund!«

Jenny packt die Ärztin beim Arm. »Was seid ihr nur für Menschen?« ruft sie und rüttelt an der Frau. Sie kann nicht anders, zuviel hat sich angestaut. Sie begreift den Fehler erst, als eine Vollzugsbeamtin ihr Handschellen um die Gelenke knallt und sie im Laufschritt durch Korridore hetzt – grob an den Händen zerrend, während die zweite sie mit dem Stock antreibt, ihr Hiebe auf den Hintern gibt, bis in das Zimmer der Genossin Leutnant.

»Was ist denn in Sie gefahren?« fragt die. »Vergreifen sich an einem Offizier der Volkspolizei! Bei Ihnen hakt's wohl aus?«

»Ich entschuldige mich«, stößt Jenny heraus. Atemlos steht sie da, die Hände gefesselt, und verbeißt den Schmerz. »Ich hab' übertrieben reagiert. Aber der Zustand dieser Frau...«

»Schweigen Sie. Ich weiß, wen ich vor mir habe. Zum Terrorismus fehlt da nur ein Schritt. Wer feindlich-negativen Kräften angehört oder dem Untergrund seine Sympathie bekundet, der muß wissen, worauf er sich einläßt. Nehmen Sie gefälligst Haltung an! Und merken Sie sich eins: Der Sozialismus steht in diesem Lande nicht zur Disposition! Geht das noch in Ihren Schädel? Sonst bleuen wir's Ihnen nämlich ein.« Und zu den Helferinnen: »Weg mit den Handschellen.«

»Ich bin für Sozialismus«, keucht Jenny, »verbunden mit Menschlichkeit.«

»Geschenkt! Das kennt man, meine Dame. Die einzige Ordnung, die funktioniert, ist unsere, der real existierende Sozialismus. Unser System setzt sich durch, international, alles andere ist Spinnerei oder Schlimmeres: bewußte Diversion, zum Scheitern verurteilt! Gegen uns rennt man vergebens an.«

Widersprich ihr nicht, denkt Jenny. Immerhin, sie siezt dich, bleibt formell, sagt keine Grobheit, du kommst mit dieser Predigt davon, mag die noch so öde sein. Kein Slogan aus der Mottenkiste, aus Schnitzlers Schwarzem Kanal spart die Genossin aus, wirft die Ziele des Imperialismus und der Reformer in einen Topf. Ihr Feindbild ist intakt, und es warnt der apodiktische Eifer, dieser Unterton, der keinen Einspruch duldet. Und nun verheddert sie sich, gerät an die Grenze ihrer sprachlichen Möglichkeiten. Nur freu dich nicht, sie hat noch andere... Jenny schielt zu dem Knüppel, der beim Telefon liegt.

Die Ellgard ist dem Blick gefolgt, Verachtung krümmt ihre Lippen, Jenny fühlt sich in ihrer Angst durchschaut. »Erst einmal«, hört sie kalt sagen, »holen wir nach, was vorhin unterblieben ist. Legen Sie Ihre Sachen dort auf den Stuhl, und zwar diesmal alle.«

Was tun? Jenny spürt die zwei Uniformierten hinter sich, hört das Schmatzen ihrer Knüppel in der hohlen Hand und weiß, ihre Chance, noch mal durchzukommen, ist gleich Null. Man schafft's halt nicht immer. Es ist auch nichts dabei, zu parieren, Polizistinnen sind kein Publikum, es ist leichter als gestern vor Bea. Man vergibt sich da wenig... Doch als sie das meiste schon abgelegt hat, kann sie nicht weiter. Etwas in ihr bäumt sich auf. »Ich denke, das reicht.«

»Weiter, meine Dame. Zieren Sie sich nicht.«

»Dazu haben Sie kein Recht.« Ihre Stimme ist belegt.

Die Ellgard steht auf – schlank und adrett; damit gibt sie den Helferinnen wohl ein Signal. »Im Gegenteil«, sagt sie. »Und wir zeigen es Ihnen – jetzt!«

Dieser Schmerz! Jenny schreit auf, erwischt von einem Doppelschlag, die Hüften, es ist, als ob der Knochen zerspringt. Beide Gelenke sind im Nu taub, der Stich rast bis in die Zehen.

»So geht's auch«, sagt die Genossin Leutnant. »Raus mit Ihnen! Nehmen Sie gefälligst Ihre Plünnen mit... Los, bringt sie rüber.«

Zwischen denen, die zugeschlagen haben, humpelt Jenny auf den Gang. Das also ist's gewesen. Darf sie zurück ins Quartier? Nein, man schiebt sie in die nächste Toilette; ein Herrenklo, Damen gibt es hier sonst nicht. Sie gehorcht, zerrt sich den Rest vom Leib. Dem WC fehlt der Deckel, sie plaziert ihre Sachen auf der Brille, den Anorak zuunterst, und tritt heraus; erstmals seit sechs Jahren wieder nackt vor fremde Augen.

Die Chefin ist schon da, steht aufrecht in der Tür, als habe sie einen Stock verschluckt. »Sie sind doch für Glasnost«, sagt sie. »Ist es Ihnen so frei genug? Ach so, Sie frieren. Dreißig Kniebeugen, Arme vor, dalli, dalli, hübsch mitgezählt.«

Jenny bleibt keine Wahl, die knüppeln sie sonst nieder. Der Endpunkt, man duckt sie fürchterlich, ihren Stolz bricht das nicht. Die Hyäne erniedrigt sich selbst, wenn sie ihr in den After guckt. (»Bücken, Backen auseinander.« – »Wie denn?« – »Mit den Händen, Menschenskind!«) Und wenn sie nun, barfuß auf den Fliesen, von neuem strafstehen muß, schräg an der Wand, in Fliegerstellung, wie gehabt, verschwitzt und schlotternd; selbst die langen Finger noch schmerzhaft gespreizt, befehlsgemäß gegen die Kacheln gedrückt.

Wie lange noch? Ein Heizkörper tickt, doch ihr wird kalt. Sie verliert das Zeitgefühl. Quälend die Muskelspannung, der Druck in den Hüften, die moralische Ermüdung. Ist nicht doch alles umsonst? Sie starrt auf die weiße Wand, die Spinnenbeine ihrer Finger, was geschieht hinter ihr? Manchmal ein Räuspern, Schritte auf dem Flur, sie hört Stimmen, oder sind die nur in ihrem Kopf? Jemand geht aufs WC, Wasser rauscht, ist da wer in ihrem Rücken und sagt *O lala?* Halluzinationen, kein Verlaß mehr auf die Sinne. Wieder wird ein Klo benutzt, Jenny hört nicht mehr hin. Lieber denkt sie an Sympathisches, an Kuba, an den Strand, die Tropenluft und Armandos stilles Schwärmen. Auch der Obsthändler und der Klempnermeister hätten gern mehr von ihr gesehen. Aber das Land ist prüde, leibfeindlich, katholisch, niemand sonnt sich oben ohne. Im Hintergrund schlurft es, sie bildet sich ein, der Graukopf aus Rummelsburg schleiche dort herum. Sie haben ihm am Telefon erzählt, ihr Widerstand sei hin. Gleich wird er sie bitten, ihm zu helfen als Hauptmannsfrau, man sitzt doch im selben Boot... Was für ein Auto fährt Ihr Freund? Ist der Wisch von ihm? Sein Kontakt zum Neuen Forum? Im Kopf das Echo all der Fragen.

Endstation Männerabort. Strafstehen ist Folter, du quälst dich selbst, bedroht vom Stock, wer hat das ausgeheckt? Es gehört nicht zur Rekrutenschinderei... Jenny macht sich's leichter, klammheimlich verringert sie den Abstand der Füße und den zur Wand. Aber es fällt auf, die Beamtin kläfft wie ein Terrier, sie schlägt ihr gegen die Waden, keilt sie auseinander, diesmal extrem. »Du Luder schummelst?« Ärger blitzt in der Stimme auf. »Wegen dir kommt man nicht raus aus den Klamotten.

Los, zurück, einszwanzig weg von der Wand!« O Gott, das zerrt, der Kopf nach unten, Oberkörper waagerecht, du hältst es nicht durch. Der blanke Horror, du bist splitternackt, verdammt allein. Bea, die pariert aufs Wort, der bleibt so was erspart. Ihr mal berichten von der Schinderei? Da werden dir die Worte fehlen, du wirst kauen an der Scham, ganz willenlos gewesen zu sein, am gleißenden Weiß der Wandglasur geklebt zu haben wie ein Insekt. Der Willkür unterworfen, der Staatsmacht ausgeliefert, das tut fast so weh wie das Stechen im Schritt. Nimmt das kein Ende, geht das Weib nicht mal weg?

Aus Gummi müßte man sein, Artistin. Es zieht in den Sehnen, barfuß rutschst du weg, das ist beinah Spagat. Mitternacht wahrscheinlich, draußen dröhnt wieder ein Transport. Die Kaserne erwacht, ihr Fließband springt an, du hörst es toben. Das Geheul auf Treppen und Fluren, trappelnde Stiefel, kläffende Köter, eine Stimme wird schrill: »Uns aufhängen, was? Wir zeigen euch Demokratie! Ihr lernt sie im Strafvollzug!« Pogromstimmung. Die Spur der Brutalität. Jemand hetzt durch den Gang, eine Frau, sie schreit: »Ihr Säue, ihr Säue!« Das passiert doch nicht wirklich? Es muß ein Gruselfilm sein, oder sind die Nazis wieder an der Macht?

Endlich verebbt der Lärm, Ruhe zieht ein, *himmlischer Frieden.* Nur, was ist das? Stimmen an der Tür zum Gang. Männer wollen herein, das sei ihr Abort, ihre Pinkelbude. Die Beamtin weist sie ab, Jenny hört es dankbar... Doch das Drängeln bleibt, ihr ist, als habe man sie erspäht, als werde sie von weitem beglotzt. Es spricht sich im Haus wohl herum, was hier läuft, eine Peep-Show, Mordsspaß für rohe Typen. Sie glaubt, im Klima der Gewalt bereits Modell zu stehen. Das pulvert die ja auf, dient als Ersatz für die Rotlichtviertel drüben, die ihnen unerreichbar sind.

Im Harndunst steht sie da als Fleischwerdung von Männerphantasien. Denn wirklich, das Gepöbel beginnt, brauner Mistkäfer, hört sie sagen und weiß, das gilt ihr. Mit Zebrastreifen... Stimmengewirr, man quatscht durcheinander, Jenny kämpft gegen Tränen an, sie merkt, daß man sie taxiert. Nur Fliegen sei schöner, hört sie, erst Randale, dann ganz zahm. Große Töne und nun flennen. Nur nicht aus Liebe weinen.

Das Rudel rückt vor, das im Blick, worauf man sich da spitzt. Die Proteste der Beamtin versickern in dem Schwall, was tun? Es schüttelt Jenny, das Elend bricht heraus; ihr Pranger wird zur Klagemauer. Nichts von dem, was ihr je geschah, hat sie auf so etwas vorbereitet. Die Mechanik des Gehorsams, sie wütet gegen sich, weshalb läßt sie sich begaffen, weil sie fix und fertig ist? Was hindert sie, sich zu empören, Furcht vor Gewalt? Die kann nicht schlimmer sein als das, die Zynismen über ihr Weinen, die Figur, die Eignung zu dem, was diese Typen letztlich wollen, von ihr und jeder jungen Frau.

Sie kann nicht reagieren, und das Unglück dauert an. Zu dem Hohn der Knüppel im Rücken, die Kuppe des Stocks... Plötzlich stößt sie sich ab, kreuzt die Arme vor der Brust und schreit: »Ihr Sadisten! Schweine, geilt euch auf! Miese Bullenschweine!«

Ein Schock, die Meute steht still, dann zahlt sie ihr das heim. Ohne es wirklich zu glauben, sieht Jenny Kerle auf sich losgehen, ein Schlag trifft ihre Schulter, der zweite den Arm, mit dem sie sich schützt. Etwas streift ihre Schläfe und erwischt das Auge, grellbunt entfaltet sich das Bild einer riesigen Blüte. Sie weicht dem nächsten Hieb aus und prallt gegen die Wand. Alles scheint lautlos zu geschehen, Gedränge um sie, die Gesichter verschwimmen ihr, sie ist wie taub, Lähmung breitet sich über sie aus. Dann, etwas explodiert auf ihrer Brust, Schmerz rast durch den Körper, die Beine rutschen ihr weg... Noch ein betäubender Hieb, und ihr wird schwarz vor Augen.

Wie durch ein Wunder ist der Ton wieder da. Ein Trabant knattert, ja, die akustische Wahrnehmung kehrt zurück. Sie hört die Orgel dröhnen, dann sagt jemand im Nachhall des Kirchenschiffs, meistens, wenn ich glänzen will, gehen die Lichter aus. Aber die Pfeife des Rattenfängers tut's wohl auch. Ansonsten bloß Schnaps im Getränkestützpunkt. Man muß auf Kommando saufen, alles militärisch fest im Griff. Wenn Tarnung befohlen ist, gehört der Beutel zum Dienstanzug. Gehorsam geht vor Intelligenz.

Der Pfarrer gleicht einem Specht, er sagt, du darfst nicht bloß in der Kirche reden, was kümmern dich die Lauscher? Stehen erst genug zu Gottes Wort, sperrt man sie nicht mehr ein, denn die Kerker quellen über. Trachtet stets danach, pünktlich zu sein. Wer zu spät kommt, den bestraft das Leben. Mischt euch getrost ein, anders findet ihr die Wege nicht. Opfer sind schon schlimm genug, Märtyrer eher peinlich. Wer wirklich leidet, ist das Volk, das man um soviel Lebenszeit betrügt. Wo liegt das Problem? Geld ist nicht der Punkt. Gehen denn keine Fischer zum Gottesdienst?

Die Szene verschwimmt, rutscht weg. Jenny ist es, als sitze sie auf einem Traktor. Mit prallen Reifen, Vollgummi bestimmt, ruckelt der über Bahngleise. Der D-Zug ward zum Leichenwagen, sagt der General, weil verkehrt die Weichen lagen. Armando macht ihr ein Kompliment, er deutet auf das Fernsehbild in Beas Stube. Wenn dieser Jubel überhaupt etwas beweist, erläutert er, dann das überwältigende Bedürfnis der Politgreise, in einer heilen Welt zu leben. Die Clique ist dermaßen vernarrt in den vierzigsten Geburtstag, daß sie glaubt, die Neider im Westen hätten bloß noch eins im Sinn – ihnen das Fest zu versauen. Haben uns aufhängen wollen, eh. Schwarz wie 'n Wildschwein. Der zeigen wir Demokratie. Das ist Abschaum. Schluß, die pißt schon unter sich. So ein Miststück, Bettnässer, will 'ne Deutsche sein. Hört auf, Leute, die Nutte geht mir auf den Sack.

Hinter ihr der scharfe Satz: »Was geht hier vor?«

»Die hat uns ›Bullenschweine‹ genannt, diese gesengte Sau! Das lassen wir uns doch nicht bieten, da war 'ne Abreibung fällig.«

»Wer hat Ihnen das erlaubt, und seit wann trinken Sie im Dienst? Das gibt ein Nachspiel, Oberwachtmeister! Ich erwarte Ihren schriftlichen Bericht über das Vorkommnis. Morgen früh melden Sie sich bei Ihrem Chef zum Rapport.«

»Jawohl...«

»Wegtreten!« Die Stimme der Ellgard, leicht keifend, das Echo kommt von den Kacheln. Stiefelschlurfen, neuer Tadel: »Schöne Bescherung. Hätten Sie mich doch gleich geweckt!«

»Die sind nicht zu bremsen gewesen, es ging zu schnell.«

»Skandalös! Zieht sie an und bringt sie weg.«

»Jawohl, Genossin Leutnant. Wohin soll sie?«

»Seht ihr das nicht? Ins Krankenrevier – so, wie sie zugerichtet ist. Beeilung!«

Und nun, direkt über ihr: »Frau Wendt, versuchen Sie mal aufzustehen, wir stützen Sie.«

Jenny stemmt sich hoch, trotz des Stechens in den Rippen. Sie hustet, kriegt schlecht Luft. Man greift ihr unter die Achseln, doch ihre Beine sind wie aus Gummi, knicken einfach weg... Sie sackt zusammen und sinkt in ein schleichendes, flaumiges, klebriges Grau.

14

In jener Nacht zum 9. Oktober 1989, in der man Wendts Frau in einem Männerabort der Kaserne Blankenburg mißhandelte und sie, in Decken gehüllt, auf einer Trage zu der Ärztin brachte, mit der das Unheil begonnen hatte, lag der Hauptmann unweit davon in einem anderen Bett der Volkspolizei und fand keinen Schlaf. Er war erschöpft und deprimiert. Seit Jenny ihn vor zwei Tagen am Präsidium abgesetzt hatte, war er ohne Kontakt zu ihr. Sie schien noch in Berlin zu sein, denn daheim ging keiner ans Telefon, bei den Eltern in N. war sie auch nicht, wie sein Anruf ergeben hatte; und der Zettel mit der Anschrift ihrer Freundin hier war ihm in dem Chaos abhanden gekommen. Draußen dämmerte es jetzt, ein Montag, um neun Uhr öffnete in Rostock ihr Laden. Hoffentlich bekam er sie dann an den Apparat. In die hiesigen Ereignisse würde sie ja nicht verstrickt sein... Jenny hatte ihm fest versprochen, die Straßen im Zentrum zu meiden; gewöhnlich hielt sie Zusagen ein.

Dennoch, er war nervös. Sie ließ sich leicht mitreißen, jemand konnte sie verleitet haben. In seinem Ohr war wieder das rhythmische Summen, jenes von Knirschen durchsetzte Geräusch an der unteren Grenze der Lautwahrnehmung; ein Warnsignal des Kreislaufs. Er hatte das Empfinden, da brande es gegen die Kalkschicht in seinen Adern an.

Weit mehr als die Sorge um seine junge, impulsive, ein bißchen unberechenbare Frau wühlte ihn das auf, womit er sich selbst herumzuschlagen hatte. Das Fließband, diese Sisyphusarbeit, vorgestern in der VP-Inspektion Lichtenberg, Rathausstraße, und gestern bis Mitternacht in der Karl-Marx-Straße von Marzahn. Die ganze Erholung schien weg, drei Wochen Kuba im Eimer, durch pausenloses Vernehmen derer, die man geschnappt und zugeführt hatte. Viele von ihnen wirkten geduckt, ja servil. Andere jammerten ihm vor, wie man sie behandelt habe. Schon das Einfangen auf der Straße, ohne Vorwarnung zumeist und wohl unnötig brutal. Zwei junge Mädchen hatte man aus einem Café am Alex geholt, andere in Höfen und Hausfluren gegriffen. In einem weiteren Fall war die Wohnungstür aufgerammt worden, nach 22 Uhr, um Flüchtige abzuführen, die Gastgeber gleich dazu.

Nicht ganz die feine sozialistische Art, dachte Wendt, den bei aller Prinzipientreue der Sinn für bissige Bemerkungen nie verließ. Manches ging ihm gegen den Strich, verletzte seinen Ordnungsbegriff. Er hatte vielfach Leute beruhigt, die ihm fassungslos gegenübersaßen, oft wie vom Blitz getroffen, dankbar schon für den Stuhl, für ein sachliches Gespräch, und ihnen stets erlaubt, zu rauchen, obgleich ihn der Qualm störte. Jugendliche überwogen, Menschen zwischen 15 und 25, sämtlich waren sie Unschuldslämmer, Edelknaben – bisweilen standen sie unter Schock, ganz baff noch vom Aufladen, von dem Warten im geschlossenen LKW, dem Sprechverbot und gelegentlichen Schlägen. Und dann die ungewohnte Prozedur, das Abgeben der persönlichen Dinge, die erkennungsdienstliche Behandlung, das völlige Entkleiden, die Leibesvisitation, die Geruchskonserve, das rasche Anziehen unter Weglassung von Schnürsenkeln, Hosenträgern und Gürteln, das Stehen an der Wand ohne Mucks und Seitenblick, der verweigerte Gang zur Toilette.

Das alles empörte ihn, er fand es haarsträubend, da blieb ein übler Nachgeschmack. Ein Dutzend Leute hatten sich beschmutzt und beim Aufnehmen der Personalien vor Scham geweint. »Oben naß, unten naß, schwimmt bloß nicht weg«, hatte er vom Gang her höhnen hören – und manches mehr, das eines

Polizisten unwürdig war. All das lag hinter ihnen, wenn man sie ihm vorführte, zu einer Befragung nach Schema F, für die ihm ein hektographiertes Blatt als Spickzettel diente (wie bei einem Anfänger, der noch unfähig ist, selbständig zu ermitteln). Stets hatte er nach dem Treffpunkt zu fragen, ob der Beschuldigte Losungen mitgerufen habe, an welchen Ausschreitungen er beteiligt gewesen sei.

Grundsätzlich an keinen. Frustrierend, wenn es ergebnislos blieb, weil es keine Gegenüberstellung gab. Die Sicherheitskräfte konnten nichts bezeugen, waren längst über alle Berge und anderweitig eingespannt. Da blieb ihm bloß, Stunde um Stunde stereotyp zu fragen: Wie haben Sie den Nachmittag verbracht? Warum waren Sie am Alex, in der Dimitroffstraße, in der Karl-Marx-Allee? (Da keine Ausgangssperre verhängt worden war, hatte jeder formell das Recht, dort und an jedem anderen Punkt der Hauptstadt zu sein.) Was wußten Sie vor Beginn Ihrer Fahrt, Ihres Spaziergangs von den Vorgängen am Fernsehturm, beim Hotel *Stadt Berlin*, um die Gethsemanekirche? (Nichts hatten sie gewußt, ein paar gaben Neugier zu, eine Stadt voller Ahnungsloser.) Wie verlief Ihre Festnahme? (Das entfesselte bloß Klagen, nie hatte jemand sich gewaltsam gesträubt.) Kennen Sie die Initiatoren des Neuen Forum? (Bohley und Henrich, na ja, kaum weitere Namen.) Wer hat die Zusammenrottung in der Schönhauser Allee organisiert? (Der Heilige Geist wahrscheinlich.) Was denken Sie über die politische Situation derzeit? (So gut wie nichts, ein Land der Hohlköpfe.) Welches ist Ihre Einschätzung der antisozialistischen und konterrevolutionären Programmatik? (Geballte Ignoranz.) Die Strategie der illegalen Gruppierungen in der Deutschen Demokratischen Republik, wie bewerten Sie die?

Offene Münder, das war zu hoch. Der Blick aus der Normannenstraße, wo der Text herstammte, überstieg den Horizont des Volkes. Wendt hatte versucht, das Amtsdeutsch zu mildern. Umsonst, es blieb abstrakt, ging gestelzt am Sachverhalt und am Ohr des anderen vorbei. Oft war es, als rede man verschiedene Sprachen; die Übersetzung strengte an.

Auch fühlte Wendt sich fehl am Platz, wenn er die Vorgeführten belehrte über den Leichtsinn ihrer Handlungsweise und den Inhalt der Paragraphen 212 und 214 bis 220 des Strafgesetzbuches von 1968 – Tatbestände, die er selbst erst nachlesen mußte. Das waren ja Dinge, die Kriminalisten sonst kaum berührten. Damit gab man sich nicht ab, weil es in die Kompetenz der Firma fiel. In Dresden – so sprach es sich herum – hatten ausschließlich Staatsanwälte und Stasileute, zuständig für Verbrechen gegen den Staat, einschlägig ermittelt. Fehlbesetzung hier, sagte er beim Aufstehen halblaut vor sich hin. Etwa so, als ob – in Jennys Sprache – der Heldentenor den Part des Buffos singt. Oder als ob man das Werkzeug eines Uhrmachers oder Optikers zum Klempnern eines Rohrbruchs nimmt. Nein, ihm war nicht wohl in seiner Haut.

Kurz vor zehn, eher glückte es ihm nicht, rief er zwischen zwei Befragungen in der Rostocker Buchhandlung an. »Antiquariat, Reichel...« Die Männerstimme klang frisch.

»Wendt. Bitte geben Sie mir meine Frau.«

»Jenny ist nicht gekommen, Herr Wendt.«

»Spreche ich mit Andreas Reichel?« (Das wurde bejaht – natürlich dieser Andy, ein anderer hätte kaum so arglos ihren Vornamen benutzt.) »Hat sie sich entschuldigt?«

»Nein, das nicht. Wir machen uns schon Gedanken. Allerdings, sie kann noch in Berlin bei einer Freundin sein.«

»Wie kommen Sie darauf?«

»Das hat sie vor ihrer Reise angedeutet.«

»Kennen Sie die Adresse?«

»Beate Adam, Schönhauser Allee 151, erster Hinterhof, rechts ganz oben.«

Wendt dankte ihm, er legte auf. Leider hatte Jennys Freundin kein Telefon. Es gelang ihm erst am Spätnachmittag, abzukommen und hinzufahren. Ein Regenguß rauschte nieder, als er aus der U-Bahn kam – in Höhe des Hauses 151 liefen die Gleise oberirdisch –, den stinkenden Hausflur durchquerte und, an leerstehenden Parterrewohnungen vorbei, bis unters Dach stieg. Doch auf sein Klingeln hin regte sich nichts hinter der Tür... Habe Geduld! Frau Adam kauft vielleicht nur noch etwas ein.

Seufzend ließ Wendt sich auf den Stufen nieder, um sich die

schadhaften Wände, den Modergeruch des Treppenhauses. Ein übles Loch, immerhin schien es ruhig, das Heulen und Fauchen der Schönhauser drang, vom Vorderhaus gefiltert, nur schwach herein. Das also war Jennys Bleibe gewesen, und hoffentlich war sie es noch. Er begann sich den Kopf zu zerbrechen. Um sich nicht nutzlos Sorgen zu machen, dachte er an die Sicherheitslage. Das freilich hieß, den Teufel mit dem Beelzebub auszutreiben – die Situation im Lande war sehr belastend, und überdies auch seine eigene, als Genosse.

Überall, wo es Kundgebungen gab, gingen sie weiter, an gewissen Orten, zu bestimmten Zeiten, und die Zahl der Teilnehmer schien zu steigen, allen Maßnahmen zum Trotz. Mittags langte die Kopie eines Fernschreibens bei ihm an, durch die Einsatzleitung der Hauptstadt unter dem tatkräftigen Günter Schabowski (auf einem beschlagnahmten Plakat der Umstürzler *Schah Bowski* genannt.) Das Telex, eine Weisung des Generalsekretärs der Partei, war am 8. Oktober um 10.30 Uhr an die Bezirke der Republik getickert, und der erste Satz lautete: »Im Verlauf des gestrigen Tages kam es in verschiedenen Bezirken, besonders in Berlin, Leipzig, Dresden, Karl-Marx-Stadt, Halle, Erfurt und Potsdam, zu Demonstrationen, die gegen die verfassungsmäßigen Grundlagen unseres sozialistischen Staates gerichtet waren.«

Sieben von 15 Bezirken, das halbe Land also war von den Unruhen erfaßt. »Vor allem in Dresden, Plauen und Leipzig«, hieß es weiter, »trugen sie den Charakter rowdyhafter Zusammenrottungen und gewalttätiger Ausschreitungen, die unsere Bürger in höchstem Maße beunruhigen. Sie sind von vornherein zu unterbinden.« Das aber war leichter gesagt als getan.

Wie denn, ohne Waffeneinsatz? Es schaukelte sich ständig weiter auf. Wendt fand, daß unter den gegebenen Umständen die Kraft der Staatsmacht verschliß. Da wirkte ein Erosionsprozeß. Seit fünf Tagen hatten unablässig wachsende Großaufgebote von Polizei, Armee und Staatssicherheit es nicht geschafft, die Ordnung durchzusetzen und jeden Umzug im Keim zu ersticken. Immer mehr Bürger waren verhaftet, schlecht behandelt und mit Strafen belegt worden, ohne daß man die Massen von der Straße kriegte. Wie wohl Unruhestifter fassen, wenn so viele unruhig waren? Falls man nicht schießen ließ, schwoll die Menge weiter an! Und dann erschlaffte der Griff; vielleicht schon heute abend in Leipzig. Führende Genossen drängten auf die *chinesische Lösung* – hoffentlich kam es nicht dahin. Er, Wendt, zählte sich zu den Gemäßigten, die da sagten, der Versuch sei sinnlos, die Probleme des Landes mit Gewalt zu lösen.

Womit aber dann? Die Massenflucht über Prag und Ungarn war das ärgste Symptom der Krise, und die Führung war ohne Konzept. Sie reagierte wie stets bürokratisch: Honecker hatte sämtliche 15 Bezirkseinsatzleitungen ermahnt, schleunigst aktiv zu werden, die lokale Lage einzuschätzen und »entsprechende Schritte« festzulegen. Immer wurde alles festgelegt, man blieb starr, anstatt flexibel und dynamisch zu sein. Die örtlichen Generale der Staatssicherheit, die Vorsitzenden der Räte, die Chefs der Volkspolizei und der Wehrbezirkskommandos traten nun republikweit zusammen, unter Leitung der Ersten Bezirkssekretäre. Und was kam heraus? Der Befehl an die Polizei, dem Zusammenklumpen von Rowdys, von asozialen und vorbestraften Personen hart zu begegnen, Ordnung und Sicherheit »unter allen Bedingungen herzustellen«.

Unter allen Bedingungen – alles Phrasen. Das Zucken eines sklerotischen Apparates, bar jeder Idee und Erleuchtung. Die Kommandeure von Schutz- und Bereitschaftspolizei wurden (weil ja stets die Statistik es bringt) kurzerhand angewiesen: so viele Zuführungen wie möglich. Folglich fing man Menschen ein, fast wahllos, um sie im Gewahrsam zu malträtieren, und was brachte dies? Nur Haß! Abstoßend, zu sehen, mit welcher Freude da manch einer Mitbürger peinigte. Doch die Mehrheit, ob Schupo oder Bepo, schätzte das keineswegs; nach Wendts Eindruck litt sie darunter, so wie er. Die Grenze der Belastbarkeit rückte stündlich näher. Schließlich hieß man *Volkspolizei*. Ein Alarmsignal kam aus Dresden, dort schien der Moment erreicht. Schon gestern abend hatten da Bepos, zumal die Wehrpflichtigen unter ihnen, gemurrt: Wir schlagen keine Demonstranten mehr. Der Bruchpunkt! Es stand auf der Kippe.

Lange saß der Hauptmann so im Hinterhausdunst und in dem Restlärm, der durch mürbe Mauern drang. Dann schob er der Adam einen Zettel unter die Tür und ging zum U-Bahnhof Dimitroffstraße. Da sah er plötzlich linker Hand sein Auto, den verstaubten Lada. Es stand auf dem Parkplatz, der zur Kastanienallee führte, regenüberperlt... Er öffnete es mit dem zweiten Schlüssel, den er auf Reisen bei sich trug, und fuhr zu seiner Dienststelle zurück. Die Tachoziffern sagten ihm, das Auto stand seit drei Tagen unbenutzt.

Jenny noch in Berlin, das war kein gutes Zeichen. Von seinem Büro aus rief er den Verbindungsoffizier zur Bezirkseinsatzleitung an, einen Oberst der Schutzpolizei, und bat, nach dem Verbleib seiner Frau zu forschen. Ein leises Befremden seitens des Genossen ließ ihn spüren, daß sein Wunsch als seltsam empfunden wurde. Ganz sicher ein unübliches Ansinnen. Aber nach kurzem Zögern willigte der Oberst ein; seine Ordonnanz werde herumtelefonieren. Hatte auch er eine Ehefrau, die mitunter aus der Reihe tanzte und unter Rowdys, Asoziale und Vorbestrafte geraten konnte? Oder kamen auch ihm, dem Oberst, Zweifel an dieser Sprachregelung? Jedenfalls, er stand Wendt bei. In seiner Stimme lag ein Funken Wärme – der Hauch von Schicksalsgemeinschaft vor einer Zukunft, die im Nebel zu liegen schien.

15

Lange nach Mitternacht schrillte das Telefon, Wendt hob ab in der Hoffnung, man habe seine Frau gefunden. Aber es war Beate Adam. Eben erst heimgekehrt, hatte sie seinen Zettel entdeckt. Über Jennys Verbleib wußte sie nichts. Sie seien zusammen erwischt worden, vor reichlich 50 Stunden, doch schon auf dem ersten Revier habe man sie getrennt. Das Auto sei weg, folglich sei die Freundin wohl längst daheim.

»Nein, das hab' ich geholt«, sagte er. »Kein Mensch weiß, wo sie steckt. Darf ich Sie noch kurz sprechen?« Ihre matten Versuche, sein Kommen zu verhindern, wischte er einfach weg.

Die Straßen waren feucht und leer, er fuhr unzulässig schnell und traf gegen halb drei bei der Adam ein. Sie empfing ihn im Bademantel, einen Schal um den Hals, hatte offenbar geduscht; ihn störte der bohemehafte Aufzug dieser zierlichen, brünetten Frau. Wollte sie ihre Nichtachtung zeigen, ihn spüren lassen, wie unerwünscht er war? Sie hatte tiefe Ringe unter den Augen und bot ihm keinen Stuhl an. Was nahm diese kleine Person, die wegen staatsfeindlicher Hetze zwei Jahre gesessen hatte, sich ihm gegenüber da heraus?

»Jenny hatte mir versprochen, vorsichtig zu sein.« Es mißlang ihm, aus seiner Stimme den Tadel zu verbannen. »Haben Sie diesen Spaziergang zur Kirche angeregt?«

»Nein, das war Andreas, ihr Arbeitskollege.«

»Davon hat mir Herr Reichel am Telefon kein Wort gesagt.«

»Es hat halt jeder Angst vor der Polizei.«

»Demnach haben Sie etwas sehr Unangenehmes erlebt.«

»Kann sein. Darüber möchte ich nicht reden.«

Wendt war so nervös, daß es ihm erst jetzt auffiel, wie heiser sie sprach – anscheinend stark erkältet. »Vielen Dank, daß Sie so spät noch zur Telefonzelle gegangen sind, um mich zu informieren.«

»Keine Ursache, ich kam gerade erst nach Haus. Man hat mich an einer finsteren Ecke von Pankow-Heinersdorf abgesetzt, als kein Zug mehr fuhr.«

»Das tut mir leid. Darf ich mich vielleicht setzen?«

»Nein, Herr Wendt – wozu?«

»Es spricht sich so recht unbequem.«

»Mein Aufenthalt bei Ihnen war auch nicht komfortabel.«

»Frau Adam, was ist denn nur geschehen?«

»Das wissen Sie doch ganz genau. Natürlich, nach Jennys Beschreibung bin ich überzeugt von Ihrer persönlichen Redlichkeit. Ihre Hände sind sauber, Sie haben keinem ein Haar gekrümmt. Die Kripo war ja meist noch menschlich, hat zwischendurch ganz ruhig verhört – harmlose Menschen, die allerdings vorher und hinterher mißhandelt worden sind.«

»Das haben Sie selbst gesehen?«

»Nicht nur gesehen. Man hat uns gehetzt wie Tiere. Neben mir mußte ein Mann sich ausziehen, er wurde erbärmlich geschlagen, und als ich anfing zu schreien, wissen Sie, was meine

Strafe war? Endloses Stehen vor einem scharfgemachten Hund...«

»Und Jenny?« Ihm wurde plötzlich heidenangst.

»Das ist schlimmer gewesen als die tausend Mark Geldstrafe am nächsten Tag. Da wurde gesagt, ich hätte in der Greifenhagener Straße an einer Zusammenrottung mitgewirkt, die ›geeignet war, gesellschaftliche Interessen zu mißachten sowie die öffentliche Ordnung und Sicherheit zu beeinträchtigen‹. Paragraph vier Ziffer drei der ›Verordnung zur Bekämpfung von Ordnungswidrigkeiten‹.« Sie fügte hinzu: »Weitere sachdienliche Angaben kann ich nicht machen, bitte Sie daher zu gehen.«

Wendt erbot sich, ihr einen Arzt zu schicken. Sie lehnte ab und verschloß hinter ihm die Tür. Im Auto ertappte er sich dabei, zu denken: Mit tausend Mark kommt sie noch gut davon, das ist der Vorteil beim Schnellverfahren, die Vorstrafen tauchen nicht auf. Ihre Akte muß in Leipzig liegen, wo damals gegen sie verhandelt worden ist. Die Tilgungsfrist laut § 26 StPO beträgt bei ihr fünf Jahre, erst im nächsten Sommer ist die Vorstrafe verjährt, genau wie bei Jenny... Auf einmal war ihm, als müsse er sich seiner Erwägung schämen. Hatten diejenigen, die den Hund vor ihr angebunden hatten, nicht gleichfalls Strafe verdient? Wer eigentlich schützte die Bürger vor solchen Beschützern?

Es gelang ihm nicht mehr, einzuschlafen. Was war mit Jenny geschehen? In seinen Ohren rauschte das Blut. Er versuchte zu lesen, in dem Mafia-Roman von Richard Nebel; aber die Zeilen wirkten wie ein Drahtverhau auf ihn, er kam nicht durch, blieb ständig hängen und mußte sich daraus lösen.

Bei Dienstantritt übergab der Wachhabende Wendt eine Notiz. In seiner Abwesenheit hatte ihn ein Major der K sprechen wollen, er möge zurückrufen. Es war die Sammelnummer der UHA Rummelsburg, er wählte sie und wurde mit Major Werner verbunden, der dort anscheinend die Vernehmungen führte. Er sprach verhalten, eigentümlich farblos. »Ihre Frau ist bei uns«, teilte er mit. »Sie liegt im Krankenrevier, Genosse Hauptmann. Kein Grund, zu erschrecken, ihr Zustand ist nicht besorgniserregend, es geht ihr den Umständen entsprechend verhältnismäßig gut.«

Wendt saß ein Kloß im Hals. »Was ist passiert?«

»Das sagt sich schlecht am Telefon, Sie kommen besser her. Zu Ihrem Trost nur soviel: Nichts, was nicht in ein, zwei Wochen wieder heilt. Ich stehe Ihnen bis achtzehn Uhr zur Verfügung.«

Im Laufe des Vormittags sank der Pegel, kein Neuzufluß in der VP-Inspektion Weißensee. Mittags war der Stau vorbei, die Zellen leerten sich, es wurde zügig entlassen. Wendt ließ das Essen stehen, meldete sich ab und fuhr über die Ho-Chi-Minh-Straße südwärts durch den Stadtbezirk Lichtenberg nach Rummelsburg. Was ihn quälte, waren die Phrasen: nicht besorgniserregend, den Umständen entsprechend gut. Je schärfer man ein Wort mustert, desto kälter starrt es zurück.

Bei der Kirche hinter dem Sportplatz am Fennpfuhl dachte er: Welch ein Aufruhr und Chaos, und warum? All die Pastoren sind schuld, überschreiten ihre Befugnis, mischen sich in die Politik. Gotteshäuser als Zentren des Widerstands. Ferner dieser Andy, der Jenny verleitet hat und zu feige ist, es zu gestehen!

Ansonsten, es lief alles so ab, wie von ihm vermutet. Man hielt das Duell mit der Opposition ohne Waffengebrauch nicht durch und lockerte langsam den Griff. Zwischen 50000 und 70000 Menschen hatten sich gestern auf dem Ring rund um die Leipziger Innenstadt gewälzt, ein riesiger friedlicher Lindwurm, und *Wir sind das Volk* skandiert. Das war der Knackpunkt gewesen – die Polizei hielt sich zurück, sie übte Deeskalation (um das Wort Oberstleutnant Finks zu variieren). Auf dem Gipfel der Konfrontation riefen drei Sekretäre der Bezirksleitung Leipzig auf zum *Dialog*, ein beherzter Dirigent griff ein, goß Öl auf die Wogen... All das verwirrte Wendt, es war, als wanke unter ihm der Boden. Das Zerbröckeln der staatlichen Autorität bestürzte ihn, doch die Genugtuung darüber, daß man nicht schoß, überwog.

Eigentlich, dachte er, dürfte ich so gar nicht empfinden. Ich bin Hauptmann der K und leiste mir Gefühle, Anwandlungen von Weichheit und Larmoyanz! Ein Polizeioffizier aber dient höheren Interessen, die nicht die der Umstürzler oder Reformer (ja, wie denn nun sagen) sind. Er hat ein ernsthafter Mann und fest auf seiten der Staatsmacht zu sein, die das Schutzdach der Gesellschaft ist. Deren Gegner sind seine Feinde, deren Schlappen sind seine Niederlagen, deren Tugenden – Pflicht, Ordnung, Sicherheit, Verantwortung und Loyalität – sind sein oberstes Gebot.

Trotzdem, die Entspannung war enorm. Nicht bloß bei ihm, überall schien man erleichtert. In Dresden, so hieß es, sollen Kommandeure der Schutzpolizei sich spontan umarmt haben, froh, nicht mehr knüppeln zu müssen, weil die örtliche Führung mit der Menge sprach. Dort fiel am Sonntag schon eine Vorentscheidung für den Verlauf der Schlacht um Leipzig. Und er, Wendt, konnte diesen Kommandeuren ihr überschwengliches Gehabe – wenn's denn zutraf – keineswegs verdenken.

Die unblutige Entwicklung. Es gab keine Toten. Und je mehr Menschen friedlich marschierten, desto schwerer wurde es, brutal zu sein. Die Last war untragbar geworden, anderthalbtausend Gefangene hatten die Dresdener Genossen vom 3. bis 8. Oktober gemacht, die nun, wenn auch lädiert, nach Hause durften. Wahre Ruhestörer dort, so wurde erzählt, ließ man übrigens auf der Stelle frei. Denn sobald man sie ergriff, entpuppten sie sich als Mitarbeiter der Stasi! Rabiat hatten sie Vorwände zum Waffeneinsatz schaffen sollen, doch irgendwie ging das daneben, zum Glück war der Versuch geplatzt ... Jetzt sprachen die Bezirkschefs republikweit mit Vertretern des illegalen Neuen Forum oder schickten sich an dazu. Wendt hatte den Eindruck, der Friede ziehe wieder ins Land, und ein ruhiger Ausgleich, die Lösung der Krise sei nicht mehr fern.

Der Arzt war nicht da. Wendt wies sich aus, man führte ihn zum Krankenzimmer. Er hatte am Bahnhof für 25 Mark einen Orchideenstengel mit drei Blüten gekauft und bat die Schwester um eine Vase. Sie tat, als sei das eine Zumutung. Es schien unüblich zu sein, Blumen hierher zu bringen.

Ein tristes Vierbettzimmer, voll belegt. Seine Frau hatte noch den besten Platz, am Fenster. Sie lag auf dem Bauch. Er war dies von ihr nicht gewohnt, es alarmierte ihn.

»Jenny, was machst du für Sachen?« fragte er, gehemmt durch die fremden Ohren. Als er sich zum Kuß niederbeugte, sah er, das Umfeld ihres linken Auges war schlimm verfärbt und geschwollen. Sie roch nach Desinfektionsmitteln; unter dem Anstaltshemd hatte man ihr den Brustkorb bandagiert. »Wärst du doch bei Frau Adam geblieben! Sie hat mir alles erzählt.«

Jenny lag apathisch da.

»Hast du Schmerzen?«

Keine Antwort. Es schnürte ihm die Kehle zu, sie derart zerschunden zu sehen. Er zog sich einen Stuhl heran. »Was ist eigentlich passiert?«

Sie fixierte ihn stumm über Tränensäcken, die an ihr neu waren. »Ich gehe der Sache nach«, versprach er. Es schien sie gar nicht zu berühren. All ihre Frische, das Sprudelnde, das er so liebte an ihr, war dahin – für den Augenblick. Ihm ging der Text aus. Er machte die Erfahrung, daß es zweierlei war, ob man Prinzipien durchsetzte oder ob einem das selber geschah, der eigenen Frau... Trotzdem kam ihm der nüchterne Gedanke, ihr Zustand sei verrechnungsfähig. Vielleicht reichte dem Staatsanwalt das Resultat! Was der ihr auch vorwarf, er sah doch, wie man sie zugerichtet hatte. Damit stieg die Chance, daß ihre Vorstrafe im dunkeln blieb.

»Was grinst du so?« hörte er sie da stöhnen.

»Red keinen Unsinn. Ich hab' überhaupt nicht gegrinst.«

»Doch. In stillem Triumph.«

»Wieso denn Triumph? Vergiß nicht, ich muß den Dienst quittieren, wenn ein Gericht dich verurteilt.«

»Da hätte sich das Ganze doch wenigstens gelohnt.« Jenny versuchte zu lächeln; es wurde eine Grimasse daraus.

Ach, sein erlernter Beruf, Tischler! Wendt fühlte sich um Jahre zurückversetzt. All die Zeit über, in der sie nicht heiraten durften, weil ein Polizist nach der Dienstvorschrift keine Vorbestrafte zur Frau nimmt, hatte es Jenny als Dauerthema gedient. Ihr Vater besaß die Tischlerei in N. und hätte ihn auch eingestellt. Daß es ihr gleich war, wenn er dort keine 1580 Mark bekam – sein Gehalt plus Kleidergeld –, na schön. Aber sie begriff halt nicht, daß er mit Leib und Seele Kriminalist war, was ein Verzicht da bedeutete! Seit ihrer Hochzeit war das Thema tabu gewesen, nun kam es, dank dieser Schläger, wieder hoch.

Er küßte sie behutsam und stand auf. »Ich bin morgen wieder da, Jenny. Voraussichtlich übermorgen endet mein Einsatz. Sicher darf ich dich dann schon mitnehmen.«

Sie sah an ihm vorbei und sagte nichts.

»Völlig ausgeschlossen«, erklärte der Arzt. »Ihre Frau ist noch längst nicht transportfähig, Genosse Wendt. Und wer betreut sie bei Ihnen, wenn Sie im Dienst sind?«

»Ist sie denn so schwer verletzt?«

»Schwer?« Der Mann pflegte umständlich zu antworten. Er stellte wohl lieber Fragen, als daß er Auskunft ab. »Nein, aber doch recht schmerzhaft. Allein schon die Rippenfrakturen, zum Glück ohne Perforation. Dann die Distorsion des Fußgelenks. Die vielen Hämatome an Schultern und Armen sowie im Bereich der Nates... Der Gesäßbacken, meine ich.«

»Ich leite eine MUK und verstehe Klartext.«

»Dazu ein Bluterguß an der Brust, die Prellung beider Hüften, Bänderzerrungen bis in die Finger...«

»Und woher das? Die Ursache von all dem?«

»Gummiknüppel«, sagte der Arzt leise. »Es ist nicht hier passiert. Man hat sie uns von anderswo geschickt.«

»Ein Knüppel verstaucht doch keinen Fuß.«

»Indirekt schon, beim Sturz zum Beispiel.«

Wendt verspürte hilflose Wut. »Ist es nicht vielmehr so«, fragte er beherrscht, »daß Sie wegen des negativen Eindrucks draußen gehalten sind, trotz Bettenknappheit zur Zeit keine Zugeführten zu entlassen, die so aussehen wie meine Frau?«

Der Arzt ließ das offen. »Hinzu kommt ein Nervenschock«, äußerte er vage, mit einem kleinen Achselzucken. »Ich bin kein Psychiater und will nicht gleich von Neurose sprechen, aber ein Trauma liegt vor; womöglich geht es über die körperlichen Folgen hinaus.«

»Wie soll ich das verstehen?«

»Als persönlichen Hinweis. Schauen Sie, wir haben in den drei letzten Tagen ähnliches gesehen, vorwiegend bei Männern. Was ich Ihnen jetzt sage, muß unter uns bleiben.«

»Bitte, wenn Sie es wünschen.«

»Ihre Frau ist nicht nur geschlagen und getreten worden, Hautabschürfungen lassen mich vermuten, es ging in zumindest partiell entkleidetem Zustand vor sich. Sie spricht nicht darüber, allein das macht schon argwöhnisch, ist beinah ein Indiz... Wir hätten es dann mit einer Komplikation zu tun, einer massiven seelischen Verletzung. So was heilt nicht von heute auf morgen.«

Als Wendt hinaufstieg in den Oberstock des Zellenbaus, kochte er vor Zorn.

»Auf vorsätzliche Körperverletzung zu klagen, davon rate ich Ihnen ab, Genosse Wendt«, sagte Major Werner, ein grauhaariger Fünfziger mit Hornbrille und milden Manieren, in jenem braunen Anzug, den Stabsoffiziere der K, wie Fink daheim, von einer gewissen Selbsteinschätzung an zu bevorzugen schienen; Braun macht älter und seriös. »Ich habe selbst schon nachgeforscht, weil die Vernehmung Ihrer Gattin – die einzig gründliche – ja bei mir stattgefunden hat.«

»Und, was konnten Sie feststellen?«

»Daß es gestern nach Mitternacht in der Kaserne Blankenburg geschah. Durch wen, das ist schwer zu klären. Offenbar nicht durch das Stammpersonal, die Bereitschaftspolizei hat sich von dem Vorfall distanziert. Eher haben sich da Aufseher umliegender Haftanstalten so rüde vergriffen. Die sind aus den Bezirken Potsdam und Neubrandenburg herangeschafft worden, zur Verstärkung...«

»Zum Schikanieren der Zugeführten, auf deutsch gesagt.«

»Es herrschte großes Durcheinander in Blankenburg.«

»Staatssicherheit kommt nicht in Betracht?«

»Im konkreten Falle, nein. Die Stasi hat in Dresden zugepackt auch in den Objekten, bei Vernehmungen, hier nur draußen auf der Straße. Da freilich hart, sie hat sich nicht geschont. In jeder Phase hat sie versucht, die Streitkräfte zu ersetzen und gemeinsam mit den Genossen der VP und der Kampfgruppen für unsere Arbeiter-und-Bauern-Macht einzustehen mit allem, was erforderlich war.«

Dem Hauptmann kam der Verdacht, vor einem Genossen

des MfS zu sitzen. Es gab sie im Innenministerium wie im Polizeiapparat, die bekannte *Linie sieben* mit ihren zwei Strängen, den formellen Verbindungsoffizieren und dem Heer der stillen Informanten. Die Hauptabteilung VII in der Normannenstraße leitete auch die Kripo an und überwachte sie verdeckt. Ihre Mitarbeiter galten wahlweise als Angehörige des MdI oder der Kriminalpolizei, in beiden Fällen versehen mit dem entsprechenden Ausweis und der nötigen Befugnis... »Es gibt Momente«, hörte er den Major sagen, »da muß man zunächst handeln und darf über die Folgen erst nachdenken, wenn sie sich einstellen.«

»Die sind da; bei meiner Frau exzessiv.«

»Ja, bedauerlicherweise. Mein Eindruck von ihr war günstig, obgleich wir uns zeitweise stritten und sie am Schluß das Protokoll nicht unterschrieb. Die Aufrichtigkeit hat mir gefallen. So hübsch wie gescheit, Ihre Frau.«

Der letzte Satz störte Wendt, er berührte seine Privatsphäre, das stand dem Major nicht zu. Es schien ihm geschmacklos, den Anblick einer Frau vor deren Mißhandlung zu loben. Da war sie wieder, die leise Überheblichkeit! In 26 Dienstjahren hatte er dafür ein Gespür entwickelt und schon beim Händedruck fremden Stallgeruch gewittert. *Werner,* das mußte auch nicht stimmen. Nach seiner Erfahrung neigte die Stasi dazu, Vornamen als Pseudonym zu wählen; entweder weil es sympathisch klang oder weil solch ein Zweitname sich leicht merken ließ. (Wie traurig stünde ein Mann da, der seinen Decknamen vergaß.) Feine Kerle waren darunter, glänzende Fachleute, im Besitz des letzten Standes der Technik, staatswichtiger Geheimnisse und der moralischen Zucht ihres Metiers – Tugenden wie Fleiß, Jagdeifer und Verschwiegenheit. Oft aber umwehte sie ein Hauch von Arroganz. Elitäres Wertgefühl hing ihnen an und, gingen sie draußen vor, operativ oder taktisch am Mann, eine Art von augenfälliger Verstohlenheit, die aus dem Übermaß an Tarnung kam. Stets nahmen sie sich eine Spur zu wichtig, blickten auf andere herab, sogar auf alte Kripohasen, sie fühlten sich auserkoren, höherer Weihen teilhaftig... Wendt seufzte auf. Das war sein Vorwurf an ihre Adresse, sonst hatte er wenig an ihnen auszusetzen. Sie waren seine Genossen.

»Was bereitet Ihnen Sorgen?« fragte der Major. »Das Verfahren gegen Ihre Gattin? Den Ausgang haben Sie selbst in der Hand.«

»Sie meinen auch, man steckt zurück, angesichts ihres Zustands? Der müßte doch den Staatsanwalt erbarmen. Sicher geht der auf meinen Vorschlag ein: Jenny bleibt straffrei und erstattet keine Anzeige wegen Körperverletzung; auch wenn's ihr schwerfällt, davon abzusehen.«

Der Major lächelte matt. »Ich dachte mir schon, daß Sie glauben, so verfahren zu können; auch wenn ich nichts gesagt habe. Nein, Genosse Wendt, das meine ich nicht. So wird das kaum funktionieren, Geschäfte mit der Justiz macht man in Amerika, nicht bei uns. Ich rate Ihnen ab, so etwas zu probieren.«

»Was aber dann? Zum Teufel, sie muß hier raus!«

»Und Sie, nicht wahr? Sie hängen auch mit drin.«

»Was unterstellen Sie mir da, Genosse Major?«

»Immer langsam.« Werner hob dämpfend die langen, blassen Hände; er war ein leptosomer Typ und auch im Sitzen ziemlich groß. »Gar nichts Böses! Eins nach dem anderen, ich komme gleich dazu. Zunächst das Urteil über Ihre Frau. Es hängt ab von dem Bericht, den ich noch heute schreiben will. Denn soviel ist klar, wer auch die Leute waren, die das mit ihr taten – zuvor hatte sie die beschimpft, sie ›Sadisten‹ genannt, auch ›Bullenschweine‹, und damit die Ausschreitungen erst provoziert... Auf diesem Wege kann man nichts erwirken.«

»Auf welchem dann?«

»Ich bin dabei, es Ihnen zu erklären.«

Es entstand eine Pause. Sie starrten sich über den Tisch hinweg an, der leer war bis auf das Telefon, eine lächerlich dünne Akte und die sogenannten Beweisstücke: die Kerze (zerbrochen), das Papier vom Neuen Forum (schon knittrig) und die Gorbi-Plakette (die geschönte polnische Version ohne das Muttermal am Kopf). Wendt atmete schwer. Ihm war, als lege Werner etwas von seiner bisher makellosen Haltung ab, der Pose strenger Gesetzestreue, so wie man den Schlips lockert. Welchen Trumpf zog dieser Mann jetzt aus dem Ärmel?

Werner blätterte in dem Dossier. Ein alter Trick, Bestandteil der Zermürbungsstrategie. Sein Gesichtsausdruck ließ Wendt denken, man trage ihm – ungeachtet der Ablehnung von Rechtsgeschäften – gleich einen Handel an. Da war sie wieder, die lenkende Hand, die Allmacht der Firma, von der man Wunderdinge erzählte oder vor der man gar in die Knie ging, verspürte man sie am eigenen Leib ... Heute früh, als der Arbeitsdruck nachließ, hatte er bei einem Schwatz gehört, sogar Friedrich Dickel, der Innenminister, habe vor drei Wochen erst aus dem Radio erfahren, daß er das Neue Forum verboten und dessen Wirken als verfassungsfeindlich bezeichnet hatte. Man konnte ihn, Wendt, mit diesem Wisch doch nicht schrecken in dem Augenblick, da Staat und Partei im ganzen Lande mit dieser Oppositionsgruppe verhandelten! Selbst wenn ihr der amtliche Segen noch fehlte, de facto war sie anerkannt.

Verblüfft merkte er, daß es ihn nicht störte, aus einer Entwicklung Nutzen zu ziehen, die er ablehnte und in den letzten Wochen auch bekämpft hätte, wäre dies nicht gegen Jenny gegangen. Er ließ sich nicht einschüchtern von dem kakaobraunen Genossen; auch er konnte, wenn es sein mußte, hart reagieren.

»Sie scheinen gute Freunde zu haben in Rostock«, sagte Werner, immer noch blätternd. »Einen Draht zur Bezirksleitung oder zur Firma, das steht für mich außer Zweifel.«

»Nicht, daß ich wüßte, Genosse Major.«

»Doch, doch. Nur nicht so bescheiden ... Übrigens freut es mich, daß Sie schweigen können. Leute, die schwatzen, taugen nichts, mögen sie noch so begabt sein ... Jemand hält da die Hand über Sie.«

»Woraus schließen Sie das?«

»Aus dem Verhalten Ihrer Behörde. Immerhin, die hat Ihnen erlaubt, Jenny Franke ein Jahr vor Ablauf der Verjährungsfrist zu ehelichen. Das ist absolut unüblich, und Sie wissen es auch ... Wie ich hier sehe, wurde zwar korrekt entschieden gemäß Paragraph 26, aber nach Ziffer drei statt Ziffer vier. Freiheitsstrafen von ein bis drei Jahren ohne Bewährung sind erst nach fünf Jahren getilgt.«

Wendt überlief es heiß. Zielsicher hatte der andere den wunden Punkt ertastet und ritt weiter darauf herum. »Sie sind ein bißchen in der Klemme«, sagte Werner mit der falschen Besorgnis eines Rechtsanwalts. »Wird Ihre Gattin jetzt belangt, schlägt die ungetilgte Vorstrafe zu Buch. Und Ihnen bleibt nur die Wahl, den Abschied zu nehmen oder die Scheidung einzureichen.«

»Eine ganz absurde Alternative.«

»Eben. Das macht es ja so schwer.«

»Ich brauche beides, den Beruf und meine Frau.«

»Ja, exakt in dieser Reihenfolge. Ich weiß das von ihr. Aber so sind nun mal die Regeln.« Werner musterte ihn durch das Brillenglas, sein Mund klaffte auf, unter der messerdünnen Oberlippe lugte die Zungenspitze, wie bei einem gieprigen Hund. Mit den Längsfalten, der langen Nase, den hageren Wangen und der hohen schmalen Stirn ein Windhundgesicht. »Tut mir leid für Sie.«

Wendt spürte das Lauern, doch den Gefallen, zu winseln, würde er dem Mann nicht tun. Unwillkürlich nahm er an, der plane, mit dem § 26 StPO seine Ehe auszuhebeln und ihn, den erprobten Genossen, im Namen der Sache und deren Reinheit, also der kommunistischen Moral, von seiner straffälligen, ideologisch flatterhaften Frau zu trennen, und weshalb? Weil diese Bindung in den Augen der Sicherheit an seiner Treue zehrte, Kampfgeist und Einsatzbereitschaft untergrub... Doch er hatte sich geirrt, Werner fuhr fort: »Kopf hoch, mein Lieber! Sie sind ein Glückspilz, wir lassen Ihnen beides. Sie brauchen nur mit uns zu sein.«

»Wer ist *uns?*« fragte Wendt, um Zeit zu gewinnen.

»Na, das ist Ihnen doch wohl klar?«

»Wenn Sie denken, ich könnte über meine Frau den Kreis ausforschen, in dem sie verkehrt – nein. Die Studentengemeinde lehnt mich ab. Diesbezügliche Versuche meiner Frau sind gescheitert.«

»Ach, was sollen uns die Studenten. Ein Mann wie Sie ist uns für Hühnerdreck zu schade. Es geht um die Rostocker Kripo.«

»Die haben Sie doch längst im Griff.«

»In solchen Zeiten kann man gar nicht genug verläßliche Männer in Ämtern haben, die so wichtig sind wie eine BDVP.«

»Was wäre denn dort meine Aufgabe?«

»Zerbrechen Sie sich nicht den Kopf, wir sagen es Ihnen rechtzeitig.«

Wendt sah keinen Ausweg, und er wußte, was nun kam. Nämlich die formelle Verpflichtung, von jetzt an als inoffizieller Mitarbeiter des Ministeriums für Staatssicherheit tätig zu sein und hierüber gegen jedermann allzeit Schweigen zu bewahren. Lag das Papier schon, mehrfach ausgefertigt, in der Mappe zum Signieren bereit, oder ging das Ganze, wie beim Testament, handschriftlich vonstatten? Er war lange genug dabei, um ohne weiteres zu erfassen, man hatte ihn ausmanövriert. Hatte mit Vorbedacht eine Zwickmühle geschaffen, als man ihm im Frühjahr, seine erfolgreiche Arbeit anerkennend, vorfristig die Heiratserlaubnis gab.

Der Major fragte: »Ist Ihnen aufgefallen, daß Sie hier der einzige VP-Offizier aus Rostock sind? Ihr Einsatz war die Nagelprobe.« Bei diesen Worten riß er das belastende Blatt zweimal durch und schob es mit der Kerze und dem Emblem auf generöse Art vor Wendt hin. »Wir machen es so: Das gehört Ihnen! Stapeln Sie's daheim zu 'nem kleinen Scheiterhaufen und wärmen Sie sich mit Ihrer jungen Frau daran. Freudenfeuer an einem kalten Winterabend... Was haben Sie denn? Die Sache schmeckt Ihnen noch nicht so ganz?«

»Sieht man mir das an?«

»Und ob. Sie fühlen sich überrumpelt. Es ging vielleicht ein wenig schnell. Keine Zeit fürs Reden um den heißen Brei. Manchmal muß man in den sauren Apfel beißen. Gelegentlich. Wenn die Pflicht uns ruft.«

»Ich beklage mich nicht, Genosse Major.«

»Dazu besteht auch kein Anlaß. Mitunter merkt man dann ja schon, die Frucht ist im Grunde süß. Sie sind, als Spitzenmann Ihres Fachs, seit fünfzehn Jahren Hauptmann? Das scheint mir keineswegs in Ordnung. Bei uns wäre das anders. Lassen Sie mich Ihnen sagen, wir achten darauf, daß dies nicht weiter so stagniert.«

16

Am Donnerstag fuhr Wendt heim, tags darauf ging er wieder ins Präsidium. Er nannte die Bezirksbehörde bei sich *Polizeipräsidium,* weil sie dort, wo er herkam, von früher her so hieß. Im Volksmund hielt sich das Wort. Der große Bau, errichtet 1952/53 unter dem Spanienkämpfer General Ludwig, lag – halbwegs zwischen Markt und Bahnhof – da wie eine angestaubte Cremeschnitte unter Glas beim Konditor. Gelb überwog, Beige und Terra di Siena... Freitag, der 13.! Hinter der Pförtnerloge verspürte Wendt ein Unbehagen, warum nur? Alles war wie sonst, das Foyer und die Treppe aus Kunstmarmor zu dem Absatz, wo die Polizeifahne mit ihrem zwölfzackigen Stern das Bild flankierte. Auf himmelblauem Grund matt lächelnd der Generalsekretär, das flotte Porträt von 1970. Honecker blickte so drein, als vermute er, man wolle ihm ein Stück seiner Macht abluchsen; dem aber wisse er zu begegnen, aus jener Position der Stärke, die das hohe Amt ihm verlieh. Stolze Zurückhaltung, gebaut auf die Kraft der Partei sowie ihrer Schutz- und Sicherheitsorgane.

Erstmals nach sechs Jahren nahm Wendt das so wieder wahr, den verschlissenen Pomp des Hauses an der Blücherstraße, das Flair der 50er Jahre, in dem das Polizeiwesen des Bezirkes seine Kräfte sammelte. Der Kopf des ganzen Apparates von rund 5000 Mann. Farbtöne zwischen Milchkakao und Ocker umgaben ihn, als er hinaufstieg in den zweiten Stock, das Reich der K, wo die Arbeit stets wie am Schnürchen lief unter Oberstleutnant Fink, dem Leiter des Dezernats II, zuständig für Untersuchungen. Im stillen scheute sich Wendt, ihm zu begegnen. Fink würde ja Bescheid wissen, man hatte ihm todsicher auf dem Dienstweg mitgeteilt, daß Jenny beim Demonstrieren gefaßt worden und noch in der UHA Rummelsburg war. Er würde also triumphieren: So erging es einem, der seinen Rat in den Wind schlug und eine Vorbestrafte zur Frau nahm, gegen alle Regeln der staatstragenden Vernunft und eigenen Gescheitheit. Doch seltsam, Fink verkniff sich jedwede Bemerkung. Er tat, als sei er ahnungslos. Mehr noch, Wendt hatte den Eindruck, der Oberstleutnant weiche ihm aus.

Vielleicht kam dies daher, daß Fink nicht mehr als kommissarischer K-Leiter amtierte, seit Oberst Eichhorn, der Kripochef, einen Herzinfarkt ausgeheilt hatte und vom Genesungsurlaub zurückgekehrt war. Der Oberst war ein schmaler, an die 1,90 Meter großer Mann, grüblerisch und in sich gekehrt. Mit seinen ernsten, wachen Augen in dem blassen, straffen Gesicht wirkte Eichhorn halb wie ein Gelehrter, halb wie der Bürgermeister einer Hansestadt – beherzt und kultiviert. Er ging sehr aufrecht, trug gern feines Tuch in den Brauntönen des Hauses (je nach der Jahreszeit reh- oder kaffeefarben und zu kostbar, als daß es hätte knittern können) und redete in weitausholenden, zielstrebigen Sätzen; der Predigt häufig näher als dem Gespräch. Man schätzte seine Lauterkeit, die stille Gravität, die von ihm ausging, obschon man ihn früher oft als anstrengend empfunden hatte.

Der Infarkt schien ihn gebremst zu haben. Ohnehin der Pensionsgrenze nahe, war Eichhorn ruhiger geworden. Er reichte Wendt die kühle, trockene Hand und beglückwünschte ihn knapp, etwas schnarrend zu dem »Erfolg bei der Schlacht am Prenzlauer Berg«, wobei sein Lächeln eher der Grimasse unterdrückter Schmerzen glich.

Vier Wochen nach seinem Transatlantikflug fand Wendt die Bezirksbehörde unverändert vor, unberührt von den Stürmen der Zeit. In Rostock war ja auch wirklich nichts geschehen. Nur einer der zwei Morde, die pro Quartal im Bezirk statistisch zu erwarten waren, hatte stattgefunden und war in seiner Abwesenheit aufgeklärt worden, übrigens von der K des Kreisamtes Wismar, ohne die Mordkommission der BDVP. Sodann hatte in Greifswald ein Student am 40. Jahrestag den eigenen Vater erschlagen; tödlicher Ausgang eines Generationskonflikts. Bis auf zwei Kindesmißhandlungen und einen Vermißtenfall im Bereich der MUK-Gruppe *Leben und Gesundheit* war alles abgehakt. Wohltuendes Gleichmaß nach dem Berliner Streß. Niemand fragte Wendt ernsthaft, was dort vorgefallen sei; kein Mensch wollte Näheres hören – sehr erleichternd für ihn.

Erst am Montag kam das Thema hoch, auf der Routinesitzung beim Chef der Bezirksbehörde, geleitet von einem seiner Stellvertreter, dem Kommandeur Kniffki. Der war ein schwerer, untersetzter Mann mit nahezu quadratischem Gesicht; nach Wendts Beobachtung eine in Mecklenburg verbreitete Schädelform, bei der ein Hinterkopf oft fehlt. Wie üblich versammelte sich die Polizeiführung sämtlicher Gliederungen im Tagungsraum an der Nordflanke des Hauses um den ovalen Tisch, einem gediegenen Möbel – Ernst Timms Konferenztisch nachgebildet, wenn auch nicht aus so edlem Holz.

Generalmajor Siegfried Hadler war in der ersten Oktoberwoche jäh erkrankt; wie mancher Spitzenfunktionär stand er fassungslos vor den Ereignissen und kehrte nicht auf seinen Platz zurück. An Hadlers Stelle teilte Kniffki in freier Rede mit, das Politbüro des Zentralkomitees der Partei habe sich am 11. Oktober mit einer Erklärung an die Genossen und Bürger gewandt, einem Text, den er hier nicht wiederholen wolle ... Dies versprach der Kommandeur, um dann das Gegenteil zu tun. Das fiel aber keinem auf, Wiederholungen gehörten zum Ritus.

Jeder der zwei Dutzend Anwesenden – überwiegend grün uniformiert und mit geflochtenem Silber auf den Schulterstükken – kannte den Appell, hatte ihn im Fernsehen gehört und im *Neuen Deutschland* nachgelesen. Trotzdem prägte Kniffki allen nun die Hauptpunkte ein. »Der Wille unserer Partei, ein für sämtliche Bürger zukunftssicheres Leben zu schaffen«, sagte er mit einem Anflug metallischer Kommandokraft, »ist in den vier Jahrzehnten zum bewußten Willen von Millionen Werktätigen in Stadt und Land geworden. Dieses große Miteinander gewährleistet auch das Bewältigen aller bei der weiteren Gestaltung unserer sozialistischen Gesellschaft herangereiften oder neu auftauchenden Probleme.«

Die Worte rauschten über Wendt hinweg. Da war er wieder, der Verlautbarungsstil, das abstrakte Kommuniqué, ein staubtrockener Erlaß, der keinem zu Herzen ging und wenig bewegte, innerlich. Er legte nur die Linie fest, nach der man sich äußerlich zu richten hatte. War das wirklich noch genug?

»Wir sind also aufgerufen«, fuhr Kniffki dröhnend fort, »den Sozialismus zu stärken und zu verteidigen.«

»Komme, was wolle«, merkte Oberstleutnant Retzlaff an, der Leiter der Schutzpolizei, ein fröhlicher Mensch, der außerhalb des Dienstes das Skatspiel liebte, Herrenwitze erzählte und gern mal einen trank.

»Langsam, Genossen«, sagte Kniffki. »Es kommt nicht, was will, sondern, was wir wollen! Dazu gehört momentan, uns dem Dialog zu stellen und in einer konstruktiven Diskussion über all die grundlegenden Fragen zu beraten, und zwar öffentlich, die heute und morgen zu lösen sind. Meinungsäußerungen und Vorschläge für einen attraktiven Sozialismus in den Farben der DDR sind gefragt. Für dieses schöpferische Gespräch verfügen wir mit den Parteien und Massenorganisationen, die in der Nationalen Front vereint sind, mit den etwa zweihundert Verbänden, Komitees, Ligen und weiteren demokratischen Gremien – von den Sportgemeinschaften über die Gartenfreunde bis zu den kürzlich gegründeten Freidenkern – über alle erforderlichen Formen und Foren. Sie gilt es noch umfassender zu nutzen, um nunmehr, getragen von politischer Vernunft und staatsbürgerlichem Verantwortungsbewußtsein, genau die Antworten zu finden, mit denen wir dem Wohl des Volkes am besten dienen.«

Der Kommandeur, für sein bäuerisches Aussehen recht wortgewandt, galt in diesem Kreis allgemein als Verbindungsoffizier der Stasi. Doch Wendt bezweifelte, daß er je mit ihm zu tun haben werde. Vermutlich ahnte Kniffki gar nichts von der stillen Mitarbeit, zu der Major Werner ihn verpflichtet hatte. Im Apparat der Firma war, wie es hieß, die Abschottung der einzelnen Befehls- und Meldestränge perfekt.

»Seit längerem starten antisozialistische Kräfte, inner- wie außerhalb der Landesgrenzen, energische Versuche, bei uns oppositionelle Gruppierungen und Strukturen zu schaffen«, hörte er Kniffki sagen. »Eine zentrale Rolle fällt dabei dem Neuen Forum zu, das sich illegal in Berlin sowie in den Bezirken Leipzig, Halle, Gera, Karl-Marx-Stadt und Frankfurt-Oder formiert hat – und in allen anderen Bezirken, so auch hier, über sogenannte Kontaktstellen verfügt. Diese Leute betreiben das Geschäft der Feinde des Sozialismus. Anknüpfend an reale Probleme und Widersprüche unserer sozialistischen

Entwicklung ist es ihnen geglückt, bei nicht wenigen Bürgern, darunter auch jungen Menschen, Gehör zu finden und Verwirrung zu stiften. Notwendig ist es, zu differenzieren, also die Mitläufer von den Anstiftern zu trennen, die den Sozialismus als System beseitigen wollen... Wollten sie ihn nämlich verbessern, wie sie vorgeben, wären sie also ehrlich, dann könnten sie im breiten Spektrum der demokratischen Organisationen tatkräftig mitwirken und verändern.«

Das reizte Wendt fast, zu sagen, daß es gleichfalls unehrlich sei, wenn man einerseits mit dem Neuen Forum verhandele und dessen Einfluß nutze zum Beschwichtigen der Demonstranten, es andererseits jedoch weiterhin kriminalisiere. Sein Dienstrang aber war der niedrigste im Raum, und er fürchtete, es werde ihm mißlingen, die Kritik so schonend vorzutragen, daß es akzeptabel klang. Er blickte auf Oberst Eichhorn, seinen Vorgesetzten, diesen redlichen und gescheiten Mann. Dem blieb der Widerspruch sicher auch nicht verborgen, falls er Kniffkis Worten folgte... Spurlos verschwanden die hinter Eichhorns langem, straffem Gesicht. Und da der Oberst dies stumm schluckte, schwieg Wendt auch.

Nachmittags fand in größerem Kreis eine Parteiversammlung statt, turnusmäßig geleitet von Oberstleutnant Preusche, dem Chef der Verkehrspolizei. Beide Sitzungen hatten dasselbe Thema, was natürlich Zeitvergeudung war. Wieder redete Kniffki das gleiche. Es könne kein Zufall sein, rief er, daß der Gründungsaufruf des Neuen Forum zwar für eine Umgestaltung der Gesellschaft plädiere, doch ohne deren sozialistischen Charakter zu erwähnen. Mit keinem Wort geschehe das! »Ja, das Wort Sozialismus sucht man in dem ganzen Dokument vergeblich! Sollen wir für derartiges Gedankengut Papier opfern und Druckkapazität? Solchen Texten etwa Pressefreiheit gewähren?«

»Niemals«, warf Oberstleutnant Retzlaff ein. »Kommt gar nicht in die Tüte! Wir sind doch keine Idioten.«

Wendt sah von einem zum anderen. Sein Überblick war gut, dank des ovalen Tischs, an dessen unterem Ende er saß. Ihm bot sich das übliche Bild. Die Genossen rauchten, schauten auf die Uhr, schienen kaum bei der Sache, eher auf raschen Schluß der Sitzung als auf die Debatte aus.

Wo war der Schlüssel zum Verständnis ihrer Mentalität? Er lag in der eigenen Psyche, denn ihm, Wendt, erging's ja nicht viel anders. Ach, die Routine, die Abnutzung im Dienst, der innere Verschleiß! Man war vor allem geduldig, pfiffig und lebensklug – oder versuchte, es zu sein. Den Alltag füllte ein erschöpfender Papierkrieg aus, das beamtenhafte Absichern dessen, was man tat. Die Verwaltung dieses Dienstleistungsbetriebs, der für Ordnung und Sicherheit sorgte, und all die Sitzungen brauchten zuviel Zeit. Der endlose Austausch von Schriftstücken und vorgestanzten Worten. Es schien Wendt, als säßen sie dösend, verdattert vor den Dingen, die man ihnen da auftischte. Jeder in Gedanken schon daheim, im Garten, auf dem Sportplatz, bei seinem Hobby. So, als seien sie sich nur dunkel der vertanen Zeit, des vergeudeten Lebens und ihrer Sterblichkeit bewußt.

»Die Anführer des Neuen Forum«, redete Kniffki, »arbeiten zusammen mit der Bonner Clique und den Medien der BRD, also einer fremden Macht! Das ist natürlich Landesverrat. Neun Tage vor dem Antrag auf Zulassung beim Innenminister hat die *Frankfurter Rundschau* den Gründungsaufruf gedruckt, und Bohley wie Henrich gaben den westlichen Medien Interviews, Genossen. In der klaren Absicht, trotz der von ihnen erwarteten Nichtzulassung ihre Umtriebe fortzuführen.«

Jemand fragte: »Warum fassen wir nicht zu?«

»Wir haben schon genug am Hals«, sagte Kniffki. »Denn noch unverhohlener in ihrer konterrevolutionären Programmatik sind Gruppierungen wie der Demokratische Aufbruch und die im Untergrund gebildete Sozialdemokratische Partei. Wer ihnen seine Sympathie bekundet, wie in Leipzig, Berlin und anderswo geschehen, der muß wissen, was er riskiert. Den trifft die volle Härte der sozialistischen Gesetzlichkeit! So sind die Ausschreitungen der letzten Woche zu bewerten, bei denen 107 Volkspolizisten zum Teil erheblich verletzt wurden und 46 Rowdys zu Schaden kamen. Tatsache ist, daß unsere Genossen sich sehr zurückhielten. Sie gingen gegen die Unruhestifter und Krakeeler erst vor, als sie angegriffen wurden! Nirgends schlugen sie, wie die Westmedien behaupten, blindlings auf unbeteiligte Bürger ein.«

Kniffki fügte noch hinzu: »Wo ein Genosse ist, kämpft die Partei.« Dann saß er schweigend da und bat um Fragen. Auf Parteiversammlungen war jeder gleichberechtigt, man durfte frei reden, mußte sich bloß trauen. Wenn er, Wendt, jetzt wieder schwieg, war er nicht besser als der Rest. Für ihn galt nicht mal die Entlastung, er sei verspießert, weil kein Weib ihn mehr beflügelte.

Er hob die Hand, sah den Kommandeur dankbar nicken und räusperte sich die Kehle frei. »Aber, allerdings, ganz so ist das nicht gewesen, aus meiner Sicht. Ich war in Berlin, hab' fünf Tage lang Menschen verhört – vier Dutzend von den weit über tausend, die zugeführt worden sind... In Leipzig und Dresden sollen es dreimal soviel gewesen sein.«

»Sie hatten doch gar nicht den Überblick«, mahnte Oberst Eichhorn halblaut, wie um ihn davor zu bewahren, daß er in sein Unglück lief.

»Aber Zeit, mich zu informieren, Genosse Oberst. Und leider muß ich sagen, die große Masse war völlig schuldlos, unbeteiligt an den Demos... Die übrigens sämtlich gewaltfrei waren, trotz der Versuche von Greiftrupps der Staatssicherheit, Widerstand zu provozieren.«

Kniffki fragte perplex: »Was reden Sie da für ein Zeug?«

»Verzeihung, das sind Fakten. Über hundert Genossen verwundet, dies freilich ist ein Märchen, verbreitet vom Minister oder von sonstwem; ich tippe da auf sonstwen. Meines Wissens kamen nur vier Volkspolizisten in ärztliche Behandlung, ambulant, und keineswegs durch ›Feindeinwirkung‹; sie haben sich bei dem Masseneinsatz selbst verletzt.«

Gemurmel. Die Versammlung wurde wach.

»Jawohl, Masseneinsatz«, beharrte Wendt gegen wachsenden Einspruch. »Fünfzehntausend Mann wurden in der Hauptstadt aufgeboten, um die Menschen von der Straße wegzufangen. Und von diesen Menschen kamen nicht etwa knapp fünfzig zu Schaden, wie uns hier vorgetragen wird, es war die fünffache Zahl, und vierzig Prozent der Fälle erforderten stationäre Behandlung.«

»Hören Sie auf!«

»Stationäre Behandlung«, wiederholte Wendt penetrant. Es gab jetzt für ihn kein Zurück mehr. »Wie nämlich empfing man die Zugeführten in den Inspektionen und Kasernen? Mit Gummiknüppeln! Zumal durch Leute vom Strafvollzug sind sie verprügelt worden.«

»Bleiben Sie mal sachlich«, riet Oberstleutnant Preusche, dem die Gesprächsleitung entglitt. Sein rötliches Gesicht verschwand im Dunst, heftig sog man an den Zigaretten und zündete neue an, die Luft war zum Schneiden dick.

»Ich sage nur, was Sache ist. Und ich sage *Leute* vom Strafvollzug: Genossen kann ich sie nicht nennen. Jugendliche, Frauen und ältere Menschen sind von denen geschlagen worden. Ich will Ihnen den Abend nicht verderben und verzichte auf Details.«

»Das reicht auch so!« Oberstleutnant Retzlaff stieß den Stuhl zurück, steif stand er auf, man hörte ein Gelenk bei ihm knakken wie ein mechanisches Scharnier. »Ich jedenfalls höre mir das nicht länger an. Auf welcher Seite stehen Sie eigentlich, Hauptmann?«

»Auf der von Recht und Gesetz.«

»Gegen Störer wird durchgegriffen, weisungsgemäß«, rief Retzlaff. »Egal, ob da wer bloß aus Neugier mitgelaufen ist. Von Ihnen hätte ich Kampfgeist erwartet statt Weinerlichkeit. Mit Zartgefühl meistert man keine Krisensituation!«

Der Oberstleutnant schritt zur Tür, gefolgt von zwei Offizieren in grünem Tuch. Mehr gingen nicht, denn obwohl die Schutzpolizei im Bezirk fast die Hälfte des Polizeipersonals stellte, war sie in der BDVP nur mit dem Leiter, zwei Stellvertretern und einer Schreibkraft präsent; all ihre numerische Kraft saß an der Basis, unten in den Kreisämtern und Revieren... Doch wider jede Regel leitete das Stühlerücken der drei nun ganz formlos den Aufbruch aller übrigen ein. Der Raum leerte sich im Handumdrehen. Beim Hinausgehen sah Wendt die Augen Oberst Eichhorns ernst auf sich ruhen; auch spürte er Kniffkis Blick. Er hatte einen Eklat verursacht. Wir sprechen uns noch, sagte ihm das Gesicht des Kommandeurs.

Im Foyer paßte Fink ihn ab und nahm ihn beiseite. »Ich vergebe Ihnen den Fauxpas«, erklärte er verdächtig tolerant. »Der hat es immerhin abgekürzt. Mir ist auch klar, von wem Sie in Wirklichkeit sprachen. Weniger von den namenlosen Unschuldslämmern als von Ihrer eigenen Frau.«

»Ich weiß nicht, wieweit Sie unterrichtet sind...«

»Keine Angst, ich bin durchaus im Bilde.«

Der Oberstleutnant blickte lauernd drein, genüßlich, mit einem kleinen bösen Lächeln; blaßrot tauchte zwischen seinen Lippen die Zungenspitze auf. Wendt peinigte das Gefühl, Fink wisse alles und weide sich an der Idee, daß man Jenny – eine Vorbestrafte also, die statt zu kuschen auch noch aufmuckte – entsprechend behandelt und ihr politischen Anstand eingebleut hatte. Ach, Unsinn! Fink genoß es wohl bloß, wie gründlich er, Wendt, sich selber in die Nesseln setzte.

Und kaum ließ Fink von ihm ab, da sah er sich dem Chef der K gegenüber. »Genosse Wendt«, sagte der Oberst gedämpft, »bitte seien Sie morgen Punkt zehn in meinem Büro.«

»Jawohl...« Die Frage nach dem Zweck verbot sich.

Da Eichhorn aber nicht zu denen zählte, die Untergebene gern in Ungewißheit stürzen, um sie auf kleiner Flamme zu rösten, fügte er hinzu: »Mensch, ich brauche Sie doch noch. Vielleicht fällt uns etwas ein. Wir werden dann sehen, was sich tun läßt, um Ihre Situation zu retten.«

17

Abends allein in der kleinen Wohnung an der Straße nach Warnemünde. Wendt fällt die Decke auf den Kopf, alles erinnert ihn an Jenny. Er ist ganz kaputt, fühlt sich erledigt, aber ein bißchen auch befreit. Etwas von dem, das ihn quält, hat er sich von der Seele geredet. Doch das chaotische Ende der Versammlung bebt in ihm nach. Denkt er an die Haltung der Genossen, wird ihm heidenangst.

Was soll denn Eichhorn und ihm über Nacht einfallen zu seinen Gunsten? Er hat das Nest beschmutzt, ein Tabu verletzt, die Mehrheit ist von ihm abgerückt. Bleibt er an der Spitze seiner Kommission? Schwerlich! Schwankende löst man als Leiter ab, so will es der Brauch. Genau wie man Kriminalisten, die Elite der Polizei, vom Dienst suspendiert, wenn sie augenfällig fremdgehen, ihre Frauen schlagen, *Faustan* schlucken oder zuviel Alkohol; wie Generalmajor Nedwig, das Oberhaupt der K, auf Tagungen forsch bekanntgibt. Die Firma wird schäumen bei Kniffkis unvermeidlichem Bericht. Eben erst hat sie ihn heimtückisch angeheuert, und schon brüskiert er sie, knallt ihr eins vor 'n Latz... Aber das hat gutgetan.

Wendt drückt den Fernsehknopf, er sieht die Leipziger Montagsdemo im ZDF, 120000 Teilnehmer diesmal. Verdoppelt die Zahl der Marschierer, die Länge des Zugs, der sich um das Zentrum schlingt. Je 10000 sind es in Dresden und Magdeburg, die Festnahmen haben nichts gebracht. Soviel Kraftaufwand, 3460 Zuführungen in der letzten Woche, 630 Ermittlungsverfahren, fast 300 Verhaftungen, Steigerung der Gewalt bis an die Schwelle des Bürgerkriegs, und nun ist die ganze Mühe umsonst gewesen... Verdutzt merkt er, das erbittert ihn gar nicht so, wie es müßte. Geht er etwa langsam auf die Seite derer über, die den Staat verändern wollen?

Auf ihren Schildern und Spruchbändern liest er: *Wahrheit, keine Taktik* und *Laßt euch nicht einschläfern* und *Wir brauchen Rechtssicherheit, keine Staatssicherheit* und *Bürger, Soldaten, Polizisten: gemeinsam sind wir stark*... Es wärmt ihm das Herz, seltsamerweise. Ist er ein Opportunist, dabei, die Front zu wechseln? Aber wo soll das enden? Jede erfüllte Forderung, so ahnt er, zieht weitere nach sich, ein Stein nach dem anderen bricht heraus, bis vom Sozialismus nichts mehr übrig ist! Was ihm selber schon verlorengeht, sind die Gewißheiten, der feste Standpunkt.

Der Sprecher sagt, die Gesprächsbereitschaft des Politbüros genüge den Menschen nicht, noch weiche der sogenannte Dialog den echten Problemen aus... Die Stimme des Klassenfeinds natürlich, sie lockt, peitscht und lenkt – kein Ende des Ausreisestroms, fast 2000 Bürger hasten täglich über Ungarn in den Westen, bei ihrer Ankunft ein Jubel, der weh tut. Junge

Leute, Familien, es schmerzt, ihren Exodus mitanzusehen. Jetzt würgt es Wendt doch, er begreift das Wechselspiel von Flüchtlingen und Demonstranten, die Phänomene schaukeln sich hoch. Und er weiß nicht, wie das zu stoppen ist. Die polizeilichen Mittel sind erschöpft, nun müssen Politiker her, nur, wo sind sie? Weit und breit nur Funktionäre, mehr oder minder begabt, das Land zu verwalten. *Reformen à la Hager sind uns zu mager,* das Spruchband huscht eben noch lesbar durchs Bild.

Herangereifte Fragen, tönt jetzt der Ostkanal, lösen wir im Vorwärtsschreiten gemeinsam im Interesse aller. Mitglieder des Politbüros, die rüstigsten, tapfer an der Basis. Der bullige Schabowski, lebhaft grimassierend, und der zähe, leptosome Eberlein im Streitgespräch mit Arbeitern. Wo ein Genosse ist, kämpft die Partei. Deren Machtmonopol stellt Manfred Gerlach behutsam in Frage; ältlich, leicht krächzend distanziert er sich, baut sich zaghaft auf. In Ostberlins Erlöserkirche geben Künstler mit beißenden Texten und frechen Liedern ein »Konzert gegen die Gewalt«. Schauspieler des Deutschen Theaters rufen zu einer Demo für Pressefreiheit auf – am 4. November, in knapp drei Wochen; Zeit für das Ministerium, die Kundgebung zu genehmigen.

Der deutsche Umstürzler, will er den Bahnhof stürmen, löst eine Bahnsteigkarte... Aus dem Zwiespalt der Gefühle quellen nur langsam Vorstellungen, sie lassen sich kaum in Worte kleiden. Wendt nimmt zwei Pillen *Faustan,* geht zu Bett und schläft sechs Stunden; traumlos, wie er meint.

Was tut eine Mordkommission, wenn kein Tötungsverbrechen anliegt, der Vermißtenfall und die Mißhandlungssachen erledigt sind? Sie vertieft sich zum Beispiel in einen alten Mord, den innerhalb der gesetzlichen Bearbeitungsfrist zu klären damals nicht gelang. Der Restbestand ist schmal, der Fundus aus den 50ern verjährt, jedoch man ist beschäftigt. Kriminalobermeister Krull bringt ihm die Akten und rühmt verhalten seinen Auftritt gestern. Wendt habe ihm aus der Seele gesprochen, sagt der breite, semmelblonde Mann; man ahne ja, die Stasi habe manipuliert, wonach sei denn in Berlin verfahren worden?

»Meist nach Paragraph 214. Ist Ihnen der ein Begriff?«

»Jawohl, Genosse Hauptmann. Beeinträchtigung staatlicher oder gesellschaftlicher Tätigkeit.«

»Haben Sie den Text im Kopf?«

»Jawohl. Ziffer eins: Wer die Tätigkeit staatlicher Organe durch Gewalt oder Drohungen beeinträchtigt oder in einer die öffentliche Ordnung gefährdenden Weise eine Mißachtung der Gesetze bekundet...«

»...oder zur Mißachtung der Gesetze auffordert...«

»...wird mit Freiheitsstrafe bis zu drei Jahren oder mit Verurteilung auf Bewährung, Haftstrafe, Geldstrafe oder mit öffentlichem Tadel bestraft.«

»Sehen Sie«, sagt Wendt, »die Prügelstrafe fehlt. Eine Lücke im Gesetz. Mängel auch bei den Zugeführten – sie haben den Straftatbestand in keinem Fall erfüllt. Gewalt und Drohungen: Fehlanzeige.«

»Und die anderen Paragraphen?«

»Defizit. Von der Substanz her nichts, Krull! Natürlich, 217, Zusammenrottung, da ist schon der Versuch strafbar, aber wie stellen Sie den fest? Und was eigentlich ist ›asoziales Verhalten‹, für das es zwei Jahre setzen kann? Was sind ›Rowdytum‹, ›Ehrabschneidung‹, ›öffentliche Herabwürdigung‹, ›Widerstand gegen staatliche Maßnahmen‹ oder ›Zusammenschluß zur Verfolgung gesetzwidriger Ziele‹ – durch die Bank bedroht mit bis zu fünf Jahren?«

»Genosse Hauptmann«, sagt der Kriminalobermeister, »all das fragen wir uns auch.«

»Wer ist wir?«

»Ich und ein paar andere Genossen.«

»Haltet lieber den Mund, sonst stellt man euch dieselben Fragen, die ich gleich beantworten muß.«

»Nun, Tatsache ist, wir teilen Ihren Standpunkt«, sagt Krull gedämpft, verschwörerhaft, semmelblond und nibelungentreu. »Wir gehen da mit Ihnen konform.«

Wendt winkt freundlich ab. Er weiß, solch ein Wort unter vier Augen wird selten vor der Parteiversammlung wiederholt, wo es bittere Konsequenzen hat. »Ich bin sicher, daß ihr das glaubt«, sagt er und kann nicht verhindern, daß es ein bißchen hochnäsig klingt. Er sieht zur Uhr und steht auf. Damit muß man allein fertig werden.

Im Korridor fällt ihm ein, genaugenommen müßte er Krull dem Major Werner melden, der noch nichts wieder von sich hören ließ. Müßte ihn als unsicheren Kantonisten entlarven. Von Rechts wegen, doch was heißt da Recht?

Immer, wenn Wendt das Zimmer des K-Leiters betritt, fühlt er sich an einen anderen Ort versetzt; und heute ist dieser Eindruck noch tiefer als sonst. Liegt es an dem schwarz gerahmten Foto von Wilhelm Pieck, das statt des amtlichen Porträts über dem Schreibtisch hängt? Oder an dem blassen Aquarell, das ihn an Cumin erinnert? An dem klassischen Spruch, einem Zitat von Aischylos? Finks Wand ziert das Übliche (»Unser Wort gilt, jeden Tag das Beste für den Sozialismus«), hier heißt es vornehm: *Wer denn, Einzelmensch wie Staat / würde noch, im Glanz des Glückes / wenn er nichts zu fürchten brauchte / Ehrfurcht vor dem Recht empfinden?*

»Guten Tag, setzen Sie sich«, sagt der Oberst. »Möchten Sie Tee oder Kaffee? Schmeckt beides annähernd gleich, dank des Wassers aus der Warnow; also dann Kognak oder 'nen Klaren?«

»Klaren bitte.« Wendts Stimme ist belegt. Nach dieser Einleitung meint er, die Stärkung zu brauchen. Dergleichen ist ihm erst einmal offeriert worden, beim Dienstantritt vor sechseinhalb Jahren. Leitet man so auch den Abschied ein? Während Eichhorn die Gläser füllt, liest Wendt neben ihm den Zweizeiler *Erfolg hat keiner, der das Recht verhöhnt / Wer treu dem Recht, dem bleibt die Hoffnung treu* (dazu die Quelle, EURIPIDES, *Helena,* weil ein Polizist Aussprüche stets belegt). Ferner weist ein Schild darauf hin, daß man hier nicht raucht. Bildung gemischt mit Verboten; ein deutscher Schilderwald.

»Nach dem, was gestern war, schießt man gegen Sie«, beginnt der Oberst. »Ich könnte dem Chef vorschlagen, Sie als K-Leiter nach Grevesmühlen zu versetzen. Der Genosse dort im Kreisamt geht in Rente. Aber so leicht will ich's mir nicht machen. Der Weg des geringsten Widerstands ist selten der beste.«

Wendt schweigt, ihm wird heiß. Was bedeutet das? Soll er Selbstkritik üben, vor versammelter Mannschaft alles kniefällig widerrufen?

»Ist Ihnen etwas eingefallen?«

»Nein, Genosse Oberst. Denn ich bin kaum in der Lage, meine Äußerungen zurückzunehmen, ganz gleich in welcher Form.«

»Ja, das hab' ich mir schon gedacht. Dann hilft nur noch eine Legende.«

»Eine Legende, Oberst?«

»Ihnen ist das nicht bloß so entschlüpft, Sie haben es bewußt gesagt.«

Erst jetzt merkt Wendt, der Kripochef trägt einen weißweinfarbenen Gabardineanzug; etwas zu hell für die Jahreszeit... Ein Lächeln spannt Eichhorns Gesicht zu einem Ausdruck verdeckter Durchtriebenheit. »Ihre Gattin war in Berlin unter den Zugeführten, das ist im Hause bekannt.«

»Ich finde nicht, daß dies meine Position verbessert.«

»Da haben Sie völlig recht. Es schwächt Ihre Stellung, zunächst, deshalb stürzt man sich ja so auf Sie. Aber wenn man den Fakt richtig verwertet, ihn ein wenig hochspielt, dann sieht's anders aus. Wir müssen nur bereit sein, ihn in ein völlig neues Licht zu tauchen.«

»Wie darf ich das verstehen?« Wendt ist inzwischen so nervös, daß er den zweiten Wodka kippt und darauf lauert, zu spüren, wie der Alkohol sich besänftigend in ihm verteilt.

»Es könnte sich nämlich folgende Situation ergeben haben.« Der Oberst legt die Fingerspitzen aneinander, plötzlich lebt sein Gesicht, spiegelt all die Schläue, die in ihm steckt. »Ihre Gattin sitzt ein, und die Firma kriegt Wind davon, wer sie ist. In dem Chaos dort passiert das allerdings nicht gleich; sonst wäre ja keine Meldung an uns erfolgt aus der VP-Inspektion Immanuelkirchstraße, der ersten Etappe ihrer Haft. Vom Standpunkt der Stasi aus ein Schönheitsfehler. Aber ab Rummelsburg hat sie die Dinge im Griff. Na, wie hört sich das an?«

»Ziemlich phantastisch.«

»Keine Angst, das übersteigt nicht die Vorstellungskraft unserer Genossen, die Ihren Kopf fordern. So weit denken sie durchaus mit. Und sie begreifen auch den weiteren Verlauf: Sie, Wendt, sind in der Klemme, zumal durch die noch nicht getilgte Vorstrafe Ihrer Frau, und werden von der Firma auf bekannte Art traktiert. Vor die Wahl gestellt, aus dem Dienst zu scheiden, Ihre Frau zu verlassen oder inoffizieller Mitarbeiter zu werden, haben Sie das letztere gewählt. Dies leuchtet jedem ein.«

»Hängen Sie mir lieber ein wüstes Sexualleben an.«

»Damit wäre uns kaum gedient. Es würde Ihren gestrigen Ausfall nicht erklären.«

»Und die Stasi-Legende leistet das?«

»Mühelos«, sagt Eichhorn mit dem Blick eines Forschers, den seine Erfindung entzückt. »Sie spüren hier für die Firma Leuten nach, die nicht mehr treu zur Sache stehen. Das geht natürlich am besten, wenn man sich denen als Beichtvater empfiehlt. Und dazu mußten Sie bei erster Gelegenheit, eben auf der Parteiversammlung, den Kritiker spielen.«

Wendt ringt nach Luft, ganz baff, seine gestrige Wortmeldung so gedeutet zu sehen. »Es klingt ziemlich kompliziert.«

»Das ist Geheimdienstarbeit meistens. So ginge die Firma vor im gegebenen Fall, das nehmen mir Retzlaff und Kniffki ab. Und damit sind Sie rehabilitiert. Sie haben geschimpft, nicht, um Dampf abzulassen, sondern, um Defätisten aufzuspüren.«

»Kniffki hätte die Möglichkeit, das nachzuprüfen.«

»Vielleicht. Aber das ändert nichts, er müßte ja schweigen. Genau wie Ihnen der Mund verschlossen wäre, hätte es sich in Wahrheit so abgespielt.«

Wendt fühlt sich durchschaut. Eichhorn hat richtig kombiniert und reibt es ihm kühl hin, unangreifbar doppeldeutig. Die Situation ist unhaltbar. Will er nicht in den Boden versinken, muß er sie beenden. »Lassen Sie mich offen sprechen...«

»Davon kann keine Rede sein«, unterbricht ihn der Oberst und hebt die blassen, trockenen Hände. »In solch einem Fall ist Schweigen Gold. Drücke ich mich deutlich aus?«

»Ja..., ich habe verstanden.«

»Schön. Sie stimmen mir zu, es so zu machen. Nun, ich hab' unsere kleine Unterhaltung wirklich sehr genossen. Es ist mir immer ein Vergnügen, mit gescheiten Mitarbeitern zu reden.«

18

Unter dem tiefhängenden Oktoberhimmel stand das Haus der Hochseefischer trostlos wie ein torpediertes Schiff, das seine Schrauben hochreckt und über den Bug versinkt. Scapa Flow, Selbstmord der Flotte des Kaisers im nordischen Nebel vor 70 Jahren... Gegenüber dem Kreisverkehr um den Holbeinplatz, im Botanischen Garten, ging Wendt an den Start. Sein abendlicher Freizeitlauf führte stets durch das Komponistenviertel und halb Reutershagen. Immer dieselbe Route südwestlich der Hamburger Straße, so daß er bei vorherrschendem Südwestwind hoffen durfte, nicht zuviel Abgas zu atmen. Der Kurs, per Fahrrad von ihm vermessen, war viereinhalb Kilometer lang. Er brauchte dafür 19 Minuten, was einen Schnitt von 14 Stundenkilometern ergab. Nicht eben berauschend, das Tempo eines städtischen Radfahrers, aber in seinem Alter besser als nichts.

Ständig auf Leistung aus! Beim Joggen plagte Wendt oft das Gefühl, durch ein Umfeld zu hetzen, das er kaum noch wahrnahm. Man wurde blind gegenüber der Stadt. Ihre Parks, Cafés und Telefonzellen verkamen zu Merkpunkten, zu bloßen Kulissen; *checkpoints* für das *timing,* in Jennys westlich behauchter Sprache. Blind vor dem eigenen Leben, das doch so schnell verstrich.

Als er die Kunsthalle und den Schwanenteich passierte, gingen die Laternen an. Trauerweiden im Zwielicht, in jenem Phenol- oder Teergeruch, der mit dem Dunst von der Warnow kam. Nachher würde er Jenny anrufen, abends drang man glatt durch nach Rummelsburg. Das Privileg, mit ihr zu sprechen, war ein Teil der Zusagen des Majors. Das hatte ihn nichts gekostet, nur eine Weisung an das Personal des Krankenreviers. Es gab wenig auf der Welt, das diese Herren mehr kostete als ein müdes Lächeln, ein kurzes Wort.

Nach dem Duschen, auf der straff gefederten Couch, zog Wendt das Resümee des Tages. Es stand nicht ganz so schlimm, wie erst geglaubt. Oberst Eichhorn deckte ihn – ein brillanter

Analytiker. Von dem konnte man nur lernen. Eichhorn schätzte die Stimmung und das Denken eines jeden im Nu ein; er begriff alles, was auf ihn zukam, noch ehe sein Gesprächspartner es zu Ende gedacht hatte. Ein Kriminalist wie aus dem Bilderbuch. Man müßte mal Schach mit ihm spielen. Aber da schlug der einen wohl haushoch.

Wie jedoch ging es weiter, wenn Eichhorn ihn (streng vertraulich) den Kniffkis und Retzlaffs als Informanten empfahl? Soviel er sah, bot dies nur einen Vorteil: Es gab ihm vor Werner die Chance, unter Hinweis auf das Vakuum von seiner Verpflichtung abzurücken. Wie sollte er dem zuarbeiten, wenn er enttarnt war und man ihn deshalb mied?

Ach, die monströse Heuchelei der Branche! Das Doppelbödige aller Politik. Was war das doch, Kunst oder Wissenschaft? Die Kunst, das Notwendige zu ermöglichen, oder ein krudes Spiel um die Macht? Jedenfalls ein Doppelspiel – nun auch für ihn.

Da hatte er einem Major der K, der gar kein Kripomann war, sein Wort gegeben. Und war gewillt, es bei erster Gelegenheit zu brechen. Und dieser Major hatte Jennys Zustand bedauert, obgleich ihn die körperliche Züchtigung von Störern und Andersdenkenden eher freute, weil das machterhaltend war. Und Obermeister Krull hatte sich die Brust aufgerissen, das würde ihn übermorgen reuen, wenn das Gerücht, man lausche für das MfS, an sein Ohr drang; und trotzdem würde er freundlich tun, unverändert beflissen sein. Kein Mensch ließ sich etwas anmerken, jeder spielte falsch, wie war das alles doch zum Kotzen und außerdem verzwickt! Zeit, seine Frau heimzuholen, damit sie ihm durch den Dschungel half. Jenny, die Rettung in der Wirrnis.

Endlich, er hatte sie in der Leitung. »Hallo, wie geht's denn heute?« Seine Stimme kam ihm fremd vor, er fand sie zu hoch – aus irgendeinem dummen Grund – und mühte sich, sie zu senken. »Bist du schon ein wenig besser drauf?« Der tägliche Optimismus, die verlogenen Umschreibungen.

»Danke, Christian, es geht. Acht Tage sind um, man entläßt mich morgen auf eigenen Wunsch.«

Er konnte das Glück in ihrer Stimme hören und wurde dadurch selber froh. Zugleich war da die Frage, wie sie holen? Mitten in der Woche gab Fink ihm schwerlich frei.

»Zerbrich dir nicht den Kopf, Vater fährt mich in seinem Barkas. Ich kann noch nicht sitzen – für ihn kein Problem, er baut mir ein Bett im Laderaum.«

Wendt brauchte einen Moment, um sich von der Nachricht zu erholen. Das hieß ja, sie fuhr zu den Eltern nach N., nicht zu ihm! »Wie lange willst du dort bleiben?«

»Das steht noch nicht fest, Christian.«

»Die Buchhandlung braucht dich, Jenny. Und Rostock ist noch immer ganz nett, weißt du?«

»Die Stadt war noch nie das Problem.«

»Was sonst?«

»Du weißt schon. Laß uns nicht mehr davon reden.«

»Wann kann ich dich von deinen Eltern holen?«

»Das wird der Arzt dort entscheiden...« Nach ein paar Floskeln wünschte sie ihm gute Nacht und hängte ein.

Ernüchtert legte Wendt den Hörer aus der Hand. So war das also. Konnte es sein, daß sie versuchte, ihn zu erpressen? Kam sie erst dann wieder her, wenn er aus dem Dienst schied? Hoffentlich ging ihr auf, wie absurd die Idee war.

Im Ostprogramm sah er Nachrichten. Die Künstlerverbände und zwei der Blockparteien regten sich. An der Humboldt-Universität erhitzten sich 4000 Studenten, die FDJ dort ging kühn in die Kurve, um an der Spitze der Reformfreunde zu sein. Nochmals zogen 1800 Bürger über Ungarn gen Westen.

Der Kopf des Generalstaatsanwalts erschien auf dem Bildschirm, ein nichtssagender Mensch namens Wendland. Adrett frisiert, blickte er verunsichert drein. Man fragte ihn devot, als sei er ein Würdenträger, ein Mann von hohem Einfluß, nach jenen Tagen in Berlin. Offenbar schüchterte mehr das Amt als die Persönlichkeit den Interviewer ein.

Wendland tischte erneut die Fehlmeldung des Innenministeriums zur Zahl der verletzten Polizisten und Demonstranten auf. Nervös hob er hervor, daß unter diesen Asoziale und Vorbestrafte gewesen seien; dies belegte er umständlich durch Beispiele.

Offenkundig ist es ihm schwer geworden, dachte Wendt,

Jenny von der Liste zu streichen (im Wege seiner Amtshilfe für die Stasi, auch die Justiz kann nicht alles haben). Jennys Vorleben hätte gut in seine Aufzählung gepaßt. Doch eine höhere Macht hat beschlossen, ihr Tun neu zu bewerten, es in einem anderen Licht zu sehen. Das Ermittlungsverfahren ist eingestellt, sie muß nicht einmal Strafe zahlen.

Der Generalstaatsanwalt sagte, es sei durchaus seines Amtes, den Klagen über angebliche Grobheit der Ordnungskräfte und der Sicherheitsorgane nachzugehen. Er tue es vorbehaltlos, denn dies sei seine Pflicht. Zugleich warnte er vor verzerrenden Darstellungen und übertriebenen Beschwerden; dergleichen erfülle den Tatbestand der öffentlichen Herabwürdigung... Ein feiner Hauch von Ketzerjagd hing in der Luft, als Wendland unterstrich, er habe die Polizei und den Staat vor Verleumdung zu schützen!

Am nächsten Tag, einem windigen Mittwoch, stößt Wendt mit Oberstleutnant Fink zusammen. Dies geschieht nach der Mittagspause, in der im Radio der Rücktritt des Generalsekretärs erklärt wird, aus Gesundheitsgründen, sowie das Ausscheiden des Medienchefs und des Chefökonomen aus dem Politbüro, ohne Begründung. Das Zentralkomitee der Partei hat getagt und auf Vorschlag des Politbüros einmütig Egon Krenz zum Nachfolger Erich Honeckers gewählt.

»Manch einer freut sich jetzt zu früh«, sagt Fink so dicht an Wendts Ohr, daß niemand sonst es hört. »Krenz schmeißt den Laden, die Lage stabilisiert sich. Das Volk der DDR hat sich für immer für den Sozialismus entschieden.«

»Das Volk gewiß«, erwidert Wendt. »Aber was ist mit der Bevölkerung?« Er erschrickt etwas, das hat er gar nicht sagen wollen, es ist ihm herausgerutscht.

»Lassen Sie die Spitzfindigkeiten«, giftet Fink im Funktionärston. Doch dann geschieht etwas Seltsames, er stößt nicht nach. Die unvermeidliche ideologische Klärung des falschen Zungenschlags bleibt aus. Weit davon entfernt, die Blöße zu nutzen, die man sich da gibt, und stehenden Fußes die Frechheit zu ahnden, weicht der Oberstleutnant stumm zurück. Etwas Steifes, nicht ganz Harmonisches liegt in seinem Gebaren.

Wendt ist ganz baff, als er merkt, wie die Verwirrung um sich greift und selbst die härtesten Schädel erfaßt. Standfeste Genossen, Betonköpfe wie Retzlaff oder Kniffki – voll bis zum Hals mit Prinzipientreue, Polizeitaktik und Paragraphenwissen, bar jeden Instinkts und politischer Phantasie – gehen ihm aus dem Weg. Plötzlich verzichten sie darauf, ihn anzurempeln und aufs Korn zu nehmen.

Andere suchen seine Nähe, das ist gleichfalls neu. Oberlöschmeister Fretwurst gesellt sich zu ihm, ein Offizier der Feuerwehr im Range eines Hauptmanns. Fretwurst erzählt von einer Kerzen-Demo am Markt, die er befehlsgemäß im Keim erstickt hat; und zwar unter dem Vorwand des Brandschutzes, als könnten 30 Kerzen, auf die Stufen der Außentreppe gestellt, das Rathaus in Flammen setzen. Dabei hat sich ein Wortwechsel entsponnen, den der Oberlöschmeister unverschämt nennt. »Du hast wohl noch nichts von Gorbi gehört?« fragt ihn doch so ein Störer, und ein zweiter ruft: »Wir sehen uns nach den Reformen wieder!« – »Stellt doch 'nen Ausreiseantrag«, hat Fretwurst gekontert, schlagfertig und beherzt. Und was erwidert ihm der Lümmel? »Ach, ihr wollt hier alleine sein! Bloß, wer ernährt euch dann?«

Nein, Wendt wird keineswegs geschnitten. Einer nach dem anderen kommt und biedert sich bei ihm an. Selbst Hansi Preusche kreuzt auf, jener Oberstleutnant der Verkehrspolizei, der ihm vorgestern auf der Parteiversammlung ins Wort gefallen ist. »Mit aufrechter Haltung, festem Tritt und klarer Marschroute«, verspricht er, werde man mit Egon Krenz, dem gebürtigen Mecklenburger, denen begegnen, die sich da unter dem Schlachtruf *Wir sind das Volk* sammeln. Krenz sei aus Damgarten, mithin Vorpommer, hält Wendt dem Mann entgegen und bringt ihn – das ist bezeichnend – mit diesem albernen Detail aus dem Konzept. Als hafte dem Stück von Pommern, das übrigblieb nach dem verlorenen Krieg, etwas Hinterwäldlerisches an, ein Hauch von Neandertal!

Im Laufe des Nachmittags begreift Wendt, die Finks, Fretwursts und Preusches haben Witterung genommen. Der Balsam, nach Eichhorns Rezept verträufelt wie ein Duftsignal, die Reviermarkierung eines Köters oder Katers, beginnt zu wirken. Die Genossen wollen Dampf ablassen und sich zugleich bei ihm rückversichern, das erklärt ihr Gespaltensein. Er ist für sie ein Vertrauensmann der Firma, also ein Oberpolizist, höherer Weihen teilhaftig. In ihren Augen schreibt er an ihrer Kaderakte mit. Statt ihn zu meiden, wie er es befürchtet hat, suchen sie vielfach Trost bei ihm, Kraft in der kabbligen See, im strudelnden Strom dieser Stunden.

Und Wendt lebt auf. Erfrischend, Mittelpunkt zu sein, ein Stück Obrigkeit. Das stärkt ihn, hat freilich seinen Preis. Einmal wird er den zahlen müssen. Jetzt aber genießt er den Rückhalt, den Werners Schatten ihm gibt.

Acht Uhr abends. Im ersten Programm des DDR-Fernsehens flimmert der Satz: *Egon Krenz an die Bürger der DDR.* Dann erscheint das Gesicht der neuen Nummer eins – hängender Unterkiefer, lange weiße Zähne, schläfrig umschatteter Blick. Krenz wirkt so schlaff und perplex, als könne er nicht fassen, was ihm an diesem Mittwoch widerfahren ist. Missing link, denkt Wendt, dem der Mann gründlich mißfällt. Der war ihm noch nie ganz geheuer, halb Zirkuschef, halb Roué – was in seiner Vorstellung etwas zwischen Wüstling und Lebemann ist. Das fehlende Glied vom Orang-Utan zum Homo sapiens, die Übergangsform, nach der die Anthropologie seit Darwin sucht, hier zeigt sie sich überraschend zum Kummer des Volkes der Republik.

Doch jäh verfliegt das Dschungel-Feeling, wie Jenny gesagt hätte, der neue Mann hat wohl an der Kamera das Rotlicht bemerkt, er ist schon auf Sendung, die Menschwerdung vollzieht sich im Zeitraffer. »Liebe Genossinnen und Genossen«, ruft der Generalsekretär, als spreche er zu den 2 1/2 Millionen Parteimitgliedern, nicht – wie doch angekündigt – zu den 16 Millionen Bürgern. »Ich danke dem Zentralkomitee für sein Vertrauen. Mir ist das Gewicht der Verantwortung bewußt, der ich mich stelle...« (Ein Mafioso, denkt es in Wendt, der sich stellt.) »In eurem Auftrage, im Interesse unserer Partei und unseres Volkes bin ich bereit, diese Pflicht zu übernehmen!«

Nun wird klar, man bringt in aller Eile einfach Krenz' Schlußwort vor dem 9. Plenum des Zentralkomitees. »Es ist mir in diesem Augenblick ein Bedürfnis«, hört Wendt ihn kraftvoll sagen – ja, da ist Power in der Stimme, Machtlust, Energie –, »Genossen Erich Honecker herzlich zu danken für seine Arbeit, die er in den vergangenen Jahrzehnten an der Spitze unserer Partei geleistet hat. Wir wünschen dir, lieber Genosse Erich, vor allem Gesundheit. Wir sind überzeugt, daß unsere Partei auch künftig auf dich bauen kann.«

Das mag Floskel sein, erheuchelt, dem Anstand geschuldet. Es folgen leise Töne der Kritik. Nicht immer habe man die Entwicklung ganz real gesehen und rechtzeitig gehandelt. »Mit der heutigen Tagung« – die Stimme schwillt – »leiten wir eine Wende ein, werden wir die politische und ideologische Offensive wiedererlangen!«

Es ist, als sagte er: Vorwärts, Genossen, die Avantgarde ist hinter euch her. Der Rat der Götter hebt ihn auf den Schild. Es gibt viel zu tun, packen wir es an. Die Sprüche sind alt, Westwerbung schimmert durch, damit würzt er das zähe Fleisch der Parteisprache. Die Gesellschaft, schmettert Krenz, brauche den mündigen Bürger. Der Weggang so vieler Menschen sei ein böser Aderlaß. Man müsse die Ursachen aufdecken, die sozialistische Demokratie breit entfalten, dabei aber Ruhe und Ordnung wahren. Das Fernsehen soll lebensnah werden, doch dürften die Medien kein Tummelplatz für Demagogen sein.

»Es wird in der Deutschen Demokratischen Republik keinen anderen Sozialismus geben als den, den wir gemeinsam mit allen schaffen und verteidigen«, schließt er. »Alles liegt in unserer Hand, Genossen, alles liegt in unserer Gemeinsamkeit, alles liegt in der Einheit und Geschlossenheit unserer Partei!«

Nachts wacht Wendt auf. Das *Faustan,* zu dem er wieder griff, wirkt nicht mehr. Sein Herz hämmert. Schafft es der Mann an der Spitze, bringt er den Wandel und wahrt dennoch das Erreichte? Erlernter Beruf: Lehrer. Der einstündige Vortrag gestern abend war Unterricht in Staatsbürgerkunde, kein flammender Appell, obwohl der Mann so tat. Voller Plattheiten, lehrhafter Betonungen und Anflüge von Pathos. Deutschlehrer mit stiller Liebe zum Theater. Ein Pädagoge an der Spitze, weil der Apparat mit seinem Latein am Ende ist.

Aber die Entscheidung über das Ausmaß von Reformen, meint Wendt, liegt kaum mehr beim Generalsekretär der Partei. Hängt sie nicht davon ab, wie viele Menschen diesem Land noch den Rücken kehren? Ob auf den Straßen, in Kirchen, Hochschulen und Betrieben genügend Dampf entsteht und friedlich umgesetzt wird in Bewegungsenergie? Ohne Druck bricht die Kruste nicht auf, der Beton, von dem Jenny gern spricht.

Wendt merkt, er benutzt mehr und mehr ihr Vokabular. Und ihm geht auf, ihretwegen liegt er schlaflos. Krenz ist ihm schnurz, die Wende kann ihm gestohlen sein, Jenny will er wiederhaben! Was hat sie nur getrennt? Das ganze Elend dieser Zeit! Plötzlich sind sie ein Teil davon, ohne daß er das Wie und das Warum ganz begreift. Es ist beinah, als hätte einer von ihnen illegal die Grenze überquert und der andere hätte nicht mitgewollt oder gekonnt wie bei manchem Flüchtlingspaar. Was nur lief da schief?

In der Dunkelheit des Zimmers ergießt sich eine Flut von Bildern über ihn. Er sieht Jenny auf Kuba, in sämtlichen Posen; Jenny damals in der Finnhütte, ihrer ersten Nacht; im Flugzeug hautnah neben ihm; am Strand des Fischlands, von Marienkäfern gezwickt; ein Stück vorm Haus an der Unterwarnow, das Haar im Seewind flatternd, den Anorak gebläht. Er ruft sich Jennys Stimme ins Gedächtnis, wie sie am Telefon klang. Ihm ist, als hätte sie all ihre Lebendigkeit verloren. Er wälzt sich ruhelos, bis über dem Fluß der Morgen graut.

19

Am 25. Oktober 1989, einem Mittwoch, lief bei der Bezirksbehörde der Deutschen Volkspolizei in Rostock um 11.25 Uhr ein Fernschreiben mit der Kopfzeile ein *Auf Weisung Leiter K / VPKA N., betrifft: Sportbootunfall mit Todesfolge im Cuminer Bodden.* Das Papier ging über die Tische von Oberst Eichhorn und Oberstleutnant Fink laut Geschäftsverteilungsplan der

Morduntersuchungskommission zu. Es lag Hauptmann Wendt nachmittags vor.

Ein Routinebericht, nach Kenntnisnahme abzuheften; Kopie für die Unfallstatistik des Bezirkes. Mehr brauchte man nicht zu unternehmen. Zwar waren Tötungsverbrechen, schwere Körperverletzungen und Unfälle mit erheblichem Personenschaden der BDVP stets zu melden, die Kreisämter bearbeiteten all das aber grundsätzlich allein. Erst wenn es ihnen nicht gelang, den Fall aus eigener Kraft aufzuklären, forderten sie die Unterstützung der Morduntersuchungskommission an.

Das war hier nicht geschehen. Trotzdem berührte das Telex Wendt mehr als jene Meldungen, die ihn seit seiner Rückkehr aus Berlin erreicht hatten – kannte er ja das Opfer selbst, den Schriftsteller Richard Nebel. Fast auf den Tag genau vor fünf Monaten hatte der ihn aufgesucht, um sich für ein neues Buch nach Kapitalverbrechen, organisierter Kriminalität und der K zu erkundigen – ihrer Arbeitsweise und Struktur.

Nebel war gestern beim Absegeln – also der letzten Ausfahrt am Ende der Saison –, übrigens allein an Bord, im Südostteil des Boddens gekentert. Da außer ihm kein Mensch das weite Revier besegelte, geschah das unbemerkt. Der mutmaßliche Unfallort lag dem Festland wesentlich näher als dem Cuminer Hafen, von wo er aufgebrochen war. Nebel hatte versucht, mit Rückenwind in Wellenrichtung das Festland schwimmend zu erreichen. Dies schien ihm auch geglückt zu sein, am Ufer aber war der 61jährige, im zwölf Grad kalten Wasser unterkühlt, bewußtlos hingesunken und über Nacht, total durchnäßt, im Westwind gestorben, der mit Stärke 5, in Böen 6, über den Bodden blies.

Ein gottverlassenes Ufer zwischen zwei Boddendörfern, die weit auseinander lagen. Fern einer Ansiedlung war der alte Mann durch Zufall entdeckt worden, von zwei Traktoristen des Volkseigenen Gutes. Sie hatten es seewärts an dem branden sehen, was vom Wrack noch aus dem Wasser ragte. Der Bodden war an jenem Punkt knapp zwei Meter tief, es reichte gerade zum Ertrinken... Natürlich kam jede Hilfe zu spät. Der Bericht war unterzeichnet von Hauptmann Drews, dem K-Leiter von N., der sich zum Fundort begeben hatte.

Wendt ließ das Fernschreiben sinken. Er sah Richard Nebel wieder vor sich: den grauen Vollbart, die drahtige Figur, die lebhaften Augen hinter der Nickelbrille, das Goldkettchen am Handgelenk. In Jeans und Jacke hatte der Mann so sportlich und vital gewirkt, daß es schwerfiel, sich sein Sterben vorzustellen – auf so banale Art – und ihn sich als Leiche zu denken, auf dem Tisch der Gerichtsmedizin. Wie oft überschätzten Segler bei aller Erfahrung doch ihre Kräfte! Wem hatte Nebel mit seinem Leichtsinn imponieren wollen? Da er allein gewesen war, an Bord und auf dem ganzen Bodden, wohl nur sich selbst. Manch einer brauchte das für sein Wertgefühl, Gipfel erklimmen, dem Wetter trotzen und so weiter.

Der Hauptmann lauschte in sich hinein. Was empfand er bei der Nachricht? Bedauern über den Tod eines Menschen. Hier eines Autors, von dem er gern mehr gelesen hätte. Gedämpft durch die Art seines Hinscheidens, die – sarkastisch gesagt – dem Metier entsprach. Für den Abenteuerschreiber war dies wohl das, was Schauspieler einen »starken Abgang« nannten. Vielleicht hatte Nebel solch ein Ende erträumt, so wie die germanischen Recken den »Strohtod« verschmähten und lieber im Kampfe fielen, mit dem Feind oder den entfesselten Elementen.

Doch auch ein professioneller, fast heroischer Tod ist schlechter als stinknormales Leben! Am 20. November wäre Nebel 62 geworden, es war für ihn entschieden zu früh... Aus einem versteckten, egozentrischen Winkel seines Hirns kroch noch ein anderes Bedauern. Der Fall lag so klar und unkompliziert, daß sich ihm leider kein Anlaß bot, selbst nach N. zu fahren, den Hauptmann Drews zu unterstützen und am Rande der Ermittlungen seine Frau zu sehen, ob Jennys Eltern es nun wünschten oder nicht. Er hatte das bereits am Wochenende tun wollen, war aber als Diensthabender unabkömmlich gewesen. Überall Friedensgebete, danach dann Demonstration! Die Unruhe schwappte nordwärts bis ins stille Rostock und in verschlafene Kleinstädte, das führte zu Überstunden und Sondereinsätzen der Polizei. Auch die Mordkommission, seit je rund um die Uhr besetzt, blieb hierbei nicht verschont.

Kurz vor Dienstschluß lag ihm ein zweites Telex vor, es begann: *In Ergänzung zum Fernschreiben vom 25. 10., Ausgang 11.23, folgt Obduktionsprotokoll.* Wendt überflog das Papier. Es begann mit dem Standardsatz »Auf dem Sektionstisch befindet sich die Leiche des...«, gefolgt von der Aufzählung derer, die an der Prozedur teilgenommen hatten; von Drews über den Pathologen und die gerichtsmedizinische Assistentin bis zum Präparator.

Unter *äußere Besichtigung* hieß es dann: »168 cm lange Leiche eines schmächtigen älteren Mannes. Gewicht 60,5 kg. Totenstarre an den unteren Gliedmaßen noch erhalten, an den Armen weitgehend gelöst. Hautfarbe bräunlich, blau angelaufen. Totenflecke im Bereich der rechten Hüfte und des Kreuzbeines. Beule am Hinterkopf ohne Hautverletzung. Prellung des linken Ellbogens. Rheumatische Schwellung an mehreren Fingergelenken. Hautabschürfungen an beiden Händen, ein Fingernagel abgebrochen, unter den übrigen Kunstfaser-Partikel, vermutlich Abrieb von Segelleinen...«

Keine Kampfspuren, dachte Wendt. Die Beule hat ihm wohl der Großbaum geschlagen. Wie üblich nahm die *innere Besichtigung* mehr Raum ein. Keine Knochenbrüche, ein bißchen Alkohol im Blut – 0,4 Promille. Das Herz, deutlich größer als die Leichenfaust, wog 430 Gramm. Nur wenig Wasser in der Lunge... Wenn Nebel ertrunken und angeschwemmt wäre, hätte man Risse in Nase und Mund gefunden, Bauchraum und Lungen hätten sich vollgesogen, er würde beim Abtransport getropft haben wie ein nasser Schwamm.

Gutachten: »Die Autopsie ergab als unmittelbare Todesursache Herzstillstand durch Unterkühlung. Der Tod des Verstorbenen ist zweifellos nicht sofort nach Erreichen des Ufers eingetreten, sondern erst nach zwei bis drei Stunden...« Es folgten die Unterschriften.

Wendt legte das Dokument in den Korb seiner Sekretärin, die schon Feierabend hatte. Morgen würde sie es zu den Akten nehmen; weiter ließ sich nichts mehr tun. Das war nun alles, was von manch einem übrigblieb – der zerschlitzte Leichnam und ein dünner Stoß amtlichen Papiers.

Auf dem Heimweg überlegte der Hauptmann, ob sich das Protokoll nicht doch so deuten ließ, daß eine Dienstfahrt nach N. für ihn dabei heraussprang. Doch er fand keinen Anhaltspunkt. Wäre ein zweiter Mann mitgesegelt, hätte sich aus der Beule am Kopf, wenn auch bloß vage, ein Verdacht ableiten lassen, der die Reise gerechtfertigt haben würde. So konnte er nur anführen, er habe den Toten persönlich gekannt. Und das reichte nicht aus, solange das Kreisamt N. es vorzog, den Fall in eigener Regie zu klären. Im Grunde war er schon gelöst.

Am Bildschirm folgte Wendt der neuesten Entwicklung. Das Fernsehen des Landes übte sich jetzt in Life-Diskussionen westlichen Stils, nette und seltsame Leute traten darin auf, frische Gesichter wie das des Rechtsanwalts Gysi, der gescheite Oberbürgermeister Dresdens und ein cleverer Außenhändler namens Schalck-Golodkowski, der seriös wirkte und so sympathisch berlinerte, daß man sich fragte, weshalb Krenz ihn nicht zum Nachfolger des geschaßten Chefökonomen oder wenigstens zum Wirtschaftsminister erhob. Hans Modrow, der Hoffnungsträger, erwähnte erstmals deutlich Reformen in der DDR; von ihm ging ein Hauch der Lauterkeit und preußischen Pflichtgefühls aus. Es gab doch noch Köpfe in der Partei.

Und die wurden auch gebraucht. 200000 bis 300000, niemand konnte sie noch zählen, bei der Montags-Demo in Leipzig! Mit 30000 Demonstranten drängten selbst Städtchen wie Plauen nach vorn. Der Übergriffe beim Staatsjubiläum wegen umzingelte eine Menschenkette das Berliner Polizeipräsidium. Das Jugendpfarramt in der Schönhauser Allee legte, gegen den Widerstand des lokalen SED-Chefs Schabowski, auf einer Pressekonferenz zahlreiche Gedächtnisprotokolle von Menschen vor, die nach dem 7. Oktober in Polizeigewahrsam mißhandelt worden waren. Schriftsteller empörten sich gegen die Übergriffe in einem Appell an den Volkskammerpräsidenten Sindermann. Selbst Egon Krenz, am Vortag auch zum Staatsratsvorsitzenden gewählt, bedauerte im Fernsehen, daß es zu Härten gekommen sei. (Härten – ein Staatsoberhaupt pflegt die Kultur des mittleren Worts.) Markus Wolf, Ex-General der Staatssicherheit, gab sich als Schriftsteller aus und saß mit Oppositionellen wie Bohley, Hein und Heym, anstatt sie ergreifen zu lassen, sanft debattierend auf dem Podium! Zeichen und Wunder geschahen. Wohl bestritt Krenz, der Wahlleiter vom Mai, daß es zu Fälschungen gekommen sei. Doch zur selben Zeit verlangten die Kollegien der Rechtsanwälte, die noch nie etwas fordern durften, Verfassungs- und Verwaltungsgerichte sowie ein neues Wahlrecht.

Soviel bewegte sich im Lande, nur nicht bei ihm selbst! Wendt griff zum Telefon, drehte die Vorwahl von N. und die Nummer des Tischlermeisters Harald Blom, eines Pyknikers, der ihm stets auf die Nerven ging. »Bitte, ich möchte Jenny sprechen«, sagte er, als sein Schwiegervater sich meldete.

»Ach, du schon wieder«, tönte es zurück. »Christian, das geht nicht. Sie will keinen sehen im Moment und mit niemand reden. Und das gilt auch für dich.«

»Ich verspreche dir, sie nicht aufzuregen. Ich mach's kurz, möchte nur ein paar Worte wechseln, Harald, ihre Stimme hören, verstehst du? Schließlich, ich hab' ihr doch nichts getan.«

Atemzüge, eine Pause. Durch die ganze Länge des Drahtes spürte Wendt den Widerstand. »Hör mal, Christian, laß sie in Ruhe! Wenn sie das will, ruft sie selber bei dir an. Laß ihr Zeit, zu sich zu kommen! Sie ist heilfroh, hier zu sein und von ihrer Mutter umsorgt zu werden ... Das tut ihr gut und uns auch. Nur so kann sie alles vergessen.«

»Vergessen wird sie das nie. So was heilt nur, wenn man es ausspricht – unter Eheleuten.«

»Es geht jetzt nicht nach deinem Kopf. Sieh doch mal ein, Jenny hat zu bestimmen, ihr ist Unrecht geschehen!«

»Nicht durch mich.«

»Finde dich ab! Sie ist scheu, geht kaum vors Haus, hat regelrecht Angst vor Menschenansammlungen – und vor Uniformen.«

»Ich trage keine. Bestell ihr wenigstens Grüße von mir und sag, ich versuche, am Wochenende zu kommen.«

»Davon rate ich dir ab. Sie will dich nicht sehen, das ist Fakt.«

»Nun, Harald, ich bin immer noch ihr Mann, hab' mir nichts vorzuwerfen, und mein Besuch stellt auch keine Menschenansammlung dar.«

Es knackte in der Leitung, Blom hatte aufgelegt, grußlos. Er war wenig wortgewandt, seine Ausweichmechanismen schienen erschöpft zu sein.

Es liegt nicht an Jenny, dachte Wendt zornig. All das ist nicht ihre Schuld, die beiden Alten sind das Problem. (Die Bloms waren nur ein paar Jahre älter als er.) Die zwei genießen es, sie zu bemuttern, das ist ihm ja entschlüpft. Das Nest war leer, nun haben sie wieder ein Kind. Sie waren noch nie begeistert von mir, haben sich einen anderen Schwiegersohn gewünscht. Einen, der jünger ist, der Jenny nicht ins Gefängnis gebracht, sondern sie flink geheiratet und ihr Kinder gemacht hätte, zwei süße Enkel zur Freude der Bloms, die sich längst langweilen miteinander. Kleinbürger, Spießer, Klassengegner, Reaktionäre!

Doch es half nichts, zu toben. Sie bewachten Jenny wie der Drache die Jungfrau. Wollte er zu ihr, führte an ihnen kein Weg vorbei.

Am späten Vormittag des 26. Oktober entnahm Wendt dem Postkorb ein Schreiben ohne Signum und Absender, gerichtet an die Kripo Rostock mit der Adresse, die im Telefonbuch stand. Der Brief enthielt in Blockbuchstaben, wie von einem Kind gekritzelt, nur den Satz: RICHARD NEBEL IST ERMORDET WORDEN GEWISSEN LEUTEN LAG DARAN. Neun Wörter ohne Komma, die Handschrift zweifellos verstellt, wie auf dem beigefügten Umschlag.

Sein erster Gedanke war, das sendet mir der Himmel, jetzt muß ich nach N.! Denn hier galt die Regel, solch einem Fingerzeig ebenso nachzugehen wie Hinweisen, die einen Absender hatten. Ob mit oder ohne Unterschrift, Texte solchen Inhalts hatten – grundsätzlich und a priori – das gleiche Gewicht. Mochten im Privatleben anonyme Briefe bisweilen widerlich sein, im Amt begegnete man ihnen stets mit einigem Verständnis. Stand doch bei Strafsachen oft zuviel auf dem Spiel, als daß die Schreiber sich in jedem Fall hervorwagten. Man mußte die Zeugen nehmen, wie sie waren, und nicht, wie der Kriminalist sie sich wünscht – versehen mit glänzender Beobachtungsgabe und tadellosem Bekennermut.

Wendt zog es vor, Fink zu umgehen, der ihm vielleicht ein Bein gestellt hätte. Er meldete sich beim K-Leiter an und legte dem das Blatt vor. Der Oberst wiegte den Kopf, es war über seinen Tisch gegangen und ihm natürlich bekannt.

»Poststempel der Kreisstadt, von gestern«, sagte Wendt. »Das engt den Absenderkreis erheblich ein. Es steht erst heute in der Zeitung.«

»Der Kirchenvater Augustinius hat gesagt«, bemerkte Eichhorn – zu jedem Anlaß der passende Spruch –, »wir Menschen lieben es, unsere Vermutungen Gewißheit zu nennen, wenn ein paar Gründe dafür sprechen, sie für sicher zu halten; trotzdem sind manche wahrscheinlichen Dinge unwahr und manche unwahrscheinlichen wahr... Wen von Ihren Leuten können Sie entbehren?«

»Mich selbst, Genosse Oberst. Außer mir hat niemand den Toten persönlich gekannt.«

»Na schön; aber dann fahren Sie allein. Wir befürchten für heute abend Gewalttätigkeit – die erste größere Demonstration in unserer Stadt. Sie haben Ihr Pensum da bereits in Berlin erbracht... Ansonsten brauche ich jeden Mann.«

Wendt dankte, er stand auf.

Eichhorn brachte ihn zur Tür, was auch bei seiner bekannten Höflichkeit aus dem Rahmen fiel. Er trug einen milchkaffeefarbenen Zweireiher und schien an einem privaten Kummer zu kauen. »Übrigens«, sagte er mit gesenkter Stimme, »jemand aus der Bebelstraße hat vorhin nach Ihnen gefragt. Ich konnte den Namen nicht verstehen und hab' erklärt, Sie seien derzeit nicht im Hause. Damit Ihnen etwas Bedenkzeit bleibt. Das war doch wohl in Ihrem Sinne?«

»Absolut...«

Der Oberst lächelte matt. Irgendwo auf seiner langen Reise in den Führungskreis des Polizeipräsidiums hatte er sich dieses kleine kultivierte Lächeln zugelegt. »Mit Ihren Ermittlungen in N. hat's keine Eile. Ich möchte Sie gern ein bißchen aus der Schußlinie haben. Viel Glück in Vorpommern, mein Freund.«

Sie nickten sich zu und hatten einander genau verstanden.

20

Eichhorn zog ihn also aus der Schußlinie. Viel Glück in Vorpommern, dachte Wendt, als er zwischen Ribnitz und Damgarten durch verschilfte Wiesen über die Recknitzbrücke fuhr. Der Landschaftsname war unüblich geworden, weil er an Hinterpommern erinnerte, verloren durch den Krieg, und somit an die Oder-Neiße-Linie rührte. Alles, was die Friedensgrenze übersprang, leistete dem Revanchismus Vorschub. Doch die alten Namen saßen tief, und wenn der Oberst nichts dabei fand, sich unter vier Augen so auszudrücken – bitte sehr.

Plötzlich fiel ihm ein Bericht Hilmar Zelters von dem Empfang des tschechoslowakischen Innenministers in der Normannenstraße ein; Hilmar hatte als Ordonnanz daran teilgenommen. Dabei rief Erich Mielke seinem Stellvertreter, Generaloberst Markus Wolf, quer durch den Saal zu: »Micha, treib mal die Grünen auseinander, die wollen gegen mich konspirieren.« Weil höhere Polizeioffiziere, die einander kannten, zusammenstanden, anstatt sich den Gästen zu widmen! Am selben Abend fragte der Stasichef seinen Kollegen, den Innenminister der DDR, wie er sich die weitere Arbeit mit Vertretern der Kirche denke, und Friedrich Dickel antwortete: »Das ist natürlich eine ganz komplizierte Frage.« – »Das ist eine sehr einfache Frage, eine Frage der Macht, weiter nichts.« – »Genosse Armeegeneral, wir geben uns Mühe...« – »Wir geben uns Mühe«, unterbrach ihn Mielke, »das sagt bei mir jeder Sachbearbeiter! Arbeiten müßt ihr und verändern.«

Peinlich für die Umstehenden, aber so war Mielke. Von ihm ging es aus, wenn die Staatssicherheit sich etwas Besseres dünkte als die Volkspolizei und das MdI. Er und Generalleutnant Dickel saßen gleichberechtigt im Ministerrat, doch Mielke stand zwei Dienstränge höher, und vor allem, er war Mitglied des Politbüros, Dickel nicht... In jeder Bezirksverwaltung des MfS gab es eine Abteilung VII, die sich nur mit der Volkspolizei befaßte und aus deren Reihen inoffizielle Mitarbeiter warb, hinter dem Rücken der eigenen Vorgesetzten. Im Innenministerium, Glinkastraße, war es so, daß die Abteilungsleiter der Hauptabteilung K von vornherein mit Offizieren des MfS besetzt wurden – auch gegen den Willen des MdI, durch Empfehlung der Abteilung Sicherheit im ZK der SED oder durch »Absprachen« der zwei Minister.

Aber Schluß damit. Nahe Stralsund verbiß Wendt sich in seinen Fall. Von wem kam der anonyme Brief? Wer hatte gestern von der Sache Kenntnis erlangt, bevor die Nachmittagspost abging? Die Traktoristen, die Nebel entdeckt hatten, schieden aus. Man hatte ihn erst in der Leichenhalle anhand seines wasserfesten Seglerausweises identifiziert, der ihm an einem Brustbeutel um den Hals hing. Angehörige gab es nicht am Ort, der Mann hatte allein gelebt in dem kobaltblauen Katen, den Jenny einmal erwähnt hatte. Blieben ein paar Clubfreunde, die Nebels Ausfahrt beobachtet haben mochten, ohne ihn heimkommen zu sehen.

Wendts Denken kehrte, wie Schall von einer glatten Wand, nach Rostock zurück. Was undurchdringlich blieb, warf ein Echo. Innerhalb der Schutz- und Sicherheitsorgane, soviel stand für ihn fest, gab es durchaus Mauscheleien, hier wie überall. Es wäre weltfremd gewesen, das zu übersehen. Oft ging es um persönlichen Vorteil, und die Macht des MfS oder der Partei schlug durch. Erst im August hatte Uta Zelter ihm angedeutet, was geschah, als vor einiger Zeit ein hoher Stasioffizier bei einem Verkehrsunfall ums Leben gekommen war – nämlich das Übliche. Die Witwe, Sekretärin im Parteiapparat An der Reiferbahn, stritt mit den Kindern aus erster Ehe des Verstorbenen um das Erbe. Und der Rechtsanwalt, der die Interessen der Kinder vor Gericht gegen die Witwe vertrat, war zum Ersten Bezirkssekretär bestellt worden. »So kannst du doch nicht gegen eine verdienstvolle Genossin vorgehen«, hatte Ernst Timm ihn ermahnt.

Das Primat der Politik gegenüber dem Recht. Niemals hatte ein hiesiger Jurist gegen derlei Eingriffe von oben aufgemuckt. Die Richter, zur Hälfte übrigens Frauen, dachten nicht daran, sich den Wünschen der Partei zu entziehen. Sie waren halt eingebunden, viele von ihnen hatten Ehemänner, die Offizier bei der Staatssicherheit waren. Zufall oder Lenkung? Parteibeschlüsse wurden offenbar seit eh und je auch gegen Rechtsnormen in den Gerichtssaal *durchgestellt,* wie das Schlüsselwort hieß. Insofern, räumte Wendt ein, war die Forderung plausibel: Rechtssicherheit statt Staatssicherheit.

Es mußte sich manches ändern, sollte alles beim alten bleiben. Ein Teil der Justiz lag darnieder. Die Richter schienen überhaupt arm dran zu sein. Ihre Besoldung war niedriger, ihr Amtssitz dürftiger als bei der Polizei; »Justizpalast«, das war einmal. Ein Richter bekam im Monat um die 1000 Mark, er selbst, Wendt, hatte knapp 1600, während ein Hauptmann der Stasi auf 2350 und ein Rechtsanwalt auf 5000 bis 8000 Mark kam (weil's so wenige waren, die sich den Kuchen teilten).

Die Rangfolge der Wertschätzung. Nur Schlagersänger und Autoschieber hatten mehr. Das Personal, das da in Rostock mit seiner Viertelmillion Einwohnern die Rechtsprechung stützte, bestand aus ein paar Dutzend Staatsanwälten, 32 Richtern, acht Rechtsanwälten, 200 Kriminalisten – je 100 in der BDVP und im VPKA – und dem Zehnfachen dieser Zahl an Mitarbeitern der Firma... Etwas an den Proportionen stimmte nicht, das war ihm klar. Und wenn er unbeirrt seine Pflicht tat, so getreu der Überzeugung, daß Verbrechen sich nicht lohnen darf, weil sonst die Harmonie zerfällt, das Zusammenleben der Bürger Schaden nimmt. Es ging schlicht um die Ordnung – in solchen Zeiten mehr als sonst bedroht von Chaos, Anarchie und heimlicher Gesetzlosigkeit.

Das Kreisamt in N. sah noch so proper aus wie vor sechs Jahren, der Parkplatz gesäumt von Beeten, im Gang des Oberstocks die Urkunden und Souvenirs hinter Glas, Matroschkas und Kremltürme unter dem Schriftzug *In Waffenbrüderschaft vereint.* Die befreundete Garnison, ein Regiment Suchoi-Jagdbomber, lag ganz in der Nähe; der Fluglärm überm Bodden bewies es täglich, zumal bei schönem Wetter. Die Zeit schien stehengeblieben, nur der Amtsleiter hatte gewechselt. Anstelle des Majors Bradhering, eines starken Rauchers und stämmigen Autokraten, sah Wendt sich am Ende des rostfarbenen Läufers einem lebhaften Offizier namens Kuchenbuch gegenüber; der sprach ein leichtes Sächsisch, was seine Umgänglichkeit unterstrich. Major Kuchenbuch war athletisch und bestimmend, dabei so häßlich, daß Wendt ihn gleich sympathisch fand.

»Ah, Hauptmann!« rief Kuchenbuch erfreut und schüttelte ihm überschwenglich die Hand, mit der Begeisterung eines beschäftigten Mannes, der hofft, die Sache durch Herzlichkeit abzukürzen. »Bin im Bilde, Rostock hat Sie angekündigt, Sie unterstützen uns also, was den Unfall betrifft.«

»Vielleicht ist es mehr als das.« Wendt zog den Brief hervor, fand aber, der Major höre ihm gar nicht zu.

»An solchen Tagen ist man für jede Hilfe dankbar«, sagte Kuchenbuch etwas rätselhaft und rief durchs Telefon dringlich nach Hauptmann Drews, seinem K-Leiter. Sein Aktionismus wirkte erdrückend.

Wendt sah sich im Zimmer um. Der Preuße in ihm begrüßte die schmucklos kärgliche Einrichtung.

Kuchenbuch bündelte die Polizeigewalt des Kreises so effektiv und spartanisch wie Bradhering, ihm fehlte nur dessen Sitzfleisch... »Ich hab' den Toten gekannt«, sagte Wendt, um wieder zum Thema hinzulenken.

»Ich auch.« Kuchenbuch rutschte auf seinem Platz umher. »Er hat mich zweimal hier besucht, bestimmter Auskünfte wegen, im Mai oder Juni. Es ist mir leider nicht möglich gewesen, ihn wunschgemäß zu bedienen.«

»Nebel war schwer zu befriedigen.«

»Das kann man wohl sagen. Er war penetrant, fragte einem 'n Loch in den Bauch, schleppte ein halbes Dutzend Bücher an...« Der Major war zerstreut, er riß Schubladen auf und förderte ein Buch zutage, gedruckt in kyrillischer Schrift, in Kunstleder gebunden und sorgsam illustriert. »Sein letzter Roman, auf russisch! Kam uns ganz zupaß, wir haben's zum Tag der sowjetischen Luftstreitkräfte dem Fliegerhorst geschenkt.«

Kuchenbuch riß es vom Sessel hoch, stehend rief er nach dem K-Leiter. Da Drews ausblieb, drohte ihm der Ablauf zu platzen. Er winkte Wendt ans Fenster und wies auf das Nachbarhaus, eine große Villa mit Anbauten, in der, hinter einem Zaun, die örtliche Dienststelle der Staatssicherheit saß. »Knapp fünfzig Mann«, sagte er nervös. »Die Hälfte Bürohengste, darauf soll ich mich nun stützen... Dazu noch die Genossen der Kreisleitung, die auch bei weitem nicht alle einsatzfähig sind! Und mein bißchen Schutz- und Verkehrspolizei.«

Nun zeigte sich, was ihn bedrückte. Der Rat des Kreises hatte die Einwohner für den Abend zum Gespräch geladen, weisungsgemäß, durch Zeitungsinserat. Das Gespräch hieß auch hier *Dialog*. Und man wurde die Sorge nicht los, es könnten mehr Leute kommen, als der Saal des Stadtkulturhauses faßte. Das ließ Ungewisses befürchten, die Gefahr einer Demonstration, des ersten nichtgenehmigten und unkontrollierbaren Umzugs in N. seit mehr als 50 Jahren. Nicht abzusehen die Weiterungen! Dahin die Trägheit der Menschen im Norden, nun schien selbst an der Küste Holland in Not.

Kuchenbuch goß Apfelmost ein, dem Gast und sich. »Das ist die Konfrontation«, sagte er gepreßt. »Bei uns gibt's Randalierer, die warten bloß darauf.« Er stürzte den Most hinter und fing sich so weit, daß es ihm gelang, Gleichmut zu wahren, wenn einer seiner Offiziere den Raum betrat. Es waren noch dieselben, Wendt erkannte sie fast alle. Auch Reger, den kahlköpfigen Vorsitzenden der Sportgemeinschaft Segeln in Cumin, nunmehr graugrün uniformiert, da er als Kommandeur der Kampfgruppen des Chemiewerks kam.

Hauptmann Drews, endlich zur Stelle, meldete, es fange an zu nieseln – die Art Getröpfel, das meist zum Landregen wird. »Wunderbar«, sagte der Amtsleiter. »Das wird den Zustrom dämmen ...«

Richard Nebel war vergessen, verdrängt von Besorgnis. Wendt merkte, der Wirbel, von Kuchenbuch in Gang gesetzt, schob seinen Fall an den Rand. Wie erlösend, daß Drews ihn mit in das eigene Zimmer nahm! Er hatte den Mann als sachlich, magenkrank und nicht sehr hilfreich in Erinnerung. Es freute ihn, daß Drews jetzt, wie befreit von seinem Leiden, mit ihm plauderte und sogar Kaffee trank (damals nur Milch). »Was geht uns das Kleinvieh an?« hörte er ihn fragen. »Wir sind Fischer ... ›Ein Fischer erkennt den anderen aus der Ferne.‹ Ist ein russisches Sprichwort.«

»Schlechte Zeit zum Fischen heute.«

Drews winkte ab. »Das Problem ist der Fang. Wir konnten noch nicht ans Wrack heran. Die Wellen sind zu hoch, sie brechen bei Windstärke sechs. Der Bodden ist dort zu flach, das Bergungsschiff würde stranden.«

»Das Wrack versackt doch hoffentlich nicht?«

»Es hat Grundberührung, trotz der Auftriebskörper im Bug und im Heck. So peu à peu laufen die voll, fürchte ich.«

»Ist es durchgekentert?«

»Halb. Der Mast ist knapp acht Meter lang, die Wasserschutzpolizei meint, daß er abgebrochen ist und sein Stumpf im Grund spießt. Sobald der Wind abflaut, will Oberleutnant Daskow den Jollenkreuzer bergen.«

»Was sagt denn Reger zu dem Fall?«

»Der Clubvorsitzende? Ich hatte den Eindruck, dem fehlt jede Erklärung. Der Wind vorgestern, fünf bis sechs, hätte einen erfahrenen Segler nie gekippt.«

»Auch nicht, wenn er allein war und nur sechzig Kilo wog?«

»Nein. Nebel brauchte bloß die Fock zu reffen.«

»Wann hat Reger eigentlich davon gehört?«

»Gestern nachmittag, durch mich.«

»Bevor die Nachmittagspost wegging?«

»Kann sein.« Wenn Drews schwieg, glich sein Mund einem in Klammern gesetzten Minuszeichen. »Aber ein Kerl wie er schreibt keinen anonymen Brief. Der sagt Ihnen alles ins Gesicht.«

»Wem hat er denn davon erzählt?«

»Zwei oder drei Segelfreunden höchstens. Um die Jahreszeit ist kaum noch wer auf dem Clubgelände. Nur noch wenige Boote liegen am Pfahl, die übrigen sind längst geslipt, an Land oder in den Bootsschuppen.«

Es ging schon auf sechs. Mehr war heute nicht zu tun. Sie verabredeten sich zum nächsten Vormittag und gaben einander die Hand.

Trotz ihrer 15000 Einwohner hatte die Kreisstadt nur ein bescheidenes 25-Betten-Hotel, das *Zum Bodden* hieß. Immerhin waren jetzt, außerhalb der Saison, zwei Zimmer frei. Wendt nahm das mit Blick auf den Markt und die riesige Marienkirche. So konnte er auch sein Auto sehen, das in einer Lücke am Bordstein stand.

Zunächst rief er dort an, wo er sonst übernachtet hätte – bei seinen Schwiegereltern. Zum Glück meldete sich Christel, nicht Harald Blom. Tuschelnd, vielleicht in Hörweite des Alten, verwehrte auch sie ihm strikt den Kontakt mit Jenny; doch dann bröckelte ihr Widerstand. Morgen, wenn Harald in der Werkstatt sei, möge Christian klingeln.

Wendt dankte ihr und legte auf. Ihm wurde tatsächlich erlaubt, die eigene Frau zu sehen! Das Getue seiner Schwiegermutter ärgerte ihn so, daß er das Abendbrot verschob und erst einmal hinaustrat auf den Markt, um in der feuchtkalten Luft Gelassenheit zu finden.

Ein Schleier hing um die Laternen, hauchdünne Schraffur. Geträpfel, nadelfein, doch es traf einen überall. Wendt schlug die Kapuze seines Parkas hoch. Spiegelnder Asphalt und starre nasse Autodächer, glitzernd beperlt. Kaum noch Verkehr. Die dürren Bäume an der Karl-Marx-Straße, ein paar Äste hielten etwas Laub fest, tropften im Wind, der vom Bodden heraufstieß und das Geniesel vor sich her trieb. Keine Leuchtreklamen. Seit den Sparmaßnahmen der 70er Jahre gab es in Kreisstädten kein Neonlicht mehr.

Trostlos. An solchen Abenden kann man den Ort für sich allein haben. Die Nässe treibt die Bewohner unter die schrumpligen Dächer, tief in den Schutz ihrer Häuser, vor die bläulich flimmernden Bildröhren. Geisterhaft. Unheimlich hohe Antennen, wippend in den Böen, harken das Westbild vom Himmel, den schäbigen Rest, der noch anlangt. Dort ein enormer Dreibeinmast wie auf britischen Schlachtkreuzern, er ringt um mehr Abglanz von drüben ... Doch was ist das? Ein Schlurfen und Trappeln, am Westrand des Marktes, in der Karl-Marx-Straße, tanzen bunte Regenschirme, bewegen sich kleinere Gruppen. Menschen, junge wie ältere, driften nach links, alle in eine Richtung, während der Autostrom ruht.

Wendt errät ihr Ziel, das Stadtkulturhaus. Demnach keine Zusammenrottung nach § 217 StGB, auch der Versuch ist strafbar – vielmehr, man folgt der Einladung zum Dialog, die den Amtsleiter so beunruhigt hat. An der Ecke, wo es abgeht zum Neubaugebiet, stößt stumm und triefend ein Pulk dazu. Die Straße senkt sich, Wendt überblickt sie, im Schein der Peitschenlampen zeigen sich ihm 800 bis 1000 Menschen, und sein geschulter Blick erkennt, es werden an jeder Kreuzung mehr. Das Kulturhaus faßt, er hat die Zahl im Ohr, 400 Personen. Zwei Drittel werden draußen sein, die im Dunkeln sieht man nicht laut Brecht, furchtlos werden sie Randale machen, Kuchenbuchs Konfrontation... Hoffentlich behält der Major kühles Blut uund probt kein Berlin im kleinen.

Je weiter Wendt kommt, desto dichter fällt der Regen; was ihn aber gar nicht stört. Heiß überrieselt es ihn, er ist trotz aller Sorgen fasziniert. Der Zug, an dem er teilnimmt, wühlt ihn auf. Das Ziel ist nichts, denkt es in ihm, die Bewegung alles. Bernstein oder Kautsky, wieso kommen ihm die Revisionisten hoch? Sein Bewußtsein spaltet sich, das Herz ist bei denen, mit denen er marschiert, sein Verstand bei den Stadtvätern – auf seiten der Genossen, die jetzt schwere Verantwortung tragen.

Nun stockt die Bewegung, der Platz am Kulturhaus ist, eine halbe Stunde vor Beginn, schon gerammelt voll. In der Luft liegt Empörung, man hat drinnen Tische gestellt, die Zahl der Sitze absichtsvoll vermindert! Der Bürgermeister tritt auf den Balkon, hebt dämpfend die Hände, ihr Schatten klebt klodekkelgroß über ihm an der Wand. Jenny, sie hätte wohl Goethe zitiert: Herr, die Not ist groß, die ich rief, die Geister, werd ich nicht mehr los... Der Mann – stämmig, untersetzt – improvisiert. Wegen des großen Andrangs, ruft er forsch, ein Napoleon der Küste, möge man sich auf mehrere Säle verteilen. Das Restaurant der Wassersportler, die Turnhalle und die Aula der Oberschule fallen ihm ein; dorthin werde man Redner entsenden.

Die Menge buht, sie braucht kein Dach, die Nässe schert sie nicht. Man will sie teilen, teile und herrsche, für sie ist das Arglist, Salamitaktik, man verschaukelt sie weiter, vierzig Jahre aber sind genug. Nur geeint ist sie stark, 3000 von 15000 stehen hier, jeder fünfte Bürger der Stadt. »Auf den Balkon«, röhren die Münder, »kommt alle raus!« Jedem von ihnen schlägt jetzt der Dauerregen ins Gesicht. Schon durchweicht – so naß wie Richard Nebel am Ende seiner Reise –, will man sehen, wie auch die Obrigkeit baden geht... Neben Wendt klappt das einzige Pappschild weit und breit am Besenstiel zusammen. *Für unbekrenzte Demokratie* steht darauf.

Hektik auf dem Balkon, dort blinken Mikrofone, werden Schnüre verlegt. Aufruhr in Vorpommern, technisch im Griff. Dampf muß raus, sonst kocht der Kessel über. Derbe Gestalten an der Balustrade, die Genossen vom Rat des Kreises, der Parteileitung, des Chemiewerks sammeln sich zum letzten Gefecht. Bieten in offener Klassenschlacht der Opposition die Stirn. (Wendt wird die Phrasen nicht los.) Unten wird lautstark ein Mikrofon gefordert, sonst ist's wieder bloß ein Monolog! Man läßt es prompt herab, das Glitzerding, das den Menschen Stimme gibt.

Und sie nehmen es in Besitz. Die Fragen zielen ins Schwarze. Wann schafft ihr die Privilegien der Parteiführung ab? Wann verschwindet in Eixen das Jagdrevier von Harry Tisch, dem Wildtöter und Gewerkschaftsboß? Warum hat der Erste Kreissekretär mit seiner Frau eine Fünfraumwohnung, wo sonst fünf Leute in zwei Zimmern leben? Wozu all die Ferienheime der Partei am Strand, wenn für den Arbeiter kein Platz ist an der Ostsee? Weshalb das Gästehaus der Bezirksleitung nicht umwandeln in ein Altersheim, wie es der Stadt bitter fehlt? Die Antworten sind langatmig, wirken gewunden, auf Zermürbung aus.

Ein Jüngling vom Neuen Forum will *Aufbruch 89* verlesen, den Text, der mit in Kuba und dann auf Major Werners Schreibtisch war. Jemand hat vom Balkon herab das Neue Forum verleumdet, es als subversiv bezeichnet, dem tritt er entgegen. Einspruch von oben, man hindert ihn, die Versammlung aber setzt es durch. Der Junge liest, dabei blitzt es verräterisch im Haus, man hat ihn durch das Fenster fotografiert. Die Menge tobt, ruft »Stasi raus!«.

Die Stunde des Bürgermeisters schlägt. Man sieht ihn im Startloch federn, die Karriere im Blick. Seine Oberen schweigen, weichen zurück von der Brüstung, überlassen ihm das Feld. Der Mann harrt aus, lächelt ein wenig ziellos. Er würde den Forum-Text glatt unterschreiben, sagt er, fehlte darin nicht das Wort Sozialismus. Seine Stimme macht klar, in ihm ist kein Gefühl, das er nicht unter Kontrolle hat. Ein Lokalmatador, den man nicht recht hochkommen ließ, wittert Morgenluft. Er besänftigt das Volk – zu selbstbewußt, um selbstlos zu sein.

Ein Rentner, im Rollstuhl vors Mikrofon geschoben, sagt: Wir sind falschen Propheten gefolgt und fragen uns, werden wir je in der Zukunft ankommen, wie einst erträumt in unserer Jugend? Der Bürgermeister verspricht es ihm. Beim nächsten Treff, am Montag in der Marienkirche, wenn das Pfarramt es zuläßt, beginnt die große Korrektur. Alles wird dort zur Sprache kommen, das Wahlrecht, die Pressefreiheit, das Gesundheitswesen, der Wohnraummangel der Bevölkerung und die Wohnraumverschwendung bei Privilegierten... Niemand muß mehr mit zwei Zungen reden, die Zeit des Heuchelns sei für immer vorbei.

Auf dem Heimweg ist es Wendt, als sähe er von weitem Jenny. Das muß ein Irrtum sein, sie scheut ja Menschenmassen. Trotzdem, er geht schneller. Ist das nicht ihr helles Haar, schulterlang, unter dem rotweißen Regenschirm? Er verliert sie aus dem Blick, innerlich aber ist er ihr nahe, fühlt sich im Einklang mit ihr. Wie gut manch einer gesprochen hat, noch dazu in freier Rede! Er hat nicht geahnt, wieviel Intelligenz zum Vorschein kommt beim einfachen Mann, setzt man dies nur frei.

Was für ein Erlebnis. Statt Gewalt Sanftmut, ehrliches Suchen, stärkende Verbundenheit. Drei Stunden hat man ausgeharrt miteinander, das Wasser quietscht in den Schuhen. Naß bis auf die Haut, verspürt Wendt etwas, für das er keine Worte hat. Lebenskraft möchte er es nennen, Glück oder Solidarität, klänge das nicht alles so verbraucht. Welch ein Kontrast zu Berlin! Das Recht auf friedliche Versammlung der Bürger – nach Artikel 28 der Verfassung von 1968, auf den sich dort etliche beriefen –, erstmals scheint es ihm verwirklicht, außerhalb gelenkten Jubels und fader Uniformität.

Kurz vor Mitternacht im Hotel *Zum Bodden,* am letzten Donnerstag im Oktober, glaubt Wendt an Neubeginn in seinem Land. Und ihm geht auf, weshalb er Jenny zu sehen meinte in der Menge. Er hat sie herbeigewünscht, um ihr zu sagen, daß nichts mehr zwischen ihnen steht in puncto Weltsicht und Politik.

21

Am Freitag früh teilte das Radio auf dem Nachttisch plärrend mit, woanders habe sich ähnliches begeben. In Gera hatten 5000 Menschen demonstriert, in Erfurt 15000, und in Rostock sollten es 25000 gewesen sein, ein Zehntel der Einwohnerschaft. Vor weiteren Kundgebungen warnte Berlins Polizeipräsident. Selbst wenn die Demos gewaltfrei blieben, bedrohten sie erkrankte Bürger. Komme die Schnelle Hilfe nicht durch, weil ein Umzug sie blockiere, hänge bei einem Herzinfarkt das Leben am seidenen Faden.

Wendt stand fröstelnd auf. Das Haus heizte sparsam, seine Sachen waren noch feucht. Aus dem Koffer nahm er Ersatz, zog sich an, frühstückte und fuhr ins Amt. Dort war die Stimmung entspannt, Neues im Fall Nebel aber hatte sich nicht ergeben, das Wrack lag noch in der Brandung. Hauptmann Drews wollte Wendt am Nachmittag nach Cumin begleiten, bis dahin hatte er frei. Er fuhr zu den Bloms, parkte hinter der nächsten Ecke und drückte den Knopf am Messingschild.

Seine Schwiegermutter öffnete, sie bat ihn in die gute Stube. Jenny sei noch nicht auf, sagte sie ausdruckslos, er möge sich setzen... Auf der gehäkelten Tischdecke lag ein dickes blaues Buch mit dem Goldaufdruck *Die Frau als Hausärztin*. Wohl absichtlich dort plaziert. Er schlug es auf, das Geleitwort begann: »Die Frau ist die Seele der Familie, sie ist die erwärmende Sonne für die Ihren, in ihren tätigen Händen liegt das Wohl und Wehe des ganzen Hauses.«

Aha. Ein populäres Werk der Gesundheitspflege, in zwölf Fremdsprachen übersetzt und beinah 60 Jahre alt. Zwei Zettel lagen ein, bei *Verletzungen durch stumpfe, äußere Gewalt* (»diese werden auch bei Luftangriffen durch Verschüttung und Häusereinsturz entstehen«) sowie bei *Rippenbrüchen* (»wird der Verletzte auf einer Trage weggebracht, legt man ihn, wenn er nicht Blut aushustet, auf die verletzte Seite, damit die Knochenbruchenden durch die Schwere des Oberkörpers zusammengehalten werden und sich bei der Atmung nicht ausgiebig verschieben können«). Illustrationen zeigten, wie man Verbände anlegt. Ein paar Sätze schilderten den Schmerz, sie waren markiert – wohl eigens für ihn, damit er dies auch nachempfand.

Die Begrüßung mißglückt, Wendt kann's nicht fassen, Jenny weicht ihm aus. Als er sie küssen will, dreht sie den Kopf weg, so daß sein Mund nur ihre Wange streift. Sie wirkt erholt, bis auf ein leichtes Humpeln merkt man ihr wenig an. Doch aus jeder Geste spricht ihr Gehemmtsein, eine rätselhafte Scheu. Alles an ihr ist verhalten, kontrolliert. Sie tut ihm schrecklich leid; ein bißchen bedauert er auch sich selbst. »Ich mach' mir riesige Sorgen um dich«, sagt er und sucht ihre Hand. »Seit das passiert ist, schlafe ich wohl kaum besser als du.«

»Das darf nicht sein. Du brauchst deinen Schlaf.«

Noch nie, findet er, saßen sie sich so steif gegenüber. »Jenny, wie kann ich dir helfen?«

»Du kennst das Rezept.«

»Was soll ich tun, Anzeige erstatten? Es wird sich schon herausstellen, wer zu der Zeit verantwortlich war in dem Teil der Kaserne...« Wirklich? Er ist da nicht sicher, angesichts von Filz und dienstlichen Schutzmechanismen.

»Verlaß die Polizei, dann geht's mir wieder gut.«

»Du, das ist nicht so leicht.«

»Und brich mit der Partei. Tu etwas, Christian, gib dein Mitgliedsbuch ab und sag den Genossen, weswegen. Das wär' schon ein Zeichen, ein erster Schritt für mich.«

»Ich kann denen jetzt in ihrer Not nicht feige den Rücken kehren.«

»Es sind ganz andere in Not, du aber bleibst loyal?«

»Der Effekt ist, ich würde suspendiert. Du ahnst ja nicht, was es mich gekostet hat, dich zu behalten und den Beruf.«

Sie entzieht ihm die Hand, ohne zu fragen, was es gekostet hat; da erklärt er's ihr auch nicht. Sie denkt einzig an sich. »Ja, dein Beruf! Ist das alles, woran dir liegt?«

»Nein, nur die Hälfte.« Seine Stimme klingt fremd, etwas höher als sonst. »Die andere Hälfte bist du. Glaub mir, es reißt mich mitten durch.«

»Wieso? Du kannst doch nicht weiter einer Partei angehören, die das mit Menschen tut? Mit Hunderten! Ich rede nicht von mir.«

Natürlich tut sie das, sie verdrängt es bloß. »Was verlangst du da eigentlich?« Es stärkt ihn, sie wieder in normalem Ton sprechen zu hören. »Du weißt, ich bin mit Leib und Seele Kriminalist. Im Augenblick übrigens dabei, den Tod von Richard Nebel aufzuklären. Vor drei Tagen ist er umgekommen.«

Das scheint ihr neu zu sein. Jenny hat den Mann gemocht, sein Tod aber berührt sie kaum. Sie ist ganz darauf aus, ihm, Wendt, etwas zu entwinden, was er ihr nicht geben kann. »Wer tut meine Arbeit, wenn ich sie hinschmeiße wegen der Dinge in Berlin? Die K hat dort keinem was getan! Wer es auch war, ich werde mich dahinterklemmen, du sollst Genugtuung kriegen.«

»Genugtuung, was soll das sein? Polizeibesuch mit Blumen und Entschuldigung, besten Dank! Anzeigen kann ich's auch selbst. Du bist nicht mein Vormund, Christian.«

»Nur dein Mann.« Wendt ist ratlos. Wie kommt er ihr bei? Wie kriegt er sie hier weg, heraus aus dem Frau-als-Hausärztin-Muff, heim nach Rostock? Sein Mund ist trocken vor Verlangen. Er tastet wieder nach ihrer Hand, streift die langen Finger, und deren Nacktheit zu spüren ist fast soviel, als hätte sie ihm ihren Körper geschenkt. »Jenny, denk doch mal an was anderes, zum Beispiel an Kuba.«

»An die Polizei in den Hotels oder an das Konzert in Pinar del Rio?«

»An die schöne Zeit, die wir dort hatten. Unsere Traumreise! Hast du die Karibik ganz vergessen? Das kann doch nicht total verschüttet sein bei dir!«

»Lenk nicht ab, Christian. Es geht um das System, dem du dich dienstbar machst. Spätestens seit Berlin ist die Maske weg. Du kannst dir nichts mehr vormachen.«

»Das will ich auch nicht. Und jetzt ändert sich ja alles.«

»Aber nicht von selbst, als Geschenk von oben, sondern weil wir es erzwingen.«

»Das stimmt. Ich gebe es zu. Gestern vor dem Kulturhaus wurde mir klar, wie schnell das jetzt geht.«

»Ach, du warst auch da?«

»Was fragst du so? Du etwa gleichfalls?«

»Ja, ich wollte es nicht verpassen, wie man da oben kneift und anfängt, mit dem Schwanz zu wedeln. Das war mir den Weg schon wert.«

»Es heißt doch, du bleibst zu Haus, Menschenmassen bedrücken dich?«

»Davon gibt's zwei Sorten. Aufmärsche und Uniformen, die allerdings sind mir ein Graus. Gestern im Regen hab' ich mich beschützt gefühlt, im Einklang mit denen, die da zum erstenmal den Mund aufmachten.«

»Denk dir, genauso erging es mir auch.«

»Tatsächlich? Das war dein großes Aha-Erlebnis? Der staatsfromme Saulus zum Paulus bekehrt?«

»Nenn es, wie du willst. Ich weiß jedenfalls, mit uns beiden wird alles gut, weil ich dir nun folgen kann. Wir sind auf dem Weg zum Mitspracherecht, zu einem demokratischen Sozialismus...«

»...mit menschlichem Antlitz.«

»Wie bitte?«

»Das menschliche Antlitz fehlt noch in der Rede. Rückgriff auf Prag vor zwanzig Jahren.«

»Verzeih, wenn ich begeistert bin. Das ist noch die Stimmung von gestern, Jenny. Vermutlich nehme ich den Mund zu voll.«

»Ganz sicher. So wie der Bürgermeister auf dem Balkon.«

»Tut mir leid, wenn ich dir vorkomme wie er.«

»Kein Mensch ist mit seinem Geschwätz identisch. Oder willst du etwa deinen neuen Glauben in die Polizei einbringen? Dann spuckt sie dich doch aus.«

Wendt steht auf, vom Tisch beengt. Er atmet schwer. Was wirft sie ihm eigentlich vor? Daß er ihr nach dem Munde redet, um sich wieder einzukratzen, sie in sein Bett zu kriegen? Ist er für sie ein Opportunist? »Was ich dir gesagt hab', ist meine ehrliche Meinung.«

»Es sind nur Worte! Immer nur Worte.«

»Sprichst du mir den Willen ab, noch dazuzulernen?«

»Den Wunsch nicht, aber die Fähigkeit. Was fehlt, ist die Tat. Und allein die überzeugt! Was dich belehrt hat, mein lieber Mann, sind bloß Zahlen gewesen: die Handvoll Genossen, die ihr hier noch zusammenkratzt, gegen all die Menschen, das geht schief, da denkt man lieber um und macht in ›Sicherheitspartnerschaft‹, nicht wahr? Genau wie in Dresden, Leipzig und Berlin.«

»Wirf mich nicht mit anderen in einen Topf.«

»Das ›Kräfteverhältnis‹ eurer Ideologie-Fachleute. Und auch du bist Fachmann – für Ordnung und Sicherheit.«

»Sprichst du mir deshalb jegliche Vernunft ab?«

»O nein, vernünftig seid ihr, könnt bloß nicht selber denken! Experten sind Fachidioten, sind Süchtige, süchtig nach Macht. Stets mit ihr im Bunde, deshalb lösen sie nur technische Fragen, kein Grundproblem. Sie dienen jedem, der sie benutzt. Sie sind die Stützen des Regimes, sie verlängern dessen Herrschaft. Wenn man uns quält, dann tun das Experten, die wissen, wohin man Menschen schlägt und tritt, damit sie nicht mehr aufmukken... Und falls eines Tages die Welt verglüht oder unbewohnbar wird, dann nicht durch einen Kaiser oder Hitler, sondern dank der eiskalten Vernunft unserer Experten in der Wirtschaft und beim Militär.«

Er hört den Unterton, die Hysterie in ihrer Stimme; ihm wird angst. Ein Strom hat sie erfaßt, reißt sie in den Strudel eines absurden Fanatismus. Sein Brückenschlag mißlingt! Da hat er gemeint, sich ihr anzunähern, aber sie entgleitet ihm, driftet erneut von ihm weg, und ihm ist, als hole er sie nie mehr ein. »Bleib sachlich«, sagt er, »laß uns mal ganz ruhig reden – nur von uns.«

Jenny streicht sich mit einer fahrigen Geste, die er an ihr nicht kennt, das Haar aus der Stirn. »Gut! Bitte sehr. Über dich ist alles gesagt – dann zur Abwechslung von mir. Schön, ihr habt mich tierisch geprügelt, doch das nehme ich euch nicht krumm. Man darf es niemals eng sehen, keinesfalls persönlich, denn im Grunde galt es gar nicht mir. Ich hab's rein zufällig abgekriegt, stellvertretend für Gleichgesinnte. Ein winziger Vorfall im Streit um die Macht in diesem Land.«

Wendt schweigt, ihm ist das unheimlich. Er wünscht, Jenny ränge sich wirklich durch zu solch einer Sicht. Doch das traut er keinem zu, der so etwas hinter sich hat. Nicht nach knapp drei Wochen.

»Man darf sich nicht so wichtig machen«, fährt sie atemlos fort. »Nur Amateure nehmen übel. Also Schwamm drüber! Wie ist nun die Situation? Noch nicht viel anders, Christian. Mit Krenz an der Staatsspitze hat die Partei den Graben zum Volk vertieft. Sie besetzt weiterhin in Personalunion die Regierung und krallt sich an ihrer Führungsrolle fest. Deine Partei lernt täglich, genau wie du, das bestreite ich nicht. Nur, es geht zu langsam. Für eine Clique, die alles philosophisch überblickt und das Erkenntnismonopol zu haben glaubt, gibt sie eine erbärmliche Vorstellung. Jetzt stellt sie sich als eigentliche Erfinderin von Reformen hin, mit dem ›Dialog‹, der dazugehört. Das nimmt man ihr natürlich übel. Wohin dein Krenz auch geht, und er rotiert ja nicht schlecht, da schlägt ihm Mißtrauen entgegen. Zu durchsichtig ist eure Strategie, die Diskussion von der Straße wegzubringen, erst in die Säle und von dort in die schläfrigen Gremien, wo seit Jahren jede Idee versandet ist...«

Da, Jenny hört auf, sie verliert den Faden. Ihr Lagebericht bricht so abrupt ab, wie er begonnen hat. Sie wirkt verkrampft und erschöpft, steht sprunghaft auf und tritt zu Wendt, der an der großen Standuhr lehnt. »Bitte entschuldige mich, Christian, mir ist nicht gut.«

»Wann darf ich wiederkommen?«

»Jederzeit; wenn du mir mehr zu sagen hast.«

Wie auf ein geheimes Zeichen ist die Mutter da, bringt ihn zur Tür. »Habe Verständnis«, mahnt sie. »Alpträume jede Nacht, sie hat so Furchtbares erlebt... Laß ihr Zeit, laß sie in Frieden, bei uns hat sie alles, was sie braucht. Aber denke auch darüber nach, wie du ihr entgegenkommen kannst, hörst du? Besser, du besuchst sie erst wieder, wenn du da einen Entschluß gefaßt hast.«

22

Den Weg nach Cumin über die Bäderstraße, eine halbe Autostunde von N., fand Wendt im Schlaf; da mußte ihm Hauptmann Drews nicht helfen. In den letzten vier Jahren, seit Jennys Entlassung aus dem Frauengefängnis Hoheneck, war er dutzendfach mit ihr dort gewesen. Sie hatten in der Finnhütte ihrer Eltern gewohnt und deren Boot gesegelt.

Hinter Carlsgrim – die See links, den Bodden rechts – ertappte Wendt sich dabei, ein trauriges Lied zu summen. Er hatte es einst von seiner Mutter gehört, deren Mann nicht heimkam aus polnischer Kriegsgefangenschaft, mit dem Text: Das Schifflein am Strande schwankt hin und schwankt her, so als ob im fernen Lande keine Hoffnung mehr wär...

So hatte er sich das Wiedersehen nicht gedacht. Jenny stellte Bedingungen. Während er behutsam mit ihr umging, jeden Vorwurf unterließ und sich die Frage nach Andy ganz verkniff, dem sie gegen ihr Versprechen zu der Kirche gefolgt war... Wo er unendlich viel Rücksicht nahm, verlangte sie von ihm Kapitulation. Ja, das war es – sie wollte wohl von nun an in dieser Ehe führend sein.

Wirklich, sie stellt die Machtfrage, dachte er. Nicht bloß im Staat, auch in der Liebe. Schlägt Kapital aus dem, was ihr passiert ist! Feministin, Emanze, ein Hauch davon war immer schon in ihr, jetzt ist sie auf dem besten Weg dorthin. Augen, die einen nur noch am Rande wahrnehmen, mit Anstrengung und einer Spur Verachtung; der Herablassung des Märtyrers. Das kränkende Wegzucken der Hand. Ihr grauer Blick in die Ferne, mühsam auf Naheinstellung gebracht. Jenny, was machst du für Sachen? Läßt dich krankschreiben, vom Vater bewachen, vom Mütterchen pflegen, und dann gehst du im Regen zur Demo, grenzt mich aus, vermarktest deine Leiden?

Nimmt das noch ein gutes Ende? Wendt ist nur klar, er braucht diese Frau, wird um sie kämpfen wie ein Ertrinkender um sein Leben... Er muß sich beruhigen und fragt den Beifahrer nach Major Bradhering, wo ist der eigentlich abgeblieben?

Hauptmann Drews erzählt, was dem Major widerfahren ist, nach der Auszeichnungsfeier am 1. Juli, einem Samstagabend, dem Tag der Deutschen Volkspolizei. Bradhering hat, wie es sich gehört, keinen Schluck Alkohol getrunken, als er in sein Auto steigt. Dort aber, bevor er in den Ehehafen lenkt, kommt ihm – Mann ist Mann – die Idee, mal eben fremdzugehen, hurtig. Der Amtsleiter hat ein Liebchen noch vor Carlsgrim, keiner weiß es, die Tochter eines Anglerfreunds mit separatem Eingang. Leise klopft er bei ihr an. Sie entkorkt ein Fläschchen Sekt, kaltgestellt zum Ehrentag, der Dienst war hart, man läßt sich erweichen. Auf dem Rückweg streift er im Dunst, der flach über den Wiesen hängt, einen gekalkten Stein. Das rechte Vorderrad bricht weg, er bleibt liegen, man erwischt ihn, er muß blasen. Jemand von Sternhagels Truppe, ein scharfer Hund, kürzlich von ihm getreten. Der Sachschaden ist lachhaft, hätte das Reserverad Luft gehabt, wäre er längst weg gewesen; 0,5 Promille sind es bloß, kaum mehr, als Nebel später hat. Doch da ist Rivalität in der Welt, die Gleichheit vor dem Gesetz. Das Mädchen und den Sekt, einzeln hätte man es ihm verziehen, zusammen eklatiert es. Sex und Trunk, wie bei binären Chemiewaffen wird das im Fluge erst brisant. Man versetzt Bradhering nach Halle, wo niemand seine Schande kennt. Und von dort kommt Kuchenbuch, er ist in der BDVP Verbindungsmann zur Stasi gewesen. Ein feiner Kerl, unter ihm hat man's leichter, hat sich verbessert dank des Seitensprungs... Bradherings Faust lastet nicht mehr auf dem VPKA; es herrscht Freude im Haus, der Tag der Deutschen Volkspolizei war echt mal zu was gut.

Den Amtssitz des Abschnittsbevollmächtigten Nauschütz bewachten noch immer zwei Lebensbäume. Der Dorfpolizist, inzwischen befördert zum Oberleutnant, empfing sie angenehm selbstbewußt. Sein Schnauzer, breiter geworden seit damals, hing über die Mundwinkel, was ihm etwas Entschiedenes verlieh. Auch seine Stimme klang tiefer; offenkundig hatte er Tritt gefaßt im Ort, und dieses Nachreifen gab ihm mehr Gewicht als die gewisse Körperfülle. Er benahm sich, als hätten sie, Drews und Wendt, keine Möglichkeit, etwas über Richard Nebel zu erfahren – es sei denn, durch ihn. Und so teilte er ihnen das Nötige gelassen mit.

Danach hatte Nebel zwar, wenn ihn nicht jemand besuchte, den kobaltblauen Katen ganz allein bewohnt, der sein Eigentum war. (»Sie wissen, was ein Katen ist, Genosse Hauptmann? Ein Kleinbauernhaus, das den Eingang nicht an der Giebelfront, sondern direkt unterm Schilfdach an der niedrigen Breitseite hat.«) Im Prinzip allein, nie ganz ohne weiblichen Umgang. Kein Hagestolz, doch Eigenbrötler; kaum jemals hauste eine Frau bei ihm. Sein Ruf in Cumin, soweit man ihn überhaupt wahrnahm, war der eines seltsamen Vogels. Von seinem dicken Sparkonto, so was sprach sich auf dem Lande ja herum, leistete er sich zum Beispiel kein Auto. Vielmehr radelte er durch Wald und Flur, eher schäbig gekleidet, oder er segelte – recht oft allein.

»Soviel Geld und keine Freunde?« fragte Drews.

»Doch, unter den Kunstschaffenden im Bezirk und in Berlin gab's ein paar. Mit 'nem Haus an der See hat jeder Freunde, und wenn er noch so schüchtern ist. Den Dorfbewohnern aber wich er aus, mit denen wurde er nie richtig warm; obwohl er sich anfangs darum bemühte.«

»Wie kam das?«

»Nun, deren Art hat ihn gestört. Er konnte einfach nicht fassen, daß dies ein anderer Menschenschlag hier ist, der ihn nach zehn Jahren noch immer nicht ins Herz schließen wollte. Er kam den Leuten ja nie so nahe, wie es sich ergeben hätte, wäre er Arzt, Lehrer oder Handwerker gewesen. Von seiner Arbeit schienen sie wenig zu halten, das war sein Eindruck.«

Wendt fragte: »Woraus schloß er das?«

»Sie ließen ihn stets zuerst grüßen, auch wenn's Männer waren, jünger als er. Das fand er ziemlich stur. Er glaubte nämlich, sie müßten einen achten, der so erfolgreich Bücher schrieb. Aber er sprach kein Platt, ihm fehlte der Zugang, und im Grunde hat er die Leute auch nicht gebraucht. Sie kamen in seinen Büchern ja gar nicht vor. Wie man hineinruft in den Wald, so schallt es auch heraus. Die einzige Ausnahme war ich.«

»Sie, Genosse Nauschütz?«

»Ja – nicht als Mensch wohl, aber als ABV. Die Arbeit der Polizei hatte es ihm angetan, zumindest in letzter Zeit.«

Das Interesse des Toten am Polizeiwesen erwies sich als sehr hilfreich. Sie alle drei, wie sie da saßen, hatten den Autor persönlich gekannt. Nauschütz, Drews, Wendt – in dieser Reihenfolge, von unten nach oben, hatte er sie besucht und mit ihnen Fragen von Ordnung und Sicherheit erörtert. Zumal seine Gespräche mit Nauschütz, der ihm leicht erreichbar war und geduldig zugehört hatte, mochten so ausführlich gewesen sein, daß es sich fast erübrigte, noch Nachbarn zu befragen, die ohnehin kaum Kontakt zu ihm hatten. Nauschütz wußte alles über Nebel, jedenfalls kannte er den *relevanten Hintergrund,* wie er fachmännisch sagte. »Wieder mit einer Ausnahme«, hob er hervor. »Seine letzte Freundin, Frau Prinz... Ich hab' schon bei ihr angerufen, sie erwartet uns.«

»Wer ist sie denn«, fragte Drews, »daß sie Telefon hat?«

»Ach, das gehört zu dem Haus, das sie versorgt. Nina Prinz wohnt mit ihrem Sohn erst seit Juli in der Gemeinde.«

Unterwegs umriß Nauschütz, was er über die Frau wußte. Sie war Ende 20, obgleich ihr Sohn Ralf, den sie allein erzog, bereits in die 6. Klasse ging, mit Nauschütz' Kindern. (Der Oberleutnant erwähnte stolz sein Zwillingspärchen.) In der Poliklinik von N. hatte Frau Prinz als Physiotherapeutin gearbeitet, bis ihr das Ministerium für Außenhandel den Verwalterposten anbot. Sie betreute drei schmucke Ferienhäuser und durfte das Erdgeschoß des einen sogar bewohnen. Das schöne Quartier und die gute Bezahlung hätten ihr den Entschluß versüßt, den Beruf zu wechseln und nach Cumin zu gehen.

»Nur das?« fragte Wendt. »Nicht auch Richard Nebel?«

»Am Ende«, sagte Drews, »hat er ihr den Job verschafft.«

»Kaum«, sagte Nauschütz. »Die Macht hatte der nicht.«

»Oder ist sie ihm etwa erst hier begegnet?«

Der ABV hatte keine Ahnung; die erste Wissenslücke bei ihm. Sein Aufgabenbereich endete ja am Dorfrand. Verdutzt wurde er gewahr, daß es im Fall Nebel manches gab, das darüber hinausgriff. Er wies auf ein Haus hinter Heckenrosen und fragte Wendt: »Erinnern Sie sich? Die Datsche von Dropsch, dem Apotheker. Der zweite oder dritte Einbruch damals.«

»Das Fischbesteck und die Ölbilder von Albert Ebert?«

»Genau. Ihre Bilder haben sie zurück, die sind bald danach aufgetaucht.«

»Wie geht's denn Professor Rasmus?«

»Nicht so gut.« Nauschütz schmunzelte ein wenig. »Sein Meißner Porzellan sah der nicht wieder, das war endgültig futsch. Und außerdem, er ist tot. Hat zuletzt das Volkstheater Rostock geleitet, die Traueranzeigen müßten Ihnen aufgefallen sein. Waren im *Neuen Deutschland* und in der *Ostsee-Zeitung* kaum zu übersehen.«

»So? Wann war das denn?«

»Kürzlich erst, Ende September.«

»Da bin ich im Ausland gewesen.«

»Rasmus hatte zuletzt viel Pech.« Der Oberleutnant mühte sich hörbar, sachlich zu sein, ganz neutral. »Wissen Sie, von seiner Berliner Bühne mußte er weg, das eigene Ensemble hat ihn vergrault, wegen seines Führungsstils.«

Wendt glaubte zu spüren, daß Nauschütz den Professor haßte, übers Grab hinaus. Gewiß weil der, auf Privilegien pochend, ihn zu Lebzeiten weidlich gepiesackt und als Handlanger mißbraucht hatte.

»Dann starb ihm die Frau, ein Star des Volkstheaters... Mein Gott, was er zu ihrer Beisetzung angestellt hat, hier auf dem Schifferfriedhof!«

»Großer Bahnhof?« fragte Drews.

»Zirkus wäre der Ausdruck. Erst, da ließ er den Sarg noch mal hieven und umdrehen, jaja. Man hatte ihn wie üblich abgeseilt, das Fußende nach Osten. Aber nein, Judith – so hieß seine Frau – sollte das Meer sehen können, stellen Sie sich vor. Noch im Tod die Extrawurst.«

»Er wird sie geliebt haben«, sagte Wendt. »Im Alter wird mancher von uns sentimental.«

»Sentimental? Rasend eifersüchtig war der Mann. Er befahl nämlich dem Totengräber, all die Blumen und Kränze hinterherzuwerfen, in die Grube, und warum? Weil das in seinen Augen von anderen Verehrern war, die hinter ihr hergewesen sind. Der Grabschmuck wurde eingebuddelt, die Leute haben vielleicht gestaunt. Und auf den frischen Hügel, der war ja nun mächtig hoch, ist er dann gestiegen und hat den eigenen Strauß gerammt! So was hat das Dorf noch nie erlebt.«

»Toll inszeniert«, sagte Drews. »So sind sie, die Mimen.«

Wendt sagte nichts. Bis daß der Tod euch scheidet... Ihm ging durch den Sinn, was Jenny von dem Friedhof erzählt hatte, der hinter dem reetgedeckten Holzkirchlein am Südhang des Hügels lag. Da Cumin als etwas Feines galt, als ein Bad der Kulturschaffenden, wollten namhafte Leute aus Kunst, Wirtschaft und Wissenschaft dermaleinst dort ruhen. Ein hohes Maß an öffentlicher Aufmerksamkeit war den Grabsteinen sicher. Im Rat der Gemeinde häuften sich die Anträge auf Grabstellen fast so wie die Bitten um Zuweisung von Bauland. Das brachte den Bürgermeister schon in den 70er Jahren auf die Idee, bremsend und gewinnbringend einzugreifen, durch einen Zusatz zur Gemeindeordnung. Ihr hatte er nach dem freundlichen Passus *Die Leichenhalle steht jedem zur Verfügung,* der auf die Gleichheit vor dem Tod verwies, den Satz hinzugefügt: *Einwohner Cumins zahlen pro Grabstelle 30 Mark, Leichen von außerhalb 100 Mark.*

Das klang feindselig gegenüber Zugereisten; es wurde legendär. Logisch hielt der Satz nicht stand, er hatte Jenny zu einem Sketch angeregt, den das Kabarett der nahen Seefahrtsschule gern spielte. Darin trat ein Professor auf, der in Cumin ein Zweithaus besaß; ihn empörte die Preisanhebung derart, daß er, im Rat der Gemeinde schrill protestierend, tot umfiel. Was war er nun, ortsansässig oder eine *Leiche von außerhalb?*

Wendt fragte: »Wer hat sein Haus geerbt?«

»Das ist schon der nächste Skandal«, sagte Nauschütz. »Den meisten Trödel hat man mit Grundstücken und Datschen.«

»Wundert Sie das? Die beständigste Form von Besitz.«

»Ach, Genosse Hauptmann, es war gar nicht sein Eigentum. Ein Westgrundstück, ursprünglich für die Rostocker Bühne gedacht, zur Erholung des Ensembles! Er hatte es sich glatt unter den Nagel gefetzt. Der Streit ging los zwischen seinen Erben und dem Theater, na, raten Sie mal, wer da gewann.«

»Das Theater«, sagte Drews, »als Kollektiv.«

»Die Erben«, sagte Wendt, »bei seiner Position.«

»Irrtum. Die Frage war unfair, Sie hatten keine Chance. Das

Ministerium für Außenhandel nutzt den Bau. Eine der drei Datschen, die Frau Prinz zu betreuen hat. Sie nennt es übrigens *das Sommerhaus,* und zwar nur aus dem Grunde, weil da im Winter kein Schwanz hinkommt; obwohl es durchaus heizbar ist. Von Oktober bis Mai sind keine Gäste angesagt, da steht es leer wie schon unter Rasmus. Und wie zwei Drittel aller Villen in Cumin, trotz der massiven Bauweise. Die Bevölkerung, wenn ich das noch sagen darf, hat wenig Verständnis dafür.«

Der Landsitz, den Frau Prinz bewohnte, war brandneu und vom Feinsten. Man sah es am leuchtenden Weiß der Außenwände mit ihren lackierten, schmiedeeisernen Gittern und an dem Rohrdach, das sich dick und hell, noch schilffarben, über Loggia und Terrasse wölbte; durch kupferne Blitzableiter in schönem Schwung geschützt. Für den, der hier einzog, war gemäß der amtlichen Verkündung die Wohnungsfrage als soziales Problem gelöst.

Es gab noch ein Nebengebäude mit Doppelgarage und stattlichem Balkon. Die Wege durch frisch gepflanztes Ziergehölz, die bunten Steingärten und den gestutzten Rasen waren so exakt betoniert, als liefen sie hinterm Haus zur Rollbahn eines Flughafens. Es fehlten nur das Schwimmbad und der Hubschrauberlandeplatz. Kein Name am Tor des Jägerzauns, dafür ein Rohr zum Aufpflanzen der Flagge, einem leichten Granatwerfer ähnlich, der aufs Meer hinauszielt. All das wirkte durchdacht, solide und kostbar; ein Domizil für hohe Tiere.

Nina Prinz öffnete ihnen ohne Lächeln, eine zierliche Frau mit lockigem tizianrotem Haar – zu einem dicken Zopf geflochten, der ihr seitlich bis zur Taille fiel – und grünen Augen hinter der randlosen Brille. Sie trug kaum Schmuck; Schuhe, Hose und Pullover waren schwarz; hinter dem bißchen Make-up ahnte man Tränen, Bedrückung, schlaflose Nächte. Ihre Höflichkeit war aufgezwungen, und doch, welch aparte Person! Dieser Nebel hat schon gewußt, wen er sich nimmt, dachte Wendt; das Rätsel seiner ewigen Jugend ist gelöst.

»Frau Prinz«, sagte er, nachdem Nauschütz ihn vorgestellt und er ihr sein Beileid bekundet hatte, »dürfen wir Ihnen ein paar Fragen stellen?«

Sie bat die Besucher hinein, und dabei sah er die katzenhaft fließende Art, mit der ihr schmaler Körper sich bewegte. Im Wohnzimmer war es warm, und es roch angenehm, wie nach Leder und Bienenwachs; die meisten Häuser an der See rochen im ersten Moment muffig (später spürte man es nicht mehr). Wendt hatte das traumhafte Gefühl, in einem weiten, honigfarbenen Raum mit Blick auf das Meer zu sein. Im einzelnen bemerkte er wenig. Das wunderte ihn hinterher, war er doch geübt darin, Details wahrzunehmen.

»Es ist vielleicht kein Unfall gewesen«, teilte er ihr, im Sessel sitzend, schonend mit. »Uns liegt ein Brief vor, dessen anonymer Absender behauptet, Ihr Lebensgefährte sei umgebracht worden.«

Nina Prinz sah ihn an. Sie sog die Lippen nach innen, als seien die ihr zu voll. Ein sensibles, waches Gesicht.

»Hatte Richard Nebel nach Ihrer Meinung Feinde?«

»Nicht, daß ich wüßte, Herr Hauptmann.«

»Hat er jemals gesagt, er fühle sich bedroht?«

»Das nicht... Bedroht, das wäre zuviel gesagt.«

»Was dann, Frau Prinz? Vielleicht belästigt?«

»Gestört. In letzter Zeit äußerte er zwei- oder dreimal, jemand beobachte ihn. Ich hab's ihm aber ausreden können.«

»Wo fühlte er sich beobachtet, hier im Ort?«

»Nein, im Wald. Wenn er mit dem Fahrrad unterwegs war, begegnete ihm angeblich mehrfach derselbe Mann.«

»Sie glaubten ihm das nicht?«

»Doch, Richard bildete sich das wirklich ein. Er hatte eben viel Phantasie. Dagegen war sein Personengedächtnis schwach. Er lief oder fuhr meist in Gedanken umher, hat sich Gesichter gar nicht eingeprägt und war kaum in der Lage, jemanden wiederzuerkennen, dem er erst ein- oder zweimal begegnet war. Es sei denn, der Betreffende hätte mit ihm gesprochen.«

Aus. Das war alles. Nach diesen Sätzen verschloß sich die junge Frau. Wendt merkte, er hatte den Fehler gemacht, Nauschütz mitzunehmen. Der ABV war zu eng mit dem Dorf verquickt, als daß sie in seiner Gegenwart unbefangen erzählt hätte. Offenbar hielt sie ihn nicht für diskret. Vielleicht war ihr auch schon Drews' Dabeisein zuviel. Unter vier Augen, das spürte er, würde sie ihm mehr anvertrauen ... Sie wollte übers Wochenende mit ihrem Sohn zu den Eltern fahren. Er schlug ihr vor, sie möge ihn am Montag anrufen, nach ihrer Rückkehr, wenn ihr noch etwas einfiele. Sie stimmte dem zu.

Draußen sagte Nauschütz: »Das ist ein Haus, was?«

»Kann mir nichts Schöneres vorstellen«, antwortete ihm Drews.

23

Während des folgenden Wochenendes – des letzten im Oktober – war Christian Wendts Stimmung gedrückt, weil seine Frau das Hotel nicht anrief. Er hatte ihr die Nummer, von einer Art Sonnenblume umkränzt, hoffnungsvoll auf eine Ansichtskarte von Cumin gemalt, deren Bild eine Finnhütte zeigte, das Symbol ihrer Partnerschaft, und sie noch am Freitagabend in den Briefkasten der Bloms gesteckt. Der unverbesserliche Optimist. Ihre Härte erstaunte ihn sehr.

Trotzdem, seine Stimmung sank nicht auf Null. Sie hatte vielmehr etwas Erwartungsvolles, das den Absturz auffing und sich bis weit in die nächste Woche zog. Diese Regung führte er auf zwei Quellen zurück. Je länger Jenny sich so betrug, desto tiefer tat sie ihm Unrecht, geriet sie in seine Schuld. Die Zeit arbeitete für ihn ... Und zweitens träumte er von Fortschritten bei der Arbeit, einer verblüffenden Wendung, die ihm enthüllte, was mit dem Opfer geschehen war. So erging es ihm oft im Anfangsstadium bemerkenswerter Fälle, der Vorgang verselbständigte sich, ergriff Besitz von seiner Phantasie.

Fragen über Fragen. Wer schrieb den anonymen Brief? Gab es den Unbekannten, dem Richard Nebel vermeintlich im Wald begegnet war? Oder besser – er würde sich dies ja nicht bloß eingebildet und jenen Mann herbeihalluziniert haben – hatte der irgend etwas mit ihm zu tun? Es konnte reiner Zufall sein. Denkbar war, daß ein zweiter alter Herr, nicht mehr berufstätig und ähnlich pedantisch – die tägliche Radtour verriet ja einen Hang zum Regelmäßigen –, stets zur gleichen Zeit aufbrach, um den Wald von einem anderen Punkt her zu durchstreifen; so daß es zum Sichtkontakt kam, wenn die Kurse sich kreuzten oder gar ein Stück deckten.

Eine zwanglose Erklärung. Denn trachtete ihm wirklich jemand nach dem Leben, hätte der den kleinen Nebel im Walde durchaus töten können. Ihn zum Beispiel vom Rad geschubst, erwürgt und aufgeknüpft, um einen Selbstmord vorzutäuschen. Cumins Selbstmörder bevorzugten das verschwiegene Gehölz. Es war 300 Hektar groß und im Herbst nahezu menschenleer.

Aber der Autor war ja ohne Feind, wenn er die hübsche Nina nicht einem anderen ausgespannt hatte; was immerhin noch offen war. Mit seinen Büchern hatte er höchstens in Kolumbien oder auf Sizilien Leute gekränkt, falls man dort, womit nicht zu rechnen war, sein Zeug las und dahinter einen Urheber vermutete, der so hieß, wie es auf dem Buchdeckel stand. Die Idee, der Drogenclan schicke ihm einen Killer auf den Hals, strapazierte die Vorstellungskraft. Mafiosi waren praktische Leute, keine Fundamentalisten. Was auch immer er ihnen zugeschrieben oder angedichtet hatte, es würde sie nicht so kratzen wie Irans Gottesstreiter die »Satanischen Verse« des Mr. Salman Rushdie.

Frau Prinz und Nebels Tod – er sah keine Verbindung, glaubte aber zu spüren, daß es eine gab. Weshalb hatte sie Nebels Befürchtung erwähnt, wenn ihr die absurd erschien? Vielleicht aus Verlegenheit in dieser für sie ungewöhnlichen und ungemütlichen Situation: drei Männer vor ihr in der guten Stube, um sie nach dem Liebhaber zu befragen. Womöglich scheute die Prinz den Anschein, sie verweigere die Mitarbeit, und warf ihnen den Knochen hin, um sie abzuspeisen – ein für allemal.

Stillstand. Auch Frau Prinz, am Montag zurück in Cumin, rief nicht an! Wendt sah sich an jenem toten Punkt, den es oft bei schwierigen Ermittlungen gab, manchmal im selben Fall gleich mehrfach. Mit ein paar Zeitungen setzte er sich ins Hotelrestaurant. Die Presse schrieb, der Staatsrat habe alle Republikflüchtlinge und nicht gewalttätigen Demonstranten amnestiert.

Die Akademie der Künste hatte vom Präsidenten der Volkskammer eine Zivilkommission verlangt, zur Klärung der Übergriffe vom 7. Oktober. Anzüglich war von Wendehälsen, Landeslächlern und Chefclaqueuren die Rede. Nicht alle müßten jetzt zurücktreten, hieß es, aber ein paar mehr sollten doch darüber nachdenken ... Tausende im Dialog vorm Roten Rathaus. Die Blockparteien entdeckten ihre Eigenständigkeit. Der Chefredakteur versprach ein zeitgemäßeres Darbieten der Fernseh-Nachrichten.

Auf dem Weg zum Amt lief Wendt unschlüssig in der Stadt umher. Bitter vermißte er Jenny. Seit sie sich ihm entzog, ging ihm restlos auf, daß sie zum Zentrum seines Daseins geworden war. In beschämender Weise umkreiste er ihr Elternhaus – schülerhaft, wie ein Planet die Sonne –, sehr darauf bedacht, sich nicht zu zeigen. Welch unwürdige Situation. Glaubten die Bloms etwa, nunmehr herabsehen zu können auf die Polizei?

Im VPKA hörte Wendt, die Bergung des Wracks laufe an – endlich, bei abflauendem Wind. Es schien ein tüchtiges Stück Arbeit zu sein. Mit dem Leiter der Wasserschutzpolizei fuhr er hinaus in die feuchten Boddenwiesen. Oberleutnant Daskow hatte sich seit der Zeit, da er Cumin gegen die Einbrecher maritim abriegeln wollte, kaum verändert; die Wangen etwas schwerer, das Kinn ein wenig verwischt, die Uniform eine Nummer größer, vielleicht. »Das Boot lag sechs Tage mit Grundberührung im Wellenschlag«, sagte er, jede Hoffnung trübend. »Muß total ramponiert sein! Drews' Spurensicherung wird ihre helle Freude haben.«

»Bloß noch ein Haufen Schrott?«

»Schamott«, verbesserte der Oberleutnant. »Viel Plaste und ein bißchen Mahagoni. Ich hab' 'nen Fachmann vom Bootsbau hinbestellt. Die haben das Ding ja mal zusammengeklebt, in den siebziger Jahren.«

Daskows Leute waren fleißig gewesen. Das Boot lag in der Sonne wie ein gestrandeter Wal, auf einer Art Lafette, die sich als Bootswagen entpuppte. Den hatten sie ihm im Wasser untergeschoben und es dann mit Hilfe eines Traktors an Land geschleppt. Triefend, verschlammt, mit geborstenem Mast und zerfetzter Takelage ruhte es wie ein Toter auf dem Katafalk.

Am Heckspiegel stand der Name Anropa, das klang nach griechischer Mythologie, war aber ein Kunstwort. Wendt wußte aus den Akten, Richard Nebel hatte den Jollenkreuzer nach seinen drei Kindern getauft, die anfangs oft mit ihm gesegelt waren; jedenfalls die Söhne. Seine Kinder hießen Robert, Anton und Paula – immer die zwei ersten Buchstaben hatten ihm zur Namensgebung gedient. Robert, Mitte 30, hatte vor acht Jahren die Donau durchschwommen, er war Arzt in Düsseldorf. Anton war Steinmetz, er restaurierte katholische Kirchen im Raum Halle. Paula, Ende 20 und durch einen Kunstfehler bei ihrer Geburt hirngeschädigt, lebte in einem evangelischen Pflegeheim desselben Bezirkes.

Daskow stellte den Experten des VEB »Eikboom« vor, Norbert Zettel, eigens aus Rostock angereist. Zettel identifizierte das Wrack als eine 15er Jolle des Typs WLP – was auch immer das sein mochte. Er sprach so lange abwechselnd von »Polyesterboot« und »GFP-Jollenkreuzer«, bis es Wendt dämmerte, daß dies dasselbe war. Begriffe wie *Glasseidenmatten, Geleeatschicht* oder *Laminat* umschwirrten ihn und vermittelten den Eindruck, der Rumpf sei aus fünf Lagen von Gewebematten kunstvoll gefertigt worden, unter Einsatz von Wärme und Leim, auf unerforschlich dunkle Art. Ein Meisterwerk esoterischer Magie. Der Konstrukteur Ernst in Berlin-Grünau, die Bootsbauer der »Eikboom«-Werft, ja die ganze Republik schienen stolz darauf zu sein.

»Das Kielschwein«, führte Zettel aus, »erstreckt sich vom Spiegel bis zum Vorsteven, es wird am Schwertkasten durch seitliche Versteifungen gestützt. Kielschwein und Seitenstringen sind in gelem Zustand eingedrückt und mit Matten überlaminiert worden.«

»Ach, so ist das«, sagte Wendt, beschämt von dem Zögern, seinen Mangel an Kompetenz zu gestehen. Ihm fiel ein, daß die Formel, derer er sich da bediente, eine Redensart war, selbst im fernen Japan bekannt. Oberst Eichhorn zufolge hatten die Japaner den Satz *Ach so ist das* in den 30er Jahren so oft bei deutschen Militärberatern gehört, denen sie ein Detail der eigenen Rüstung erklärten, daß er – als Zustimmung oder als ironisches Zitat – in ihren Sprachschatz eingegangen war.

»Ja«, sagte Norbert Zettel. »Im Prinzip recht haltbar. Braucht keinerlei Konservierung, bloß Farbe gegen den Bewuchs unterhalb der Wasserlinie. Pflegeleicht und unverwüstlich. Wer damit freilich auf Steine knallt...«

»Der Rumpf hat ein Loch?«

»Da, sehen Sie sich's doch an! Gleich unterm Vorsteven, Durchmesser acht Zentimeter.«

»Hab' ich's nicht erwähnt?« fragte Daskow. »Das war ja der Ärger, deshalb ließ das Ding sich nicht auspumpen. Kampfschwimmer der Volksmarine haben erst mal das Leck gesucht und provisorisch abgedichtet.«

Wendt wandte sich an den Fachmann. »Was denn nun, ist das Boot gekentert oder leckgeschlagen?«

»Beides«, antwortete Zettel obenhin, mit einem Beiklang von Arroganz. »Erst das Leck, dann die Kenterung, zwangsläufig... Schauen Sie, wenn ein Boot absäuft, können Sie's im Wind nicht mehr halten. Läuft es voll, ist die Stabilität eines Schwertboots hin, im Nu. Wasser kommt über, es läßt sich nicht mehr segeln, und die nächste Bö kippt es um.«

»Und woher das Leck?« fragte Wendt, bemüht, sich gegen soviel Herablassung zu wehren. »Hier liegt kein Stein, in dieser Ecke bin ich selber schon gesegelt, der Grund ist weich – nur Sand und Schlick.«

Jemand sagte, im Wasser sei da und dort ein Ziegelstein; Spuren der nahen Ziegelei. Deren Produkt habe man nach dem Kriege zum Hausbau in flachgehenden Kähnen über den Bodden geschafft und bei Wellengang manchmal davon etwas verloren. Wendt winkte ab, ihm war klar, dann wäre das Schwert aufgekommen, nicht der Rumpf. Mit einem Mann an Bord lag die ANROPA kaum mehr als 20 Zentimeter tief im Wasser. Sie schwamm darauf wie eine Seifenschale, nur das Schwert bremste die Abdrift, es fiel sechsmal so tief und hielt solch ein Boot halbwegs auf Kurs.

Daskow entrollte die Boddenkarte mit dem Blau für flaches Wasser, den hellen Tönen für tieferes und all den Zeichen für unreinen Grund, Algen, Geröll, Kabel, Sandbänke und die Betonnung der Fahrrinnen. »Tatsächlich«, brummte er.

Keine Warnung in dieser Bucht. Gegenüber zwar, vor Cumin, lag ein Findling, markiert durch eine Boje; fast ein Meter Wasser darüber bei normalem Pegelstand. (Den Punkt hatte Jenny gern zum Riff erklärt, getürmt aus den leeren Flaschen, die ein alter Fischer in 50 Jahren hatte über Bord gehen lassen.) Und vier Kilometer nördlich des Ortes, an dem man stand, gab es ein Steilufer mit üblem Geröll. Meist lagen Steine vor solchen Abbruchkanten, auf Rügen wie an den Binnenküsten der Bodden. Sie steckten seit der Eiszeit wie Rosinen im Kuchen, und immer, wenn ein Stück der Kante wegbrach, waren sie meer- oder boddenwärts gerollt. Aber jemand wie Nebel wußte das doch! Wäre er trotzdem dort aufgeprallt, hätte er sich gleich an Land gerettet. Niemals hätte er es in dem sinkenden Boot noch bis hierher geschafft.

»Das ist 'n Ding«, sagte Daskow. »Mir ein Rätsel. Muß wohl Treibgut gewesen sein. Oder 'n uralter Pfahl, der nicht eingezeichnet ist. Vielleicht gab's da unterm Kaiser mal 'nen Landungssteg.«

»Ein Pfahl?« fragte Zettel. »Dann aber schon aus Eisen. Was mich nämlich wundert, ist das kreisrunde Loch. Sieht fast aus wie gestanzt, wie torpediert... So regelmäßig bricht das Material sonst nicht weg.«

»Die Karten sind unzuverlässig«, merkte der Oberleutnant an. Die mangelnde Übereinstimmung des Abbilds mit der Realität bereitete ihm Verdruß. Da nur Sportler auf dem Bodden kreuzten, neben ein paar Fischern, gab der Seehydrographische Dienst sich wenig Mühe beim Kartieren. Das störte Daskows Arbeit, er war selbst schon zweimal aufgelaufen – zum Glück ohne Schiffbruch –, an Stellen, die das Polizeiboot der Karte nach gefahrlos hätte passieren müssen.

Wendt blieb jetzt am Ball. Obgleich Laie, hatte er einen Disput verursacht, durch den man der Wahrheit näher kam. »Das Schwert hat gar nichts abgekriegt«, sagte er. »Dabei sitzt das Leck bloß zwei Handbreit unter der Wasserlinie, und zwar vertikal in der Ebene des Schwerts! Das hängt ein Meter zwanzig tief, wenn man's nicht hochholt, und wer tut das, außer bei achterlichem Wind? Es war nicht hochgezurrt und müßte eigentlich im Eimer sein.«

Daskow wiegte den Kopf, seine Wangen bebten, so lebhaft

dachte er nach. Er befahl seinem kleinsten Mann, einem jungen Oberwachtmeister, durch die Kajüte ins Vorschiff zu kriechen. Genau wie unter dem Cockpit befand sich dort ein Auftriebskörper, ausgeschäumt mit Polystrol.

Ächzlaute drangen aus dem Rumpf, dann lugte von innen her die Hand des Oberwachtmeisters aus dem Leck. Er öffnete über sich die runde Luke im Vordeck, zwängte sich schlammverschmiert heraus und meldete, was er entdeckt hatte: unter dem verwüsteten Schaumgummi der Koje, die das Auftriebselement im Bug abdeckte, ein sauber gebohrtes Loch. Ein zylindrischer Kanal! Er lief durch den Kunststoff des Schwimmkörpers abwärts zum Kiel, man konnte mühelos den Arm hineinschieben.

»Damit ist die Unfalltheorie vom Tisch«, sagte Wendt.

»Klarer Fall«, stimmte Daskow bei. »Äußere Einwirkung scheidet aus. Das hat der Kerl selbst gemacht.«

»Mal langsam«, sagte Wendt. »Sie meinen, Nebel war lebensmüde?«

»Der hat sich selbst versenkt und das schlau getarnt. Keiner sollte merken, daß er Hand an sich gelegt hat.«

»Wieso ist er dann aber ans Ufer geschwommen?«

»Na, aus Angst, im letzten Moment. Kein untypischer Vorgang beim Suizidversuch. Man zuckt halt noch mal zurück vorm Sprung in die Ewigkeit.«

»Und wie stellen Sie sich den Ablauf vor, Genosse Daskow? Mal ganz konkret gefragt, bei Windstärke fünf bis sechs läßt der Mann die Pinne los, kriecht unter Deck und wühlt sich durch das Polysterol bis zum Kiel? Zerstört mehrere Kunststoffschichten, wie übrigens, mit welchem Instrument? Bei dem Seegang eine reife Leistung.«

Zettel sagte: »Unwahrscheinlich. Es klingt geradezu verrückt.«

»Wenn man ankert, geht das durchaus.«

»Der Anker war aber nicht ausgebracht. Und außerdem, wozu die Mühe? Für ihn hätte es doch genügt, das Boot zum Kentern zu bringen, um einen Unfall vorzutäuschen. Bei Windstärke sechs ist das keine Kunst.«

»Das ist ja 'n dicker Hund«, stöhnte der Oberleutnant. »Da

paßt auch rein gar nichts zusammen! So was ist mir noch nie untergekommen ...« Als schade diese Ratlosigkeit seiner Autorität, zog er Wendt zurück zum Jeep, dessen Reifen schon eingesackt waren, und winkte den Traktor herbei, der ihn freischleppte.

»Gute Idee«, sagte Wendt. »Fahren wir heim. Es scheint ein unlösbarer Fall zu sein.«

»Ja, ich passe, ich packe ein. Vielleicht kommt uns nachher über den Fotos die Erleuchtung.«

»Mal umgekehrt gefragt«, sagte Daskow unterwegs, den es verdroß, auf seinem eigenen Feld einer Landratte zu erliegen, »wenn's denn kein Selbstmord war, als Unfall aufgemacht, was dann? Mord, Genosse Hauptmann, kann's nämlich auch nicht gewesen sein. Hätte ein Fremder das Boot angebohrt, wäre es schon am Steg abgesoffen. Nie wär der Eigner damit aus dem Hafen gekommen. Ein acht Zentimeter dickes Loch! Ein ganz gewaltiger Widerspruch.«

Wendt nickte. Ihm war das selbst nicht klar. Er hatte den Eindruck, der Schlüssel liege in Cumin. Am Hafen dort, in Nebels Haus oder bei dessen Freundin, die nichts mehr von sich hören ließ.

Vom Amt aus rief er bei ihr an. Es meldete sich eine Kinderstimme, ihr Sohn Ralf. Wendt bat ihn, die Mutter an den Apparat zu holen. Als sie in der Leitung war, fragte er: »Hat sich bei Ihnen etwas Neues ergeben?«

»Nein, Herr Wendt; tut mir leid.«

»Dafür bei mir. Kann ich Sie heute noch sprechen?«

»Lieber nicht. Ich fühle mich ganz mies und lege mich gleich hin.«

»Dann morgen, wenn es Ihnen besser paßt.«

Sie überlegte einen Augenblick und sagte dann mit erbarmungswürdig dünner Stimme, die von der ihres Sohnes kaum zu unterscheiden war: »Das ist leider auch ungünstig. Morgen wird mein Verlobter beigesetzt, ich muß mich um vieles kümmern ...«

»Ihr ganzer Tag ist damit ausgefüllt?«

»Ich fürchte, ja. Sein Sohn kommt, er will mit mir reden.«

»Schön, verschieben wir's auf Mittwoch. Gute Besserung, Frau Prinz.« Er legte auf. Da war nichts zu machen. Ein harter Tag für sie. Vermutlich ging es, wie immer, um das Erbe.

24

Jenny ist, als sei sie mit einem Mann zusammen, Andy oder Christian oder sonstwer aus der Vergangenheit. Als er beginnt, sie zu streicheln, kommt ein Poltern vom Gang, Stiefeltrappeln, Hundegebell. Die Tür fliegt auf, jemand ruft mit der Stimme ihres Vaters: Geht das schon wieder los? Das ist unser Waschraum! Die Nutte meint wohl, sie kriegt die Zahnpasta zurück in die Tube? Erst Randale, jetzt ganz zahm. Der zeigen wir mal Demokratie. Die Tussi geht mir auf'n Sack.

Das Bild ist weg, sie steht an der Bücherwand auf zwei Leitern, die kippeln beide, es spannt im Schritt, und sie glaubt, man blicke ihr unter den Rock. Die Arme sind ausgebreitet, und das Dumme ist, sie kriegt ihre Finger nicht los, die kleben an den Büchern fest. Halb gelähmt, wie gekreuzigt hängt sie da, zum Spaß der Kunden. Das Ehebuch, sagt einer da unten. Ehen sind mehr übel als notwendig. Tolle Beine hat die. Wer wird denn weinen, wenn man auseinandergeht.

Eine Szene zieht die andere nach. Jenny drängt mit anderen zum kalten Büfett im Parteihaus An der Reiferbahn, neben ihr sagt der Erste: Glücklich ist, wer vergißt, was nicht mehr zu ändern ist. Vorwärts zu den Leckerbissen, das Wasser läuft ihr im Mund zusammen, jäh aber driften die Gäste weg. Man fängt an, um den Tisch zu hasten, Bankett an der Rennbahn. Im Sog der Schranzen und Claqueure hetzt sie mit. Dalli-dalli, hep-hep-hep, Tempo-Tempo, kommste-kommste-kommste, schneller-schneller-schneller, Mensch-Mensch-Mensch. Und die Knüppel klatschen.

Jenny treibt an die Oberfläche, wird wach. Sie ist verschwitzt, ihr Herz hämmert. Über dem Magen bläht sich etwas, eine mit Ekel gefüllte Blase drückt ihr ans Brustbein. Sie hat ihn satt, diesen Ohnmachtstraum, der ständig wiederkehrt. Blinde Kräfte bedrohen ihr Ich, ihre Ehe, jegliches Zusammenleben. Und sie weiß nicht, was dagegen hilft.

Später sitzt sie vor dem Frisierspiegel und mustert sich. Die glatte Haut, noch leicht gebräunt, nun fleckenlos und ohne Schwellung. Verschwunden die Tränensäcke, sie ist wieder hübsch, auch ungeschminkt ganz passabel. Ein bißchen fremd, der blasse Mund, das ernste Gesicht; doch es gefällt ihr. Sie kämmt das Haar straff zurück und sieht eine andere Jenny. Was spiegelt jetzt das Glas? Kaum noch Charme und Weiblichkeit, dafür Entschlußkraft, gewonnen aus Erfahrung... Ja, laß die Lidschatten und den Lippenstift, biedere dich bei keinem mehr an.

Jenny greift zur Schere, sie schneidet drauflos. Das hat sie immer schon gekonnt. Die Strähnen fallen, dahin die blonde Pracht. Es wird ein jungenhafter Schnitt. Kaum streichholzlang, was bis zur Schulter fiel – so aber paßt es zu ihr. Das neue Bild stützt ihren Wunsch, nie mehr Gegenstand zu sein, weder Objekt der Bewunderung noch der Begierde.

Als sie die Strähnen zusammenkehrt, kommt die Mutter und ist entsetzt. »Wie konntest du dich so entstellen!«

Jenny umarmt sie, zieht sie an sich. »Es war lieb von dir und Vater, wie ihr euch um mich gekümmert habt. Glaub mir, das vergesse ich euch nie. Aber nun bin ich wieder okay und an dem Punkt, wo zuviel Fürsorge einen nervt.«

»Was wird dein Mann dazu sagen?«

»Das ist sein Problem. Übrigens, ich hab' mit Andreas Reichel gesprochen, er holt mich nachher ab. Wir wollen nach Cumin, gibst du mir den Schlüssel von der Hütte?«

»Was habt ihr denn vor?«

»Keinen Ehebruch. Es geht ums Neue Forum, um Werbung draußen auf dem Land.«

»Werbung auf dem Land nennt man das jetzt? Laß es bloß nicht Vater hören. Und auch ich sage dir, es schickt sich nicht, wenn man verheiratet ist. Die Nachbarn werden reden! Dieser Mann ist zu jung für dich, noch unreifer als du. Ihm verdankst du doch das alles in Berlin.«

»Nein, Mutter«, widerspricht Jenny. »Das waren Christians Genossen.«

Gegen elf trifft Andy ein. Er bringt ihr das Buch *Die Mode der 20er und 30er Jahre,* zu einer einzelnen langstieligen Rose; sie ist gelb, wie dezent. Seine Stimme klingt derart verzagt, als könne er noch immer nicht fassen, was sich in Berlin ereignet hat. Details kennt er nicht, doch ihm ist klar, die zwei Frauen hat es dort viel böser erwischt als ihn, den Anstifter.

Auf dem Weg nach Cumin merkt Jenny, sie muß von ihm keine Annäherung befürchten. So verhalten wirkt er, daß er am Steuer seines Trabant kaum noch vorhanden ist. Sie hört von ihm, er habe freibekommen, weil er hochstaplerisch erklärt hat, sie abzuholen und übermorgen mitzubringen ins Geschäft.

»Macht euch nichts vor«, sagt sie. »Wo soll ich denn in Rostock hin? Die Wohnung sieht mich erst wieder, wenn Christian Schluß macht bei der Polizei.«

Wie es in seinen Augen blitzt! Schon rechnet er sich Chancen aus, sagt aber scheinheilig: »Ist das nicht ein bißchen stur von dir? Laß ihn nicht für das Verhalten anderer büßen.«

»Du, er hat genug damit zu tun.«

Andy fragt nicht nach Einzelheiten. Er nimmt sich völlig zurück und weicht allem, was ihr peinlich sein könnte, instinktiv aus. »Heute ist Reformationstag«, teilt er mit. »Krenz fliegt nach Moskau und mimt den Reformer, den Meisterschüler Gorbatschows! Gestern war Abschied im Schwarzen Kanal, letzter Seufzer des Herrn von Schnitzler. Nach anderthalbtausend Sendungen stürzt der Ätherfalke ab... Und die Demo in Rostock, du machst dir keinen Begriff, Mecklenburg wacht auf. Das muß man jetzt aufs flache Land tragen, den Geist von Leipzig. Eine halbe Million hat gestern abend dort die Altstadt umzingelt, Jenny, und verlangt: Schluß mit dem Führungsanspruch einer Partei, die es nicht wagt, sich zur Wahl zu stellen!«

»Was willst du eigentlich, Unterschriften sammeln?«

»Ja, und zwar unter diese Entschließung.«

Er fingert ein Blatt hervor, doppelseitig betippt. Jenny erkennt es am Titel, *Aufbruch 89 – Neues Forum.* Sie hat das Papier zuletzt auf dem Tisch des Graukopfs gesehen, als der ihr

Privatleben durchstocherte und sie auch nach Andy fragte. Es hat ihre Lage verschärft... Der Text, der Christian anrühren sollte; für den sie dann all das erlitten hat.

Die Ligusterhecke, darüber spitzgieblig das Sommerhaus der Eltern. Andy parkt auf grauweißen Kieseln, die sind vom Strand. Drinnen riecht es nach Muff und Nadelholz. Mit einem Trick knipst sie den Nachtstromofen an, was tagsüber verboten ist, und trägt das Gepäck hoch in ihr Stübchen. Andys Zeug bleibt unten, sie schiebt es neben die Couch; die wird sie ihm später beziehen. Er stapelt Holzscheite im Kamin, entfacht ein Feuer. Bis zum Abend hat man es warm.

Zuerst meerwärts! Nachsehen, ob es die Ostsee noch gibt. Auf dem Strandweg kommen sie an Nebels Haus vorbei. Der knallblaue Katen, die Läden geschlossen, das geschnitzte Tor naiv versiegelt – ein Papierstreifen mit dem Stempel der Gemeinde oder des ABV. Ganz oben fangen sie an, in dem Prunkbau des Außenhandels am Steilufer überm Meer.

Gleich der erste Versuch schlägt fehl, wirklich, man gibt ihnen glatt einen Korb! Dabei scheinen die Leute ganz nett zu sein. Er ein ernster junger Mann – Stahlbrille, kleiner Kopf und kräftige Hände –, der seinen dunklen Anzug, mit Schlips sogar, wie eine Rüstung trägt. Sie eine schmale, katzenhafte Rothaarige, unter ihrer grünen Schürze ganz in Schwarz, die Augen umschattet hinter der randlosen Brille. Und ein Zwölfjähriger, der eben aus der Schule kommt.

Jenny spürt, die Frau horcht auf, als man sich vorstellt. Ihren eigenen Namen nennt sie nicht. »Nein, das lasse ich«, sagt sie, kaum daß sie den Text überflogen hat.

»Aber die Unterschrift verpflichtet Sie zu nichts«, sagt Andy. »Es ist keine Beitrittserklärung. Wir halten auch niemandes Anschrift fest. Sie würden nur Ihre Zustimmung bekunden, Sympathie für das Ziel der Gruppe, wie hier dargelegt.«

»Sie müssen mich verstehen, ich bin staatlich angestellt und würde Ärger kriegen. Die Gruppe ist doch verboten, ja?«

»Noch nicht registriert, das stimmt.«

»Sehen Sie!«

»Und ich bin schon dabei«, sagt der Mann reserviert. »In

Halle, meiner Heimatstadt. Da gehöre ich selber zum Neuen Forum.«

Bei Sahnetorte im Café nahe dem hölzernen Kirchlein die erste Bilanz. Fast hundert Unterschriften, das halbe Dorf im Handumdrehen, welch ein Sieg! Man merkt, wie die Angst verfliegt. Niemand hat da Jenny zuliebe seinen Krakel gemacht, nur wenige haben sie gekannt. Eine 50jährige Bäuerin beim Gänsefüttern ganz spontan: »Die Leute sprechen aus, was ich schon lange denke! Da muß sich doch endlich mal was ändern.«

Oder die Biologin, steinalt und kultiviert, die ließ sie vorlesen. Daß sie dies noch erlebt, den Wandel zum Guten! Sie bewohnt ein früheres Malerhaus, ein Dutzend Porträts und Landschaften und blaugrüne Seestücke an den Wänden. Die alte Dame plaudert so angeregt, daß man ein Viertelstündchen bleibt und ihren Hagebuttentee probiert... Andrang in der Bäckerei, es unterschreiben die Angestellten mitsamt den Kunden. Hier trägt Jenny den Text schon auswendig vor. Manche wollen Geld spenden, damit man ihn vervielfältigen kann. Draußen vorm Schaufenster geht das Gespräch weiter, der Genosse Nauschütz nähert sich – und weicht der Gruppe aus!

Überall Erleichterung und Hoffnung. Endlich geht der Spuk vorbei. Man baut auf die große Demo am Samstag in Berlin... Zurückhaltung in der Kaufhalle und vor der Wartburg-Werkstatt. Die Vorsicht überwiegt, daheim fühlt man sich sicherer.

Von der Kirche hören sie dünnes Geläute, ein klägliches Bim-bim, Bim-bim. Da findet eine Beisetzung statt. Sie gehen hinüber zum Schifferfriedhof. Dort hören sie, Richard Nebel wird beerdigt, jener Mann, der vor 4½ Monaten mit ihnen nach Rostock fuhr. Nur eine Handvoll Menschen am Grab, darunter das Paar und der Junge von dem Haus am Meer. Deshalb also deren Trauerkleidung. Zwei lokale Kulturfunktionäre sind das letzte Geleit, der Pfarrer und die Totengräber, auch ein paar Kollegen wohl, darunter der große Heym – als Gesandter des PEN-Clubs vielleicht, aus dem Schriftstellerverband hat man ihn ja entfernt, oder schlicht als alter Freund. Weißhaarig und scharfnasig schwebt der Kopf über dem Grab, einmal fühlt Jenny sich von seinem Blick gestreift.

»Zur Demo am Donnerstag«, sagt Andy auf dem Rückweg, »muß ich wieder in Rostock sein, unbedingt. Stell dir vor, diesmal bringen wir die Lautsprecher auch außen an der Kirche an!«

»Keine Angst, bis dahin hast du wie der Prinz im Märchen zwischen Ostsee und Bodden alles wachgeküßt.«

»Mag sein, Jenny... Alle, bis auf dich.«

»Das war auch nicht von uns beabsichtigt.« Wie dumm von ihr, ihm ein Stichwort zu geben!

»Nein«, sagt er; »nur verbiete mir nicht meinen Traum.«

25

Am Mittwoch, dem 1. November, fuhr der Hauptmann wieder nach Cumin. Ein grauer, windiger Tag; das Radio sprach von Kundgebungen im Hinterland, von Neubrandenburg bis Frankfurt an der Oder. Bevor Wendt zu Frau Prinz ging, schloß der ABV ihm wiederum den blauen Katen auf. Dort hatte er sich schon am Freitag umgeschaut, ohne viel mehr zu sehen als die peinliche Ordnung, mit der Richard Nebel sich umgab. Auf dem Schreibtisch noch immer sein Ringbuch mit Notizen und, parallel wie eine Flottille in Dwarslinie, drei Kugelschreiber und fünf gelbe Bleistifte, scharf gespitzt. Nur der Terminkalender lag schief. »Wer ist hiergewesen?« fragte er.

»Ich mußte gestern Nebels Sohn und Frau Prinz einlassen«, sagte Nauschütz kleinlaut. »Nur ganz kurz. Sie haben nämlich das Testament gesucht.«

»Wie denn, gemeinsam?«

»Ja; für Anton Nebel war Frau Prinz die Verlobte seines Vaters. Ich hab' mich beim Standesamt erkundigt, es gab tatsächlich einen Termin für die Eheschließung, den 20. November. Der Geburtstag des Toten, da wäre er zweiundsechzig geworden...«

»Und, haben die zwei das Testament gefunden?«

»Nein. Es scheint keines dazusein.«

»Bitte schließen Sie ohne mein Wissen niemandem mehr auf«, sagte Wendt. »Die Untersuchung des Wracks hat ergeben, daß es kein Unfall war. Und bringen Sie ein richtiges Siegel an, der Papierstreifen ist doch ein Witz.«

»Ich habe streng darauf geachtet, daß nichts mitgenommen oder verändert worden ist.«

»Gut, aber in Zukunft! Gar nicht so leicht, zwei Leute im Auge zu behalten, wenn die an verschiedenen Punkten des Zimmers wühlen. Dies ist zwar kein Tatort, trotzdem dürften hier Spuren sein, die verwischt, und Beweismittel, die beiseite geschafft werden könnten.«

»Jawohl. Übrigens, Genosse Hauptmann, ist mir gestern im Ort Ihre Frau begegnet.«

»Was wollen Sie damit sagen?«

»In dem Zusammenhang nichts, nur...«

»Wie Sie ja wissen, haben ihre Eltern in der Nähe ein Quartier.«

»Ja... Ich erwähne es nur, weil sie mit einem Begleiter im Dorf Unterschriften für das Neue Forum gesammelt hat.«

»Genosse Nauschütz, das ist nicht unser Thema. Ich suche Hinweise zu Nebels Segelei.«

»Jawohl. Ein Teil der Ausrüstung steht auf halber Treppe. Über dem Reserveanker hab' ich beim erstenmal sein Bordbuch gesehen.«

Es lag noch da, ein blaues Diarium. Wendt setzte sich, er blätterte darin, ohne etwas aufzunehmen – so hatte ihn Nauschütz' Bemerkung gereizt. Er atmete tief durch und las im Innendeckel ein paar Zahlen. Nebel hatte genau vermerkt, wie der Weg zum Ziel (und auch die Fahrtzeit) wuchs, wenn man kreuzen mußte. Ihn erstaunte, wie sorgsam Nebel dies, gestützt auf seine Messungen, notiert hatte. »Ein Stündchen Arbeit für mich«, sagte er zum ABV. »Während Sie den Lack und das Siegel holen, bewache ich das Haus.«

Nauschütz ging, er hatte kapiert. Und kaum war er weg, fiel von Wendt das Nervöse ab, sein Herz schlug wieder rhythmisch, und es gelang ihm, das Bordbuch zu studieren. Darin war, seit dem Erwerb des Bootes im Mai 1980, jede Ausfahrt exakt beschrieben, stets in acht Rubriken. Nebel hatte das Datum, den Wind, den Seegang, die Bewölkung, die Uhrzeit des Ablegens und der Ankunft, Zahl und Namen der Crew, das Ziel sowie die Länge der Fahrtstrecke erfaßt. Und dem noch Bemerkungen hinzugefügt wie: »Zurück wegen Flaute geschleppt«, »vor der Brücke den Mast geklappt« oder »Mechanik defekt, Fock ließ sich nicht aufrollen«.

Der Skipper war offenbar dem Drang gefolgt, all das zu verzeichnen – gleich nach Abschluß jedes Törns, wenn er die Segelsäcke im Bootshaus verstaut hatte und heimgeradelt war. Neun Jahre hindurch blieb sich das Schriftbild gleich, gestochen klar bis zuletzt ohne Flüchtigkeit oder Verzerrung, wie sie bei Depressionen typisch sind. Im ersten Jahr wurde sein Sohn Robert, später nur noch Anton als Teilnehmer erwähnt; ferner verschiedene Frauennamen. Etliche Törns wirkten seltsam ziellos, sie führten zu verschwiegenen Plätzen im Schilf; das ließ an Liebesstunden denken. Die Einsamkeit des Boddens kam dem Mann entgegen. Daß sie ihm später zum Verhängnis werden sollte, war nicht zu ahnen. Drews' Kriminaltechniker ließ es offen, ob Nebel vor seinem Untergang noch den schwarzen Notball gehißt oder Leuchtraketen gezündet hatte, Signale, die niemand sah. Das Wasser hatte da jede Spur getilgt.

Die Schlußeintragung galt der vorletzten Ausfahrt, am Sonntag, dem 22. Oktober, zwei Tage vor seinem Tod. Sie lautete: *Wind Südwest 6–7, Seegang 5, Bewölkung 7/8, Uhrzeit* 14^{05} *bis* 17^{25}*, Besatzung 1, Ziel – Hafen N., Strecke 15 sm, Anmerkung: Kajüte riecht nach Nagellack.* Maniküre der Frau Prinz? Die war seit vier Wochen nicht mehr an Bord gewesen, von Ende September an wurde es unterwegs kühl, sollte vergessener Nagellack so spät erst umgekippt und ausgelaufen sein? Der Skipper war allein gesegelt, nur Ninas Sohn Ralf hatte ihn bis zu den Herbstferien gelegentlich begleitet... Ralf schien, dem Buch nach, ein Segelfan zu sein. Im Hochsommer waren die zwei quer durch den Greifswalder Bodden nach Rügen geskippert und an Stralsund vorbei bis nach Hiddensee. Fast sah es so aus, als hätte Nebel diesem Jungen den Vater ersetzt.

Kajüte riecht nach Nagellack.

Wendt kam die Erleuchtung. Das Gutachten des Kriminaltechnikers fiel ihm ein. Darin stand, die Haut solcher Boote lasse sich auf zweierlei Art chemisch angreifen, nämlich durch ein Verseifen der Estergruppen des Kunstharzes und durch Quellen ihres Netzverbandes. Im ersten Fall wirkten konzentrierte Salpetersäure oder Natronlauge aggressiv, sie zerlegten den Polyester in seine Komponenten. Der Schaden war irreversibel, mit steigender Temperatur wuchs die Reaktionsgeschwindigkeit. Im zweiten Fall, wenn man ein Lösungsmittel nahm, bildete der Schaden sich zurück, teilweise zumindest, sofern das Zeug rechtzeitig verflog. Geschah das nicht, litten Bruchfestigkeit und Elastizität des Materials, die Reißdehnung nahm zu. Stärkeres Quellen schwächte das Harz dermaßen, daß es zwar am Liegeplatz dem Wasser noch standhielt, der See draußen aber nicht mehr gewachsen war. In dem Moment, da Nebel wendete oder halste und zur Heimfahrt hart an den Wind ging, hob sich der Bug in Wellentälern und stampfte dann so schwer, daß die von innen präparierte Stelle aufriß.

Dies war die einzige Hypothese, die das Sinken zu einem späteren Zeitpunkt plausibel machte. Das Boot lief scheinbar unversehrt aus und schlug unterwegs erst leck, bei steigender Belastung. Das Gutachten nannte als gängige Lösungsmittel Methylenchlorid, Chloroform und Aceton. Aceton roch wie Nagellack. Der Hergang schien klar. Der Täter hatte, ohne den Rumpf zu durchstoßen, ein tiefes Loch in den vorderen Auftriebskörper gebohrt. Dann hatte er den zylindrischen Kanal mit Aceton gefüllt und ihn gewiß verkorkt, da ihm das Abdekken mit dem Schaumgummi der Koje nicht genügt haben würde. Trotzdem zog, durch das Schwappen des Lösungsmittels auf der vorletzten Fahrt, Acetongeruch in die Kajüte. Nebel hätte bereits am 22. Oktober sterben können, zumal der Bodden da rauher gewesen war als an seinem Todestag. Das Zeug hatte nur noch nicht ausreichend gewirkt. Folglich mußte es erst kurz zuvor eingebracht worden sein.

Durch wen? Nebel konnte es selbst getan haben. Der Stand der Ermittlungen schloß Selbstmord nicht mit Sicherheit aus. Ein Suizid blieb möglich. Der Eintrag ins Bordbuch sprach zwar dagegen; wer notiert schon, was er selbst verschuldet hat. Es konnte jedoch auch absichtsvoll dort stehen, um einen Mordverdacht zu nähren, wenn man ihm den Unfall nicht glauben sollte. Vielleicht wollte der Mann seiner behinderten Tochter das Geld aus jener Lebensversicherung erhalten, die er zu ihren Gunsten abgeschlossen hatte. Bei Selbstmord zahlte die Versicherung nicht. Aber warum machte er Schluß, wo lag das Motiv? Ein Mensch, der Pläne hat, ein halbes Dutzend Termine im Kalender über den Todestag hinaus – und die klare Absicht, zu heiraten! Drohte ihm kein beruflicher Flop, nichts, was ans Mark ging, konnte es eigentlich nur Panik gewesen sein, ein seelischer Zusammenbruch. Durch was bewirkt?

Nichts hatte auf einen psychischen Defekt hingedeutet, als Nebel ihm im Mai gegenübersaß; im Gegenteil, da gab er sich drängend, energisch, vital. Auch Jenny, die ihm im Juni begegnete, hatte keine pessimistische Regung erwähnt. Was war im Laufe des Sommers mit Richard Nebel geschehen, wenn – besser: falls – er sich aus dem Leben stahl?

Nauschütz kam gar nicht wieder. Der mochte Mühe haben, im Dorf Siegellack aufzutreiben. Ach, der ländliche Schlendrian! Wendt begann, die Papiere des Toten zu sichten. Das Ringbuch auf dem Schreibtisch enthielt literarische Einfälle, die sich der Beurteilung entzogen, vermischt mit witzigen Sprüchen. *Der Skandal beginnt,* las der Hauptmann, *wenn die Polizei ihm ein Ende macht.* Ein Zitat von Karl Kraus. Oder: *Dringendstes Gebot der Ethik ist es, das Moralisieren abzuschaffen.* Ein Freund des Paradoxen. Na, dies brachte nichts.

Wendt machte sich über die Korrespondenz her. Von jedem Schreiben, das Nebel verfaßt oder erhalten hatte, lag ein Stück bei den Akten; das Original oder die Kopie. Es waren gut zwei Meter im Regal, 25 prall gefüllte Ordner; sie reichten bis zum Jahr 1964 zurück. Es fiel Wendt auf, daß die Reihenfolge der Ordner nicht ganz stimmte. Ab 1985 waren einige vertauscht; der Jahrgang 1979 fehlte ganz. Beides paßte nicht zu Nebel.

Bei flüchtiger Durchsicht bot das Material keinen Hinweis auf ernste Rückschläge im Beruf. Allenfalls das wohl Branchenübliche, Ärger mit kritischen Lektoren, die Textstellen oder Handlungslinien monierten, geplatzte Druckereitermine, zwei nichtbewilligte Auslandsreisen (nach Österreich und Italien) und das, was man offenbar unter Zensurschwierigkeiten verstand. Die Schriftsteller hatten weit mehr Freiheit als die Journalisten, trotzdem, es reichte ihnen nie. Nebel hatte ein Memorandum verfaßt, das die Staatskontrolle der Literatur ad absurdum führte und, dem Tenor nach, Kraus variierte: Der Skandal beginnt, wenn die Zensur ihm ein Ende macht.

Natürlich rüttelte das am Primat der Partei und führte geradewegs in Kontroversen. Die Kollegen seines Bezirksverbands, er gehörte noch dem Hallenser Autorenkreis an, wollten ihn ausschließen, da er zwar regelmäßig Beitrag zahlte (wenn auch zuwenig, wie man ihm vorwarf), aber seit zehn Jahren zu keiner Tagung mehr ging. Und zwar aus Protest gegen den Ausschluß Stefan Hemys und weiterer illustrer Geister, wie es bei ihm hieß. An anderer Stelle teilte er mit, der Bezirksverband Rostock zeige keine Neigung, ihn aufzunehmen.

Aber war das alles denn schlimm? Nein, es blieb erträglich. Im Herbst 1976 hatte er sich von Portugal aus, wo er Stoff sammelte für einen Fernsehfilm über die Nelkenrevolution, gegen die Ausbürgerung des Liedermachers Biermann gewandt, der führende Genossen zur Gitarre mit krähender Stimme verunglimpfte. Da Nebels Protest über den britischen Rundfunk lief, starb daran sein Fernsehprojekt. Darüber hinaus jedoch geschah ihm nichts. Und auch ein Verlust der Mitgliedschaft im Autorenverband, das schrieb er selbst, war noch kein Berufsverbot.

Bis zum Schluß kein Hauch von Panik oder Selbstmitleid. Dazu bestand auch kein Anlaß. Auf Nebels Sparkonto lagen 208000 Mark, damit hätte er bei seinem Lebensstil ewig gereicht; auch ging er ja bald in Rente. Und außerdem, mußte er jetzt nicht aufatmen, nach der Wende? Mit Sicherheit hatte er die begrüßt. Resignation und Verbitterung hätten ihn zu diesem Zeitpunkt schwerlich erfassen können. Für ihn zog der Frühling ins Land.

Blieb nur noch Krankheit als Fluchtmotiv. Wer erfuhr, er sei unheilbar krank, der verlor leicht den Lebensmut; zumal in Nebels Alter. Doch außer ein paar scherzhaft verbrämten Klagen über sein Rheuma gab der Briefwechsel zu dem Punkt gar nichts her. Vagabundierender Schmerz in Fingern und Hüftgelenken, wer brachte sich deshalb um? Es konnte freilich ein

Leiden sein, das er vor der Umwelt verheimlicht hatte. Dazu war unbedingt sein Arzt zu hören. Der Autopsiebefund jedenfalls, sonst eine Quelle der Erkenntnis, hatte keinerlei Aufschluß erbracht.

26

Während Nina Prinz ihnen Kaffee kochte, streifte sein Blick das teure Interieur. Diesmal wollte er nichts übersehen – von dem Marmor im Flur über den beigefarbenen Teppichboden hier mit den handgewebten Schafwolläufern bis zu den soliden Möbeln, helles Holz, massiv, in ländlichem Stil, und dem schweren Gebälk an der Decke. Bleibe nüchtern, redete Wendt sich zu. Der Leder- und Wachsgeruch umfing ihn angenehm, vermischt mit Kaffeeduft; der Geruchssinn, ein Verführer... Nach vier Wochen ohne Weiblichkeit anfällig für den leisen Hauch von Charme, wollte er gern so unbefangen wie möglich sein. Kühl studierte er die Prachtentfaltung des Ministeriums für Außenhandel: das Bleiglas in der Eßecke, den Farbfernseher mit der japanischen Musikanlage hinter all den honiggelben Polstern, die verschwenderische Vegetation in riesigen Messingkübeln, die Zimmerpalme und den kleinblättrigen Gummibaum.

Phantastisch. Dies nannte man wohl Ambiente? An drei Wänden hingen Grafiken von Herzog mit Seemotiven. Durch die vierte Wand der Blick aufs Meer, damit man das Original mit den Abbildern verglich. Dort, über Schaumketten, sank die verschleierte Sonne ausdruckslos auf einen Horizont, an dem spielzeughaft drei, vier Schiffe schwammen. *So als ob im fernen Lande keine Hoffnung mehr wär.* Weshalb nur war ihm so schwer ums Herz?

»Wer ist denn sein Arzt gewesen?« fragte er, als Nina Prinz mit dem Tablett kam.

»Doktor Lukas, der Orthopäde in der Poliklinik.« Sie verteilte das Geschirr, Zwiebelmuster, lächelte leicht betreten und öffnete den Mund gerade so weit, daß ihre Zungenspitze über die Lippen gleiten konnte.

Wendt sah, daß Frau Prinz, wenn sie lächelte, zwei ganz kleine Grübchen hatte. »Und so schönen Kuchen«, sagte er. »Womit hab' ich das verdient?«

»Einfach durch Ihre Höflichkeit.«

»Ich stelle Ihnen doch nur zudringliche Fragen.«

»Der Ton macht die Musik. Sie haben Richard neulich meinen ›Lebensgefährten‹ genannt, obwohl wir doch getrennt wohnten. Bei Herrn Nauschütz war das immer bloß mein ›Freund‹, na, mit dem kleinen Unterton.«

»Welchem Unterton?«

»Von Geringschätzung. Am liebsten hätte er ›Ihr Geliebter‹ gesagt. Wie kommt es denn ins Protokoll?«

»In Ihrer Formulierung.«

»Also mein Verlobter. Wir wollten ja heiraten.«

»Ich weiß, in drei Wochen.«

Sie warf ihm einen Blick zu. Vom Kaffeedampf beschlugen ihre Gläser, sie nahm die fragile Brille ab und rieb sich die Druckstellen am Nasenrücken; zwei kleine Wunden. Auf einmal kam sie ihm hilflos vor. Nicht durch die aufgesetzte Munterkeit, sondern durch ihr Entrücktsein; den ziemlich leeren, umschatteten Ausdruck der grünen Augen, die nichts mehr ausstrahlten, nur stumpf auf das Tischtuch starrten. Es war wohl bloß die hübsche Brille, die ihnen Glanz verlieh und Ninas Erscheinung etwas Geistiges gab, hochstaplerisch Intellektuelles – ein Anspruch, den einzulösen ihr dann nicht gelang.

Wendt rührte im Kaffee und fragte weiter, behutsam tastend, als sei es seine Pflicht, den günstigen Eindruck zu retten, den sie von ihm hatte. Er gab sich locker, und doch war es möglich, daß sie die Atmosphäre drohenden Stillstands, hinter der sein erwachendes Interesse steckte, instinktiv mitbekam. Ihr Gesicht und der schmale Körper lenkten ihn ab. Nach seinem Gefühl zählte sie zu den sensiblen Frauen, deren Antennen noch das schwächste Signal ergattern, die feinste Spur von Begehrlichkeit. Jedes Härchen an solch einem Weib ist ein Draht im Meldenetz... Ihr schimmernder Zopf, tizianrot, fiel ihr im Sitzen bis über den Gürtel. Wie flammend mußte das Haar erst leuchten, aufgelöst über Kissen! Nebels Selbstmord rückte in die Ferne. Ein Mann, dem sich mit 62 so etwas noch bot, sagte der Welt doch nicht adieu.

»Er kam vor zwei Jahren zu uns mit Schmerzen im Genick, von der Schulter bis zur Hand. Der Nerv war zwischen den Halswirbeln verklemmt, Doktor Lukas renkte ihm das ein.«

»Dadurch war er wiederhergestellt?«

»Nicht von heute auf morgen natürlich. Er bekam die Lesselschlinge zur Entzerrung des Rückgrats und Massagen.«

»Gaben Sie ihm die vielleicht?«

Nina Prinz nickte, sie wurde ein wenig rot. »So lernten wir uns kennen...« Der Satz stand wie ein Geständnis im Raum. War es ihr peinlich, dem späteren Verlobten so begegnet zu sein, als hilfreich dienender Geist? Wendt konnte sich denken, wie es den animiert hatte, als sie seinen Arm knetend streichelte, von den Fingerspitzen aufwärts bis zum Ellbogen. Es war ihr fraglos geglückt, über den gequetschten Nerv hinaus den ganzen Mann zu beleben.

»Sie sind überzeugt, daß seine Gesundheit intakt war?«

»Bis auf das bißchen Rheuma und die unvermeidliche Abnutzung durchaus. Richard war kerngesund, das wird Ihnen Doktor Lukas bestätigen. Er hat sich fit gehalten, lief sogar im Winter jeden Morgen ans Meer, zum Schwimmen.«

»Bei jedem Wetter? Brrr... Ja, dann also Mord.«

»Nur, wer sollte ihm nach dem Leben trachten?«

»An den Unbekannten im Wald glauben Sie nicht?«

»Nein. Obwohl Richard sich gegen ihn bewaffnet hatte.«

»Bewaffnet, womit?«

»Er steckte sich ein Jagdmesser und einen Totschläger ein, wenn er losfuhr. Das war so ab September, glaube ich.«

»Woher hatte er den Totschläger?«

»Geerbt, von seinem Vater. Eine Spiralfeder mit Bleikugel im Lederüberzug.«

»Trotzdem, Sie teilten seine Sorge nicht?«

»Ich fand sie eher lächerlich. Ihm drohten ganz andere Gefahren im Wald. Zum Beispiel, daß er vom Rad stürzt und sich den Oberschenkelhals bricht. Dann hätte er hilflos dagelegen... Kein Mensch kommt da im Herbst noch hin.«

»Wie reagierte er auf Ihre Befürchtung?«

»Ganz vernünftig. Er stellte zwar die Fahrten nicht ein, zog mir aber auf der Karte den Weg nach. Er nahm immer denselben; zwanzig Kilometer in siebzig Minuten, das war seine Norm. Falls er mal nicht heimgekommen wäre, hätte ich ihn mit Herrn Nauschütz auf dieser Route gesucht.«

»Wen vermutete er eigentlich hinter dem Unbekannten?«

»Ich weiß es nicht«, sagte Nina Prinz unsicher. Ihre Stimme, schon die ganze Zeit brüchig, kippte weg. Sie schluckte, räusperte sich und fuhr fort: »Irgendwelche Widersacher.«

»Von der Zensurbehörde oder dem Schriftstellerverband?«

»Die wären ihm wohl kaum in den Wald gefolgt. So sportlich sind diese Herren nicht.«

»Es ist ja dann auch ganz woanders passiert. Auf dem Wasser oder vielmehr im Hafen. Dort hat man sein Boot präpariert.«

Sie sagte nichts. Eine Träne lief ihr unvermittelt über die Wange, sie tupfte sie weg und setzte ihre Brille wieder auf. Auf geheimnisvolle Art, fand er, schützte und verschönte sie das Glas.

»Gehen wir systematisch vor«, regte Wendt an. »Viele Tötungsverbrechen geschehen innerhalb der Familie.«

»In diesem Sinne gab es keine. Er hat in Cumin von Anfang an allein gelebt.«

»Was ist mit Anton, dem jüngeren Sohn?«

»Er war zur Beisetzung hier. Der Katen ist noch versiegelt, ich hab' ihn im Sommerhaus wohnen lassen. Heute früh ist er abgereist.«

»Immerhin, er erbt eine Menge.«

»So, finden Sie?«

»Ein Drittel der Nutzungsrechte an Nebels Werk, dazu knapp siebzigtausend Mark und ein Stück von dem Katen. Oder lautet das Testament anders?«

»Bisher gibt es keins. Es sollte im Schreibtisch sein, war aber gestern dort nicht zu finden.«

»Hat Anton es noch an anderer Stelle gesucht?«

»Kaum. Herr Nauschütz war etwas schwierig, dauernd drängte er uns zu gehen... Sie verdächtigen doch nicht etwa Anton?«

»Nun, noch steht er auf der Liste – wie jeder, der von Nebels Tod irgendeinen Vorteil hat.«

»Das ist absurd, Herr Wendt. Anton ist ein stiller, gutmütiger Junge! Er hat sich mit seinem Vater gut verstanden. Jetzt wird er ihm den Grabstein meißeln. Er war genauso erschüttert wie ich.«

»Das glaube ich Ihnen gern...«

»Anton hat zwei Bücher seines Vaters illustriert, das spricht wohl für sich.«

»Es stützt Ihre Auffassung. Aber schauen Sie, Morduntersuchung ist eine Wissenschaft für sich. Ich muß mich an die Regeln halten.«

Nina Prinz schüttelte den Kopf. »Er gehört nicht auf die Liste«, sagte sie heftig. »Sie verlieren mit ihm nur Zeit.«

»Trotzdem die Frage: War Anton am vorletzten Wochenende hier, so ab 20. Oktober?«

»Nein, um diese Jahreszeit kommt er nie. Es sind vierhundert Kilometer Fahrt für ihn, und sein Urlaub ist aufgebraucht. Sie können das beim bischöflichen Ordinariat erfragen.«

Wendt hob die Hände; die Kontrolle der Alibis war Routine. Ihn wunderte ihre Emotion – sie verhielt sich, als sei da ein Nerv berührt.

»Ein zweiter heikler Punkt«, sagte er schonend. »Wenn wir Anton streichen und damit die Habgier, bleiben andere Motive. Zum Beispiel Rachsucht.«

»Ja«, sagte sie ziemlich atemlos.

»Rachsucht«, wiederholte er, und es schien ihm, als akzeptiere sie das Wort. »Bitte nehmen Sie, was jetzt kommt, nicht persönlich. Es liegt mir fern, Ihnen zu nahe zu treten, wenn ich unterstelle, daß Sie zuvor einen anderen Partner hatten.«

»Es existiert ein Kind, das bestätigt Ihre Theorie.« Nina Prinz verzog den Mund, ihre Zähne schimmerten weiß und feindlich. Sie war noch immer erregt, ihr Lächeln wirkte gallig.

»Nun, Ihr Sohn, das liegt etwas zurück. Halten Sie mich für respektlos, wenn ich denke, Richard Nebel hätte Sie einem anderen ausgespannt?«

»Ausgespannt? Kein sehr passendes Wort.«

»Sie haben recht; ich entschuldige mich.«

»Es klingt nämlich nach Pferdewechsel.«
»So war's wirklich nicht gemeint.« Wendt hatte den Eindruck, auf vermintem Gelände zu sein. »Wenn Richard Nebel eine Frau, die so blendend aussieht wie Sie, einem anderen wegnimmt oder abspenstig macht – wie auch immer wir es nennen...«
»Danke für die Schmeichelei. Ich nehme an, solche Verbeugungen sind ein Teil Ihrer Technik.«
»Es war eine Feststellung, kein Kompliment.«
»Okay, lassen wir das. Sie fragen also, ob es einen Vorgänger gab, der sich an Richard hätte rächen wollen? Theoretisch schon; praktisch ist es ausgeschlossen.«
»Was macht Sie da so sicher, Frau Prinz? Manch einer dreht in einer solchen Situation total durch.«
»Weshalb sollte der Vorgänger das, plötzlich nach zwei Jahren?«
»Weil Sie erst im Juli hergezogen sind. Und weil bis zum Weggang aus der Kreisstadt Ihr Schritt für den Mann noch nicht endgültig war. Vielleicht hat er so lange gehofft, Sie zurückzugewinnen oder halten zu können, und danach erst den Vergeltungsplan entwickelt.«
»Mich halten?« Wieder lächelte sie verzerrt. »Deuten Sie damit an, ich hätte jahrelang zwei Verhältnisse gehabt?«
»Nein, aber so was kommt vor.« Ihm wurde heiß in seinem Jackett. Mein Gott, warum wehrte sie sich dermaßen? »Besonders, wenn der eine Teil gebunden ist. Meist schaffen es verheiratete Männer nicht, sich aus der Ehe zu lösen, wegen der Kinder oder weil die Frau ihnen leid tut. Gegenüber der Partnerin, die vergebens auf Entscheidung drängt, sind sie dann oft kompromißbereit.«
Nina Prinz sagte nichts. Ihr Kinn bebte, erneut nahm sie die Brille ab, griff sich mit Daumen und Ringfinger an die Schläfen und schwieg.
»Ein Kriminalist muß die Dinge nehmen, wie sie sind, und nicht, wie sie sein sollten nach Ansicht der Moralapostel.«
»Wozu quälen Sie mich, wenn Sie schon alles wissen? Macht Ihnen das Freude? Es ist doch unvorstellbar, daß Michael Lukas es getan haben könnte!« Sie stand auf, ging zur Fenster-

wand und sah aufs Meer hinaus, über dem die Nacht sank – als liege dort die Antwort.

Wendt trat neben sie. Der Horizont war unsichtbar, flirrende Lichter deuteten an, wo er verlief; die Kimm deckte sich mit der Fahrrinne. Rechts, an der Spitze einer Landzunge, blitzte der Leuchtturm auf. Schiffen wies er den Weg, doch nicht ihm, dem Hauptmann der K. – »Wieso meinen Sie, Doktor Lukas kann's nicht gewesen sein?« fragte er mit einem Anflug von Jagdlust, hatte er ihr doch trickreich den Namen entlockt und kam der Sache näher.

»Richard war schließlich sein Patient. Er ist genausowenig wie Anton der Mörder!«

»Ich bin überzeugt, daß Sie das glauben.« Nina Prinz war einen Kopf kleiner, er roch ihr Parfüm (Moschus mit einem Hauch Lavendel). »Von Hippokrates ist, außer dem Eid, noch der Satz überliefert: ›Lang ist die Kunst und kurz das Leben.‹ Und die Tatsache, daß er sich als eine Art Gott verstand.«

»So denkt Michael keineswegs. Er achtet die Menschen, schuftet bis zum Umfallen für sie, trotz manchem Undank und der schlechten Bezahlung. Er respektiert jeden, anders als die Polizei.«

»Er hat's ja mit Opfern zu tun, nicht mit Tätern. Hat er Ihren Weggang nicht beklagt?«

»Und ob! Sie kennen wohl die Lage im Gesundheitswesen. Meine Planstelle ist unbesetzt seitdem.«

»Sie entschlossen sich trotzdem zu kündigen?«

»Nicht nur der Wohnung und des Geldes wegen. Sondern um bei Richard zu sein und Klarheit in mein Leben zu bringen.«

»Ist Doktor Lukas eigentlich Segler?«

»Das sind viele rund um den Bodden.«

»Bitte halten Sie mich nicht für gar zu mißtrauisch, wenn ich noch frage: Wo liegt sein Boot?«

»Im Cuminer Hafen. Es ist die größte Sportgemeinschaft weit und breit.«

»Er hat also Zutritt zum Clubgelände... Sehen Sie, Frau Prinz, das ist der Grund, weshalb er mich interessiert. Sie werden ihn ja anrufen, wenn ich weg bin. Kündigen Sie ihm meinen Besuch ruhig schon an.«

Als Wendt gehen wollte, fragte sie unvermittelt: »Möchten Sie noch das Haus besichtigen? Das will mancher, heute erst kam eine junge Frau namens Wendt vom Neuen Forum; zufällig verwandt mit Ihnen, Herr Hauptmann?«

»Meine Frau.« Ihm war, als zeige Nina Prinz ihm die Krallen; als wisse sie auch da mehr, als sie zugab.

»Sie haben sie eingelassen?«

»Nein, wie komme ich dazu? Aber Sie dürfen sich umsehen.«

»Das ist sehr freundlich von Ihnen.«

»Machen Sie sich nur ein Bild von allem...«

An den Wohnraum grenzte die Loggia – tolle Sessel und ein weißer Tisch auf hellem Grund, Zierpalmen ringsum. Im Kinderzimmer saß Ralf über seinen Schularbeiten. Wendt sah ein Heft bei ihm, HEIMATKUNDE, die Blockbuchstaben ähnlich wie in der Zeile RICHARD NEBEL IST ERMORDET WORDEN GEWISSEN LEUTEN LAG DARAN. Ein ernster blonder Junge mit rötlich eloxierter, kreisrunder Brille. Über ihm das Poster *Schiffe in der Abendsonne.* – »Auch Ralf will, daß Sie den Täter finden«, erklärte sie ihm hinter der Tür. »Richard war sein bester Freund.«

In Küche und Schlafraum warf Wendt nur einen Blick. Modische Einbaumöbel, rustikal, Herd und Geschirrspülautomat von der Firma Bosch. Über all ihren Geschäften hatten die Außenhändler sich selbst nicht vergessen. Ein Küchenstuhl ließ sich zur Leiter ausziehen. An der Wand ein Tischstaubsauger. Ninas Bett – sehr breit, aus hellem Holz – auf Schafwollteppichen, umhängt von Aquarellen. Das Bad hellgrün im verchromten Viersterneluxus, die Duschecke gläsern abgetrennt.

Das Obergeschoß, den Eignern vorbehalten, durfte er nicht sehen. Zum Trost zeigte sie ihm im Keller die Sauna, sie faßte zehn Personen, dazu das Solarium und die Fitneßgeräte; all das von westlichem Glanz. Und im Kreiskrankenhaus funktionierten die Apparaturen nicht – kein Geld! Der Keller war geklinkert und gekachelt, er prunkte mit seinen zwei Waschmaschinen, der Ölheizung, dem Kühlschrank, der Gefriertruhe, einer Unmenge von Bierbüchsen, Säften, Spirituosen, ausländischem Wein und soviel Büchsen voller Leckereien, als gelte es, den Endsieg über den räuberischen Kapitalismus zu feiern.

Betäubt stieg Wendt treppauf. Weshalb zeigte sie ihm das? Sollte er begreifen, wieviel Vertrauen sie höheren Orts genoß? Und was hatte Jenny in dem sagenhaften Haus gewollt? Rätselhaft. Die Höhle Ali Babas. Bewacht von einer katzenhaften Frau, aus der er nicht schlau wurde.

27

Am Samstag fuhr Wendt nach Rostock. Übers Wochenende wollte er daheim verschnaufen und zur Montagssitzung ins Präsidium gehen. Es bedrückte ihn, in diesen Zeiten so weit weg vom Schuß zu sein.

Die Woche in N., was hatte sie ihm gebracht? Wenig Klarheit und keine Versöhnung mit Jenny. Sie verweigerte jedes Gespräch, solange er nicht aus der Partei austrat. Doch gerade weil das viele Genossen taten und die Karriere wohl kaum noch darunter litt, erschien ihm das verächtlich. Und gar den Dienst quittieren? Da hätte sie ihm auch raten können, sich die Hand abzuhacken oder den Teil seines Hirns stillzulegen, der dabei war, Nebels Tod zu klären.

Ein wahrhaft schwieriger Fall. So weit er zurückdachte, nichts ähnlich Verzwicktes fiel ihm ein. Nebel war auf abgefeimte Art ermordet worden, durch eine Automatik. Bei weniger gründlicher Prüfung hätte es wie ein Unfall gewirkt. Nach dem Gespräch mit Nina Prinz gab es zwei mögliche Täter: den Arzt, der ihr Geliebter gewesen war, und Nebels Sohn Anton. In auffälligem Eifer hatte sie beide in Schutz genommen.

Am Ende ein alter Trick – wer so nachdrücklich niemanden belastete, der nahm auf raffinierte Art den Ermittler für sich ein. Sie konnte es nämlich auch selbst getan haben. Als medizinisch geschulte Frau kannte sie die Wirkung organischer Lösungsmittel... Und ihr Motiv? Die Erbschaft! Dann war die Trauer nicht echt, und nur das Fehlen des Testaments hatte sie erschüttert. Ohne Testament ging die schöne Frau Prinz leer aus. Es mußte aber gar nicht Geldgier sein. Sie konnte sich entweder in den Sohn verliebt haben oder zurückstreben in das Bett des Arztes, des womöglich besseren Liebhabers.

Der Hauptmann bremste, in Stralsund hielt ihn die Bahnschranke auf. Und immer lockt das Weib, dachte er, auf das Lenkrad trommelnd; ein alter Film mit der Bardot. Die haben's raus, uns um den Finger zu wickeln. Doch vielleicht wurde er da, Ninas grüne Augen und ihr schönes Haar im Blick, das Opfer eines Klischees; und der ganze Verdacht war absurd. Etwas in ihm hoffte, es möge so sein.

Am Stadtausgang knipste er das Radio an. Der Sender übertrug die Kundgebung auf dem Alexanderplatz, wo sich angeblich eine halbe Million Menschen versammelt hatte. Vor einer Lärmkulisse las der Sprecher von den Transparenten Sprüche ab wie: Wandlitz, zeig dein Antlitz und: Es geht nicht mehr um Bananen, jetzt geht's um die Wurst... Wie griffig sich das Volk ausdrückte! Etwas in ihm schwang da mit, eine verborgene Saite seines Wesens schien auf das abgestimmt, was sein Verstand da als subversiv verwarf.

»Liebe Freunde, Mitbürger, es ist, als habe einer die Fenster aufgestoßen nach all den Jahren der Stagnation«, rief jemand, mit dem Namen angekündigt, doch Wendt hatte nicht hingehört. »Den Jahren von Dumpfheit und bürokratischer Willkür, von amtlicher Blindheit und Taubheit. Welche Wandlung! Vor noch nicht vier Wochen: Die schön gezimmerte Tribüne, hier um die Ecke, mit dem Vorbeimarsch, dem bestellten, vor den Erhabenen. Und heute ihr, die ihr euch aus eigenem, freiem Willen versammelt habt...«

Die Stimme kannte er doch, wem gehörte sie? War der Mann wirklich so naiv, zu glauben, die Bevölkerung höre jetzt noch auf ihn, der stehe der Sinn nach »einem Sozialismus, der des Namens wert ist«, wie er da rief? Die ihm applaudierten, hatten doch eher das Westgeld, die Reisen und Autos im Kopf.

»Einer schrieb mir«, teilte der Redner mit, »wir haben in diesen letzten Wochen unsere Sprachlosigkeit überwunden und sind dabei, den aufrechten Gang zu erlernen, und das, Freunde, in Deutschland, wo bisher sämtliche Revolutionen danebengegangen sind und wo die Leute immer gekuscht haben, unter dem Kaiser, unter den Nazis und später auch. Aber sprechen, frei sprechen, gehen, aufrecht gehen, das ist nicht genug. Laßt uns auch lernen zu regieren. Die Macht gehört nicht in die Hand eines einzelnen oder ein paar weniger oder eines Apparats oder einer Partei. Alle, alle müssen teilhaben an dieser Macht...«

Wendt schüttelte den Kopf. Wie sollte das praktisch vor sich gehen? Man mußte die Macht doch immer delegieren. Mit der Basisdemokratie hatte es nicht mal auf einem Inselchen wie Grenada geklappt... Der ätzende Stimmklang verriet ihm nun, wer diese illusionäre Botschaft verkündete. Kein anderer als der greise, von Jenny hochgeschätzte Autor Stefan Heym. Vor 4½ Monaten, in der Petrikirche zu Rostock, hatte er noch mit Engelszungen geredet, nun peitschte er bedenkenlos die Menge auf.

»Und wer immer sie ausübt und wo immer, muß unterworfen sein der Kontrolle der Bürger. Denn Macht korrumpiert, und absolute Macht, das können wir heute noch sehen, korrumpiert absolut. Der Sozialismus – nicht der Stalinsche, der richtige –, den wir endlich erbauen wollen, zu unserem Nutzen und zum Nutzen ganz Deutschlands, dieser Sozialismus ist nicht denkbar ohne Demokratie. Demokratie aber, ein griechisches Wort, heißt Herrschaft des Volkes. Freunde, Mitbürger, üben wir sie aus, diese Herrschaft.«

Wilder Beifall. Wendt war es, als breche mit dieser Rede ein Stück der Staatsmacht weg. Nun schwelgte die Autorin Christa Wolf in Sprüchen über Wendehälse und Maiumzüge. Am meisten galt ihr der Satz: Stell dir vor, es ist Sozialismus, und keiner geht weg... Neuer Applaus. Nach ihr sprach Markus Wolf, der Chefaufklärer. Er zögere, ans Mikrofon zu treten, sagte er mit spröder Stimme. Es sei nicht seine Partei, die SED, die mit der Macht ihrer Medien zur Demonstration gerufen habe, sondern die eher leise Stimme der Berliner Künstler. Die eigene Führung habe bis zum 7. Oktober in einer Scheinwelt gelebt, »das war bitter für uns Kommunisten...«.

Pfeifkonzert, Protestgeheul. Wolf sprach dagegen an; 33 Jahre war er General der Staatssicherheit gewesen. Dazu bekenne er sich und sei dagegen, »daß viele Mitarbeiter dieses Ministeriums nun zu Prügelknaben der Nation gemacht werden sollen. Es liegt gerade im Interesse dieser Mitarbeiter, daß jede Anschuldigung, jedes Unrecht unparteiisch untersucht wird und Betroffenen öffentlich Gerechtigkeit widerfährt. Das gilt natürlich auch für den 7. und 8. Oktober.«

Die Rede, länger als die übrigen, war durch das Pfeifen schwer zu verstehen. Daß Wolf da eine Lanze für die Firma brach, verzieh man ihm nicht. Zäh stemmte er sich gegen den Protest. »Verantwortliche des Ministeriums sollten sich der Öffentlichkeit stellen«, rief er, »um damit auch den Dunst des Geheimnisvollen zu beseitigen, das bei vielen Menschen Angst verbreitet.«

Stimmte das, war es wirklich nur der Dunst des Geheimnisvollen, der die Bürger frösteln ließ? Das schien doch eine Verharmlosung zu sein. Der Generaloberst a. D. machte es sich zu leicht. Die Stasi stand hinter den Ausschreitungen, auf ihr Geheiß hatte man seine Frau gequält. Und ihm selbst saß die Firma im Nacken in Gestalt des Majors Werner, der erst Jenny vernommen und dann ihn, Wendt, erpresserisch angeworben hatte.

Er knipste das Radio aus. Ein paar Slogans klebten ihm im Ohr: Laßt euch nicht verwenden. Wenden, nicht winden, Egon! Wer sich nicht bewegt, fühlt seine Fesseln nicht. Lieber eine Wanze im Bett als in der Steckdose... Vor allem aber: Es geht nicht mehr um Bananen, jetzt geht's um die Wurst! Ganz bestimmt. Doch wer dort auf dem Alex hatte das kapiert?

Angesichts der Silhouette Rostocks zog Wendt das Resümee. Es hatte ihn zwei Tage gekostet, gestern und vorgestern, dem zweifachen Verdacht nachzugehen: gegen Nebels Sohn und gegen Nebels Arzt. Die Genossen in Halle hatten Antons Alibi für die Zeit um den 20. Oktober überprüft, es war wasserdicht, der Sohn war nicht an der See gewesen. Und er selbst hatte lange genug mit Dr. Michael Lukas gesprochen, um von dessen Unschuld überzeugt zu sein.

Nun freilich das Mißtrauen gegen Nina Prinz. Ach, so lief das oft ab, kaum löste sich der eine Argwohn auf, da entstand aus heiterem Himmel der nächste Verdacht. Zwanghaft, denn die

Logik duldete, genau wie die irdische Natur, nun mal kein Vakuum. Ein Mord war passiert, einer mußte es gewesen sein. Möglichst jemand aus der Umgebung des Opfers, wie doch fast immer der Fall. Zum Glück für die Gesellschaft und die Polizei. Solch ein Täter schlug nur einmal zu, dann hatte er sein Problem gelöst.

28

Daheim im Komponistenviertel, hinter Wendts Tür, staut sich die Presse von neun Tagen. Die Blätter tun, als sei dies der Nabel der Welt. Während auf dem Globus gar nichts mehr passiert, ist hier alles im Fluß. Der Vorsitzende des FDGB, einst Rostocks Erster Sekretär, vorgestern gestürzt; auch die Volksbildungsministerin geht, lila getönt und alert. Man kann wieder ohne Visum nach Prag reisen. Die westdeutsche Botschaft dort füllt sich erneut, zugleich aber dürfen DDR-Bürger frei die tschechische Grenze westwärts passieren. Wer raus will, muß nicht mehr bis Ungarn fahren, das Politbüro zieht ein Notventil.

Und es kippt seine alte Garde: Axen, Hager, Mückenberger, Neumann und Mielke folgen den drei schon im Oktober Geschaßten nach Wandlitz in den Ruhestand. Das *Neue Deutschland* entschuldigt sich für sein Märchen vom September über den aus Budapest entführten Koch. Gegen 70 Berliner Polizisten, liest Wendt, ermittelt die Staatsanwaltschaft wegen der Übergriffe vom 7. und 8. Oktober... Er greift zum Telefon und wählt die Nummer der Zelters. Seit acht Wochen haben sie einander nicht gesehen, da hat sich Gesprächsstoff aufgestaut.

Das Rufzeichen. Es knackt im Hörer, dann meldet sich die frische Stimme Uta Zelters. (Das Knacken stört ihn nicht, die Abhörautomatik des MfS arbeitet lautlos, falls installiert.) Juno ist erfreut. In ihrem Ton ein Vorgeschmack der Lust, sich wieder einmal auszusprechen, soweit zulässig. Leider, sagt sie, sei Hilmar dienstlich verhindert, Christian müsse schon mit ihr vorliebnehmen, genüge ihm das? Sie bringe nur noch die Kleine ins Bett, dann, wenn die schlafe, so in zwei Stunden, wird sie bei ihm sein. Es klingt ein bißchen kokett.

Er findet in der Küche noch Salami, Pralinen, Obstkonserven. Frisches Brot hat er in N. besorgt. Im Kühlschrank sind französischer Käse und Rotkäppchensekt, halbtrocken. Der Abend scheint gerettet. Hinter Junos Blitzbesuch ahnt er Vergnügliches. Ein Gurren in ihrer Stimme und der Umstand, daß nicht sie ihn einlädt, nähren den Verdacht. Oder schreibt er da Juno, so wie der Prinz, ein Verlangen zu, das eher in ihm selber ist?

Um cool zu bleiben, nimmt er sich Arbeit vor, die Ordner 1988 und 1989 mit der Korrespondenz des Opfers, dazu zwei Bücher aus Cumin, in denen Nebel viel angekreuzt hat. Doch es mißlingt ihm, sich einzulesen. Wie ein Kompaß, den ein fremdes Magnetfeld stört, pendelt sein Denken zwischen Rostock und Cumin. War das Ralfs Handschrift auf dem anonymen Brief, und wenn ja, weshalb schrieb er den? Hat er seine Mutter dabei beobachtet, wie sie das Boot präparierte, etwa gemeinsam mit dem Arzt? RICHARD NEBEL IST ERMORDET WORDEN GEWISSEN LEUTEN LAG DARAN – also mehrere Täter, doch drückt sich ein 12jähriger so aus?

Er braucht ein Heft von Ralf, zum Schriftvergleich. Und Nina muß er eindringlicher befragen. Großinquisitor Wendt. Historische Bilder drängen sich ihm auf, der Gottesmann zieht durch die Lande, im Namen der Kirche und der reinen Lehre; in Wahrheit aber, um seine Macht zu schmecken. Zumal Frauen haben es ihm angetan, Hexen, lebt der Inquisitor doch im Zölibat.

Irgendwann ist er weggedämmert auf der Couch, hat die Joggingstunde glatt verpennt. Draußen brennen die Laternen, jeden Moment kann Juno klingeln. Wendt drückt die Radiotaste, hofft auf zärtliche Musik und hört, wie jemand in die Menge ruft: »Liebe mündig gewordene Mitbürger..., die Kuh ist noch nicht vom Eis. Und da sind noch genügend Kräfte, die keine Veränderung wünschen, die eine neue Gesellschaft fürchten und auch zu fürchten haben. Ich möchte uns alle an einen alten, jetzt wohl sehr einsamen Mann erinnern – Erich Honecker. Dieser Mann hatte einen Traum. Und er war bereit, für diesen Traum ins Zuchthaus zu gehen. Dann bekam er die Chance, seinen Traum zu verwirklichen. Es war keine gute Chance, denn der besiegte Faschismus und der übermächtige Stalinismus waren dabei die Geburtshelfer. Es entstand eine Gesellschaft, die wenig mit Sozialismus zu tun hatte. Von Bürokratie, Demagogie, Bespitzelung, Machtmißbrauch, Entmündigung und auch Verbrechen war und ist diese Gesellschaft gezeichnet. Es entstand eine Struktur, der sich viele gute, kluge und ehrliche Menschen unterordnen mußten, wollten sie nicht das Land verlassen.«

Aha, man wiederholt die Kundgebung vom Vormittag. Der da an den Generalsekretär erinnert hat, ist Christoph Hein gewesen, ein Schriftsteller etwa seines Alters. Nun spricht Pfarrer Friedrich Schorlemmer vom »Abbau des Angstapparats Stasi, den wir weder weiter tolerieren noch weiter finanzieren wollen«.

Wendt hat den Eindruck, die Sache läuft denen, die sie genehmigt haben, total aus dem Ruder. Ihre Dialogofferte ist ein Flop – kein Weg zum Dampfablassen. Der Dampf verzischt ja nicht, er mobilisiert; diese Strategie beschleunigt alles nur.

Es schellt, Juno steht vor der Tür, Teil des Angstapparats der Stasi – immerhin deren bestes Stück. Warm strahlt sie ihn an aus zart geschminkten Augen, zeigt ihre schönen Zähne wie immer verschwenderisch. Er zieht sie herein, hat den Sekt schon geöffnet, sie trinkt verdutzt den Begrüßungsschluck und legt einen Beutel voller Leckerbissen in die Küche.

»Hilmar ist in Ungarn«, sagt sie, durch sein Tempo ziemlich außer Atem. »Seit Wochen schon! Kommt nicht mehr aus den Sachen…«

»Wie schlimm für dich.«

»Ja, er ist völlig entnervt. Erst hat er Flüchtlinge fangen sollen vor der Grenze nach Österreich, jetzt führt er all die Autos zurück, die sie haben stehenlassen, ins Zwischenlager nach Pirna und dann weiter nach Berlin. Immerzu Schlösser knakken, die Zündung kurzschließen, von früh bis spät auf Achse in unmöglichen Wagen auf miesen Straßen, er ist restlos geschafft, stell dir vor.«

»Ich stelle es mir vor«, sagt er, den Druck in der Kehle und ein Prickeln auf der Haut. Noch nie im Leben war er mit ihr in einer Wohnung allein. Hilmar Zelter, die verlassenen Autos und die Straßen in Westungarn sind ihm piepe. Er kann nicht plaudern, sich für nichts erwärmen, was von ihnen beiden ablenkt, von ihrer unverhofften Zweisamkeit. »Was ist, Juno, küssen wir uns gleich, oder halten wir es durch bis nach dem Abendbrot?«

Sie hängt an seinem Mund, gebannt durch diesen Satz. Er legt ihr seine Hände auf die Schultern und spürt den elektrischen Strom, der da fließt. Eine rührende Naivität ist bei ihr, unkompliziertes Verlangen, ein glückliches Kinderstrahlen in den braunen Augen, die sie aufreißt, als habe sie sich nach ihm verzehrt und könne sich nicht sattsehen an ihm. Er merkt, sie fährt hundertprozentig auf ihn ab, wie Jenny gesagt hätte. Nun steht fest, die Lady geht mit ihm ins Heu.

Er zieht sie an sich, und festgesaugt, als vierbeiniges Wesen, taumeln sie ins Wohnzimmer, verfehlen die Couch und landen auf dem Teppich. Den Angstapparat, nicht länger tragbar, er hat ihn halb unter, halb über sich. Mag die Ehe auch beim Teufel sein, was bleibt, ist die Liebe – wild und frei. »Willst du's hier«, fragt er, »oder lieber auf der Couch?« Mehr kann er ihr nicht bieten, noch ist das Ehebett tabu.

»Beides, Christian!«

»Was meinst du mit ›beides‹?«

»Na, jetzt hier – und nachher dort.«

29

Am Sonntag schlief Wendt aus. Er genoß die Bequemlichkeit in den eigenen vier Wänden und fühlte sich wohl wie seit langem nicht. Er hatte einen Tisch im »Gastmahl des Meeres« bestellt, danach würden sie wieder miteinander schlafen, so berauschend, wie es gewesen war. Juno mußte noch eine Nachbarin überreden, ihr Töchterchen zu hüten; heikel bloß deshalb, weil alle Nachbarn zur Firma gehörten.

Vormittags las Wendt in der grasgrünen, knapp 100 Seiten starken Broschüre *Der vierte Zensor* aus Nebels Bücherschrank. Verfaßt von dem Autor Erich Loest, der 1981 das Land verlassen hatte, war sie drei Jahre später in Köln erschienen und handelte laut Untertitel »vom Entstehen und Sterben eines Romans in der DDR«. Im Personenregister fand sich viermal der Name Nebel.

Auf Seite 48 stand ein Brief Nebels an seinen Verleger, aus dem Sommer 1978. Loest leitete ihn mit dem Satz ein: »In diesen Tagen schrieb Richard Nebel, weithin bekannt als Verfasser abenteuerlicher Romane, die sämtlich hohe Auflagen erreicht hatten und von denen die meisten verfilmt worden waren, an den Mitteldeutschen Verlag.«

Das Schreiben hatte Loest den Titel für seine Broschüre gebracht, denn es ging so: »Lieber Herr Dr. G., anläßlich der Buchbasare hier hat mich Erich Loest von Schritten gegen *Es geht seinen Gang* und auch gegen *Tod am Meer* unterrichtet, zwei Bücher, auf die Sie und Ihr Haus stolz gewesen sind. Meine Meinung zu den zwei (und zu anderen neuen) Büchern kennen Sie aus meinem Beitrag gegen hemmende Tendenzen, dessen Nichtabdruck vor dem Kongreß von Ihnen prophezeit worden war. Die genannten Schritte zeigen, wie sehr diese Tendenzen derzeit wieder zunehmen.

Ein vorübergehender Wettersturz für engagierte DDR-Literatur? Möglich, aber über diese wiederkehrenden Klimaverschlechterungen werden wir allmählich alt und grau, ohne mit dem zu Worte zu kommen, was wir zur Entwicklung unserer Gesellschaft zu sagen haben. Mich erschreckt die Tatsache, daß diesmal bereits erteilte Druckgenehmigungen faktisch annulliert und damit Ihr Verlag wie auch die Hauptverwaltung Verlage und Buchhandel des Ministeriums für Kultur für letztlich unbefugt erklärt worden sind.

Nach drei Jahrzehnten müßte unser Staat doch Kulturinstitutionen haben, die fähig sind, ihre Arbeit selbst zu tun ... Es hat bei uns schon immer eine tief, nämlich dreifach gestaffelte Kontrolle literarischer Äußerungen gegeben: die Selbstzensur der Autoren, von vielen verinnerlicht, verdrängt; die Vorprüfung der Verlagslektorate und schließlich – dies beides ständig belebend – die Kompetenz der Hauptverwaltung, Druckgenehmigungen zu erteilen oder nicht. Das ist zusammengenommen ein recht massiver Apparat, geeignet, neue Gedanken so lange zu filtern, bis sie so neu nicht mehr sind. Nun greift aus dem Dunkel höherer Sphären, außerhalb der Normalität, drastisch ein *vierter Zensor* ein, um bemerkenswerte, publikumswirksame Bücher im vollen Lauf zu stoppen. Und nicht nur diese zwei, schon hört man von Parallelfällen.

Setzt sich da, nach einer anfangs kaum merklichen Tendenzwende vor rund drei Jahren, in neuerlich abkühlendem Klima der *vierte Zensor* durch, hebt das die bestehenden Hemmungen und Zensurschwellen natürlich an. Die Motive des Eingriffs liegen bei Loest auf der Hand: Sorgen zum Komplex Jugend, Staat, Disziplin und innere Sicherheit. Das gespannte Verhältnis eines Teils der Jugendlichen zu bestimmten Seiten unseres Staates und seinen Ordnungskräften ist nicht erst seit den Vorfällen in Wittenberge und Erfurt bekannt. Wer freilich meint, daß es grundsätzlich besser unerörtert, unreflektiert bleiben sollte, der schadet (in der ehrenhaften Absicht, zu nützen) tatsächlich selbst unserer Sache. Gerade Loests Buch leistet einiges in puncto differenzierter Betrachtung und Verarbeitung dieses und weiterer ernst zu nehmender Konflikte.

Im Preußischen Allgemeinen Landrecht von, ich glaube, 1795 steht der Kernsatz: *Der brave Unterthan zeige Mängel des öffentlichen Wesens der Obrigkeit an, mache davon aber kein Geräusch im Publikum.* Dieser Grundgedanke aus der Periode des aufgeklärten Absolutismus scheint manchem unserer Verantwortlichen gar nicht so fremd zu sein. Im Zeitalter der Elektronik allerdings haben Versuche, etwas per Druckerschwärze zu verdecken oder totzuschweigen, wenig Aussicht auf Erfolg.

In Sachen Öffentlichkeitsarbeit haben die für Ordnung und Sicherheit Zuständigen leider nur ausnahmsweise eine glückliche Hand. Zwar bieten die Pressestellen des Innenministeriums und des Ministeriums für Staatssicherheit zur Darstellung der eher glorreichen Seiten ihrer Tätigkeit gern namhafte

Schauspieler, Regisseure und Autoren auf. Wenn andere Kollegen nun einmal weniger Heldenhaftes zu berichten wissen, sollten diese Instanzen doch gelassen bleiben und womöglich etwas von der Kritik produktiv verwerten (wie Loests Tadel am unangebrachten Einsatz von Polizeihunden), anstatt, in kriminologischem Denken befangen, zu argwöhnen, jede Veröffentlichung müsse ›Anschlußdelikte‹ fördern, oder gleich die Machtfrage zu stellen.

Erich Loest hat, wie Sie wissen, schon einmal für seine (parteiintern geäußerte) Wahrheit sieben Jahre lang Schlimmes erlitten; und man hat ihn bis heute befremdlicherweise nicht rehabilitiert. Ich bitte Sie und Ihre Mitarbeiter, alles zu tun, was in Ihren Kräften steht, den Verlust einer wertvollen Arbeit zu verhindern – um dieses Autors willen, den man sonst in Verzweiflung stürzt, und auch wegen der Signalwirkung eines so fürchterlichen Schritts.

Mit bestem Gruß, Ihr Richard Nebel. – PS: Sie müssen diesen Brief nicht vertraulich behandeln, ich würde es sogar begrüßen, wenn Sie ihn anderen zur Kenntnis brächten.«

Es war also ein offener Brief gewesen, ein Memorandum. Da niemand ihm die Denkschrift druckte, hatte Nebel sie im Kollegenkreis verbreitet – und nicht nur Zustimmung erfahren. Franz Fühmann etwa fand den Text zu diplomatisch, er antwortete, ein Zurück zur Selbstzensur komme für ihn nicht in Frage.

Wendt sah, all das war mehr als Genörgel, hier ging's um Grundsätzliches. Zwei Seiten weiter schrieb Nebel dann an Loest, Erwin Strittmatter habe ihm mitgeteilt, die Spitze des Schriftstellerverbandes sei trotz der Ferien in dieser Sache zusammengetreten, um die zweite Auflage des verbotenen Buchs zu retten. Offenbar fand sich damals eine Handvoll Schreiber zusammen gegen ein Verdikt, hinter dem sie das Innenministerium und die Stasi sahen; denn die Schlüsselszene des Buchs schilderte einen großen Polizeieinsatz in Leipzig.

Zuletzt schrieb Nebel: »Das von mir schon im Sommer Befürchtete muß eingetroffen sein, Verband und Ministerium für Kultur haben sich nicht durchsetzen können gegenüber der vorgesetzten Parteiinstanz (ZK-Kulturabteilung, Büro Hager oder dem Rat der Götter selbst); wobei es unwichtig ist, ob die Autoritäten sich nicht gleich entschließen konnten oder ein taktisches Spiel mit den nachgeordneten Instanzen trieben, um in elastischer Defensive (›offensiv gewürzt‹, wie unser alter Geschichtslehrer pfiffig sagte) den ersten Impetus der kollegialen Solidarität abzufangen und auf oft erprobte Art gleichsam zu zerkrümeln. Sie meinen nun, lieber Erich, man würde 50 Unterschriften zusammenkriegen. Ich bin unbedingt dafür, selbst wenn wir fürchten müssen, das Ziel, die zweite Auflage, wiederum nicht zu erreichen. Denn es geht ja nicht mehr allein um das Buch. Das Signal steht auf Halt, die Verantwortlichen können es im wohlverstandenen Eigeninteresse, das sich leider hier nicht mit dem gesellschaftlichen Interesse deckt, kaum noch auf Freie Fahrt umstellen. Es würde sich also um eine im Sinne Rosa Luxemburgs ›sinnlose Demonstration‹ handeln von jener Art, die, wie sie schrieb, dennoch in den geistigen Gesamthaushalt als Beitrag zum Fortschritt eingeht.«

Ein scharfes Wort. Es zeigte nicht nur Nebels Bereitschaft, das amtliche Verbot einer Kritik am Einsatz der Volkspolizei zu mißachten. Es bewies auch, der Mann war sich durchaus klar über die Strukturen, gegen die er da anlief. Er hatte seine Gegenspieler im Apparat keineswegs unterschätzt.

Und wie harmlos hatte er getan, als er einem im Mai gegenübersaß. Wie hatte der Mann sich da verstellt, um ihm, Wendt, Informationen abzulisten! War es undenkbar, daß er die Firma ähnlich getäuscht, belästigt und herausgefordert hatte, sich gegen ihn zu wehren? Fast roch das Aceton nach Geheimdienst, da konnten Profis am Werk gewesen sein – in manch anderem Land, nur halt nicht in diesem. Hier war's nicht üblich, so etwas zu tun. Das MfS lehnte individuellen Terror ab, hatte den niemals nötig. Stand ihm doch genug anderes zur Verfügung, um Quertreiber zu disziplinieren; die breite Palette der Maßnahmen, fein abgestuft, bis hin zum Wirken der Justiz.

30

Alles lief wie am Schnürchen; das eingespielte Paar. Uta Zelter stand pünktlich vor der Fischgaststätte, der Nachbarn wegen verbot es sich, sie abzuholen. Arrangiert wie ein konspirativer Treff. Man empfing sie bevorzugt, führte sie an der Schlange vorbei zu ihrem Tisch. Das Lokal, prächtig eröffnet in den 60er Jahren, war zwischendurch tief gesunken, es hatte sich Mitte der 80er erholt und bot leckere Speisen dar. Das Beste aber war Juno selbst in ihrer üppigen, schwarzhaarigen Schönheit; dichtes, seidiges, natürliches Schwarz.

»Du siehst aus wie Schneewittchen«, sagte er, als der Ober mit ihrer Bestellung ging. »Als hätte die Oma dir gerade ein Märchen erzählt.«

»Doch hinter der Bewährung verheißen die Märchen erst Glück ...« Weiß blinkten ihre Zähne. »So heißt es in dem Jazzgedicht von Jens Gerlach. Keine Angst, Christian, wir zwei haben uns bewährt, und ich komme dir auch nicht mehr mit Literatur.«

»Da bin ich aber froh. Ich plage mich schon ab mit Nebels Werken. Den Tod eines Dichters zu ergründen bildet kolossal.«

»Dichter?« fragte sie und zog die Nase kraus. »Werke, ist das dein Ernst? Du hältst dessen Zeug doch nicht für genießbar? Das ist Makulatur statt Literatur.«

Das Essen kam, die Chance für ihn, schwankendem Boden zu entrinnen. Vor mehr als zwanzig Jahren, sagte er ihr, habe er dieses Lokal erstmals besucht, als zwischen den Tischen noch Goldfische appetitanregend durch Aquarien schwammen. Und sein Sohn Stefan, damals noch ganz klein, habe seinen Teller weggeschoben mit dem Satz: Die Reste von den Menschen ißt der Koch. »Es muß ein Zwang sein, ich erzähle das immer wieder, sobald mir Fischduft in die Nase steigt.«

Sie lächelte ihn über ihrer Forelle an, die Fleischwerdung eines Traums, eine bezaubernd schlichte Version von Glück.

Ausgelassen fuhren sie zu ihm, gleichgültig gegenüber allem, das ihr wunderbares Spiel nicht betraf. Es würde wieder hoch hergehen auf oder neben der Couch, Utas tiefer Schwerpunkt störte kaum. Es mußten ja nicht unbedingt Mannequinbeine sein, wie die seiner fernen Frau, ihn lockte die volle Figur und noch so ein Trick... Er stieg nicht ganz dahinter, vielleicht war's bloß ein Zucken im Po, unnachahmlich, im rechten Moment. Aus gutem Grund ist Juno rund.

Sie glitt neben ihn auf die Couch, ihre vollen Lippen öffneten sich, die Zungenspitze sah heraus, bereit zu verbotenen Spielen. Fügsam schmiegte sie sich an, seufzend, begehrlich, erwartungsvoll. Die weißen Zähne, ihr biegsam-fülliger Leib, diese drängenden Brüste, dachte er in dem Chyprehauch, der ihn umfing – ein mächtiger Appell an die Sinne, und er Herr über soviel pralle Weiblichkeit.

Warum ist das, was ihn betäubt und hinreißt, dennoch keine Liebe, fragte er sich, als die Zelterin ihn küßte und atemlos an seinen Hemdknöpfen riß. Weshalb vertreibt sie, so perfekt im Lustgewinn, trotzdem Jenny nicht aus deinem Kopf? Ach, begnüge dich, sei froh und dankbar für die lebensvolle Frau an deiner Seite, ihre himmlische Umarmung... Du kannst nicht alles haben auf der Welt.

Während der folgenden Wochen liebten sie einander, unter gewissen Einschränkungen und Vorsichtsmaßregeln, die Utas Kind, ihrer beider Dienst und das Fortbestehen der Bindungen ihnen auferlegten. Welch gute Zeit, wilder Urlaub von der Ehe! Etwas, was jeder Mann erträumt. Ihre Partnerschaften ruhten. Die waren ihre stille Reserve, das wartende Hauptgericht, ihnen sicher durch das Band der Ehe; während sie, gierig wie Kinder, die Vorspeise verschlangen oder den Nachtisch, je nachdem... Auch an kulinarischen Genüssen fehlte es nie, Junos Füllhorn war unerschöpflich, im Kühlschrank des Hauptmanns vermehrten sich die Dinge so wundersam wie Brot und Fisch unter den Händen Jesu Christi in der Wüste bei Bethsaida.

Jenny blieb stumm und Hilmar Zelter verschollen, Wendt bekam ihn nie zu Gesicht. Nur sporadisch tauchte er auf, an den Wochenenden, von Juno umhegt und abgelenkt. Herrenlose

Autos gab es längst nicht mehr in Ungarn, gleichwohl trieb ein Befehl ihn weg von Rostock, etwas über die Hauptstadt hinaus; eine rätselhafte Kommandierung.

Stück für Stück jedoch, viel langsamer als beim Striptease Junos, fiel vor seinem staunenden Blick der Schleier. Acht Kilometer südostwärts der Stadtgrenze nämlich, nahe der Spree und dem Berliner Ring, zwischen der Autobahnabfahrt Erkner und einer kaum benutzten Anschlußstelle beim Oder-Spree-Kanal, lag verschwiegen, 400 Hektar groß, das geheime Waldobjekt Freienbrink. Umgrenzt von Metallgitterzäunen, Stacheldraht und Todesstreifen, täglich frisch gepflügt, durch Männer des Wachregiments Feliks Dzierzynski mit der Waffe schußfertig beschützt. Die Endstation von 3000 Ladas, Wartburgs und Trabis; Reste der Massenflucht vom Spätsommer... Das vertraute Uta Zelter ihm nach und nach flüsternd an, vom Beischlaf erhitzt und zitternd in Furcht vor Mikrofonen, die überall versteckt sein konnten, wie das schlechte Gewissen ihr suggerierte. Und trotz der paranoischen Angst die Indiskretion! Nackt auf der Couch, im Schimmer ihrer milchweißen Haut entspannt rauchend, glänzten nicht nur ihre braunen Augen, als lese man ihr gerade Märchen vor – sie war auch selbst gewillt, eins zu erzählen und sich vor dem Gebieter aufzubauen.

Kinderträume wurden wach. Tausendundeine Nacht, die Erzählungen der Scheherazade, das dicke Buch, schwarzweiß illustriert, Holzschnitte im Jugendstil. Ali Baba und die vierzig Räuber; nur daß es ein paar hundert waren, und nicht bloß manchmal kamen sie, von Beutezügen, um *Sesam, öffne dich!* zu sagen und ihre phantastischen Schätze zu mehren. Nein, stets und ständig gluckten sie darauf, damit beschäftigt, den noch immer nicht versiegenden Strom des Reichtums zu stauen, ihn zu ordnen und in dunkle Kanäle zu leiten, statt an ihre Familie zu denken und sich selber angemessen zu bedienen! War man ja in Preußen, Dienst war Dienst, Zugriff erst ab Generalmajor, sollte das etwa Sozialismus sein? Da kamen einem doch Zweifel als Genossin.

Wendt stimmte ihr bei. Zug um Zug, gegen Junos Schweigepflicht und alle nur denkbaren Regeln des Gewerbes, entlockte er ihr sämtliche Einzelheiten, die skandalösen Details. Die Geschichte stank zum Himmel. Man hatte Hilmar als Wächter ausgewählt, weil er einst, in seiner Potsdamer Zeit, unter denen gewesen war, die das Geheimnis des Waldobjekts kannten. Damals, als er noch, gelenkt vom Einsatzstab des MfS in der Potsdamer Hegelallee Nr. 8, auf den Transitautobahnen Flüchtlinge und Menschenhändler fing, hatte er die beschlagnahmten Wagen nach Freienbrink gesteuert. Dort verbarg sich das Warenlager der Firma, die Schatzhöhle Erich Mielkes; und gegen die war das, was Ali Baba in jenem Berge Arabiens fand, bloß Trödlerkram. Da wurde gerafft, gehortet und verteilt, was Feinden des Sozialismus – ob nun getürmt oder im Knast – gehört hatte: Autos, Möbel, Pelzmäntel, Kunstwerke, Familienschmuck, Vietnamteppiche und Unterhaltungselektronik; all die bewegliche Habe.

Das Schlaraffenland. Die Abteilung hieß M/4. Das Kürzel wurde zum *Sesam, öffne dich!* der Elite. Aus dem Stasi-Fundus nämlich durfte schöpfen, wer den Abteilungsleiter kannte, den Generalmajor Rudi Strobel. Die Creme von Wandlitz ohnehin, doch auch Genossen, die Strobel nützlich waren oder seinen Oberen in der Normannenstraße von Berlin. Stets floß ein Teil der Beute KoKo zu, der Abteilung Kommerzielle Koordinierung des Devisenbeschaffers Alexander Schalck-Golodkowski, der ein Stasi-Oberst war. Schalck verscherbelte im Westen, was die hohen Tiere kaltließ. Führungskader des Ministeriums mußten sich nicht über die Stadtgrenze bemühen. In Sonderläden, beschickt aus Freienbrink, konnten sie Westware für Ostmark kaufen zum Kurs 1 : 1; in Wandlitz zahlte man gar nur den Großhandelspreis.

»Die allerdings die Arbeit tun, gehen leer aus«, sagte Juno. »Für Hilmar ist alles tabu, der darf nicht mal 'ne Tafel Schokolade nehmen oder 'nen Zehnmarkschein! Sie sind doch Tschekisten, erzählt ihnen Strobel, Schild und Schwert der Partei, Tschekisten haben saubere Hände, Geld ist denen nichts, Ehre und Bewußtsein sind alles. Bloß für ihn selbst und seine Freunde gilt das nicht. Da kommt so ein General und holt sich Spielzeug für die Enkel. Stell dir vor, jedes Stück Kuchen kommt gleich in den Kübel für Strobels Wildschweine, der ist natürlich Jägersmann. Hat sich ein Forsthaus gekrallt, das ›Objekt Linde‹, und es mit Sauna und Solarium bestückt. Privat hat er 'nen Fiat Regata und 'ne schicke Motoryacht gleich dort am See.«

»Kuchen?« fragte Wendt; der Polizist in ihm merkte auf. »Ein Flüchtling läßt Kuchen liegen, und ihr sackt den ein?«

»Nein, wieso? Du bringst mich völlig aus dem Tritt... Ach, das hab' ich ja vergessen, seit fünf Jahren fließen auch noch andere Quellen. Da wird kein Paket der Bundespost, das fälschlich bei uns landet, mehr zurückgeschickt – es kommt nach Freienbrink. Pakete filzt man überall, dort aber schnürt man sie nicht wieder zu, der Kram wird glatt geklaut. In einer riesigen Halle, hundertfünfzig Meter lang, zwanzig breit und fünf hoch, denk dir mal, Christian. Der größte Postraub aller Zeiten, sagt Hilmar! Für den ist das auch nicht in Ordnung, es nimmt ihn ziemlich mit. Allein an Bargeld holen die Schlitzer jährlich drei Millionen aus den Irrläufern heraus. Das Ministerium bezahlt damit die Kundschafter drüben.«

»Na, logisch. Der Feind bezahlt den Kampf gegen sich selber, Juno.«

»Behalt das bloß für dich.« Ihre Stimme wurde tonlos. »Verrückt von mir, den Mund nicht zu halten. Kommt das raus, gehen wir beide ab...« Sie strich ihm von der Schulter zum Ellbogen, deutete den Längsstreifen am Ärmel der Häftlingsjacke an.

All das hatte sie ihm am Freitag, dem 10. November, enthüllt. Und inzwischen rollte die Lawine, losgetreten in Berlin, mit unglaublicher Wucht talwärts. Voraufgegangen war der mißglückte, durch die Stasi inspirierte Entwurf eines Reisegesetzes vom Montag und ein geschlossener Rücktritt der Regierung tags darauf: 44 Minister nahmen ihren Hut! Das Abschiedskommuniqué Willi Stophs klang düster, es warnte vor dem Zerfall der Ordnung, so als ziehe dieser Schritt den Untergang des Landes nach sich. Der elegische Ton traf Wendt ins Mark. Ihm war, als hätten die scheidenden Genossen in puncto Sozialismus durchaus recht. Die Idee, für die er stets eingetreten war und an deren Sieg er geglaubt hatte, trotz der Mängel in ihrer

Verwirklichung – aber was war schon vollkommen auf der Welt? –, schien ihm aufs äußerste gefährdet.

Am 8. November war das Neue Forum registriert worden; im Handumdrehen unterschrieben Zehntausende dessen ersten Aufruf, und Jenny war unter den Sammlern. Am selben Mittwoch trat das gesamte Politbüro überraschend zurück. Krenz hielt stand, unter seiner Regie wählte das Zentralkomitee ein nur noch elfköpfiges Gremium aus dem alten Bestand, mit dem Reformer Modrow, den flexiblen Bezirkschefs Eberlein und Schabowski sowie den Konservativen Keßler (Armee) und Herger (Sicherheit) als Garanten der Stabilität. Die Parteibasis muckte auf, 50000 Genossen empörten sich mehrheitlich vor dem großen Haus des ZK, zu dessen Stärkung sie aufgeboten waren. Sie forderten einen außerordentlichen Parteitag, imstande, die Spitze abzuwählen. Ein junger Anwalt namens Gysi trat ins Licht, die Mütze in der Denkerstirn, und machte sich zum Sprecher, brillant und auch mimisch begabt. Das Plenum wurde unterbrochen. Krenz und Schabowski traten vor die Menge, der Wind blies ihnen ins Gesicht.

Die Führung wurde von Panik erfaßt, sie fand kein Ventil mehr und zog das Wehr. Am nächsten Abend gab Schabowski, nun Medienchef, vor der Presse bekannt, die Staatsgrenze West werde Freitag früh geöffnet. Doch schon in der Nacht schwappten die Massen visalos zwischen Ost und West hin und her. Die Mauer, das Bollwerk für weitere 50 Jahre, zerbarst! Verbrüderung, Volksfest in Westberlin. Wendt fühlte den Boden unter sich wanken. Seit seinem Eintritt in die Volkspolizei hatte er mit dem Schutzwall gelebt, ihn nie gemocht, doch stets verteidigt als Notverband, unerläßlich für Existenz und Gedeihen der Republik. Galt das jetzt nicht mehr?

Die Stimmung im Präsidium war gedrückt. An der Spitze gab es Veränderungen, dort amtierte nun, pressefreundlich und bürgernah, der Oberst Gottfried Lorenz. Man hielt sich zurück, regelte gemeinsam mit Ordnern des Neuen Forums Demonstrationen, die bis vor das Stasiquartier in der Bebelstraße führten. Das Schlagwort *Sicherheitspartnerschaft*, tagtäglich in der Zeitung, verhüllte nur matt die Kapitulation der Schutzpolizei.

Die Morduntersuchungskommission hatte viel zu tun. Für

manchen Funktionär, ob Bürgermeister oder Kreissekretär der Partei, stürzte die Welt ein. Von Berlin aus lief eine Schockwelle durch das Land, hier und da legte einer Hand an sich, drückte die Dienstwaffe ab. Keine schwierigen Fälle, kein Suizid war da vorgetäuscht; trotzdem, der Mord an Richard Nebel rückte in den Hintergrund.

31

»Du, ich glaub', das mußte so kommen«, sagte Uta zu ihm am nächsten Sonntag, als die Züge nach Hamburg wieder brechend voll waren und jeder zweite Autobesitzer vor Lübeck im Stau zu stehen schien. »Und wem verdankt man es letzten Endes? Denen, die mit ihren verdammten Kerzen bis zur Bebelstraße ziehen! Solchen wie meiner besten Freundin, ja?«

Dies sagte sie auf der Couch, nachdem sie ihren Mann zum Berliner Zug gebracht hatte und ins Komponistenviertel geeilt war zum Tête-à-Tête, jenem zärtlichen Beisammensein, bei dem die Umarmung nicht mehr im Vordergrund stand, eher der krönende Gipfel war. Eben erst hatte sie ihm das Gegenteil erklärt – gewisse Leute aus den eigenen Reihen seien schuld an dem Desaster, die hätten den Hals nicht vollkriegen können. Ihr Bericht zum Waldobjekt Freienbrink nämlich nahm kein Ende, stets fiel ihr dazu noch etwas ein – Nachträge aus Hilmars Mund.

So wurde denn die Parteiführung weitgehend durch gestohlene Arzneimittel versorgt. Überhaupt, Anforderungen aus der Waldsiedlung Wandlitz genossen im Forst Freienbrink immer Vorrang. Volkskammerpräsident Sindermann etwa, ein Freund moderner Elektronik, orderte hochwertige Farbfernseher und Stereoanlagen für die ganze Familie. Auch ausgefallenere Anliegen wurden ihm erfüllt. Von seinem Jagdhaus führten ein Strom- und ein Videokabel, je drei Kilometer lang, auf eine Waldlichtung. Dort waren ein Scheinwerfer und eine Kamera montiert. Von seinem Bett aus sah der Staatsmann auf dem Bildschirm, welcher Hirsch gerade auf der Lichtung äste. Honecker hegte eher volksnahe Wünsche, ihm ging es schlicht um Pornokassetten. Das übertraf den Text des Rockstars Lindenberg, der ihm in einem Spottlied unterstellt hatte, er höre heimlich auf dem Klo das Westradio.

»Die letzten Sexfilme für ihn«, teilte Juno glucksend mit, »hießen ›Black Manuela‹, ›Lady Diamond‹ und ›Warte, bis es dunkel wird‹... Wie gut, Christian, daß wir so was gar nicht brauchen.«

»Noch nicht«, sagte Wendt. »Warte, bis es dunkel wird.«

Sie lachte kehlig, knipste das Licht aus, begann sich zu entblättern und zog dabei wieder über Jenny her. Beiläufig zwar, doch so beharrlich und gefühllos, daß ihm erstmals der Gedanke kam, sie sehe womöglich in ihr die Rivalin. Wollte sie sich ernsthaft an ihn hängen? Lief ihre Ehe nicht mehr, hatte sie von Hilmar genug, dessen beruflicher Weg ihr so düster wie der eigene erschien? Bereitete sie kaltblütig den Absprung vor, zu ihm, ins Komponistenviertel? Nun, davon konnte, was ihn betraf, durchaus keine Rede sein.

»Einerseits tut sie mir leid«, hörte er Juno sagen, im Rascheln des Stoffs. »Die müssen sie sich ganz schön vorgeknöpft haben. Am Telefon war aus ihr nichts rauszukriegen, und meinen Besuch hat sie glatt abgelehnt. Was hat man eigentlich mit ihr gemacht in Berlin?«

»Das übliche«, sagte er; es paßte ihm nicht, von seiner Frau zu reden, zumal in dieser Situation. »Vielleicht sogar noch mehr.«

»Mehr?« Ihre Neugier war entfacht. »Komm, erzähl.«

»Sie sagt es keinem. Das bißchen, was ich weiß, ist von ihrem Arzt.«

»Und was meint der?«

»Laß doch, Juno. Es ist nicht sehr amüsant.«

»Ich möchte mal wissen, ob die sie echt in der Mache hatten.«

»Verlaß dich drauf.«

»Hat sie den Hintern vollgekriegt?«

Wendt schwieg, Utas Sensationslust stieß ihn ab. Durch ihr Bedauern, das dem Pech der Freundin geschuldet war, lugte blanke Schadenfreude. Worte wie *in der Mache* und *Hintern vollgekriegt* störten ihn, klangen fast billigend – so, als habe Jenny das verdient.

»Mußte stundenlang stehen, wie?«

»Ja, mit dem Gesicht zur Wand.«

»Hat sie sich auch ausziehen müssen?«

»Die meisten mußten es. Ist das alles, worüber du dir Sorgen machst?«

Sie kroch neben ihn und schmiegte sich an. »Um ehrlich zu sein, das interessiert mich.«

Nun ja – das war kein schöner Zug.

»Und dann ist sie verbimst worden?«

»Wenn du's so nennen willst? Die Behandlung wünsche ich dir nicht.«

»Ach, ich hätte das geschluckt. Jenny war schon immer zimperlich.«

»Sag mal, du findest wohl Schläge im Gewahrsam normal?«

»Nicht unüblich. So etwas regelt eine Vorschrift.«

»Zum Teufel, welche Vorschrift?«

»Die interne Dienstordnung für den Strafvollzug. Stammt vom Juli siebenundsiebzig und ist noch in Kraft. Der Schlagstock, starr oder einschiebbar, ist keine Attrappe. Er darf dazu benutzt werden, den Widerstand zu brechen, auch bei Frauen.«

Wendt war baff. »Woher weißt du das?«

»Aus unserem Laden. Manchmal tippe ich ja so was ab.«

Gewiß doch. Jede Filiale der Stasi besaß ihren eigenen Zellenbau, zu Wendts Verdruß. Meistens nicht bloß ein Verlies; das hatte ihm immer schon mißfallen. Wenn sie wollte, tat die Firma alles allein: ermitteln, festnehmen, anklagen und verwahren. Zuviel Macht in einer Hand. Die Zuchtrute der Nation. Er hielt es bereits für falsch, daß das normale Gefängniswesen nicht, wie anderswo, dem Justizminister unterstand, sondern dem Innenminister; und zwar der *Verwaltung Strafvollzug* des Wilfried Lustik. Ein 61jähriger Generalmajor, rein optisch keine Zierde der Polizei. Der schiefzahnige Lustik war Herr über drei Dutzend Haftanstalten im Land, an deren Spitze meist ein blau uniformierter Oberstleutnant stand. 36 Knäste, jeder eine kleine Militärdiktatur, Festung mit Außenforts und derzeit 24000 Insassen, männlich wie weiblich... Das »Großkombinat Knast«, hatte ihm Fink einmal gesagt, stellte jährlich Werte in Milliardenhöhe her. Allein das Frauengefängnis Hoheneck in Stollberg, Erzgebirge, wo Jenny zuletzt eingesessen hatte, machte 120 Millionen Mark Umsatz.

»Was ist denn, Christian?« Die Stimme an seinem Ohr.

»Verzeih. Einen Moment..., ich bin gleich soweit.«

Sie scherzten ein bißchen; konnte es das Alter sein, brauchte er doch schon Stimulanzien wie der frühere Staatschef? Aber die Laune war hin, der Humor hatte ihn fürs erste verlassen. Irgend etwas hatte die Frau, deren Körper er doch begehrte, da in ihm verletzt.

Am selben Abend sah er im Fernsehen die Kundgebung seiner Partei im Lustgarten, wie der Marx-Engels-Platz plötzlich wieder hieß. An die 60000 Genossen wollten einen Sonderparteitag, sie holten sich kalte Füße im Herbstwind und Geniesel. In Dresden sprach Hans Modrow, das Hoffnungslicht, vor einer gleichgroßen Schar, die Silbersträhne in der Stirn. Der fette Kulturminister hing wie ein Seehund, vom Meer vergiftet, am Rednerpult; abrupt schlug er vor, die »führende Rolle der Partei« aus der Verfassung zu streichen, und glitt, wohl für immer, aus dem Bild. Trabis und Wartburgs verqualmten Hof, Kassel, Lübeck und die Hamburger Reeperbahn. Bärbel Bohley, Neues Forum, beklagte das Öffnen der Grenzen; damit habe die Regierung sich inkompetent gezeigt, das Land blute aus, unter solchem Aspekt seien freie Wahlen katastrophal. Andere Widerständler suchten den Ausspruch zu relativieren; schließlich war Reisefreiheit ja ein Hauptziel der Opposition gewesen.

Wendt widmete sich dem Fall Nebel. Das blieb der Fixpunkt jener Tage, die Herausforderung seiner Fähigkeiten, der restlichen Energie. Die Mordsache mobilisierte ihn, sein Wertgefühl brauchte den Erfolg. Ließ der Fall sich überhaupt lösen?

Das zweite Werk aus dem blauen Katen hieß *Der Mob*, ein Taschenbuch über das organisierte Verbrechen, verfaßt von dem bayrischen TV-Journalisten Dagobert Lindlau. Die Widmung lautete: »Für Ursula, die ich im Verdacht habe, daß es ihr lieber gewesen wäre, wenn ich ein Buch über Blumen geschrieben hätte.« Nebel hatte den Vornamen durch »Nina« ersetzt, als habe er vorgehabt, die Widmung für sich selber abzuwandeln, für sein eigenes Manuskript.

Da das Buch als Paperback laut Impressum erst im Oktober erschienen war, gehörte es zum letzten Lesestoff Richard Nebels. Der Schluß drängte sich auf, daß die Lektüre mit seiner laufenden Arbeit zusammenhing. Die Markierungen zeigten, es hatte ihm als Quelle der Erkenntnis gedient. Nur, wo war sein Manuskript? Wendt hatte es nirgends entdeckt. Wenigstens der Anfang mußte doch dasein! Es war genauso verschwunden wie das Testament und der Jahrgang 1979 unter den Aktenheftern des Briefwechsels.

Mit signalfarbenem Fettstift hatte Nebel einiges hervorgehoben, so auf Seite 11 den Satz: »Einschüchterung, Erpressung oder physische Bedrohung sind in Politik und Geschäft heimisch.« Ferner die Definition: »Mob ist der Sammelbegriff für das am organisierten Verbrechen beteiligte Personal.«

Wendt begann zu blättern. Max Horkheimer hat einmal gesagt, las er, daß man nicht nur Scharfsinn braucht, sondern auch Naivität, um die Wirklichkeit dieser Welt zu erkennen. Um jemanden umzubringen, braucht man eine gewisse Kompetenz, ein Minimum an unternehmerischem Elan und die Bereitschaft, sich die Hände und sogar den Anzug schmutzig zu machen. Die Kunst der Politiker ist es, Angst in Stimmen umzuwandeln und damit in hochdotierte Posten für sich selbst.

Und weiter: Das Wesen aller wirklich guten Geschäfte ist aber Diskretion. Schweigen ist ein Geschäftsprinzip, in Süditalien mit *omertà* umschrieben, bei uns heißt es Erinnerungslücke. Vertreter des organisierten Verbrechens nehmen den Mund nicht so voll wie die Politiker, die von dem Renommee leben, daß man ihnen alles zutraut, einschließlich der Selbstvernichtung. Menschenleben werden geopfert, damit das System funktioniert, und nicht umgekehrt. Gefahr droht dem Markt nur, wenn zu viele Leute keine Angst haben. Insofern ist der Mob dankbar für die zahllosen Filme und Fernsehserien, die ihn als eine unangreifbare Identität darstellen. Wenn alle sich entschließen könnten, keine Angst mehr zu haben – es wäre das Ende der Mafia.

Wendt schloß das Buch, die Augen fielen ihm zu.

Am nächsten Tag, dem 13. November, wurde Hans Modrow Premier; Wendt schöpfte Hoffnung. Die Volkskammer gab dem Regierungschef 99,73 Prozent der Stimmen, mehr, als die Abgeordneten selbst erhalten hatten, im letzten Mai.

Das Paß- und Meldewesen hatte landesweit schon vier Millionen Visa erteilt. Trotz Reisefreiheit und Selbstkritik der Partei aber drängten wiederum 200000 auf die Leipziger Montagsdemo. In sechs weiteren Städten noch mal so viele! Sie forderten nicht nur freie Wahlen, alle Bereiche der Gesellschaft standen unter Druck. Die Welt stand kopf, die Arbeit im Amt riß nicht ab, das Leben ging weiter – nur, welches?

32

Vier Tage später, nach dem Abendbrot mit Krebsfleisch und Räucheraal aus einem Sonderladen, sagte Wendt so sanft wie möglich: »Juno, muß das sein? Dauernd stichelst du gegen Jenny, als ob ihr gar nicht befreundet wärt. Willst du sie madig machen vor mir? Wenn sie mich auch jetzt nicht braucht, bleibt sie noch immer meine Frau; das soll klar sein zwischen uns.«

»Kapiert, Genosse Hauptmann. So lautet der Vertrag. Nur erklär mir mal, was lockt dich eigentlich an ihr? Nachdem sie sich 'nen Ratz geschnitten hat, bin ich viel schöner als sie.«

»Ja, tausendmal. Wie Schneewittchen hinter den Bergen ...« Er spürte den Druck der großen, dummen Brüste und verfiel in Utas Jargon, der halb aus ihrer Jugendsprache, halb aus literarischer Bildung kam. »Aber ich hab' nicht sechs Jahre lang auf die Biene gewartet, um ihr nach sechs Monaten den Rücken zu drehen.«

Uta Zelter lachte leise. Die Siegesgöttin. Ein tiefer, besitzergreifender Laut. Sie war dermaßen selbstsicher geworden, daß es unmöglich schien, sie zu kränken. So wenig es denkbar war, sie zurückzuweisen, wenn sie über die Schwelle trat – strahlend, die Zähne gebleckt unter dem maskulinen Flaum ihrer Oberlippe – und ihren Körper darbot, lüstern, bedenkenlos, mit atemberaubendem Schwung. »Du darfst sie ja behalten, Christian. Oder das, was von ihr noch übrig ist.«

»Mach dir keine Sorgen, ihr Haar wächst nach.«

»Wer spricht denn davon. Ich meine ihre Seele. Du, die hat 'nen Knacks weg, die muß beschädigt sein, traumatisiert. Was damals der Knast nicht geschafft hat, das ist in Berlin geschehen. Ihr Verhalten seitdem beweist es, oder findest du's noch normal? Man hat ihr den Nerv gezogen, mach dir das nur klar.«

Wendt spürte im Nacken einen Juckreiz, den er für ein Warnsignal hielt; es glich einer allergischen Hautreaktion. »Was meinst du mit ›Nerv‹?«

»Ihren unverschämten Stolz. Den hat man ihr mit dem Schlagstock ausgetrieben, und das verwindet sie nicht.«

»Bitte, was ist unverschämt daran, wenn man Stolz hat?«

»Dann nenn es Hochmut, Arroganz. Erinnere dich mal, wie sie uns behandelt hat, mich und erst recht Hilmar, im Juni auf ihrem Geburtstag! Regelrecht verhöhnt hat sie ihn, nur weil er nicht für Bücher schwärmt wie sie. Als ob das den Wert eines Menschen ausmacht. Du, ich war stinksauer auf sie.«

»Wir zwei haben doch die Situation gerettet.«

»Ja, nach außen hin, mit knapper Not. Hilmar wollte danach nicht mehr zu euch gehen. Ich mußte ihm erst klarmachen, was uns sonst bloß für langweiliger Umgang bleibt – mit den Genossen seiner Rangstufe. Ihr beide wart okay für das Amt, als Kripomann bist du einwandfrei, jeder neue Kontakt hätte erst wieder überprüft werden müssen... Bau da mal außerhalb der Firma ganz zwanglos 'ne Bekanntschaft auf!«

»Sie hat dich also geärgert, da paßt es dir, daß sie auf die Nase fällt? Rache ist süß, wie?«

Uta Zelter richtete sich hoch, die Kerze auf dem Tisch warf ihr Profil an die Wand. »Ihr Geburtstag, das war nur das Pünktchen auf dem i, Christian. Von klein auf hab' ich sie bewundert, immer hat sie die erste Geige gespielt und es gehörig ausgenutzt. Ich bin ihre Dienerin gewesen, du, ich könnte dir Sachen erzählen... Lasse es lieber.«

Der Hautreiz wuchs, Wendt verkniff es sich, zu kratzen. Das Jucken kroch vom Genick auf die Schulterblätter. Trotz ihrer Absicht, nichts von früher aufzuwärmen, tat Uta es nun doch.

Wie oft habe Jenny sie veralbert, sie mit ihrem Mädchennamen aufgezogen und sich über ihre Freunde mokiert. Hilmar hatte sie schon nachgeäfft, als der noch gar nicht bei der Firma gewesen war. Schon sein Name! Weil Uta ihr früher mal gestanden hatte, daß sie beim Liebesakt gern oben saß, habe Jenny gewitzelt, dies passe gut, da ein Zelter ja das Reitpferd für Damen sei. Und so weiter.

»Einmal in der Jugendmode«, sagte Uta, »zehn, zwölf Jahre ist das her, da hat sie in der Kabine ein jugoslawisches Kleid geklaut und mir im Beutel herausgereicht. Angeblich war der ihr lästig, ich sollte draußen auf sie warten. Was da zuunterst drin lag, ahnte ich nicht. Es fiel dann auf, daß das Kleid weg war, Jenny wurde verdächtigt und kontrolliert, man fand natürlich nichts und entschuldigte sich bei ihr, aber ich, ich suchte sie im Laden und stand die ganze Zeit mit einem Bein im Gefängnis!«

»Beruhige dich«, sagte er. »Sie ist drin gewesen, zwanzig Monate, und es war verdammt hart. Nur alle acht Wochen durfte ich sie für eine Stunde sehen! Reicht das nicht als Buße, Frau Richterin?«

»Ach, das hat kaum gefruchtet bei ihr. Sie hat nie etwas bereut. Auf dem Geburtstag gab sie ja noch an mit ihrer Knasterfahrung, das hat uns ziemlich schockiert... Nein, dafür, was sie alles auf dem Kerbholz hat und wie sie mit mir umgesprungen ist, dafür hat sie erst in Berlin bezahlt.«

»Dann seid ihr ja quitt.« Wendt hatte einen Pfeifton im Ohr, der von seinem Blutdruck kam.

»Ich hoffe, man hat ihr dort gezeigt, was eine Harke ist. Sie endgültig diszipliniert. Das genau ist es nämlich, was ihr fehlt: Gehorsam, Einordnung, innere Disziplin.«

Wendt schwieg. Daß Jenny dies fehle, hatte er selbst mitunter gedacht, doch es von Uta zu hören, in so makabrem Zusammenhang, war unerträglich. Ihm kam die Idee, sie habe sich ihm an den Hals geworfen, um über die Freundin zu triumphieren, sie endlich zu bestrafen, ihr den Mann wegzunehmen – und sei's auch bloß vorübergehend.

»Quitt wären wir erst, wenn ich wüßte, wie man sie dort gezwiebelt und hingebogen hat«, fuhr Uta leise fort. Sie sprach ganz aufrichtig, wie in Trance, das hörte er. Sie öffnete sich restlos, nun, nachdem der Beischlaf hinter ihnen lag. Anders als neulich hatte sie ihren Spaß gehabt und konnte sich durch den Funken Bosheit nichts mehr verderben.

»Das klingt beinahe, als ob du sie haßt.«

»Nur dies an ihr, den Anarchismus, die Überlegenheit und Angeberei. Im übrigen war sie natürlich immer amüsant.«

»Als ob es dir behagt hätte, dabeizusein, wenn sie leidet.«

»Oh, glaub das nicht«, antwortete sie langsam. »Mit ansehen könnte ich's wohl kaum, wenn man sie schlägt. Gewalt ist mir zuwider, absolut ein Graus. Nein, aber die Vorstellung, daß die tolle Jenny, dieses Biest, mal richtig auf dem Bauch kriechen muß, daß man sie zwingt, zu parieren und so klein zu sein ...« Sie zeigte ihm mit Daumen und Zeigefinger, wie klein, der Schatten an der Wand glich einem Vogelkopf mit krummem Schnabel. »Ja, das gibt mir was, törnt mich echt an, mein Lieber. Ich geb's ja zu, Christian.«

»Du bist wenigstens ehrlich«, sagte er mühsam.

»Na immer. Zu denken, daß sie mal splitternackt vor den Erzieherinnen steht, von ihnen kommandiert wird, besser noch von Männern im blauen Tuch des Strafvollzugs ... Aber leider ist das ja Quatsch.«

»Wieso Quatsch?« Das Pfeifen in seinem Ohr wurde schrill.

»Das gibt's halt nicht. Ist völlig ausgeschlossen. Kerle haben bei uns keinen Zutritt im Frauentrakt, grundsätzlich.«

»Sie war in keinem Frauentrakt. In Berlin waren die Regeln außer Kraft, alles ging drunter und drüber.«

»Ach, wirklich?« fragte sie. »Komm, das mußt du mir erzählen.«

»Glaubst du denn, ich war dabei?« Er knipste Licht an und stand auf. »Schluß der Vorstellung.«

Sie riß die Augen auf, starrte ihn von unten an, als hätte er sie aufs Glatteis gelockt und genieße ihren Sturz. »Das war wohl nichts.«

»Nein. Dir fehlt das Feeling für das, was passiert ist. Du siehst es rein persönlich, viel zu eng.«

»Und deshalb schickst du mich weg?«

»Ja, für heute«, sagte er schonend. »Ich muß noch arbeiten, Juno. Den Mörder fangen.«

Er sah den Argwohn langsam aus ihrem Blick schwinden. Zum erstenmal empfand er es als Verrat an seiner Frau, daß er mit Uta geschlafen hatte. Für heute, hatte er gesagt, sanft wie immer. Doch er wußte, die Sache war vorbei.

Nachdem Uta Zelter gegangen war, vertiefte Wendt sich wieder in den *Mob,* die letzte Lektüre des Toten. Als wachse ihm Erkenntnis zu aus den Sätzen, die Nebel markiert hatte. Das Prinzip der inneren Abschottung. Verrat ist nicht Ausnahme, sondern Regel. Die Mafia kennt weder Treue noch Loyalität, dies gibt es nur in Filmen über sie. Auch die *omertà* ist kein Glaubensbekenntnis. Man hält den Mund nicht aus weltanschaulichen Gründen, sondern weil man Angst hat. Der Mob strotzt von Verrat. Man darf keinem trauen, egal, wer er ist.

Das Telefon klingelte. »Werner«, sagte die Stimme. »Genosse Hauptmann, wir haben lange nichts mehr voneinander gehört.«

»Sechs Wochen«, sagte Wendt, um die Pause zu füllen. Der Juckreiz war plötzlich wieder da.

»Es eilt ja nicht. Aber nun sollten wir uns doch mal sehen.«

»Schön, ich komme zu Ihnen.«

»Nicht zur Bezirksverwaltung. Wir treffen uns morgen abend in der Südstadt, Bruno-Schmidt-Straße.« Er nannte die Uhrzeit und die Hausnummer.

»Morgen bin ich leider dienstlich unterwegs. Und zwar für mehrere Tage.«

»Wohin denn und in welcher Sache?«

»In einem Mordfall nach Cumin.«

»Ach so«, sagte der Major erleichtert. »Der Mord läuft Ihnen doch nicht weg. Verschieben Sie die Fahrt um einen Tag...«

Und schon hatte er aufgelegt.

33

Frühmorgens sagte das Radio, DDR-Ökonomen befürchteten den Ausverkauf des Landes, unter dem Vorwand seiner Rettung, an jene Kapitalisten, die schon in den Startlöchern hockten und an Grundstückskäufe dächten. Der Berliner Magistrat bat den Westberliner Senat zur Linderung des Versorgungsnotstands um Ärzte, denn die Flucht des medizinischen Personals hielt an. *Lilo,* die »Lila Offensive« Ostberliner Feministinnen, verlangte vom Zentralkomitee der SED eine Frauenquote in allen führenden Positionen. Der Chefredakteur des *Neuen Deutschland* mußte gehen. Die Akademie der Wissenschaften rehabilitierte postum Ernst Bloch und Robert Havemann. Der Deutsche Vogelschutzbund beklagte den Fall der Mauer; im Grenzgebiet hätten sich für Seeadler, Blaukehlchen und Schwarzstörche wertvolle Lebensräume aufgetan, man möge sie in Naturschutzparks umwandeln.

Mittags folgte man einer Redeschlacht im Bundestag. Während Kohl der DDR nur bei »grundlegendem Wandel« beistehen wollte, hob der Regierende Bürgermeister Westberlins hervor, dem Westen sei die Demokratie von den Siegern geschenkt worden, der Osten aber habe sie im Kampf erobert; deshalb seien in der Bundesrepublik »Zivilcourage und aufrechter Gang vor den Mächtigen keine sonderlich entwickelten Tugenden«. Momper plädierte für Zweistaatlichkeit, das halbe Haus fiel über ihn her.

Premier Modrow schlug eine Vertragsgemeinschaft zwischen beiden deutschen Staaten vor. In neuer Trennung von Staat und Partei war er das Haupt einer Koalition. Statt 44 Minister nur noch 28, die SED stellte drei Fünftel, die Blockparteien den Rest. Neun Minister kamen aus dem alten Kabinett, darunter die für Auswärtiges und für den Außenhandel, der auch in Cumin sein Licht leuchten ließ. Das Ministerium für Staatssicherheit nannte man um in Amt für Nationale Sicherheit. Mielkes Schlußsatz in der Volkskammer *Ich liebe euch doch alle* befremdete die Genossen der BDVP.

Als Wendt nachmittags in die Südstadt fuhr, sagte im Autoradio der Religionshistoriker Ullmann, ein Kopf der Bürgerbewegung Demokratie Jetzt, er teile nicht die Angst Bärbel Bohleys vor der offenen Grenze. »Mir scheint, ihre Sorge war die, daß die Euphorie der Bevölkerung das politische Bewußtsein erschüttern könnte. Doch das so erstaunlich ans Licht getretene Bewußtsein verschwindet angesichts der Freude über Westreisen kaum wieder aus unserem Lande. Die Gesellschaft verspricht, resistenzfähig zu sein vor den vom Westen her winkenden Verlockungen...«

Ein wägender, gemessen formulierender alter Herr. Sein und der Kirche Wort in Gottes Ohr. Denn der Reisestrom nach drüben schwoll reißend an. Sogar der deutsch-deutsche Schiffsverkehr auf der Ostsee bordete über, Rostock–Lübeck und Wismar–Kiel, vor zehn Tagen noch Geisterrouten von Flüchtlingen, die Freiheit und Leben wagten gegen den Zugriff der Volksmarine, den Scharfblick der Grenzbrigade Küste und gegen das launische, windgepeitschte Meer.

Am Türschild der Einraumwohnung, die der Major ihm bezeichnet hatte, stand *Walter* statt Werner. Der Hang der Firma zu netten, verläßlichen Vornamen trat zutage. Vertrauensbildung, ein Gesetz der Konspiration.

Der Graukopf im Tweedjackett – Homespun, Pfeffer & Salz – öffnete ihm gleichwohl ohne Verbindlichkeit. Kein Lächeln unter der Hornbrille, ein paar Anmerkungen zum Tage mit steifer Oberlippe, als gelte es, den schwachen Abgang des Ministers in der Volkskammer auszuwetzen und klarzumachen, wer noch immer das Sagen habe. Es schien, als ziehe das Amt, weil es unter Druck geriet, eher die Zügel an.

Werner goß Kognak ein. »Wir haben Ihre schriftliche Erklärung«, erinnerte er und trank ihm zu. »Die liegt jetzt in der Bebelstraße vor.«

Wendt ließ sein Glas stehen; er müsse fahren.

»Aber Ihre Verpflichtung gilt.«

»Nur, inzwischen ist die sinnlos«, sagte Wendt, wieder einmal geneigt, auf die Vernunft derer zu setzen, die ihn benutzen wollten. »In der K hier kann ich Ihnen nicht behilflich sein, Genosse Major. Oberst Eichhorn scheint im Bilde über das zu sein, was in Rummelsburg zwischen uns gelaufen ist.«

»So?«

»Eichhorn ist ein Fuchs, er hat ganz allein kombiniert. Und nicht mal versucht, es von mir bestätigt zu kriegen. Es stand für ihn fest.«

»Woher wollen Sie wissen, ob nicht auch er uns verpflichtet ist?«

Gewiß, alles konnte Tarnung sein, nichts stand mehr fest. Verunsicherung war ihre Grundlinie: Wir wissen alles von dir, und du weißt nichts! Wendt stand auf, wieder den Pfeifton im Ohr. Er atmete durch und trat ans Fenster. Von hier oben blickte man über den Otto-Grotewohl-Ring auf das Bezirkskrankenhaus, einen Komplex aus der Zeit um 1970. Vorn links in der Frauenklinik gingen die Lichter an. Dort hätte Jenny, wäre es nach ihm gegangen, demnächst entbunden; und alles würde gut sein zwischen ihnen... In diesem Augenblick kam sie ihm schöner und ferner vor denn je. Aber nun brütete sie Rache, diszipliniert und traumatisiert, nach Utas gehässigem Wort.

»Eichhorn wird in Kürze abgelöst«, bemerkte Werner.

Wendt drehte sich zu ihm um, er glitt in eine Stimmung erregter Entschlossenheit. »Was ändert das für mich? Wofür ich unterschrieben habe, das existiert nicht mehr. Meine Ehe ist kaputt, die haben Ihre Schläger ruiniert.«

»Immer langsam. Was ist los? Erzählen Sie!«

»Da ist kein Kontakt mehr zu meiner Frau, ihre Realität hat sich woandershin verlagert... Das muß Ihnen genügen.«

»Ihre Realität wohl gleichfalls«, sagte Werner. »Ist das eigentlich was Festes, Ihr Verhältnis zu Frau Zelter, oder war die Dame bloß mal kurzfristig Ihnen zu Gefallen?«

Das Pfeifen wurde lauter. »Hat sie Ihnen das gebeichtet? Oder hat Ihr Amt sie mir geschickt?«

»Sie hat überhaupt nichts gebeichtet. Frau Zelter hielt eisern dicht. Sie hat mehr Diskretion geübt, als es mit ihrem Dienst zu vereinbaren ist. So kam sie auf die Liste derer, von denen wir uns trennen müssen.«

»Sie verliert ihre Arbeit, weil sie mit mir intim war?«

»Nein, so prüde sind wir nicht. In erster Linie fliegt sie wegen der Tratscherei über Freienbrink.«

»Sie kennen unsere Gespräche?«

Der Major lächelte matt. »Sie sind uns zu wichtig, Herr Wendt – den Genossen lassen wir von jetzt an lieber weg –, zu wertvoll, als daß wir da etwas dem Zufall überließen. Mit Ihnen haben wir schließlich noch einiges vor.«

»Das ist skandalös!« Es mißlang Wendt, das Tremolo aus seiner Stimme zu halten. »Da bleibt ein verdammt schlechter Geschmack zurück. So machen Sie sich todsicher keine Freunde.«

»Ich suche Mitarbeiter; die Freunde überlasse ich gern der Freien Deutschen Jugend oder dem Sport. Deshalb mein Rat, lassen Sie die Zelter, sie redet zuviel. Und machen Sie auch Schluß mit Ihrer Gattin, wenn von da kein Gefühl mehr rüberkommt. Frauen gibt's doch wie Sand in Warnemünde.«

»Macht es Ihnen sehr viel aus, die Finger aus meinem Privatkram zu nehmen?«

»Ich glaube, Sie regen sich unnütz auf«, sagte Werner. »Sie sind jetzt ein bißchen...« Entweder fiel ihm das passende Wort nicht ein, oder er entschied, es nicht zu verwenden.

»Empfindlich?« fragte Wendt.

»Ja. Verzeihen Sie, fast hätte ich gesagt, kindisch. Was es natürlich gar nicht trifft. Wäre der falsche Ausdruck gewesen. Denn im Gegenteil, die Tonbänder zeigen ja, was für ein As Sie sind, speziell in meinem Fach. Wie Sie die Zelter aufgerissen haben, so Knall auf Fall, das war schon Klasse.«

Wendt wollte Weiterem zuvorkommen, ehe ein Tief an Geschmacklosigkeit erreicht war. »Ich lege auf Ihr Urteil keinen Wert.«

»Das sollten Sie aber. Vor allem dürfen Sie uns keinerlei Feindseligkeit unterstellen, oder etwa Spaß am Voyeurismus. Jeder Lauschangriff ist von der Sache her bedingt, wir haben wenig Freude daran. Wenn's in Ihrem Fall auch komisch war, zu hören, wie Weiber einander hassen können, selbst ehemals beste Freundinnen, sobald einer kommt, der sie in den siebten Himmel hebt – es ihnen besser besorgt als der eigene Mann.«

»Nun machen Sie gefälligst mal 'nen Punkt!«

Werner verstummte; wohl von der Sorge getrieben, sein Opfer zu derb angefaßt zu haben. »Und obwohl Ihnen klar war, die Dame ist von uns«, fuhr er behutsamer fort, »haben Sie ihr an all den Abenden kein Sterbenswörtchen von dem Arrangement erzählt, das wir in Berlin getroffen haben. Dies, Herr Wendt, hat uns endgültig von Ihrem Format überzeugt.«

»Ich kann Ihnen weder mit Informationen dienen, die Sie nicht schon von anderer Seite bekommen, noch glaube ich, daß Ihr Laden hierzulande noch sehr viel Zukunft hat.«

»Na, da täuschen Sie sich aber. Hans Modrow garantiert uns das Fortbestehen, so oder so, als Verfassungsschutz, Aufklärungsdienst und so weiter; kein Mangel an Deckadressen. Der hat immer auf Sicherheit gebaut, heute ist er unser Mann.«

»Wer sichert sein Überleben und das der Partei?«

»Wir. Das ist ja eben die Aufgabe! Demnächst schicken wir unsere besten Leute in alle möglichen Ministerien, auch in den Zoll, in die Armee und in die neuen Parteien. Schwerpunkt ist fraglos das MdI. Das übernimmt von uns offiziell dreitausend Mann, und inoffiziell – die Zahl darf ich Ihnen nicht nennen. Klar ist nur, einer davon heißt Christian Wendt. Ab heute sind Sie ›Offizier in besonderem Einsatz‹, und zwar im Majorsrang. Das Kürzel ist *OibE*. Jede BDVP wird von uns in dieser Weise gestärkt. Sie müssen überhaupt nichts tun momentan, bloß auf Tauchstation gehen. Und wie ich Ihnen schon sagte, wir sorgen dafür, daß Sie so aufsteigen in Ihrer Behörde, wie es Ihren Fähigkeiten entspricht.«

»Wie soll das vor sich gehen?« fragte Wendt, um das Getöse in seinem Kopf zu übertönen.

»Wenn eine Schlüsselstellung zu besetzen ist, fragt man uns als Verfassungsschutz. Wir protegieren unseren Mann dann niemals direkt. Wir melden einfach Bedenken gegen die Mitbewerber an.«

Wieder zu Hause, bemühte sich Wendt um den *großen Durchblick,* wie sein Sohn zu sagen pflegte; doch die schwarzen Wolken der Zweifel verflogen nicht. Wo eigentlich war hier das Mikrofon? Tief in ihm saß Mißtrauen, vermischt mit Neugier und einem Ekel, gegen den er ankämpfte. Ja, die Firma schien dabei, abzutauchen in den Untergrund. Bald würde nur noch die Spitze des Eisbergs zu sehen sein. Doch wer auch immer sich außer Gefahr glaubte, der lief dann knirschend auf.

34

Die zweite Fahrt nach Cumin, drei Wochen nach der ersten. Ob das nötig sei, hatte Major Werner ihn gefragt, was er sich davon verspreche. Manche Fälle sind in Ordnung, andere nicht, so ist das nun mal, die kriegt man nie in die Reihe in der vorgeschriebenen Bearbeitungsfrist, und wenn man sich noch so verbeißt... Der Tod Nebels war rätselhaft, das gab Wendt zu, ob er im zweiten Anlauf die Lösung fand, erschien ihm ungewiß. Was versprach er sich also? Abstand vor allem – zu Uta Zelter und dem Komponistenviertel, zur Blücherstraße, zur Hegelstraße. Flucht in den grauen November.

Die Firma – ein Schiff, das man seefest macht angesichts des Sturmes. Man senkt die Ladebäume ab und schraubt Blenden vor die Bullaugen in der fahlen, feuchten Dämmerung über dem fauchenden Meer der Kundgebungen und Kerzendemos. Persenninge über die Luken, die Crew auf die Brücke oder in die Kohle, der Rest auf Tauchstation, in konspirative Quartiere, deren Anschrift nirgends mehr gespeichert ist. Dann flink den Schiffsnamen geändert, um Neptun zu beschwichtigen und das Volk zu täuschen, das da Gott spielen will. Die Ratten schlüpfen von Bord, Wendt aber entert verwegen, der Mann mit dem Doppelrang, Hauptmann der K und Nasi-Major in besonderem Einsatz.

Sonnabend, der 18. November, schlechte Sicht. Dieser Tag ist nicht sein Tag, er ahnt, daß er heute kein Bein auf die Erde kriegt. Von Gelbensande an nieselt es, der Wischer schmiert, und das Radio gibt dem Leiter des Amtes für Nationale Sicherheit das Wort, Dr. Wolfgang Schwanitz. All seinen Mitarbeitern gehe es um die Durchsetzung des Rechts, sagt der Generalleutnant. Er sei sehr für eine Kontrolle des Amtes durch die oberste Volksvertretung, ja, er begrüßt sie warm. Er wünscht sogar ein Gesetz, das die Aufgaben, Befugnisse und Grundsätze seiner Behörde regelt. Ohne die Sympathie der Werktätigen könne die nicht wirken. Man werde alles tun, um verlorengegangenes Vertrauen zurückzugewinnen.

Ich liebe euch doch alle. Wo ist das Kaderwelsch hin? Wolfgang im Schafspelz, nun hat er auch noch Kreide gefressen. Der Namenswechsel, das sei nicht bloß ein neues Etikett. Das Amt bringe sich ein in den Prozeß der revolutionären Erneuerung! »Jetzt lassen wir alles hinter uns, was sich nicht bewährt hat, was sogar fehlerhaft war«, verspricht er. »Die Arbeit des ehemaligen MfS war zu breit angelegt und kaum transparent, sie überschätzte das Primat der Politik. Nun widmet sie sich ganz der Aufklärung friedensgefährdender Pläne, zumal imperialistischer Geheimdienste, und der Terrorabwehr. Wir bekämpfen Angriffe auf die Verfassung, Erscheinungen des Neofaschismus und schützen die Volkswirtschaft. Seit 1961 haben wir rund tausend imperialistische Agenten gestellt, davon 22 in den letzten vier Jahren.«

Schwanitz klagt, Mitarbeiter des Amtes seien massiven Bedrohungen und Verleumdungen ausgesetzt. Sie hätten treu ihre Aufgaben erfüllt im festen Glauben, damit dem Frieden und dem Sozialismus zu dienen. »Sie kommen aus unserem Volk«, ruft er, »und gehören zu unserem Volk, haben Verdienstvolles geleistet.«

Gut gebrüllt, Löwe. Ab Ribnitz läuft eine Medienkonferenz. Im Zeichen von Glasnost sitzen sieben Kabinettsmitglieder vor der Weltpresse. Regierungssprecher Meyer entschuldigt das Fernbleiben von Modrow, der seiner Mutter in Arnstadt heute zum 90. Geburtstag persönlich gratuliert ... Das sind ganz neue Töne; *human touch* hätte Jenny gesagt. Die Regierung verkündet nicht mehr, sie wirbt und stellt sich dar, zeigt ihre Menschlichkeit.

Man überträgt die 12. Tagung der Volkskammer. Es geht hoch her im Hohen Haus. Nach 40 Jahren der Lethargie sind die Abgeordneten ganz aufgekratzt, richtig aus dem Häuschen. All das rauscht an Wendt vorbei. Erst beim Bericht des Generalstaatsanwalts merkt er auf. Vor kurzem noch hat Günter Wendland die Berliner Prügelorgie bagatellisiert, nun gibt er zu, im Spätsommer hätten sich die inneren Widersprüche dramatisch verschärft, von den Maßgebenden zu spät erkannt und ignoriert. Als das Volk den Sozialismus erneuern wollte, habe man dies mißverstanden und sei ihm gewaltsam zu Leibe gerückt, um Ordnung und Sicherheit in der Hauptstadt zu gewährleisten und feindliche Handlungen sowie Provokationen und Störversuche zu unterbinden.

In seinem Mund wird all das nun zum tragischen Irrtum, zur einmaligen Entgleisung; nichts ist Kampf um die Macht und böser Wille gewesen. Die Einsatzbefehle, Wendland hat sie geprüft, waren korrekt, sie schrieben streng sachliches Auftreten vor, ruhig und bestimmt. Dreieinhalbtausend Menschen haben die Schutz- und Sicherheitsorgane zugeführt, gegen 630 ermittelt, wie konnten so viele dabei verletzt werden oder doch psychisch leiden? Durch falsche Sicherheitsauffassungen, meint der Generalstaatsanwalt pauschal.

Hart geht er mit den anonymen Tätern ins Gericht, prangert die »Übergriffe und Tätlichkeiten, das die Würde der zugeführten Personen verletzende Verhalten« an. »Besonders unerträglich« nennt er, »daß das auch im Gewahrsam geschah. Mitteilungen über solche Vorkommnisse bezogen sich auf Zuführungspunkte wie Rummelsburg, Blankenburg, Immanuelkirchstraße ...« Erkennungsdienstliche Maßnahmen, zulässig nur bei dringendem Tatverdacht, sind viel zu weitgehend durchgeführt worden in Berlin. Die Opfer »wurden geschlagen, über lange Zeit zum Stehen in zum Teil körperlich schmerzhaften Stellungen gezwungen, auch beleidigt und auf andere Weise erniedrigend behandelt«.

Der Redner würdigt die meist sachliche Arbeit der Ermittler, also der Kripo und der Stasi. Wo die von der Norm abwich, läßt er das prüfen. »In einer Reihe von Fällen bestätigte sich der Verdacht strafbarer Handlungen durch Angehörige der Schutz- und Sicherheitsorgane. Keine Untersuchung hat bisher ergeben, daß irgendwo ein Befehl existierte, der zu solchen Maßnahmen wie Schlagen und Entwürdigen auffordert. Aus juristischer Sicht muß ich daher feststellen, daß derartige Handlungen Folgen von Befugnisüberschreitungen sind.«

Ist dies ein gewendeter oder ein windiger, sich windender

Wendland? Er sagt noch, 480 Anzeigen und Berichte von Betroffenen hätten ihn erreicht, leider zum Teil anonym. Die Presse möge keine Einzelheiten bringen, die nicht erhärtet und eher Mittel emotionaler Beunruhigung sind. Wo es zu Ausschreitungen im Beisein vorgesetzter Offiziere kam, wird deren Verantwortlichkeit geprüft. Alles ist sehr kompliziert. Liegt kein Straftatverdacht vor, sondern nur ein Verhalten der Organe, das nicht zu billigen ist, entschuldigen sich diese bei den Opfern. »Materielle Schäden werden unverzüglich und unbürokratisch ersetzt... Das betrifft vor allem Sachschäden und Lohnausfall.«

Endlich schlägt der Generalstaatsanwalt vor, zur Erhöhung der Rechtssicherheit wieder Tatbestände in das Strafrecht aufzunehmen, die 1968 weggefallen sind: »Die sogenannten Straftaten im Amt – Freiheitsberaubung im Amt, Körperverletzung im Amt.« Und andererseits »auf eine Reihe von Tatbeständen zu verzichten, die uns nicht gedient haben, sondern den Schutz und den Zwang übermäßig ausdehnten... Ich danke für Ihre Aufmerksamkeit.«

Den Schutz und den Zwang. Das Doppelgesicht des Chefanklägers und seiner Justiz. Der Januskopf aller staatlichen Macht.

Nina Prinz empfing Wendt liebenswürdig. Als sie herausfand, er habe noch nicht gespeist, weil die Tischzeit im *Blauen Anker* schon vorbei gewesen war und das zweite Lokal im Dorf Ruhetag hatte, schlug sie ihm sogar Eier in die Pfanne. Ihm war, als stecke hinter dieser Freundlichkeit eine Absicht. Sie war noch immer in Schwarz, sah zwar besser aus als beim letztenmal, doch er spürte, von ihrem Charme kam wenig bei ihm an.

Seine Gelassenheit befähigte ihn zu mehr Objektivität als vor drei Wochen. Schon beim Nachtisch, Ananas mit Schlagsahne, stellte er ein Dutzend Fragen. »Kürzlich haben Sie mir das etwas anders erzählt«, sagte er zwei- oder dreimal, ohne daß solches Einhaken ihm Neues brachte. Eine Zeitlang kam kein Wort von Nina. Sie ging in die Küche und ließ ihn spüren, daß sie es satt hatte, die immer gleichen Antworten herunterzuleiern. Und mit dem, was sie womöglich von ihm wollte, kam sie auch nicht heraus. Nach knapp zwei Stunden war er mit ihr am toten Punkt und schlug eine Pause vor, um an die frische Luft zu gehen.

Überraschend schloß sich ihm Ralf Prinz an. Der Zwölfjährige hatte erstmals am Samstag keinen Schulunterricht gehabt; er schien sich zu langweilen und wollte ihm den Ort zeigen. Während sie auf dem Sandweg zum Steilufer stapften, erklärte ihm Ralf, wer da alles wohnte zwischen Nebels blauem Katen und dem Haus am Meer: zwei Ärzte, ein Apotheker, Professoren, ein Generaldirektor und der Betriebsleiter des Chemiewerks am Bodden. Ein halbes Jahr erst war der Junge in Cumin, doch in seiner Umgebung kannte er sich aus.

Draußen auf See gab es an diesem Wochenende die letzte Regatta des Jahres, und ein Pulk weißer Yachten lag hart am Wind, der aus Südwesten blies; wie eine Kette spitzer Zähne dort unterhalb der Kimm. »In den großen Ferien«, erzählte Ralf, »ist Richard mit mir gesegelt im Greifswalder Bodden. Erst zum Großen Zicker, da haben wir zwei gezeltet, dann weiter bis nach Hiddensee. Das war fabelhaft; so wird's nie wieder sein.«

Es fiel Wendt auf, daß er *Richard* sagte und nicht *Onkel*, wenn er von Nebel sprach, mit diesem Ausdruck von Bitterkeit hinter der kreisrunden Brille. Das deutete auf eine gewisse Gleichberechtigung hin, die Ninas Freund ihm eingeräumt hatte. Die Art, wie der Junge von dem Toten sprach, ließ eine intensive Beziehung vermuten – Kameradschaft, die abrupt zerstört worden war.

»Das ist nun vorbei«, sagte Ralf melancholisch, mit einem Anflug altkluger Bestimmtheit. »Endgültig aus. Mit Richard ist all das für uns gestorben.«

»Sicher nicht für alle Zeit.«

»Doch. Mit Doktor Lukas segelt meine Mutti ja nicht mehr. Und selber können wir uns kein Boot leisten.«

»Vielleicht lädt uns meine Frau mal beide ein«, sagte Wendt in dem Gefühl, trösten zu sollen. »Ihr Vater hat ein Boot hier in Cumin.«

»Ihre Frau? Die wird das niemals tun.«

»Wie kommst du darauf? Kennst du sie überhaupt?«

»Natürlich. Dreimal schon war sie bei uns. Die kann Mutti nicht leiden. Sie hätte uns gern aus dem Haus.«

»Unsinn, sie hat selber eins.«

»Sie will unser Haus ja auch nicht für sich. Es soll beschlagnahmt werden.«

»Für wen denn, Ralf?«

Der Junge zuckte die Schultern. »Für die Gemeinde oder das Neue Forum...« Er stockte, kämpfte mit einer Hemmung und fügte hinzu: »Mutti hat's immer schwer gehabt, und gewohnt haben wir ganz eng und feucht, das war eine Bruchbude in der Stadt. Zum erstenmal geht's uns richtig gut, und nun... Können Sie nicht mal mit Ihrer Frau deswegen reden, Herr Wendt? Daß sie aufhört, auf Mutti rumzuhacken?«

»Erst mal mit ihr«, sagte er. »Mit deiner Mutter.« Offenbar bahnte sich da ein Drama an. Es berührte ihn, wie Ralf Partei ergriff – mutiger als Nina; denn das schien es doch zu sein, was sie auf dem Herzen hatte. Für sein Alter wirkte Ralf sehr ernst und reif.

Der Wind blies kalt vom Meer, es brandete gegen den Fuß des Steilufers und zerstob an den Resten eines Betonbunkers, der dort im Wasser lag. An den Dünen wehte ihnen Sand ins Gesicht, es prickelte auf der Haut und knirschte zwischen den Zähnen. Man konnte sich kaum noch unterhalten; da kehrten sie um.

Von Nina Prinz erfuhr Wendt, das Haus gehöre einem Bereich des Ministeriums für Außenwirtschaft (oder Außenhandel, in ihrem Bericht tauchten beide Begriffe auf). Einem Sektor, in dem man neuerdings Zwielichtiges vermute, Korruption in einer der von ihm geleiteten Handelsfirmen. Deshalb, wegen der Verdunkelungsgefahr, solle das Haus am Meer, ebenso wie die zwei anderen von ihr betreuten, geräumt und versiegelt werden. Aber das könne doch nicht durch ein Bürgerkomitee geschehen? Müsse es nicht die Volkspolizei tun, auf Veranlassung des Staatsanwalts?

»Selbstverständlich«, sagte er. »Noch herrscht bei uns keine Anarchie.«

Ihre grünen Augen belebten sich. »Vorhin hat der zuständige

Staatssekretär mit mir telefoniert und mich angewiesen, gar keinen einzulassen. Daran halte ich mich jetzt.«

»Schön, daß Sie mit mir eine Ausnahme machen.«

Sie lächelte höflich, kaum zu Scherzen aufgelegt. »Ich soll die Stellung halten, bis er selber kommt und alles geraderückt. Die Anschuldigung entbehrt jeder Grundlage, hat er gesagt, die werde inzwischen von ihm entkräftet.«

»Wie ist sein Name?«

»Schalck-Golodkowski. Ich soll ihn einfach Schalck nennen.«

Wendt nickte, das klang bekannt. Alexander Schalck-Golodkowski, der Mann zur Linken des Moderators während der ersten Talk-Show nach der Wende. Ein Fleischberg, sympathisch berlinernd, regungslos wie ein Pokerspieler. Das Schlitzohr, bei dessen Anblick er sich gefragt hatte, weshalb man ihn nicht zum Chefökonomen erhob, anstelle des gescheiterten Mittag. Oder wenigstens zum Wirtschaftsminister machte statt der Professorin Luft... Es war, als schlage in ihm eine Glocke an. In welcher Verbindung hatte er den Namen jüngst gehört? Ah, von Uta Zelter, in Zusammenhang mit Freienbrink. Schalck war der gerissenste Devisenbeschaffer des Landes. Das mochte anrüchig sein, doch ungesetzlich war es keineswegs.

»Machen Sie sich keine Sorgen«, sagte er. »Falls es da wirklich krumme Sachen gab, dann war das von der Staatsführung geduldet. Jetzt stochern allerhand Quertreiber darin herum, doch irgendwie hat man die Wirtschaft ja schmieren müssen... Meine Frau sieht das zu eng, eine richtige Puritanerin. Gegen ein Ministerium kommt sie nicht an.«

»Aber das Neue Forum...«

»Die Regierung ist auch neu, Frau Prinz. Wir passen schon auf, daß es hier nicht drüber und drunter geht.«

Wendt sah, ihr Gesicht entspannte sich; die winzigen Grübchen waren wieder da. Nina – so nannte er sie im stillen – sah ihn dankbar an durch ihre hübschen Gläser. Sie und ihr Ralf, die zwei rührten ihn. Sie hatten beide einen Schlag erlitten, der ihr Leben über den Haufen warf, und schon kam die Opposition, um sie auch noch obdachlos zu machen.

»Wir wissen sonst ja nicht, wohin«, sagte sie verhalten. »Ich war so froh, als mir die Stellung angeboten wurde.«

»Durch wen eigentlich? Wer hat sie Ihnen vermittelt?«

Sie sog die Lippen ein und wurde ein bißchen rot. »Ein Herr vom Ministerium, der sich bei Doktor Lukas behandeln ließ.«

»Wie kam ihm die Idee, Sie anzustellen?«

»Na, also ... Er ließ sich gern von mir massieren und nahm wohl an, das könne hier im Haus geschehen, wenn er mir den Job verschafft.«

Vielleicht ein Liebhaber von Rothaarigen. Es schien ihr unangenehm zu sein, den Punkt zu berühren, daher ließ Wendt ihn fallen.

»Sie wohnen nicht bei Ihrer Frau in der Finnhütte?«

»Nein. Wir spinnen zur Zeit kein gutes Garn.«

»Dann bleiben Sie doch im Sommerhaus. Da hat auch Anton Nebel übernachtet, nach der Beisetzung. Ralf schließt Ihnen auf.«

Wendt nahm die Einladung an. Das klamme Bett im *Blauen Anker,* auf dem das Kissen strammstand wie ein Soldat, lockte ihn nicht; ein trister Raum ohne Dusche, acht Gästezimmer und ein WC für alle ... Günstig war die Nähe. Der Schlüssel zu seinem Fall, das spürte er, lag im Umkreis der zierlichen Frau, die Nebel übermorgen hatte heiraten wollen.

Die majestätische Diele, wo der verblichene Theatermann ihn vor sechs Jahren so gönnerhaft mit Jasmintee bewirtet und in die Schranken verwiesen hatte, war ungeheizt. Am kalten Kamin vorbei führte der Junge ihn treppan, und oben, unterm schrägen Rohrdach, strahlte ein elektrischer Ölofen wohlige Wärme aus. Heizte der schon den halben Tag für ihn? Das wirkte abgekartet ... »Das Bad ist nebenan«, sagte Ralf wie ein Hotelboy. »Und der Wandschrank ist leer, auch abschließbar, Herr Hauptmann, für Ihre Sachen.« Er führte den Schlüssel ein, sagte gute Nacht und verschwand.

Draußen wisperte der Wind. Es war recht seltsam, nur 500 Schritte von Jenny weg zu sein, in einem wunderbaren Bett, umgeben von hell gebeiztem, stark gemasertem Furnier und Holzgeruch; doch sie wollte es ja so. Er würde nicht zu ihr gehen, auch wenn er nun einen Vorwand hatte: das Haus am Meer. Er fühlte sich versucht, den Schwarzweißfernseher am Fußende zu bedienen, Marke Robotron. Dann aber ließ er es und griff zum *Mob,* in dem Gefühl, die Textstellen, von Nebel kurz vor seinem Tod markiert, könnten ihn auf die Fährte bringen.

Die Polizei versucht seit Jahrzehnten, las er, die Unterschiede zwischen dem Verhaltenskodex des Mobs und dem eigenen zu ermitteln. Die Übereinstimmungen sind leicht erkennbar: Wie die traditionelle Mafia wertet die Polizei jeden Angriff gegen einen Kollegen als einen Angriff auf die gesamte Polizei, den Staat und das Abendland. Wie die Mafia rächt die Polizei jeden Angriff mit allen Mitteln. Bei polizeilichem Fehlverhalten findet man eine ähnliche Verschwörung des Schweigens wie beim Mob. Es gibt wie in der Theologie das von Hans Küng beschriebene Phänomen des »Paradigmawechsels«, das heißt ein völlig anderes Grundmuster des Denkens bei gleichem Wortschatz und ähnlichen Methoden.

Noch einmal stand Wendt auf. Der Ordnungssinn zwang ihn, seinen Parka und die Dienstwaffe in den Schrank zu hängen, den Ralf ihm gezeigt hatte. Die Fächer waren leer bis auf das mittlere. Dort lag, dick wie ein Aktenhefter, ein verschnürtes Paket. Auf dem braunen Packpapier stand, mit schwarzem Filzstift gemalt, in den gleichen Blockbuchstaben wie auf dem anonymen Brief: RICHARD NEBEL.

Es war offenkundig, Nina Prinz spielte ihm da durch ihren Sohn etwas in die Hand. Er löste die Verschnürung, wickelte den Ordner aus und war enttäuscht. Auf dem Deckel stand in Nebels klarer Handschrift: *Berührungen mit dem Stalinismus.* Kein aktuelles Material. Vorn lag ein Inhaltsverzeichnis ein, es nannte Seitenzahlen und die Jahre 1947, 1958 und 1979... Checken wir's mal durch, dachte er und begann mit der grauen Nachkriegszeit, dem wahrhaftig schon historischen Teil.

35

»Mein erster Knast, das Frauengefängnis in Halle, war noch ganz annehmbar«, sagte Jenny. »Bei Wohlverhalten, und das hab' ich da weiß Gott geübt, gab's alle acht Wochen einen ›Sprecher‹; das heißt, Christian und meine Mutter sind gekommen, auf den Alten hab' ich keinen Wert gelegt. Da hat Christian wenigstens einen durchgehenden Zug gehabt von Rostock. Elf Stunden lag er auf der Bahn, um mich dann für eine Stunde zu sehen.«

»Was dir seine Liebe bewies«, sagte Andy.

»Na unbedingt. Als sich das rumsprach im Amt, wo er hinfuhr, haben sie's ihn spüren lassen.«

»War nicht auch schlechtes Gewissen dabei? Er hat dich da erst reingebracht und mußte wissen, was dir blüht. Zwanzig Monate für zwei Einbrüche, obwohl dir's gar nicht um Beute gegangen ist. Du hast dich doch bloß rächen wollen an der Dame vom Kulturbund und an diesem Bühnenstalin!«

Jenny trank ihren Kaffee aus. Es tat ihr gut, so verstanden zu werden. Wenigstens dies, das Vergessengeglaubte, konnte sie sich von der Seele reden; in puncto Berlin ging ihr nichts über die Lippen. Je mehr man ihr riet, sich davon zu befreien, desto starrer die Blockade.

»In dem öden Hof, wo wir antreten und rumlaufen mußten, immer im Gleichschritt, fielen nur die Plakate auf. Ordne dich in die Gesellschaft ein! Halte vorbildliche Disziplin! Erfülle deine Aufgabenstellung in hoher Qualität! Und so weiter. Es hat eigentlich bloß noch gefehlt: Jedem das Seine und Arbeit macht frei.«

»Die Nazis haben es klarer auf den Punkt gebracht.«

»Das größte Plakat hat uns sogar gesiezt. Eine Wärterin war abgebildet, in adrettem Blau, wie sie auf die Sätze zeigt: Sie sind auch jetzt Bürgerin der DDR! Vollbringen Sie in der Arbeit und beruflichen Ausbildung große Leistungen. Nutzen Sie Ihre Freizeit sinnvoll. Streben Sie die vorzeitige Entlassung an!«

An diesem naßkalten Samstagabend saßen sie am Markt von N. im *Café Wien,* zwischen der Kirche und dem Rat des Kreises, schräg gegenüber der Volksbuchhandlung. In die hatte Andy sich schicken lassen, bloß, um ihr nahe zu sein. Schmeichelhaft, sein Aufwand, wenn auch lästig, weil verpflichtend.

»Ein Wunder«, sagte er, »daß du's ausgehalten hast.«

»Auf Burg Hoheneck in Stollberg hat es Selbstmordversuche gegeben, manche haben Nadeln verschluckt, sich den Puls aufgeschnitten, andere haben Haarwasser getrunken oder Faustan geraucht, um sich zu betäuben. Bist du abgesackt, stand dir kaum wer bei. Sozialhelfer wären nötig, aber es gab keine. Den Pastor kriegtest du nicht zu sehen, dem hat der Chef nur Steine in den Weg gelegt. Für den Herrn Oberstleutnant war das ein Fremdkörper in seinem Erziehungsplan. Alles militärisch stilisiert, selbst der Gefängnispsychologe noch als Offizier verkleidet! Seelendoktor oder nicht, Respekt mußte sein vor dem Herrn Major... Seitdem ist ›Major‹ ein Reizwort für mich.«

»Und ›Hauptmann‹, das konntest du hören?«

Sie strich sich über das kurze Haar, ihr linkes Augenlid begann zu zucken, wie oft in letzter Zeit. »So ein Knast ist undurchschaubar, fast ein gesetzloser Raum. Jedes bißchen scheint reglementiert zu sein, dabei springen sie mit dir um, wie es ihnen paßt. Einmal auf der Burg hing ich durch und hab' bloß die halbe Norm geschafft – Strümpfe für den VEB Esda an uralten Maschinen –, prompt ging ich in Arrest. Die Zelle war ganz eng und ohne Tageslicht, das Bett hochgeschlossen. Tisch, Hocker, Toilette und Waschbecken, das umgibt dich sechzehn Stunden, ehe du dich hinlegen darfst. Gut war nur die Stille. Wer Phantasie hat, steht es durch. Sonst sind wir acht bis zehn in der Zelle gewesen, Doppelstockbetten, WC und Dusche hinterm Vorhang gleich dabei. Asoziale, Republikflüchtlinge, scheue Frauen, aggressive, bunt gemixt. Da wird dann gequatscht, geraucht, gegessen, krakeelt und aufs Klo gegangen, zur selben Zeit. Keine persönliche Sphäre, alles Zwang und Drill, die eiserne Ordnung im Spind, drei Briefe im Monat darfst du schreiben, natürlich zensiert, und auch drei empfangen. Und wehe, das Bett ist nicht exakt gebaut beim Ordnungsappell!«

»Das ist ja übler als bei der Fahne.«

»Dort schon. Bis ich zuletzt in die Bibliothek kam und mit Bea in eine Viererzelle, meistens nicht voll belegt. Schlimm war die Produktion, Andy, in Schichtarbeit, immer achtdreiviertel Stunden. Die Anstaltswäscherei, das war das Letzte. Da durften wir uns sogar ein Meerschweinchen halten, dessen Fiepen sollte die Ratten vertreiben. Ansonsten Bettwäsche nähen, Shorts, was gerade kam. Und ständig aufs Tempo gedrückt. Sechshundert Tischdecken oder siebenhundert Kopfkissenbezüge, das war für den VEB Planet die Norm. Aber morgens antreten, vor der Zelle strammstehen zum Zählen, egal, ob du Nachtschicht gehabt hast. Der Lohn war auch nicht berauschend, rund fünfhundert Mark, fünfzig bar auf die Hand für was Süßes und die Qualmerei, sechzig bis siebzig wurden dir gespart für die Entlassung, den Rest hat der Staat kassiert für Verpflegung und Unterkunft.«

Jenny verstummte. Sie hatte auf einmal den Eindruck, sich zu entblößen. An dem runden Marmortisch mit den rotgepolsterten Kaffeehausstühlen klang das so absurd. Zu der Schmusemusik und den Trompeten, James Last vom Tonband, war es absolut unwahrscheinlich. Sollte sie noch von der Lehrerin erzählen, mit der sie sich angefreundet hatte? Die dann spurlos verschwunden war, eine Handvoll heimlich aufgesparter Tabletten im Leib? Auch so ein Schicksal... Jutta hatte die Ausreise beantragt, bekam Berufsverbot und ist als Verkäuferin untergeschlüpft in einem Privatgeschäft. Ein Jahr darauf wurde ihr Antrag abgelehnt, das schrieb sie Freunden im Westen, die es der Presse steckten. Es folgte ihre Verhaftung, ein Jahr Knast wegen verbotener Nachrichtenübermittlung.

Nein, Jenny ließ es, all das war genug. Sie winkte dem Kellner und bestellte einen Kognak. Um das Flattern ihres Auges zu verbergen, zündete sie sich eine Zigarette an – selber, da Andy, der Nichtraucher, ja kein Feuer hatte. Sie blies ihm den Rauch ins Gesicht und schwieg.

Ihre Gedanken schweiften. Früher, in fernen Jugendtagen, war dies ihr Stammlokal gewesen. Tatort der Abiturfeier und verstohlener Liebelei. Als Teenager an der großen Welt geschnuppert. *In einer kleinen Konditorei, da saßen wir zwei...*

Eine Goldgrube, gemütlich, privat; Familienbetrieb in der dritten Generation. Topfpalmen, Paravents und Ziergitter schufen Winkel und Nischen, Kleinstadtromantik. Man saß für sich, geborgen, abgeschirmt, die Atmosphäre schien noch dieselbe, nur mit ihr hatte sich etwas verändert. Weder vermißt sie Christian, noch will sie mit jemandem ins Bett, ist das noch normal, wo doch die Rippen wieder heil sind? Auf der anderen Seite, dies macht ja auch frei. Sie ist unabhängig, kann sich voll ins Getümmel stürzen, in die grandiose Novemberrevolution! Vor 71 Jahren verfehlte die das Ziel, den Sozialismus einzuführen, jetzt schafft sie den verfehlten Sozialismus wieder ab. Und sie zieht in den Kampf gegen jene, die all das eingebrockt und die Menschen um ihr Leben betrogen haben.

»Rauch doch nicht soviel«, sagt Andy.

»Weißt du, es beruhigt mich. Wie schon im Knast...« Sie kommt davon nicht los, hält aber den Mund. Irgendwo in ihrem Kopf hämmert ein Nerv. Der metallische Lärm ist wieder da, das Geklirr der Schlüssel und Dröhnen der Knüppel, die Kommandos von Halle und Hoheneck, von Rummelsburg und Blankenburg vermischen sich.

»Ist dir nicht gut, Jenny? Sprich aus, was dich bedrückt! Werd es an mich los; von mir erfährt es keiner.«

»Ach, ja?« Sie atmet tief durch. »Na, ich glaube dir... Was mich am meisten stört, ist die eigene dumme Reaktion. Weshalb treffen einen Worte mehr als Schläge, wieso spürt man sie länger? Mich wurmt die alberne Empfindsamkeit.«

»Was denn für Worte?«

»Banale, dreckige Beschimpfungen.« Sie kippt ihren Kognak. »Schon wenn einer, der jünger ist, dich duzt. Dich Tussi nennt oder Schnecke. Das ist doch bloß schnoddrig, primitiv, so reden halt die Halbstarken, wie kann es derartig verletzend sein?«

»So ein Kerl gibt doch die Schinderei bloß weiter. Läßt an einem aus, was man ihm selber antut. Mit dir persönlich hat es nichts zu tun. Das hab' ich mir bei der Armee immer gesagt.«

»Na sicher. Trotzdem hat es mir die halbe Welt vermiest.«

»Die halbe Welt?«

»Die Welt der Männer...«

Wieder greift er nach ihrer Hand. »Auf die du nach wie vor wirkst. Der Ratz steht dir, ich bin ganz davon behext.«

Ihre Kehle zieht sich zusammen. Das Gespräch nimmt die befürchtete Wendung. Jenny entzieht ihm die Hand, sie legt eine der Pausen ein, die sie neuerdings gern macht. In der andere darüber nachdenken sollen, was sie falsch gemacht haben. Denn sie spürt, er hat sie nur reden lassen, um ihre Sympathie zu gewinnen, um ihr zu gefallen. Ihm liegt mehr an ihrer Person als an dem, was sie sagt. Er sucht ihre Nähe, den physischen Kontakt. Gleich wird er ihr wieder raten, in seiner Buchhandlung anzufangen, weil geregelte Arbeit sie am besten schützt vor Angstträumen und Grübelei. Es hilft nichts, sie muß deutlich werden. »Ja, ich behexe euch«, sagt sie und zückt das Portemonnaie. »Und wenn ihr dann in meinem Bann seid, empfinde ich nichts – bloß den kleinen Triumph, euch zappeln zu sehen.«

»Sag so was nicht«, fleht er. »Das sind gleichfalls Worte, die man schwer vergißt. Außerdem besteht die Gefahr, daß du mal anfängst, das selbst zu glauben.«

»Aber ich glaube das ja! Wenn du es besser weißt, bitte klär mich auf. Also, was empfinde ich?«

Er schweigt. Sie hat ihn mattgesetzt. Und es ist nicht das sanfte Schweigen, die knisternde Stille, die früher zwischen ihnen war, vor dem Oktober. Dieses Schweigen trennt sie, und sein Gesicht verrät, ihm wird das klar.

»Sehen wir uns morgen?« fragt er, als sie gehen. »Ich fahre gern heraus zu dir nach Cumin.«

»Gut«, sagt sie. »Dann sprich aber auch auf der Versammlung, unterstütz mich in Sachen Gästehäuser.«

36

Wendt las die halbe Nacht in den Aufzeichnungen Richard Nebels. Den Teil eins, während der Jahre 1946 und 1947 in Abständen handschriftlich verfaßt. Notizen auf Blättern, herausgetrennt aus Schreibheften; das graue Papier jener Zeit. Vorangestellt war ihnen ein Vierzeiler Heinrich Heines: *Andre Zeiten, andre Vögel! Andre Vögel, andre Lieder! Sie gefielen mir vielleicht. Wenn ich andre Ohren hätte!* Als Quelle wurde »Atta Troll« genannt.

Nebel im Februar 1946, gerade 18 Jahre alt, heimgekehrt nach Magdeburg, in seine Vaterstadt, aus amerikanischer Kriegsgefangenschaft. Er stand vor den Ruinen seines Elternhauses und den Trümmern der Drogerie, welche die Familie Nebel zwischen den Weltkriegen ernährt hatte. Sein Vater kam aus polnischer Kriegsgefangenschaft nicht zurück, die Mutter lebte vom Verkauf der Waren aus einem Keller, der dem Flächenbrand entgangen war. Und Richard Nebel meldete sich in seiner alten Schule an, um binnen eines Jahres das Abitur nachzuholen; denn der Reifevermerk, mit dem man ihn 1944 von der Heimatflak zum Arbeitsdienst und zur Wehrmacht entlassen hatte, berechtigte nicht mehr zum Studium.

Das Magdeburg jener Tage war eine Geisterstadt. Auch die Schule war zerbombt und mit dem benachbarten Oberrealgymnasium vereint worden. Zwischen dem Bahnhofsrest und der Kulisse des Stadttheaters blühte der Schwarzmarkt. Nebel vertrieb dort Fotopapier und Präservative aus dem Keller der Drogerie an sowjetische Offiziere. Auch selbstgebrauten Schnaps – da hieb man den Korken heraus, erst nach einem Probeschluck des Verkäufers war der Handel perfekt. Aus Darmstadt schickte ihm ein Kumpel Ami-Zigaretten, *Camel* und *Lucky Strike*, das Päckchen für 100 Reichsmark; die trug er mit Gewinn in die *Tivoli-Bar*. So lag er der Mutter nicht auf der Tasche und konnte auch mal ein Mädchen ausführen. Der Besuch von Tanzstunden war wegen des Mangels an jungen Männern oft kostenlos.

Im März erreichte ihn ein Befehl der deutschen Polizei, sich als vormals Westgefangener der östlichen Besatzungsmacht vorzustellen. Neugierig betrat er das Haus des NKWD, des Nachfolgers von Tscheka und GPU, in der Porsestraße des Stadtteils Buckau. Es empfing ihn der Leutnant Achetin an der Seite seiner Dolmetscherin, einer Blondine aus Leningrad mit zopfumwickeltem Haupt. Achetin fragte ihn, ob er bei den

Amerikanern Lehrgänge besucht habe und was er täte, erhielte er Kenntnis vom Plan eines Anschlags auf die Rote Armee. Nicht ganz wahrheitsgemäß versicherte Nebel, er werde solch eine Absicht, erfahre er jemals davon, der Polizei melden. Uns, verbesserte Achetin, dem NKWD. Nebel stimmte zu. Darauf schob der Leutnant ihm auf einem Stück der Zeitung *Prawda* eine Handvoll Machorka zu.

Nebel sah sich verabschiedet. Obwohl Nichtraucher, steckte er das streng riechende Kraut höflich ein. Ihm entging, daß er damit in sowjetische Dienste getreten war. Er hatte nichts unterschrieben und war dennoch engagiert, als inoffizieller Mitarbeiter, wie es später hieß.

Das machte Achetin ihm klar, als er sich den jungen Nebel von der Volkspolizei zuführen ließ, weil der ihm keine Berichte schrieb. Nun fiel der Groschen bei Nebel, doch die Neugier war größer als sein Schreck. Die Absicht, zu einem Onkel ins Ruhrgebiet zu fliehen, stellte er zurück, weil ihm aufging, daß er nicht denunzieren mußte. Der Leutnant begnügte sich mit Stimmungsbildern, ein fröhlicher Alkoholiker, der seiner Pflicht eher lasch nachkam. Man einigte sich auf wöchentlich einen Bericht von 30 Zeilen. Das schaffte der Informant leicht neben den Schularbeiten, und es strapazierte auch nicht die Auswerter des NKWD.

Im Mai tauschte Nebel auf den Stufen des einstigen Stadttheaters drei Meter Anzugstoff, Kammgarn mit Nadelstreifen, gegen eine Schreibmaschine des Typs Adler. Darauf tippte er, neben philosophischen Skizzen, jeden Mittwoch die vereinbarte Seite und trug sie durch den grünen Holzzaun ins Hauptquartier des Geheimdienstes. Das Kennwort *Achetin* verschaffte ihm Einlaß. Zeitweilig gab ihm das ein Gefühl von Stolz, er hatte den Eindruck, schon wegen der sauberen Maschinenschrift des Leutnants bester Mann zu sein. So diente er dem allmächtigen Berija und war zugleich einer der ersten Meinungsforscher auf dem Gebiet der späteren DDR.

Nebels Berichte nannten keine Quelle, sie begannen meist: Die Leute sagen in der Straßenbahn. Der Floskel folgten Klagen über die Sowjettruppen, vom Fahrraddiebstahl eines Muschiks über die letzte Vergewaltigung im Stadtgebiet bis zum

Abbau des zweiten Gleises der Bahnlinie Magdeburg–Halle nebst sinnlosem Fällen der Strommasten, den Pfeilern ihrer Elektrifizierung. Sein wacher Geist sah keine Schranken, er hielt den Siegern seinen Spiegel vor. Er hatte, was ihm als Autor noch fehlte, ein Publikum: den Leutnant und dessen Blondine.

Einmal nur trieb er es zu weit, als er nämlich schrieb, die Leute beklagten das Verdrecken der Grünanlagen durch Kot, bei dem zerdrückte Papyrossy und Fetzen der *Prawda* und des Armeejournals *Krasnaja Swesda* lägen. Achetin, die Trinkeraugen blutunterlaufen, brüllte ihn an; die Faust auf den Tisch schmetternd, zog er die Grenze. Sein Fluchen übersetzte die Blondine kühl: Er sagt, dies ist nicht das, was wir von Ihnen erwarten.

Auch Nebels Erwartungen wurden enttäuscht. Auf Einblick in das Nachrichtenwesen hatte er gehofft, fand aber eher Stümperei. Die Behörde zog mehrfach um, doch nicht der Tarnung wegen; sie wechselte ihr Quartier, wenn es verwanzt war. Ende Juli 1946 bezog sie ein schönes, weinumranktes Haus in der Sternstraße, jene verschnörkelte Geheimratsvilla, in der sich später die Jugendzahnklinik der Stadt niederließ. Und dort, im düsteren Treppenhaus, begegnete ihm jäh ein Klassenkamerad. Zu ihrer Beschämung sahen sie sich beide als Handlanger Moskaus bloßgestellt.

Das zeigte Nebel das Ausmaß, aber auch den Dilettantismus der sowjetischen Erkundungsarbeit. Behutsam hielt er Achetin diesen Mangel vor. Der Klassenfeind, sagte er ihm, müsse bloß Aufklärer in das Haus gegenüber setzen, und im Handumdrehen seien ihm sämtliche Kontaktleute des NKWD am Ort bekannt. Der Leutnant, in Selbstkritik geübt, war lernfähig. Im Frühherbst griff er zum System der V-Mann-Führer. Nicht länger mehr durfte Nebel in die Villa kommen. Ein Chefagent namens Jelaffke nahm seinen Bericht mittwochs mit professioneller Umsicht im Stadtpark entgegen; anfangs geplagt von der Furcht, bei dieser Handlung selber überwacht zu werden. Mit diesem jungen Mann, einem Dreher aus dem beschlagnahmten Zweigwerk der Krupp AG, kam Nebel gut zurecht. Der V-Mann-Führer tat ihm leid, er war nervös, überfordert, ganz verzagt. Er und das Dutzend Leute aus seinem Betrieb, das ihm geheimdienstlich unterstand, hatten nicht erfaßt, daß man von ihnen nur Texte wollte, die sich abheften ließen, als Arbeitsnachweis. Sie glaubten, Kollegen in die Pfanne hauen zu müssen, und tanzten, wenig wortgewandt, verzweifelt um den heißen Brei.

Gleich beim ersten Treff im Grünen gab Jelaffke zu, er sei am Ende. Sein Spähtrupp, kaum formiert, befand sich im Zerfall. Drei seiner Spitzel waren westwärts getürmt, einer hatte die Mitwirkung verweigert; worauf er vom Iwan in einen Keller gesperrt und so verdroschen worden war, daß ihm Zähne fehlten. Zwei Mädchen aus der Verwaltung fingen an zu weinen, wenn sie ihn, Jelaffke, auch nur kommen sahen. Und was blühe ihnen allen, kämen erst die Briten? Es hieß ja, deren Zone solle bald bis an die Elbe gehen, zu der Linie, bei Kriegsende erreicht von der 9. US-Armee.

Jelaffkes Panik steckte an. Das Gerücht nahm auch Nebel ernst. Sein Name in einer Kartei, die dann in britische Hände fiel? Um sich rückzuversichern, fuhr er nach Westberlin, in das Lancaster Haus am Fehrbelliner Platz; eine Adresse, die Radio BBC häufig nannte. Der Secret Service, oder das MI-6, schaffte ihn in eine Stadtrandvilla, die der sowjetischen ähnelte, sperrte ihn in den Keller und nahm ihm anderntags das Geständnis ab. Ein Captain mit jüdischem Profil erklärte Nebel kalt, er wisse, was die Russen in der Zone trieben. Man möge keinen Mitbürger ins Unglück stürzen, dann werde einem auch später nichts geschehen.

Die barsche Botschaft brachte Nebel dem zitternden Jelaffke. Das richtete den auf, sie freundeten sich beinahe an. Als es zu ungemütlich wurde im Stadtpark, lud Jelaffke ihn – abends, ganz konspirativ – in seine Wohnung ein, wo ein Säugling schrie und ein Leninkopf hing, von ihm selbst skizziert; er war Laienkünstler und Genosse.

Doch kurz darauf ließ Nebel ihn jämmerlich im Stich. Denn nun, Ende November, zog klirrender Frost ins Land. Ein Winter brach herein, der jeden seit 1929 an Dauer und Strenge übertraf. Nebel, mit anderem beschäftigt (Kohlen klauen, büffeln fürs Abitur), wich dem V-Mann aus. Der Reiz des Neuen war dahin, die 30 Zeilen Dichtung und Wahrheit pro Woche ödeten Nebel an, nicht länger lockte es ihn, ehrenamtlich zu berichten, während der Leidensgefährte mal eine Flasche Wodka, mal 100 Mark aus der Hand Achetins empfing... Dabei übersah Nebel allerdings, daß er Jelaffkes letzter Halt gewesen war.

An diesem Punkt der Erzählung kam Wendt zu dem Schluß, ein Wurstbrot könne ihm nicht schaden. Er bediente sich aus dem prall gefüllten Kühlschrank, sah, daß es bereits zwei Uhr nachts war, und schlief gleich nach dem Zähneputzen ein.

Am nächsten Vormittag rief er den Dr. Lukas im Kreiskrankenhaus an und fragte ihn, ob er im Frühjahr oder im Frühsommer einen Mitarbeiter des Ministeriums für Außenwirtschaft behandelt und ihm Massagen verschrieben habe. Wendt konnte gar nicht anders, er folgte da einem inneren Kodex, dem Gebot zur Abklärung jeden relevanten Sachverhalts. Das eingeschliffene Muster zwang ihn, alles zu checken, was man ihm sagte, falls es von Belang sein konnte.

»Außenwirtschaft?« fragte Lukas. »Nicht, daß ich wüßte.«

»Oder Außenhandel? Irgend so ein hohes Tier.«

»Nein, daran würde ich mich erinnern. Solche Herren kommen kaum zu mir. Die lassen sich im Regierungskrankenhaus pflegen. Weshalb fragen Sie?«

»Weil solch ein Mann Ihnen Frau Prinz abgeworben hat.«

Undefinierbares Stocken. »Sagt sie das?« Flüchtige Unsicherheit lag in Lukas' Stimme. »Nun, das war kein Patient von mir.«

»Wer ist es dann gewesen, Doktor?«

»Das sollte sie Ihnen selber sagen, Herr Wendt.«

»Ich würde es gern von Ihnen hören.«

»Die Wohnung gab den Ausschlag«, sagte der Arzt zögernd. »Und natürlich das Geld. Fünfhundert Mark mehr als bei mir. Da kann eine Poliklinik nun mal nicht mithalten. «

»Bitte, können Sie mir das nicht näher erläutern?«

»Meinen Sie, daß dies noch nötig ist?«

Mit der seltsamen Gegenfrage endete das Ferngespräch.

Nach dem Essen, gebratener Zander, die Spezialität des *Blauen Anker,* lief Wendt in der vagen Hoffnung, Jenny zu begegnen, über das hohe Ufer. Ein paar Sonntagsspaziergänger stemmten sich gegen den Wind. Der hatte auf Nordwest gedreht, warf die Wellen gegen das Kliff und trieb glasklare Arktisluft vor sich her. Blaugraue Wolken, von der tiefstehenden Sonne rötlich unterhaucht, zogen majestätisch über den Spätherbsthimmel.

Im Sommerhaus des toten Intendanten griff Wendt wieder zu Nebels Manuskript. Er hatte das Gefühl, ihm wachse daraus Erkenntnis zu. Würde Nina Prinz ihm sonst ein Paket zugespielt haben, das Nebel ihr offenkundig anvertraut hatte und das von Ralf, dem mutmaßlichen Verfasser des anonymen Briefs, beschriftet worden war? Wenn man das Leben dieses Mannes ganz begriff, erschlossen sich einem wohl auch die Umstände seines Sterbens.

Am Tag der Schneeschmelze, dem 17. März 1947, gab es für Richard Nebel ein böses Erwachen aus der Winterruhe. Nicht nur, daß der Bach vor seiner Wohnung, die kanalisierte Schrote, inmitten der Goethestraße überlief und die angrenzenden Keller überschwemmte. Auch die blond umzopfte Dolmetscherin tauchte bei ihm auf und bat ihn für den Abend höflich in die Porsestraße; wohin das NKWD zurückgekehrt war. Verblüfft sagte Nebel zu.

Ihn erwartete ein großer Bahnhof. Vier Offiziere, flankiert von der Dolmetscherin und einem Herrn in Zivil, saßen über ihn Gericht. Hinterm Tisch stapfte ein Oberst auf und ab, die Rechte wie Napoleon in den Waffenrock geschoben, sein Schritt unterstrich den Ernst der Situation. Man sagte ihm, er habe versucht, die sowjetische Abwehr zu hintergehen. Kontaktaufnahme zu einem imperialistischen Geheimdienst sei das abscheulichste Verbrechen überhaupt.

Die Vernehmung lief ohne Geschrei und Prügel ab. Nebel schlief im Schein von Glühbirnen auf einer Ledercouch, den Hut im Gesicht. Vormittags brachte ihm der Zivilist belegte Brote und Tee. Er hieß Elperin, war als Diplomatenkind in Berlin aufgewachsen und sprach akzentfrei deutsch. Fraglos begriff er die Harmlosigkeit des Häftlings und suchte dessen

Los zu erleichtern. Später fuhr man Nebel ins Stadtgefängnis beim Justizpalast, doch es war ausgebucht. Er verbrachte noch einen Tag in der Porsestraße, konnte die Straßenbahn sehen und eine deutsche Familie, die sich im Nachbarhaus zu den Mahlzeiten versammelte. Seine Stimmung sank; offenkundig war die Falle zugeschnappt.

Abends wurde im Kittchen etwas für ihn frei. Dort schor man ihn kahl und nahm ihn in Einzelhaft. Seine Zelle, Nr. 47 im Mitteltrakt des U-förmigen Baus, blickte nach Norden auf die Gefängnismauer mit den zwei Wachtürmen; dahinter pfiffen Züge. Woche um Woche verging ohne Hofgang oder weitere Vernehmung. Neben dem Klappbett standen ein Schemel, der Kübel mit dem Chlorkalk und ein winziger Tisch, über dem ein Wandschrank hing. Er enthielt, zu Klopapier zerfetzt, das Naziblatt *Der Stürmer;* seine einzige Lektüre. Er las darin etwas von bolschewistischen Untermenschen und fand es übertrieben. Man mißhandelte ihn ja nicht, hatte ihn bloß vergessen. Ein Hitlerwort zur Sowjetunion prägte sich ihm ein: der osteuropäisch-innerasiatisch-jüdisch-bolschewistische Koloß.

Draußen unternahm seine Mutter einen tapferen Versuch. Sie drang bis in das NKWD-Büro vor und wurde von Elperin beschwichtigt: Ihrem Sohn gehe es gut, sie habe ihn bald wieder. Zwei Wochen später traf sie ihn bei einer Gorki-Premiere in den Kammerspielen, packte im Foyer seinen Arm und machte ihm eine Szene, noch leise vor all den festlich gekleideten Menschen, doch mit der Tendenz, laut und schrill zu werden. In Furcht vor dem Eklat nennt er ihr den Haftort, das Gefängnis in der Halberstädter Straße, und rät ihr, um sie loszuwerden, bald frische Wäsche hinzubringen. Sie spart sich Mehl, Zucker, Margarine vom Munde ab, bäckt einen Kuchen, fügt zwei Ostereier, Fondants und Hustenbonbons hinzu und gibt das Päckchen in Todesangst – der Posten droht, auf sie zu schießen – beim Natschalnik im hölzernen Vorbau der Haftanstalt ab.

Die Gaben erreichen Nebel nicht, und kein Lebenszeichen dringt von ihm heraus. Er hat sich mit den Dingen abgefunden. Es ist nicht schlimmer hier als im Camp von Heilbronn, wo die 7. US-Armee vor zwei Jahren Tausende unter freiem Himmel verhungern und an Ruhr krepieren ließ, empört über die Leichenberge in Dachau und andere Verbrechen der Besiegten. Er wird auch das überstehen. Er sieht nur den Kalfaktor. An jedem Wochenende führt der ihn unter die Dusche und verpaßt ihm eine Grobrasur. Seine Sachen bleiben in der Zelle zurück, die man peinlich filzt. Einmal tritt ihm, als er in Holzpantinen nackt zurückkommt, eine sowjetische Ärztin entgegen mit der Frage, ob er verlaust sei; der einzige Beweis, daß es auf der Welt noch Weiber gibt.

Womit füllt er die Tage? Er philosophiert und spinnt an einem Kriminalroman. Er findet einen Nagel und ritzt damit in den Putz: NEBEL SOLL LEBEN. Dazu kommt eine Tabelle mit Spalten für den Wochentag, das Datum, die Temperatur in der Zelle und für seine Gemütsverfassung. Sie stabilisiert sich, rutscht nur einmal ab, als er, quer über den Hofwinkel hinweg, das Gespräch zweier Mithäftlinge anhört. Der eine sitzt seit Weihnachten, man hat ihn mit Heringen im Rucksack an der Zonengrenze erwischt. Der andere steht schon seit dem letzten Frühjahr unter Spionageverdacht. Es scheint, als sei die Militärjustiz tief im Schlendrian versackt. Übrigens ist es riskant, am Fensterspalt zu lauschen. Sieht der Posten auf dem Wachturm ein Stück Kopf, meldet er durchs Feldtelefon die Zellennummer; sie ist draußen weiß auf den Backstein gepinselt. Und es folgt der Entzug dessen, was man warme Mahlzeit nennt. Zum zweitenmal horchend ertappt, droht ein feister, finster blickender Offizier, auf seine Pistolentasche schlagend, Nebel den Genickschuß an. Er hält das für Theaterdonner, die Lektüre des *Stürmer* hat ihn gestärkt. Das bolschewistische Untermenschentum ist für ihn ein Zerrbild der Goebbels-Propaganda.

Ende Mai erscheint Elperin, flankiert von Achetin und dessen Dame. Der Vernehmung fehlt es an Dramatik, sie verliert sich in Details. Mehr als der schändliche Kontakt zum Secret Service beschäftigt die Russen Nebels vermeintliches Liebesleben; das reizt ihre Phantasie. So will der Leutnant wissen, weshalb er laut Protokoll bei seiner Verhaftung ein Dutzend Präservative bei sich trug, habe er so viel nötig, sei das seine Tagesnorm? Keineswegs, bekennt Nebel, damit handele er bloß, das ernähre ihn, selber habe er noch mit keiner Frau geschlafen. Elperin fragt mit kultiviertem Lächeln: Sie haben noch nicht probiert, wie diese Fische schmecken? Nebel gefällt die Umschreibung, der Stil des Gesprächs macht ihm Mut. Zumal Achetin ihn abschließend beschimpft und die Blondine den Tadel übersetzt: Er sagt, Sie haben uns schwer enttäuscht, das NKWD hat von Ihnen genug, solche Elemente dulden wir nicht in unseren Reihen.

Nebel kehrt in die Zelle Nr. 47 zurück und beginnt Brotreste zu verzehren, die er eigentlich als Trost für trübe Stunden aufgespart hat. Zwei Tage später heißt es: Entlassung! Man gibt ihm sein Eigentum zurück. Das Bargeld, die Armbanduhr und die Präservative sind verschwunden, doch er ist frei. Dumpf kracht das schwere Tor hinter ihm zu. Draußen zwitschern Vögel, blühen die Bäume, duftet der Flieder. Noch nie hat er die Natur in solchem Glanz erlebt.

Abends kriecht er, 19½ Jahre alt, zur Mutter ins Bett und schmiegt sich bei ihr an. Beide weinen ein bißchen vor Glück. Sie schildert ihren gescheiterten Befreiungsschritt. Er meint, der sei nicht umsonst gewesen, habe diesen Elperin an ihn erinnert. Den Mann, der ihn vielleicht bloß herausließ, um künftig im Foyer des Theaters unbelästigt zu bleiben. Nach sowjetischem Recht, so ist ihm gesagt worden, drohten ihm zehn bis fünfzehn Jahre Zwangsarbeit. Das Abitur ist futsch, er aber davongekommen.

Die blaue Tinte war verblaßt. Mit schwarzem Filzstift fand Wendt in ausgeprägterer Handschrift darunter notiert: »Erste Berührung mit dem Stalinismus. Nach westdeutschen Quellen hielt die Besatzungsmacht zwischen 1945 und 1950 auf dem Gebiet der heutigen DDR rund 200000 Deutsche in 13 Lagern fest, zumeist identisch mit den früheren KZs der Nazis. Kleine Funktionäre der NSDAP, störrische Sozialdemokraten, sonstig Andersdenkende und schuldlose Jugendliche beiderlei Geschlechts. Sämtlich ohne Gerichtsverfahren. Etwa 70000 sollen, fern ihren Familien und völlig isoliert, krank und unterernährt gestorben sein. Ich bin dem Tod von der Schaufel gehüpft. Immer darf man nicht darauf hoffen.«

37

Sonntag abend im *Blauen Anker.* Der Gastraum mit seinem maritimen Beiwerk ist brechend voll. Das Neue Forum hat die Cuminer Bürger zu einer Gesprächsrunde geladen. Auf der Tagesordnung stehen elf Gästehäuser des Ministerrats sowie der Ministerien für Außenhandel und für Staatssicherheit, die sich unter wechselnden Bezeichnungen im Ort verbergen. Handfestes ist also angesagt. Gestützt auf Andy, das Grundbuch von N. und den zaudernden Bürgermeister, einen schwankenden Genossen, hat Jenny, wie ihr scheint, sämtliche Deckadressen aufgelistet und enttarnt. Sie blickt zur Uhr, blättert nervös in den Unterlagen, bereit zum ersten großen Vortrag ihres Lebens. Ihre Stimme trägt nur, wenn sie gelassen bleibt, das weiß sie von früher. Beim Ansagen ihrer Modenschau drang sie meistens durch, notfalls auch ohne Mikrofon. Aber es ist leichter, am Laufsteg zu plaudern, witzig zu moderieren mit Seitenhieben auf die Preise im *Exquisit,* als den politischen Stoß zu führen, der ihr seit Wochen vorschwebt.

Ihr dröhnt der Kopf, die Stimmen sind laut. Man sitzt entlang den Wänden und an allen Tischen, im Hufeisen gestellt. Sie im Zentrum, an der Stirnseite, flankiert von dem Pfarrer, der Malerin, dem Keramiker und Andy – die Gastgeber. Sie hat das Gefühl, dies ist ihr Tag. Gekommen sind vier, fünf Dutzend Einwohner, das Personal der Gästehäuser – darunter die rothaarige Prinz –, der Dorfpolizist Nauschütz, zwei Vertreter des Außenhandels zur Wahrung ihrer Interessen und die Presse: ein Fotograf der *Ostsee-Zeitung* und die Reporterin des *Demokrat,* des Organs der Christlich-Demokratischen Union für die Bezirke Rostock, Schwerin und Neubrandenburg. Die Öffentlichkeit ist hergestellt.

Der Pfarrer, ein blasser, ernster Mann mit milden Manieren, spricht Einleitendes, das sie fast überhört; ohne Umschweife gibt er ihr das Wort. Und Jenny packt aus, sie nimmt kein Blatt vor den Mund beim Schildern ihrer Recherchen. In fast alle Ferienobjekte der Privilegierten, sagt sie, kam man anstandslos hinein. Selbst das mächtige Ministerium für Staatssicherheit, verjüngt nunmehr zum Amt für Nationale Sicherheit, hat nur anfangs gemauert. Vier Jahrzehnte lang hat es dem Rat der Gemeinde keinen Pfennig Kurtaxe gezahlt, weil die Zahl seiner Sommergäste ja Staatsgeheimnis war, nun wird es erfreulich bürgernah und läßt die Kontrollgruppe ein. Welch ein Sinneswandel binnen Tagen. Nur der Außenhandel sitzt fest verschanzt in den drei Heimen, die er sich unter den Nagel gerissen oder mit Millionenaufwand, in harter Währung, erst Ende der achtziger Jahre errichtet hat.

Eine Frau fällt ihr ins Wort. »Was heißt denn ›unter den Nagel gerissen‹?« fragt sie scharf. »Sämtliche Grundstückskäufe sind ordnungsgemäß erfolgt, in gesetzlich einwandfreier Form! Unsere Rechtsträgerschaft ist unbestritten.«

»Sie haben die Gemeinde jedesmal getäuscht über Ziel und Umfang Ihrer Bauerei«, sagt Jenny. »Und nur so rumgeschmissen mit Geldern des Steuerzahlers und Gütern, die Mangelware sind und abgezweigt von dem, was uns allen gehört, weil es Volkseigentum ist. Ihren Hausverwaltern zahlen Sie das doppelte Gehalt, und Leuten, die Ihnen wichtig sind, spendieren Sie Dienstautos zum Privatgebrauch. Das nennt man aktive Bestechung, meine Dame.«

Gemurmel im Publikum. Die Vertreterin des Außenhandels ringt nach Luft. Sie ist Mitte 30, rotschwarz gekleidet, todschick, wortgewandt, arrogant. Aber jetzt ist sie baff. Jenny stellt klar, daß niemand, der ihr in die Quere kommt, mit Schonung rechnen darf. Sie hat sich schlau gemacht, ihr Sachwissen reicht aus, die Wucht des Angriffs zu steigern, wenn nötig, und ihm eine persönliche Note zu geben – den Gegner als Schmarotzer zu entlarven, als Verschwender von Volksvermögen, und ihn ins Abseits zu drängen, an den Rand des moralischen Bankrotts.

»All diese tollen Häuser«, fährt sie fort, »sind entweder der Gemeinde abgeluchst worden, oder ein bestechlicher Vorgänger unseres Bürgermeisters hat sie hohen Tieren auf dem silbernen Tablett serviert! Wie das schmucke Haus des Gerald Götting, das erst ein nettes Lokal für uns alle und dann Wohnraum der Gemeinde gewesen ist. Oder aber die Berliner

›Rechtsträger‹ haben ihre Datschen auf unserem Baugrund betrügerisch hingeklotzt...«

»Bitte, Frau Wendt, jetzt gehen Sie aber zu weit«, wirft der Begleiter der rotschwarzen Lady geschmeidig ein. Seine Stimme klingt warm, er lächelt souverän, ein gutaussehender Mann um die 50, blaugrauer Maßanzug, dezente Krawatte. Er spricht so selbstsicher und verbindlich, wie man's sich bei einem Außenhändler wünscht. Sein Charme verkauft selbst einen Trabi noch im Westen. Mit ihm ist die Rolle des Verteidigers von Privilegien glänzend besetzt. »Wir achten Ihren selbstlosen Einsatz für die Belange Cumins und verstehen durchaus, daß Ihnen manches im Ort mißfällt. Aber Sie sollten uns nicht vorschnell kriminalisieren. All unsere Schritte erfolgen streng legal, sie sind mit dem Büro des Ministerrats abgestimmt. Wir möchten die drei Heime für unsere Mitarbeiter behalten, wobei sich über das Mitnutzen der Sauna im Haus am Meer durch die Bevölkerung sehr wohl reden läßt. Bitte seien Sie fair, versagen Sie unserer Tätigkeit, dem Beschaffen von Devisen für unser Land, nicht jegliche Achtung.«

»Ministerrat?« fragt Jenny ohne Respekt vor einem Wort, bei dem anderen hier am Tisch der Atem stockt. »Ich hoffe, Sie sprechen von den Ministern, die kürzlich zurückgetreten sind, mangels Kompetenz. Wir klagen keinen an, der nicht deutlich, für uns alle sichtbar, kriminell geworden ist. Oder wie nennen Sie es, wenn Ihr Handelshaus da in Berlin unter dem betrügerischen Vorwand, Objekte der Landesverteidigung zu schaffen, höchste Dringlichkeit erhält für bestes Material und Baukapazitäten, um ein paar Spitzenleuten ideales Ferienwohnen zu sichern? Bei uns heißt das verdeckte Bereicherung, Bonzenwirtschaft und Korruption. Dem schieben wir hier am Ort einen Riegel vor, und zwar im Einverständnis mit den Räten des Kreises und des Bezirks. Von Berlin erwarten wir, sich schnell zu entscheiden für die Rückgabe der Häuser an die Bevölkerung. Klammern Sie sich nicht länger an ein paar Heime, die acht Monate im Jahr leerstehen, in denen sich pro Saison bloß eine Handvoll Spitzenfunktionäre erholt – die Qualität der Regierungsarbeit hängt nicht von solchen Privilegien ab! Und erst einmal gewähren Sie uns Zutritt, damit wir sehen können, wie groß Ihre Sauna ist, über die es nur Gerüchte gibt. Kein Mensch kennt das Innere Ihrer Villen, mit Ausnahme von Frau Prinz, die Sie als Hüterin Ihres Reichtums eingesetzt haben und die sich in vorbildlichem Schweigen übt. Ganz im Stil Ihrer Behörde, verehrter Herr, an der gleichfalls manches dunkel ist.«

»Frau Wendt, ich bin kein Bonze und verbitte mir Ihren Ton.«

»Was Sie sind, das zeigt sich daran, auf wessen Seite Sie stehen. Sind Sie auf seiten der Werktätigen, denen es bitter an Wohnraum fehlt, die keinen Schornstein hochziehen können, weil alle Klinker im Kreis in Ihre Bauten gehen? Oder auf seiten der Herren, die mit ihrer Planwirtschaft zu den Ruinen noch den Ruin geschafft haben und das nun auch einräumen müssen, dreißig Jahre zu spät?«

Tumult. Man spricht durcheinander, Hände knallen auf den Tisch. Gegenstimmen werden laut, die Hausverwalter mit dem satten Gehalt bangen um ihre Pfründe. Der Außenhändler wahrt Kontenance, ein Pokerface, seine Helferin lächelt verzerrt, ihr spitzes Kinn ruht auf der roten Bluse, die sie zu ihrem schwarzen Schneiderkostüm trägt. Der Pfarrer und die Malerin glätten die Wogen. Der Keramiker sagt, er habe das Haus am Meer beliefern dürfen, alles sei vom Feinsten dort, vom Türgriff bis zum Wasserhahn komplett aus dem Westen. »Wer versorgt eigentlich Wandlitz und die Sonderläden der Partei, das ist doch wohl der Außenhandel, also Sie mit Ihrer Einrichtung?«

»Das ist ein ganz unbedeutender Sektor unserer Aufgabenstellung«, erklärt die schwarzrote Dame. »Wir halten die ganze Wirtschaft in Gang!«

Gelächter, dann Andys Stimme: »Wer ist Ihr Chef, und wie lautet seine Anschrift? Ich möchte eine Eingabe bei ihm machen.«

»Bitte sehr«, sagt der Außenhändler. »Schreiben Sie an Doktor Alexander Schalck-Golodkowski, Staatssekretär im Ministerium für Außenhandel, Bereich Kommerzielle Koordinierung, Wallstraße, Berlin. Bei uns geht alles mit rechten Dingen zu.«

Mitten in der Debatte fällt Jenny die Reporterin vom *Demokrat* auf. Sie wedelt mit losen Blättern, erregt sich in der halben Pressefreiheit, die sie seit kurzem genießt. Will die Frau ihr beispringen? Der Pfarrer gibt ihr das Wort.

Damit platzt eine Bombe. Was die Reporterin verliest, wird zur Sensation des Tages, weit über Cumin hinaus. Den Text hat man druckfrisch aus Hamburg besorgt, er steht in Heft 47 des Nachrichtenmagazins *Spiegel,* das in ein paar Stunden ausgeliefert wird, und trägt den Titel »Fanatiker der Verschwiegenheit«. Gemeint ist Schalck, der Devisenbeschaffer. Sein Erfolg wird durchleuchtet, sein Wesen als glashart und eiskalt berechnend definiert.

»Sie sitzen wie Hühner auf der Stange«, liest die junge Frau vor. »Auf den unbequemen Barhockern in der Halle des Hotels *Metropol* und warten auf Kundschaft. Am späteren Abend findet man sie im Keller wieder, in der Valutabar der Ostberliner Devisenherberge, wo der Gast gegen Westmark Bier und Nordhäuser Korn, Whisky und Kognak kriegt – oder ostdeutsche Fräuleins. Den Service nehmen vor allem westdeutsche Kaufleute in Anspruch. Die willigen Damen betreiben ihren Kundendienst nicht auf eigene Rechnung, sondern im Auftrag des sozialistischen Vaterlandes. Wenn die Chargen des bisherigen Ministeriums für Staatssicherheit – MfS – im *Metropol* ihre Betriebsfeste feierten, waren auch sie mit von der Partie, als verdiente Mitarbeiterinnen des MfS.«

Die Frau vom *Demokrat* räuspert sich die Kehle frei. »Die Berichte der Liebesdienerinnen landeten nicht nur in den Ablageschränken der Stasi an der Ostberliner Normannenstraße. Eifriger Leser der Dossiers ist ein Zweizentnermann, einsneunzig groß, der offiziell mit der inneren Sicherheit der DDR nichts zu schaffen hat – Alexander Schalck-Golodkowski, siebenundfünfzig, ein promovierter Außenhandelswirtschaftler. Nach außen hin nahm Schalck in der ostdeutschen Nomenklatura einen bescheidenen Rang ein, in Wahrheit aber gehörte der ›große Alex‹, wie ihn Mitarbeiter respektvoll nennen, zu Zeiten des inzwischen gefeuerten Günter Mittag zu den mächtigsten Männern in der DDR. Der Genosse war stets dabei, wann und wo Staat und Partei versuchten, ihre Fremdwährungskasse durch Geschäfte aufzufüllen, saubere wie illegale. Der Gewinn, den er für sein Land und für die SED erwirtschaftete, ist gewaltig: nach Schätzungen ostdeutscher Insider zwischen fünf und zwölf Milliarden Mark. Der Deviseneintreiber der SED, der in seiner Jugend ein erfolgreicher Ringer war...«

»Ich verwahre mich dagegen«, ruft die schwarzrote Dame, »daß hier aus trüben Quellen zitiert und ein verdienstvoller Genosse verunglimpft wird.«

»Aber das stellt ihm doch ein prima Zeugnis aus«, sagt Jenny. »Wenn er fünf Milliarden beschafft, weshalb soll er nicht fünf Millionen in Cumin verbraten? Wo ist der Kapitalist, der so bescheiden wäre?«

Durcheinander. Auch der Außenhändler legt Protest ein. Der Verwalter des Götting-Hauses sagt, Westmagazinen darf man nicht trauen. Nauschütz, der Polizist, schließt sich den Bedenken an. Die meisten wollen mehr hören. Der Bürgermeister schwankt, der Pfarrer weiß nicht recht, ihm kommen zuviel leichte Mädchen in der Story vor. Man einigt sich, den Vortrag abzubrechen, der Text ist mit fünf Seiten auch zu lang, das sprengt den Zeitrahmen der Versammlung. Die Journalistin soll den Inhalt kurz zusammenfassen.

»Na ja«, sagt sie, »also KoKo, das ist die offizielle Abkürzung für den Bereich Kommerzielle Koordinierung, KoKo hat mit dem Ministerium für Außenhandel herzlich wenig zu tun. Das leiht da bloß den Namen her. Der Minister Beil hat weder Einblick noch Weisungsrecht. Schalck untersteht dem Politbüro direkt. Er ist zuständig für dessen Versorgung mit westlichem Luxus – all den guten Dingen des Lebens, mit denen die Führung sich darüber tröstet, daß der real existierende Sozialismus nicht ganz so ist, wie es in der Zeitung steht.«

»Lassen Sie doch Ihre Kommentare«, sagt die KoKo-Dame.

»Wie Sie wünschen. Ihr Chef, der verdienstvolle Genosse, besorgt auch die Devisen für die so nützliche Westarbeit der Stasi oder Nasi. Die bedient ihn ihrerseits mit Informationen aus der Geschäftswelt drüben. Eine Hand wäscht die andere. Angeblich läuft über KoKo sogar – ich kann's gar nicht glauben – ein Waffenhandel der DDR in Entwicklungsländer und Krisengebiete.«

»Drogen auch?« fragt die Malerin. »Die vertreibt man nicht?«

»Nein, dazu steht hier nichts.«

»Das beruhigt«, sagt Jenny. »Kein Rauschgift! Der Mann bleibt sauber. Da zieht er die Grenze.« Sie will gern fortfahren mit ihrem Bericht. Doch die Frau vom *Demokrat* findet kein Ende, sie genießt es, Mittelpunkt zu sein.

Der Rest aus dem Journal ist Kleinkram in Jennys Augen. Schalck hat der Margot Honecker zum 50. Geburtstag für 9405 Westmark Klunkern gekauft, die Rechnung des Westberliner Juweliers Schulz, auf Seite 57 faksimiliert, belegt das. Mein Gott, na und? Schalck schmuggelt, staatlich sanktioniert, Alkohol und Zigaretten über die DDR gen Westen; lachhaft. Dort hat er, das klingt schon ernster, zwischen der Schweiz, Hamburg, Rotterdam und Liechtenstein aus zwei oder drei Dutzend Handelsfirmen ein Netz geknüpft, schier undurchschaubar, und schwungvoll über uns gestülpt. Ob sie nun *Genex* heißen oder *Imes* oder *Intrac, Kunst & Antiquitäten GmbH* oder *Intershop*, die Firmen tun wenig oder nichts, schlucken bei jedem Einkauf satte Provisionen, meistens doppelt und dreifach. Ein Vergleich mit den Schutzgebühren der Mafia drängt sich auf. Man blecht, sonst stockt der Handel. Die Verdienstspanne liegt bei 70 Prozent, dumm dran ist stets der Endabnehmer in der DDR, er muß die Aufpreise zahlen! Den Reibach macht die SED, die Bonzen sahnen ab, und nicht bloß die ganz oben.

»Als regelmäßige Zuwendung«, hört Jenny sagen, »erhalten der Parteisekretär und der Kaderchef eines Außenhandelsbetriebs bei uns pro Jahr Geschenke im Wert von zehntausend Westmark – Schuhe, Anzüge, Küchengeräte, Lebensmittel und so weiter. Man soll ja dem Ochsen, der da drischt, das Maul nicht verbinden. Der Kontordirektor streicht fünfundzwanzigtausend D-Mark jährlich ein, der stellvertretende Generaldirektor das Doppelte. Der General selbst vereinnahmt zum fetten Ostmarkgehalt zusätzlich hunderttausend in West. Eigenhändig hat ein Münchner Kaufmann mindestens fünfzig DDR-Bossen die komplette Einrichtung für ihre Datschen beschafft, das Teuerste ist gerade gut genug gewesen.«

An diesem Punkt entsteht Unruhe, dem Außenhändler reißt die Geduld. Der Mann hat auch seinen Stolz, das hört er sich nicht länger an! Trifft es ihn denn, ist er Parteisekretär oder Kaderchef seines Außenhandelsbetriebs? Die Güte des Anzugstoffs weist darauf hin. Mit der rotschwarzen Gehilfin verläßt er den Raum, im Silentium.

Jenny ist irritiert, anstelle der KoKo-Leute kommt ihr Mann herein. Man gibt sich die Klinke in die Hand. Christian blickt sich um, erspäht im verräucherten Gastraum den leeren Stuhl neben der Prinz und geht zu ihr. Sogleich nimmt die ihren Mantel von dem Platz, den sie offenkundig freigehalten hat. Die beiden sehen sich kaum an, ein kleines Nicken, keine deutliche Begrüßung; trotzdem spürt Jenny, daß zwischen ihnen etwas läuft. Das Zwanglose des Zueinanderfindens verrät es ihr. Sie lauscht in sich hinein – da ist kein Echo auf das, was ihre Augen sehen. Wo bleibt ihre Eifersucht?

Trotzdem, sein Eintritt stört, lenkt sie ab. Man gibt ihr das Wort. Doch ihre Stimme klingt unscharf, kratzig vom Qualm. Sie hat Mühe, sich zu konzentrieren; Christians Gegenwart hemmt sie, weckt den Gedanken an ihre Vorstrafe. Halle und Hoheneck, peinliche Bilder kommen hoch, schieben sich zwischen sie und ihr Manuskript. Schließlich, das Dorf weiß davon, die Betroffenen sind gereizt... Gleich, denkt sie, hebt einer darauf ab, packt das auf den Tisch, was dann?

Aber sie weiß schon, was zu erwidern ist. Den Schaden, damals von ihr angerichtet, 18000 Mark, hat sie ersetzt und 20 Monate Haft verbüßt. Und wieviel hat KoKo gestohlen? Allein das Haus am Meer ist zwei Millionen wert – wo sind Wiedergutmachung und Strafe für Schalck & Co? Hängt man noch immer die Kleinen und läßt die Großen laufen?

Der Anwurf bleibt aus. Als es vorbei ist, tritt Christian an sie heran. »Du warst überzeugend«, sagt er. »Lokalpolitik liegt dir.«

»Einer muß damit anfangen. Schau dir die Leute an! Jemand soll vorangehen und für sie tätig sein.«

»Ich achte deinen Einsatz. Eigentlich ziehen wir zwei am selben Strang.«

Ein seltsames Schweigen entsteht zwischen ihnen.

»Jenny, laß uns reden, unter vier Augen. Paßt es dir morgen?«

Sie klappt den Terminkalender auf. »Ausgebucht.« Sie ist abgespannt, überfordert, und es befriedigt sie, ihm das zu zeigen. »Wie ist's mit Dienstag um elf? Da bin ich sicherlich zu Haus.«

38

Wendt war zu spät gekommen, weil er im Bann der Papiere Richard Nebels stand. Er konnte nicht aufhören, darin zu lesen, und hatte die Zeit verpaßt. So entging ihm im *Blauen Anker* jener Teil des Abends, der ihm geholfen hätte, den Fall ein paar Tage eher zu lösen. Das wurde ihm erst gegen Ende der letzten Novemberwoche klar.

Auf dem Rückweg ins einstige Sommerhaus des Intendanten, das nun ein Stück vom Ferienreich der Kommerziellen Koordinierung war, belustigte ihn ein wenig die eigene Gier, in längst Vergangenem zu stochern und Aufschluß über die Person des Toten zu gewinnen. Nebels Notizen waren streckenweise doch recht persönlich und weder sensationell noch sehr informativ. Der Mann hatte zwar versucht, private Ergüsse und Belege wie Theaterzettel, Kinokarten, Einladungen zu Tanzstundenbällen und eingeklebte Fotos von Freundinnen aus der Sammlung herauszuhalten. Aber einiges davon fand sich eben doch, weil es mit politischen Bemerkungen auf einem Blatt stand. Selbst die Locke einer Liebsten fehlte nicht, kastanienbraun; er hatte wohl schon früher rötliches Haar gemocht.

Manches war lächerlich. Aus einigen Sätzen wehte Wendt ein Geist jünglinghafter Überspanntheit an, so wenn Nebel unter dem 12. Oktober 1947 schrieb: »Obwohl ich oft verliebt war, habe ich nie das Glück erwiderter Liebe genossen. Meist habe ich Menschen geliebt, denen ich nichts bedeutete, und wenn man sich mir an den Hals warf, war ich oft peinlich berührt. Dann habe ich, um nicht zu verletzen, eine Leidenschaft gespielt, die ich kaum empfand.«

Das klang romantisch, nach 19. Jahrhundert. Drückte ein knapp Zwanzigjähriger sich vor 42 Jahren noch derart hochtrabend aus? War Nebel damals, zunächst erfolglos, hinter seiner späteren Ehefrau Sophie hergewesen und deshalb elegisch gestimmt? Oder hatte er einfach, im Hinblick auf den angestrebten Beruf des Romanciers, übermäßig an seinem Stil gefeilt und ihn in eine vermeintlich edle Form gepreßt?

Später verloren sich solche Schnörkel, der Text gewann an Schlichtheit. Allmählich fand Nebel zu der trockenen Kürze, die Romanleser an ihm geschätzt hatten. In dem Maße, wie er Empfindungen und Reflexionen seinen Kunstfiguren zuschrieb, vertraute er sie nicht mehr den Tagebuchblättern an. Die Aufzeichnungen wurden sachlicher, für Gefühle blieb ihm ja ein anderes Ventil. Dennoch wich noch im mittleren Teil der Papiere manches vom Thema ab. Zu seinen *Berührungen mit dem Stalinismus* zählte er nämlich auch Erfahrungen ganz allgemeiner Art.

So hatte er unter dem 20. Mai 1949 zu den Wahlen zum 3. Volkskongreß notiert: »Trotz wüsten Propagandagetrommels stimmten nur 59 Prozent der Wahlberechtigten für *Einheit, gerechten Frieden und Abzug der Besatzungstruppen*; dies war die Wahlparole, demagogisch, denn wer wünscht sich nicht diese drei Dinge, außer den Kommunisten, die gut verstehen, daß mit dem Abzug der Russen ihre antifaschistisch-demokratische Ordnung wie ein Kartenhaus zusammenklappt. Fünf Prozent wählten gar nicht, sechs Prozent wählten ungültig und 30 Prozent dagegen. Diese hatten das Manöver der SED/SMA durchschaut... Resultat: Die seit Oktober 1948 fälligen Gemeinderatswahlen werden nicht nachgeholt werden, die SED wird überhaupt keine geheimen Abstimmungen mehr zulassen.«

Am 14. Oktober 1950 schrieb er: »Vor den großen Volkswahlen bleibt mir eine kleine Genugtuung, meine Eintragung vom 20. Mai 49 hat sich bestätigt. Eben heißt es im Radio: Es kann offen oder geheim gewählt werden. Das heißt offene Abstimmung, da jeder, der hinter den Schirm tritt, sich als möglicher Feind zu erkennen gibt. Doch selbst die Ja-Nein-Alternative fehlt auf dem Stimmzettel, der nur noch gefaltet werden braucht. In diesen Punkten schlägt die SED glatt die NSDAP, bei der war mit Ja/Nein und verdeckt abgestimmt worden...« Neun Tage später hatte er vermerkt: »Am Sonntag 99½ Prozent Ja-Stimmen, mehr, als Hitler je erzielte.«

Wendt war perplex. Er hatte Nebel, trotz dessen Erfahrung mit dem NKWD, stets als sozialistischen Autor betrachtet. Auch das Literaturlexikon beschrieb ihn so. Zwar stand bei ihm manches zwischen den Zeilen, indirekt verglich er fremde Diktaturen gern mit der eigenen Staatsordnung und die Repressionsapparate Lateinamerikas mit dem hiesigen Sicherheitsorgan; doch schließlich hatte man seine Texte noch immer hier gedruckt. Nun entpuppte er sich als eher bürgerlicher Demokrat und Nichtkommunist, wie ging das zu? Hatte der Mann sich 40 Jahre lang verstellt, auch dort »eine Leidenschaft gespielt«, die er »kaum empfand«? Oder sich ständig etwas vorgemacht? (Wie war das eigentlich bei ihm, Wendt, selber? Wie weit trug die Überzeugung, wo begann der Konformismus eines Hauptmanns der K?)

Sicher, gegenüber einer Obrigkeit, die Zustimmung verlangte, total, hatten Künstler den schwierigeren Stand. Woanders reichte ein Lippenbekenntnis, wer diszipliniert war und gut im Fach, der machte da schon seinen Weg oder kam doch ungeschoren davon. Kunstschaffende aber gaben ihr Inneres preis, sonst schufen sie nichts. Zumal die Schreiber standen nackt im Licht, denn ihre Chance, sich hinter dem Werk zu verbergen, schien kleiner zu sein als die der Komponisten, Bildhauer oder Maler. Das Wort war eindeutiger in seiner politischen Aussage als die Melodie, eine Metallform oder der Farbton auf einer Leinwand. Was also blieb dem Autor? Einer Partei, die wohl viele Handschriften zuließ, den Text aber vorschrieb, konnte er nur folgen oder ihr ausweichen – in die innere oder äußere Emigration... Das sah er zweifellos erst später so.

Nebel wollte gedruckt werden, damals vor 40 Jahren. Welche Verlockung! Spielspaß vermischt mit Ambitionen. In einem Staat, der seine Künstler einlud, die neue Gesellschaft mitzuformen, stieg ein junger Mann, der Bücher schrieb, womöglich in die Elite auf. Wie jeder, der etwas werden will, war Nebel lernwillig und kompromißbereit. Er vergaß sein Vorurteil und die Lehre von 1947. Die Schriften der marxistischen Klassiker faszinierten ihn, soweit er sie verstand. Engels oder Plechanow las er mit Genuß, die Politik der Partei blieb ihm fremd. Er trat ihr nicht bei und rieb sich schon 1953 öffentlich an ihrer Zensur. Zu dem machtbewußt-argwöhnischen Ulbricht merkte er an: »Es ist immer ein Unglück, wenn jemand eine gute Sache betreibt, der dazu nicht fähig ist.«

Nach dem Ungarnaufstand von 1956 mißtraute die Parteiführung den eigenen Dichtern und Denkern mehr denn je, war doch aus solchen Federn der Funke in das Budapester Pulverfaß gespritzt. Zumal die Schriftsteller sah man sich schärfer an, gemäß der Erkenntnis *Am Anfang war das Wort* und der Regel *Wehret den Anfängen.* Ein konservativer Grundsatz, schrieb Nebel, für Zahnärzte ebenso gültig wie für die Polizei.

Um diese Zeit warnte ihn der Senior der Magdeburger Autoren. Er war dem Ansinnen von Mitarbeitern der Staatssicherheit, ihnen monatlich zu berichten, gerade bestürzt ausgewichen. Ähnliches hatte er schon im Dritten Reich bei der UFA in Babelsberg erlebt. Als Filmautor war er dort von der Gestapo gedrängt worden, Schauspieler wie Hans Albers zu bespitzeln; dem konnte er sich durch Umzug in eine Kleinstadt nur knapp entziehen. Und nun, kurz vor seinem Tode, beschwor er die Kollegen, derlei niemals zu dulden und der Stasi zu zeigen, wo die Grenze war: dort, wo der Anstand begann. Es galt ja, mit der eigenen Würde die Lust am freien Gedankenaustausch zu bewahren.

Der Kreis war so klein, daß dies leicht zu sein schien. Nach Aufteilung der Länder in Bezirke nämlich saß die Mehrheit der Schreiber in der vormaligen Landeshauptstadt Halle. Zu den Tagungen, einmal im Monat, kamen anfangs nur vier oder fünf Verbandsmitglieder. Man kannte sich und vertraute einander; wenig Spielraum für die Firma. Doch sie scheute keine Mühe, allmählich schleuste sie, maskiert als Nachwuchskünstler, zwei Informanten ein.

Ihr erster Coup blieb lange unentdeckt. Der Spitzel war Leiter einer Volkshochschule, ein Mann namens Rose, von angenehmen Manieren. Er näherte sich dem Ziel im Gewand des Lyrikers und voller Demut, indem er die Werke der Kollegen las und pries. Das gefiel, mit offenen Armen nahmen ihn die Gelobten auf. Selber schrieb er schwermütige Sonette, deren Sujet in Mexiko lag, zur Zeit der spanischen Eroberung. Wohl durch den Zwang, der Firma zu dienen, melancholisch gestimmt, versetzte er sich abwechselnd in die Rolle des Opfers und des Täters dort in Übersee. So goß er seine Skrupel in je 14 gereimte Verse, die strenge Kunstform des Sonetts, während er der Bezirksversammlung des MfS freie Prosa anbot. Wie um insgeheim vor sich zu warnen, zog er mephistohaft einen Klumpfuß nach und war, nicht wehrdiensttauglich, im Kriege Justizassessor gewesen. Vielleicht hatte er sich dabei geringfügig befleckt – ein möglicher Ansatzpunkt, ihn zu erpressen. Die Umstände seiner Anwerbung kamen nie ans Licht.

All dem hatte Nebel drei Aussprüche vorangestellt, die ihm das Wesen des Schriftstellerverbandes wohl umrissen: *Where is Rotary going to? – Rotary is going to lunch* (George Bernard Shaw), *Meer kenne uns, meer helfe uns* (Konrad Adenauer) und *Der Club ist eine Waffe, die von Wilden benutzt wird, um weiße Frauen auf Distanz zu halten.* Das letzte Motto, ein Wort des Briten George Augustus Sala, galt in Magdeburg nur bis zur Mitte der fünfziger Jahre. Dann auf einmal änderte sich die Situation, es brach der Bann, die frauenlose Öde der Versammlungen wurde jäh durch ein Geschöpf belebt – durchaus keine Schönheit, trotzdem wie ein Hormon, das die Männlichkeit hebt und den Geist erfrischt.

Das Mädchen, Anfang 20, unscheinbar auf den ersten Blick, hieß Sigrid Scheuch. Ihre Vorfahren hatten bis zur Enteignung eine Lackfabrik besessen. Nach dem Abitur war sie Lehrerin geworden, fühlte sich aber, scheu wie ihr Name, nicht wohl an der Schule und setzte viel Hoffnung auf ihr Schreibtalent. Die Freie Deutsche Jugend und ein Kulturredakteur hatten sie zum Sozialismus bekehrt. Mit dem Überschwang der Konvertitin begeisterte sie sich dafür und schilderte sprachlich brillant Schicksale vor dem Hintergrund großer Aufbautaten. Sie war naiv, intelligent und ziemlich mager; schön an ihr waren die Augen und der Mund. Sie hatte kaum Hüften, wenig Busen,

Ringe unter den Augen, was Temperament zu versprechen schien, und Nikotinflecke an den Fingern. Ihr Erwecker, der athletische Kulturredakteur Zickler, war dem Trunk verfallen; sie wurde nach ihm »das Zicklein« genannt.

Nebel, im siebten Ehejahr kein Vorbild an Treue mehr, hatte nach einer Tagung Sigrid in sein Auto gelockt, denn er meinte, sie schwärme für ihn. Doch der Kulturredakteur kam hinzu und riß ahnungslos eine Tür des Wagens auf, obgleich sie noch verriegelt war. Das ließ Nebel von weiteren sorglosen Schritten absehen. Dennoch begann Sigrids Unglück mit diesem starken Freund.

Im März 1958 widersprach Zickler an der Theke einem Wachtmeister, der die Polizeistunde durchsetzen wollte. *Verpiß dich, du Keim,* sagte er, und *Ist doch alles beschissen.* Das stand in grellem Gegensatz zu dem, was er in der Presse vertrat; es kam einer Fundamentalkritik am Sozialismus gleich, wie die Polizei fand. Damit nicht genug, wurde er auch noch tätlich. Er schlug dem Wachtmeister die Faust ins Gesicht und prügelte sich weiter, bis die Streife ihn überwältigen und abführen konnte... Von all dem erfuhr Sigrid erst zwei Tage später, als Rolf Döring zu ihr kam, ein Leutnant des MfS, der Hörspiele schrieb und sich ganz ungetarnt, als Offizier der Staatssicherheit, um Aufnahme in den Schriftstellerverband bewarb. Man erwog, ihn als jungen Autor zu ertragen, obgleich das dem Vorstand schwerfiel, denn Dörings Talent überzeugte nicht. Er war ledig und machte verstohlen Sigrid den Hof; überhaupt fand sie mehr Anerkennung als je zuvor im Leben.

Nun aber sagte er ihr im Beisein eines zweiten Genossen, es liege ganz bei ihr, ob Zickler bald freikomme oder ob ihm ein Strafprozeß drohe, wegen Körperverletzung, Boykotthetze und Widerstands. Drei bis fünf Jahre, sie habe es in der Hand. Alles, was man von ihr erwarte, seien ein paar Beurteilungen ihrer Kollegen, Berichte über deren Auftreten, Charakter und Haltung, ihr geistiges Kaliber, das Eheleben, die Hobbys, Fertigkeiten und so weiter bis zum Trink- und Sexualverhalten. Einem weiblichen Verbandsmitglied falle es doch leicht, da Aufschluß zu erlangen. Sie sei die einzige Frau und sehr umschwärmt in diesem Kreis.

Sigrid, starr vor Schreck und völlig überrumpelt, war verwirrt. Sollte ihr Freund jahrelang im Kerker sitzen? Zitternd schrieb sie nach Dörings Diktat folgenden Text: »Ich verpflichte mich, mit den Organen der Staatssicherheit der DDR aufs engste zusammenzuarbeiten. Ich bin bereit, alle Aufträge, die ich erhalte, gewissenhaft zu erledigen und darüber strengstes Stillschweigen zu bewahren. Ich verpflichte mich außerdem, gegenüber niemandem zu erwähnen, daß ich dieses Verhältnis der Zusammenarbeit eingegangen bin.«

Es folgten Ort, Datum und Unterschrift. Döring beglückwünschte sie zu diesem Schritt. Ihr Gehorsam, ließ er wissen, werde auch belohnt. Während der Untersuchungshaft dürfe sie Zickler sehen, sogar unter vier Augen – jawohl, Schäferstündchen ließen sich arrangieren! Nicht etwa in der Walter-Rathenau-Straße 88 oder am Moritzplatz, im Zellenbau der Bezirksverwaltung, wo ihr Freund einsaß; sondern in einem konspirativen Quartier der MfS, etwa der Wohnung von alten Genossen, die ihre Couch gern zur Verfügung stellten und mal für zwei Stunden spazierengingen... Sigrid verschluckte ihren Stolz, man trennte sich in bestem Einvernehmen.

Doch dann siegte die Empörung. Für Sigrid Scheuch brach eine Welt zusammen. So hatte sie sich den Sozialismus nicht gedacht. Unfähig, das Verlangte zu leisten, ging sie zu Richard Nebel. Ihm vertraute sie, weil er pfiffige Krimis schrieb; auch hatte er ihr von seinem Pech mit dem sowjetischen Geheimdienst erzählt. Das lag elf Jahre zurück, doch sie schien ja in einer ähnlichen Situation zu sein. Die Staatssicherheit war, als Kind des NKWD, wegen der Nähe zum Westen bei weitem nicht so rabiat wie der, ging aber gezielter vor, preußisch genau; kein Schlendrian mehr milderte die Barbarei.

Nebel nahm sich des Falls gleich an. Offenbar reizte es ihn, vom Schreibtisch weg ins wirkliche Leben zu gehen mit seiner Phantasie. Er wollte Döring austricksen, etwas ersinnen, was den Lauschangriff scheitern ließ. Zunächst zeigte er Sigrid, wie man inhaltarme Berichte schrieb. Gemeinsam verfaßten sie Spielmaterial, das dem MfS nicht half, ohne ganz substanzlos oder gar nachprüfbar falsch zu sein. Kollegen wurden positiv geschildert, bis auf kleine Sünden wie Schwatzsucht, Völlerei,

Lust auf Westreisen und zuviel Zigaretten. Ernste Mängel, zumal ideologische, lastete man nur geflüchteten oder verstorbenen Autoren an. Dies erweckte den Anschein einer noch stümperhaften, aber willigen Mitarbeit der Elevin. Sie tat bemüht, Nebel gewann Zeit für den Gegenzug. Er brauchte ihr Einverständnis, um die Sache im Schriftstellerverband publik zu machen. Anders, so sagte er Sigrid, komme sie da nicht unversehrt heraus.

Zögernd erlaubte sie ihm, den Vorstand zu informieren, am Ort und den zentralen in Berlin. Flucht in die Öffentlichkeit, ein weiterer Bruch ihrer Schweigepflicht! Die Folgen fürchtend, ging sie dennoch seinem Verdacht nach, es gebe außer ihr noch mehr Helfer des MfS im Verband. Dem Leutnant Döring sagte sie, er könne doch ihre Angaben gar nicht nachprüfen. Lachend tat er das ab und gab ihr – eitel, wie Geheimdienstler oft sind – ein paar Beispiele seines Überblicks, ohne die Falle zu wittern. So erzählte er Sigrid, man wisse, daß Nebel auf der letzten Sitzung vor den Volkskammerwahlen gesagt habe, es sei sinnlos, sich dem Pressefeldzug anzuschließen, das Wahlergebnis liege schon bei Walter Ulbricht im Panzerschrank.

Dies und anderes, das wirklich geäußert worden war, ordnete Nebel zeitlich ein, um das Datum des Ausspruchs mit der Anwesenheitsliste zu vergleichen. Meist kam nur die Hälfte der Mitglieder zur Tagung; so wurde auf simple Art klar, der zweite Informant mußte Rose sein – nur er war in jedem Fall dabeigewesen. Unterstützt von seinen Vorstandskollegen, beide parteilos wie er, riet Nebel dem Mann, mit denen zu brechen, die ihn da mißbrauchten. (Leichter gesagt, als getan: Rose blieb fest, er stritt alles ab.) Auch bat der Magdeburger Vorstand die Berliner Verbandsleitung brieflich um Hilfe gegen das Vorgehen des MfS.

Die Karten lagen auf dem Tisch. Der Brief war wie eine Denkschrift in zehn Punkte gegliedert. Eingangs zeigten die Autoren viel Verständnis. Statt sich zu entrüsten, blieben sie im Denkrahmen der Staatsräson, übten Einsicht in das Notwendige und bejahten die Arbeit der Staatssicherheit – im Prinzip. Doch dann hieß es, sie begriffen zwar, daß man auch Kulturschaffende überwache, wie aber solle das geschehen, im konkreten Fall? Was nütze da, was sei bedenklich? Das MfS wolle sich korrekterweise nie auf nur einen Informanten stützen. Wenn freilich der Kreis so klein sei wie hier, wie könne man zwei (besser noch drei) Vertrauensleute einschleusen, ohne daß es ruchbar werde? Komme das heraus, gebe es keine Gespräche mehr, und das Verbandsleben sterbe ab. Sei es aber tot, versiege die Quelle, und das MfS tappe im dunkeln hinsichtlich der Autoren.

Die Denkschrift verwies auf so etwas wie den Heisenberg-Effekt in der Physik, wo das Auge des Beobachters den Ablauf des Experiments verändert. Sie legte ein Dilemma der Staatssicherheit dar und kränkte deren örtliche Verwaltung. Hinter der Logik einer Sprache, die aus trockenen Begriffen und amtlichen Worthülsen bestand, sahen die Offiziere durchaus den frechen Angriff auf ihre Arbeitsweise. Chef der Bezirksverwaltung war zu jener Zeit ein bulliger Mittfünfziger namens Reinhold Knoppe. Oberst Knoppe erweckte den Eindruck eines Haudegens und Grobians. Er galt als Veteran des spanischen Bürgerkriegs, daher als unantastbar. Nebel meinte ohne jeglichen Beweis, der Mann sei schon dort ein Aufpasser gewesen.

Durch das Memorandum brüskiert, tadelte Knoppe den Leutnant Döring wegen des Fehlschlags im Fall Scheuch. Gern hätte er zugepackt und die Unterzeichner – zumindest die Scheuch und ihren Anstifter Nebel – eingelocht, um ihnen den Prozeß zu machen. Staatsverleumdung! Richter und Staatsanwalt hielten sich bereit. Doch er hatte es versäumt, die notwendigen Grausamkeiten gleich am Anfang zu begehen, wie Machiavelli rät, und nun winkten seine Oberen im Ministerium und in der Bezirksleitung der SED ab. Nach den Verfahren gegen Harich, Janka, Loest und Konsorten sollte anscheinend Ruhe sein im Land.

Im September lud Reinhold Knoppe die Störer, ohne Sigrid Scheuch, in sein Amt. Aus Berlin reiste Willi Lewin, ein Vertreter des Zentralkomitees, mit Walther Victor an, dem 63jährigen Chef des Schriftstellerverbandes. Die lokale Parteileitung schickte den für Wissenschaften, Volksbildung und Kultur zuständigen Sekretär, einen großen schlaffen Mann, der vor Unbehagen kaum das Wort ergriff. Im durchsonnten Zimmer hinter dem einzigen Balkon des Hauses, einem Bau des Hitlerschen Reichsarbeitsdienstes, ließ der Oberst sie von einem Major namens Kühne empfangen und unterrichten. Der Major blieb defensiv, er leugnete den ganzen Vorgang. Die Scheuch, sagte er verhalten, habe wohl zuviel Phantasie, bei einer Künstlerin verständlich ... Und keiner der Gäste fand den Mut, ihm ins Gesicht zu sagen, daß er log; auch Nebel nicht.

Das Ergebnis des Treffens war gleich Null. Victor, als einstiger Westemigrant gegenüber der Staatssicherheit auf schwachen Füßen und von Kulturminister Becher kaum gedeckt, riet den Kollegen zur Duldsamkeit. Beim folgenden Essen verdrehte er Bechers Titel »Die Macht der Poesie« boshaft zu *Der macht die Poesie.* Der Kulturminister litt wie andere Köpfe der Elite unter seiner Schwäche gegenüber Ulbricht; er verstarb kurz darauf. Den Magdeburger Autoren fiel es schwer, sich zu mäßigen. Nichts war geklärt, der Konflikt schwelte weiter. Dicke Luft, sooft der Spitzel Rose – enttarnt, doch reuelos und stasihörig – das *Haus des Handwerks* oder den *Club Otto von Guericke* an der Hegelstraße betrat. Die Schriftsteller wünschten vom MfS nun eine ehrliche Aussprache im Beisein von Sigrid Scheuch. Deren Freund saß noch immer ein, er büßte ebenso für seinen Fausthieb wie für ihre Verweigerung der Mitarbeit.

Im Dezember berief Knoppe das zweite Treffen ein, auf dem neutralen Boden des Clubs. Vorher befahl er dem Leutnant Döring, die Scheuch so einzuschüchtern, daß sie ihre Aussage zurückzog. Als der ihm meldete, dies klappe nicht, sie wolle im Club reden, bestellte er sie am Vorabend zur Furchteinflößung ins Amt und ließ ihr dort eröffnen, sie sei festgenommen. Wegen des eklatanten Bruchs ihrer Schweigepflicht und all der staatsschädigenden Weiterungen, die sich daraus ergeben hätten, sperre man sie vorläufig ein, bis der Staatsanwalt den Haftbefehl unterzeichne oder sie sich eines Besseren besinne.

Der Oberst hielt sich selbst – laut Richard Nebel – mitnichten für einen groben oder gar rachsüchtigen Mann. Natürlich mußte er streng sein, um der Pflicht zu genügen, doch nur im Rahmen der Vorschriften. Oft war ein Tribut fällig an die Tradition von Ordnung und Sicherheit im Staat, die mit dem Selbstschutz der

Dienststelle begann, ihrem Ruf und damit dem eigenen. Es war ein ärgerliches Jahr gewesen, erfüllt von internen Sorgen und äußeren Problemen, steigenden Ziffern bei der Republikflucht und wachsender Aufmüpfigkeit. Reinhold Knoppe befürchtete einen zweiten 17. Juni. Damals waren auch in Magdeburg Stasi-Offiziere wegen ihres Versagens inhaftiert worden, und Ulbricht hatte Wilhelm Zaisser, den Minister, durch Ernst Wollweber ersetzt. Der hatte Knoppe protegiert, war aber seinerseits vor Jahresfrist gestürzt, am 1. November 1957, und mit einer strengen Rüge aus dem Zentralkomitee entfernt worden... Der Oberst wollte nichts weiter, als vor dem neuen Minister, Erich Mielke, dadurch bestehen, daß die Dinge so blieben, wie er sie bei seinem Amtsantritt vorgefunden hatte.

Auf Sigrid Scheuch wirkte sein Schritt trotzdem drakonisch. Ihre Einlieferung in das Hausgefängnis war inszeniert, die Prozedur wich vom Üblichen in gewollt peinlicher Weise ab. Vom Arzt auf Hafttauglichkeit untersucht, gab man ihr Schal und Mantel wieder, darunter jedoch trug sie nur Schuhe und Strümpfe, gehalten von den Strapsen ihres Strumpfgürtels. Rolf Döring, der Verantwortliche, ließ die schockierte Frau einen Lebenslauf schreiben; auch bot er ihr zu rauchen an (sie mochte die Billigmarke *Karo* wegen des proletarischen Hauchs). Dann führte er Sigrid über Treppen und durch Korridore zum Erkennungsdienst, wo man sie schließlich ohne Mantel aufnahm, mit Zigarette, so daß ein kompromittierendes Foto entstand. Geschwätz über ihre Magerkeit sollte sie vollends entmutigen. Sie sähe aus wie ein Schluck Wasser in der Kurve, erklärte ihr der Fotograf, so was Häßliches sei ihm noch nie begegnet, gäbe er solch ein Bild des Jammers ab, würde er sich beim Zoo melden; und dergleichen mehr.

Doch seltsam, das prallte an Sigrid ab. Sie durchschaute die Absicht und glaubte ihm kein Wort. Das Umworbensein im Verband und die Hilfe dort hatten sie gestärkt. Anstatt sich beleidigt zu fühlen, klein und minderwertig, meinte sie eher, für jene, die sie da begafften, interessant zu sein. Wozu sonst taten sie das? Ihr war, als hätte sie Macht über die... Mochte sie auch mager sein, von ihr ging etwas aus, das riß die Männer hin! Sie war anziehend auch ohne das Beiwerk üppiger Weiblichkeit.

Der Gedanke kam ihr, als Döring draußen auf dem Gang sagte, es sei überstanden, sie dürfe heim, man habe sie nur warnen wollen; und ihr gestand, sie gefalle ihm sehr, er sei ganz weg von der Art, wie sie die Situation gemeistert habe. Was immer man mit ihr versuche, es ginge ihr »ja drei Kilometer am Arsch vorbei«. Auch finde er's toll, wenn ein Mädchen bloß in Schal und Straps ist, fügte er heiser hinzu.

Die lüsterne Werbung half Sigrid, anderntags in den Kampf zu ziehen. Sie rieb dem Oberst alle Gemeinheiten seines Ladens, bis auf die letzte, in überstürztem Wortschwall hin. Vor den Besuchern, die wieder aus der Hauptstadt gekommen waren, wo der lästige Vorgang inzwischen *die Magdeburger Ereignisse* hieß. Knoppe drehte die Daumen, sah gelangweilt aus dem Fenster und ließ sie ausreden. Dann schwenkte sein Kahlkopf wie ein Panzerturm herum, er stritt alles ab, mit der ganzen Autorität seines Amtes. Und er nahm die Verleumder, Sigrid und Nebel, seinerseits aufs Korn. Nebel warf er vor, konspirativ zu arbeiten, schlankweg wie ein Profi, und sich sogar die Nummern der MfS-Wagen zu notieren. Das klang brutal, wenn auch bei der Vielzahl seiner Autos kaum plausibel.

Niemand glaubte ihm, noch mal aber brachte er Sigrid aus dem Tritt. Seine Drohung, sie beim nächsten gehässigen Wort zu ergreifen – was er längst hätte tun sollen, unbeschadet ihres angeblichen Talents; wegen der Gefährlichkeit staatsfeindlicher Hetze sei das Delikt strafbar schon im Vorfeld der Planung von Anschlägen auf die Ehre der Arbeiter-und-Bauern-Macht –, sein wüster Angriff trieb ihr Tränen ins Gesicht. Sie sprang auf und lief aus dem Haus; Nebel setzte ihr nach. Drüben im Park, im Schatten des Doms, sprach er ihr Mut zu und brachte sie in den Club zurück. Sagen mußte sie nichts mehr, nur ausharren. Sonst hätte der Oberst erklärt, sie sei vor der Wahrheit geflohen.

So siegte wieder niemand, Behauptung stand gegen Behauptung, doch Knoppes Ruf war lädiert, selbst in den Augen der Bezirksleitung der SED. Schien die Partei doch nach den Affären um Zaisser und Wollweber bemüht, sich die Staatssicherheit klar unterzuordnen. Den Spitzel Rose, der auch Parteisekretär des Autorenverbandes gewesen war, zog das MfS ab, um ihn im Bezirk Neubrandenburg zu verwenden. Sigrid Scheuch war ihre Verpflichtung los, auch ihr Freund kam ohne Prozeß davon. Zum Ausgleich verlor Nebel bei der nächsten Vorstandswahl seinen Sitz. Die Genossen stimmten gegen ihn, damit er nicht triumphiere.

Gleich nach dem Mauerbau schied der Oberst aus dem Amt. Überall hatte er Feinde gesehen, doch nun, da er sie benennen sollte – jene im Grenzstreifen, die man zwangsumsiedeln wollte –, fiel ihm wenig ein. »Na, Reinhold, pack mal deine Agenten auf den Tisch«, rief ihm Alois Pisnick, der Erste Sekretär, in der Bezirkseinsatzleitung zu. Und Knoppe kratzte Adressen zusammen, darunter Leute, die man bald wieder laufenließ, da gegen sie nichts vorlag. Das gab Knoppe den Rest, man ersetzte ihn durch den weit kompetenteren Oberst Heinz Eggebrecht, vorzeigbar auch auf Paraden und Empfängen, überdies fähig, den rasch wachsenden Apparat zu steuern. Eggebrecht, später im Auslandseinsatz der HV Aufklärung und schließlich Bürochef des Fußballclubs Dynamo, wurde von Oberst Dr. Heinz Kühne abgelöst, einem Leisetreter, der *durch Weibergeschichten zu Fall* kam, so daß entgegen dem Brauch die BV-Leitung in Magdeburg viermal wechselte; ein Rekord, wie Nebel schrieb. Zuletzt stand ein General an der Spitze, denn ein Polizeigeneral führte die BDVP; was nur geschah, wenn vorher der Stasichef diesen Dienstgrad erreicht hatte.

Lange vor seinem Sturz hatte Knoppe den Leutnant Döring geschaßt, wegen schimpflichen Versagens. Hatte der doch nicht bloß den Fall Scheuch verpatzt, nein, er kroch auch noch ohne jegliche Weisung zu der Dame ins Bett! Das hätte er früher tun sollen, um sie ruhigzustellen, jetzt befleckte es die Ehre der Tschekisten, des Schildes und Schwertes der Partei.

Wirklich, Sigrid ließ ihren Erwecker sausen, den starken Kulturredakteur, und wandte sich Döring zu, der ihr verfallen war. *(Nobody is perfect,* hieß es dazu bei Nebel, *er hat ihr Knie gesehen, das durfte nie geschehen.)* Das Paar fand sich nicht im Bereich der inneren Sicherheit, wo sein Glück hätte reifen sollen, sondern auf dem Feld der Literatur. Die zwei nämlich schrieben reißerische, mit Schnörkeln bizarrer Erotik verzierte

Romane, Psychothriller, die auch im Westen Leser fanden. Sigrid brachte Dörings Ideen kunstvoll zu Papier.

Durch ihre Heirat trat sie dem Kreis der Bindestrich-Damen bei, sie hieß nun Scheuch-Döring, bürgerlich. Ansonsten firmierten die zwei als Ann Dalton und Marc Clive, ein marktöffnendes Pseudonym. Sie fabulierten höchst abgefeimt. Stets gaben sie ihren Figuren nur soviel Charakter mit, daß sie zwar lebendig wirkten, sich aber strikt an das Schema hielten, den gestanzten Weg schicksalhafter Verkettung. Wie Fliegen durften sie noch zappeln im Spinnennetz, darin ihren Schöpfern ähnlich, konnten jedoch das Klischee von Zwang und Schuld nie sprengen und die Pointe verderben, den Schlußeffekt. Das Paar blieb dieser Genreregel treu, dem Opfer-Täter-Dualismus; nach Nebels Meinung ein letzter Triumph der Staatsräson über die Menschlichkeit.

39

Das Autoradio verkündet, Kanzleramtsminister Seiters fordert vor jeder ökonomischen Hilfe: Reiseerleichterungen für die Bundesbürger, Ende des Zwangsumtausches, Einführung marktwirtschaftlicher Instrumente, Zulassung neuer Parteien, Wegfall des SED-Führungsanspruchs, freie Wahlen... Jenny denkt, was mischt der Mann sich ein. Er tut ja, als sei nicht das Volk hier, sondern der Kapitalismus drüben dabei, zu siegen.

Sie dreht am Knopf, hört die Gitarre und Biermanns Stimme. *Hey Krenz, du fröhlicher kalter Krieger / Ich glaube dir nichts, kein einziges Wort / Du hast ja die Panzer in Peking bejubelt / Ich sah dein Gebiß beim Massenmord...* Ein harter Tag liegt hinter ihr an diesem Montagabend. Voll endloser, aufreibender Gespräche mit den Menschen und im Neuen Forum selbst. Die Sprecherwahl, Debatten über die Arbeitsgruppen, über Zuständigkeiten, Zank mit dem Bürgermeister, Ärger über die Passivität der Gemeindevertreter, Verwirrung in kleinen und großen Fragen.

Hey Mielke, du warst ein Spanienkämpfer? / Ich glaube dir nichts, du warst privilegiert / Wir wissen, du hast die Trotzkisten und andre / Genossen hinter der Front feig liquidiert... Diese pommerschen Dickschädel! Einmal ist sie aus der Haut gefahren, und der Pfarrer hat sanft zu ihr gesagt: »Fehlendes Einverständnis mit dem Forum empfinden Sie als Denkfaulheit, Frau Wendt; nehmen Sie es doch als Willen zur Mitsprache, als Bedürfnis nach Partnerschaft.« Er hat recht, sie ist zu ungeduldig. Alle sind sie unerfahren im Umgang miteinander und mit Widersachern, gänzlich politikentwöhnt. Sie ist wütend auf Bremser, die an ihren Sesseln kleben. Und sie mißtraut den Schwaflern, wenn die im *Blauen Anker* den Sozialismus neu erfinden, mit menschlichem Antlitz und allem Komfort, aber sich praktisch mit keinem Schritt auf die Straße trauen! Wie hat Nauschütz da gesagt? »Alle Macht geht vom Volke aus, so steht es in der Verfassung, das wollen wir heute abend.« Zu spät, Genosse ABV, hast du's nachgelesen.

Hey Schnitzler, du elender Sudel-Ede / Sogar wenn du sagst, die Erde ist rund / Dann weiß jedes Kind: Unsre Erde ist eckig / Du bist ein gekaufter verkommener Hund... Jenny will der Partei Stück für Stück ihres Eigentums entwinden, um es der Bevölkerung zurückzugeben. Den Bonzen die Gästehäuser abluchsen! Aber nicht, damit Schwätzer und Schieber dort Einzug halten, Ehemalige oder Beutemacher aus dem Westen. Schwer ist der Mehrfrontenkrieg.

Die Malerin nimmt sie wieder im Trabi mit, die einzige, die auch winters über in Cumin noch lebt, dem einstigen Künstlerdorf. Zum Friedensgebet und zur Demo geht es in die große, schadhafte Marienkirche der Kreisstadt. Die Malerin ist Anfang 40, eine lustige Frau, die sich mit Miniaturbildern ihr Brot verdient. Das Steilufer in Öl und rundem Rahmen, die Holzkirche, der Kunstkaten oder das Dornenhaus. Ihre zarten Aquarelle sind bemerkenswerter, die liebt Jenny, doch davon kann die Frau nicht leben.

Zum drittenmal fahren sie heute nach N. und hoffen auf einen Sitzplatz in der *Winterkirche.* Das riesige Hauptschiff, die *Sommerkirche,* ist eine Baustelle – dennoch voller Menschen, die durch offene Türen, Lautsprecher und Mikrofone mit dem Tagungsort verbunden sind. Jenny sieht Andy am Portal in einer Gruppe, man raucht die letzte Zigarette vor der Andacht. Offenbar verteilt er das Neueste vom Forum, kopiert in Berlin; jetzt gibt er die Zettel ab und eilt ihr entgegen, begrüßt sie so emphatisch, als habe er sie seit Wochen nicht mehr gesehen.

Drinnen riecht es nach Putz, Zement und Feuchtigkeit. Alle Stühle sind besetzt, von älteren Menschen zumeist, vollgepfropft bis auf die Orgelbank. Die ist den Leuten heilig, ihnen aber nicht, man hat zu dritt darauf Platz, wenn man zusammenrückt. Stille, prickelnde Spannung, ehe das Friedensgebet steigt, zelebriert von Pfarrern beider Konfessionen. Die jungen Christen singen, dem folgt ein Bibeltext, er gilt der stürmischen Zeit. Rasch fließt das dahin, Gebet und Kanon, nun ist das Mikrofon frei fürs Neue Forum, bei dem die Gesprächsleitung liegt.

Ein junger Mann verliest die Tagesordnung. Er schildert den Fortschritt in puncto Räumlichkeiten und gibt das Sammelergebnis vom letzten Montag bekannt. Geld für Papier, Kopierer und die Übertragungstechnik, fast dreitausend Mark sind es gewesen. Das Forum hat Arbeitsgruppen gebildet: für Umwelt, Ausbildung, Staat und Recht, für die Behinderten sowie für Kultur und Städtebau. Die Listen liegen am Eingang aus, wer mag, der trage sich ein.

Ebenso jeder, sagt nun eine junge Frau, der Schwierigkeiten hatte oder hat mit der Staatssicherheit. Da formiert sich ein Ausschuß, der Licht in das Dunkel bringt; natürlich ist alles Persönliche vertraulich. Man hat für heute Vertreter der Stasi, jetzt Nasi, eingeladen, auch den Ratsvorsitzenden wieder, den Bürgermeister und die Parteichefs von Stadt und Kreis. Leider vergebens, wie es aussieht, ist keiner gekommen...

Murmeln im Raum, jemand sagt: »Die trauen sich nicht mehr zum Dialog, wir haben die besseren Argumente, haben ihren Rücktritt gefordert, aber sie gehen nicht!«

Ein älterer Mann tritt an das Mikrofon vorm Altar, er nennt wie üblich Namen und Beruf. »Die ganze Partei muß abtreten«, erklärt er unter Applaus. »Sie spricht von Vertrauen – also ich hab' keines. Vierzig Jahre lang hat sie uns Wasser gepredigt und Wein getrunken. Seht euch bloß ihren Lebensstil an, zum Beispiel die Ferienheime. Und wir, wenn wir Glück hatten, alle acht Jahre ein Gewerkschaftsplatz für uns.«

Am zweiten Mikrofon stellt sich der nächste Redner vor. »Ich bin Parteimitglied und stimme dem nicht zu«, sagt er über die Pfiffe hinweg. »Ihr schüttet das Kind mit dem Bade aus. Eine Handvoll Genossen, von denen wir uns jetzt trennen, hat über die Stränge geschlagen. Jawohl, Tisch und Timm, die verteidige ich gar nicht. Aber die Masse der ehrlichen Genossen, mehr als zwei Millionen, wir haben uns stets für das Wohl der Bürger... nur ein Privileg gehabt, mehr zu arbeiten als andere...«

»Schon wieder Phrasen«, schreit man dagegen. »Haben die Parteilosen etwa gefaulenzt? Wo bleibt eure Verantwortung jetzt, da ihr euch verantworten sollt? Wenn euch das Wohl der Bürger so am Herzen liegt, weshalb habt ihr dann in Berlin auf sie eingedroschen, friedliche Menschen geknüppelt?«

»Das sind Entstellungen! Ein paar Randalierer haben was abgekriegt, Steinewerfer, die zuvor Volkspolizisten verletzt haben.«

Jenny wird nervös. Sie bekommt kaum noch Luft, Andy merkt es und drückt ihr die Hand. »Geh nach vorn«, flüstert er. »Sag etwas dazu, du bist die einzige hier, die das kann.«

Sie steht auf, geht wie in Trance zum Altar. »Ich möchte etwas richtigstellen zu Berlin.« Ihre Stimme trägt nicht, sie räuspert sich und zieht das Mikrofon auf ihre Höhe. »Ich war dabei am siebten und achten Oktober. Keiner hat von uns Steine geworfen oder randaliert.« Die Wörter dehnen sich, quellen ihr im Mund. »Wir waren nur ein paar, die sich zufällig trafen, zwei Straßen vor der Gethsemanekirche, und sind doch brutal gejagt und auf Lastwagen getrieben worden wie Vieh! Keine Gewalt, haben wir erklärt, aber an uns wurde sie ausgeübt...«

»Das kann jeder behaupten.«

Der Zwischenruf läßt Jenny stolpern, sie greift sich an den Hals, ihre Beine zittern. Sie kämpft gegen Tränen an, gegen das elende Schwanken der Stimme und hört kaum noch, was sie sagt. Überschwemmt von Bildern, unter dem Druck der Erinnerung ist ihr, als werde sie die los, wenn sie versucht, dies zu schildern und dabei genau zu sein. Trotzdem hat sie den Eindruck, es gehe ihr alles durcheinander. Schlimm ist, der Bericht erniedrigt noch einmal, beschmutzt sie vor aller Augen hier. Was während zweier Tage geschah, das schrumpft zu Minuten.

»Das Ärgste war, rechtlos zu sein, dem Haß ausgeliefert.« Ihre Finger umklammern Metall, sie hält sich am Mikrofon fest. »Blutergüsse, Rippenbrüche, Nierenbeckenentzündung und Nervenschock. Damit lag ich im Haftkrankenhaus, anfangs auf dem Bauch, weil es sonst zu weh tat. Wer daran zweifelt, der kann nachfragen in der Untersuchungshaftanstalt Rummelsburg.«

Jenny bricht ab, ohne Schlußformel, kehrt zurück zur Orgelbank, ausgelaugt und verschwitzt. Von dem, was nun folgt, versteht sie kein Wort. Ihr Herz hämmert, schnelle, harte Schläge. »Ich kann nicht mehr«, sagt sie zu Andy. Hilfreich bringt er sie hinaus. Doch in seine Besorgnis mischt sich etwas, was ihr nicht geheuer ist. Andy benimmt sich, als sei sie nahe daran gewesen, ihr Kleid aufzureißen und dem Saal zu zeigen, wohin man sie geschlagen hat. Aber hat er nicht recht, hat sie sich denn nicht wirklich entblößt? Sich zur Schau gestellt, wegen des Effekts?

Allmählich versteht sie wieder, was aus dem Lautsprecher dringt. »Auch mich hat der Bericht aus Berlin erschüttert«, sagt jemand. »Aber die Täter sind unter uns, die Parteigewalt ist auch hier gegenwärtig...« Jenny erkennt die Stimme, sie gehört Dr. Lukas, dem Orthopäden der Poliklinik. »Letzten Montag, als wir uns friedlich versammelten in dieser Kirche und der Bürgermeister höflich mit uns sprach, saßen gegenüber im Rathaus vierzig Mann, bis an die Zähne bewaffnet! Das kam nur durch eine Reinemachefrau heraus, die hatten sie vorzeitig weggeschickt, sie kehrte noch mal um und sah die Maschinenpistolen auf dem Tisch, zweihundert Schritt weg von hier!«

Tumult. Ein Sprecher vom Forum sucht zu beschwichtigen, man gehe dem nach, der Bürgermeister werde Antwort stehen. Das Stimmengewirr hält an. Man schlägt vor, durch die Karl-Marx-Straße zur Kreisdienststelle der Staatssicherheit zu ziehen, dort Kerzen anzuzünden und das Gespräch zu fordern, das in der Kirche vorgesehen war, aber nicht stattgefunden hat... Beifall, die Menge quillt aus dem Portal, füllt die ganze Straße.

Jenny reiht sich mit der Malerin und Andy ein. Sie wird zum Teil eines Wesens, einzig beseelt von dem Drang, es denen da oben zu zeigen. Andy und die Malerin haken sich bei ihr ein, Jenny geht ihnen zu schnell, zieht sie nach vorn. »So bin ich eben«, erklärt sie den Freunden. »Rasch mal geknickt, aber wenn ihr dann lahm werdet, längst wieder voll da.«

Das Haus der Nationalen Sicherheit, neben dem Kreisamt der Volkspolizei, ist finster. Doch im Schein der Straßenlampen ahnt man Gesichter hinter den Scheiben. Die Menge empört sich, ihr Sprechchor schlägt gegen die Fassade. *Stasi raus,* schallt es, *stellt euch zum Gespräch*... Schon ist man an der Vorderfront, pocht gegen das schwere Tor. Ein paar Jugendliche klettern an den Gittern im Erdgeschoß hoch. Vergessen der Wunsch, bloß Kerzen anzuzünden, nun will man mehr – am liebsten hinein. Ordner des Forums bremsen vergeblich. Oben geht das Licht an, ein Fenster klappt auf, Köpfe spähen und zucken zurück.

Jenny steht ganz vorn, wo sind ihre Begleiter? »Macht uns auf«, ruft sie hoch. »Laßt mit euch reden!«

Endlich, das Tor gibt nach, ein Zivilist tritt heraus auf die Stufen; gedeckt von zwei Uniformierten, wagt er den Dialog. Aber es mißlingt, man schreit ihn nieder, drängt ihn zurück. Die Menschen schieben, der Druck wird zu stark – die Demo platzt ins Haus.

Jenny ist bei den ersten, das ist ihr Tag und ihre Stunde. Für diesen Moment hat sich alles gelohnt! Vor ihr klappen Türen, liegt schäbig der Gang einer Vorstadtvilla, wie ein Kasernenkorridor in Berlin. Vorwärts, stürmt die Büros, die Staatsmacht am Boden... Das Sicherheitsorgan, hier in N. hat es ausgedient.

40

Wovon Christian Wendt wach wurde, war ihm nicht klar. Es dämmerte schon, Wind war aufgekommen und wühlte im kahl hängenden Gehölz der Trauerweide. Durch das beschlagene Dachfenster, ein schilfumsäumtes Oval, sah er weißen Rauhreif an den Wacholderbüschen und auf der Wiese. Das Außenthermometer zeigte drei Grad minus an. Dienstag, 21. November, der erste Wintertag des Jahres.

Irgendein Laut hatte ihn geweckt, vielleicht das Quietschen des Gartentors, gefolgt von einem Scheppern am Briefschlitz der Haustür. Ob Post für ihn unten lag? Zehn vor acht, so zeitig kam kein Briefträger in Cumin. Auch wurde die Post nicht mehr ins Haus gebracht, wie Nina Prinz ihm gesagt hatte; man warf sie an einigen Punkten des Dorfs in graue Sammelkästen ein. Und dann, wer sollte ihm denn hierher schreiben? Kein Mensch kannte seine Anschrift, nur die Telefonnummer hatte er Fink und Drews mitgeteilt, um für die K erreichbar zu sein.

Wendt stand gähnend auf. Über dem Rest der Papiere Richard Nebels war es wieder spät geworden. Fröstelnd tappte er treppab. Oben heizte der Ölofen, das übrige Haus war kalt. In der Diele des verblichenen Theaterprofessors lag ein graugelber Umschlag an der Tür. Also doch. Er hob ihn auf und kehrte aus dem Grabeshauch zurück in die Wärme. Das Kuvert, ohne Absender und Adresse, war nicht einmal verklebt. Er griff hinein und hielt ein Rundschreiben des Ministeriums für Staatssicherheit in der Hand, datiert vom 30. Dezember 1988. Weiter nichts. Wer warf das so achtlos bei ihm ein? Es fehlte jede erläuternde Notiz.

Das Dokument, *Vertrauliche Verschlußsache VVS-0008, Nr. 82/88,* war unterzeichnet von Generaloberst Rudolf Mittig, dem Ranghöchsten der vier Stellvertreter des Ministers und Armeegenerals Erich Mielke. Mittig hatte Mielke nach dessen Rücktritt ein paar Wochen lang ersetzt; nach dem Schrumpfen des Ministeriums zum Amt für Nationale Sicherheit schien er jetzt von der Bildfläche verschwunden zu sein... Wendt las, wie Mittig vor elf Monaten die Leiter der ihm unterstellten Diensteinheiten von einer Weisung der Partei unterrichtet hatte.

»Auf der Grundlage eines entsprechenden Beschlusses des Politbüros des ZK der SED ist vorgesehen, einen Verband der *Freidenker* in der DDR zu bilden. Die Bildung des Verbandes ergibt sich aus der Notwendigkeit, in einer Zeit verstärkter ideologischer Auseinandersetzung zwischen Sozialismus und Imperialismus noch breiter mit vielfältigen Methoden unsere Weltanschauung in alle Schichten der Bevölkerung hineinzutragen, ihnen Ideologie und Politik der Partei zu erläutern und Versuchen reaktionärer kirchlicher Kräfte, ihren religiösen Einfluß zu erweitern, und dem politischen Mißbrauch verfassungsmäßig garantierter Rechte der Kirchen offensiv zu begegnen. Er wird mit anderen gesellschaftlichen Organisationen eng zusammenarbeiten. Mitglied des Verbandes können – unabhängig von ihrer Mitgliedschaft in Parteien und Massenorganisationen – alle Bürger ab dem vollendeten dreizehnten Lebensjahr werden ...«

Das folgende war mit Rotstift markiert: »Die Leiter aller Diensteinheiten des MfS haben durch den zielgerichteten Einsatz der operativen Kräfte diesen Prozeß der Bildung und Profilierung der Vorstände zu unterstützen. Unter der Federführung der Hauptabteilung XX sowie der Abteilungen XX der Bezirksverwaltungen sind (1) die politische Zuverlässigkeit der vorgesehenen Kader zu prüfen; (2) die Vorstände und Gruppen rechtzeitig mit geeigneten operativen Kräften zu durchdringen; (3) Versuche einer Unterwanderung der Vorstände und Gruppen durch feindlich-negative Kräfte zu verhindern.«

Und so weiter. Beigefügt war ein Text, der kein Teil des Rundschreibens war, aber die Tätigkeit der dort erwähnten Hauptabteilung XX, unter Generalleutnant Kienberg, grob umriß. Danach teilte sie sich in Bekämpfung der *politisch-ideologischen Diversion* (PiD) und Abwehr *politischer Untergrund-Tätigkeiten* (PuT). Der Unterschied zwischen beiden Feldern lag wohl im Reifegrad der gegnerischen Aktivität und somit in ihrer Gefährlichkeit. PiD schien das Stadium der geistigen Vorbereitung auf PuT zu sein. Als Arbeitsbereiche wurden ausdrücklich genannt: Kirche, Jugend, Volksbildung, Staatsapparat, Gesundheitswesen, Kulturpolitik und Sport. Geplant war das Einschleusen Inoffizieller Mitarbeiter (IM) in die Untergrundszene sowie in die oppositionellen Gruppen und Bewegungen in deren Vorfeld.

Es folgte noch ein fotokopiertes Schema des Ministeriums. Dort fand Wendt etliches angekreuzt, eigens für ihn? Der Hauptabteilung VII, *Sicherung der Organe des Ministeriums des Inneren,* wurde die Überwachung der Volkspolizei sowie der Insassen des MdI-Strafvollzugs zugeschrieben; irritierend, da mit Häftlingen in einem Satz genannt zu sein. Die Abteilung XIV widmete sich den Untersuchungshaftanstalten des MfS selber. Der Abteilung XVII oblag das Ausstellen von Passierscheinen in Westberlin. Die Abteilung X hielt zu den Geheimdiensten der Bruderländer Fühlung. Die Abteilung XI sah sich alle im Funk- und Fernschreibverkehr tätigen Bürger sehr genau an. Nummer XII, das war die Zentrale Kartei mit der viele Kilometer langen Aktenreihe; ihr angeschlossen die computerisierte Sammlung der Personen-Datenbank.

Mein Gott, das war ja flächendeckend bis in den letzten Winkel. Mit seiner Hauptabteilung VI sicherte Generalmajor Fiedler die Grenzübergänge, ihm unterstand die Paßkontrolle, aber auch das Abhörwesen in Hotels, die Ausländer schätzten; sowie das Observieren von DDR-Reisegruppen, man hatte also auf Kuba dem Genossen Fiedler gedient. Die Abteilung M unter Generalmajor Strobel überwachte den Postverkehr – nun, das wußte er bereits von Juno. Mit der Hauptabteilung PS, *Personen- und Objektschutz*, leitete Generalmajor Wolf das Wachregiment »Feliks Dzierzynski« und die Sicherung der Waldsiedlung Wandlitz an. Nicht zu verwechseln mit Generaloberst Wolf, dem Spionagechef, dessen Hauptverwaltung Aufklärung (HVA) den Westen ausspähte, nun unter Generalleutnant Großmann, nachdem Micha Wolf Schriftsteller geworden war.

Manches überschnitt sich da. Einem Fachmann für den Aufbau von Behörden konnte das Schema nicht behagen. Lag das am wuchernden Wachstum, oder bezweckte dies, dem Feind Sand in die Augen zu streuen? Da gab es bei der Hauptabteilung VIII, *Observierung*, das Beobachten von Zielpersonen, auf Reisen wie daheim, nebst stillem Durchsuchen ihrer Wohnungen. Die HA II, *Spionageabwehr,* wurde ganz ähnlich bei Ausländern tätig. Die HA I, *Sicherung der Nationalen Volksarmee und der Grenztruppen,* bei Militärpersonen. Die Stasi selbst ließ Generalmajor Möller, *Innere Sicherheit,* mit seiner HA Kader und Schulung nicht aus dem Blick. HA IX, *Untersuchungsabteilung,* zumeist mit Juristen besetzt, ermittelte speziell gegen Genossen, die von der Parteilinie abgewichen waren. Mit der HA XVIII schützte Generalleutnant Kleine die Volkswirtschaft, von der Agrarproduktion bis zur Akademie der Wissenschaften, stufte Bürger als Geheimnisträger ein, ließ sie ins Ausland reisen oder nicht. Die HA XIX deckte das Verkehrswesen ab, zu Lande, zu Wasser und in der Luft; ihr Generalmajor verfügte auch über Sondergruppen zur Terrorbekämpfung. Der Zentraloperative Stab behielt Großveranstaltungen wie Pfingsttreffen und Arbeiterfestspiele im Griff... Unklar blieb, was der *Bereich Kommerzielle Koordination* (BKK) unter Oberst Meinel tat; trieb er das Westgeld auf? Hing der zusammen – oder war er gar identisch – mit dem Bereich Kommerzielle Koordinierung des Staatssekretärs Schalck?

Wer sah bei all dem wohl voll durch? Ein paar Abteilungen trugen verwirrenderweise arabische Zahlen, so Generalmajor Lebers Telefonüberwachung (26) oder der Operativ-technische Sektor des Generalmajors Schmidt (32). Andere waren überhaupt nicht numeriert, wie die Abteilung Bewaffnung und chemischer Dienst, die Verwaltung Rückwärtige Dienste, die Abteilung Nachrichtentechnik, der Zentrale Medizinische Dienst oder die Zentrale Koordinierungsgruppe (ZKG); in der wurden Ausreiseanträge geprüft und die Antragsteller ausgeforscht. Die HA III unter den Generalen Schwanitz und Männchen, *Elektronische Aufklärung,* hörte unter anderem den Funk- und Telefonverkehr zwischen der Bundesrepublik und Westberlin ab. Eine *Arbeitsgruppe Minister* löste Sonderaufgaben für Mielke, was das auch sein mochte. Und die Zentrale Auswertungs- und Informationsgruppe griff aus der Flut von Meldungen das heraus und straffte es, was der Minister, faßlich gebündelt, jeden Dienstag nach der Sitzung des Politbüros Honecker selbst vortrug; angeblich unter vier Augen.

Welch Aufwand, 85 000 hauptamtliche Mitarbeiter sollten es sein; mit den inoffiziellen doppelt oder dreimal soviel wie Polizisten im ganzen Land! Wendt schob die Papiere in den Umschlag zurück. Wer, so fragte er sich, hatte das geahnt? Und wer, wenn nicht Jenny, spielte ihm dies zu? Wie aber war es in ihren Besitz gelangt?

Nach längerem Grübeln kam ihm ein Verdacht. Er rief im Kreisamt an und erfuhr vom Diensthabenden der K, daß seine Befürchtung zutraf. Das Stasihaus von N. war gestern abend im Verlauf einer Kerzendemo völlig überraschend gestürmt und geplündert worden. Es grenzte an ein Wunder, daß kein Blut geflossen war.

»Dank der Besonnenheit der Genossen nebenan«, sagte Hauptmann Drews, der nun ans Telefon kam. »Katastrophal! Das Schlimmste sind nicht die Scherben, der Sachschaden da drüben. Obwohl es einen schon jammert, wie das Zeug im Schnee und Dreck gelegen hat. Die halbe Büroeinrichtung ist hin.«

»Ich weiß, was Sie meinen. Die Kerls sind ausgeflippt, sie haben ihr eigenes Prinzip verletzt.«

»Bitte«, fragte Drews, »welches Prinzip?«

»Na, die sind doch so stolz auf ihre Gewaltlosigkeit gewesen. Nun ist der Lack ab und die Unschuld weg.«

»Ach, wissen Sie, ich hab' dem Frieden nie getraut. Jetzt zeigt die Bande ihr wahres Gesicht. Direkt vor unserer Haustür mußte das passieren! Der Amtsleiter ist stinksauer, wir hatten ihn übrigens gewarnt vor solch einer Entwicklung zum Krawall. Er könnte sich in den Hintern beißen vor Wut, daß wir sogar noch brav abgesperrt und den Randalierern die Straße frei gemacht haben. Da trifft ihn gar keine Schuld, Rostock hat eindeutig auf ›Sicherheitspartnerschaft‹ orientiert. Schön reingelegt haben uns diese Partner.«

»Haben die Akten erbeutet?«

»Es sieht ganz danach aus. Da soll einiges in der Stadt kursieren, Adressen von Mitarbeitern, hochbrisant. Das ist Zündstoff für ein mittleres Erdbeben. Es müssen ja Hunderte am Ort gewesen sein, die haben nun eine Heidenangst. Wir fürchten, da setzt sich mancher Hals über Kopf nach Westen ab. Das ist die übelste Folge, mal abgesehen von dem moralischen Schaden, dem Verlust an Autorität.«

»Wieso ließ sich der Angriff denn nicht stoppen?«

»Bei dem Zahlenverhältnis, fünfzig gegen zweitausend? Die Genossen hätten von der Waffe Gebrauch machen müssen. Das war ihnen natürlich untersagt.«

»Gab es Festnahmen?«

»Nicht durch uns. Es ging alles viel zu schnell.«

»Und Ermittlungen, wurden die aufgenommen?«

»Nein«, sagte Drews. »Der Kreisstaatsanwalt hat abgewinkt. Delikte dieser Art sind Sache der Stasi, nicht wahr, und da die am Ort nicht mehr arbeitsfähig ist, verfolgt das niemand im Moment. Die Rowdys bewegen sich derzeit in einem rechtsfreien Raum.«

Als Wendt den Hörer auflegte, bebte ihm die Hand. Sein Empfinden war auf schmerzliche Art geteilt. Instinktiv erleichterte es ihn, daß es keine Festnahmen gab und auch nicht ermittelt wurde, bisher; Jenny schien vorerst außer Gefahr. Die Stärke seiner Reaktion zeigte klar, wie sehr er noch an ihr hing. Zugleich aber bedrückte und empörte ihn ihr Tun. Wie konnte sie so idiotisch sein, an dem verbrecherischen Überfall auf eine Dienststelle teilzunehmen? Hausfriedensbruch, Widerstand, Nötigung, Sachbeschädigung und Raub staatlicher Dokumente – ein ganzes Bündel von Delikten. Es wog viel schwerer als das, wofür man sie damals verurteilt hatte. Und sie verstreute Stücke der Beute im Dorf, warf sie sogar ihm durch die Tür, ohne auch nur eine Sekunde daran zu denken, daß ihn dies womöglich zwang, gegen sie vorzugehen. In ihren Augen belastete das Zeug einzig die Freidenker, die Partei und die Staatssicherheit. Es war aber Belastungsmaterial auch gegen sie selbst.

Wendt bereitete das Frühstück und schlang es hinter, ohne zu merken, was er da aß. Er lud eine große Verantwortung auf sich, wenn er, um seine Frau zu schützen, die Augen schloß vor ihrem Tun und dem ihrer Weggefährten. Was nützte es, dem Mörder Richard Nebels nachzuspüren? Verhütung war wichtiger als Sühne! Vor der Aufklärung eines Verbrechens, das sich nicht mehr rückgängig machen ließ, rangierte klar die Prävention... Es war erst halb zehn, noch anderthalb Stunden bis zu dem Sprechtermin, den Jenny ihm gnädig gewährt hatte. Aber er mußte sie unverzüglich aufsuchen und ihr ins Gewissen reden. Unmöglich, tatenlos zuzusehen, wie sie Menschen ins Unglück trieb, falls das nicht schon geschehen war. Menschen, die irgendwann einmal, aus was für Gründen auch immer – und sei es selbst aus Motiven wie Habgier, Geltungssucht oder dem Wunsch nach beruflichem Aufstieg – dem Drängen eines Staatsorgans nachgegeben hatten, also in gewisser Weise bereits jetzt Opfer waren. Die Umstände der eigenen Anwerbung fielen ihm ein. Er, Wendt, war ja noch fein raus; um ihn blieb alles in der Schwebe, sein Chef hatte ihn gedeckt. So, wie die Dinge liefen, durfte er auf glatten Ausstieg hoffen. Doch darüber konnte man nicht all die anderen vergessen, die schlimmer dran waren als er.

Ein Windstoß fuhr ihm ins Gesicht, als er das Haus verließ. Frost lag körnig auf dem Pfad, mit der Spur ihrer Schuhe. Am Zaun glitt er aus, hielt sich eben noch fest. Bleifarbene Winterwolken, herrisch und kalt, zogen südwärts über einen Himmel, der zauberhaft leuchtete. Er prangte in Blau, Weiß und Grau; ein fesselndes Bild. So spät im Jahr war Wendt noch nie hier gewesen. Er hatte sich nicht vorgestellt, daß die reine Seeluft da noch solche Farbenspiele bot. Er hatte das Gefühl, die Kombination Blau-Weiß-Grau erfrische ihn und mache Mut.

Aber Jenny schien nicht daheim zu sein. Er pochte gegen die Tür der Finnhütte, nichts regte sich hinter dem spitzen Giebel, der vor sechs Jahren sein *Bermudadreieck* gewesen war – der Ort, an dem gewisse Dinge verschwanden und auch sein Herz verlorenging. Seine Stimmung sank. Er umschritt das Haus, rief Jennys Namen, ergebnislos. Dann folgte er ihren kümmerlichen Fußstapfen auf dem Strandweg bis zur Dorfstraße, wo kein bißchen Schnee mehr lag und die Spur ganz abriß.

Wendt erklomm das Hohe Ufer. Der wunderbare Himmel gab ihm gar nichts mehr. Den Wind im Rücken, lief er über den glitschigen Dünenpfad, weit vorgebeugt, damit er beim Ausrutschen auf die Hände fiel. Leer und feindlich lag die Zukunft vor ihm, grau und gestaltlos wie dort unten das Meer, wenn eine Wolke sich vor die Sonne schob und das Schattenfeld alles ringsum ergriff.

Hinter der Radarstation kam ihm Richard Nebels letzter Bericht in den Sinn, dessen dritter Kontakt mit dem, was er *Stalinismus* nannte. Es begann einige Zeit nach dem Bau der Berliner Mauer. Der Abschuß eines nordamerikanischen Spähflugzeugs vom Typ U-2 am 1. Mai 1960 über Swerdlowsk – oder das weltweite Echo des Knalls – bewog Nebel, für die *Neue Berliner Illustrierte* eine historische Reportage zu schreiben. Da seine deutsche Gründlichkeit nichts ausließ, was das Thema streifte, schilderte er auch den Absturz eines Radar- und Funkspions, der am 2. September 1958 über dem Kaukasus an der Jagdabwehr gescheitert war. Einem Hamburger Journal entnahm er, die 17köpfige Besatzung habe sich am Fallschirm gerettet und sei in sowjetische Hand gefallen.

Offenbar eine Tartarenmeldung. Kaum nämlich druckte die Illustrierte *Ogonjok* Nebels Serie nach, da las der US-Presseattacheé in Moskau seinem Botschafter die Stelle vor. Der deutete sie als Eingeständnis, die 17 Flieger wären noch in Haft, und ersuchte offiziell um ihre Freilassung. Der Kreml dementierte, die Botschaft insistierte, das State Department griff ein; der Zank wurde selbst zur Nachricht, die über alle Drähte lief.

Auf zwei Kanälen, dem diplomatischen und dem geheimdienstlichen, drang der Wirbel nach Berlin. Botschafter Pjotr Abrassimow rief den Chefredakteur der *NBI* in sein Haus, wo er ihn strammstehen ließ und beschimpfte. Um seinen Sturz abzuwenden, verlangte der Gescholtene kategorisch, daß Nebel die Schuld auf sich nahm. Doch von dem kam keine Selbstkritik. Da die Russen solche Vorgänge stets verschleierten, sagte Nebel, könne er sich bloß auf Westquellen stützen, also einzig dem Motto folgen: Nach bestem Wissen, doch ohne Gewähr.

So stellte er seinen Stolz über das Schicksal des Redakteurs. Immerhin war er gewarnt, als nun ein Herr Schubert aus der Normannenstraße zu ihm kam. Vom Standpunkt des MfS sei all dies harmlos, erklärte der. Es berühre die Diplomatie, doch kaum das KGB und folglich auch nicht sein Haus. Das trug er konziliant vor, ein rundum nobler, kenntnisreicher Mensch, der Nebels journalistischer Arbeit Respekt erwies. Noch nie war ihm ein Amtsträger von solch gedämpfter Kultiviertheit begegnet, uneitel und taktvoll. Sein Bild von der Firma wandelte sich, da Schuberts feinsinnige Gesprächsführung ihn hinriß, ja betäubte. Während sie über die Außenpolitik und das Militärwesen sprachen, war zwischen ihnen eine Nähe, deren Zauber im intuitiven Verstehen dessen lag, was unerwähnt blieb. Schubert brach mit der Frage auf, ob er, führe ihn der Weg wieder einmal her, einen Genossen der Bezirksverwaltung mitbringen dürfe; die wolle frühere Mißklänge mildern.

Nebel konnte schwer nein sagen, wenn ihm jemand sympathisch war. Anfang 1963 erschien bei ihm mit dem stillen Schubert ein Mann namens Jordan, geschäftig blinzelnd, die Aktentasche unter den Arm geklemmt, als wäre er Schuberts Gehilfe. Er hatte die Schlaksigkeit des Hochgewachsenen, der nicht weiß, wohin mit den Gliedern, und das Gesicht eines Gelehrten, den die Welt enttäuscht hat. Wenn er an den Fingern zog, dann knackte es, und beim Hinsetzen knackte es wieder, an anderen Gelenken. Untermalt durch Knacklaute, legte Jordan in gehemmter Rede dar, Nebel möge im Schriftstellerverband den Platz einnehmen, der mit Roses Abgang verwaist sei; er wisse keinen besseren Verbindungsmann. Das MfS sei den Autoren wohlgesinnt, bei Sorgen und Nöten springe es ein, privat wie im Beruf, bei Ärger mit Verlegern oder Mangel an Papier, oft genüge da ein Wort! Ihre Metiers berührten sich, beide seien sie Ingenieure der Seele, Geist und Macht sollten zusammenstehen, wie von Walter Ulbricht jüngst betont.

Nebel pflichtete ihm bei. Doch auf der nächsten Tagung des Berufsverbands biß er in die Hand, die ihn füttern und streicheln wollte. Den erstaunten Kollegen teilte er mit, er sei der neue Mann – ihr Kontakt zur Bezirksverwaltung des MfS. Wer Sorgen und Nöte habe, Kummer mit Verlegern oder dem Papier, der möge zu ihm kommen, er gebe es weiter, die Stasi sei ihr bester Freund... Von Jordan hörte er nichts mehr. Die Firma trat nie wieder offen an ihn heran, sie hatte von Nebel genug. Er argwöhnte, sie ordne ihn von nun an ihren Gegnern zu. Noch Jahre später gewährte sie ihm keine Akteneinsicht, als er auf Wunsch seines Verlages den sensationellen Fall einer Goldschiebung schildern wollte, den die Behörde bravourös gelöst hatte. Gegen seine seltenen Westreisen legte sie ihr Veto ein und unterband es noch 1982, daß er Zeitzeugen aus Lateinamerika in Westberlin traf.

Allmählich hörte Nebel auf, am Bart des Tigers zu zupfen. Wie jeder Bürger fand er sich mit dem lastenden Gewicht der Firma ab – froh, wenn sie ihn in Ruhe ließ. Dennoch blieb er nicht ungeschoren, reizte es sie doch schon, daß er seinen schwindenden Einfluß im Berufsverband nutzte, um kritische Köpfe wie Reiner Kunze, Erich Loest, Günter Kunert oder Stefan Heym nach Magdeburg zu laden und ihnen, den Wünschen der Kulturabteilung des Zentralkomitees zuwider, ein bescheidenes Publikum zu sichern. Sein Wort *Auch eine Empfehlung des Kulturchefs im ZK muß plausibel sein* wurde ihr hinterbracht; das führte zu entsprechenden Schritten.

Die Männer der Linie XX nämlich, zuständig für Andersdenkende, wurden in den 70er Jahren wirklich kreativ. Ihr Einfallsreichtum stand dem der Autoren kaum nach, die sie zu zähmen hatten. Zuschriften oder Anrufe lockten Nebel zu Adressen, wo ihn keiner kannte. In seinem Namen inserierte man nach Dingen, die er gar nicht haben wollte. Man erschreckte ihn am Telefon mit der Nachricht, sein Sohn sei verunglückt. Auch Günstiges wurde ihm mitgeteilt, etwa daß es dem Ratsmitglied für Handel und Versorgung geglückt sei, ein Auto der Marke BMW für ihn zu beschaffen, um das er vor Jahren gebeten habe.

Das Verwirrspiel nervte Nebel. Anrufe, die dicht an der Logik des Alltags blieben, beschäftigten ihn tagelang. Obgleich man ihn niemals bedrohte oder beschimpfte, wurde er telefonscheu. Er fand heraus, daß diese Art des Vorgehens *arabisches Telefon* hieß. In Fachkreisen galt es als recht elegant, brauchte es doch mehr Schöpfertum als Aufwand. Schließlich zog er nach Halle um – und kam vom Regen in die Traufe. In Halle starb ihm häufig der Motor weg, durch gewisse Defekte an der Zündung, unerklärlich und nicht auffindbar von ihm. Es blieb Feinarbeit, nie zerstach man seine Reifen oder tat dem Fahrzeug Ärgeres an. Zuletzt verkaufte er sein Auto und glaubte das Problem gelöst, da er in kein neues stieg.

Doch noch immer unterschätzte er den Gegner und verkannte dessen Lernfähigkeit. An akademisch geschultem Nachwuchs fehlte es dem MfS ja nicht. Den Diplompsychologen der Abteilung XX ging inzwischen auf, daß im Leben männlicher Zielpersonen Autos und Frauen die Hauptpunkte sind. Das entsprach den »Pferden und Weibern« als Ausdruck der Lebensqualität von Herren vergangener Zeiten. Punkt eins war abgehakt, vom Auto hatte sich der Mann getrennt, Punkt zwei erledigte sich für ihn so leicht nicht.

Behutsam führte man Doris Fischer an ihn heran, ein hübsches Mädchen, das schon als Schülerin der 11. Klasse zur Messezeit nach Leipzig gependelt war, um sich zu vermarkten. Sie hatte dort eine schwerhörige Tante, die sich immer sehr freute auf ihren Besuch. Beutelüstern strich Doris durch ein halbes Dutzend Hotelbars und schloß mit Westdeutschen Bekanntschaft, auf eigene Rechnung und Gefahr, bis die Firma sie entdeckte, in deren Jagdrevier sie da eingedrungen war. Das MfS verschaffte ihr einen Studienplatz auf der Burg Giebichenstein und setzte sie im Hallenser Interhotel ein.

Ein Foto der aschblonden Formgestalterin, das war ihr Studienfach, lag unter Nebels Papieren. Es zeigte Doris Fischer offenbar im Fulldress, sie trug ein schickes schwarzes Kostüm, eng auf den Leib geschneidert; eine Dame. Um den Hals hing ihr ein frommes Goldkreuz, wohl mit Brillanten besetzt, und über einem atemberaubenden Lächeln waren ihre hellen Augen auf den Betrachter gerichtet, zärtlich und hoffnungsvoll, zur Liebe bereit.

Nein, das schien nicht der Blick einer Nutte auf der Suche nach dem Freier zu sein. Kein Zweifel, daß Nebel, für weibliche Zuwendung dankbar, ihr restlos verfallen war; übrigens noch zu Lebzeiten seiner Ehefrau. Erst als er nach deren Tod Doris heiraten wollte, stieß sie ihn zurück und ließ ihn in die Karten gucken – auftragsgemäß, nahm er an. Um ihn zu zerstören. Und beinah hätte sie das geschafft. Die Notizen ließen ahnen, wie heftig ihr Geständnis ihn erschüttert hatte. Im Frühjahr 1979 war er an die See geflohen und hatte in Cumin wieder Tritt gefaßt.

An dem Punkt brachen die Aufzeichnungen ab. Der Jahrgang 1979 fehlte bei seiner Korrespondenz. Die Firma hatte von ihm abgelassen, sein Rückzug reichte ihr. Mit Künstlern ging sie maßvoll um, fand Wendt, trotz der unschönen Details. Was Nebel sich geleistet hatte – als Angestellter, oder gar im Polizeidienst, wäre ihm das sehr viel schlechter bekommen.

41

Hinter der Radarstation hatte Wendt sich verirrt, nun schritt er hastig aus. Er war unruhig, und in seiner Nervosität erschien es ihm, als hänge viel davon ab, pünktlich bei Jenny zu sein. Wenngleich Pünktlichkeit für seine Frau nie eine Tugend gewesen war... Viertel nach elf lag die Finnhütte endlich vor ihm. Dort hatte sie angefangen, ihre Partnerschaft, vor sechs Jahren in einer wunderbaren Oktobernacht. Sollte sie nun, an diesem kalten Novembertag, zu Ende gehen?

Wieder war Jenny nicht da, hatte ihm aber aufgeschlossen und einen Zettel geschrieben: Sie sei beim Rat der Gemeinde und gleich zurück, es gehe noch um ein Urlaubshaus. Das füllte sie wohl ganz aus. In ihrer flachen Schreibmaschine steckte ein halbfertiger Brief, gerichtet an das Sekretariat des Ministerrats, Klosterstraße 47, Berlin. Namens der Gemeinde mahnte Jenny da in forschem Ton die Übergabe von Heimen an, die bei ihr schlankweg *Bonzenbauten* hießen. Als fehle ihr jedes Empfinden dafür, daß dies ein Reizwort war. So korrespondierte man doch nicht mit hohen Stellen der Regierung! Immer einen Zahn zuviel.

Seine Frau schwang sich zur Richterin auf. Kaum sachdienlich, das stieß die Leute vor den Kopf. Und sie fuhr fort: »Dank der zentralen Verschleppungstaktik mehren sich im Ort Stimmen, die Protestaktionen vor Ihren Luxusobjekten fordern. Bitte lenken Sie ein, klammern Sie sich nicht länger an alte Privilegien. Die Qualität der Regierungsarbeit hängt nicht von solchen Vorrechten ab.«

Das klang belehrend, und nun rieb sie den sehr geehrten Damen und Herren – so ihre Anrede – auch noch ein Beispiel hin: »Schon vor der Wende gab es redliche Leute in manchem Amt. Als Staatssekretär im Kulturministerium hat Klaus Höpcke während etlicher Urlaubsaufenthalte nie in einem Cuminer Bonzenheim, sondern recht bescheiden hier gewohnt; dabei das örtliche Kulturleben durch unbezahlte Vorträge und sein Interesse an der Kunst über das Buch hinaus bereichert. Dienen, nicht sich bedienen, dies möge das Motto Ihrer Arbeit sein. Es klingt so einfach und erweist sich doch als schwer – ist aber das, was die Bürger von einer modernen Beamtenschaft und den neuen Führern erwarten. Ihre Mitarbeiter zählen gewiß nicht zu den sozial Schwachen, sie dürften kaum auf den kostenlosen Luxus des alten Regimes angewiesen sein.«

Wendt schüttelte den Kopf. Dieser Ton! Was gab ihr das, so provokant zu sein? Ihm war, als entlade sich da ein Groll auf den Staat überhaupt. Der Hauch von Anarchie, der dem Brief entstieg, befremdete ihn. Und plötzlich wurde er unsicher. Mit einer Frau, die oben gar nichts mehr gelten ließ, worin stimmte er da noch überein?

»Entschuldige«, sagte Jenny in der Tür. »Es hat doch länger gedauert, an mir lag's nicht, der Offizier war ungeheuer hartnäkkig, weißt du...«

Endlich! Es ging bereits auf zwölf. Sie setzte zwei Beutel mit Einkäufen ab und gab ihm die Hand. »Wie ein Löwe hat er gekämpft um sein Urlaubshaus, aber umsonst. Noch heute zieht dort eine Familie ein, bei der es in die Wohnung regnet.«

»Was für ein Offizier?« fragte er, obwohl ihm das egal war. Ihr beiläufiger Händedruck enttäuschte ihn fast so wie der Anblick, den sie bot – so fade, ungeschminkt, das Haar gestutzt, in Hosen und weitem Pullover, als habe sie es darauf angelegt, ihre Weiblichkeit zu verbergen. Er begriff, sie wollte unabhängig sein, erhaben über männliche Bewunderung. Das war ihr Lebenselixier gewesen, wie hatte sie darin gebadet! Der Aufzug sagte ihm, sie brauchte es nicht mehr, sie brauchte bloß noch ihren verrückten Kampf.

»Ach, so ein Stasiknilch aus Berlin. Den Dienstrang hat er nicht genannt, wie üblich.«

Ihm wurde die Kehle eng, er stockte, und da auch von ihr nichts mehr kam, entstand ein Schweigen, das sie mit Geschäftigkeit füllte; Milchflaschen verschwanden im Kühlschrank. Wozu soviel Eßkram, erwartete sie Besuch? Wie wenig er doch von ihr wußte.

»Ein schmuckes kleines Ferienheim, genutzt vom Zentralen Büro für Reise- und Besucherangelegenheiten, das in Westberlin die Passierscheine ausgibt und mit der Abteilung siebzehn in der Normannenstraße identisch ist. Dahinter steckt also wieder mal die Stasi...«

Noch ganz erfüllt von ihrem Sieg, schilderte sie ihm die Begegnung. Nach ihrem Eindruck wollte der Mann das Haus für sich haben, wenn sein Zentralbüro von der Bildfläche verschwand. Sie beschrieb ihn als groß, topfit, hochnäsig und athletisch; wie ein Spitzensportler sei er herumgetigert.

»Stell dir vor, er ging so weit, zu behaupten, das Haus werde weiter gebraucht, es diene nämlich auch als konspirativer Treff! Jetzt nicht mehr, hab' ich ihm gesagt, nachdem Sie's uns verraten haben; Sie erzählen das ja, als ob Ihre Schweigepflicht aufgehoben ist... Unglaublich, für wie blöd der uns hielt! Da fährt so ein Herr zu den Dorftrotteln in der Provinz und erlebt eine böse Überraschung.«

»Die gönne ich ihm«, sagte Wendt. »Aber wollten wir nicht über uns beide reden?«

»Du hast recht.« Sie seufzte und warf ihm einen Blick zu, der sich schwer deuten ließ. Als habe er sie ersucht, einen Preis für etwas zu nennen, was sie gar nicht kaufen wollte. »Christian, hast du es dir noch mal genau überlegt?«

»Du bleibst dabei, ich soll die Partei verlassen und aus meinem Beruf gehen?«

»Ja, eigentlich schon.« Sie zündete sich eine Zigarette an und paffte nervös; für ihn kein guter Anblick. »Aber ich fürchte, in deiner Frage steckt bereits die Antwort: Du kannst es nicht, du hängst daran, bleibst den Genossen treu, gehst mit ihnen halt durch dick und dünn. Es ist dir zuwider, in den alten Beruf zurückzukehren – etwa bei meinem Vater Tischler zu sein, dem gerade der Geselle in den goldenen Westen entlaufen ist.«

»Das scheint mir auch ein bißchen viel verlangt.«

»Wenn dir mein Alter nicht liegt und es dich nicht mehr hinzieht zur Tischlerei, na, das kann ich ja verstehen. Aber dann mach dich doch selbständig in deinem Metier.«

»Was meinst du damit?«

Sie blies Rauch durch die Nase, was ihr den Anschein von Überlegenheit gab. »Werde der erste Privatdetektiv dieses Landes! Das Zeug dazu hast du, und es geht auch demnächst... Nur raus aus dem Verein, der sich das geleistet hat, in Berlin und anderswo.«

Seltsam klang das in seinen Ohren. Hatte sie es wirklich gesagt, sprach sie überhaupt zu ihm? Ihr Blick ging über seine Schulter in die Weite. Ihm war, als sei sie gar nicht gegenwärtig, als weile ihr Ich, in eine Aura der Gefühlskälte gehüllt, außerhalb des Raumes. Bei den feministischen Kämpfen und einsamen Triumphen, die sie vielleicht jetzt vor sich sah. »Du lebst ganz deiner Rache, ja?« fragte er verhalten. »Aber glaub mir, die ist ein schlechter Freund, Jenny. Sie nimmt dir viel, zurück kommt nichts.«

»Zum erstenmal im Leben fühle ich mich frei. Was hat das denn mit Rache zu tun? Wenn du das verkennst, haben wir uns weit voneinander entfernt in den paar Wochen.«

»Auch ich bin für Veränderungen und begrüße die Wende. Die ist ganz bestimmt überfällig gewesen. Aber es muß doch gesetzlich zugehen. Anschläge auf Dienststellen sind das letzte, was uns hilft. Und du warst dabei, als meine Frau, hast mir das Zeug durch die Tür gesteckt! Das stimmt doch?«

»Herr Hauptmann, ich leugne es nicht.«

»Wo ist sie hin, eure Friedlichkeit?«

»Ach, ihr provoziert jeden Tag aufs neue, ihr dürft Gewalt anwenden, tausendfach, und jammert, wenn sie ein einziges Mal euch selbst geschieht?«

»Dein Leichtsinn bringt dich wieder ins Gefängnis.«

»Na, das glaube ich nicht.« Sie drückte die Zigarette aus und lächelte kalt. »In dem Punkt bin ich optimistisch. Schau mal, Christian, es ist Revolution; das hast du noch immer nicht kapiert. Da füllt man kein Formular mehr aus, wenn man Amtsräume betreten und den Herren darin Dampf machen muß, weil sich sonst nichts bewegt. Sanfter Umsturz ganz ohne Nachdruck – Gewalt gegen Sachen, nicht gegen Menschen wie bei euch – so kommst du an vieles einfach nicht heran.«

»Nun laß doch mal die Politik«, bat er. »Auch wenn sie dich noch so berauscht. Was soll denn werden aus uns?«

»Gib mir Zeit zum Nachdenken. Momentan hab' ich, so arrogant es klingen mag, keinerlei Verwendung für einen Mann. Ich empfinde es als Wohltat, tun zu können, was mir paßt, und auch keinen bedienen zu müssen. Du merkst sicher schon, ich mache nicht mal den Versuch, dir ein Mittagsmahl vorzusetzen, wie es sich eigentlich gehört.«

»Bemüh dich nicht, es geht auch so.«

»Ich möchte ja niemandem in die Quere kommen. Vermutlich wartet Frau Prinz mit dem Essen auf dich.«

»Bleiben wir mal bei dir«, sagte Wendt. »Ich nehme an, es gibt inzwischen Ersatz für mich. Wer ist es, kenne ich ihn? Sollte es dein junger Buchhändler sein?«

»Hast du dich das auch gefragt, als meine Freundin Uta bei dir war?«

Etwas in ihm zog sich zusammen. Er sah ihre Zähne schimmern, sie lächelte ihn feindlich an.

»Wie kommst du darauf?«

»Es stand in einem Brief, den ich kürzlich bekam, anonym, aus Rostock. Vielleicht von ihrem Arbeitgeber. Mit unschönen Einzelheiten. Sie war so an der Berliner Prozedur interessiert, daß es dir zuviel geworden ist. Von der Seite kenne ich sie, dieses Detail hat mich überzeugt. Wahrscheinlich liegt ihrer Firma daran, uns zwei zu trennen.«

»Sollen wir der den Gefallen tun?«

»Es ist doch schon passiert, Christian. Nimm Uta, sie läuft sicher zu dir über, da Hilmars Laufbahn so betrüblich stockt.«

»Mein Gott, das ist vorbei«, hörte er sich sagen. »Und es tut mir furchtbar leid. Das Ganze konnte überhaupt nur geschehen, weil du mich derart abgewiesen hast neulich bei deinen Eltern. Ich war danach völlig deprimiert.«

»Bitte keine Entschuldigungen.« Jenny legte den Kopf schief, als sei sie gewillt, sich mit ihrem Urteil zurückzuhalten. »Laß uns nicht so spießig sein. Vielleicht paßt sie ja echt zu dir, und ihr zwei kämt ganz gut zurecht im Stil der meisten Ehen heutzutage, kleinbürgerlich behutsam und banal: die Rechtsordnung einhalten, Gebrauchsanweisungen beachten, samstags den Wagen waschen, keinem wirklich trauen, am besten in den vier Wänden bleiben und bloß im Ehebett zur Sache kommen. Auf Abweichung vom rechten Pfad steht Schimpf und Schande – du spürst es jetzt am eigenen Leib.«

»Du wirst es mir nicht glauben, Jenny, aber das, was du da eines idiotischen Seitensprungs wegen so leicht wegwirfst, mir vor die Füße, unsere Partnerschaft nämlich, darum hab' ich regelrecht gekämpft. In Berlin, mit dem Major Werner von der Stasi, der dich vernommen hat...« Es war nicht seine Absicht gewesen, das je zu erwähnen, aber nun mußte es sein, um ihr klarzumachen, wievel ihm an ihr lag.

Doch alles, was sie dazu sagte, war: »Du also auch?«

Wendt nickte. »Durch deine Leichtfertigkeit und die noch nicht verjährte Vorstrafe hatten sie mich völlig in der Hand.«

»Ein Kriminalist, der an den Stäben seines Käfigs rüttelt, anstatt den Hut zu nehmen und zur Tür hinauszugehen! So schlimm kann dir die Sache aber nicht sein, Christian. Schließlich hast du schon auf Kuba die Reisegruppe überwacht, nicht wahr?«

Sie spielte das herunter. Ihre Reaktion enttäuschte ihn.

»Es ist schon zweierlei, ob du mal einspringst oder dich auf Dauer bindest.«

»Wo ist der Unterschied? Mußt du jetzt spitzeln?«

»Schwer, es dir zu erklären, Jenny, wenn du nicht zuhörst.«

»Du also auch«, wiederholte sie dumpf, ohne Sinn für Nuancen im Umgang mit der Firma, all die Stufen der Verwicklung. »Wie kannst du da morgens noch in den Spiegel schauen?«

»Muß ich mich eben trocken rasieren.«

»Sei jetzt kein Clown«, sagte sie. »Das ist doch viel zu ernst, es geht an den Kern, Christian. Da kommst du nur noch heil raus, wenn du die Konsequenzen ziehst und deinem Verein den Rücken kehrst.«

»Den Dienst quittieren, vielen Dank für den Rat! Ich hoffe, mir fällt noch etwas anderes ein.«

»Du, da ist kein dritter Weg.«

»Vielleicht finden wir ihn doch.«

»Mit den Herren Gysi oder Modrow? Von denen kommt nichts mehr. Dein Hoffnungsträger hat in Dresden tagelang knüppeln lassen! Und er glaubt ja noch heute, wie in all den vielen Jahren, das Beste für das Volk zu tun, wenn er es gegen dessen Willen und Wünsche regiert. Und sei es mit Gewalt! Nur logisch, daß er sich vor euch stellt und seine treuen Büttel deckt.«

»Es ist bedrückend, Jenny, dich so zu erleben – so fremd und abweisend, jetzt, wo ich dich brauche. Hab' ich nicht immer zu dir gehalten, von Halle bis Hoheneck? Sind wir in Kuba nicht glücklich gewesen? Täusche ich mich, oder war das unsere Hochzeitsreise? Und das soll nun vorbei sein, nur weil der Wind sich gedreht hat?«

»Ein Wind, mehr ist das für dich nicht?«

»Regierungswechsel, Korrektur einer falschen Politik, nenn es, wie du willst... Hat unsere Ehe so wenig Substanz, daß sie die Wende nicht verträgt?«

»Regierungswechsel, Korrektur? Wenn du so denkst – ja, dann allerdings, Christian... Es hat halt nicht gereicht fürs ganze Leben.«

Wendt stand auf, den Pfeifton im Ohr, der von seinem Blutdruck kam. Das war deutlich. Unfaßbar – das klang ja, als wäre es aus, als könne nichts dies mehr heilen. Aber er würde nicht betteln, niemals. Das Beste, was er hatte – sein Stolz, sein Witz und der Mut, alles durchzustehen, was über ihn hereinbrach – nein, das nahm ihm keiner weg, auch sie nicht. Weiber! Jetzt war auch der Juckreiz im Nacken da, wie an dem Tag, als Juno ihn genervt hatte. »Ich habe zuviel verlangt«, stieß er heraus. »Wir beide sind zu verschieden.«

»Das trifft es«, sagte Jenny. »Die Politik ist gar nicht schuld, sie hat's uns bloß klargemacht.«

»Nett von dir, mir beizustimmen. Wenigstens hierin. Danke. Sehr großzügig.«

»Überhaupt nicht; wo du recht hast, hast du recht.« Auch sie stand auf und kreuzte die Arme vor der Brust, in dem schlampigen Pullover. Er dachte, den hat sie angezogen, damit mir der Abschied leichter wird. Weiber! Sie berechnen den Effekt... Das Pfeifen in seinem Ohr wurde schrill.

»Ich wollte einen anderen Mann«, fuhr sie fort, »und du hast eine andere Frau gewollt. Eigentlich von Anfang an.«

»Vergiß nicht das Kind. Ein Kind wollte ich auch.«

»Ja, eben. Genauso ist es. Sei nicht traurig, Christian. Ich bin sicher, du findest noch, was du suchst. Laß die Erinnerungen, guck dich nur um.«

»Na schön«, sagte er gegen den Lärm in seinem Kopf. »Das wär's denn gewesen. Okay, alles klar. Wer wird denn weinen, wenn man auseinandergeht.«

An der Tür gab sie ihm ein Kuvert in die Hand. »Falls Juno nicht die Richtige für dich ist, da wär noch jemand, der vielleicht in Frage kommt.«

Was gab sie ihm da mit? Keine Ahnung. Er fühlte sich versucht, ihr das Zeug auf die Schwelle zu werfen. Doch das ließ er sein. Sie sollte nicht merken, wie es in ihm aussah. Gute Haltung war alles.

42

Wendt wußte kaum, wie er heimgelangt war und was das Kuvert da sollte in seiner Hand. Gleich dem Pulsschlag in seinen Ohren hallte die Szene in ihm nach. Wie gedämpft man doch auseinanderging heutzutage! Keiner von ihnen war laut geworden. Sie hatten die Trauer weggedrückt, Gefühle unter den Teppich gekehrt... Das lange Schweigen zwischen ihnen, nicht mal feindlich; aber Schuld, Hoffnung, Wut und Enttäuschung lagen darin. Gib mir Zeit, hatte Jenny gesagt, um den Schlag zu mildern. Nicht jetzt, Christian, ich muß nachdenken – ja, so sollte es scheinen. Doch tatsächlich war es längst von ihr entschieden. Nicht jetzt, das hieß: niemals mehr, nie! Und warum? Es hat halt nicht gereicht fürs ganze Leben.

Erbittert fetzte Wendt den Umschlag auf. Mein Gott, das tat weh; es ging ans Mark. Bilder überschwemmten ihn – Kuba, Rostock, Hoheneck undd Cumin in all den Jahren. Sein Kopf verglich sie mit dem Bild des Abschieds. Er fühlte sich zerschlagen, jämmerlich kaputt. Unglaublich, welche Kraft es ihn kostete, die Lähmung zu überwinden. Nur um überhaupt etwas zu tun, las er, was Jenny ihm da zugesteckt hatte.

Die Schrift tanzte vor seinen Augen. Das Papier, zweieinhalb betippte Seiten, entpuppte sich als ein Dossier von Nina Prinz, die den Decknamen *Veronika* trug. Flüchtig war ihm schon die Idee gekommen, daß Nina in der bekannten Weise mit dem MfS zu tun haben konnte. Zum erstenmal, als er den Umständen ihrer Einstellung nachging und Dr. Lukas ihrer Lesart widersprach, ein Patient aus Kreisen des Außenhandels habe sie der Klinik abgeworben. An wen war die Firma denn noch nicht herangetreten in den Jahrzehnten ihrer Existenz? Jetzt hielt er den Beweis in der Hand. Seit dem 16. Juni 1989 wurde sie hier als *Patriotin* geführt, ein Pseudonym für Inoffizielle Mitarbeiterinnen wohl; gewählt im Stil einer Behörde, deren Hüllworte leicht ins Zynische kippten.

Zweifellos hatte Nina dem MfS von Richard Nebel berichtet, mit dem sie seit langem liiert war. Das schien ja der Zweck des Arrangements zu sein. Und zwar wöchentlich! Wendt fand 18 Daten notiert, zwischen dem 23. Juni und dem 20. Oktober – vier Tage vor Nebels Tod. Jeden Freitag ein Bericht. Die Korrespondenz freilich fehlte, die Kreisdienststelle hatte die Texte »Veronikas« nach Rostock hochgereicht, zur Bezirksverwaltung, ohne sie zu kopieren. Die Akte enthielt hauptsächlich Ninas Persönlichkeitsbild. Es war mit all der Akribie und Liebe zum Detail verfertigt worden, die Geheimdienste traditionsgemäß ihren Kaderfragen widmen.

Wendt sah, die Schnüffler hatten gründlich gearbeitet. Nina Prinz alias Veronika, die gläserne Frau. Zwei Fehlgeburten, hieß es, sonst nie ernsthaft krank. Hilfsbereit im Beruf, fachlich den Aufgaben gewachsen. Stellung im Kollektiv: beliebt; wenig Autorität und Durchsetzungswille. Einstellung zum Staat: angepaßt, loyal, etwas ängstlich. Haltung zur Wahrung des Geheimnisschutzes: verschwiegen, kaum Klatsch, verantwortungsbewußt. Körperbewegungen: natürlich, geschickt, fließend-elastisch. Mimik: lebhaft, partnerbezogen. Ausdrucksweise: sparsam, populär, manchmal gehoben. Auffassungsgabe: flink, in Grenzen kritisch prüfend. Urteilskraft: in Alltagsdingen nüchtern, sonst eher schwach, leichtgläubig, anlehnungsbedürftig. Wohnverhältnisse: miserabel. Reaktionsfähigkeit: befriedigend, bei ernsten Pannen zur Panik neigend. Geisteszustand: normal, Gemütslage durchweg stabil, belastbar. Privat meist liebenswürdig, zutraulich bis anschmiegsam. Enge emotionale Bindung an den jeweiligen Liebhaber und an ihren Sohn. Hobbys: Garten, Bücher, Rätsellösen, Tanzmusik; kein Sport. Lektüre: Krimis und historische Romane. Westkontakte: beschränkt aufs Fernsehen, weder Verwandte noch sonstiger Briefwechsel, keine Reisen. Gedächtnisleistung: solide, doch nicht lückenlos. Erscheinung: gepflegt, färbt ihr Haar, kleidet sich im Rahmen ihrer Mittel sportlich-elegant. Handwerkliche Fähigkeiten: ausreichend. Sexualverhalten: triebhaft, duldet oder schätzt oralen Verkehr; aber nicht ungehemmt, niemals renommierend.

Und so weiter. Phantastisch. Wie hatte der Kontrolleur entdeckt, daß Nina triebhaft war, wenn sie darüber nicht sprach? Vielleicht anhand des Prüfbogens, durch Farb- und Zeichentests oder sonst einen Psychotrick. An hochdotierten Akademikern, die so etwas erspüren konnten, fehlte es ja nicht. Die Sammelwut war beispiellos, sie sollte das MfS vor Überraschungen schützen. Offenbar folgte das Papier einem Schema mit über hundert Punkten zur Skizzierung des Charakters. Selbst wenn da etwas mißlang, aus soviel Steinchen ergab sich doch ein hinreichend scharfes Profil.

Seufzend legte Wendt die Akte weg, halb angewidert, halb beeindruckt. Das Mosaik entsprach so ziemlich dem Bild, das er von Nina selbst gewonnen hatte. Ihm war auf einmal, als löse sich sein Fall. Das Dossier dort schien der Schlüssel. Was geschehen war, lag plötzlich auf der Hand: Nebel hatte gemerkt, daß sie ihn ausforschte und über ihn Berichte schrieb. Eines schönen Oktobertages kam es ans Licht, ging ihm irgendwie auf. Ninas Rolle war schwierig, sie liebte ihn und fürchtete seinen Feind, der sie gekauft und gegen ihn verwendet hatte. Sie lebte im Zwiespalt, dabei konnte ihr sehr wohl die Maske verrutscht sein. Womöglich ertrug sie irgendwann den Konflikt nicht mehr, weinte sich bei Nebel aus und gestand sogar ihren Verrat. Und darauf hatte er, dessen letzter Trost und Halt sie gewesen war, seinem Leben ein Ende gesetzt. Hatte Schluß gemacht, mit Aceton. Nicht ohne ins Bordbuch einzutragen, es rieche nach Nagellack. Es paßte zu einem Krimiautor, daß er versuchte, die berühmte falsche Spur zu legen. Um jeden Selbstmordverdacht auszuschließen, falls man die erste Version in Zweifel zog und seinen Tod nicht mehr für einen Unfall hielt. Damit sein Ruf heil blieb und seine behinderte Tochter die Lebensversicherung bekam.

Konnte es sich so abgespielt haben? Durchaus. Die Stimmung, in der Wendt sich befand, machte es doppelt plausibel. Einem älteren, angeschlagenen Mann nahm solch ein Verlust den Lebensmut, das leuchtete ihm ohne weiteres ein. Doch abgesehen von seinem eigenen Schmerz, es lag in der Logik des Geschehens. Nebels Vita, skizziert von ihm selbst, legte die Deutung nahe. Denn das passierte dem Mann ja nicht zum erstenmal, die beharrliche Verfolgung bis ins Private hinein, die nackte Gehässigkeit mußte ihn erschüttern. Den Verrat Doris Fischers, in Halle vor zehn Jahren, hatte er schon als *existentiellen Aufprall* erlebt, der ihn fast zerstörte. Die dritte *Berührung mit dem Stalinismus* fing er eben noch ab, mit letzter Kraft, die vierte hatte ihn getötet. Nun, da all das sich wiederholte, traf es einen müden alten Mann... So wurde Richard Nebel ein Opfer des Apparats, den er gegen sich aufgebracht hatte.

An diesem Punkt hielt Wendt inne. Wodurch denn aufgebracht? Wieso müde und alt? Als drängend und unbequem hatte er ihn vom Mai her im Gedächtnis – die blaue Jacke, das freche Grinsen, der frische Hauch; ein jugendlicher Greis. Und wieso nackte Gehässigkeit? Auf die drei Fragen gab es keine Antwort. Er mußte objekiv sein, durfte sich nicht hinreißen lassen von Ressentiments gegen die Firma, nur weil sie auch ihn bedrängt hatte oder weil es abstoßend war, zu sehen, wie sie das Röntgenbild einer Frau in ihre Kartei preßte. Bleib sachlich, sonst gehst du fehl!

Irrtümer steckten in seiner Theorie. Ein paar Dinge stimmten einfach nicht. Die Stasi hatte den Mann schon vor 32 Jahren als Kritiker des Parteichefs Ulbricht erkannt, ihn aber niemals hemmungslos verfolgt. Von Bosheit konnte man zunächst nicht sprechen. In vielen Ländern, von Polen bis Frankreich, sprang der Geheimdienst mit einem, der ihm in die Quere kam, ganz anders um. Die Genossen von der Stasi waren eher geduldig und defensiv geblieben, sie hatten auf Nebels Gestocher maßvoll reagiert, abgestuft, gemäß den Erfordernissen und den Weisungen der Partei. Erst in dem Maße, wie er ZK-Empfehlungen ignorierte, legten sie ihm Steine in den Weg. Hier oben aber in Cumin, wo er sich verkroch, ließ man ihn ganz ungeschoren. Das verweigerte Visum für Westberlin? Kaum der Rede wert. Die Rostocker Bezirksverwaltung benahm sich, als sei das Dossier in Halle geblieben. Jahrelang existierte er nicht für sie.

Woher dann der Umschwung? Weshalb warb man seine Freundin an, plötzlich im letzten Juni? Nebel mußte erneut lästig geworden sein, etwas getan haben, was die Aktion auslöste... Was, das sollte Nina ihm erklären. Er zog den Parka wieder an und ging zu ihr. Nicht ihre Akte, sie selbst war der Schlüssel zur Lösung seines Falls.

Aber Wendt traf Nina Prinz nicht an, sie war mit dem Bus in die Kreisstadt gefahren, zum Staatlichen Notariat. Das sagte ihm Ralf, der gerade aus der Schule kam. Seine Mutter hatte Nebels Testament gefunden; nicht etwa in dessen Katen, sondern im eigenen Haus. Es lag bei einem Manuskript, das er ihr anvertraut hatte, mit der Bitte, es gut zu verstecken. Was auch geschehen war. Doch gestern abend hatte sie es vorgeholt und darin das Testament entdeckt... Dies teilte Ralf ihm, als sei er ein Freund des Hauses, ganz arglos mit. Der Junge setzte die Pfanne auf den Herd, er schnitt Zwiebeln und gekochte Kartoffeln in die schmelzende Butter, schlug Eier darüber und brutzelte ein Bauernfrühstück, zu dem er Wendt einlud.

Dem Hauptmann stieg der Duft in die Nase, dankbar nahm er an. Jenny hatte ihn darben lassen, wer die Welt verbessert, der kennt ja kein Erbarmen – Trennung von Tisch und Bett. Hier, bei den Schuldbeladenen, nahm man ihn gastlich auf. Heißhungrig fiel er über das Mahl her. Dabei erzählte ihm Ralf unbefangen, das Testament sei ein Reinfall für sie, Richard habe es gut gemeint mit ihnen, nur die Folgen nicht bedacht. Sein Sohn Anton und Nina erbten zu gleichen Teilen, jeder die

Hälfte des blauen Katens, ein Drittel seines Sparbuchs und ein Viertel der Rechte an seinem literarischen Werk. Das hörte sich prächtig an – die Erbschaftssteuer war der Haken. Nina glaubte, die sei so hoch, daß ihr nur die Wahl blieb, das Erbe auszuschlagen. Deshalb der Weg nach N.; es klang, als hätte sie all ihre Sorgen Ralf anvertraut.

»So schlimm kann's doch nicht sein«, sagte Wendt. »Warte mal ihre Rückkehr ab. Reden wir inzwischen von dem anonymen Brief, den du vor vier Wochen nach Rostock geschickt hast, an die Kriminalpolizei. Schließlich bin ich deshalb hier. Komm heraus damit, Ralf, was war der Grund? Was hat dich dazu veranlaßt?«

Der Junge wurde rot über seinem Teller, durch runde Brillenlinsen sah er Wendt groß an; das Glas beschlug von dem Dampf, der aus dem Essen stieg. »Der Brief ist nicht von mir allein«, sagte er stockend. »Den hab' ich zusammen mit Mutti geschrieben.«

»Sie hat ihn dir diktiert?«

Ralf nickte stumm.

»Und wieso glaubt ihr, Richard sei ermordet worden? Wer war eurer Meinung nach daran interessiert?«

»Na, die Stasi. Sie hat Mutti doch gezwungen, ihn auszuhorchen.«

»Das hat sie dir erzählt?«

»Na klar. Und ihm selber auch.«

»Richard hat es gewußt?«

»Selbstverständlich. Wir hatten nie Geheimnisse vor ihm, und er nicht vor uns. Hätte er Mutti sonst seine Papiere gegeben, damit sie die versteckt? Er wußte, man durchsucht sein Haus, wenn er mal einen Tag in Rostock ist oder mit dem Boot unterwegs... Die sollten das nicht finden.«

»Was sollten sie nicht finden?«

»Was er über ihre Aktionen aufgeschrieben hat.«

»Das konnte denen doch egal sein. Es war ihnen bestimmt nicht neu. Die wissen selbst am besten, was sie tun.«

»Aber kein anderer sollte es erfahren.«

»Deshalb waren sie hinter ihm her?« Wendt spießte das letzte Stück Kartoffel auf. Es fiel ihm schwer, das zu glauben.

So konnte es wohl kaum gewesen sein. Was auch immer man der Firma vorwarf, sie blieb stets im Rahmen der Dienstvorschriften. Sie war nicht so unberechenbar brutal wie ein benachbarter Geheimdienst, der Priester und Studenten auf dem Gewissen hatte. Schon denkbar, daß sie einen zur Verzweiflung trieb, daß sich ihretwegen jemand das Leben nahm, natürlich. Kaltblütiger Mord aber, das stand auf einem anderen Blatt, es war den Genossen aus der Bebelstraße niemals zuzutrauen. Er brauchte nur an Hilmar Zelter zu denken, um zu spüren, wie absurd dies war – nicht ihr Stil, es stand in keiner Vorschrift... In einem Winkel seines Kopfes regte sich die Frage: Und Berlin, die »Fliegerstellung«, das Entwürdigen und Verprügeln? Auch das entbehrte jeder rechtlichen Fundierung. Auch dazu existierte keine Weisung, nie ein schriftlicher Befehl! Man mußte wohl hierzulande damit leben, daß Dinge passierten, die es den Buchstaben nach überhaupt nicht gab. Dergleichen geschah *etwas außerhalb der Legalität,* wie es bei Rechtsbeugungen und Gesetzesbrüchen im Westen stets so munter hieß, zynisch und verharmlosend zugleich.

»Sie glauben uns das nicht?« fragte Ralf.

»Ich hoffe, ihr täuscht euch, Junge. Weißt du, mir fehlt einfach das Motiv. Mord ist eine bitterernste Sache, genau überlegt. Dazu gehört ein handfester Grund. Die Papiere, du, das reicht nicht hin.«

»Er hätte sie rüberbringen können, nach der Wende.«

»Drüben ist schon viel gedruckt worden gegen die Stasi, ohne daß es sie groß kratzt. Nein, das überzeugt mich nicht.«

»Und daß ich einen von denen auf Richards Boot gesehen hab', vier Tage vor seinem Tod, hat das auch nichts zu bedeuten?«

Wendt war elektrisiert. Es kam heraus, Ralf pflegte mit einem gleichaltrigen Freund heimlich auf dem Clubgelände zu angeln. Das war untersagt, sie krochen durch ein Loch im Maschendraht. Dabei hatten sie am Freitag, dem 20. Oktober, jemanden entdeckt, der aus dem Cockpit der ANROPA stieg. Ein Clubmitglied, dessen Namen sie nicht kannten; die Sportgemeinschaft hatte fast hundert Mitglieder. Es fiel ihnen auf, daß der Mann, statt sie zur Rede zu stellen, wortlos in sein Bootshaus ging. Sonst jagte man sie immer gleich zurück hinter den Zaun.

Wendt fragte: »Weshalb sagst du mir das erst jetzt?«

»Weil ich den Mund halten sollte. Das hat Mutti von mir verlangt. Ach, die traut sich doch nichts. Nur zu dem Brief hat's bei ihr gereicht. Als Richard tot war, ist sie zu Reger gegangen ...«

»Dem Vorsitzenden des Segelclubs?«

»Ja, dem großen Häuptling. Sie hat ihn gefragt, wem das Bootshaus gehört, in dem der Mann verschwunden ist. Dem Sportfreund Albert, war die Antwort. Und wo ist der beschäftigt? Bei der Staatssicherheit, hat Reger gesagt, aber nicht hier im Kreis, sondern in Rostock ... Da hat sie Angst gekriegt und mir verboten, den Mund aufzutun.«

»Auch mir gegenüber, Ralf? Schließlich habt ihr mich doch erst hergeholt mit eurem Brief. Was hat sie denn befürchtet?«

»Daß Stasi und Kripo unter einer Decke sind.«

Wendt nickte. Er hatte den Teller weggeschoben und rührte sich nur, um dann und wann etwas zu notieren, damit ihm nichts verlorenging. Der Junge ahnte gar nicht, wie nahe seine Mutter da in ihrer Angst der Wahrheit kam. »Und jetzt erlaubt sie dir zu reden – warum? Weil man das Kreisamt gestürmt hat und die Stasi auf dem Rückzug ist?«

»Nein, Mutti fürchtet sich immer noch. Ich spreche von mir aus, Herr Hauptmann. Sie suchen Richards Mörder. Wie sollen Sie den finden, wenn Ihnen keiner einen Hinweis gibt?«

»Nun laß mal den Hauptmann sein«, sagte Wendt spontan. »Wie wär's denn, wenn wir Freundschaft schließen und du mich einfach Christian nennst?«

»Das kann ich doch nicht machen.«

»Doch, kannst du. Immerhin haben wir zwei dasselbe Ziel.«

»Ja, das stimmt.« Ralf wurde wieder rot. Er war ein sensibler Junge, von jähen Empfindungen bewegt.

»Angenommen, dieser Mann ist der Täter, dann wird es immer noch enorm schwer sein, ihn zu überführen. Die Kerle sind Profis, die wissen, wie man Spuren verwischt. Was du gesehen hast, ist ja kein Beweis, nur ein kleines Indiz. Wenn ich den Sportfreund Albert frage, streitet er erst mal alles ab.«

»Bei einer Gegenüberstellung erkennen wir ihn.«

»Dann sagt er wahrscheinlich, er hat sich das Boot nur mal angeschaut, wegen irgendeines Details der Ausrüstung. Und das nennt er dir dann auch, darauf ist er vorbereitet. Nein, Ralf, ich brauche mehr. Besonders im Hinblick auf das Tatmotiv.«

»Der braucht kein Motiv, Herr Wendt.«

»Christian, meinst du.«

»Ja, Christian... Für den reicht ein Befehl.«

»Und wie beweist du, daß er einen bekommen hat? Und wer ihm den erteilt hat, was war dessen Motiv?«

Ralf nahm die Brille ab, er strich sich über die Augen. »Keine Ahnung«, sagte er ratlos. »Der Fachmann sind Sie... bist du.«

Wendt lächelte – ein wenig schuldbewußt. Auf einer der Stationen seiner Laufbahn hatte er sich dieses Lächeln antrainiert. Es gehörte zur Ausrüstung des Kriminalisten. Kindern und schlichten Menschen gegenüber war es unfair, es umgarnte sie mit Freundlichkeit, täuschte ein Verständnis vor, das er oft gar nicht empfand. Das Lächeln diente ihm dazu, Vertrauen einzuflößen, Leute für sich zu gewinnen, zur Zusammenarbeit mit der Polizei... Aber diesmal war es echt. Seit Stefan ihm über den Kopf gewachsen und aus dem Hause war, all die Jahre hatte er sich gewünscht, solch ein Junge möge wieder in seiner Nähe sein.

43

Es dunkelte schon, als Nina Prinz eintraf. Ralf hatte im Kamin ein Feuer entfacht, die Scheite knackten anheimelnd, und Nina stand romantisch umflackert in dem großen, honigfarbenen Raum; hübsch frisiert und stadtfein in Rock und Bluse. *Gepflegt,* schrieb das Dossier, *sportlich elegant, bewegt sich fließend-elastisch* und so weiter. Wendt klang das viel zu nüchtern. Hätte man ihn betraut mit dem Persönlichkeitsbild, wäre ihm mehr aus der Feder geflossen, zum Beispiel: schlanke, charmante Person; Erscheinung und Auftreten sind geprägt von einer Eleganz, deren Hauptmerkmal die Unauffälligkeit ist, trotz des hüftlangen rotblonden Haars und der grünen Augen, die sie hinter zierlich gefaßten Gläsern verbirgt... Klischees, dachte er, sind Realitäten, solange sie uns steuern.

Nina war schweigsam, sie lächelte hilflos und wirkte abgespannt. Die Kreisstadt hatte ihr den Elan geraubt. Was tun? Wendt kam ungern gleich zum Kern, lieber stimmte er Gesprächspartner auf sich ein und wiegte sie in Sicherheit. Um ihr die Zunge zu lösen, stellte er die Zauberfrage nach dem Geld. Nina seufzte, schickte ihren Sohn hinaus und setzte sich zu einem kleinen, trostlosen Vortrag über die Tücken des Erbrechts und Richard Nebels Testament, zufällig gestern von ihr entdeckt.

Ja, es war rechtsgültig. Aber da er vor der Hochzeit gestorben war, schlug die Erbschaftssteuer bei ihr gnadenlos zu. Sie mußte 82000 Mark zahlen, obgleich ihr Baranteil nur knapp 70000 Mark betrug, wie ging das zu? Es lag an dem mutmaßlichen Erlös aus den Rechten an seinem Werk. Richard hatte halt zu gut verdient, in letzter Zeit mehr als ein Professor, nämlich rund 50000 Mark im Durchschnitt der Jahre 1986–1988, auf die es ankam. Das Finanzamt glaubte schlankweg, das Publikum bleibe einem Autor noch zwölf Jahre über den Tod hinaus treu. Dies war die Faustformel, davon ging es eben aus. Man unterstellte einfach, daß die Tantiemen in dieser Zeit unvermindert weiterflossen! Daher multiplizierte man die 50 TM mit zwölf und erhielt 600 TM an künftigen Einnahmen – ohne die leiseste Garantie, daß dies je hereinkommen werde. Ein Viertel des Luftschlosses fiel Nina zu, was mit dem halben Wert des Katens 158 TM ergab, laut § 10 ErbStG mit 52 Prozent zu versteuern, so daß 82 TM bei Erbschaftsantritt fällig wurden, 12000 Mark mehr, als sie aus dem Sparguthaben erhielt; dieses übrigens war von der Steuer befreit. Anton Nebel erbte genau das gleiche, war jedoch weit besser dran. Als Sohn fiel er in die Steuerklasse I, genoß 10000 Mark Freibetrag und zahlte nur 26 Prozent auf den Rest, also 38½ TM, wodurch ihm von dem Spargeld fast die Hälfte blieb.

»Die Notarin war nett, recht teilnahmsvoll«, bemerkte Nina. »Sie riet mir, mich an den Schriftstellerverband zu wenden, der kann das künftige Einkommen verstorbener Mitglieder dem Finanzamt gegenüber abschätzen. Die Rechtsstelle fertigt ein Gutachten dazu an. Da sind also Korrekturen möglich. Denn es gibt ja Autoren, die rasch vergessen sind, während man andere noch nach siebzig Jahren liest. Zum Beispiel Karl May; der hat seinen Riesenerfolg gar nicht mehr erlebt.«

»Dann schreiben Sie doch dem Verband.«

»Ach, ich weiß nicht.« Nina lächelte erschöpft. »Richard hielt nicht viel von dem, er stand kurz vorm Hinauswurf... Dabei soll es sogar einen Präzedenzfall geben. In Leipzig ist die Lebensgefährtin eines Kollegen Anfang der siebziger Jahre mal postum zu dessen Ehefrau ernannt worden, in der steuerlichen Behandlung. Der Mann hieß auch May, Ferdinand, er war der Vater der berühmten Chansonette. Es gibt halt immer Extrawürste für die Prominenz. Zu der hat Richard nie gehört.«

Wendt nickte mitfühlend. All das hörte sich zwar berechnend an, aber er gab zu, daß es schon ein Unterschied war für eine mittellose Frau, ob sie ein kleines Vermögen erbte oder erst einmal 12000 Mark zahlen mußte, die sie gar nicht besaß, um Anspruch auf etwas zu erwerben, was ihr dann am Ende wenig eintrug... »Wem hat Richard Nebel eigentlich sein Boot vermacht?« fragte er in dem Gefühl, es werde Zeit, zur Sache zu kommen.

»Keinem«, sagte sie. »Das muß er vergessen haben.«

»Es ist immerhin an die zwanzigtausend Mark wert gewesen.«

»Das Boot wird nicht erwähnt im Testament; er hat darüber nicht verfügt.«

Seltsam. Als hätte er gewußt, daß es nach seinem Tode nur noch Schrott war; mit ihm versunken. »Welches Datum hat das Testament?«

»Den 23. September. Herbstanfang. Am selben Tag meldete er uns zur Trauung an.«

»Ein merkwürdiges Zusammentreffen.«

»Gar nicht. Bei ihm war das so, Herr Wendt, zuerst kam die Arbeit am Manuskript. Daran saß er von früh bis spät, auch an den Wochenenden; bis auf die tägliche Ausfahrt mit dem Fahrrad oder auch im Boot. Den Privatkram schob er immer vor sich her, und war dann ein Kapitel fertig, hat er das auf einen

Schlag gemacht – Rasenmähen, Briefe schreiben, eben alles, was sich aufgestaut hatte. Anders konnte er nicht, das ist sein Rhythmus gewesen.«

»Und den unterbrach er auch nicht, als Sie ihm sagten, daß man von Ihnen Berichte wünschte über ihn?«

Nina erstarrte auf ihrem Platz. Das blasse Gesicht verriet, wie ihr zumute war. Dem war sie nicht mehr gewachsen am Ende dieses Tages. Wendt hatte den Eindruck, sie stecke in einem Zwiespalt. Sollte sie es zugeben oder nicht? Nun regte sich die Hand an ihrem Hals, eine schmale Hand mit langen Fingern, deren Endglieder nach oben gewölbt waren (was ihm nicht so sehr gefiel). Die Finger ballten sich zur Faust, der Faust einer erprobten Masseuse, sie holte tief Luft und fragte fast tonlos: »Woher wissen Sie das?«

Wendt erlaubte sich keinerlei Triumph. Er zog es vor, ihr zu helfen, anstatt sie zu reizen und zu kränken. Etwas warnte ihn davor, ihr Dossier zu erwähnen. Sie würde in den Erdboden versinken, wenn ihr aufging, daß er alles über sie wußte, was da erschnüffelt worden war. Er wollte sie ja, wie ihren Sohn, für sich gewinnen – und nicht, daß sie sich vor ihm verschloß. »Von Ralf«, sagte er. »Und bitte, seien Sie ihm nicht böse, Nina, er ist wie ich der Meinung, da muß alles auf den Tisch, sonst klären wir diesen gemeinen Mord nie auf.«

»Darauf hoffen Sie noch?«

»Selbstverständlich. Wenn der Stand der Dinge auch die Möglichkeit offenläßt, er habe sich selbst umgebracht; müde und frustriert durch die ständige Verfolgung über Jahrzehnte...« Wendt hielt inne, hatte er sie eben Nina genannt? Dann war ihm das unbewußt entschlüpft.

Sie schien es überhört zu haben. »Bestimmt hat er das nicht«, sagte sie leise, sehr entschieden. »Richard sorgte sich doch um Ralf und mich. Uns hier unserem Schicksal zu überlassen war das letzte, was er im Sinn hatte.«

War das glaubhaft? Ja, doch. Es überzeugte ihn trotz der nervösen Gesten, die sie produzierte. Niemand war frei davon unter Druck, in Momenten der Erregung. Leerlaufgesten, wie es die Verhaltensforscher nannten. Nina rutschte jetzt umher, sie schlug die Beine übereinander, strich den Rock glatt, und ihre

Hand hielt stumme Zwiesprache mit der Schleife ihres Kragens, an der sie dauernd zupfte und zog. Was wollte sie ihm damit sagen? Ich bin ein ordentlicher Mensch? Die Schleife ist so sauber wie mein Leben? Oder nur: Dein Gestocher macht mich krank, gib doch Ruhe, hör auf mit der dummen Fragerei.

Wendt versuchte es abzukürzen, doch nicht auf Kosten der Klarheit. Er mußte verstehen, was passiert war, und zwar in jeder Phase des Ablaufs. Auf der Polizeischule hatte man ihn gelehrt, die Körpersprache zu deuten. Wer etwas verschleiern will, so lautete die Lehre, der spricht mehr mit dem Leib als durch den Mund. Das ist unser Erbteil, die Frucht der Entwicklung, ein Rest aus grauer, sprachloser Vorzeit. Wen Angriffslust überschwemmt, dem hebt sich noch heute die Oberlippe wie zum Biß. Gewisse unpassende Bewegungen deuten auf Gehemmtsein oder nackte Angst. Die deutlichsten Mitteilungen macht der Mensch gerade dann, wenn er in Gesprächshaltung dasitzt und schweigt. Niemand kann all seine Reflexe beherrschen, ein paar sagen immer, wie es wirklich um ihn steht.

Ninas zaghaftes Lächeln und ihre fließenden Ausweichgesten verrieten Wendt, sie wollte sich stellen und blieb doch auf der Flucht. Er sah, daß sie mit ihrer Unentschlossenheit rang; die Augen spiegelten den Wirrwarr. Wie sie ihm entgegenkam, um dann wieder zurückzuweichen... Doch ihm entging auch nicht das eigene übergroße Interesse an ihrer Person. Wie ihn der Anblick doch in Atem hielt! Er fand sich durch die Kenntnis ihrer Akte beeinflußt; sie lenkte ihn von seiner Aufgabe bestürzend ab. Das war lästig, unwürdig, fast obszön; es trübte seinen Blick. Textbrocken drifteten ihm durch den Kopf, *angepaßt, loyal* und *verschwiegen,* Fetzen wie *zutraulich bis anschmiegsam* oder *triebhaft, nicht ungehemmt.* Das Röntgenbild einer Frau. Schamlos, dies zu speichern, und auch närrisch. Zumal die Triebstruktur war doch dermaßen komplex, daß sie sich nie in ein paar Worte fassen ließ. Verrückt, so zu kalkulieren, und infam, solch eine Rechnung überhaupt aufzumachen. Und doch, trotz besserer Einsicht beherrschte ihn dies! Ohne es zu wollen und es ändern zu können, sah er sie halb mit den Augen der Firma an.

Nina faltete die Hände über dem Knie, dämpfte ihre Mimik –

lebhaft, partnerbezogen – und stellte den Blick auf Unendlich. Sie zog das Wehr, und vieles floß heraus. Ja, es stimmte, ein hoher Funktionär des Außenhandels hatte ihr im Juni die Stellung angeboten, samt Traumwohnung und üppigem Gehalt. Erst als sie jubelnd hier eingezogen war, rückte ein zweiter Mann mit dem übrigen heraus, dem dicken Ende. Kein Außenhändler mehr, jemand von der Sicherheit, aber beides ging ja Hand in Hand. Wer A sagt, muß auch B sagen. Ihr blieb gar keine Wahl, sollte nicht alles verloren sein. Ohne Bedenkzeit mußte sie die Verpflichtung unterschreiben. Trotz der strengen Warnung brach sie am selben Tag vor Richard das ihr auferlegte Schweigen; übrigens im Wald, denn er mißtraute den Wänden seines Hauses... Am Schluß lachte er gallig auf und riet ihr, den Job zu behalten. Sie sollte mitspielen und aus der Sache das Beste machen. Er sagte ihr gleich, wie das ging – wie sie etwas schrieb, was, ohne ihm zu schaden, den Führungsoffizier zufriedenstellte. Oder es auf Tonband sprach. Jeden Freitag eine Diskette oder ein schriftlicher Bericht.

Allmählich wurde es Wendt warm in seinem Tweedjackett, und es schien nicht so, als liege das am Kaminfeuer, das langsam niederbrannte. Bisher war er ihr mühelos gefolgt. Was sie vortrug, deckte sich mit dem, was in der Akte und in Nebels Papieren stand. Es sah dem Mann ähnlich, so zu reagieren. Er hatte sie demnach *umgedreht,* wie es im Jargon hieß, und veranlaßt, ihre Auftraggeber zu täuschen. Das war ihm ja früher schon geglückt, es ergab sich aus seiner Praxis im Umgang mit Geheimdiensten. Nebel schien die Taktik von 1946 und von 1958 schlicht wiederholt zu haben, vielleicht ein wenig raffinierter noch – alt und schlau geworden. Er führte ihr beim Berichterstatten die Hand. Er brachte ihr dasselbe bei, was er Sigrid Scheuch gelehrt hatte, vor 31 Jahren.

Doch nun regten sich Zweifel. Ein Bündnis mit der Informantin gegen deren Auftraggeber, das MfS, sehr schön. Weshalb aber schlug es diesmal fehl? Er hatte es mit dem Tod bezahlt, lag das an der Partnerin? War Sigrid Scheuch klüger oder standhafter gewesen? Hatte die Firma zugelernt und jetzt den besseren Riecher? War Nina – *bei Pannen zur Panik nei-*

gend – schärfer kontrolliert oder härter angefaßt worden? Hatte man sie im Laufe des Sommers irgendwie erwischt und verdächtigt, ein Doppelspiel zu treiben? Und als dann bei ihr die Angst überwog, hatte sie nicht doch klein beigegeben und vor der Macht kapituliert?

Ihr Verhalten nach dem Mord ließ Wendt das befürchten; ihr Schweigen, das Ausweichen, die Verschlossenheit. Er wußte aus eigener Erfahrung, Widerstand war die Ausnahme, Anpassung der Normalfall. Wem die Stasi drohte oder wen sie bestach, der gab in der Regel auch nach. Er zitterte vor der Entdeckung ihrer Komplizenschaft und fuhr doch fort zu bohren. Hatte Nina das Bündnis mit Nebel doch noch verraten und ihn nachträglich belastet? Auch das schien möglich zu sein. Der Verdacht eines Doppelspiels ließ sich so schwer ausräumen, wie er sich beweisen ließ. Am Ende war den Leuten die Geduld gerissen, als Nina ihnen gestand, daß sie nicht Nebel, sondern auf dessen Weisung die Firma hinterging. Das konnte zu dem Beschluß geführt haben, einen Mann zu töten, der unkalkulierbar geworden war.

»Also ein perfekter Lauschangriff durch die künftige Ehefrau«, sagte Wendt. »Sie hatten nie den Eindruck, daß man Ihren getürkten Berichten mißtraute?«

»Nein, niemals. Die müssen ziemlich echt gewirkt haben. Richard hat mich ständig mit Material über sich selber versorgt, das ich verwenden sollte. Aussprüche und kleine Begebenheiten, die bewiesen, wie gut ich angeblich aufpaßte.«

»Er wurde ab Juni so scharf überwacht wie kein zweiter Mann in Cumin.«

»Bestimmt. Man hat ja nicht bloß mich dazu benutzt.«

»Wen denn noch?«

»Das wußten wir nicht. Ab September glaubte er, man beschatte ihn beinah auf Schritt und Tritt.«

»Schwierig in einem Dorf, wo man einander kennt.«

»Nicht während der Saison, da wimmelt es von Fremden, und Richard bemerkte nur einen Mann, der ihm mehrfach auf dem Fahrrad folgte. Dem ist er im Wald ein paarmal begegnet. Der hat ja nicht vermeiden können, daß er ihn sah, gelegentlich. Hab' ich das nicht bereits erwähnt?«

»Ja, bei unserem ersten Gespräch. Wie hat sich denn Ihr Mann diese Maßnahmen erklärt? Politische Mißliebigkeit rechtfertigt wohl nicht solchen Aufwand.«

»Er nahm an, man wollte verhindern, daß er sich heimlich mit wem trifft und etwas übergibt.«

»Und was sollte das sein?«

»Natürlich ein Manuskript.«

»Das war der Grund für all die Schritte?«

»So hat Richard das gesehen; und ich glaube es auch.«

»Mir fällt das aber schwer. Wenn die Stasi hinter einem Manuskript her war, hätte sie es in seiner Abwesenheit jederzeit aus dem Haus holen können.«

»Es lag doch nicht bei ihm. Er brachte es Stück für Stück zu mir.«

»Und was sind das für Texte gewesen?«

»Verklebte Kuverts, ich sollte nicht hineinschauen, hab' es aber manchmal doch getan.«

»Was stand denn drin?«

»Militärischer Kram und einiges über diesen Ort, Cumin. Es war die Materialsammlung zu einem Roman und der Anfang davon – die ersten fünfzig Seiten. Weiter ist er nicht gekommen.«

»Haben Sie es noch?« fragte Wendt; ihm saß wieder das Pfeifen im Ohr. »Dürfte ich's wohl mal sehen?« Der Satz klang um so fataler, als er ihn leidenschaftslos aussprach, mit einer bleiernen Ruhe, die ihm völlig fehlte. Denn dies war ja der Beweis. Wenn sie die Papiere noch besaß, hatte sie Nebel nicht verraten; dann konnte der Anstoß für die Tat nicht von ihr gekommen sein.

Nina stand auf und ging zur Treppe. Sie hatte sich entschlossen, ihm restlos zu vertrauen. Offenbar hielt sie das Manuskript außerhalb ihrer Wohnung versteckt, im Oberstock, der ranghohen Gästen des Außenhandelsbereichs Kommerzielle Koordinierung zur Verfügung stand.

Das Jucken zwischen den Schulterblättern nahm zu, es plagte ihn schon geraume Zeit. Er folgte ihr bis zum Fuß der Treppe. Sie kam gar nicht wieder, als hätte sie das Zeug so umständlich verborgen, daß es sich schwer hervorkramen ließ. Was sollte man eigentlich davon halten – die Stasi auf der Jagd nach einem Romanfragment? Das hörte sich doch verschroben an. Ein bißchen schmeckte es nach Eitelkeit, nach dem Spleen eines Schreibers. Ein Produkt aus Verfolgungswahn – erklärlich nach der Vorgeschichte – und erzählerischer Phantasie. Ein Kunstwerk, das den Geheimdienst reizte, hob dies nicht zunächst das Wertgefühl des Schöpfers? Sehr wahrscheinlich. Wendt hätte es als Hirngespinst betrachtet, als Zwangsvorstellung, gespeist aus Geltungssucht, Fabulierfreude und Brocken aus Nebels wirklichem Leben, wäre der Mann nicht tot gewesen. Die seltsamen Umstände seines Sterbens ließen die Möglichkeit offen, daß hinter dem, was er da zu Papier gebracht hatte, mehr steckte als eine fixe Idee.

Ein komischer Vogel immerhin. Wo verlief bei solch einem Menschen die Grenze zwischen Einbildung und Realität? Es war zu befürchten, daß sie ihm öfter mal verschwamm. Auf dem Plattenspieler lagen Geburtsurkunden, die Nina vom Standesamt wieder abgeholt hatte, heute, unverrichteterdinge. Dabei auch das Tonband mit der Musik, von Nebel gewünscht für die Zeremonie. Statt festlicher Klänge, wie zur Trauung üblich, hatte er leichte Kost gewählt, Titel wie *Just Squeeze Me* und *Bei mir bist du schön.* Popmusik der 30er Jahre, aus seiner Kindheit. Britische Tanzorchester auf den Dachgärten von Hotels. Ein Hauch von Sentiment und verblaßter Eleganz, der Mann tanzte eben immer aus der Reihe. Dies hatte nun das Standesamt der vorpommerschen Kreisstadt nicht mehr entweiht.

Im Sommerhaus las Wendt noch einmal bis spät in die Nacht. Das Manuskript, das Nina ihm ausgehändigt hatte, war es wert. Je weiter er darin kam, desto klarer wurde ihm, es bot durchaus Anlaß, von Amts wegen einzuschreiten. Die Firma war keinem Phantom nachgejagt. Sie hatte sich, bis auf den letzten Akt des Dramas, pflichtgemäß verhalten. Es lag im Staatsinteresse, daß dies nicht an die Öffentlichkeit drang.

Der Text offenbarte, ein Stück südlich von Rostock, bei dem Ort Kavelstorf, lag ein getarntes Waffenarsenal des Außenhandels, mit Gleisanschluß zum Hafen. Es stand unter dem Schutz der Staatssicherheit. Nebel war im Mai darauf gestoßen, als er dort kurz nach der Volkskammerwahl vor bäuerlichen Lesern sprach. Nach der Veranstaltung hatte ihn jemand, dem vieles mißfiel, beiseite genommen und gefragt, ob er nur Verbrechen im Ausland sehe? Auch hier sei eine Mafia zugange. Aus den Hallen hinterm Dorf verschiebe man gegen harte Währung Waffen bis in den Iran und zu den Contras nach Nikaragua.

Nebel war dem nachgegangen. Sein Roman trug den Titel »Der Sumpf«. Er vermengte das Ergebnis seiner Recherchen mit den Vorgängen um die Luxusbauten des Außenhandels in Cumin. Unter einem hübschen Pseudonym kam auch Nina Prinz darin vor, sie sollte einen unbequemen Autor ans Messer liefern. Ihren obersten Chef fand Wendt durch das Kürzel CH markiert. Das ließ an die Schweiz denken, hieß aber im Klartext des Romans Clamm-Heimlikowski, in Anspielung auf den Doppelnamen des Staatssekretärs. Dessen rätselhafter Bereich KoKo, Kommerzielle Koordinierung, wurde als Selbstversorgungsbetrieb der höchsten Führung des Landes hingestellt. Die Verquickung von politischer, wirtschaftlicher und geheimdienstlicher Macht war im Roman total.

Der Hauptmann überlegte, wie sich der Mörder fassen ließ, ohne dies ins Spiel zu bringen. Ohne weiteren Schaden also für sein so schwer schon angeschlagenes Land. Das Manuskript hätte er, wäre es kein Beweisstück gewesen, am liebsten verbrannt. Auch Ninas wegen – der Rolle, in der sie dort erschien. Er würde sie bitten, den Inhalt zu vergessen. Das war ja Dynamit, auch für ihre Stellung im Haus am Meer! Sie sollte sagen, sie habe keine Ahnung, den Text nie gesehen und wisse da von gar nichts – von nun an bis in die Ewigkeit, amen. Mein Gott, es mußte doch auch anders gehen.

44

Zwei Wochen später, am Mittwoch, dem 6. Dezember, trägt Hauptmann Wendt seinem Vorgesetzten, dem Oberstleutnant Fink, den Stand der Ermittlungen in der Mordsache Nebel vor. Oberst Eichhorn, der K-Leiter, weilt zur Nachkur in Bad Elster; Fink vertritt ihn auf bewährte Art. Sein Schreibtisch ist so aufgeräumt wie er selbst, bis auf das Telefon und den Halter für den Tagesplan so spiegelblank, als lande dort ein Flugzeug.

Wendt stört das heute nicht. Man ist derzeit, denkt er, als Kriminalist ja dankbar für alles, was sich nicht geändert hat. Fink wirkt verläßlich, berechenbar, was auch immer einem an ihm persönlich mißfallen mag. Es fehlen das offizielle Bild an der Wand und die Losung »Unser Wort gilt, jeden Tag das Beste für den Sozialismus«. Der Oberstleutnant hat es gegen die Stadtsilhouette von Rostock und ein Zitat von Machiavelli vertauscht: *Das Fundament aller Staaten sind die guten Gesetze und die tüchtige Waffenmacht.* Sehr passend, der Spruch. Genau das, woran es mangelt. Weder reichen die Gesetze aus, Amtsmißbrauch, Korruption und Anarchie zu ahnden, noch macht man derzeit von der Waffe Gebrauch. Die Ordnungskräfte stehen vor dem Chaos, die Protestflut hat sie überrannt. Zahnlos wie ein alter Löwe, nehmen sie momentan bloß noch Witterung und wenden sich dann resignierend ab; es fehlt ihnen die Kraft zum Biß... Und das, was er selber darlegt, macht es keineswegs besser. Ihm ist klar, in Finks Augen kommt es einer Selbstzerfleischung gleich.

»Vor vier Tagen«, sagt er, »fand man in den Lagerhallen der IMES GMBH bei Kavelstorf dreiundfünfzig Millionen Schuß Munition für Infanteriewaffen und knapp dreitausend Kisten mit diesen Waffen selber vor. Im Wert von dreißig Millionen Westmark. Neunzig Marinesoldaten sind seitdem damit beschäftigt, den Fund in Militärdepots zu bringen. Und das ist bloß die Spitze des Eisbergs. Nach Auskunft von Mitarbeitern des MfS, die das Objekt bis zum 2. Dezember bewirtschaftet und bewacht haben, sind kurz zuvor Panzerfäuste und Handgranaten im Gewicht von fünfzig Tonnen bei Nacht und Nebel abtransportiert worden; keiner weiß, wohin. Man hatte im letzten Moment erfahren, daß das Ding geplatzt ist.«

Fink sagt nichts, sein Gesicht ist leer. Die kurzen, kräftigen Finger liegen auf dem Schreibtisch still.

»Der Betrieb ist vor acht Jahren unter einem Vorwand gegründet worden, auf Weisung von Honecker und Mittag. Trotz der anderslautenden Legende von vornherein für den Waffenhandel konzipiert. Er gehört zum Reich der KoKo-Unternehmen Schalck-Golodkowskis. Angeblich sind sechshundert Millionen Valutamark von ihm erwirtschaftet worden. Rechtsbasis war eine streng geheime Grundsatzentscheidung des damaligen Ministerrats, im Widerspruch zur klaren Friedenspolitik der Regierung. Das Zeug, in Einzelfällen sogar Panzer und Flugzeuge, wurde in Spannungsregionen exportiert, wo es den höchsten Preis erzielte; an den Persischen Golf, nach Lateinamerika oder in die Türkei. Jeder kriegte es, der gezahlt hat. Erst kommt die Valuta, dann die Moral.«

»Sie müssen das nicht kommentieren.« Finks Stimme klingt, als hätte er Staub in der Kehle. »Ich mache mir schon selbst ein Bild. Hier liegt also Ihrer Meinung nach das Tatmotiv?«

»Ja, im Zwang zur Tarnung. Geheimhaltung war dort das oberste Gebot. Es lief ganz automatisch ab. Nebel steckt seine Nase da hinein, aber er ist kein gewiefter Spion, sondern ein Dilettant, seine Neugier fällt den Genossen auf, sie reagieren routinemäßig. Man überwacht ihn bald rund um die Uhr, selbst im Bett. Das müssen wir akzeptieren, trotz unschöner Methoden – wie das Erkunden seiner Handlungen durch die eigene Freundin, seine künftige Frau. Sie erhält einen Traumjob bei der KoKo in Cumin und hat dafür ihn zu observieren. Man zensiert seine Post, hört sein Telefon ab, durchsucht ihm das Haus und verwanzt es vorsorglich. Und man schiebt weitere Späher an ihn heran; einer folgt ihm sogar auf dem Fahrrad in den Wald. All das muß uns nicht kümmern, es ist ja halbwegs rechtens gewesen, jedenfalls üblich vor der Wende. Anders die Tatsache seiner Ermordung! Damit liegt, auch nach den Normen von gestern, ein Delikt vor, das von uns aufzuklären ist, damit es strafrechtlich verfolgt werden kann.«

»Ich sehe nicht, wie das geschehen soll«, sagt der Oberstleutnant. »Es gibt nur Indizien, keinen Beweis, das entnehme ich Ihrem Bericht. Es fehlt die Person des Täters und der Name des Anstifters. Der Sohn dieser Frau Prinz hat bei Nebels Boot einen Mann gesehen, der im Clubverzeichnis Albert heißt. Der Sportgemeinschaft gehören noch fünf weitere Mitarbeiter des ehemaligen MfS an, wer von denen soll es gewesen sein? Sie finden alle, man zuckt die Schultern, bis auf Albert, der sich Ihrer Befragung entzieht. Er löst sich in Luft auf. Unter seiner Anschrift lebt, wie von Ihnen ermittelt, in dieser Rostocker Einraumwohnung ein Mann namens Peters. Der gehört zwar auch der Nasi an, ist aber nicht mit Albert identisch und kein Mitglied des Segelclubs in Cumin. All das sehr gewissenhaft in zwei Wochen von Ihnen recherchiert. Doch was nun? Wie wollen Sie bei dieser Sachlage weiterkommen?«

»Über den Chef der Bezirksverwaltung, Rudi Mittag.«

»Sie wissen, der Generalleutnant beharrt auf seiner Schweigepflicht. Daran ist rechtlich nicht zu tippen.«

»Jemand muß ihn davon entbinden, anders bleibt der Fall unlösbar. Ein Kapitalverbrechen schließlich.«

»Und wer soll Mittag die Aussage erlauben?«

»Sein Dienstherr Schwanitz; ermächtigt vom Ministerpräsidenten Modrow.«

»Sie binden das reichlich hoch an.«

»Es handelt sich um Mord, Genosse Fink. Da beißt die Maus keinen Faden ab. Auch der Generalstaatsanwalt müßte sich rühren.«

»Günter Wendland hat gestern den Rücktritt eingereicht.«

»Ja, wegen Zögerlichkeit beim Vorgehen gegen Amtsmißbrauch. Wir riskieren denselben Vorwurf, wenn jetzt dieser Fall in der Schwebe bleibt.«

»Sie setzen auf Wendlands Nachfolger Harrland? Der ist es doch auch nicht gewohnt, ranghohe Genossen anzuklagen.«

»Dann muß die Volkskammer entscheiden, ob weiter geschwiegen und verdunkelt werden darf.«

»Die Volkskammer, aha.« Finks Fischaugen, wäßrig grau, verengen sich. »Haben Sie nicht den Eindruck, Genosse Wendt, das Faß ist zu groß, das Sie hier aufmachen möchten?«

»Ich glaube nur meine Pflicht zu tun.«

»Persönliche Beweggründe schließen Sie aus?«

»Wie darf ich das verstehen?«

»Nun, ich könnte mir vorstellen, Sie entwickeln da ein Schuldgefühl.«

»Bitte, gegenüber wem?«

»In erster Linie vor sich selbst. Vielleicht noch vor Frau Prinz. Haben Sie der eventuell versprochen, Nebels Tod zu rächen?«

»Racheschwüre sind mir fremd und durchaus kein Bestandteil meiner Arbeit.«

»Gut, ich will Ihnen glauben. Aber da ist noch etwas, was mir Kopfzerbrechen macht. Ihr Bericht enthält einen dunklen Punkt.«

»Und der wäre?« fragt Wendt.

»Sie schreiben, Nebel schnüffelt bei der IMES herum, nur ist er ein Dilettant, seine Neugier fällt auf. Die Genossen dort reagieren auf die Verletzung des Geheimnisschutzes nach Vorschrift und beschatten ihn nun ihrerseits, mit steigender Intensität.«

»So müßte es gelaufen sein.«

»Müßte – das reicht mir nicht. An Ihrer Stelle hätte ich's genauer wissen wollen. Das war doch ein Duell: Wer legt wen aufs Kreuz? Wie ist es denn gewesen, hat man ihn in Kavelstorf ertappt? Am Metallgitterzaun erwischt, weil die elektronische Kamera ihn auf dem Monitor des Wachraums zeigte? Hat der Informant, von dem der Tip kam, ein Seemann meines Wissens, nachträglich kalte Füße gekriegt und beim MfS geplaudert? Ging Nebel dann in eine Falle? Was hat sich exakt abgespielt im Mai dieses Jahres?«

Wendt merkt, er hat den Oberstleutnant wieder einmal unterschätzt, wie ihm das mit fülligen Menschen leicht passiert. Nicht jeder Dicke ist ein Lahmarsch. Genau wie er selbst kombiniert Fink und muß sein kriminalistisches Getüftel im richtigen Leben erproben – neugierig, ob denn die Theorie der Wirklichkeit standhält. »Der Mann ist tot«, sagt Wendt. »Nebel hat dazu nichts notiert, und die Gegenseite schweigt. Ohne deren Auskunft erfährt man kein Detail.«

»So, meinen Sie.« In Finks kompaktem Gesicht steht das kleine arglistige Lächeln, das ihm den Ruf einbringt, er sei ein Sesselfurzer, ein unangenehmer Mensch. »Dann will ich einmal Ihr Verständnis wecken, Ihnen den Zeitablauf ins Gedächtnis rufen, ja? Als mein Draht zur Bebelstraße noch stand, kam mir von dort folgendes zu Ohren.«

Wieder pausiert der Oberstleutnant; blaßrot taucht zwischen den Lippen die Zungenspitze auf, feuchtet sie an. Sein Wangenspeck ist jetzt zweigeteilt, das Kinn gibt's sogar dreifach, wenn er es an den Schlips zurücknimmt, der rehbraun ist wie sein Anzug und gut zu den Cremetönen des Büros paßt, zur moderaten Farbgebung des ganzen Hauses. Er lehnt sich hintüber und zieht ein Blatt Papier aus dem Schubfach.

Entgegen früheren Vermutungen ist der Schreibtisch nicht so leer wie die Platte. Doch da sind bloß ein paar Kürzel auf dem Blatt, vielleicht Daten – nichts, was Wendt entziffern kann. Er hat das beklemmende Gefühl, sein Chef sei über den Fall besser im Bilde als er selbst. »Am 22. Mai, einem Montag«, hört er ihn sagen, rauh wie Sandpapier, »besucht uns Richard Nebel. Weil Major Grote auf Lehrgang ist, empfangen Sie ihn, und er macht Ihnen klar, was er sucht: einen Fall von organisiertem Verbrechen in unserem Land. Sie bedauern, damit nicht dienen zu können, die Deutsche Demokratische Republik hat das noch nicht zu bieten. Sie vertrösten ihn auf das nächste Jahrhundert; ein bißchen boshaft bei seinem Alter. Da erzählt er Ihnen eine Räuberpistole über Drogenschmuggel bei Wismar, von A bis Z ausgedacht, richtig?«

»Ja, das stimmt.« Wendt überlegt, ob von dem Gespräch ein Protokoll existiert. Wohl kaum; höchstens eine Aktennotiz.

»Nebel nervt Sie damit so, daß Sie ihm weder den Aufbau der K noch die Sicherheitsstrukturen an der Küste beschreiben, die ihn brennend interessieren.«

»Nicht, weil er mich geärgert hätte. Ich war zu keiner Erklärung befugt.«

»Das ist korrekt. Aber es hat Sie doch befremdet, daß er unterstellte, unsere Behörden seien dem Schmuggel gegenüber total blind, mit Ausnahme der Stasi, und die drücke ein Auge zu.«

»Davon ging er aus«, sagt Wendt. »Es hat mich eher belustigt damals. Ich fand das recht kurios.«

»So lustig, daß Sie es wenig später zum besten gaben. Und zwar am 5. Juni, dem Geburtstag Ihrer Gattin. Bitte, das soll kein Vorwurf sein. Solch ein Gespräch mit einem Autor ist ja kein Dienstvorgang, der unbedingt vertraulich zu behandeln wäre. Keine Verletzung der Schweigepflicht also. Außerdem, Ihre einzigen Gäste waren vom Fach – Oberleutnant Zelter und dessen Frau. Es blieb gewissermaßen in der Familie.«

Wendt fühlt sich plötzlich schlapp. Ihm wird heiß, sein Körper gibt Signale. Es summt ihm in den Ohren, und der Juckreiz im Nacken meldet sich.

»Da das MfS vorkam in der Story«, fährt Fink fort, »hat Zelter sie im Amt berichtet. Auf der Linie zwanzig langte sie bei Hauptmann Helmholz an, dem Verantwortlichen für die Schriftsteller im Bezirk. Der gab das weiter, und man sah die Ähnlichkeit der Wismar-Story mit dem, was da bei uns wirklich lief. Der Verdacht lag nahe, Nebel sei darauf gestoßen und habe es bloß kaschiert: Rauschgift statt Waffen und Wismar statt Rostock. Schlau, aber nicht schlau genug. Man hat ihn gleich überprüft und entdeckt, er war Mitte Mai in Kavelstorf gewesen. Damit schloß sich für die Genossen dort der Kreis.«

»Sie meinen, der Rest folgte daraus?«

Der Oberstleutnant nickt, er sitzt da wie ein Kater, der einen Kanarienvogel verspeist hat. »Es war der entscheidende Hinweis. Sie haben die Lunte entzündet, fünf Monate vor dem Knall. Und wie das Schicksal so spielt, dann lag die Spurensuche in Ihrer Hand. Fangen wir ruhig immer bei uns selber an.«

An diesem Nachmittag ist Wendt vor Verzweiflung krank. Zorn, Wut und Trauer sind schon tagelang in ihm, seit die Enthüllungen über Amtsmißbrauch und Bereicherung der Führer des Landes einander geradezu jagen. Die Genossen, denen er vertraut hat, erweisen sich als kriminell. Er schämt sich dafür, wie gläubig er all die Jahre hindurch deren Standpunkt vertreten hat, die verfehlte Politik. Und er spürt die Welle von Haß, die aus der Bevölkerung aufsteigt und jetzt unterschiedslos alle Genossen trifft. Die anständigen am schlimmsten, die übrigen winden und ducken sich oder werfen ihr Abzeichen weg. Er aber kehrt der Partei nicht den Rücken, sie ist ja auch sein letzter Halt. Wer ihr heute noch angehört, denkt er, der verspricht sich davon keinen Vorteil mehr, dem drohen Angriffe, der braucht Kraft... Ihn trägt die Überzeugung, daß man sich selbst treu bleiben muß, auch wenn das eigene Ideal furchtbar beschmutzt worden ist und wenig Hoffnung besteht, sich ihm in einem zweiten Anlauf noch einmal zu nähern.

Nun aber verläßt Wendt doch der Mut. Finks Zynismus drückt ihn nieder wie Blei. Auch der Oberstleutnant nämlich bleibt derselbe – nur, er durchdenkt nichts. Der Skandal von Kavelstorf ist ihm ein Betriebsunfall. Er begreift nicht, daß es Beihilfe zum Massenmord war, wenn man den Herrschern in Bagdad und Teheran Waffen geliefert hat für ihr Blutbad, in dem auf beiden Seiten mindestens eine halbe Million Menschen verreckt sind. Acht Jahre Gemetzel am Golf, acht Jahre IMES GMBH in Kavelstorf. So was ist ihm schnurz, er steht auf seiten der Händler. Nebel ist selber schuld, was hat er sich eingemischt? Und auch ihm, Wendt, verpaßt er Schuldgefühle, um ihn zu lähmen. Ja, Fink läßt durchblicken, daß er Fühlung hält zur Firma, womöglich deren Mann hier ist – der *Offizier im besonderen Einsatz,* den man auch aus ihm hat machen wollen.

Nun wohl kaum noch. Major Werner, der ihn Mitte November so mysteriös empfing in der Wohnung gegenüber dem Südstadtkrankenhaus, ist verstummt. So wie in Cottbus, Dresden und Suhl hat das Bezirksamt der Nasi die Arbeit beendet. Seit vorgestern abend, als Demonstranten gemeinsam mit Polizisten und Staatsanwälten in die Zentrale eingedrungen sind, um Akten zu sichern, ist dort niemand mehr gegen die eigene Bevölkerung tätig. Das hat Oberst Arthur Amthor – er löst den Generalleutnant Mittag ab – der Presse versichert.

Nach Dienstschluß läßt Wendt sein Auto stehen, er läuft zwei Blocks stadteinwärts. Die Luft ist lau und feucht, es riecht nach mildem Winter. An der *Ostsee-Zeitung* überquert er die Fahrbahn und ist schon in der August-Bebel-Straße. Stoßzeit, Blech rollt ihm entgegen, Dämmerung sinkt auf die Abgase. Links das Schiffahrtsmuseum, rechts die Fischgaststätte, Orte der Erinnerung. Das Museum will er Ralf zeigen, wenn der ihn über Weihnachten besucht, mit seiner Mutter vielleicht... Nikolaustag. Wendt stellt sich vor, wie Ralf, als er aus der Schule kam, das Päckchen mit dem Buch und der Schokolade fand, das er ihm geschickt hat.

An der nächsten Kreuzung sieht man rechts die Wallanlagen. Vor ihm ragt der Komplex des Nasi-Bezirksamtes auf, wuchtig, solide, mit dem Hochhaus, überragt von den 23 Etagen des Wohnturms. Errichtet ab 1958 wie für die Ewigkeit, 3746 Mitarbeitern bot es Platz; doppelt so vielen wie die Stasiburg am Demmlerplatz in Schwerin: der Küstenbezirk – strategisch wichtig! Am Hauptportal Ruß, zerflossenes Kerzenwachs und Volkspolizei, die das Tor bewacht, in fragwürdiger »Sicherheitspartnerschaft« mit den Besetzern. Wendt spürt, daß sein Wertmaßstab schwankt. Er mißbilligt den Schritt, versteht aber das Motiv und teilt die Erbitterung über den Versuch, da Beweismaterial zu vernichten.

Sie entspricht ja auch seiner Stimmung. Das dringt aus derselben Quelle wie sein eigener Zorn. Das erhabene Bauwerk dort, Sitz der geheimen Mächte, die unser Leben regieren – es schützen oder zerstören? Ja, das ist die Frage. Gerüchte ranken sich um den Komplex. Die Rostocker sind dabei, ihn als Hort des Bösen zu erkennen. In der *Ostsee-Zeitung* – sie firmiert nicht mehr als Organ der SED, sondern als sozialistisches Tagesblatt – bejammern Frauen von Sicherheitsleuten das Verunglimpfen ihrer Männer. Es klingt, als bahnten sich Pogrome an. Auch Nasi-Chef Schwanitz meint, das eskaliert. Vor der Presse klagt er, Leben und Gesundheit von Mitarbeitern des Amtes sowie ihrer Familien seien *in höchster Gefahr*. Man werfe ihnen die falsche Sicherheitspolitik der ehemaligen Führung vor, perfide und pauschal. Noch gelte sein Befehl, beim Angriff auf seine Dienststellen *keinen gezielten Schuß abzugeben*; schließlich sehe kein Gesetz der DDR den Ausnahmezustand vor. Das könne sich aber ändern, werde die Geduld der Genossen weiter so mißbraucht.

Eine Drohung, findet Wendt. Dumm, den Teufel an die Wand zu malen! Das gießt bloß Öl ins Feuer, noch wurde kein Nasi-Mann verletzt, soviel er weiß. Wie leicht kocht jetzt der Kessel über. Selbst in Mecklenburg ist es riskant, der Masse die Waffenträger als Opfer zu schildern, ohne daß Blut geflossen wäre. Es wirkt auf ihn kaum wie Besorgnis, eher als Schachzug zum Machterhalt. Aber das stößt doch die Menschen vor den Kopf, sie fangen ja an, sich selbst als Opfer zu fühlen, auch wenn sie immer bloß mitgelaufen sind. Gerade die Feiglinge von einst spielen sich derzeit als Helden auf. Jeder ist plötzlich unterdrückt gewesen, alle haben sie Widerstand geleistet... Neben ihm bleibt ein junger Mann stehen, weist auf die Polizisten vorm Portal und sagt: »Die Stasi haben wir kleingekriegt, das da sind die nächsten.«

Der Hauptmann schweigt, ihm fällt keine Entgegnung ein. Das Gespenst der Anarchie. Sein Herz tut weh, aller Schwung hat ihn verlassen. Wie angewurzelt steht er da, starrt hinüber zu den Genossen in der grünen Uniform. Möge es gutgehen, hofft er mit ihnen. Der hiesige Sicherheitschef gibt sich sanfter als sein Dienstherr in Berlin. Generalleutnant Mittag hat die Flucht nach vorn gewählt, in die rettende Öffentlichkeit. Jäh schwört er auf Glasnost. Konspiration und Transparenz, so erklärt er der Presse, sind kein Widerspruch für ihn. Letzten Freitag schon hat er einer Handvoll Journalisten das Tor aufgesperrt und sie ins Verlies geführt, in seinen Gefängnistrakt, zur großen Offenlegung. Schließlich, sein Gewissen ist rein, er hat sich nichts vorzuwerfen in diesem heiklen Punkt. Von den 14 Frauen und zwei Männern, die noch einsitzen nach der Amnestie – wegen neonazistischer Hetze, wie es heißt –, sieht die Presse leider nichts.

Immerhin zeigt Hauptmann Möller, der Leiter der UHA, die Baupläne vor; damit endlich das Gerücht verstummt, der Komplex sei sechsfach unterkellert, und es werde nachts geschossen dort unter der Erde. Nein, es gibt keine sechs Tiefgeschosse, auch nachträglich hat man da nicht gewühlt, wohin auch mit dem Aushub? Die Anwohner hätten doch den Abtransport bemerkt!

Die Presse räumt ein, tiefer geht's nicht. Ein möglicher Einstieg, man öffnet den Deckel, erweist sich als Schacht zum Klärkanal. Es wird alles enthüllt, die Transparenz, nun verkündet, ist auf deutsche Art total.

Die Reporter entwickeln Skepsis. Ihr Argwohn schlägt durch

bis aufs Abwasser. Sie üben den aufrechten Gang. Die Anstalt bietet 110 Häftlingen Platz, in 44 *Verwahrräumen* vom Format eines Neubau-Badezimmers. Verstopft durch das Doppelstockbett, zwei Hocker, den Klapptisch und das Klosett; die Wände sind kahl und gelblich, durch Glasziegel sickert Licht herein. Für mich schwer vorstellbar, so leben zu müssen, seufzt die Frau vom *Demokrat.* Sie glaubt sich in amerikanische Filme versetzt, das da wirkt enger, doch ähnlich brutal. Wie die Gedanken und Ängste der Menschen nachempfinden, die zwangsweise dort sind, ohne zu wissen, weshalb und für wie lange? Das notiert sie für ihr Blatt – neue Spielart des Journalismus. Die Frage hätte sie kürzlich noch in eine der winzigen Wartezellen gebracht, auf jene zwei Quadratmeter, die sie nun erschüttern; dort steht man, frisch eingeliefert, bis zum Empfang der Häftlingskleidung... Generalleutnant Mittag beteuert, in den 15 Jahren unter seiner Leitung sei die Haftanstalt nie voll belegt gewesen, weder Rechtsbrüche noch Mißhandlungen habe es gegeben durch die Mitarbeiter des Hauses, bitte sehr. Und die helfen bald anderweitig, machen sich nützlich, 80 Mann hat er der Wirtschaft als Kraftfahrer zugeführt, fast 100 werden in den Schiffsbau gehen, auch dafür verbürgt er sich.

Aber der Versuch, das Bild aufzuhellen, was hat er gebracht? Vier Tage später sind dennoch Störer bei ihm eingedrungen, die Presseartikel bügeln nichts aus, eher sind es Schwächezeichen, das Volk will Rache, es spürt die Ohnmacht des Apparats. Die Staatsanwaltschaft will das Schriftgut retten, sie versiegelt viele Türen, trotzdem nistet sich ein Bürgerkomitee ein und beginnt Akten zu lesen! Liegt dort der Schlüssel zur Mordsache Nebel, in einem Panzerschrank? Es muß doch ein Dossier, ein archivierter Vorgang dasein... Der Hauptmann wird den Bezirksstaatsanwalt fragen, gleich neben der BDVP, der soll ihm helfen, Spuren zu sichern. Besser, man packt die Chance hier vor Ort.

Ein letzter Blick auf die geheimnisumwitterte Festung, für immer uneinnehmbar geglaubt; auf den undurchschaubaren inneren Tempelbezirk vermeintlicher Arbeiter-und-Bauern-Macht, von dessen Fassade nun der Schleier fällt. Dann dreht Wendt sich um und geht schleppenden Schritts zum Universitätsplatz, wo der Weihnachtsmarkt dudelt im bunten Licht. Ach, ihm ist gar nicht danach, etwas anzupacken, ihm fehlt die Durchschlagskraft; treiben läßt er sich in der Menge. Es gibt Äpfel, sogar Apfelsinen, man brät ein Wildschwein am Spieß. Anheimelnd riecht es, stimmt ihn wehmütig, er wandelt durch den vertrauten Duft. Alles scheint beim alten, ist noch ganz normal, Gott sei Dank. Nein, das sind keine Umstürzler und Ämterstürmer, die da nach Schmalzkuchen und Zuckerwatte Schlange stehen – friedlich, bieder, geduldig wie eh und je. Tief taucht Wendt in die Welt von einst, gönnt dem wunden Gemüt ein Bad. Seine Schwäche kommt aus der Verwirrung, und er merkt, sie macht ihn peinlich sentimental, wehrlos gegen das süße Gift der Nostalgie. Wie erschöpft er doch ist, bereit, vieles zu verstehen und zu verzeihen, unter dem Mantel der Nächstenliebe scheinbar locker und menschlich, in Wahrheit aber passiv und gleichgültig zu sein!

Nicht gerade das, was man unter einem Hauptmann der K versteht, der dabei ist, einen Mord aufzuklären. Dies darf er nicht aus dem Blick verlieren, will er kein feiger Beamter werden, bloß auf sein Wohl, seine Ruhe bedacht. Vorbei am überquellenden Parkplatz, am Rat des Bezirkes und am Haus der Armee schlendert er zurück in die Steintor-Vorstadt, wo das Auto steht; eines der Dinge, die ihm treu geblieben sind.

45

Die Welt von gestern zerfällt, nichts ist mehr wie sonst; über der Zeitung daheim geht ihm das auf. Rat des Bezirkes Rostock gibt Mandat *zurück*, heißt es dort. Und zwar infolge der Enthüllungen über die Situation in den Staatsjagdgebieten, Gästehäusern und dem Objekt IMES GMBH Kavelstorf sowie wegen Anschuldigungen von Ratsmitgliedern, die deren Glaubwürdigkeit belasten. Nach dem Eixener Jägersmann Harry Tisch legt auch Heinz Hanns, der örtliche Gewerkschaftsboß, sein Amt *nieder*. Hat er mitgezecht im Jagdschloß Eixen? Wohin man blickt, ringsum blubbert der Sumpf. Opernsänger Theo Adam gibt den »Stern der Völkerfreundschaft« *zurück,* ihm zum 40jährigen Bühnenjubiläum verliehen, empört über die Machenschaften einer korrupten Staatsführung. Die Künstler haben mitgetafelt, flink gehen sie auf Distanz. Und weiter, das Kollegium des Amtes für Nationale Sicherheit tritt geschlossen *zurück.* Zwei Stellvertreter des ehemaligen Ministers für Staatssicherheit, Generaloberst Mittig und Generalleutnant Neiber, sowie 17 Chefs größerer Dienstbereiche des früheren MfS sind mit sofortiger Wirkung von ihren Funktionen entbunden.

Nur nicht von der Schweigepflicht. Dreimal zurück und einmal nieder auf Seite eins, wo es sonst stets aufwärts- und vorwärtsging! Wendt hat eine Idee, er greift zum Telefon und wählt die Geheimnummer Hilmar Zelters, den hat er ein Vierteljahr lang nicht gesehen. Hebt Juno wieder ab, wird er schweigend auflegen, wie mehrfach in der letzten Woche. Doch diesmal hat er Glück, ihr Mann ist in der Leitung, und Wendt bittet ihn dringend zu sich. Verdutzt, doch ohne Widerrede, stimmt Hilmar zu; merkwürdig rasch. Kein Versuch, ihn seinerseits einzuladen. Egal, Hilmar muß ihm weiterhelfen, und sei es bloß mit einem Tip. Schließlich ist er beteiligt, selber in den Fall verstrickt.

Ehe Wendt sich setzt, schluckt er Medizin, um fit zu sein. Es sind weiße Pillen, *Sydnocarb,* gegen seine Depression. Keine Anwendung in der Schwangerschaft, ihm also kann es nicht schaden. Das russische Präparat hebt für zwei, drei Stunden die innere Lähmung auf; empfehlenswert auch für Sowjetbürokraten. Ein Psychopharmakon, soweit ist's mit ihm gekommen. Die fatale Antriebsschwäche, sie hat diverse Quellen, eine ist Jennys Besitz, all der verstreute Kram. Weshalb holt sie ihr Zeug nicht aus der Wohnung? Wer ständig auf das Vergangene trifft, der wird doch melancholisch. Nebels Papiere sind ein zweiter Grund. Je öfter ihm ihr Inhalt durch den Kopf geht, desto bohrender die Zweifel am Sinn und Wert dessen, was ihm von klein auf heilig gewesen ist.

Wendt lauert auf den Kick, den belebenden Effekt. Noch immer keine Linderung, das Leben bleibt öde und widerlich, es scheint nur aus Trauer und Abschied zu bestehen, aus Beklemmung und Niedergang, Leid und Schmerz. Helga hat ihn verlassen, seine erste Frau, Stefan ging aus dem Haus, Jenny ist verschwunden, ihn enttäuscht selbst der Beruf, seine Weltsicht kommt ins Wanken. Denn die Zeit, das Geschehen ringsum, früher hat es ihn beflügelt, ihn bestärkt darin, mitzubauen an einer besseren Zukunft, einer Welt des Wohlstands und – vor allem – der Gerechtigkeit. Nun umschwappt es ihn kalt, ein Meer voller Quallen wie im letzten Sommer, dringt wie Galle in seinen Mund.

Wo bleibt die Euphorie? Plättet ihm das, was er da liest, das chemische Hochgefühl weg? Staatssekretär Schalck, der fette Bonze, seit dem Wochenende flüchtig. Zuletzt ist er noch in Bonn gewesen, dann in der Schweiz, die Regierung Modrow ließ ihn ziehen, nun reicht sie Fahndungswünsche nach. Tisch und Mittag sind in Haft seit Sonntag, Honecker und andere Größen in Wandlitz unter Hausarrest. Das Recht der DDR kennt keinen Hausarrest, die Justiz spricht schamhaft von Staatsnotwehr. Es setzt Parteiverfahren und Ausschlüsse dort oben im Rat der Götter. Die Volkskammer, selbst durch Wahlfälschung befleckt, streicht aus der Verfassung den Führungsanspruch der Partei. Krenz stürzt von der Spitze, das Politbüro löst sich mitsamt dem Zentralkomitee auf. Götterdämmerung. Die Macht zerfällt ohne Widerstand unter dem Druck der Straße. Das hat die kommunistische Weltbewegung noch nie erlebt.

Ein irres Duell entspinnt sich in seinem Hirn. Der Muntermacher zückt die Klinge, tritt gegen Trübsinn und Verbrechen an. Unfaßbar das alles; nichts gilt mehr. Modrow entschuldigt sich in Prag für den Einmarsch vor 21 Jahren. Auch dort kippt es, Parteichef Jakes wirft das Handtuch. In Leipzig am Montag der Ruf nach Anschluß. Wir sind *ein* Volk, Flaggen ohne Staatsemblem! Und heute räumt Krenz den Platz des ersten Mannes im Staat, dazu den Vorsitz im Verteidigungsrat, der nichts mehr zu bedeuten hat.

Jetzt siegt die Chemie, es kribbelt in den Lippen, Wendt atmet durch, flatternd, aufgeputscht; gleich geht's ihm richtig gut. Aus Qual wird Zorn, baut Tatkraft auf, ihm ist, als könne er es schaffen. Das Ziel rückt näher, die Hindernisse schrumpfen, so beschwingt löst man letztlich jeden Fall. Ein Irrtum wohl, er weiß es eigentlich besser. Der Mensch neigt dazu, die Lage zu verklären... Aber der Rausch trägt ihn empor. Zum Himmel stinkt die Korruption. Der Bezirksstaatsanwalt, liest er, folgt Schalcks Geschäften. Den Antikhandel Pirna nimmt er sich vor, Außenstelle Rostock, die mysteriöse Baltic GmbH. Von vier Mordermittlungen ist die Rede, von weiteren Verfahren wegen versuchten Mordes, mit 30 Anzeigen wegen Amtsmißbrauchs und dergleichen ist der Mann überhäuft. Der macht klar Schiff mit seiner Crew!

Ein Kriminalfilm spult da ab, auf Breitwand, beispiellos. Vorgestern abend ist ein Stasimann gestellt worden, beim »Haus der Elektroindustrie« am Alexanderplatz, einen Batzen Ostgeld und 500000 Westmark im Koffer. Und heute früh hat er sich in der Zelle erhängt, ein weiterer Todesfall aus dem *mafiosen Umfeld* von KoKo und MfS, wie es nun schon im eigenen Fernsehen heißt. Zwanzig Tonnen Gold soll Schalck gebunkert haben, findet sich der Schatz wohl an? Kleinere Fische sitzen ein, wie General Dr. Werner Korth, der Nasichef von Schwerin, mit seiner Valuta, den Forumschecks und 21 Waffen im Versteck. Korths Aktenregale sind 1,3 Kilometer lang: Spitzelberichte, Ermittlungsprotokolle, illegale Briefkopien, Telefonmitschnitte, Fotos von Häusern und Privaträumen, Dossiers, Verbesserungsvorschläge für das Knacken von Autotüren und das Eindringen in Wohnungen. Es fehlt kaum ein Delikt. Die endlose Geschichte. Kein Tag ohne neues Kapitel mit weiteren Schändlichkeiten.

Ein Spuk. Die Zeilen verschwimmen ihm. In seinen Ohren singt das Blut. Die Lawine rollt. Und mit jeder Enthüllung, mit jedem aufgespürten Lustschloß wächst der Groll, reift die Erkenntnis: seit Jahrzehnten Lug und Trug. Die Genossen an der Spitze haben das Land wie Feudalherren ausgequetscht. Luxus tief im Wald, 3000 Hektar allein für Mielke reserviert, das Regiment »Feliks Dzierzynski« als Leibwächter in grünem Jägertuch. Für 30 Millionen hat Honecker einen Forstwirtschaftsbetrieb verlagern lassen, damit Ruhe herrscht in seinem Wald. Da sind die 4½ Millionen für Axens Datsche bei Born oder die

1½ Millionen noch bescheiden, die Schürers Landhaus in Dierhagen den Steuerzahler gekostet hat. Und Eberlein meint als Haupt der Parteikontrollkommission noch vor zehn Tagen, beide Führer seien kaum privilegiert, sie wohnten doch nur zur Miete dort, andere Bürger bauten sich Eigenheime an der See.

Das ist der Gipfel. Alle haben sie Dreck am Stecken, haben ihre Sprößlinge beschenkt und protegiert. Nun schreien die »Sippenhaft«, sollen sie einiges von dem hergeben, was ihnen in den Schoß gefallen ist. Etwa sein illustrer Kollege, Major der K Thomas Sindermann; mit 33 Jahren jüngster Sohn des letzten Volkskammerpräsidenten und Chef einer der zwei Mordkommissionen in Berlin. Hat die Privilegien des Vaters geteilt, fährt teure Autos, verscherbelt sie zu Überpreisen und hält das für vereinbar mit der Polizeimoral. Trennt das Berliner Präsidium sich jetzt von ihm? Für Wendt die entscheidende Frage. Bleibt Sindermann Kriminalist, dann hätte Jenny recht gehabt. Dann taugt die Polizei nichts mehr, und er selber muß ihr den Rücken kehren, wenn er noch in den Spiegel blicken will.

So läßt es sich meditieren. Der Höhenflug hält an, die sanfte Euphorie. Schwerelos segelt man über das Jammertal, zieht seine Kreise. Wendt fühlt sich wohl, als Hilmar Zelter klingelt. Auch der scheint gut drauf zu sein, ein bißchen dicklich ist er geworden, hat das Gesicht des Klassenbesten, der in Hochform ist und allenfalls beim Tauklettern Schwächen zeigt. Das flachsfarbene Haar kurzgeschnitten über babyhellen Augen. Nur ablegen will er nicht, regt einen Bummel zum Schwanenteich an, hat sich zu wenig bewegt seit Tagen, immer hinters Lenkrad geklemmt; man kann ja auf ein Bier in die *Neue Schenke* gehen.

Der Hauptmann ist platt, er widerspricht, hat sich auf den Besuch gefreut, der Vorschlag wirkt absonderlich. Doch was ist das, der Freund hält ihm einen Wisch hin, darauf steht in Druckschrift: *Achtung, Wanzen, Tapetenwechsel.* Wendt lenkt ein, das muß er ernst nehmen. Zelter ist Fachmann, zum Diplomkriminalisten ausgebildet an der Humboldt-Uni, ein ausgebuffter Kerl. Anscheinend arbeitet da, obgleich die Zentrale stilliegt, noch irgendein närrisches Lauschsystem. Solch ein Apparat läuft weiter, auch wenn er schon auseinanderfällt.

Auf der Straße erst begreift er, wenn Zelter denkt, die Wohnung wird abgehört, dann weiß er mehr – etwas von Junos Seitensprung. Und da hört er ihn schon sagen: »Uta ist übrigens arbeitslos. Das erste Opfer der Entwicklung.«

»Ich weiß«, sagt Wendt. Nicht ausweichen! Sie sind doch besonnen, gestandene Männer, ihr Realitätssinn reicht hin, die Situation zu meistern. Nur keine Nervosität.

»Von wem, Christian?«

»Von eurem Major Werner.«

Zelter erwidert nichts. Der Name scheint ihm unbekannt zu sein, kein Wunder beim Umfang der Behörde. Stumm laufen sie durch die milde Nacht. An der Kunsthalle fragt Wendt: »Bist du überhaupt noch dabei?«

»Ja, bis zum Jahresende.«

»Und dann, Hilmar?«

»Vielleicht zum Zoll, wenn ihr uns nicht nehmen dürft. Oder in den Verfassungsschutz, den Modrow aus der Taufe hebt. Notfalls bleibt noch mein Beruf, Elektroingenieur... Soll ich dir gelegentlich das Heim entwanzen?«

»Wieso glaubst du eigentlich, das wäre nötig?«

Keine Antwort. Schweigepflicht. Omertà, das oberste Gebot. Sie umrunden den Schwanenteich, Laub raschelt unter ihren Füßen. »Ja, wer hätte das gedacht«, äußert Zelter. »Ging voll vor'n Baum, nach all der Vorbereitung auf die Krise. Ohne Knall, ein müdes Winseln, wie wenn die Luft rausgeht, und Schluß... Der Sozialismus, das war ja 'n toller Einfall; hat bloß nicht funktioniert.«

»Du wirfst die Flinte ins Korn? Uns bleibt doch noch der dritte Weg, Gerechtigkeit plus Markt, ohne Bonzen.«

»Ach, Blödsinn, Christian. Entweder, oder. Marktsozialismus ist Falschmünzerei. Volkseigentum, Mitbestimmung – alles Mumpitz. Über einen Abgrund kommst du nicht in zwei Sprüngen weg.«

Es wundert Wendt, wie gelassen der Freund bleibt. Nüchtern, frei von Bitterkeit, als beschreibe er einen technischen Defekt. Zelter wird ihm rätselhaft, fast unheimlich. Der trennt sich ja von allem, hat den Konstruktionsfehler erkannt und wirft das Prinzip über Bord – Ballast für ihn, dem weint er keine

Träne nach. Und er selber, was ist mit ihm? Ruhig hört er sich das an, seltsam, es schmerzt gar nicht, im Moment.

»In einer lichten Stunde«, fährt Zelter fort, »hat Stalin mal gesagt, auf die Deutschen paßt der Kommunismus wie der Sattel auf die Kuh. Und nun zeigt sich, daß der Sattel keinem richtig paßt. Die Pferde sterben nämlich aus. Inzwischen sind mehr Rinder und Schweine auf der Welt als edle Renner. Das mampft am Futtertrog, wer das Rennen macht, ist dem Viehzeug schnurz.«

»Das soll die Erklärung sein?«

»Der Mensch ist schwach und sündig, sagt die Kirche. Und wo sie recht hat, hat sie recht.«

»Wo bleibt das Ideal, unser Traum von Gerechtigkeit?«

»Auf der Strecke. Wo es seit geraumer Zeit schon ist. Wir haben die Schlacht verloren, Christian. Der Markt ist erbarmungslos, härter als die Firma, er zwingt zur Leistung. Das System drüben holt aus der Ungleichheit den Ansporn, aus der Freiheit seine Effektivität, darum siegt es auf der ganzen Front.«

»Die Bonzen sind schuld an dem Untergang.«

»Der Westen hat fettere Exemplare. Du, ich glaube, unsere Chefs sind erst korrupt geworden, als ihnen aufging, daß der Laden nicht läuft. Luxus war ihr Trost in der Enttäuschung.«

Das einzige Lokal weit und breit, sie finden es offen, und sogar einen freien Tisch. Die Mäntel hängen sie an den Haken, zwei Genossen mit Dienstbuch und Dienstwaffe, die ihnen kaum merklich das Jackett ausbeult. »Du wirst rund«, bemerkt Wendt, als das Bier kommt.

»Wie mein Weib«, sagt Zelter; es klingt anzüglich. »Aus gutem Grund ist Juno rund.«

Wendt überhört es. »Hast du dir das Rauchen abgewöhnt?«

»Nein, das ist Kummerspeck. Mein Geheimrezept: statt Frühsport Schokolade! Hilft dir weg über die Revolution.«

»Die Konterrevolution, meinst du.«

Der Freund schüttelt den Kopf, das sind ihm bloß noch Worte, er lächelt nachsichtig und zitiert Lenin: Erst dann, wenn die Unterschichten das Alte nicht mehr wollen und die Oberschichten in der alten Weise nicht mehr können, erst dann kann die Revolution siegen ... Das genügt ihm, es bringt Klarheit, gelernt ist gelernt. Sein Humor hat nicht gelitten, das robuste Gemüt. Er ist jünger, flinker, schüttelt den Katzenjammer ab. Weshalb soll er einen Schmerz empfinden, der seine Chefs plagen mag, nach dem Verlust ihrer Macht? Deren Kummer teilt er so wenig, wie die ihre Rente mit ihm teilen. Jeder muß sehen, wo er bleibt.

Rente, fragt Wendt, und hört satte Zahlen. Generalleutnant Rudi Mittag bekam 6000 Mark und tritt nun mit 70 Prozent davon, 4200 Mark, festen Schritts in den Vorruhestand. Generaloberst a. D. Markus Wolf bezieht 6400 Mark, denn bei ihm kommen, wegen der Emigration, noch 1500 Mark Verfolgtenrente hinzu. Den Vogel hat Armeegeneral Erich Mielke abgeschossen, da werden aus Minister-, Stasi- und Faschismusrente fast 9000 Mark ... Manch einem sein ganzes Erspartes. So läßt sich's leben, trotz alledem! Der ordnungliebende Modrow sorgt dafür, daß dies auch so bleibt.

Die Großen fallen weich, teilt Zelter mit, die Kleinen kriechen unter, zu viele sind es, nicht alle kann man pensionieren. Ein paar von ihnen spielen bereits Taxifahrer, das sei günstig für die Kunden. Der Fahrgast braucht nur den Namen zu nennen, dann kennt man als Fahrer schon die Adresse und weiß auch, wo die Geliebte wohnt.

»Schön, daß du's leichtnimmst«, sagt Wendt. Die Witze gehen weiter. Der Hauptmann fragt sich, wie er das erträgt. Der nächste, den Zelter herausläßt, handelt von Marx. Der Rauschebart entschuldigt sich bei den Parteimitgliedern, die in der Scheiße stecken. Tut mir leid, Jungs, sagt er lässig, war halt nur so 'ne Idee von mir.

Wendt spürt, das Hoch in ihm sackt weg, er muß zur Sache kommen. Trocken, ohne Vorwurf schildert er den Fall Nebel. Zelter wischt sich Bierschaum vom Mund. »Muß das sein?« fragt er. »Wozu böse Geister wecken? Was bringt dir das?«

»Vielleicht einen besseren Schlaf.«

»Und du glaubst, den hab' auch ich nötig?«

»Das mußt du selber wissen, Hilmar. Wir beide haben das nicht gewollt, jetzt hilft uns nur die Offenlegung. Sei der Kerl, der du für mich immer gewesen bist.«

»Ein starkes Wort. Frei nach Feliks D.: Der Tschekist muß ein heißes Herz, kühlen Verstand und saubere Hände haben, wie?«

»Oder vor allem die Schnauze halten?«

Zelter überlegt, dann sagt er leise: »Du, mir blieb gar nichts anderes übrig damals. Alles Geschwätz feindlicher Personenkreise über die Firma kam dort zwangsläufig auf den Tisch.«

»Für die Folgen bist du nicht verantwortlich.«

»Nein. Ich hab's notiert, pflichtgemäß, und denke, es ist bei Hauptmann Helmholz gelandet. Der muß das automatisch hochgereicht haben.«

»Und an wen?«

»Keine Ahnung. Auf der Linie zwanzig. An einen, der dann wohl mit Gott geredet hat oder einem Stellvertreter.«

»Wie wäre es, Helmholz mal zu fragen?«

»Zwecklos. Der heißt bei uns das Schwarze Loch, weil alles, was du an ihn heranträgst, spurlos verschwindet. Er stopft das in seinen Schreibtisch und vergißt es.«

Wendt schweigt, es fällt ihm schwer, das zu glauben.

»Helmholz gibt's nicht mehr in Rostock«, sagt Zelter. »Ich weiß nicht, wo der jetzt steckt. Du müßtest feststellen, ob aus der Meldung ein Befehl geworden ist, falls es sich überhaupt so abgespielt hat.«

»Wie soll's denn sonst gelaufen sein?«

»Als Reflex, auf dem kurzen Draht.« Zelter beugt sich vor. »Gleich nach der Wende ist das passiert? Dann könnte doch jemand gesagt haben, Genossen, es wird brenzlig, Schotten dicht, schafft das Problem aus der Welt – ohne daß etwas Schriftliches existiert. Weder die Weisung noch die Vollzugsmeldung.«

»Eine solch perfekte Operation ohne Einsatzbericht?«

»Halte ich für möglich, bei akuter Gefahrenlage.«

»Vielleicht ist auf Nebels Dossier ein Vermerk.«

»Wie stellst du dir das vor? Ein komplettes Dossier hat nicht mal Berlin. Die Teile sind schwer auffindbar, mein Lieber.«

»Erzähl mir, wie das geht.«

»Ja, der Zugang erfolgt über den Code, das ist die Personalnummer bei uns. Der Code führt zu Karteikarten, die wiederum auf besondere Akten verweisen. Die gilt es dann zu finden.«

»Das klingt sehr kompliziert.«

»Es ist ein Dschungel, Christian. Da liefen soviel Berichte ein, kein Schwanz kam mehr mit der Auswertung nach. Ein Dschungel, und die Holzfäller sind darin zugange. Papiere enden im Reißwolf, Tonbänder werden gelöscht, kilometerweise täglich. Auch in Rostock raucht mancher Schornstein nicht, weil es Winter wird. Kaum anzunehmen, daß eine Spur bleibt von Aktionen, die so heiß sind wie die, in die du dich da verbeißt.«

»Ach, man zerstört das einfach?«

»Manches wird auch weggeschafft. Letzten Samstag ist eine Linienmaschine nach Bukarest gestartet, Interflug Nummer 340. An Bord fünfzehn Kisten, ohne Zollabfertigung in Schönefeld.«

»Rumänien hebt das für euch auf?«

»Kein Mangel an Depots. Kuba ist weit, und China ist groß. Christian, laß es sein! Da kommst du nicht mehr ran.«

Gleich Mitternacht, der Hauptmann aber ist zu wach, um an Schlaf zu denken. Daheim vorm Bildschirm merkt er, die Luft ist raus, der Sinkflug ins Bodenlose hat eingesetzt. Unaufhaltsam, noch eine Pille darf er nicht nehmen, die gäbe ihm den Rest. Was also hilft, Schokolade, das Labsal des Einsamen? Zelter stopft sich damit voll, der ist nicht nur runder, sondern in seinen Augen auch größer geworden, ein ganz anderer Mann, 15 Jahre jünger, ihm einfach überlegen. Der packt es noch, das Leben! Ruf mich bald mal wieder an, hat Hilmar beim Abschied gesagt, es wirkt wie ein beiläufiges Erkundigen nach dem nächsten Schritt. Welcher bleibt noch? Wendt denkt an Fink, an die Staatsanwaltschaft und das Bürgerkomitee in der Bebelstraße. Ringsum sieht er Hürden, Verschleppung, passiven Widerstand. Der Schachspieler in ihm geht sämtliche Züge durch. Die Firma scheidet aus seiner Berechnung aus. Naiv von ihm, zu meinen, da verdrecke jemand das eigene Nest oder belaste sich sogar selbst.

Der Kommentator sagt, die SED bereite unter Gregor Gysi,

dem schlauen Anwalt, ihr Comeback vor, den Außerordentlichen Parteitag, der schon übermorgen in Berlin starten soll. Mit ihrem Diskussionspapier streut die Partei sich Asche aufs Haupt und gesteht ihr Versagen, die Schuld an der tiefsten Krise in der Geschichte der Deutschen Demokratischen Republik. Nun freilich will sie aufsteigen wie der Vogel Phönix, einzig fürs Volk, und auf einmal sind ihr sogar die sozialdemokratischen Traditionen heilig! Doch der Jubel um Willy Brandt, heute in Rostocks Marienkirche und im *Teepott* von Warnemünde – ausgestrahlt von der Sendung »Kennzeichen D« des ZDF –, hat offenbart, auf wen die Bevölkerung in Wahrheit hofft.

Der Druck auf der Brust ist wieder da, das Ätzen in der Kehle. Wendt versinkt in Trauer, rudert verzweifelt, sein linker Arm tut weh. Er ist bei den Verlierern und fühlt die Schmach der Kapitulation. Die dritte Katastrophe des Jahrhunderts. Deutschlands Linke wiederum gescheitert, diesmal rundum und total. Nichts geht und nichts gilt mehr. Die Führung spricht den Offenbarungseid dort vorm Ausschuß des Unionsfreunds Dr. Heinrich Toeplitz, der ihr als oberster Richter des Landes früher den Steigbügel hielt. Das sprengt das Fundament, wie die Ruine retten? Wo da noch reformieren, mit dem Flickwerk beginnen, wie belebt man denn eine Idee, die in den Staub gesunken ist? Es ist doch gerade so, als hätte die Geistlichkeit verkündet, die Kirche habe sich geirrt, fast 2000 Jahre lang, der Papst sei immer ein Bandit und die Bibel eine Fälschung gewesen! Würde die Christenheit das überstehen? Welche Gemeinschaft erholt sich vom Verlust ihres Glaubens?

Was flimmert da auf der Mattscheibe? Ah, die Topmeldung des Tages. Der flüchtige Ex-Staatssekretär Schalck-Golodkowski hat sich am späten Abend den Justizbehörden von Westberlin gestellt und sitzt in Moabit ein. Schalcks Anwalt betont, sein Mandant werde nicht freiwillig in die DDR zurückgehen, sondern alle Rechtsmöglichkeiten ausschöpfen, die ihm der Instanzenweg bis hin zum Bundesverfassungsgericht bietet. Zwar, es besteht gegen ihn Haftbefehl wegen Untreue zum Nachteil sozialistischen Eigentums im schweren Fall, doch sein Gewissen ist rein, er hat alle ihm zugänglichen Konten in der

Schweiz persönlich aufgelöst und das Geld, 60 Millionen D-Mark, der DDR-Außenhandelsbank zugeleitet. Der Staatssicherheit, der er entronnen sei, gehöre er selbst als Oberst an. Seine Geschäfte, die der Saubermann Markus Wolf durchleuchten soll, sind dem ja bestens bekannt, seit langem. Soll Wolf das aufklären, was er selber mitgeschaffen hat? Hier wird der Bock zum Gärtner gemacht. Die Mitteilung der Generalstaatsanwaltschaft, gegen Schalck ermittele das Amt für Nationale Sicherheit, spricht Bände! Als Sündenbock steht sein Mandant nicht zur Verfügung... Nein, ganz gewiß, der Lieblingsmafioso des Politbüros eignet sich schlecht zum Opferlamm.

Ein Wort Herbert Wehners noch, bevor *Erotisches zur Nacht* die Schande bedeckt. »Das SED-Experiment wird fürchterlich enden«, hat der schon am 8. Januar 1964 erklärt, »mit moralischem Katzenjammer und einer sittlichen Vernichtung derer, die einmal in ehrlicher Absicht versucht haben, kommunistische oder sozialistische Vorstellungen solcher Art zu realisieren.«

Aus, Schluß. Mußte es dahin kommen? Sicherlich. Mit der Politik ist es schwieriger als mit der Moral. Es fehlt das verläßliche Rezept. Parteiführer, die ein skrupelloser Geheimdienst stützt, treten nie von sich aus ab; sie sind auch kaum zu stürzen. Nicht mal die Dringlichkeit des Rücktritts leuchtet ein, Propaganda verhüllt ihr Scheitern, die Mißwirtschaft und den Irrweg, auf den sie geraten sind. Gleichheit und Ordnung haben sie über die Freiheit gestellt, die menschliche Natur verkannt und deren Schwächen – obwohl es ihre eigenen sind – mit Gewalt korrigiert. Das heißt bei ihnen Sozialismus. Der Fortschritt ein Marsch, soziale Gerechtigkeit als starr exerziertes Programm.

Das, so scheint es Wendt, ist der Punkt. Die Bruchstelle lag im Kontrast, in dem harten Anspruch der Führung auf Ordnung, auf Pflichterfüllung und im Verlangen des Volkes nach Leichtigkeit, nach bunter Spontaneität. Es will sich frei fühlen, es läßt sich nicht zwingen zu seinem Glück. Da liegt der Grund für das Fiasko im großen wie im kleinen, für den Schiffbruch auch in seiner Ehe. Wie hat Jenny damals gesagt – du bist rechts, und ich bin links. Du bist für mehr Ordnung, ich für mehr Freiheit... Der Widerspruch ist zu tief gewesen. Soviel Spannung hält keine Partnerschaft aus.

Ein Scherbenhaufen. Das verfehlte Konzept. Staat und Partei am Ende, so wie er selber privat. Wendt stöhnt, lauscht in sich hinein, ein gräßlicher Laut, drang der aus seiner Brust? Die Pistole auf dem Tisch rückt ihm in den Blick, er versucht sie zu übersehen. Das rumänische Modell 74. Damit hat sich vorgestern in Suhl ein verängstigter Offizier erschossen, als 5000 Belagerer in die Stasiburg eingedrungen sind, auch durch Tränengas nicht zu stoppen. Die Waffe starrt ihn an. Es geht ganz schnell, ist aber ziemlich schwarz da draußen im Nichts. Das kann die Lösung nicht sein. Vielleicht hat ja noch wer Verwendung für ihn, Ralf oder Nina, wer weiß. Und den Täter will er jagen, dem setzt er nach – mit dem Eifer des Verlassenen. Don Quichotte, die Lanze eingelegt. Sicher, die Chance ist gering. Doch nichts braucht er so wie *den* Erfolg, der brächte ihm ein Stück Sinn zurück. Daran klammert er sich...

46

Am Samstag, dem 13. Januar 1990, wurde Hauptmann Wendt früh zum Diensthabenden bestellt, dem Oberstleutnant Fink. Bekanntes schien sich zu wiederholen, nur zeigte Fink, in gesundes Fett verpackt, diesmal ein sauertöpfisches Gesicht, als sei ihm Mißmut auferlegt, wie ein Grundempfinden der Behörde in dieser schweren Zeit. Auch hatte er ein paar Papiere vor sich arrangiert, anstatt ihn wie sonst zu empfangen: schutzlos, aalglatt, durch keinen Zeugen gedeckt und ohne Requisiten.

»Major Grote ist krank«, sagte er versuchsweise und räusperte sich. »Die Grippe hat ihn erwischt, für das Pressegespräch am Dienstag fällt er aus. Es wäre mir eine große Hilfe, wenn Sie das machen könnten, Herr Wendt. Wir müssen auf neue Erscheinungen hinweisen, die Probleme der offenen Grenze. Da kommt was auf uns zu – Schmuggel, Waffenbesitz,

Drogenkriminalität. Hier ist Grotes Material; drei Tage Zeit, es zu lesen.«

»Das möchte ich lieber nicht, Herr Oberstleutnant. Es gehört ja weder zu meinem Aufgabenkreis, noch hab' ich dabei ein gutes Gefühl.«

»Das ist keine Sache des Gefühls, sondern der Vernunft. Wir müssen Vertrauen zurückgewinnen. Den Leuten erklären, was alles geschieht zur Abwehr der Gefahren. Daß wir eng mit der Zollfahndung kooperieren, die Zusammenarbeit mit dem Bundeskriminalamt suchen und sogar den Kontakt zur Interpol, Paris. Das baut uns vor der Bevölkerung wieder auf.«

»Da beginnen meine Schwierigkeiten. Das BKA und Interpol, solche Behörden sind mir fremd – bisher eher als Handlanger westlicher Geheimdienste in Erinnerung.«

»Seien Sie mal nicht altmodisch!«

»Öffentlichkeitsarbeit überfordert mich. Jeder hat seine Grenzen.«

Fink erhob sich, behende nahm er zwei Kognakgläser aus dem Schrank und goß fingerbreit ein, bräunlichen Weinbrand, den man früher bei Oberst Eichhorn bekommen hatte. »Klingt bekannt«, sagte er mürrisch. »Sie legen sich wieder quer. Ähnlich schon letzte Woche Ihr Argument, als Sie es abgelehnt haben, sich um die rechtsradikalen Schmierereien im Kreis Wolgast zu kümmern.«

»Für Schmierereien ist die Mordkommission nicht da, Herr Oberstleutnant, egal, ob es nun rechte oder linke sind, wie einst im Mai.«

Fink stellte ein Glas auf den Tisch, das andere ließ er vor sich kreisen, als veranstalte er eine Kollekte. Breites Kreuz und Hubraum in der Lunge, seine Statur war eindrucksvoll, Brust und Bauch aus einem Stück, hinter sanft gewölbtem Speck. Der Polizeiarzt sprach bei ihm, wie es hieß, von harmonischer Fettsucht. »Zum Wohl, mein Lieber«, brummte er. »Was liegt denn diesmal wirklich an?«

»Soll die Antwort höflich sein oder wahr?«

»Vielleicht kriegen Sie das unter einen Hut.«

»Erfahrung«, sagte Wendt. »Ich hab' dabei keine glückliche Hand. Mein letztes Gespräch mit einem dieser Neugierigen war, wie Sie wissen, ein Reinfall – letzten Endes tödlich für den Mann. Ohne daß es mir gelingt, den Mörder zu fassen.«

»Die gesetzliche Bearbeitungsfrist ist ja noch nicht um.« Der Oberstleutnant wies auf ein zweites Schriftstück, das vor ihm lag. »Eben kommt dazu ein Gutachten des Militäroberstaatsanwalts, um das ich gebeten hatte.« Er reichte es über den Schreibtisch. »Wenn Sie's durchhaben, lassen Sie mich wissen, ob es Ihnen sinnvoll erscheint, Ihre Nachforschungen fortzusetzen; oder ob Sie sich doch lieber dem widmen möchten, was ich Ihnen jetzt vorschlage.«

Das klang abschließend, der Hauptmann wollte aufstehen, doch Fink goß noch mal nach. »Worauf trinken wir?« fragte er. »Nun, vielleicht auf die persönliche Freiheit.«

»Sie sehen mich etwas überrascht.«

»Ich meine damit Ihre Scheidung, Herr Wendt.«

»Ihr Interesse an meinem Leben ehrt mich.«

»Und ich gratuliere Ihnen. Auf ein neues! Sie kennen ja meine Ansicht; diese Frau hat nie zu Ihnen gepaßt.«

»Wenn das die Meinung im Haus gewesen ist, weshalb wurde mir dann erlaubt, sie vor Ablauf der Verjährungsfrist zu heiraten?«

Auf Finks kompaktem Gesicht erschien das kleine Lächeln. »Es gab da womöglich einen Wink«, sagte er, und seine Fischaugen wurden schmal. »Aus welcher Ecke, das erraten Sie bestimmt allein.«

In seinem Büro las Wendt den Text, der laut Briefkopf aus dem Ministerium für Nationale Verteidigung kam. »Aufgrund der festgestellten Waffen- und Munitionsbestände im Lagerobjekt Kavelstorf in Rostock-Land«, hieß es im kühlen Stil der Militärjustiz, »wurde zur Prüfung vermuteter illegaler Waffengeschäfte am 4. Dezember 1989 ein Ermittlungsverfahren gemäß § 207 des Strafgesetzbuches eingeleitet. Trotz umfangreicher militärstaatsanwaltschaftlicher Ermittlungen zur Produktion, zum Export und Import von Waffen und Militärtechnik durch die DDR konnte der Verdacht einer Straftat daran beteiligter Personen nicht bestätigt werden. Tatsache ist, daß die DDR auch in Nichtmitgliedsländer des Warschauer Vertrages Militärtechnik exportiert hat, ohne sich bisher dazu national oder international zu bekennen.«

Gut gesagt. »Der NSW-Export militärischer Güter erfolgte im speziellen Außenhandel zur Valutaerwirtschaftung, auch in sogenannte Spannungsregionen«, las der Hauptmann weiter, über die Glätte des Ausdrucks staunend. »Diese spezielle Exporttätigkeit war durch verbindliche Rechtsvorschriften der früheren Regierung geregelt. Dem Export von Militärtechnik und seiner Realisierung gingen politische Entscheidungen und daraus abgeleitete Weisungen bzw. Zustimmungen ehemaliger Führungskader wie Honecker, Mittag, Stoph, Mielke und Schalck-Golodkowski voraus. Auf diese Weise wurde 1982 der Außenhandelsbetrieb IMES GMBH IMPORT-EXPORT – welcher dem bisherigen Bereich Kommerzielle Koordinierung angehörte – zur Erfüllung von Sonderaufgaben im speziellen Außenhandel gegründet. In die strengste Geheimhaltungspraxis der Lagerung und des Transportes im Rahmen der Vertragsrealisierung ordnet sich das aktive Mitwirken von Diensteinheiten des ehemaligen MfS ein. Das Waffenlager Kavelstorf wurde dazu zielgerichtet unter einer Legende errichtet, durch Angehörige des MfS bewirtschaftet und gesichert.«

Zielgerichtet errichtet, wohl treffend, doch kaum glanzvoll formuliert. Wen das Meer zu verschlingen droht, dachte Wendt, der hält sich auch an Belanglosem fest, um über Wasser zu bleiben. »Es wurden nicht nur Schützenwaffen und Munition, sondern in Einzelfällen auch Waffensysteme wie Panzer und Flugzeuge des Typs MiG-21 sowie Instandsetzungsleistungen exportiert. Massenvernichtungsmittel und international geächtete Waffen sind keinesfalls gehandelt worden.«

Welch ein Trost! Und nun kam der Militäroberstaatsanwalt zum Kern. »Bis zum gegenwärtigen Zeitpunkt verbietet die Rechtsordnung der DDR solche Waffenexporte nicht«, teilte er trocken mit. »Die Exporte haben auch nicht gegen allgemeinverbindliche Regelungen des Völkerrechts verstoßen. Der Waffenhandel und die Tätigkeit der beauftragten Betriebe, Einrichtungen und Mitarbeiter war folglich zu keiner Zeit illegal. Angesichts fehlender gesetzlicher Verbote und Strafbestimmungen ist die Anwendung des Strafrechts ausgeschlossen. Die politische Verantwortung dafür tragen die genannten Personen. Moralisch-ethische und politische Aspekte des internationalen Waffenhandels sind nicht mittels strafrechtlicher Schritte durchsetzbar, sondern obliegen künftigen Entscheidungen der Regierung und gesetzlichen Regelungen.«

Aus. Ein Sieg der Staatsräson und der juristischen Logik. Alles war rechtens gewesen. Staatsmänner durften dies tun. Sie standen über dem Gesetz oder erließen erst gar keins, das auf ihr Handeln paßte. Sie trugen *politische Verantwortung,* aber strafrechtlich hieß das nichts. Die Wirkung war gleich Null. Wer immer Richard Nebel getötet hatte, der hatte es in höchstem Interesse oder auf Befehl getan, sicherlich *in Staatsnotwehr,* vielleicht die Notwehr überschritten, falls der Geheimnisschutz anders zu gewährleisten war, doch grundsätzlich in Einklang mit dem noch immer geltenden Recht, so wie die Militärstaatsanwaltschaft es begriff. Und mit ihr die Kriminalpolizei; am Ende wohl auch das Gericht – vor das die Sache niemals kam, auch dafür schien gesorgt.

Keine Beweisaufnahme. Wendt sah, die Akte war geschlossen. Es hatte keinen Zweck, er rannte gegen eine Wand. Was wunderte ihn daran, Fink hatte es doch prophezeit! Wunderte ihn, daß er so ruhig blieb, daß es ihn nicht härter traf? Nahm er die Dinge hin, begriff er seine Ohnmacht nach den Wochen des Mißerfolgs? Ertrug er all das, weil daheim im Komponistenviertel – wie er hoffte – ihn ein Trost erwartete? Weshalb nicht auch hier? Weshalb stand in diesem Haus niemand an seiner Seite?

Fragen über Fragen, und siehe da, eine Antwort zumindest stellte sich ein. Er kam nicht voran mit dem Fall, prallte ab von der Mauer des Schweigens – durch seine Isolation. Und er blieb allein, es half ihm keiner, weil er den anderen vorausgeeilt war. Die hausinterne Meinung lag ein Stück hinter ihm, er hatte sich von der Truppe entfernt und genoß nicht mehr deren Unterstützung. Entfernt unter dem Einfluß Richard Nebels, dem es übrigens im Kreis seiner eigenen Kollegen ganz ähnlich ergangen war. Hatte er, Wendt, nicht vor acht Monaten den Mann noch gefragt, was schlecht sei an staatlichem Waffenhandel? Und heute nahm er praktisch dessen Haltung an. So hatte sich seine Sicht gewandelt seit dem Gespräch im letzten Mai. Er war unter die Träumer gegangen und mußte zurück in die Wirklichkeit...

Die Dämmerung sank früh an einem Nachmittag im Winter. Grau stülpte sie sich über Rostock, den Fluß und das Wochenende. Für ihn der rechte Rahmen, wie hatte er sich auf den Moment gefreut! Im Treppenhaus hing Kaffeeduft, als der Hauptmann heimkam, nach all der dienstlichen Plage. In sorglosen Stunden, dachte er, während die Stufen unter ihm knarrten, wenn König Salomon ohne Krisen das Reich regiert oder die Krone vergißt, beginnt sein Aufstieg zum Glück... Das Türschloß schnappte, er sah Ninas Flauschmantel an der Flurgarderobe und hörte Geschirr klappern in ihrer Hand. Sie deckte schon den Kaffeetisch. Es war alles so real, ein leibhaftiges Versprechen auf das Köstliche der blauen Stunde. Ihr zweiter Besuch bei ihm, letztes Mal hatte er ihr die Schlüssel mitgegeben.

Der Atem stockte ihm, als sie über die Schwelle trat. Das Licht in dem kleinen Flur hob Ninas Erscheinung ins Wunderbare, es verlieh ihr etwas Schmeichelhaftes und Tänzerisches – ihm fehlten die Worte dafür. Betörend stieg ihm der Hauch ihres Parfüms in die Nase. Zumal das Lächeln, warm und tief, gab ihm recht: Man kann nicht immerzu kämpfen, elf Wochen sind genug. Grün blitzten ihre Augen hinter den Gläsern, sie rieb sich an ihm und stieß ein Gurren aus, fröhlich, vital. Ja, es war perfekt! – »Wartest du schon lange auf mich?«

»Ach, das macht doch nichts.« Sie ließ ihn los. »Während du fleißig warst und die Verbrecher fängst, hab' ich gefaulenzt, die Füße hochgelegt und Zeitung gelesen.«

»Und dich zu Tode gelangweilt.«

»Mit der Zeitung? Nein, inzwischen steht doch da was drin. ›Die Unabhängige im Norden‹ heißt sie jetzt, ist richtig lesbar geworden.«

»Die Wende macht alles amüsant«, sagte er. »Das Chaos im Lande ist wie neu. Früher konntest du es bloß dumpf ahnen, heute steht's in der Zeitung. Das unterhält schön und bringt uns enorm voran.«

Nina verschränkte die Arme unter den Brüsten und musterte

ihn besorgt. »Ärger im Büro?« fragte sie. Ihr Haar wirkte wie ein zarter Umhang der Verheißung, die Taille war unglaublich schmal, der schwarze Rock hörte eine Handbreit überm Knie auf, um schimmernde Beine freizugeben. Sie trug Pumps aus dem Exquisit, die das Bild ihrer Anmut hochhackig unterstrichen. Die Seidenbluse, offen bis zum Brustansatz, schien vollends darauf angelegt, den Feuersturm in ihm zu entfachen. Wenn die Kerzen niederbrannten, die sie drin plaziert hatte, wie er durch den Türspalt sah.

»Ärger ist das falsche Wort«, sagte er, willens, den Kummer mit ihr zu teilen. Sei es auch nur, um die Erregung zu dämpfen und das Unvermeidliche hinauszuschieben, wie es sich gehört. Das Schwelgen der Leiber, damit man frei blieb von dem Verdacht, schiere Lust und Flucht ins Reich der Sinne sei einem wichtiger als das Gespräch, menschliche Nähe und Kultur. Salomon legt das Zepter weg, aber mit Bedacht.

»Was ist denn passiert, Christian?«

»Wir haben Richard Nebel heute zum zweitenmal begraben. Erst den Mann, nun auch den Fall.«

Stumm hörte sie ihm zu, umklammerte ihr Handgelenk, als wäre es gebrochen – in dieser Pose des Betroffenseins erstarrt. »Ich begreife, was das für dich heißt.«

»Ja. Wie stehe ich vor deinem Jungen da? Er hat mir geholfen und absolut vertraut. Hundertmal hab' ich ihm erklärt, wir fassen den Kerl.«

»Mach dir darum keine Sorgen«, sagte Nina. »Was hätte Ralf wirklich davon? Richard war sein bester Freund, aber das gäbe ihm ja den nicht wieder. Du tust viel mehr für Ralf, wenn du ihm den Freund ersetzt.«

Er legte die Hand an ihre Wange und fand, daß sie weinte. Ihr kamen schnell die Tränen, diesmal aber war auch ihm danach zumute. Der gescheiterte Kriminalist. Außerstande, das Recht zu wahren. Unfähig, den Täter zu stellen, blieb ihm nur noch der Versuch, das Opfer zu ersetzen. Dies würde ihm Frieden geben; das war der Rest.

Plötzlich im Vorabendprogramm, über der Schlagsahne und dem Glanz der Kerzen, sprengte Jenny die Zweisamkeit. Bleich wie eine Witwe erschien sie auf dem Bildschirm, zwischen zwei Rivalen geklemmt, denen sie Saures gab. Ihr Pullover, himbeerrot, stand am Hals offen, als konkurriere sie mit Nina und werfe alles in die Schlacht. Ihr helles Haar schien gesträubt, zerzaust im Streit, auf der Stirn glänzte Schweiß, und ihr Blick glitt von einem zum anderen. Sie stach beide Gegner ab, den Sprecher der CDU wie den Mann von Wendts Partei, der SED-PDS.

»Gerechtigkeit«, hörte er sie sagen. »Es ist ein Gebot der Moral, der Gemeinde Cumin die Gästehäuser und Bonzenheime zu überlassen – für eine Arztpraxis, Behandlungsräume mit Sauna und Solarium, Dinge, auf die der Ort seit Jahrzehnten vergebens wartet. Sowie für ein Café. Das hat uns CDU-Chef Götting damals weggenommen. Oder machen Sie es auch so wie die SED, die alle Schuld der korrupten Spitze gibt und ihre Hände in Unschuld wäscht? Auf dem Parteibesitz aber, zusammengerafft in vierzig Jahren absoluter Macht, gluckt wie der Drache auf dem Schatz!«

»Wir haben drei Milliarden zurückgegeben, Frau Wendt.«

»Und wie viele Milliarden behalten? Wo bleibt eigentlich Ihre Rechenschaftslegung? Jedes bißchen muß man Ihnen mühsam entwinden. Ihr Luxus in Cumin schreit zum Himmel. Die Rückgabe ist der springende Punkt. Nur das beweist den Gesinnungswandel, spräche für Ihre Ehrlichkeit.«

Neu war, sie ließ die Einzelheiten weg. Keine Rede mehr von den Betonwegen, dem Märchenprunk des Herrn Schalck, verglichen mit den Holperstraßen des Orts und dessen versumpftem Parkplatz. Sie streifte das Lokale ab und wurde schnell grundsätzlich. Aber ihr Eifer, das Gnadenlose, die Angriffslust! In ihr glomm der Wunsch, sich landesweit hervorzutun. Wendt staunte, wie sicher sie im Fernsehen auftrat. Sprach ein anderer, blieb sie gefaßt und hörte scheinbar nachdenklich zu; doch jeder Einspruch glitt an ihr ab. Trotzdem strahlte sie Güte aus, Sauberkeit, machte sich zum Anwalt der Schwachen, bereit, selbstlos fremdes Leid zu lindern. Ihre Widersacher hingegen sagten Sprüche auf, verflüchtigten sich zu Randfiguren und wirkten marionettenhaft ferngelenkt. Jenny gab einem das Gefühl, die Hand Moskaus sei noch spürbar in der SED-PDS, während bei der CDU eindeutig Bonn die Fäden zog. Ihr Neues Forum war als Urheber der Herbstrevolution die einzig verläßliche Kraft. Sie hatte das Talent, Gegner ins Unrecht zu setzen, ohne als unfair zu erscheinen. Schauspielerin, dachte Wendt, von ihrem Stil fasziniert. Jenny träumte vor der Kamera, eben noch schlug sie sanfte Töne an, um gleich darauf knallhart zu sein – ehe die arglosen Partner Zeit fanden, ihre Stacheln aufzurichten.

Ihr Geschichtsbild war grandios. Von Wilhelm II. bis zu Helmut Kohl spannte sie den Bogen. Nur allzu flink hätten Stalin und seine Vasallen Kaiser und Führer abgelöst. »Wir Deutschen durften wieder Untertanen sein, viele sind es bis heute geblieben«, gab sie bekannt. »Anderen wuchs gerade aus der Unterdrückung ein Selbstbewußtsein zu, das sich revolutionär behauptet hat...« Und während man ihr widersprach, zog sie die Lippen zu einem O zusammen, entließ kleine Schniefer durch die Nase und brachte den Redner aus dem Konzept. Keck sah sie aus, ihre Darbietung war vergnüglich.

»Sie bauen auf die Gnade des Siegers«, warf sie ihrem rechten Nachbarn, dem Unionsfreund, lächelnd vor. »Des reichen Onkels, der sich anschickt, uns zu schlucken, dessen Wirtschaftskraft das Abstoßende seiner Gier verdeckt. Es reicht Bonn nicht, daß der Kommunismus bankrott ist, mit ihm soll auch Dubceks Traum vom Sozialismus mit menschlichem Gesicht am Ende sein.«

»Danke«, sagte ihr linker Nachbar, »das sind meine Worte. Der demokratische Sozialismus steht auf unserem Programm.«

»Von Ihrer Partei hab' ich soviel geschluckt, daß mir manches wieder hochkommt«, konterte sie, ohne Scheu vor einem falschen Zungenschlag. »Bevor Sie von demokratischem Sozialismus schwärmen, sehen Sie sich mal die Renten heute an, jetzt nach der Wende. Die der Werktätigen und die Ihrer Genossen.«

»Wenn Sie den Rentenfonds der Partei meinen, der kommt ganz ohne Staatszuschuß aus. Der Anspruch unserer Mitarbeiter beruht auf freiwillig gezahlten Beiträgen.«

»Und Ihre Führer, die Sie ausgeschlossen haben?«

»Erhalten keinen Pfennig mehr von der Partei.«

»Darben muß da trotzdem niemand. Honecker bezieht fünftausend Mark Pension für sein Staatsamt und als Kämpfer gegen den Faschismus, dreitausendachthundert sind's bei seiner Frau.«

»Bitte, woher sind diese Zahlen?«

»Aus der Westpresse. In Ihren Augen Verleumdung? Warum hat's der Genosse Gysi dann nicht dementiert? Lassen Sie mich die Vermutung wagen: weil es im wesentlichen stimmt. Noch besser ist der General Keßler gestellt, da addieren sich Minister- und Militärpension.«

»Wir können nicht jeden Unsinn widerlegen, der drüben über uns verbreitet wird.«

»Weil Sie ganz damit beschäftigt sind, Ihr gigantisches Parteivermögen zu sichern? Oder eine Viertelmillion Getreue nach Treptow zu rufen, ans Ehrenmal der Sowjetarmee, das von unbekannter Hand beschmiert worden ist?«

Wendt dämpfte den Ton mit der Fernbedienung, neben sich nahm er eine raschelnde Unruhe wahr, als diffuses Warnsignal. Nina strich ihr Haar zurück, sie schlug die Beine übereinander und wippte mit dem Fuß. Wenn diese Beine auch jetzt nicht zur Debatte standen, ihr Anblick betörte ihn, denn die Strümpfe ließen sie funkeln. Sooft sie sich bewegte, schimmerten Reflexe auf.

»Verzeih mir«, bat er. »Meine Exfrau nervt dich.«

»Wieso? Ich ertrage sie doch auch in Cumin.«

Ninas Stimmung war ihm ein Rätsel. Die Sendung mußte Gift für sie sein. Ihr ausgeprägter Sinn für Geborgenheit wurde verletzt. Er knipste vorsichtshalber aus.

»Doch nicht meinetwegen.« Es klang kläglich. Der Rock war ihr halb hinaufgerutscht, sie zog ihn krampfhaft glatt. »Hör nur zu, wo du noch so an ihr hängst.«

»Da täuschst du dich aber. Mich haben bloß die Argumente interessiert.«

»Seit fünf Minuten bist du gar nicht mehr im Zimmer.« Sie schien auf einmal den Tränen nahe. »Ach, Christian, man merkt doch, was sie dir bedeutet.«

»Unsinn, das ist vorbei.« Wo hatte sie gelernt, ihn so anzusehen, ohne Vorwurf im verschwimmenden Blick? Sich zurückzuhalten, wenn es ihr ans Mark ging? Aus. Er hatte den Faden verloren. Es strengte ihn an, das Gespräch fortzusetzen. »Jenny war eine Illusion für mich.«

»Was ist bei mir da anders? Was kann ich dir schon geben? Eher weniger, viel weniger als sie.«

Er widerstand dem Gelüst, ironisch zu sein, aus Furcht, sie zu kränken. Nina war viel zu bescheiden. Ging etwas gut, dann freute sie sich; wenn nicht, dann war das Leben halt so. Er suchte ja nicht Eloquenz bei einer Frau, sondern Liebe, Treue, Anerkennung, und davon hielt sie viel für ihn bereit. »Was du für mich bist«, sagte er voller Unbehagen, das in Worte zu fassen, was er empfand, doch weder durchdenken noch äußern mochte – gehemmt von einer männlichen Scheu, Gefühle zu bekennen. »Na einfach das Leben! Wer weiß, wie ich all das überstanden hätte... Die letzte Zeit, und ganz besonders den heutigen Tag.«

Mit einer kleinen, ruckartigen Geste schnitt Nina ihm das Wort ab. Sie legte ihre Hand, die nach Seife roch, auf seinen Mund, als fürchte sie, solch eine Erklärung plage ihn, und er könne es ihr verübeln, wenn sie ihm die abzwang... Sie saß auf seinen Knien, als er zu ihr sagte: »Keine Angst vor Jenny! Die steht nicht zwischen uns.«

»Was dann?«

»Überhaupt nichts, Nina. Höchstens, daß sie es nicht schafft, dich aus Cumin zu vertreiben, her zu mir.«

»Ich soll nach Rostock ziehen, zu dir?«

»Du bist doch nicht etwa vorbestraft? Nein? Dann gibt es mit uns kein Problem.«

Später läutete das Telefon, der Hauptmann hob ab. Jemand erkundigte sich höflich nach seinem Befinden. Es klang wie ein Anruf von außerhalb, durch mürbe Leitungen gedämpft. »Wer spricht da eigentlich?« fragte er.

»Ich denke doch, ein Kriminalist erkennt die Stimme.«

»Ah – Herr Werner. Und was wünschen Sie?«

»Ihnen Erfolg im Beruf, nun, da Ihr letzter Fall erledigt ist.

Daß Ihnen die Arbeit bald wieder so schmeckt wie Ihr persönliches Leben.«

»Na, hoffentlich. Wie geht's Ihnen selber?«

»Danke, ganz gut.« Der Major lachte leise. »Zwangsläufig. Wer bis zum Hals in der Scheiße steckt, der darf den Kopf nicht hängenlassen.«

Wendt schwieg. Galgenhumor kam sonst bei ihm an; diesmal nicht. Er war auf der Hut. Auch Geschwätz bot einem manchmal Aufschluß, in guten Stunden. Was steckte hinter dem Anruf? Außer der Tatsache, daß man ihn im Blick behielt, von seinem Fehlschlag wußte und Wert darauf legte, ihm das mitzuteilen? Keine gute Stunde für solch ein Gespräch.

»Die Polizei überlebt jede Wende«, fuhr Werner fort. »Sie kehrt nur zu der alten Form zurück. Demnächst werden Sie sich Hauptkommissar nennen, und ich dürfte, so Gott will, Kriminalrat sein.«

»Das macht der Tapetenwechsel. Die Mauer hat ihn nicht ausgehalten.«

»Take it Gysi, das Leben geht weiter. Deutschland wird jeden guten Fachmann brauchen, egal auf welchem Gebiet.«

»Damit mögen Sie recht haben«, sagte Wendt. »Was kann ich für Sie tun?«

»Ansprechbar bleiben, mein Freund. Sich mit uns abstimmen, gelegentlich. Auf einem der Kameradschaftstreffen. Ort und Zeitpunkt wird Ihnen noch genannt.«

»Das ist doch Wahnwitz.« Wendt räusperte sich die Kehle frei, der Satz quoll ihm im Mund. »Wissen Sie, ich sehe absolut keinen Sinn darin... Die Geschichte ist aus.«

»Solche Geschichten enden nie. Keine Regierung kann uns übergehen, Tausende hochmotivierter Männer, durchtrainiert, die mit Waffen umgehen können und auch wissen, wo welche sind. Glauben Sie, man baut den Staatsschutz künftig mit Theologen und Musikern auf?«

»Ich jedenfalls hab' damit nichts zu tun.«

»O doch, Ihre Verpflichtung liegt vor, vom 10. Oktober.«

»Wir haben uns nichts mehr zu sagen.«

»Ganz im Gegenteil. In unserem Metier sieht man schnell alt aus, wenn man allein ist.«

»Dann wechseln Sie doch den Beruf!« Wendt legte auf.

»Wer war denn das?« fragte Nina nervös.

»Ein Mann von gestern. Kein Grund zur Beunruhigung.«

»Du hast ihm so komisch geantwortet.«

»Komm, Nina, vergiß es. Er gehört zu denen, die nie begreifen werden, was sie angerichtet haben. Sie trauern einer Welt nach, die es nicht mehr gibt und nie wieder geben wird.«

»Bist du wirklich sicher, daß alles, was war, keine Rolle mehr spielt?«

»Nein, das nicht.« Wendt fühlte, sie hatte recht. »Du schleppst die Vergangenheit immer mir dir herum. Kann sein, man versucht dir vorzuhalten, daß du mal schwach gewesen bist, um dich zu erpressen. Wichtig ist bloß, da nicht mitzuspielen. Laß dich nie mehr einschüchtern, hörst du?«

Sie klammerte sich an, und es kam ihm in den Sinn, daß er ein leuchtendes Bild von ihr hatte, weil er ihr Beschützer war. Ein Bild, in dem es nur Licht, keinen Schatten gab... So, wie der Mensch es braucht zum Neubeginn, für die Partnerschaft, wenn es wieder eine Lust sein soll, zu leben.

Freunde des Landes Mecklenburg-Vorpommern werden mir – wie schon bei meinem Roman »Unabwendbar« – Eingriffe in die Geographie der Küstenregion vielleicht wieder verzeihen. So sind die Kreisstadt N. und das Künstlerdorf Cumin auf der Landkarte nicht zu finden. Eine Großstadt wie Rostock freilich ließ sich weder verlagern noch umbenennen. Doch wird man mit Erleichterung hören, daß dort zwar die Adressen der Ämter stimmen, die Personen aber, zumal im Hauptquartier der Volkspolizei, frei erfunden sind. Den dort wirklich tätigen Kriminalisten kann man keinerlei Ähnlichkeit mit den Figuren dieses Buches nachsagen. Jede mögliche Annäherung wäre unbeabsichtigt und ganz zufällig.

W. S.